사이클로노피디아

Cyclonopedia: Complicity with Anonymous Materials
by Reza Negarestani

비할 바 없는 책. 장르의 법칙을 뛰어넘는 공포소설, 묵시론적 신학, 석유에 대한 철학이 이종교배하여 새롭고 불가피한 책을 낳았다.

차이나 미에빌
『바스라그 연대기』 저자

네가레스타니를 읽는 것은 살바도르 달리의 안내에 따라 이슬람으로 개종하는 것과 같다.

그레이엄 하먼
『네트워크의 군주: 브뤼노 라투르와 객체지향 철학』 저자

이 탁월하고 흥분되는 책은 중동의 표층적 영토를 가로질러 지하의 심연으로 진입하는 범죄과학적 여정으로 당신을 안내한다. 지구는 살아 있는 인공물로 생산되어 유목적인 전쟁의 전술들, 극단적인 고고학적 실천, 석유 채취의 논리에 의해 내장이 뽑히고 텅 비워진다. 레자 네가레스타니는 철저하게 새로운 언어를 발명하여 종교, 지질학, 전쟁 방식들 간의 관계를 재개념화하면서 동시대 중동 정치의 지반 자체를 철학적으로 역지반화한다.

에얄 와이즈먼
포렌식 아키텍처 디렉터

참으로 보기 드문 책. 역사, 지리학, 언어에 대한 신성한 선입견들을 감히 거꾸로 뒤집어서 살아 있는 가마솥에 넣고 펄펄 끓이니 관념들과 공간들이 유동적으로 운동하는 생명체로 변모하여 상상력과 경이로움으로 다시 숨쉬기 시작한다. 레자 네가레스타니의 이 훌륭한 소설은 우리를 언어 이전의 그리고 역사 이후의 시간으로 초대한다. 이른바 '지식'에 관한 완전히 독창적인 인식과 성찰이 아름답고 폭발적으로 탄생하는 묵시론적인 역작이다.

E. 엘리어스 메리지
「잉태」, 「뱀파이어의 그림자」 감독

『사이클로노피디아』는 철학적 소설, 이단적 신학, 일탈적 악마학, 변절적 고고학이 합쳐져서 정체불명의 혼종을 이루는 비범한 저작이다. 이 책은 개념적인 강렬함을 정교한 신비주의와 연계하면서 신성모독적 공식에 따라 흑요석 거울에 지정학적 경련을 점친다.

레이 브라시에
『고삐 풀린 허무: 계몽과 멸종』 저자

레자 네가레스타니의 『사이클로노피디아』를 읽는 것은 풍부하고 기이하며 아주 강렬한 경험이다. 그는 석유의 지하적 미스테리에서 H. P. 러브크래프트의 섬뜩한 소설로, 고대 이슬람의 (그리고 이슬람 이전의) 지혜에서 근대 이후 비대칭적인 전쟁의 무시무시한 현실로 도약하면서 21세기 전지구적 문화의 숨겨진 전사(前史)를 파헤친다.

스티븐 샤비로
『사물들의 우주: 사변적 실재론에 관하여』 저자

이 책은 이란의 시와 장미의 도시에서 도래하여 암흑의 심장에 우회로를 뚫는 피투성이 수술을 집도한다.

데이비드 포루시
『부드러운 기계: 사이버네틱 픽션』 저자

네가레스타니의 『사이클로노피디아』는 지구 전체를 지옥으로 향하는 탄소 순환의 피드백 루프에 묶어 놓은 고대 석유화학적 음모론의 주술적 모체를 정교하게 구성한다.

존 커산스
『언데드의 반란: 아이티, 공포, 좀비 콤플렉스』 저자

서구 독자들은 이 작품으로 '난도질당해서 쩍 벌어지는' 각별히 분열증적인 상태를 기대해도 좋다. 괴기할 정도로 환원적이고 폭력적이고 웃기면서도 도발적인 논문을 생각해 보라. 네가레스타니와 이슬람의 관계는 바타이유와 마르크스주의의 관계와 같다. ... 네가레스타니를 읽어라, 그리고 경배하라.

닉 랜드
『시간복잡성: 상하이의 시간을 관통하는 무질서한 루프들』 저자

인간의 합리적 사고능력이 점점 한계를 보이는 지금, 합리적 사고능력 자체를 급진적으로 재설정할 수 있는 방법이 존재할까? 『사이클로노피디아』는 이러한 질문에 대한 훌륭한 음모론적 교양서이자 H. P. 러브크래프트의 충실한 독자들에게는 이름 없는 존재들의 이름과 위치가 기록된 '네크로노미콘'이 될 것이다.

류한길
음악가

불경스러움과 심원함이 하나가 되는 책. 이 책을 처음 접하고 표토층에서 지구 내부로 이어지는 포터블 홀에 빠져버린 것 같았다. 고대 중동의 신과 괴물들, 사막의 전쟁기계, 전설과 추론, 석유와 자본주의, 지정학과 지질학, 지구행성적 정치와 태양의 패권 등의 재료들을 뒤섞고 접합시킨 이 책은 편집증적일 만큼 극단적으로 밀어붙인 날카로운 철학적 사변으로 가득했다. 그에 속수무책으로 잠겨 들었고, 온전히 이해하고 소유하고 싶어 안달이 났으며, 이윽고 이 책은 내가 생각하는 방식의 일부를 형성해 버렸다. 드디어 번역본을 통해, 두고두고 펼쳐 읽을 그 세계–지구 내부와 행성의 역사 곳곳에 둥지를 튼 구멍들 속으로 다시 한 번 들어갈 수 있어 기쁘다.

김아영
현대미술가, 『다공성 계곡, 이동식 구멍들』 공동 저자

이론적 소설이라는 말로 다 설명이 안 되는 『사이클로노피디아』는 추리소설이나 비법서처럼 짜릿하면서도 엄청난 지적 흥분을 일으킨다. 파르사니라는 가상의 인물과 그의 사유, 저술을 인용하는 이 사변 소설은 끊임없이 이어지는 사유의 판들이 만들어내는 창발성과 그 이면의 다공성 구조를 직접 체감할 수 있는 텍스트다. 무엇보다 중동의 지정학에 어두운 한 독자로서, 이 책은 내게 서로 침투하고 들끓는 힘으로 작동하는 사막 군사주의, 종교, 신화, 역사의 매혹을 열어 보여주었다. 픽션 아닌 픽션으로 짜여진 이야기 더미들이 개미굴처럼 뒤얽힌 『사이클로노피디아』의 지하 세계는 중동뿐 아니라, 지구 전체를 꿈틀거리는 다중정치의 복합체로 새롭게 마주하게 한다.

이진실
미술평론가, 아그라파 소사이어티 멤버

사이클로노피디아

작자미상의 자료들을 엮음

레자 네가레스타니

인코그니툼 학테누스

크리스틴 앨번슨

일러두기

1. 본문에서 옮긴이 부연은 대괄호([ ])로, 단행본, 정기간행물은 겹낫표(『 』)로, 글, 논문, 기사, 작품은 홑낫표(「 」)로 묶었다.
2. 원문의 이탤릭 및 볼드 강조는 방점으로 표시했다.
3. 저자의 의도에 따라 원문에 포함된 일부 오타자, 오기, 잘못된 인용은 수정하지 않고 그대로 옮겼다.

차례

‡ 원고 여백에 손으로 쓴 메모를 옮긴 것은 ‡로 표시하여 해당 페이지에 각주로 삽입했다. 본문 텍스트에 위첨자로 표시된 숫자는 본문 뒤에 주가 있음을 나타낸다.

이 원고는 편집자 로빈 맥케이의 끈기 있는 노력이 없었다면
빛을 보지 못했을 것이다.

인코그니툼 학테누스

크리스틴 앨번슨

터키 항공 002편

2005년 7월 24일, 일요일

JFK공항 바에서 소비뇽 블랑을 2잔 마셨다. 비행기를 타고 수면제를 먹음. 그 전에 진통제와 애드빌 몇 알을 먹은 것 같다. 비행기는 활주로에서 대기 중. 정신이 오락가락해서—기다리고 기다리다 잠.

깨어나 보니 비행 중 … 비행기가 살짝 위로 향한 걸 보면 여전히 상승 중인 것 같다. 기분이 별로고 속이 메스껍다. 얼른 일어나 화장실에 … 화장실에 꼭 가야 …

머리가 핑 돌면서 갑자기 영영 못 깨어날 것 같다.

그 다음에 기억나는 것은 내가 바닥에 있고 자리에 앉은 승객들이 나를 내려다보는 것이다. 내가 잠시 기절했다고 말하자 사람들이 전부 '이엑' 하면서 웅성거림. 승무원이 내 앞에서 뭐라고 말한다. 바닥이 심하게 울려서 무슨 말을 하는지 모르겠다. 나는 일어나야 한다는 것을 안다. 승무원이 내민 손을 붙들고 몸을 일으킨다. 모두가 나를 쳐다봄. 나는 완전 넋이 나가서 당황스럽지도 않다. 화장실에 가서 앉아 있자니 사람들이 전부 나를 쳐다볼 거라는 생각에 다시 나가고 싶지 않다. 변기 뚜껑을 닫고 앉아서 몸을 구부리고 눈을 감으니 온통 빨간색.

눈을 감으니 빨간 피의 섬광 속에서 콩팥 모양의 아메바 같은 것들이 깜빡이는데 파란색도 아니고 반짝이는 노란색도 아니고 빨간색. 또 기절할 것 같다. 토할 것 같다. 시간이 흐른다. 잠시 의식을 잃음. 모든 것이 빨간 오렌지색. 눈을 감으니 내가 벌거벗은 몸으로 푹 익어서 엉겨 붙은 핏방울 속에 누운 것 같은 새빨간 느낌. 문을 열고 나가니 승무원이 기다리고 있다가 내가 쓰러질 때 떨어뜨린 암적색 선글라스를 건넨다. 승무원의 안내를 받아 비행기 중간 부분의 한가운데 있는 내 자리로 돌아온다.

노트북으로 영화를 보기 시작. 「트러블 에브리 데이」를 보니 프랭크 자파의 노래가 생각난다. 영화가 곧 끝난다는 생각에 리비도가 부글거리는데 영 불편하네 …

2005년 7월 25일, 월요일

나는 어떤 사람을 만나러 이스탄불에 왔다. 뱀 모양의 이니셜 'ʅ'로 통하는데 영어로는 발음이 어려움.

공항에서 ʅ을 만나기로 했는데 … 한 시간 정도 늦게 공항에 도착. 무거운 가방을 들고 비행기에서 내려서 어떻게든 무게를 분산해 보려고 가방을 든 손을 계속 바꾼다. 긴 복도를 따라 씩씩하게 걸어가면서 ʅ을 계속 찾아봄. 자동 보도 위에서 빨리 걸으려고 하니까 복도를 지나는데 손바닥에 땀이 찬다. 비자 발급 창구에서 20달러에 간단히 비자를 발급받고 잽싸게 세관 심사대 줄로 이동. 세관을 통과해서 짐을 찾으려고 길게 늘어선 수하물 컨베이어 벨트를 따라 한참 걷다가 … 뭔가 잘못된 것 같아서 뉴욕발 002편이 어디냐고 직원들한테 물어보니까 반대편 끝의 7번이라고. 블랙베리 폰을 체크하면서 내 짐이 나오길 기다린다. AG의 메일이 왔는데 이스탄불에 와 있다고 한다. 사람들 사이에서 ʅ은 보이지 않는다. 나는 그가 어떻게 생겼는지 모른다. 그는 사진을 안 찍는다면서 내가 알아볼 수 있게 짙은 갈색 셔츠를 입고 나오겠다고 했다. 나는 그가 나를 찾을 수 있도록 내가 입기로 한 옷을 입고 도착 구역에서 몸을 내밀고 서성거린다. 한참 기다리면서 ℓ이 나를 만나주지 않는 것이 무슨 뜻인지 생각한다. 몇 시간이 지나도 그가 나타나질 않아서 호텔로 이동. 술탄아흐메트 구역의 네나 호텔이라는 곳으로 ℓ이 제안한 장소다.

호텔에서 보낸 밴을 타고 가면서 습관처럼 모든 건물과 식물들을 눈으로 빨아들이며 이곳이 어떤 장소와 가장 닮았는지 추리해 본다. 이상하게도 잠깐 동안은 벨라즈와 비슷해 보임. 길 한가운데서 협죽도 꽃을 꺾고 흥분한다. 건물들은 전부 사각형 모양으로 공장에서 찍어낸 것 같다. 많은 것들이 눈앞을 스쳐 지나간다. 오른쪽에는 바다가 보이고 배들이 많이 떠 있다. 왼쪽은 그냥 땅. 운전사가 좌회전을 하자 밴이 좁고 경사진 자갈길로 진입하면서 독특하게 생긴 건물들이 잔뜩 나타난다. 터키의 분위기는 내가 여태까지 느꼈던 다른 무엇과도 다른 듯. 나는 아이팟을 켜고 그의 이름을 발음하는 사운드 파일을 켠다. 이 파일은 그가 보내 준 것으로, 가장 많이 재생된 노래라고 뜬다. 그것은 독일어로 '운아우스슈프레흐바[말할 수 없는]'라고 부르는 것들 중 하나다.

302호에 체크인. ℓ이 준 번호로 전화 통화를 시도하지만 … 응답 없음. ℓ은 내 「수어사이드 걸스」 프로필로 메일을 보내고 몇 달이나 연락을 주고받은 끝에 나에게 이스탄불을 구경시켜 준다고 했다. 그는 내가 가장 좋아하는 필자로 워릭대학교의 어떤 교수를 지목한 것을 보고 연락했다며 자기가 그와 잘 아는 친구 사이라고 했다. SG로 연락하려면 회원 가입을 해야 하는데 그의 프로필은 내가 본 것 중에서도 단언컨대 가장 이상한 부류로 … 그의 위치는 타클라마칸, 그가 가장 좋아하는 책은 『에덴 에덴 에덴』, 그 외에는 별 정보가 없었다. 그가 프로필 이미지로 올려 놓은 검정색 색면처럼 ℓ은 모호하고 어딘가 수상한 사람으로 … 나를 자극하는 그런 종류의 모호함이 있었다. 이스탄불은 아주 아주 즐거운 모험이 될 예정이었는데.

그의 SG 프로필로 메일을 보내 보지만 지금은 비활성화 상태라고 뜬다.

ℓ이 나타나지 않을 것을 깨달음. 터키에서 만날 만한 사람도 없고 비행기표는 교환 환불 불가라서 7일 정도를 그냥 죽여야 할 듯.

그래서 이 상황을 최대한 활용하기로 결심하고—일에 관한 것은 잊어버리고 관광 다니고 말썽이나 피울 참이다. 비행기가 뜨기를 기다리는 동안 앞표지가 검정색이고 뒷표지는 검정색과 회색이 섞인 책을 갖고 있다가 조금 읽어봤던 기억이 난다. 표지 이미지는 어떤 사람이 몸을 쭉 뻗어서 암흑 속으로 들어가는 모습이었다.

오후 1시 36분. 𓍢의 chemiical_pink 이메일 주소로 다시 연락을 ... 내 생각에도 한심할 정도로 절망적인 메시지를 보낸다. 응답 없음. 애초에 그의 첫 번째 메일에 답변했던 한 가지 이유는 메일 주소에 ‘핑크’가 들어갔기 때문이었다(마치 그가 나를 자극하려고 그 메일 주소를 만들었다는 것 같네).

바깥에 나가 어슬렁거리다 어쩌다 보니 블루 모스크까지 가서 ... 다리는 녹색 차도르로 감쌌다. 아름다운 정원으로 에워싸인 근사한 곳인데 수국이 많이 피어서 뉴욕에 있는 집 생각이 난다. 바깥에 있기엔 너무 덥다 ... 작은 방으로 돌아오는 길에 샤르도네 한 병을 사고 터키 케밥을 포장해서 가져옴.

겨우 정신을 차린다. 몽유병 수준은 아니지만 지금이 언제이고 여기가 어디인지 가물가물함. 가득 찬 와인잔을 실수로 건드려서 트윈 베드 사이의 마루 바닥으로 와인이 쏟아진다. 자동적으로 비틀거리며 욕실의 수건을 가져온다. 와인을 닦아 내는데 ... 신기하게도 잔은 멀쩡함. 액체가 침대 아래로 흘러 들어가서 더듬더듬 불을 켜고 침대 시트를 젖힌다. 비몽사몽 간에 침대 밑에서 무슨 물건을 발견한다. 와인이 거기까지 닿진 않을 것 같으니까 청소는 여기까지만. 저쪽은 더러워 보이고 나는 더 잘 거다.

2005년 7월 26일, 화요일

아침, 오렌지색 태피스트리 커튼 사이로 햇빛이 쏟아진다. 나는 자리를 옮긴다. 시차 때문인지 피곤함. 맞은 편 침대에 있는 먼지 덮인 상자를 보니 어젯밤 내 침대 밑에서 그 물건을 발굴한 것이 어렴풋이 기억난다.

중동에 직접 가서 그곳의 문화와 언어를 대면해 보면 무척 낯설 거라고 𓍢가 메일에서 말한 적이 있었다. 몇 년이나 읽었던 매끈한 서사적 이야기에 구멍이 뚫려서 갑자기 그 속으로 굴러 떨어진 것처럼—불현듯 페이지 수가 엉망이 되고 종잡을 수 없게 될 거라고.

나는 '루푸스 인 파불라'를 들으면서 상자 내용을 확인하기 시작한다. 내용물의 목록은 다음과 같다.

손 글씨로 "레자 네가레스타니"라고 적힌 "사이클로노피디아"라는 제목의 두꺼운 원고. 여러 가지 글이 클립으로 묶여서 절과 장을 이룬다. 페이지 전체가 노란색 포스트잇으로 거의 도배된 부분도 있고 여백에 각주를 빽빽하게 써넣거나 검정색 펜과 핑크색 형광펜으로 드로잉을 그린 부분도 있어서 나는 도저히 못 읽을 것 같다. 무슨 책의 원고 같음.

컴퓨터 수리점 명함.

팔찌가 든 상자.

이스탄불의 풍경 그림이 있는 오래된 엽서. 앞면에는 옛 터키 문자가 적혀 있고 뒷면에도 무슨 글이 있는데 페라 서점의 명함이 달라붙어 있다.

반듯하게 접어서 원고 사이에 끼워둔 종이 조각. PGP 암호용 공개 키 같지만 완전하진 않다. 종이 위쪽에 "내 키를 그들에게 완전한 상태로 전달해야 함"이라고 적혀 있다.

책에서 찢어낸 것 같은 아주 오래된 한 페이지. 소녀, 도끼, 늑대개가 그려져 있다.

「잠이 오질 않아」라는 영화의 비디오 콤팩트디스크.

피에르 귀요타의 책 『500,000명의 군인들을 위한 무덤』의 복사본.

나는 모험이 새로운 레벨로 진행되는 데 흥분해서 새 인벤토리의 아이템을 하나씩 꺼내 본다. 이제 나는 "비디오 게임에서 새 아이템과 대면하거나 새 무기를 발견하는 것보다 더 격렬한 쾌락은 없다."라는 2의 말에 공감할 수 있다.

//

어떤 절의 위쪽에 "아야소피아 2층 황후의 특별석"이라는 메모가 있다. 꼭 가봐야.

스칸디나비아 출신의 내 창백한 피부를 따라 날카로운 햇빛이 미끄러진다. 아야소피아에 가서 주위를 둘러본다. 지도를 이용해 보자는 생각에 성스러운 지혜의 성당에 있는 특별석을 찾기 위해 안내서를 구입한다. 그렇지만 바닥과 벽면에 그려진 수수께끼 같은 문자와 이콘을 따라 지도를 보는 법을 도무지 모르겠다. 모든 교회는 신성모독 위에 건설된다고 2가 말했었다. 여기 와 보니 무슨 말인지 너무 잘 알겠다. 천장 구석구석마다 온갖 날개 달린 부정한 것들이 그려져 있다. 위층에는 성인들과 순교자들이 기괴한 구경거리가 되어 있는데 그들 모두 언젠가 2이 보내준 무늬의 인장으로 벽에 봉인되어 있다. 그것은 비틀린 숫자, 또는 평평하게 시작해서 뫼비우스 띠처럼 구부러진 상징이다. 여기 터키의 건물 외벽이나 아치형 입구에 적힌 글자들과 비슷해 보인다.

내가 관광객들과 오른쪽 공간을 둘러보는데 어떤 남자가 다가와서 말한다. “영어나 터키어 해요?” 내가 답한다. “네, 영어 해요.” 그가 흥분해서 “그거 봤어요?”라고 물으며 다른 사람들이 모여 있는 한쪽 구석을 가리킨다. 검정색 쇠창살이 달린 작은 공간. 뭐야, 나도 가서 봐야지 … 창살 사이로 오른쪽에 뭔가 황금색이 보인다. 내가 돌아오자 그가 나에게 어떻게 생각하냐고 묻는다. 나는 그냥 봤다고 말한다. 다시 내려와서 나가는 길에 뭔가 리퀴드 스카이 풍의 아톰 조각상 같은 게 눈에 뜨인다.

//

호텔로 돌아오는 길에 아이팟을 꺼내 헤드폰을 쓴다. 음악을 들으며 걸어오는 길 … 햇빛이 눈을 찌른다.

탄다 탄다 탄다 탄다

//

온라인으로 ‘레자 네가레스타니’를 검색:

“존 카펜터의 「괴물」: 백색 전쟁과 과잉위장”이라는 항목을 찾았지만 “이 페이지를 표시할 수 없습니다”라고 뜬다. 비슷한 제목의 글이 RN의 원고 뭉치에 있다. 원 포스트는 날아갔지만 답글은 아직 살아 있는데 RN이 쓴 첫 번째 답글은 다음과 같다. “정체성이란 누군가의 쿠리쿨룸 비테(삶의 궤적)에 생긴 설정 구멍입니다.”

C띠어리, 하이퍼스티션, 콜드 미. 하이퍼스티션 웹사이트에서 비교적 오랫동안 RN과 알고 지냈을 만한 다른 필자들에게 연락해 보지만 아무도 RN을 만난 적 없거나 딱히 도움을 줄 수 없다고 한다. 하이퍼스티션의 한 필자는 레자가 어디 있는지 아느냐고 오히려 나에게 묻는다. 6월 18일 이후로 갑자기 그의 정기적인 포스팅이 끊겼다면서. 그는 나에게 RN의 이란 친구들에게 연락해 보라고 한다. 나는 그가 마지막으로 남긴 글을 찾는다(또 "이 페이지를 일시적으로 표시할 수 없습니다"라고 뜬다). 하이퍼스티션 웹사이트에 링크된 것 중에 RN의 이란 친구들이 운영하는 것 같은 블로그 몇 군데를 추적한다. 내가 연락한 사람들 중 몇몇은 RN이 분명 하이퍼스티션에서 지어낸 허구일 거라고, 느슨하게 정의된 가상의 인물이 어쩌다 보니 진짜 같이 된 거라고 말한다. 또 몇몇은 RN이 하이퍼스티션 웹사이트의 필자들 중 누군가의 아바타일 거라고 생각한다. 그리고 또 몇몇은 레자를 액면가 그대로 받아들여 그가 문제의 소지가 있는 인터넷 규제를 피하기 위해 이란 바깥에서 사이트 호스팅을 받아야 했다고 (아마도 하이퍼스티션에 올렸던 다량의 포스트를 삭제한 것도 같은 이유일 거라고) 믿고 있다.

콜드 미: RN의 개인 웹사이트 같은데 어째서인지 독일 서버에서 호스팅을 받아서 (잘못된 URL을 치자 독일어로 "니히트 게푼트[찾을 수 없습니다]!"라고 뜬다) B라는 독일 남자가 운영하고 있다. "크라우트-디자인"이라는 서명을 쓰는 사람으로 RN에 관해 토론하는 데 편집증이 있는 듯. 그는 "레자를 귀찮게 하지 말라"는 답변을 보내온다.

레자는 남자일까 여자일까? 나는 처음에 RN이 여자라고 생각했는데 지금은 남자라고 믿고 싶다.

//

밤 늦은 시간. 눈을 떠 보니 방이 온통 오렌지색으로 빛나서 마치 햇빛이 커튼을 뚫고 들어오는 것 같다. 그러나 정신을 차릴수록 벽은 점점 더 짙어지고 두꺼워지고 무한히 매혹적으로 보인다. 이 방에는 영원히 암호화될 끝없는 열정이 있다. 네 개의 벽이 점점 더 가까이 쓰러지면서 여러 겹의 몸들과 함께 붉은 오렌지색으로 물들고 썩어가는 오렌지 핑크색 피가 윤활제처럼 번진다. 창문은 열리지 않는다.

//

이 장소는 계속 저하된다. 호텔 방은 시간에 접근하는 고유한 방식이 있다.

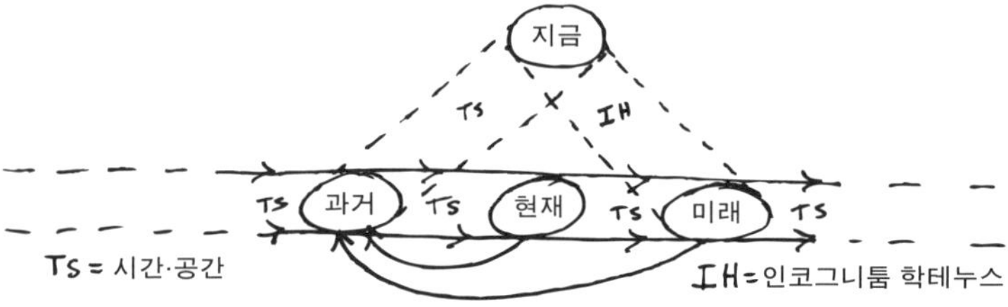

//

2005년 7월 27일, 수요일

내가 발견한 문서들 중에 탁심 광장 너머 베이올루에 있는 페라 서점(갈리프데데 거리 22, 튜넬, 베이올루)의 명함과 엽서가 있다. 이 힌트는 복잡할 게 없을 듯. 탁심 광장에 가서 길을 따라 내려가면 멋진 옷가게들을 지나 서점이 나오는데 조명이 어둡고 마치 연금술 공방의 쌍둥이 같은 애서가의 공간이다. 책 표지보다 거기 쌓인 먼지를 보고 책을 고르는, 책에 먼지가 많을수록 사람들이 흥분하는 그런 장소. 가게는 오래된 욕조의 물이 먼지와 썩은 종이에 스며든 것 같은 냄새로 가득하다. 명함에 적힌 "구라조르"라는 이름의 사람을 찾는다. 가게 주인이 자리를 비웠다기에 나는 점원이 볼 수 있도록 앞뒤로 메모가 적힌 엽서를 펼쳐 놓는다. 그는 영어를 못해서 내 말을 제대로 못 알아듣는다 ... 그는 엽서 위쪽에 적힌 글을 가리키며 "터키 아니야"라고 말한다. 내가 아랍어? 라고 묻자 그가 고개를 젓는다. 내가 엽서에서 손 글씨로 메모가 적힌 부분을 가리키며 ... "터키어?" 라고 묻자 그가 "터키어 아니야, 파르시어."라고 답한다. 그가 또 어깨를 으쓱거린다. 나는 그 작은 상점 내부를 둘러보다 아주 신기하게 생긴 낡은 가죽 장정 책을 발견한다. 그것은 구석의 책 무더기 제일 위에 놓여 있고 책 등에는 이상하게 구불구불한 문양이 새겨져 있다. 이스티클랄 거리로 다시 나와서 카페에 들러 와인 한 잔을 시킨다. 웨이터에게 엽서의 글을 번역할 수 있는지 묻자 그가 교회 그림을 보고 "켈리사[교회]"라고 말하며 길 저편을 가리킨다. 이상하다, 엽서에서는 단치히라고 적혀 있는데 그 교회가 저기 있을 리가. 그는 엽서 뒤쪽의 글을 보고 아마 맨 위에 적힌 글은 옛 터키어 같다고 한다 ... 하지만 번역은 못 한다는 듯.

//

나는 "Z의 무리"라는 부분을 뽑아 든다. 인터넷으로 네르갈과 텔-아브라임을 검색해 보니 후자는 뭔가 의미 있는 장소인 것 같고 전자는 얼굴이 둘 달린 머리, 하이에나와 뭉그러진 사자 얼굴, 자신의 페니스에 침을 찌르는 전갈의 이미지가 나온다. 핑크색 매직 마커로 표시된 261쪽으로 넘어가 본다.

> ... 이것이 웨스트가 그의 아들들과 모술을 떠나기 전 내게 마지막으로 남긴 말이었다. 그는 파테미운[파티마의 군대]을 도와 이집트 칼리프 체제를 전복했던 페르시아의 주술적 파괴 공작원이자 게릴라 전문가였던 음모론자 이븐 마이뭄의 일기를 가지고 있다고 주장하는 '박사'라는 인물과 이란의 석유 밀매업자를 찾고 있었다. (미군 제41보병연대 제1대대 중위 알리 오사)

이 원고에 등장하는 모든 사람들은 흔적도 없이 사라지는 것 같다고, 나는 어떤 페이지의 여백에 적힌 메모를 보면서 생각했다. "S, 이 정신 나간 책에서 당신이 쓴 부분을 읽다 보니까 고대 그리스 로마의 희곡이 생각나네요. 그들은 인물명을 표기할 때 인물의 역할과 그가 어느 순간에 어떤 방식으로 무대를 떠나는지 함께 기록했지요. 중세 연극에서 그것은 '엑세운트' 또는 '퇴장'이라고 지칭됐습니다. 인물들은 각자 퇴장하는 방식에 의해 개성을 얻었어요. 이렇게 무대를 떠나는 방식은 펄프 호러 장르에서 아주 극단적으로 발전합니다. 그 세계에 들어온 사람은 가능한 어떤 수단을 동원해서라도 나가야 하지요.

//

이 저작에서 너무 괴상한 점은—아이러니하지만 내가 계속 읽고 있으니까 말인데—이렇게 지면 위에 공포가 들끓고 거대한 괴물이 배회하는데도 섹스가 안 나오고 단 한 차례의 삽입도 언급되지 않는다는 것이다. 그래도 계속 읽는다.

//

다시 DFA 1979 티셔츠를 입고 있다. 등 뒤에서 아직도 한밤중에 침대 사이의 테이블에 쏟은 와인 냄새가 난다. 두 눈 사이에서 두통이 밀려옴. 자려면 애드빌이라도 먹어야 할 것 같은데 너무 좌절해서 일어날 기력이 없다. 입에 힘을 풀고, 발과 발가락에 힘을 풀고, 마치 팔다리가 하나씩 없어지는 것처럼 마침내 내 머릿속 통증이 사라지는 즐거움을 느껴보자. XXX하는 상태를 계속 상상하는 것만이 마음을 편안하게 해준다 … 내 상상 속에는 몸이 나오지 않지만 뭔지 모르는 무언가 있다. 어쩌면 나는 암암리에 그걸 ʅ이라고, 메모를 쓴 사람이라고, RN이라고, 또 다른 무언가라고 생각하는지도. 영혼과 어떻게 해보겠다는 건 아니지만 무언가 몸을 벗고 나와서 외설적으로 더 깊이 관통할 수 있는 훌륭한 삽입의 주체가 된달까. 일어나서 욕실에 가서 애드빌을 두 알 더 먹는다. 약기운이 돌 만큼 충분히 먹어 볼까? 왼손을 아래로 뻗어서 두 다리 사이로 태피스트리 침대보를 꽉 움켜쥐는데 왜 그러는지는 나도 모른다 … 북소리가 머릿속을 점령하면서 어느 순간 포기해 버린다. 그 소리를 멈추려면 잠드는 수밖에.

//

인터넷으로 RN에 관해 조금 더 검색해 볼 생각 … 그렇지만 당장은 노트북을 열고 로그인 하기가 너무 힘들다. 나는 이 게임으로 너무 지쳤다.

//

단서나 증거가 제일 끈질긴 설정 구멍이다. 그것들은 심지어 이야기가 사라진 후에도 계속 어른거린다.

//

ʃʃʃ

302호실에 있기가 너무 힘들어서 방을 바꾸려고 한다. 길 건너 창문에서 누가 나를 계속 지켜보고 있다.

//

점심 먹으러 나간다 … 잠시 휴식! 가이드 말에 따르면 라미 레스토랑은 “이 지역에서 비교적 품격 있는 곳”이라고. 꼭대기 층으로 올라가서 별실에 앉아 있는데 여기는 걸음을 옮길 때마다 마루 바닥이 삐걱거린다. 더 진짜 같은 느낌을 주려고 일부러 수리하지 않는 듯—정말로 그런 효과가 있다. 고가구상이나 골동품 전문가가 레스토랑을 운영한다면 이런 인테리어가 나오지 않을까. 나는 RN의 글을 41쪽부터 읽기 시작한다. “고암석학(古巖石學): 곡-마곡의 축에서 석유펑크주의까지”라는 제목이 붙어 있다. 그렇지만 블루 모스크에서 확성기로 울려 퍼지는 기도 소리가 내 생각을 집어삼켜서 많이 읽지는 못한다. 서빙된 음식은 요리 형태의 유물 같은 진정성이 있다. 나는 그만 돌아가려고 계단으로 향한다. 계단은 마치 피라네시의 그림처럼 나선형으로 내려가는 독특한 공간을 이룬다. 벽에 붙은 제임스 스페이더의 사진이 눈에 들어온다. 제임스 스페이더—내가 제일 좋아하는 컬트 배우! 문득 궁금하다. 유명인사들은 어디서든 사인을 해줄 수 있게 반짝이는 자기 사진을 가지고 다닐까?

//

벽은 가지고 놀기에 완벽한 대상이며 “저 너머”의 감각과 구속의 감각이 하나로 합쳐진 장면이다. 지금 내가 302호실에 앉아서 글을 쓰고 편지를 들춰 보는 동안 의자가 빙빙 돌면서 벽에 흔적을 남기고 있다. 끝없는 가시와 발톱으로 벽에 새긴 글자들의 무리처럼 보이는 것이 그야말로 글쓰기의 형상이다. 이 원고가 보여주는 글쓰기의 형상은 무엇일까.

2th 3st

//

말테페에 위치한 “베가 컴퓨터”의 명함. 뒷면에 “노트북 수리비 100£. 오즈덴은 원고나 메모를 지우지 않을 것임.”이라는 메모.

택시를 타고 아주 멀리, 차로 한 2시간 정도 이동한다. 그 수리점에서 노트북을 찾고 더 많은 정보를 구하려고 … 거기서 간신히 찾아 들어간 곳에서 명함을 내민다. 수리점 주인이 또 다른 남자와 나만 남겨두고 사라져 버린다. 계속 계속 기다리는데 마치 영겁의 시간 같다.

수리점은 각종 좌판이 늘어선 시장에 있다. 기다리는 동안 저쪽 끝에 있는 '아나톨리아 타투'에서 사람이 나와 말을 걸기 시작한다. 그가 내게 타투한 적 있느냐고 묻길래 내가 없다니까 하나 해보지 않겠냐고. 내 생각에는, 글쎄, 말타페까지 이 먼 길을 왔는데 뭔가 보람 있는 일을 하나라도 해야 하지 않을까 … 그 전부터 타투를 한 번 해보고 싶기는 했는데. 드디어 수리점 주인이 낡아 보이는 검정색 노트북을 가지고 돌아온다. 나는 그에게 전원이 켜지는지 확인해 볼 수 있냐고 묻는다. 그는 결제 먼저 하라고 하지만 나는 테스트 먼저 하고 싶다고 주장한다. 노트북을 부팅시킨다. 그놈의 물건이 시끄러운 소리를 내면서 천천히 로딩되기 시작. 데스크탑 화면이 뜨면서 누가 면도칼로 자기 몸을 절개하는 것 같은 흑백의 흐릿한 배경 이미지 위로 평범한 아이콘들이 눈에 들어온다. 시작 프로그램으로 들어가서 다른 프로그램들도 살펴본다. 매스타입, 린도, 매스캐드, 메이플, 퍼지젠. 도큐먼트 폴더로 들어가서 하나 열어 보려는데 전부 PGP 암호가 걸려 있다. 모든 폴더가 그렇다. 검색 브라우저로 들어가서 히스토리와 북마크를 확인하고 … 넷스케이프 브라우저에 두 개의 링크가 북마크된 것을 찾아 얼른 적어 놓는다.

http://tinyurl.com/54wvo6
http://students.cs.byu.edu/~charlajw/Woodbury/
givenNames.dict

CD 슬롯을 확인하고 CD 한 장을 찾아서 그 남자가 보지 않을 때 슬쩍 내 가방에 집어넣는다. 수리점 주인에게 돈을 뽑아서 노트북을 찾으러 오겠다고 말한다. 어슬렁거리며 생각해 보다가 노트북이 정말로 필요하지는 않은 것 같다고 마음을 굳힌다.

//

가게에 코로나가 없어서 에페스 맥주를 가지고 방으로 돌아온다. 만약 내가 이 설정 구멍들을 통과할 수 없다면, 구멍을 떠나는 것이 최선이다.

//

핑크색 목련, 뉴욕공립도서관, 뉴욕식물원, 워싱턴 D.C.의 벚꽃 더 많은 핑크색 ... 볼록 튀어나온 젖꼭지, 피 흘리는 심장, 작은 소녀의 핑크색 벨벳 리본, 핑크색 공간, 핑크색 불빛, 나의 입구와 이층 복도에 밝은 핑크색 광택, 핑크색 캐시미어 스웨터 세트, 크리스토의 핑크색, 상기된 얼굴의 핑크색, 또는 상기될 필요가 없을 때 솜사탕 같은 핑크색 푸들, 또는 핑크색 고양이 라케스의 핑크색 표지, 가장 완벽한 색조의 핑크색 립스틱, 핑크색 CD 꽂이, 핑크색 진주 목걸이 핑크색 진주 귀걸이 핑크색 캐미솔 핑크색 하이라이터 핑크색 크리스마스 조명과 핑크색 꽃—작약, 튤립, 내 방에 핀 크리스마스 선인장 꽃, 핑크색 비슷한 라일락, 핑크색 수국, 핑크색 무궁화, 희귀한 핑크색 양귀비, 카펫 로즈, 핑크색 꽃 사이에서 빙빙 돈다... 베고니아, 족두리꽃, 코스모스, 스위트피, 해란초, 고사리삼, 피튜니아, 플록스!, 새박덩굴, 양지 이끼, 채송화, 백합, 인동과, 핑크색 등나무 꽃, 아욱과, 자주달개비, 디기탈리스, 석죽과, 헤더 꽃, 차나무과, 목련, 중국꽃사과와 내 눈의 섬광, 핑크색 급류

//

또 다른 페이지의 여백에는 이렇게 적혀 있다. “이종시학(異種詩學)은 왜곡된 자료들로 구성하는 것과 관련이 있다. 어떤 페이지는 빠지고, 한두 줄은 필명 또는 익명으로 인용되고, 어떤 장면은 미래에서 과거로 누출되고, 어떤 물건은 연대기적 순서를 벗어나고, 어떤 숫자는 암호가 된다. 모든 것이 대단한 단서인 양 출몰하고 모든 주체들이 하염없이 그 주변을 맴돌지만 그것이 열어 보이는 퇴색된 수수께끼는 계몽이 아니라 맹목을 작동시킨다(빛이 통과할 수 없다). 이종시학적 장은 비진품성과 부패한 저자성에서 구조적 구멍(설정상의 버그)과 지하의 숨겨진 글쓰기 구조에 이르는 다양한 왜곡으로 얼을 빼놓으며 여기저기서 산발적으로 성장한다(결국 작품 전체를 점령하기에 이른다). 이종시학이 반드시 모험적인 표현 양식 또는 산문을 암시할 필요는 없다.” 잘못된 저자성과 비진품성에 관해 읽고 있자니 원고 한 페이지의 빈 여백에 이렇게 써야 할 것만 같다. “나는 내 아이들에게 나의 살을 먹이는 너무 관대한 부모가 아닐까?” ... 내 손 글씨에 맞춰 보려고 애쓴다.

//

호텔로 돌아가는 길에 야외 레스토랑을 지나친다 ... 활기차고 웃음이 넘치는 게 아주 근사해 보인다. 목재 가구와 킬림 쿠션 ... 대충 만들었지만 편안해 보이는 긴 의자, 바닥에 깔린 터키산 러그 ... 여자들은 타크테 나르드 게임을 하고 젊은이들은 모여서 사과 향 후카를 피운다. 뉴올리언스에서 딱 한 번 해봤는데 ... 한 순간보다는 조금 더 길게 멈추고 ... 그리고 다시. 방으로 돌아간다.

//

정전 ... 설치류들이 벽을 타고 올라가는 것이 보인다. 수천 수백만 마리, 마치 날개 없는 새들이 허공을 가로질러 날아가는 것처럼. 그것을 보고 있자니 고대 그리스의 우주기원론에 관한 F. M. 콘포드의 『글로 적히지 않은 철학』이 떠오른다. 런던의 사치 갤러리에서 본 어떤 미술가의 설치류 조각상도 생각 나는데, 그것은 무수한 들쥐를 겹겹이 쌓아 올린 것 같았다.

//

호텔 방은 발굴할 만한 물건으로 가득 찬 노다지와 같다(방값이 쌀수록 더 이상한 물건들과 마주친다). 302호실 옷장에서 아주 흥미로운 것을 찾았다 ... "진보의 개념은 파국의 관념에 기반해야 한다. 만사가 '현 상태'를 유지하는 것이야 말로 파국이다. 그것은 상존하는 가능성이 아니라 각각의 국면에서 이미 주어진 것이다. 따라서 스트렌드베리가 말한 것처럼 (『다마스커스로』에서?) 지옥은 우리를 기다리는 무언가가 아니라 지금 여기의 이 삶이다." 이것을 주머니에 챙겨 넣는다. 기억해 놨다가 나중에 스트렌드베리를 인터넷에서 찾아봐야겠다.

//

상자 안에는 핑크색 자개와 스털링 실버로 만든 아름다운 팔찌가 "사헤레, 데아브-사르 다우스타트 다람[여자 마법사, 분란의 우두머리 나는 당신을 사랑해요]"이라는 메모와 함께 있다. 영수증에는 주소 없이 그냥 "아티스트 바자"라고만 찍혀 있고, 페르시아어로 "나즈딕-에 마스제드-에 아비[블루 모스크 근처]"라는 메모가 적혀 있다. 팔찌를 차 본다. 그것은 크기가 완벽하게 맞고 내 손 앞쪽에 아주 신기한 방식으로 얹

힌다. 팔찌를 끼고 아티스트 바자에 가서 이 물건을 산 사람에 관해 물어보려고 하는데 ... 가서 보니까 주얼리 상점이 한두 군데가 아니라서, 일일이 한 가게씩 돌면서 출처를 확인해 보지만 ... 허탕이다.

//

계속 맨살을 내놓고 다녔던 왼쪽 어깨에 햇빛 화상으로 생긴 물집이 점점 심해지고 있다. 처음에는 따끔거리기만 했는데 며칠 동안 로션을 더 발랐는데도 오히려 더 안 좋아지는 것 같다. 핑크색을 넘어서 선홍색으로 동전 크기만한 상처가 벌어져 있다. 물집 가장자리는 거의 검정색이다. 나는 방에 앉아서 계속 그 부분을 만지고 감염 부위를 눌러 댄다. 만지면 안 된다고 생각하기는 하는데.

//

확실히 중동은 사라지기에 최적의 장소... 길을 잃기에 최적의 장소다.

떠날 때까지 RN이나 를 찾지 못한 나는 원고를 미국에 가져가서 출판하기로 마음먹는다.

여자 마법사에게

이슬람력 783년의 10번째 달에 움 알-가트라가 무역 거래와 성지 순례를 목적으로 카라반 무리에 합류하여 이란의 후라산으로 향하고 있었다. 그런데 여행의 끝에 다다랐을 때 그들이 상정한 방향으로 저 멀리 보이는 것은 도시가 아니라 석호였다. 그래서 카라반은 한밤중에 방향을 바꾸고 며칠 동안 방황하다 집으로 돌아갔다. 움 알-가트라는 정착할 곳을 찾은 후에 글을 쓰기 시작했는데 그것은 훗날 '살아 있고 지각 능력이 있는—은유나 알레고리가 아니라 문자 그대로의 의미에서 '살아 있는'—존재자로서의 중동'이라고 지칭될 무언가에 관한 논고였다. 시간이 흘러 움 알-가트라는 동료 여행자에게서 그날 밤 카라반이 진로를 바꾼 것은 실수였다는 말을 들었다. 그들은 실제로 올바른 방향을 향하고 있었다. 그들이 소금 호수로 오인한 것은 얼마 전 약탈당한 도시에서 나온 수만 개의 해골이 피라미드처럼 쌓여 수백 개의 타르 횃불에 반짝이는 모습이었다.

박테리아 고고학

지하세계, 하층토, 이종(異種)화학적 내부자들

고(古)암석학

곡-마곡의 축에서 석유펑크주의까지

2004년 3월 11일. 네트의 안개 속 어딘가, 아무도 기억하지 못할 것 같은 웹사이트 뒤편에 비밀번호를 입력해야 들어갈 수 있는 하이퍼스티션의 연구실이 있다. 그곳은 주술과 허구적 존재들, 전쟁기계와 박테리아 고고학, 이단설계와 십진법 기반의 마법(카발라, 분열수학, 십진법적 미궁, 틱 제노테이션) 등 온갖 주제를 탐구하는 학계의 변절자, 방화광 철학자, 원인불명의 독학자 들이 우글거린다. 이날 연구실에는 격렬한 논쟁이 벌어진다. 새로 발견된 하미드 파르사니 박사의 노트 때문인데, 그는 전직 테헤란대 교수로 메소포타미아의 주술적 붕괴, 중동 문제와 고대 수학을 연구하는 고고학자다.

파르사니는 이란 왕정기에 위대한 페르시아의 가짜 역사를 유포하고 매국적 행위를 저질렀다는 혐의로 비밀 경찰 사바크에 체포되었고 결국 1979년 혁명 이후 문화 개혁기에 “학술적 역량의 부족”을 이유로 테헤란 대학교에서 해임되었다. 발견된 노트는—사실 고도로 훈련된 학자의 노트라기보다 파르사니의 사무실 쓰레기통에 버려진 종이 조각에 가깝지만—이란 아자드 대학교 부속기관에서 고대 중동 언어를 가르치는 파르사니의 은밀한 제자 중 한 명이 하이퍼스티션 팀에 제보한 것이다. 혁명 이전에 출간된 파르사니의 유일한 저서 『수라트-조다-에 아즈 이란-에 바스탄: 9500 살 나부드-하니』(고대 페르시아의 훼손: 9500년간의 파괴 요청)』[1]는 나오자 마자 금서로 지정되어 전부 몰수당했다. 심지어 혁명 이후에도 책의 복간은 허가되지 않았다.

파르사니는 오랫동안 학계의 추방자로 지내다가(1981-1995년) 이집트의 한 중동 건설회사에 취직했다. 그는 거기서 오랫동안 재정적으로 안정된 생활을 누렸지만 결국 그 이집트 회사와 계약을 해지하고 사설 연구소를 차렸다가 9개월 후에 문을 닫았다. 이 연구소의 목적은 이란 문화유산 위원회의 허가를 받아 정부 주도의 고고학 사업에 관여하는 공공단체들과 협력 관계를 맺는 것, 그리고 신뢰할 만한 고고학자, 언어학자, 수학자 들로 이루어진 엘리트 연구팀을 꾸리는 것밖에 없었던 것 같다.

이슬람력 1378년(1999년)부터 1379년(2000년) 사이에 파르사니의 활동에 관해서는 알려진 바가 없다. 그는 갑자기 그의 팀과 함께 사라졌다. 그의 실종과 관련해서 고나바드의 풍부한 고고학적 유적지인 독타르 요새 근처에서의 불법 발굴, 그리고 아바즈와 케르만에서의 발굴 작업에 관한 보고가 있다. 그러나 신뢰할 만한 정보원에 따르면 파르사니는 케르만에서 하프트바드 왕조의 후손이라는 어떤 가문과 접촉했다고 한다. 하프트바드가 얼마나 부유했으며 또 얼마나 비참한 말로를 맞이했는지는 이란의 전래 설화로 잘 알려져 있다. 사산 왕조(페르시아에 이슬람이 도입되기 전의 마지막 왕조)가 발흥하기 전, 이 강력한 가문은 사산 왕조의 창시자 아르시데르가 페르시아의 전 지역을 하나하나 점령하는 동안 마지막까지 버티고 있었다. 전해지는 이야기에 따르면 하프트바드 가문은 무엇이든 집어삼키는 거대한 벌레를 사역마로 부려서 그들의 권력을 보존했다. 그런데 아르데시르의 자객이 상인으로 위장하고 하프트바드의 벌레에게 접근하여 그 머리 없는 입에 펄펄 끓는 금속을 부어 죽였다. 벌레의 죽음은 케르만 지역이 언젠가 멸망하리라는 영원한 저주의 낙인으로 여겨졌다.

파르사니는 2000년 말에 다시 나타나 '카지-에 악트' 또는 '악트의 십자가'라는 유물을 찾기 시작했다. 파르사니의 오랜 친구들은 하나같이 그가 학자답지 않게 불안정하고 일관성 없는 행동을 보였다고 증언한다. 그의 오래된 동료 중 한 명은 그가 안타깝게도 십대처럼 멍청한 짓을 즐기는 변덕스러운 천재였다고 평한다. "그는 늘 조로아스터교 경전 『덴카르드』와 『야비슈트 이 프리얀』[2]에 나오는 악트라는 이단적인 사제이자 마법사에 관해 떠들곤 했습니다. 악트의 십자가, 아무도 답을 찾지 못한 악트의 세 가지 수수께끼, '검은 불꽃의 유동적 원천', 악트가 처형당한 후에도 존속했다는 그의 광신적 종교집단 '악트-야투'와 그들이 숭배했던 편재하는 액상체, 그 외에도 쿠란에 언급된 야주즈와 마주즈(곡과 마곡), 눈의 종족 등 정신나간 십대들이나 좋아할 만한 온갖 것들이 그의 관심사였지요. 하라는 공부는 안 하고 그런 허튼소리가 멋지다고 생각하는 애들이 있지 않습니까. 내가 보기에는 그때부터 그의 피부병도 더 심해진 것 같습니다."

파르사니의 친구였다는 또 다른 사람은 이렇게 덧붙인다. "파르사니의 최근 저술은 특유의 문체나 박식한 교양이 보이지 않아요. 마치 도저히 소화할 수 없는 무언가에 부딪힌 것처럼, 너무 엄청난 발견을 해서 도저히 말로 옮길 수 없게 된 것 같습니다." 한편 그의 제자였던 사람은 다음과 같이 말한다.

> 학교는 아직도 파르사니가 사라진 후폭풍 속에서 민족문화 연구, 인류학, 정치학 연구 분야를 장악한 국수주의적 페르시아주의에 시달리고 있습니다. 그러니 파르사니의 최근 활동이 강력하게 견제된 것도 놀랄 일은 아니지요. 결국 아랍 문자의 F를 페르시아 문자의 P로 대체하는 것만이 유일한 학문적 관심사인 사람들 앞에서 고대 페르시아를 훼손하고도 무사히 빠져나갈 수는 없는 거예요. 파르사니의 첫 번째 제자들 중 한 명으로서 제가 유일신교의 계보학과 중동이라는 자율적 존재자의 발흥에 관한 그의 최근 견해가 무슨 학술적 가치가 있는지 성급하게 결론 내리기는 어렵습니다. 하지만 그가 최근에 남긴 말들은 그의 유일한 저작과 반대 방향에서 출발해서 결국 그 책으로 수렴하는 것으로 보입니다. 따라서 우리가 그 귀중한 책을 열광적으로

분석하고 논의했듯이 그의 마지막 말들도 그렇게 다루어야 합니다. 마지막으로 덧붙여야 할 것은, 다른 동료들이 그의 글에 문제가 있다거나 학술적 접근을 벗어난다고 하는 부분이 오히려 그의 초기 저술의 논리적이고 예측 가능한 귀결에 가깝다는 점입니다. 그의 글쓰기는 그의 이론과 발견에 적합한 무언가, 그를 괴롭히던 만성 질환 특유의 판단불능적 괴물성 또는 그의 표현을 빌리자면 '나병 환자의 창조성'에 완벽하게 부합하는 무언가로 발전한 것입니다. (아누쉬 사르키시안 교수)

파르사니는 두 개의 십자가 조각품을 발견했다고 노트에 썼다. 하나는 케르만 주에서 (2003년 밤 지역에 지진이 일어난 후 하프트바드 가문이 다시 찾아낸 것), 다른 하나는 이란의 아바즈 근처에 있는 수사라는 고대 도시에서 나왔다. 기원전 647년 엘람 제국은 아시리아인의 공격으로 폐허가 되었고 제국의 수도였던 수사는 황폐해졌다. 아시리아의 명분은 이 땅에서 말로 형용할 수 없는 부정한 것이 출현했기에 그 미개한 것과 접촉한 모든 것을 근절할 수밖에 없었다는 것이었다. 전쟁에서 승리한 아시리아의 왕 아슈르바니팔은 이 땅을 숙청하고 짐승들의 왕국을 정화하기 위해 엘람 민족의 뼈를 아슈르의 땅으로 가져갔다고 당당하게 주장했다. 그는 무덤을 파헤치고 남은 시체를 작열하는 햇빛 아래 두었으며 심지어 그 땅에 소금과 생석회를 뿌렸다. 파르사니의 노트를 보면, 여기서 '부정한 것'이라고 모호하게 묘사된 것을 찾기 위해 그 이후의 고고학적 조사가 진행되었고 그 결과 발견된 것이 '악트의 십자가'(خاج اخت: 카지-에 악트)라는 첫 번째 십자가형 양각 세공품이었다. 그의 기록에 따르면 이 첫 번째 조각품은 일부 뭉그러져 있었다. 마노석을 깎아서 만든 것으로 크기는 9x20cm 정도이며 십자가의 특징적 형태가 하프트바드 십자가와 일부 놀라울 정도로 흡사하다.‡

이 특징들을 요약한 글이 노트 여기저기에 조금씩 다른 버전으로 존재하는데, 어떤 문단에서 파르사니는 다음과 같은 정보를 덧붙

‡ 내가 이 방을 떠난 지 얼마나 지났지?

이고 있다.

> 두 십자가는 조금 신기한 방식으로 동일하다. 이 물건은 이상하게도 손잡이가 1개가 아니라 2개다. 십자가는 크게 두 부분, 즉 별 모양의 머리 부분과 손잡이 부분으로 구성되어 있다. 머리 부분의 기하학적 형태는 십각형의 각 변마다 삼각형이 놓인 별 모양으로 ‘후르’(태양)에 해당한다. 그런데 십각형의 한 변이 두 갈래로 나뉘어서 2개의 손잡이를 이룬다. 따라서 주르반교의 별 즉 태양은 아니라고 추측할 수 있다. 왜냐하면 이 별은 십각형의 각 변에 상응하는 10개의 삼각형이 모두 갖춰지지 않아 불완전하기 때문이다. 열 번째 성스러운 삼각형이 의도적으로 두 개의 수직적인 평행선으로 대체되었는데 이유는 알 수 없다. 그렇지만 그들이 언제나 땅에 묻혀 발굴해야 하는 태양, 검은 불꽃을 줄줄 흘리며 썩어가는 태양, 검은 시체가 된 태양에 관해 말했음을 기억하라. 게다가 악트라는 이름은 부서진 별의 불완전한 형태에 상응한다. 고대 페르시아어로 ‘악트’ 또는 ‘악스트’(اخت, 해충)가 ‘악타르’(اختر, 주로 태양을 뜻하는 별)에서 마지막 글자(ر, R 발음)를 잘라낸 형태임을 간과해서는 안 된다.

노트를 보면 파르사니는 나중에 타프트 시(이란 야즈드 주)에서 이 십자가의 또 다른 수제 모형을 입수했다. 파르사니는 그것이 14세기 후반에서 15세기 초반 사이에 티무르(타메를란)이 페르시아를 정복하고 나서 얼마 안 되어 제작되었다고 판단했다.

> 전통 시장에서 정교하게 세공된 십자가 모형을 우연히 발견했다. 크기는 18x7cm에 은으로 만들어졌고 두 손잡이 사이가 작은 자물쇠로 잠겨 있었다. 상당히 애를 쓴 끝에 자물쇠를 열어보니 이 유물이 아주 신기하고 놀라울 정도로 복잡하게 고안된 장치임을 알 수 있었다. 삼각형의 각 모서리에는 회전 가능한 접합부가 있고 마지막 두 개의 접합부가 별 모양의 머리 부분과 손잡이를 연결한다. 이것은 무릎 관절처럼 생겨서 회전 각도가 90

도로 제한되기 때문에 최대한 돌리면 두 손잡이가 서로 반대 방향을 향하는 수평선을 이룬다. 이렇게 독특한 장치 덕분에 이 십자가는 또 다른 형태의 완전히 다른 유물로, 또 다른 십자가로 변형될 수 있다. 삼각형의 접합부들을 동시에 회전시켜 십자가를 펼친 다음, 두 손잡이에 똑같은 힘을 가하여 반대 방향에서 서로를 향해 밀어 보라. 그러면 십자가의 십각형 머리 부분이 위아래가 뒤집어진 '크룩스 코미사'(T자 형 십자가) 모양으로 접힐 것이다. 이것은 님로드의 십자가, 후대에 성 안소니의 십자가라고 칭해진 것으로, 원래는 여름의 태양 또는 태양신 숭배 제의에서 희생 공양에 쓰일 인간을 결박하는 용도로 쓰였다. 위로 향하는 정상적인 크룩스 코미사는 태양을 상징하므로, 아래로 향하는 크룩스 코미사는 태양에 대한 반역적 자세를 강조하는 상징이라고 믿는다면 나의 착오일까? 또한 아래로 향하는 십자가는 어떤 하강을, 아마도 추락한 태양신이나 태양 제국의 붕괴를 암시할 수도 있다. 크룩스 코미사가 역사적으로 예수 강림의 측면에서 해석된다면, 아래로 향하는 크룩스 코미사 즉 접힌 상태의 악트의 십자가는 각성의 측면에서 이해되어야 한다. 새롭게 재배치된 이 유물의 수평적 부분은 십자가의 손잡이에, 수직적 부분은 접혀 있었던 삼각형들에 해당한다. 양쪽 손잡이에 '나프트'(기름과 석유)[3]에 관련된 쿠란의 문구가 발견되는데, 왼쪽 손잡이에는 야주즈(곡), 오른쪽 손잡이에는 마주즈(마곡)라는 단어가 새겨져 있다. 또한 별의 각 꼭지점(각각의 삼각형)에 숫자가 표시되어 있어서 안쪽 꼭지점을 따라 1부터 8까지 (이 모형의 경우 시계 방향으로, 결국은 순차적으로) 이어지고 바깥쪽 꼭지점을 따라 반대 방향으로 (반시계방향으로) 1부터 9까지 이어진다. 삼각형의 각 변에는 완결되지 않은 문장 또는 단어가 적혀 있다. 그리고 이 독특한 장치의 기발함을 입증하는 마지막 증거로, 일단 삼각형들이 접혀서 위아래가 뒤집어진 크룩스 코미사의 수직적 부분을 이루면 다음과 같은 문장이 완성된다. "야주즈와 마주즈(곡과 마곡)가 나타나는 날, 우리는 그들을 파도와 같이 서로 격돌시킬 것이다." (쿠란 18:99. 도 1, 2, 3-1)

도 1. 악트의 십자가와 그 꼭지점의 접합부를 나타낸 수직적 해부도. 손잡이를 별 모양 머리 부분으로 연결하는 접합부가 꼭지점의 접합부와 다르다는 데 유념하라(좌측) 악트의 십자가 스케치(우측).

악트의 십자가는 흔히 부서진 별, 별 모양 머리 부분, 검정색 해바라기라고 지칭된다. 파르사니의 노트에서 악트의 십자가는 무생물의 악마,[4] 지각 능력이 있는 유물로 의인화되며, 지구의 모든 잠류들과 모순된 사건들을 계수적으로 포착할 수 있는 서술 양식들을 함축한다고 여겨진다. 파르사니는 다음과 같이 쓴다. "그것은 텍스트적 서술에서 전지구적 정치의 서술에 이르기까지, 모든 행성적 시나리오에 나타나는 설정 구멍들을 서술할 수 있다." 악트의 십자가는 엄청난 규모의 행성적 사건들을 이질적이고 이례적인 서술 양식들로 도해할 수 있다. 하미드 파르사니가 최상의 "서술 윤활유"로 숭배한 악트의 십자가는 기름 또는 석유의 윤활적 화학에 입각하여 전지구적인 역학적 활동과 그 개체발생론을 기술한다. 요컨대 그것은 석유를 통해 지구에 관한 모든 서술들을 파악한다. 또한 그것은 중동의 권력 구성체와 정치적 소란을 시뮬레이션하기 위한 모델로 사용된다. 악트의 십자가와 그 변형태는 전지구적 역학 관계를 하나의 완전체로 간주하는 정치적 모델과 전지구적 헤게모니의 모든 양식들에 맞서는 중동의 대담한 신성모독에 대한 다이어그램을 제공한다.

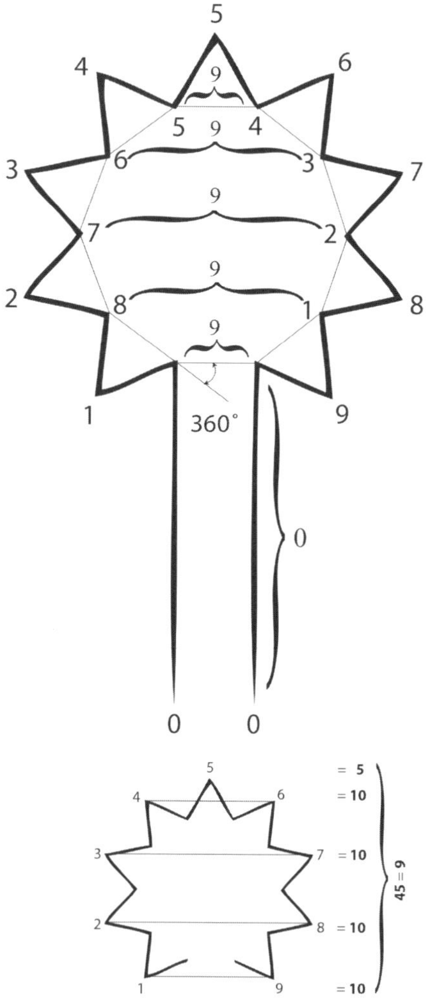

도 2. 악트의 십자가와 그 특성에 관한 계수적 해부도. 각각의 바깥쪽 꼭지점은 안쪽 꼭지점과 연결하여 합이 9가 되게 할 수도 있고 10이 되게 할 수도 있다. 십자가의 손잡이는 계수적으로 0에 해당한다.

또 다른 페이지에서 파르사니는 악트의 십자가에 관해 다음과 같이 상세하게 기술한다.

> 세 개의 십자가는 모두 십각형에 삼각형들을 덧붙여 만든 부서진 별 모양이다. 그리고 이들은 모두 가장 오래된 버전, 심지어 해골에서도 휘발유 냄새가 나는 수사의 공동묘지에서 찾아낸 일부 훼손된 십자가와 유사성이 있다. 이 하프트바드 버전의 십자가는 독특한 특징이 있다. 삼각형들은 원 주위에 새겨져 있고, 원은 그 중심에서 교차하는 세 축(人)을 따라 뒤엉킨 세 마리의 뱀을 에워싼다. 양각은 심하게 뭉개졌으나 원 부분에 파충류의 둥근 비늘이 묘사되어 더욱 수수께끼처럼 보인다. 이런 비늘은 장님뱀과에만 있는데, 이 뱀은 주둥이 쪽 비늘이 앞으로 돌출되어 삽처럼 땅을 팔 수 있는 구조를 형성하며 꼬리 끝에도 뿔 모양의 비늘이 달려 있다. 내가 잘못 본 것이 아니라면, 이 모든 특징은 원의 내부에 뱀이 휘감긴 도상이 악트의 '역병의 바퀴'라는 사실을 입증한다. 이렇게 사악한 시각적 함의가 하프트바드 십자가의 물리적 무게와 합쳐지면서 이 유물은 그냥 다이어그램을 넘어 일종의 무기가 된다. 그것은 권봉이나 곤봉 같은 것, 조로아스터교의 악신 숭배에서 마누쉬하르의 음란한 여동생 마누샤크와 동침한 아에슈마 다에바의 권봉에 상응한다. 이 성혼에서 잉태된 자손이 광신적 숭배의 대상이 되는데, 그 숭배 의식은 올바르든 부정하든 간에 창조의 질서를 훼손하고 그 완전성을 약화한다. 악트는 바로 이 전통에 입각하여 자신의 광신적 교단을 세웠다. 하프트바드 가문이 선조들에게 물려받은 종교 경전을 보면, 악트가 조로아스터의 가르침을 따르는 프리얀 가문의 야비슈트에게 36개의 난문 또는 질문을 던졌을 때 야비슈트가 그중 3개를 풀지 못했다고 나온다. 그러나 조로아스터교 경전은 이를 왜곡하여 질문이 33개밖에 없었고 야비슈트가 악트와 대결하여 모든 질문에 답했다고 기록한다. 그에 따르면 악트는 대결에서 패하여 야비슈트에게 처형당했다. 반면 하프트바드 경전은 악트의 십자가가—원문에서는 "손잡이" 또는 "자루"라고 지

칭되는데—그 자체로 36개의 수수께끼 중 남은 3개의 답을 이룬다고 암시한다. 조로아스터교 경전에서 말하는 바와 달리, 악트는 14번의 금요일에 걸쳐 십자가를 만들고 사라졌다는 것이다.

파르사니의 원고는 하이퍼스티션 연구실에서 열광적인 반응을 불러일으켰다. 악트의 십자가를 버림받은 불멸 또는 “전통 없는 고대”에서 되찾은 유물이자 무생물적 역병을 향해 개방되는 “십진법적 관문”으로 묘사하는 이 노트의 발견은 하이퍼스티션의 이론적-허구적 프로젝트가 지향하는 바와 잘 맞아떨어졌다. 그것은 산술 능력, 지구행성적 역학, 전쟁기계, 석유정치, 기계로서의 전쟁을 파악하기 위한 모델들, 유일신교적 묵시론 간의 연관성을 중동과의 관계 속에서 탐구하는 프로젝트로, 말하자면 ‘허구적 측면의 기술적 요소’가 부족해서 일시 중단된 상태였다. 탐험 중인 이론적 전달체를 실어나를 운송체, 프로젝트의 허구적 측면을 가동하는 데 합당한 권한이 있는 서사의 노선이 필요했던 것이다.

게다가 파르사니라는 돌파구는 하이퍼스티션 연구실에서 들뢰즈-가타리의 ‘전쟁기계’ 모델과 사막 유목주의를 오가며 진행 중이던 논의와도 부합했다. 밀림 군사주의(베트남 전쟁 또는 베트남화 과정)와 사막 군사주의(테러와의 전쟁과 메카경제학) 사이의 이론적 접전 속에서 나선형으로 전개된 논의는 훗날 ‘액상객체성’ 또는 석유정치적 잠류의 논리라고 정의될 무언가로 최종 진화했다. 액상객체적 관점에서 석유정치적 잠류는 서사의 윤활유로 기능한다. 그것은 행성적 구성체의 서사 속에서 모순적인 것, 이례적인 것, 그러니까 ‘설정 구멍들’을 서로 연결시킨다. 그래서 석유정치적 잠류는 지구생명적 탈코드화의 기계들, 음모론, 다중정치, 지구행성적 역학, 또는 질 들뢰즈와 펠릭스 가타리가 다소 유미적, 보수적으로 전유하여 ‘새로운 지구‘라고 칭한 곳으로 퍼져 나간다.(그런데 이 새로운 지구는 어떤 역법에 따라, 어떤 행성적 참조에 의거하여 선언된 것인가?) 액상객체적 관점은 필연적으로 완전체적인 지구에서 분기하여 완전히 다른 존재를 향하는데, 하이퍼스티션 연구실에서는 그것을 ‘지구근절’ 과정에 처한 지구라고 칭한다. 지구근절 과정은 적어도 세 방향으로 펼쳐진다. (1) 모든 행성적 직립물(우상?)을 평탄화한다. 또는 태양(태양적 외부)과 지구의 불타는 핵(내부자) 간의 불타는 내재성을 획득한다. (2) 행성의 몸체를 잠류들과 흐름들 속에 푹 빠지게 해서 완전히 축축하게 만든다. (3) 완전성의 개념이 피상적인 기분전환거리에 불과할 정도로 완전히 타락한 존재자가 된 지구에 참여한다. 액상객체적 관점은 하이퍼스티션 참여자들의 끝없는 온라인 대화를 통해 계속 발전되었다(여기서 이들의 '실명'은 삭제되었다).

X: 동시대의 전쟁기계는 (전쟁 자체를 하나의 기계로서 파악할 때) 들뢰즈-가타리 모델에 잘 부합하지 않는다. 왜냐하면 (1) 그것은 아브라함적 또는 유일신교적 확대와 유일신교 자체를 자극원으로 내포하며, (2) 전쟁을 하나의 대상 또는 더 정확히 말해 결과물로 보고, (3) 이슬람의 유일신교적 열광과 통합되어 기술자본주의적 세계공간과 성혼하기(그러면서 혹시 모를 '세속화'의 잠재력을 아브라함적 목적론으로 치부하여 배제하기) 때문이다.

Z: "이슬람의 유일신교적 열광과 통합되어 기술자본주의적 세계공간과 성혼하기"(그러면서 혹시 모를 '세속화'의 잠재력을 아브라함적 목적론으로 치부하여 배제하기), 바로 이것이 '곡-마곡의 축'이다. 그러나 곡-마곡의 축은 결과적으로 무언가 다른 것과 함께 기술자본주의를 가로지른다.

전쟁 자체를 하나의 기계로서 파악하려면, 다시 말해 아브라함적 전쟁기계를 기술자본주의적 전쟁기계와의 관계 속에서 탐구하려면, 먼저 기술자본주의와 아브라함적 유일신교를 심지어 상호 적대적인 수준에서 연동시키는 성분이 무엇인지 깨달아야 한다. 그것은 바로 석유다. 테러와의 전쟁 자체를 철저하고 기술적인 관점에서 하나의 기계로 파악하려면, 반드시 그 부품들을 미끄럽게 하고 그 흐름을 부드럽게 하는 기름의 문제를 고찰해야 하며, 그러한 고찰은 탄화수소의 여명과 지구 자체의 태초에서 시작되어야 한다. 딘 쿤츠의 소설 『허깨비들』에서 학계에서 쫓겨난 고생물학자, 자칭 고대 전염병학 교수 티모시 플라이트는 싸구려 잡지에 글을 쓰면서 말로 형용할 수 없는 어떤 지각 있는 지구행성적 존재를 추적하는데, 그가 "고대의 적대자"라고 칭하는 이 존재는 여태까지 수많은 문명들을 집어삼킨 것으로 (이를테면 아즈텍 문명에서 로어노크 섬의 '사라진 정착지'에 이르기까지) 추정되었다. 그는 생화학적 전투 부대의 요청으로 (「엑소시스트」에서 신경과 의사가 가톨릭 신부를 초청하여 도움을 구하듯이) 콜로라도에서 한 마을 사람들이 통째로 사라진 이상한 사건의 수사에 참여한다. 고대의 적대자는 「괴물」의 외계 생명체와 유사한 방식으로 유기체를 사냥하는 생물학적 유해 포식자로, 생물마법을 이용하여 다양한 유기체 종류로 모습을 바꾼다(군인 한 명을 홀려서 그의 피를 작은 도마뱀으로 변형하기도 한다). 고대의 적대자는 세 명의 인물을 선택하여 자신의 복음을 전파하려고 한다. 티모시 플라이트는 고대의 적대자가 적그리스도와 많은 유사성이 있음을 발견한다. 그는 희생자들의 시체를 조사하다가 포르피린을 검출하는데, 이것은 동물의 피, 식물, 그리고 석유에 공통적으로 존재하는 화학 물질이다. 고대의 적대자 또는 지구행성적 적그리스도는 메소포타미아의 사해(원래 이곳이 적그리스도의 발상지이다)와 인근 바다에 끈질기게 출현하니, 그의 이름은 석유 또는 '나프트'(아랍어와 파르시어로 기름을 뜻함)이다.

화석 연료에 대한 고전적 이론에 따르면 (그러니까 토머스 골드의 '심층 고온 생물권' 이론을 배제하자면) 석유라는 지구행성적 존재자는 산소가 공급되지 않는 지층 사이의 절대적 고립 상태에서 상상을 초월한 고열과 고압 아래 형성되었다. 그렇다면 프로이트가 말하는 전형적인 오이디푸스 사례일까 ... 석유의 하데스적 형성 과정은 중간자의 정치학을 통해 사탄적 지각 능력을 발전시켰고 그것은 지층에 퇴적된 하나님에 대한 콤플렉스를 통해 (들뢰즈와 가타리가 말하는 "이중 분절, 이중 협공"의 논리에 따라) 불가피하게 지표로 '분출'한다. 신성한 4자음[발음할 수 없는 하나님의 이름 YHVH 또는 YHWH]의 전체주의적 논리에 의해 독성을 획득했으나 화학적이고 형태학적인 차원에서 신성한 논리를 부패시키고 외상을 초래하는 석유의 자율적인 출현의 노선은 인지 불가능하게 뒤틀려 있다. 이런 조건 하에서 출현한 석유는 전세계적 유행병의 규모로 대량 중독을 유발하는 경향이 있다(이것은 자본주의의 부두 경제와 기타 전지구적 현혹 시스템의 유형들과는 다르지만 그에 상응한다). 석유는 지구의 몸체를 '지구행성적 오메가'로, 즉 완전체로서의 지구가 철저하게 전락한 상태로 이행시키는 지구근절 과정에 필수적인 지정학적 잠류들(정치, 경제, 종교 등의 지하적 또는 액상객체적 서술들)을 하나로 모을 수 있다. 궁극의 사막 또는 '건조함의 경주장'으로서 지구행성적 오메가는 태양과 함께 하는 전면적인 내재성의 판, 즉 태양과 커뮤니케이션하는 사람이 더 이상 커뮤니케이션의 내용과 구별되지 않는 상태를 설계한다. 건조함의 경주장은 지구의 '가스 되기' 또는 '화장되어 재로 돌아가기'에 상응한다. 아이러니하게도, 이렇게 타락한 완전성과 뒤틀린 지각 능력의 수준으로 떨어진 지구는 우상의 설립을 금지하는 '하나님의 사막'과 중첩된다. 그리고 실제로 하나님의 사막은 지구행성적 오메가와 그 잠류들 편에서 조종되고 있다. 유일신교의 궁극적 시나리오는 사막을 유발하는 것, 신성한 존재의 독점적 거처를 만드는 것이다. 결국 신성한 존재의 편재성과 유일성을 달성하려면 모든 것을 평탄하게 해야 한다. 그래서 철저한 지하드 전사에게 사막은 이상적인 전쟁터이다. 지구의 사막화는 지상의 우상들에 맞서 신성한 존재의 독점적 질서라는 명목 하에 지구를 변화시킬 준비를 하는 것이다. 와하브파[참된 이슬람의 회복을 주장하는 수니파의 근본주의 종파]와 탈레반 지하드 전사의 방침에 따르면, 모든 직립물 즉 모든 수직성은 명백한 우상을 나타내며 전투적인 수평성으로서 사막은 신성한 존재의 약속된 땅을 의미한다.

유일신교적 묵시론에서 사막의 수평성이 강조되는 것을 고려하면, 들뢰즈와 가타리의 '고른 판'이라는 수평성의 모델은 급진적 정치학에 대한 배신이자 전쟁기계에 대한 위험한 오해일 뿐이다. 그러나 지질학적 현실에서 유일신교는 지구행성적 반란과 잠류들의 비자발적 숙주로 기능하면서 지구 자체의 뒤틀린 지하 세계와 직결된다. 유일신교는 지구행성적 신성모독 또는 지질학적 현실의 뒤틀린 압박을 초래하는 전술과 메타 전략의 뒤얽힌 판이다. 지구행성적 반란은 유일신교의 자취를 따라가면서 그에 상응하는 움직임, 신성한 존재의 독점적 질서에 속하는 것처럼 보이는 종교적 대응물을 먹고 자란다. 요컨대 액상객체적 지구는 석유정치에 의해 양육되고, 지구행성적 오메가는 하나님의 사막에서 무한히 자란다. '묵시론적 왕국' 또는 유일신교의 사막은 지구가 외부적인 것과 함께 공모하는 궁극적 신성모독이 은밀히 침투하여 펼쳐질 수 있는 통로를 제공한다. 묵시론적 사막은 지구행성적 역학이 인간중심적 신념 체계 내부로 스며드는 장이다. 신념 구성체의 일부로 위장한 지구행성적 반란들은 종교를 통해서든 아니면 겉보기에는 세속적이지만 여전히 그 경제 시스템이 유일신교적 플랫폼에 뿌리박고 있는 사회를 통해서든 간에 인간 존재자들의 도움을 받아 안전하게 가속하고 꾸준히 발전하고 이례적으로 재조성되면서 한층 강화된다. 이러한 지구행성적 신성모독 중에서도 최악은 "아버지의 나라가 오게 하소서."이다. 테러와의 전쟁을 가동하는 이 메카경제학적 행위성은 사막이 아닌 모든 것을 하나님의 맹렬한 헤게모니에 거역하는 폭력으로 간주하고 사막을 지구나 그 거주자들과 무관한 독자적 지반으로서 열망하지만, 실제로는 지구를 건조함의 경주장으로 변모시키는 지구행성적 반란에 수동적으로 협력하고 그것을 달성하게 된다. 이븐 하메다니의 표현을 빌리자면 이 사막은 "모든 전염병의 어머니", 지구의 융해된 핵이 태양(절멸의 조류)과 함께 하는 내재성에 도달하기 위한 도면(판)이다. 이 판에서 당신은 사악한 입자들로 변모하지 않으면 휘발하여 우주적 해충의 구성성분으로 다시 모일 것이다. 바로 이 지점에서 종교적 극단주의자들(이를테면 모든 직립물을 혐오하면서 아이러니한 남근광적 성향을 보이는 탈리반들)은 지질학적 반란들의 은밀한 용병, 지구행성적 신성모독(지구의 몸체에 대한 악마문법적 탈코드화)의 광신적 숭배자들로 변모한다. 그들은 하나님을 원하지만 그들이 얻는 것은 지구행성적 오메가다. 지구의 핵이 태양과 함께 하는 작열하는 내재성이 지옥을 설계하는 지구의 축 위에 집결될 때, 그 축은 전체주의적 신성함이나 독점적인 수렴과는 전혀 무관한 것으로 밝혀진다.

그러므로 테러와의 전쟁으로 진행되는 기술자본주의적 사막화 과정, 그리고 사막에 대한 철저한 유일신교적 정신은 모두 석유로 수렴하는 것으로 보인다. 그것은 생산의 대상이자 테러의 중심, 연료이자 정치경제적 윤활유이며, 지구와 생명이 직결된 존재자이다. 서구 기술자본주의의 관점에서 사막이 전쟁기계의 미끄러움과 자본주의의 과잉소비를 유발하여 특이점으로 향하는 중간 과정에 있다면, 지하드의 관점에서 석유는 하나님의 왕국 즉 사막의 부상을 가속화하는 촉매이며 따라서 석유 파이프라인의 종점에 사막이 있다.

또는 다시 한번 윤활유로서의 '석유'를 검토해 보자. 그것은 서술을 매끄럽게 하여 그 역동성 전반을 사막으로 견인한다. 편재하는 존재자인 석유는 행성적 사건들의 역학 관계를 서술하는 지도제작법을 제공한다. 석유는 모든 서술들의 잠류로서 정치적인 것을 넘어 지구의 모든 생명 윤리 이면에 흐르고 있다. 석유는 지구행성적 오메가를 향한 (그것을 '하나님의 사막'이라고 부르든 아니면 특이성의 숙주인 '새로운 지구'라고 부르든 간에) 사막 탐사 전반이 부드럽게 돌아가도록 돕는다. 석유는 그저 만사를 전진하게 하는 지구행성적 윤활유이다. 쿤츠의 『허깨비들』은 석유라는 '액상체'의 표층적(가스 파이프라인), 지하적(석유 매장지), 심층적(토머스 골드의 『심층 고온 생물권』) '괴물성'을 통해 이 같은 지구행성적 오메가를 향한 운동을 해명하는 열쇠를 제공한다. 석유를 윤활유로 파악하는 것은 지구 자체를 석유에 의해 전진하는 다양한 서술들의 몸체로 파악하는 것이다.

X: 여기에는 많은 쟁점들이 있다. 거칠게 요약하자면: 석유는
—서사의 조직자(끈적끈적한 암흑의 핵심). 이 점은 명백하다. 파르사니는 석유에서 그 거울상을 찾을 수 없는 어둠은 이 세상에 존재하지 않는다고 생각한다. 확실히 강의 종점에는 유전이 있다.

— 사이버고딕 융합—악마적/기술경제적 윤활유.
— 석유의 광신적 숭배: 포스트모던 좌파들이 부추기는 음모이론이 태고의 미끌미끌한 제의('석유-메이슨주의'와 그 초역사적 촉수들)에 기름을 친다.

Z: 그리고 석유와 화석 연료가 태양 경제를 향한 또 다른 지구행성적 음모론의 예시임을 잊어서는 안 된다. 유기체에 축적된 태양 에너지가 암질화된 퇴적물 형태로 층화되고 혐기성 박테리아에 의해 부패되어 고도로 층화된 퇴적 분지를 이룬 것이라는 점에서, 석유는 태양 또는 태양 자본주의의 자위적 방종이 지구생명적으로 대체된 것과 같다. 지구는 태양의 헤게모니를 지하적(액상객체적) 차원에서 해체한다. 태양 경제를 만끽하는 것이 태양의 영혼절멸론적이고 허무주의적인 자본주의에 관여하는 것이라면, 어떻게 이 화염지옥의 헤게모니를 근절하지 않으면서 그것을 해체하는 길을 찾을 수 있을까? 근절 즉, 열적 죽음으로 귀결되는 것은 태양 경제와 그 원자핵융합적 방종에 경의를 표하는 또 다른 방법일 뿐이다. 석유는 태양 자본주의와 그 신(新)프톨레마이오스적 태양중심주의에 대항하는 지구행성적 반란에서 명백하게 선도적 위치를 차지한다.

X: 쿤츠가 제공하는 이미지는 석유의 '괴물성', 그것이 고유한 의제를 지닌 특이한 비유기적 신체로서 발휘하는 지하적 응집력을 파악하는 데 정말 유용하다. 일단 여기서는 그 '액상체'가 '상류를 향한' (주유소에서 심층 매장지까지?) 여정에서 점점 더 많은 '대리자'들을 고용한다고 가정하자. 부시와 빈 라덴은 명백히 이 액상체가 지하에서 요동칠 때마다 꿈틀거리는 석유정치적 꼭두각시다. 모든 자명한 정책과 이념을 석유 누출이라는 지구행성적 서사 위로 무너뜨려 보라. "설령 오메가-해충이 수소나노융합 에너지로 움직인다고 해도, 동시대성을 난도질하는 실제의 전쟁기계는 의심의 여지없이 기름으로 뒤덮여 있다." 석유와 이슬람 묵시론의 관계를 해명하여 그것을 이슬람과 무관하게 석유가 촉진하는 행성적 무질서의 잔여로부터 다소간 확실하게 분별할 수 있는 그럭저럭 명쾌한 방법이 있을 거라고 생

각하는지?

Z: 석유 산업은 집단화되지 않는 독립적 석유 생산자들에게 파멸만을 가져온다. 라틴 아메리카의 문제는 그들이 전통, 문화, 사회, 언어의 전 영역에서 연결되어 있지만, 석유 문제에 관해서만은 제각각의 석유 시추 정책들과 정치적 의제들로 분열된다는 것이다. 석유라는 측면에서 그들은 빈곤과 파멸의 잔해만을 공유할 뿐이다. 반면 이슬람 전선에서 석유는 일종의 건설적 기생체로 변이하여 경제적, 군사적, 정치적 형제애의 원천이 되었다. 중동 지역에서 석유라는 기생체는 유일신교의 불타는 핵과 전략적 공생 관계를 확립했는데, 왜냐하면 석유가 솟아난 곳이 단순히 특정한 지정학적 경계 내부가 아니라 "이슬람의 대륙"이었기 때문이다. 다시 말해 이슬람은 지하드와 그 유일신교적 규약으로 촉진되고 연계되는 석유정치적 네트워크로 나아갔다. 확실히 지하드는 액상체의 기생체들(즉 석유에 환장한 동서양 국가들)을 먹여 살리고 그 몸체들이 전진할 수 있도록 연료를 공급하면서 석유와 함께 움직인다. 지하드의 이슬람 묵시론이라는 종교정치적 사건과 행성적 특이성의 도래를 알리는 석유의 역할은 바로 이 지점에서 만난다. 라틴 아메리카와 달리, 이슬람은 석유를 궁극의 지구행성적 윤활제, 즉 지구상의 모든 서술들의 윤활유로 지각했다. 그것은 이슬람 전쟁기계들이 특정한 지정학적 범위의 종교적 행위주체에 한정되지 않고 매끄럽게 나아가서 지구의 흐름과 뒤섞인 행성적 존재로 변모할 수 있는 급진적인 전술의 장을 형성했다. 유일신교의 관점에서 지구가 하나의 행성을 넘어 종교적 대상이 되는 까닭은, 쿠트브[1906-1966, 이집트 무슬림형제단의 이론가로 이슬람 근본주의의 기본 이념을 구축했다]가 강조했듯이 지구 자체가 알라의 '외재적' 의지에 굴복하여 신성한 존재를 향해 나아가기 때문이다. 그러니까 지구는 알라에 대한 전면적 굴복의 종교인 이슬람의 재산이자 그 일부라는 것이다. 자본주의가 석유를 단순히 엔진에 넣는 기름 정도로 취급하는 데 반해, 이슬람의 편에서 석유는 모든 것이 사막에 굴복하는 방향으로 움직이게 하는 윤활적 흐름 또는 지구행성적 유동이

라는 의미가 지배적이다. 이 사막은 우상을 세우는 것이 금지되고 모든 직립물이 불타 무너지는 하나님의 왕국이다. 이처럼 모든 것을 제거하는 하나님의 사막으로 굴복하는 행위가 '타슬림' 또는 굴복의 종교, 즉 이슬람이다. 석유가 사막을 향해 흐른다면, 그 안에 용해된 것들 또한 그러할 것이다.

X: 석유라는 서사의 조직자를 놓치지 않으면서 곡-마곡의 축(테러와의 전쟁에 연루된 두 집단?)과 그 석유정치적 잠류들을 수비학적 모델과 추상적 다이어그램으로 전개하고 파악할 수는 없을까?

파르사니가 발견한 악트의 십자가를 지구적으로 가동되고 석유로 미끄럽게 돌아가는 곡과 마곡의 수열(곡-마곡의 축)으로 도해해 보면 그 안에서 모든 답을 찾을 수 있다.

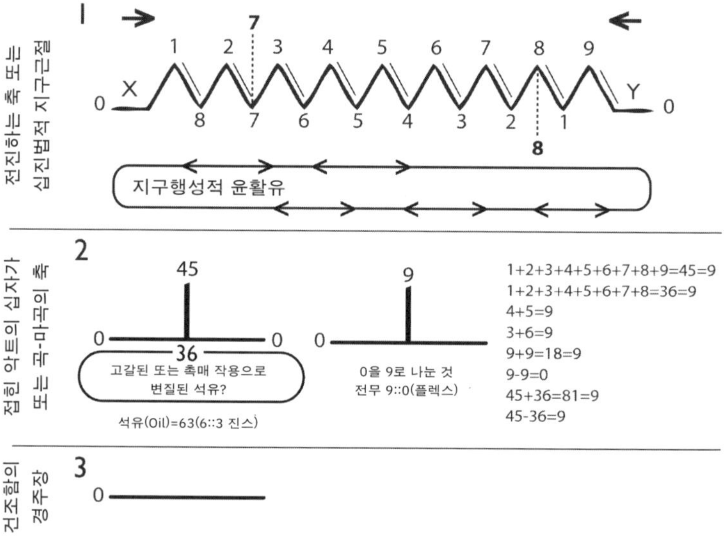

도 3. 접었다 펼친 악트의 십자가 또는 전진하는 곡-마곡의 축(도 3-1).
곡-마곡의 축 또는 성혼한 악트의 십자가(도 3-2). 건조함의 경주장, 사막 또는 악트의 십자가의 군사적 수평성(도 3-3).

도 3-1은 곡-마곡의 축에서 나타나는 십진법적 수열을 다이어그램으로 그린 것이다. 펼쳐진 십자가의 (결과적으로 뒤집어진 T자로 접히기 전의) 십진법적 순서는 (꼭대기 쪽의) 01234567890 아니면 (골짜기 쪽의) 0123456780이다. 이러한 숫자의 연쇄는 이른바 '생명의 나무', 즉 1에서 시작하여 점증적으로 10까지 나아가는 자연스러운 등차수열에 상응한다. 주술적 관점에서 생명의 나무는 마초-오르가즘적 수열 모델에 기반하는 퇴폐적 구조다. 생명의 나무에서 10이라는 (십진법의 왕 또는 군주에 해당하는) 순수한 절정으로 나아가는 수열은 이미 위축의 과정에 있는데 왜냐하면 10은 동일한 방식으로 분석해서 1로 붕괴하기 때문이다(10=1+0=1). 그러나 악트의 십자가가 접혀서 (궁극의 십진법적 신성모독인) '데카당스의 십자가'로 추정되는 형태가 되면 십진법적 순서는 더 이상 '자연스러운' 순열에 따라 전개되지 못한다. 악트의 십자가 또는 곡-마곡의 축을 해독하는 데 관계된 십진법적 수열은 도합 9가 되는 숫자들, 이른바 '도합 9의 마법'이라 불리는 한 종류뿐이다. 9는 배수적으로 불완전하고 전체주의적 점술 즉 하나 또는 1(0)이 되기를 완강히 회피한다는 특징이 있다.

악트의 십자가에 나타나는 주름 또는 도합 9의 파동은 0-9, 1-8, 2-7, 3-6, 4-5, 5-4, 6-3, 7-2, 8-1, 0을 포함한다.(도 3-1) 십자가의 골짜기 또는 안쪽 꼭지점에 위치한 숫자 1은 8과 9 사이에 있다. 그러나 꼭대기 또는 바깥쪽 꼭지점에 위치한 1은 0과 8 사이에 있다. 파르사니가 지적하듯이 손잡이 또는 0의 판들에 동시에 힘을 가하여 서로를 향해 반대 방향에서 밀어 보면, 펼쳐져 있던 십자가는 뒤집어진 T자형의 또 다른 십자가로 오그라든다. 삼각형들이 접힌 형태가 바뀌면서 십자가의 안쪽과 바깥쪽 꼭지점 숫자들이 서로 더해진다. 악트의 십자가가 펼쳐지고 접히는 과정은 그 자체로 십진법적 수열을 표명한다. 도합 9가 되는 이중의 꼭대기들과 골짜기들 사이에서 십진법적 수열이 전개된다. 이 경우, 도합 9가 되는 것은 0과 9, 1과 8, 2와 7, 3과 6, 4와 5의 총 5쌍뿐이다. 이 다섯 쌍을 '시지지'(함께 굴레에 메인다는 의미의 그리스어 '수주고스'에서 유래)라고 하며, 도합 9가 되는 시지지의 특징을 '자이고노비즘'[굴레를 뜻하는 그리스어 '자이곤'과 9를 뜻하는 라틴어 '노벰'의 합성어]이라고 칭한다. 각각의 숫자는 자이고노빅한 짝이 있다. 예를 들어 6이 도합 9가 되는 짝은 3이고, 0의 짝은 9이다. 자이고노비즘과 시지지는 생명의 나무의 불완전한 짝패로서 수비학적 다이어그램의 기본 요소다. 수비학적 다이어그램은 0에서 9에 이르는 십진법 그 자체로 자연스럽게 펼쳐진다.(도 4) 수비학적 다이어그램과 생명의 나무의 가장 큰 차이는 생명의 나무가 창조되어야 하는 반면 수비학적 다이어그램은 십진법적으로 자율적이라는 점이다. 생명의 나무는 창조의 행위로 완성되며 그 계수적 다이어그램은 기존의 숫자 1과 0에서 창조된 숫자 10으로 그려진다. 따라서 생명의 나무는 창조론을 지지하는 강박적 믿음에 상응한다. 반면 수비학적 다이어그램은 숫자 9로서 이미 거기에 도사리고 있다.

악트의 십자가를 보면 납작한 연장부(X와 Y로 표시된 십자가의 손잡이)는 이접하는 0 또는 무관용의 판들로 기능한다. 이 납작한 연장부를 통해 가해지는 힘이 시지지들 또는 삼각형들에 분배되면서 십자가가 접힌다. 하이퍼스티션에서 그린 수비학적 다이어그램의 지구근절 버전에서(도 3-1) X와 Y는 곡과 마곡을 나타내고 십자가 전체는 곡과 마곡의 축이라고 칭해진다. 이 유물의 손잡이에 적힌 대로, X와 Y(곡과 마곡)이 서로를 향해 계속 움직일 수 있는 것은 지구행성적 윤활유(석유)의 흐름 또는 석유정치적 잠류 덕분이다. 그렇지만 이 축에 최대의 힘을 부여하는 것은 X와 Y의 충돌이며, 그 움직임은 한편으로 시지지들을 통해, 다른 한편으로 지구행성적 저류 또는 석유정치적 잠류를 통해 가동된다.(도 3-1) X와 Y는 어쩔 수 없이 미끄러운 기반암 또는 지구행성적 윤활유(석유) 위로 미끄러지면서 수비학적 다이어그램의 십진법적 수열을 통해 서로를 향해 반대 방향에서 접근한다. 그래서 파르사니는 악트의 십자가를 "각성의 십진법적 시간표" 또 때로는 "지구생명적 예언 장치"로 칭하는데, 이 용어는 폴란드의 수학자이자 철학자인 유제프 마리아 호에네브론스키에게서 빌려왔을 가능성도 있다. 곡-마곡의 축 또는 악트의 십자가는 테러와의 전쟁에서 서로를 향해 나아가는 이슬람과 기술자본주의의 역동성을 정교한 계수적 다이어그램으로 표현한다.

끝이 가까워진다. 만약 X 또는 Y, 곡 또는 마곡 중 한쪽이 전진하는데 다른 한쪽이 멈춰 있다면, 십진법적 수열은 (초읽기의 형태로) 셈해질 수 있다. 그렇다면 축의 역동성을 예언하기도 (1 다음에 2 다음에 3 다음에 4와 같은 식으로) 가능할 것이다. 일단 십진법적 수열을 예언할 수 있게 되면, 지배적인 움직임을 (즉 꼭대기들이나 골짜기들과 연관된 십진법적 수열 중 하나를) 정당화하기 위해 신념[5]이 출현할 것이다. 그런 신념은 (X나 Y의) 지배적인 운동의 편에서 초월론적으로 불변하는 목적을 부여함으로써 지배적인 쪽에 합법적인 통치의 헤게모니를 부여한다. X와 Y의 운동은 01234567890이나 0123456780 같은 상대적인 십진법의 순서로 표현될 수 있다. 그러나 곡-마곡의 축에서 지배적 운동 즉 헤게모니가 부상할 위험은 석유정치적 잠류가 촉발하는 참여와 연동 운동으로 약화된다. 여기서 숫자들은 단순히 셈해지는 것이 아니라 접히고 짝지어지고 올라가고 내려가고 연속적인 동시에 불연속적인 운동으로 서로를 구축한다. 이렇게 상반되면서도 상조적인 운동은 오로지 고유한 역동성과 지각 능력을 지닌 윤활유인 석유의 미끄러운 메커니즘을 통해서만 가능하다. X와 Y 양쪽 모두에서 운동은 상대적으로 일어난다. "끝이 가까워진다"라는 것은 양쪽 모두 상대편이 접근하고 있다고 느끼는 역동적으로 모호한 과정이다. 자본주의의 관점에서는 이슬람이 반대편이고, 이슬람의 관점에서는 자본주의가 반대편이다. 그러나 동시에, 지구는 이슬람과 자본주의 양쪽 모두의 반대편에 있다. 지구가 외재적이라는 말이 아니라, 그것이 '기어들어온 외부자'로서 내부자에 해당한다는 말이다. X와 Y는 서로를 향해 반대 방향에서 접근하지만 힘을 합쳐서 곡-마곡의 축을, 즉 주술적, 지구행성적, 사회적 역학 관계 위에 촘촘히 짜인 십진법적 질병 체계를 집결시킨다. X와 Y가 미끄러운 기반암 위를 미끄러지며 서로를 향해 나아가고 꼭대기들과 골짜기들이 서로 접히면서 축이 집결된다(이것을 '파이프라인 오디세이' 또는 '악마의 배설물'이라고 칭하자). 결과적으로 X와 Y가 그들의 시지지들을 주름잡아 하나의 접힌 형태로 변형하면 곡과 마곡의 장벽, 45-36 또는 9-0의 조성이 성립한다. 이렇게 펼쳐지는 파노라마는 X와 Y, 그리고 작자미상의 자료들과 공모한 결과다.(도 3-1, 3-2)

> 내게 쇠붙이를 가져오라, 그때 그는 두 산의 계곡 사이를 메꾸니 풀무질을 하라고 하더라. 그때 그것이 빨갛게 달구어지니 그 위에 부을 수 있도록 녹은 구리를 가져오라 하더라. 그래서 그들(곡과 마곡)은 등성이에 오르지도 못하고 그곳을 파헤치지도 못하더라. (쿠란 제18장)

집중적이고 비가역적인 충돌 지역을 결집하여 곡과 마곡의 헤게모니를 무효화하기.(도 3-2, 3-3) 모든 삼각형들이 서로 접혀서 부서진 별이 아래 방향의 크록스 코미사 또는 뒤집어진 T자형으로 수축하고 나면, X와 Y 또는 곡과 마곡 사이에 새롭게 접힌 형태가 출현한다. 이것은 궁극의 십진법적 접힘이며 곡과 마곡 사이의 가장 강렬한 (대립적인) 활동 영역이다. 그 대립은 너무 강렬하여 결국 방어용 장벽을 무너뜨린다(위의 꾸란 인용문 참조). 다시 말해, 이런 활동은 수직적으로 접힌 형태를 약화한다. 악트의 십자가 또는 축 위에서, 이 궁극의 접힘은 두 개의 0을 연결하는 동시에 구분 또는 분리하여 그 사이에서 계수적 결합(45-36)을 생성한다.(도 3-2) 그러나 0은 무(無)로 수렴한다. 0을 임의의 수로 나눈 값은 0이다. 그리하여 수비학적 다이어그램과 상응하는 전무(全無)의 영역(9-0)이 출현하여 0으로 침잠한다. 십진법적 다이어그램으로 45-36 또는 9-0으로 표시되는 수직적 접힘은 0에 의해 용납되지 못하는 까닭에, 그것은 결국 납작해져서 무관용의 판과 같이 평평해진다. 곡-마곡의 축이 접힌 최종 형태가 0으로 내파하면서 일관되게 수평적인 건조함의 경주장 즉 사막이 탄생한다. 곡-마곡의 축은 실재적인 것의 불타는 핵(지구 내부의 철의 바다) 그리고 태양 폭풍과 함께 전면적인 내재성에 도달한다.(도 3-3)

X와 Y는 (또는 곡과 마곡은, 명백하게 테러와의 전쟁과 관련해서) 둘 다 미끄러운 기름 위에서 기어가는 석유정치적 꼭두각시다. 그러나 곡-마곡의 축 또는 접힌 형태의 악트의 십자가가 보여주듯이, 그것은 기름과 밀접하게 접촉하면서 지구행성적 윤활유에 갈수록 더 많이 노출된다.(도 3-2 참조) 골짜기의 합은 36(3-6)이다. 도합 9가 되는 6-3의 쌍은 '석유'에 해당하는데, 왜냐하면 'Oil'이라는 단어를

영어식 카발라(AQ)로 변환하면 63이 되기 때문이다. 숫자 63(=석유)는 수비학적 다이어그램에서 6::3으로 나타나는 '진스'(외부)의 영역에 해당한다. 외부 또는 반대편은 석유에 깊이 파묻혀 있다.

{36=AQ(영어식 카발라*)=ABJAD: 십각형의 각 변에 위치한 삼각형들이 36도씩 회전하니, 이는 이슬람 이전 메카에 있었던 360개의 우상에 상응한다} (*영어식 카발라 즉 AQ[6]는 문자-숫자적 효율성과 기술문화적 단순성이 특징으로, A=10부터 Z=35까지 엄격한 계단식 수열을 이룬다. DO WHAT THOU WILT SHALL BE THE WHOLE OF THE LAW[그대 의지하는 바를 행하는 것이 율법의 전부로다]=777. AL={A=10}+{L=21}=31={ALEPH=1}+{Lamed=30})

곡-마곡의 축에서 발생한 강렬한 행위들과 기름을 향한 그들의 강렬한 열망으로 인해 지구행성적 윤활유(석유)는 그냥 소진될 수도 있고 촉매 작용을 거쳐 변질될 수도 있다. 곡과 마곡이 서로 반대 방향으로 나아가는 마찰 운동과 이례적인 참여를 통해 그들의 미끄러운 요람을 마주 접으면 고갈 또는 연소에 의한 변질이 임박해진다.(도 3-2)

> 자이납 빈트 자흐쉬가 가로되, 예언자(무함마드)가 잠에서 깨어나 얼굴을 붉히고 말씀하셨다. 알라 외에는 신이 없도다. 아랍인들에게 화가 있을지니, 거대한 악이 그들에게 다다랐구나. 오늘 곡과 마곡의 장벽에 이만한 틈새가 만들어졌다(수피얀이 손가락으로 90에서 100 정도의 숫자를 그려 보였다). 누군가 물었다. 우리 중에 올바른 사람들이 있는데도 우리가 파멸할 것입니까? 예언자가 말씀하셨다. 만약 악이 증가한다면 그럴 것이다. 아부 후라이라가 가로되, 예언자가 말씀하셨다. 시간이 빠르게 흐를 것이며, 지식이 감소할 것이며, 사람들의 마음에 비참함이 퍼질 것이며, 고통이 나타날 것이며, 많은 하르지가 있을 것이다. 사람들이 물었다. 오 알라의 전령이여, 하르지가 무엇입니까? 그분이 말씀하셨다. 살인, 살인! (알-부하리)

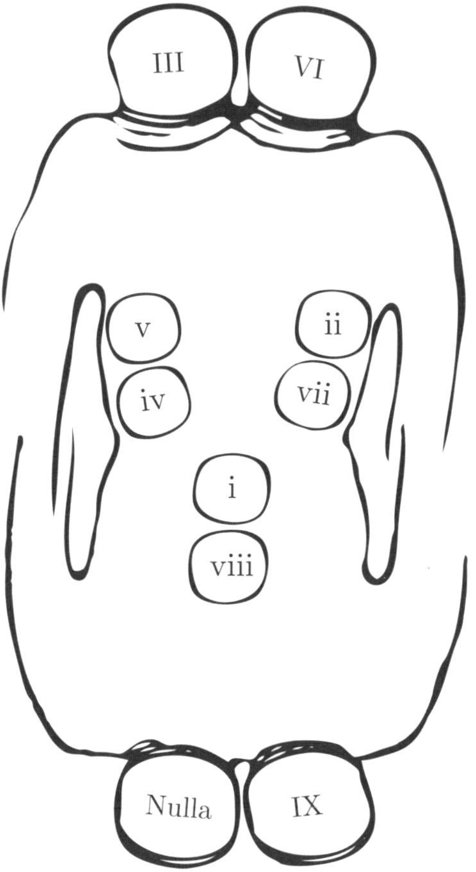

도 4. 도합 9가 되는 숫자들에 기반한 수비학적 다이어그램은 ('십진법의 미궁' 또는 '십진법의 쌍둥이'라고도 알려져 있는데) 세 개의 구역으로 이루어진다. 전무(0+9), 시간-회로(8+1, 7+2, 5+4), 진스(6+3). 전무와 진스는 다이어그램에서 외부적 위치를 점한다. 수비학적 다이어그램은 도합 10의 구축물 또는 생명의 나무의 '세피로트'와 달리 도합 9의 마법에 의해 작동하며, 완벽주의보다 불완전성과 비결정성을 지향한다.

석유를 나타내는 초허구적 존재자들. 석유는 그 서사적 화신들을 통해 또 다른 지구생명적 파노라마에 참여할 기회를 얻는다. 다양한 서술들에 출현하는 석유의 화신들에 대한 분류학적 다이어그램을 그려 보면 동시대 전쟁기계들과 테러와의 전쟁을 이루는 석유라는 구성성분을 더욱 생생하게 포착할 수 있다. 액상체를 숭배하는 고대 중동의 광신적 종교 집단 '나프트(기름)의 사람들'—악트가 처형 또는 실종된 후 재결집된 종교 집단으로, '나프타니즈'라고도 한다—이 추적한 바에 따르면, 고대의 적 또는 석유를 나타내는 초허구적 존재자들은 주로 다음과 같이 식별된다.

I. 모든 것이 매끄럽고 불가피하게 확산하고 전진하도록 촉진하는 윤활제 또는 지구행성적 윤활유인 석유. 석유의 초전도성과 전지구적인 석유역학적 흐름이 사건들의 배열에 크게 관여하기 때문에 사건들의 발생과 진행에 있어서 시간보다 오히려 석유의 영향이 더 강하게 작용할 수도 있다. 서사의 전개 즉 서술 상에서 사건의 전개가 연대기적 시간의 진행을 함축한다면, 동시대의 행성적 구성체에서 역사의 진행을 결정하는 것은 석유의 유입과 유출이다.
II. 사해의 사냥꾼. '고울-에 나프트' 즉 석유광은 고대 아랍어와 페르시아어 민간 설화에 나오는 존재로, 아라비아의 평평한 사막을 배회한다고 알려져 있다. 석유광에 대한 공포는 특정 사회의 민간 설화에 기원하는 문화적 산물이다.
III. 지하의 액상체. 지구의 내장에 존재하는 원초적 성간 박테리아 군집에서 비유기적으로 합성된 물질이 끓어오르는 것(토머스 골드의 심층 고온 생물권 이론). 골드에 따르면, 석유는 지구 내부에 존재하는 박테리아에 의해 비유기적 방식으로 생산되기에 석유 매장지는 어느 정도 재생 가능하며 어쩌면 고갈되지 않을 수도 있다. 그리고 석유를 생산하는 박테리아 군집이 이동하기에 석유 분포 지역은 영원히 고정된 것이 아니라 변동할 것이다. 재생 가능성, 고갈 불가능성, 석유정치적 분포 패턴의 변화는 우리가 행성적 수준에서 정치, 경제, 군사화를 이해하는 방식에 막대한 영향을 끼친다. 석유 전쟁의 지속과 종식은 행성적 삶의 모든 수준에서 엄청난 깨달음과 그에 상응하는 결과를 함축한다. "석유를 위해 피를 흘리지 마라"라는 고전적인 평화주의 슬로건은 탄화수소가 석유의 기원을 이룬다는 화석 연료 신화에 입각하여 포르피린의 석유정치와 결합한다. 포르피린은 피와 석유에 모두 존재하는 물질이다. 그러나 토머스 골드는 이 것이 화석 연료 이론의 타당성을 뒷받침하기 위해 교묘하게 조작된 것이라고 여긴다. 화석 연료 신화의 지지자들은 포르피린의 존재를 두 액체 모두 탄화수소라는 공통의 혈통에서 유래했다는 증거로 본다. 피를 석유와 동일시하는 것, 더 나아가 피를 석유의 대가라고 가정하는 것은 화석 연료가 유한하다거나 석유가 유기물에서 비롯되었다는 빈곤한 이론에 기반한다. 석유 평화주의자들은 그들이 신봉하는 포르피린의 신화(화석 전통주의)를 통해 석유의 전체주의적 빈곤을 뒷받침한다.

IV. 태양의 검은 시체. 파르사니가 인생의 후반부에 작성한 주술적, 고고학적, 이론적 노트는 석유를 도해하는 부서진 별 모양, 즉 부서진 십각형의 각 변마다 삼각형이 달린 추상적 다이어그램에 관한 상세한 설명으로 채워져 있다. 파르사니는 '악트'와 그의 광신적 종교 집단이 숭배했던 지구행성적 해충(고대 페르시아의 아베스타어로 '악트'라는 이름은 해충 또는 유독물을 뜻함) 즉 석유를 경제적 판 위에서 계수적으로 파악할 수 있다고 주장한다. 해충의 형체에서 떨어져 나온 단편들은 주식 시장, 무역망, 이례적인 경제 현상에서 분간하고 추출할 수 있다. "행성권에서 태양의 검은 시체를 순환시키는 석유정치적 교통은 태양의 헤게모니를 방종하게 소비하는 것보다 창조적으로 훨씬 더 위험하다." 파르사니는 1989년에 「태양 제국의 흥망성쇠」에서 이렇게 고찰한다.

V. 지구에 속하는 자율적 화학 무기로서 지각 능력이 있는 존재자인 동시에 하나의 사건. 석유는 절대적 광기로 자본을 중독시키는 행성적 전염병으로서, 선진 문명의 기술적 특이성으로 가동되는 경제 시스템 내부로 확산된다. 자율성을 지닌 지구생명적 공모자인 석유의 자취를 따라가 보면 자본주의는 인간 행위의 결과가 아니라 행성적 규모의 불가피성으로 나타난다. 다시 말해, 여기서 자본주의는 심지어 인간이 출현하기도 전에 자신

의 숙주를 기다리고 있었다.

VI. 탄화수소 시체 주스. 퇴적 분지(거대 묘지)에 납작하게 쌓여서 액상화된 유기적 시체로 이뤄진 종말 이후의 존재자. 지질학자들은 퇴적률이 높을수록 유기물이 많이 보존된다는 전제 하에, 퇴적률이 파국적 수준(노아의 홍수)에 이르면 유기물이 너무 급속히 근절되고 살해되고 매장되는 바람에 포르피린을 분해하는 바닷물 속 산화제의 작용이 차단된다고 추정한다. 석유는 유기체의 사후적 산물로서 죽음에 속박된다. 석유의 정신, 그 기원과 결말은 순수하게 목적론적이며 따라서 그것이 고무하는 것은 모두 죽음과 최종 결말이라는 죽음의 논리 위에 성립한다. 탄화수소 시체 주스인 석유는 그 자체가 필멸적 존재자로서 석유-메이슨주의적 질서와 관련 정책들—OPEC[석유 수출국 기구]와 테러와의 전쟁을 담당하는 기관들, 포스트모던 좌파들에 이르기까지—을 지탱하는 이념의 원천이 되어 왔다. 그것은 토머스 골드가 '화석 연료 신화' 또는 고갈 가능한 유전이라고 부르는 것에 연관된 일종의 신으로, 지구의 사회정치적 신체를 목적론적으로 도구화함으로써 추출된다(OPEC은 이 액상체로 수렴하는 다른 존재자들과도 연관된 것으로 추정된다). 화석 연료 신화가 유발하는 병리학적 증상들은 다음과 같이 요약된다.

i. 유전의 고갈 가능성과 결부된 저개발과 의도적 궁핍화 정책: 석유가 없어지고 있기 때문에 우리는 그것을 지혜롭게 계획적으로 써야 한다(신중한 궁핍의 오류).
ii. 과잉의 금지와 그에 내재하는 억압(지구의 교훈, 이른바 '녹색 심판').
iii. 석유의 소진에 기반한 행성계의 사회정치적 프로그래밍. 모든 미끄러운 것은 죽음과 함께, 죽음을 향해 제조된다.
iv. 유일신교적 플랫폼이 그들의 신념 역학 및 묵시론적 정치학을 연료와 혼합하여 경제 시스템에 공급한다: 지구의 정수가 고갈되는 것은 하나님의 나라가 도래하기 위한 전제조건이다. 지구의 모든 가능성이 소진되어야 비로소 하나님이 나타날 (스스로 계시할) 수 있다. 화석 연료 신화는 종교적 예측과 기대가 석유 산업을 통해 제도화되는 것과 연관된다: 우리는 석유로 무엇인가 생산할 때마다 하나님에게 한 걸음 더 가까이 간다. 석유 소비의 수수께끼 또는 지구 에너지의 고갈은 신성한 존재의 절대적 권능이라는 대체 에너지원과 성혼한다. 석유 소진의 시나리오는 예측이 섣부른 판단에 그치지 않고 뒤이은 희망적 활동 또는 절망적 무기력을 통해 예측된 미래의 실현에 가담하는 연대기적 시간과 연관될 수 있다.

VII. 악마의 배설물("나는 석유를 악마의 배설물이라고 부른다."—후안 파블로 페레즈 알폰소[1903-1979, 베네수엘라의 광업개발부 장관으로 OPEC의 설립을 주도했다]). 석유는 사회와 경제 시스템을 석유정치적으로 천천히 찢어발기면서 (저)개발하는 가학적 음모론자다.

VIII. 가이아의 향기나는 주스.

IX. 파이프라인을 기어다니는 벌레(질주를 위한 주스), 이슬람 전쟁기계들을 서구 문명으로 밀반입하는 자율적 운송체의 암호명. 그러나 다른 각도에서 이 파노라마에 접근하면, 그것은 사실 종교적 플랫폼에 기반하든 아니든 간에 모든 정치적 성향의 항문 깊숙이 석유로 수렴하는 여러 가지 서사적 존재자들을 천천히 침투시키는 것이기도 하다. 가솔린은 지구의 가장 구석진 곳까지 흐름이 통하도록 압력을 가해서 원거리의 접근성을 높이는 범죄의 공모자다. 석유는 둔감제이자 윤활제인 동시에 침범의 대상이다.

X. 화염소, 또는 촉수를 뻗는 미국식 방화광악마숭배. 그것은 모든 것을 정화하는 카타르시스적 불꽃의 조류(아리아주의적 순수성과 결부된 그리스-로마적 주제)를 숭배하는 특성별 유신론과 혼란을 불러일으키는 불완전 연소 과정을 통해 전파되며, 특히 후자는 베트남 전쟁의 민간인 마을 방화와 미국 전쟁기계의 네이팜 강박과 연관된다: "나는 가솔린 깡통을 쥐고 지옥에 가

겠다.” (웨스트 대령).

XI. 성수(때로는 ‘성스러운 금’): 석유는 생산을 위해서가 아니라 오로지 이슬람을 위해 쓰인다(특히 수출용의 경우):

> 석유를 수출 대상으로 만들지 마라. 석유를 통해 모든 상품을 수출하라. 지하드를 짊어진 부산물을 포함시키지 않고 석유를 판매하는 것은 용서받지 못할 죄다. “우리는 전쟁과 함께 이슬람을 수출했다”라는 슬로건은 동시대 석유정치의 맥락 속에서 새로운 의미를 창출한다. (제이, 『야투의 책』)

악트의 십자가와 자이고노비즘(도합 9의 마법): 악트의 십자가 또는 데카당스와 자이고노비즘에 관한 노트. 파르사니의 노트에 따르면, 그는 이란의 파르스 주에 위치한 볼라기 협곡의 역사적 유적지에서 또 다른 십자가 모형을 발견했다. 그것이 발견된 시점은 파르사니가 끝내 사라지고 시반드 댐 건설로 수몰 위험에 처한 유적을 보존하기 위해 국제적 고고학 연구팀이 방문하기 3개월 전이었다. 십자가의 기본 구조 패턴은 역시 십각형이었지만, 십각형의 각 변에 달린 것은 삼각형이 아니라 정사각형이었다.[7] 삼각형은 조로아스터교와 후기 주르반교의 가장 성스러운 기하학적 형태로 전락했다. 사각형은 입방체의 기하학적 단위로서 유일신교의 찬란한 숭배 대상이었다. 새로운 발견의 흥분이 가라앉자 파르사니는 이렇게 쓴다. “내가 의심한 대로, 이것은 악트의 십자가를 종교적으로 올바르게 교정된 것이다.[8] 원래의 십자가를 둘러싼 삼각형들이 다에바-마미(악마 마미)에 상응하는 소진 불가능성을 지닌 반면, 새로 발굴된 이 십자가는 원래의 십자가에 내재된 계수적 메커니즘을 무력화하는 1(0) 또는 유일자의 펼쳐짐을 표상하기 때문이다. 이렇게 체계적으로 길들여진 십자가는 ‘파라의 질서’ 또는 신성한 완전성을 그려 보인다. 그것은 유일신교의 최고 존재, 도미누스의 자위적 오만을 달래기 위해 신중하게 고안된 다이어그램이다.”

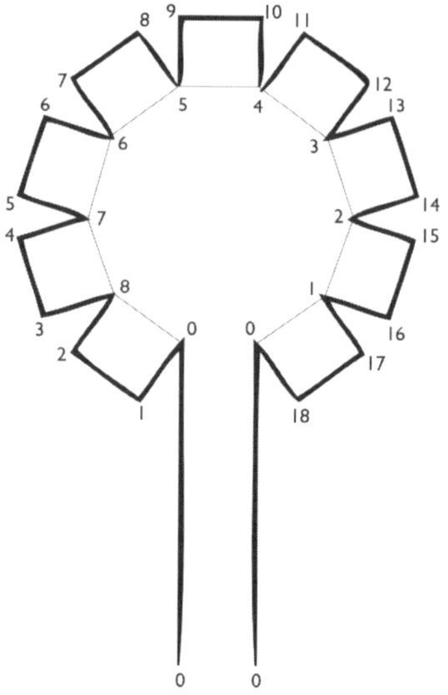

꼭대기들과 골짜기들의 십진법적 수열

0 0 1	=1	=1
2 8 3	=13	=4
4 7 5	=16	=7
6 6 7	=19	=1
8 5 9	=22	=4
10 4 11	=25	=7
12 3 13	=28	=1
14 2 15	=31	=4
16 1 17	=34	=7
18 0 0	=18	=9

사각형들의 십진법적 수열

2=	11=	1 2 8
4=	22=	8 3 4
6=	24=	7 5 6 6
8=	26=	6 7 8 5
1=	28=	5 9 10 4
3=	30=	4 11 12 3
5=	32=	3 13 14 2
7=	34=	2 15 16 1

도 5. 조로아스터교 사제들이 십자가를 분석하여 정리한 도표. 사각형의 십진법적 수열(꼭지점 숫자들의 합)은 다음과 같다. 11{=2}, 22{=4}, 24{=6}, 26{=8}; 28{=1(0)}, 30{=3}, 32{=5}, 34{=7}, 36{=9}.

이어지는 글은 "종교적으로 올바르게" 교정된 악트의 십자가 모형에 관한 초기 조사 내용을 일부 요약한 것이다. 파르사니는 이것을 냉소적으로 '카지-에 악테'('악테' 십자가, 거세된 십자가)라고 칭했다.(도 5) 파르사니의 노트가 해독 불가능한 필기체와 문장을 완성하지 못하는 조급함으로 알아보기 어렵게 쓰여 있었기 때문에 하이퍼스티션 팀이 임의로 노트를 편집하고 고쳐 쓰고 재조립했다.

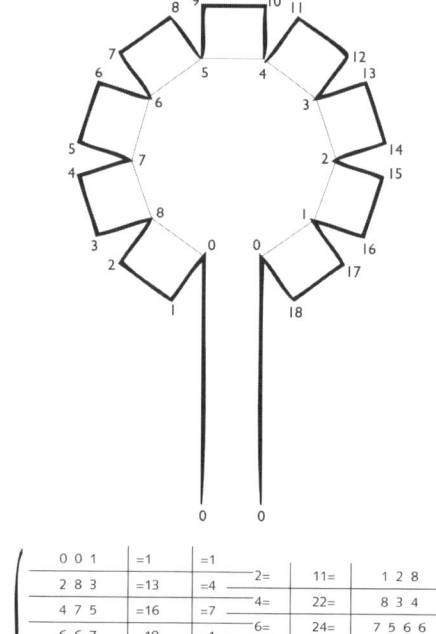

도판 5(도표)를 보면 올바르게 교정된 십진법적 수열의 패턴은

(마지막 조각을 제외하고) 147(=1+4+7=12=3)이다. 파르사니가 거듭 지적하듯이, 147이라는 숫자는 창세 또는 파라의 질서를 나타내는 것으로 훗날 아후라 마즈다와 빛의 신도들의 보호를 받는다. 원초적 대양들과 지구를 둘러싼 지고의 천상, 즉 신성한 존재가 머무는 천상의 거처 또한 『팔라비 리바야츠』(B.N. 다버, 봄베이, 1913)에 명시된 것처럼 지름이 147(000) 파르상이다.[9]

파르사니는 이슬람 이전의 사산 왕조에서 이미 일관된 건축구조적 단일체인 사각형(정사각형)이 삼각형을 대체했다고 본다. 악트의 십자가가 변형된 것은 조로아스터교의 이원론적 관념이 숙청되고 확고한 원형적 유일신교가 대두하던 때였다. 정사각형은 일관성 있고 식별 가능한 영역을 형성하는 경향이 있다는 점에서 명백하게 창조론에 부합할 뿐만 아니라 구조적 평형과 완성을 강조하는 데 필요한 일종의 유일신교적 잉여를 표상한다. 반면 중동의 마법과 게마트리아(ABJAD)에 쓰이는 계수적 결합은 유목적이고 반란적인 전쟁기계들의 매끈하고 은밀한 역동성에 상응하도록 가능한 단순한 편이 좋다. 계수적 결합의 단순성은 구조적이고 기능적인 문제로, 화합물을 이루는 원자와 결합의 수가 최소일 때 최대 효과의 분자 구조를 이루는 것과 마찬가지다. 그래서 계수적 결합이 유효한 효과를 발휘하려면 1개 이상이어야 하지만 2개를 넘어서는 안 된다. 이렇게 이분법적으로 보이는 구조만이 치명적 다중성과 일탈적 운동의 원천이 될 수 있다. 그 계수적 단순성은 2개의 결합으로 이뤄지는데, 하나가 불완전성 또는 미완결성의 편에 있다면 다른 하나는 완결성과 완전성을 생성한다. 이것은 2개의 머리를 요구한다. 한쪽 머리가 신성한 존재의 독점적 질서를 (위장된 해충 농장으로 활용하여) 착취할 기회를 엿본다면, 나머지 한쪽 머리는 그 신성성을 우유부단과 불신이 넘치는 불완전성의(완전성을 타락시키는) 공간으로 흘려보낸다. 이런 배치가 바로 데카당스의 실현, 멀리 저편에서 밀려드는 타락의 조류이다. 데카로그 즉 십계가 완전성의 윤리를 체결한다면, 데카당스는 그 윤리의 타락과 더 나아가 타락의 윤리를 암시한다. 그것은 곧 부패에 기반하여 차이가 발생하는 우주생성론이다. 부패의 관점에서, 완전성을 향한 여정은 이상적인 것의 영원한 타락을 향한 지름길과 같다. 이런 점에서 ('데카' 또는 10의) 데카당스가 지시하는 것은 10과 그 통치의 권능을 무효화하는 것이 아니라 그 사이에서 차이를 유발하는 다수의 구멍을 내는 것이다. 악트의 십자가에 내포된 부서진 별의 형상, 편재하는 도합 9의 마법은—생명의 나무와 완전한 별의 성스러운 기하학과 대조적으로—데카당스의 다이어그램이다.

파르사니는 다음과 같이 쓴다.

> 그 실용적이고 효과적인 단순성은 삼각형 형태로 승화되는데, 여기서 첫 번째 꼭지점은 두 번째 꼭지점과 연계되면 도합 10이 되고 세 번째 꼭지점과 연결되면 도합 9가 된다.(도 6, 8) 이런 식으로 삼각형은 삼원경제와 은밀한 착취의 장, 또는 조로아스터교에서 말하는 삼점 왜곡 또는 3점의 무질서('아바딕샤이': 철저한 거짓 또는 무법성, هرج و مرج[하르지-오 마르지, 혼돈])를 생성할 수 있다. 3개의 점 또는 꼭지점(삼점)으로 이뤄진 삼원체는 다중정치적이고 전략적인 이중-거래(이중-숫자화)의 단위로서 파라의 질서 또는 창조의 온전성과 대립한다. 삼원체의 관점에서는 한편으로 계속 퇴각하면서 다른 한편으로 돌연히 출현하여 철저한 배신의 함정을 파는 것이 얼마든지 가능하다. 이러한 3개의 점을 후대에 기하학적으로 수정한 것이 삼각형이다.[10] 초기 페르시아 마법에서 삼원체는 소용돌이 또는 나선형 운동을 수평 방향으로 도해한 형태로 그려졌는데, 이 운동을 지칭하는 '드렘'이라는 단어는 원래 점, 먼지, 물고기 비늘을 뜻한다. '드렘'은 '드루지'(모든 부정한 것의 어머니)의 한없는 불순함을 묘사하는 형용사이다. 모든 삼원체에서 도합 10의 완전성을 구성하는 숫자와 나머지 두 숫자가 이루는 도합 9의 마법은 흔히 '다에바-마미'라는 다소 모호한 종류의 '다에바'(악마)와 연관된다. 아베스타어와 팔라비어로 적힌 종교 경전에는 이 악마에 관해 기술된 바가 없다. 다에바-마미는 배신과 반역의 악마로 아흐리만(또는 원초적 주르반, 해충의 궁극적 완전체)의 편에서 극비 임무를 수행하는 이중 거래자이며...

파르사니의 노트에서 이어지는 페이지는 망실되었다.

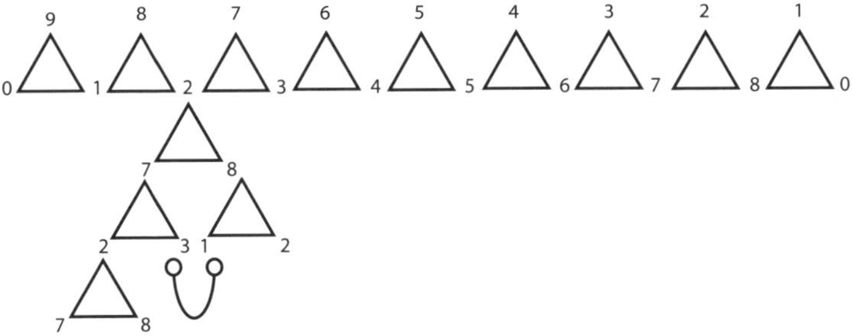

도 6. 공포의 프랙탈. 비밀 결사와 테러리스트 조직의 암호화된 프랙탈 구조와 삼원체에 관해서는, 터키 이스탄불 페라 서점에 있는 희귀본 『성서의 땅에 대한 최근 연구』를 참조하라.

파르사니가 쓴 것처럼 한쪽은 도합 9의 결합을 형성하고 다른 한쪽은 도합 1(0)의 완성을 이루는 삼각형 모양의 숫자들은 다에바-마미와 연관된다. 그것은 주르반교와 초기 기독교-미트라교 계열의 광신적 종교 집단에서 많이 숭배되었던 배신의 악마다. 주르반교와 미트라교의 텍스트에 따르면, 아후라-마즈다 또는 빛의 신은 주르반(시간을 초월한 영겁)의 둘째 아들로 창세와 창조의 비밀을 모른다. 창조의 비밀을 아는 자는 주르반의 첫째 아들 앙그라-마이뉴(아흐리만 또는 유대-기독교에서 간단히 '사탄'이라 칭하는 자)이다. 그런데 아흐리만의 사도 중 하나인 다에바-마미가 아흐리만이 가진 창조의 암호를 훔쳐 아후라-마즈다에게 전했으니, 아이러니하게도 창조의 비밀은 아흐리만의 지식과 신중함에 기반한다.

악마 마미는 '메시테스'[11] 또는 균형 잡기와 안정화(수평화)를 하지 않는 자로 칭해졌지만 팔라비어로는 '미안직'이라고도 한다. 고대 페르시아어 '마얀지기'의 주격 형태인 '미안직'은 중간자, 이중 거래자, 정체불명의 임무를 수행하기 위해 양쪽 모두 배신하는 매개자 미트라를 가리킨다. 파르사니는 중동의 마법에 관한 초기의 글에서 이렇게 쓴다. "모든 종류의 비전[12]을 배신하고 중단하는 것은 중동의 마법과 정치학의 핵심이다. 이런 배신의 무서운 점은 그 비뚤어진 행태보다도 애초에 목적을 종잡을 수 없다는 것이다. 이렇게 이중으로 숫자를 매기는 배신의 메커니즘은 중동의 정치 구성체들과 국가-유목민 전쟁기계들에게 영감의 원천이 되었다. 그렇지만 이 같은 배신은 근본적으로 불길하게 확산되는 경향이 있어서 유일신교적 신념과 금지된 교리를 가리지 않고 모든 곳으로 퍼져 나간다. 실제로 이런 배신이 일상 생활의 일부가 되면 이단이 급격히 번성해서 아무것도 살아남지 못한다. '미트로-드루지'의 위대한 배신[13]은 모든 것을 가리지 않고 초대한다. 그것은 모든 이와 모든 것을 향한 절대적 긍정이며 모든 것과 전부를 향한 궁극의 환영이다. 이렇게 해서 그것은 분산적이고 긍정적인 전염병의 권능을 확보하며 일반 종교는 그에 대항할 수 있는 방어 구조나 면역 항체가 없다."

같은 글의 다른 페이지에서 파르사니는 이렇게 쓴다. "철저한 배신의 은밀하고 조작적인 기능은 삼원체 또는 삼점 왜곡의 이중 숫자 배열에서 자명하게 드러난다. 삼원체는 삼각형에 사로잡힌 악트의 십자가의 음흉한 머리 부분에서 그 모습을 드러낸다. 이러한 파노라마의 사악한 방향성을 쉽게 잊기는 어려울 것이다. 악트의 십자가는 고(古)암석학의 악마적 다이어그램이자 그것을 작동시키는 다중정치다. 삼원체는 불가해한 고대의 부정물-기계, 왜곡의 미로, 궁극의 반란과 전복을 위한 구체적 화용론을 한입에 집어삼키고 종교적 체제의 제도화된 지반 위로 솟아오른다."

이슬람 이전의 페르시아 왕조 시대에 만들어진 동전과 왕실의 인장을 보면, 그들이 아리아주의적 정수와 유일신교를 지키기 위한 정화의 절차를 강박적으로 지켰음에도 불구하고 고위 사제들과 종교적 토대마저 이단에 침식되었음을 알 수 있다.(도 7) 많은 인장과 동전이 한 면에 금지된 3점의 엠블럼(드렘) 또는 삼원체를, 다른 한 면에 멧돼지를 각인하고 있다. 멧돼지가 아흐리만 또는 앙그라-마이뉴(파괴신)에게 제물로 바쳐지는 동물임을 주지하라. 그러나 3점이 종교적으로 올바르게 교정된 인장들도 있다. 4점의 질서, 파라 또는 완전성의 질서정연화 과정, 스와스티카, 태양의 바퀴, 또는 후대의 십자가가 모두 여기에 속하니, 그 건축구조적 권능은 안녕과 안정화 업무를 지향한다.

도 7. 인장과 동전: 삼원체(삼점 왜곡)와 스와스티카(질서정연한 완전성).

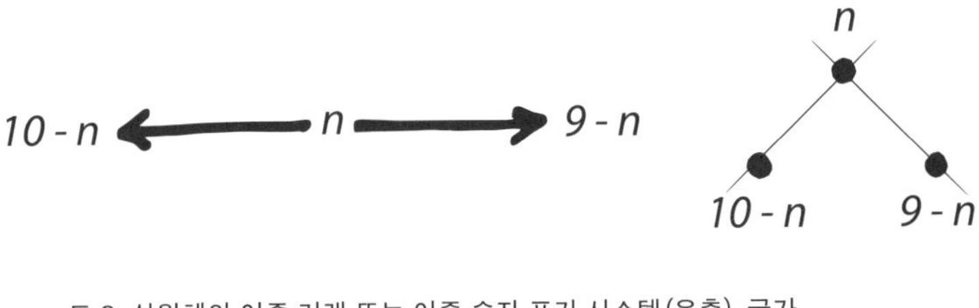

도 8. 삼원체의 이중 거래 또는 이중 숫자 표기 시스템(우측). 국가, 정책, 경제, 소수 집단들, 종교, 사회적 인구 등의 구성에 연루된 중동의 다중정치적 단위인 삼원체의 세 점(좌측). 삼원체는 기하학적으로 삼각형 모양으로 파악된다.

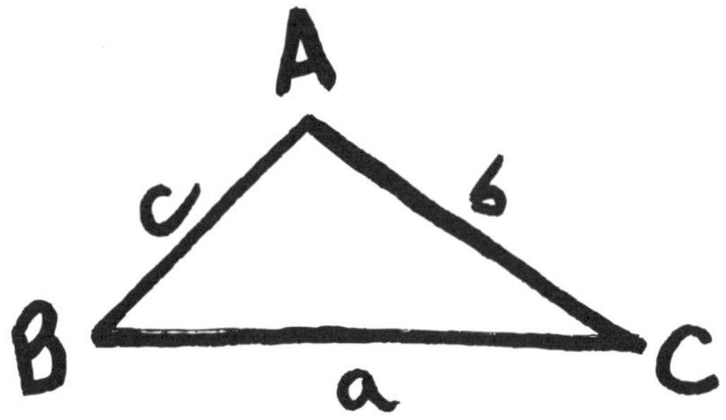

도 9. 삼원경제는 c=a::b로 공식화할 수 있다(만약 A=8, B=1, C=2라면, a=1, b=6, c=7이며, 따라서 7=1::6이다).

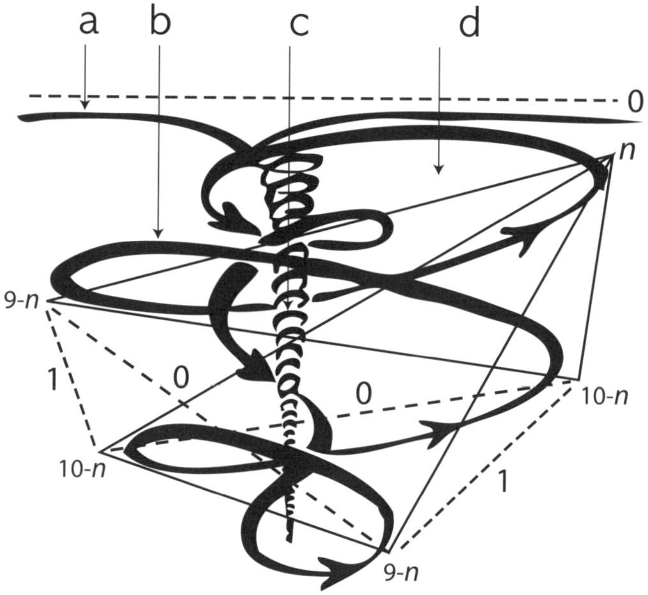

도 10. 피드백의 나선은 삼원체의 커뮤니케이션 또는 이른바 중동의 다중정치적 단위를 가동하고 연장한다. 피드백의 나선들은 중동의 권력 구성체에서 삼원체를 활용한다. 피드백의 나선들은 (a) 기어들기 (b) 히스테릭한 힘 (c) 강제적인 힘 (d) 용의 지대로 이루어진다. 점선은 피드백의 나선에서 교차-계수화(10-n, 10-n과 9-n, 9-n)와 평행-계수화(10-n, 9-n과 9-n, 10-n)를 표시한다. 교차-계수화에서 차이는 0에 상응하지만, 평행-계수화에서 차이는 1이다.

파르사니는 『고대 페르시아의 훼손』 이후에 쓴 여러 편의 글에서 중동에서 발흥하는 정체불명의 국가들, 은밀한 유목주의의 계열들, 소수 집단들과 전례없는 반란들에 이르기까지 중동의 다양한 권력 구성체들과 관련된 다중정치적 단위 또는 기본 원소인 삼원체들 간의 커뮤니케이션을 다이어그램으로 도해한다. 삼원체들 간의 상호작용은 '피드백의 나선'이라고 알려진 추진적 미로 또는 그물망 형태의 다이어그램으로 표시된다.(도 10) 말하자면 피드백의 나선은 삼원체들(또는 삼원체세포들)을 일관되지만 엉뚱한 운동과 작용의 장으로 끌어내는 커뮤니케이션과 상호작용의 미궁이다. 파르사니는 피드백의 나선을 중동에서 발산된 모든 것들을 빨아들이는 작전의 장, 정치가 저하되다 못해 다수적으로 증식하는 역동적 화염지옥으로 묘사한다. "피드백의 나선에서 정치는 다중정치로 전환된다."

이 역동적인 작전의 장은 삼원체세포들 간에 자율적 형태로 일어나는 상호 연동을 활발하게 질질 끌면서 삼원체들의 다중정치적 성향을 (또는 간단히 말해서 엄청난 규모의 결과를) 이끌어낸다. 이렇게 산출된 다중정치적 성향 또는 결과는 삼원체들에서 소용돌이 형태로 분화되어 나온다. 피드백의 나선에서 삼원체들 간의 커뮤니케이션은 본질적으로 소용돌이적이다. 피드백의 나선은 소용돌이 형태로 가동되면서 삼원체들의 기능을 파국적으로 새로운 커뮤니케이션, 전술과 전략의 장으로 밀어붙인다. 피드백의 나선은 소용돌이-나선 모양을 한 파국의 엔진이다. 그것은 역동적인 이중 거래의 성향이 내재된 다원체들을 완전히 성숙한 다중정치로 변형하여 특유의 다중적 화용론과 다중 초점을 지닌 작전의 날카로운 칼날을 발전시킨다. 그와 동시에 삼원체들은 전략과 전술, 전염병적 확산(일탈)과 중앙 집중(군사적 수렴), 방향감 상실과 폭정, 침범과 질서, 유목적 이주와 국가의 조직화를 먹고 자란다. 피드백의 나선에서는 이 같은 실용적 지향들이 동시에 전부 가동되어 소용돌이의 구축에 필요한 일종의 양극적 회전 또는 분화를 유발한다.

파르사니는 「고대 중동의 메소포타미아 수학」이라는 40쪽 분량의 글에서 피드백의 나선이 무엇이며 그것이 어떻게 삼원체들을 첨단의 다중정치로 변형하는지 상세히 설명한다. 피드백의 나선이 생성하는 난해한 권력 구성체는 내부의 반란에서 에너지를 얻으며 그것이 촉발하는 은밀한 공포는 외부적 힘으로 억누르는 방식으로는 진압되지 않는다. 같은 글에서, 파르사니는 이렇게 사악한 종교-정치적 동력기 또는 극단적 다중정치와 대면한 적 있는 다른 나라들, 특히 그리스와 로마에서는 이미 그것을 지칭하는 이름이 따로 있었다고 덧붙인다. 그들은 중동의 양극적 이례성과 극단성이 조합된 이 고르곤 같은 구조를 '쿠클로스' 또는 '코클로마'라고 불렀다. 이 단어는 맷돌 또는 똬리를 튼 뱀을 뜻하며, 회전하는 재앙 또는 회오리바람을 의미하는 그리스어 '쿠클론'이 여기서 유래한다.

파르사니가 피드백의 나선과 삼원체에 관해 쓴 내용은 아래의 단순한 공식으로 환원될 수 있다.

피드백의 나선은 삼원체들(즉 삼원체세포들) 간에 상호 거래 또는 상호 작용을 생성한다. 이러한 커뮤니케이션은 특유의 단순성, 계수적 유효성, 복합성으로 파국적 결과를 초래한다. 하나의 피드백의 나선에는 언제나 두 개의 삼원체세포들이 상호작용하고 있다. 삼원체들의 상호작용은 언제나 피드백의 나선 상에 있는 두 삼원체세포들 간의 일반적인 계수적 배치에 의거한다. 각각의 삼원체세포는 모두 연결점('n'으로 표시), n과 도합 10이 되는 점('10-n'), n과 도합 9가 되는 점('9-n'), 이렇게 세 개의 꼭지점이 있다. 피드백의 나선에서 삼원체세포들은 언제나 연결점 즉 계수적으로 'n'으로 표시되는 꼭지점을 공유한다. 삼원체세포들의 커뮤니케이션이 일어나는 교차-계수화의 판과 평행-계수화의 판은 서로 대립하면서 공조하는 역동적인 두 계열을 이룬다(피드백의 나선에서 일어나는 삼원체세포들 간의 상호작용에 관해서는 도 10을, 삼원체의 계수적 꼭지점들에 관해서는 도 8을 참조). 교차-계수화와 평행-계수화는 흉포한 다중정치적 소용돌이를 형성하는 가장 기본적인 힘이다.

시공간적 진행의 각 단계에서 두 삼원체세포들 사이에 형성되는 교차-계수화와 평행-계수화의 양극성이 지향성 전단력을 발생시킨다. 전자가 언제나 0이 되는 반면 후자는 1이 된다. 대립하는 동시에 공조하는 1과 0 사이의 양극성이 방향 전환과 영구적인 나선형 운동에 필요한 역동적 차이를 낳는다. 이러한 차이 또는 방향 전환은 영구적인 뒤틀림으로 나타난다. 하나의 삼원체세포 또는 정치적 단위가 또 다른 단위로 이행하거나 대체되면 뒤틀림이 유발되면서 삼원체세포들의 상호 작용이나 피드백의 나선 방향에도 영향을 준다. 삼원체세포들 간의 결론 없는 충돌로 발생하는 이러한 방향의 뒤틀림은 피드백의 나선 내에 방향 전환의 자유와 동심원적 통합성을 동시에 프로그래밍 한다. 일탈적 힘과 통합적 힘이 나선 모양으로 나타날 때, 전자의 힘이 히스테릭한 일탈을 보인다면 후자의 힘은 헤게모니적인 (또는 파르사니의 표현을 빌리자면 '선구적인') 도구성을 발휘한다. 전체 구조는 이쪽 끝에서 보면 회오리바람 같고 저쪽 끝에서 보면 빙글빙글 도는 드릴 같다. "중동의 정치 구성체는 소용돌이 운동과 드릴의 회전 운동이 뒤얽힌 혼란상, 구멍을 뚫고 내용물을 추출하는 도구성으로 무장한 회오리바람과 같은 구조다. 그것은 전례 없는 정치적 권력 구성체를 추출하는 회오리바람이자 석유 굴착기다." 파르사니는 메소포타미아 수학과 중동의 정치에 관한 글에서 이렇게 쓴다. 피드백의 나선에서 히스테릭한 힘과 강제적인 힘은 언제나 함께 온다.(도 10) 이 두 힘 사이의 정동 공간은 '용의 지대'라고 불리며 힘들의 뒤틀린 움직임이 여기로 모인다. 용의 지대는 피드백의 나선이 지닌 다중정치적 괴물성에 힘을 불어넣는다. 피드백의 나선은 용의 지대를 가로질러 수평적으로 이주한다(기어든다).

피드백의 나선에서 삼원체들은 가장 흉포한 적대 관계에 있는, 그러나 본질적으로 공모 관계에 있는 것들을 한데 모으면서 둘씩 짝지어 움직인다. 그러나 각각의 삼원체세포는 그 자체로 수많은 삼원체들을 삼각으로 관리할 수 있으며 이들은 동맹자가 될 수도 있지만 잠재적으로 돌이킬 수 없는 내분을 유발할 수도 있다. 삼원체들 내부의 삼원체들 내부의 삼원체들은 자세포라고도 하는데, 이들은 모체가 되는 나선 내부에서 수천, 수백만의 피드백의 나선들을 형성한다. 이러한 피드백의 나선들은 해독 불가능한 프랙탈의 복잡으로 인해 모체 나선의 중심성을 침해하고 탈선시키며 결국 자기 자신마저 무너뜨리는 이례적 운동을 발전시킬 수 있다. 파르사니는 이 같은 전망을 '소수 집단 홀로코스트' 또는 소수 집단의 치명적 전파와 동일시한다.(도 11) 자세포를 수태한 삼원체는 삼원체들의 인구 폭탄과 같다. 파르사니는 다중정치적 단위인 삼원체들 간의 교통(교차-계수화와 평행-계수화)이 중동의 종파들과 소수 집단들, 유목민들과 (은밀한 게릴라 국가들이 발흥할 때 두드러지는) 국가의 무단정치, 중동의 유일신교와 소수 집단의 신념 체계들 사이에서 작동하는 역동적 원인이라고 지적한다.‡

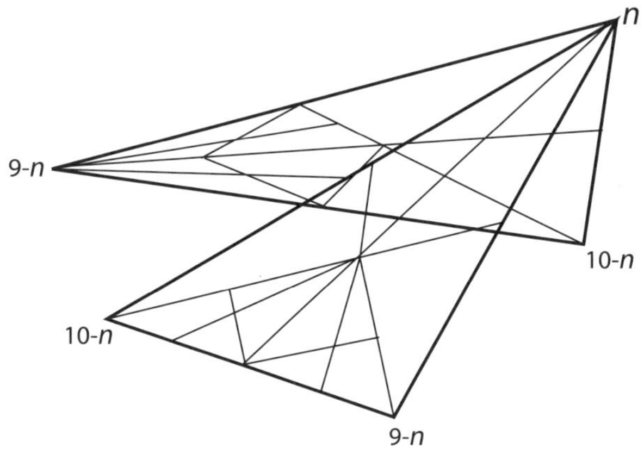

도 11. 피드백의 나선에서 생성된 삼원체세포들은 중동을 세계에 대해 연대기적 그리고/또는 환경적으로 유효한 정치적 접근을 발달시키려는 정책적 열의에 맞서는 일종의 대체 지구로 제시하는 데 핵심적인 역할을 맡는다. 파르사니는 삼원체세포를 순수한 다중정치적 벡터들로 충전된 인구라고 말하며 흔히 소수 집단들의 출현과 연관짓는다.

---

‡ 페라 서점의 게라카르 씨 (그를 만나서 고대 비밀 결사의 삼각 해부법에 관한 책을 구해야 한다. 이 장의 끝에 '삼원체와 중동의 출현'이라는 새로운 절을 추가할 것.)
S, 일단 간략하게 메모만 남긴다. 네 첫 번째 질문에 대한 답변. 내 방 번호는 302호야. 지금으로서는 모든 게 괜찮아 보여. 여태까지 내가 본 사람이라고는 호텔 직원, 호텔 운전사, 핑크색 '데스 프롬 어버브' 티셔츠와 (그 밴드가 이렇게 유명한 줄 몰랐네) 속옷만 입고 호텔 방에 있는 금발머리 여자가 전부야. 정원을 사이에 두고 내 창문 바로 맞은 편에 그 호텔 방이 보이지. 일을 하려면 장막을 걷는 수밖에. Z와 만난 후에 너에게 연락해서 결과를 알려 줄게. 이것저것 고맙다. 그나저나 어떤 이메일은 PGP로 전송해야 할 것 같아.
추신 1. 좋아. 나는 벌써 쓰기 시작했다.
추신 2. 뉴욕공립도서관 쪽 작업은 끝났나?
2 3333 04427 9147

부록 I

불완전 연소, 방화광악마숭배, 네이팜 강박

유일하게 발견된 파르사니의 노트는 개인적 메모와 미완성 단편들로 가득한데, 하이퍼스티션 팀은 이것이 박테리아 고고학, 고암석학(특히 지구를 오직 석유를 효율적으로 분비하기 위해 만들어진 기계로 상세하게 고쳐 그리는 대목), 그리고 그가 스스로 '이단적 지식'이라고 칭하는 각종 분야에서 밝혀낸 것들과 터무니없이 뒤얽혀 있지만 실은 진정성 넘치는 연애 편지가 아닌가 의심하고 있다. 편지로 추정되는 이 문건은 그의 불안정한 성격과 위태로운 탐사가 갑자기 악마적인 또는 어쩌면 자살에 가까운 비행으로 치닫았음을 다시 한번 확인시켜 준다. 그의 한 친구는 파르사니를 "매독에 걸려 불룩 튀어나온 두뇌 꼬랑지에 핑크색 거머리가 달랑거리는 꼴"이라며 비판적으로 묘사한 바 있다.

> 여자 마법사여, 우리가 만난 이후로 나는 내 글에 관해 더욱 광신적인 완벽주의자가 되었습니다. 좀 더 느슨한 글을 기대했지만, 아니오, 전혀 느슨하지 않네요. 나는 불타고 있고 불탄 자리에 남는 것은 재나 연기가 아니라 몇 톤이나 되는 미끈거리고 지저분한 잔해들, 기름, 계속 분화하는 축축함, 뒤죽박죽된 물질적 상태입니다. 단합 또는 '계산적 참여와 집단성'이 필연적으로 하부 지층화의 건축구조적 과정을 표현하는 반면, 양과 질이 무한히 분화하는 과정은 지층의 형성과 전혀 다릅니다. 지층을 무효화하는 것이 아니라 지층의 조직화 과정이 (이는 그 자체가 억압적이고 확정적인 커뮤니케이션으로 제한된 집단화 과정인데) 궤도를 벗어나 0으로 향하도록 조작하는 것이죠. 그러나 '조직화 과정'이 단번에 0이 되는 것은 아닙니다. 그것은 무한한 지연, 0과의 관계 맺기가 질질 연장되는 형태로 영속합니다. 분화는 수직적으로 발전하는 통합적 완전성의 축을 벗어나 제로의 가상적 표면들 위에서 오작동하는 조직화 과정입니다. [21258] 이렇게 오작동하는 조직화 과정은 분화, 위조, 일탈, 엉망진창

의 히스테리, 치명적 분해대사, 붕괴를 향한 역(逆)전체론적 경향이 있지만 그럼에도 죽음이 아닌 무언가 다른 것을 향하는데, 이를 완벽하게 보여주는 사례가 바로 '불완전 연소'입니다. 실체가 완전히 연소하지 않으면 모든 가능한 세계들을 단합하거나 구원할 수 없습니다. 불완전 연소는 실체가 증기나 재의 형태로 탈출하지 못하도록 합니다. 그러면 실체가 무형(질료)으로 돌아가 구원에 다다르지 못하겠지요. 완전히 연소되지 못한 실체는 양성적 붕괴 과정을 겪기 시작합니다. 네이팜처럼 주로 폭발물이나 연료 폭탄으로 쓰이는 가솔린 계열 석유 부산물은 절대 완전히 연소하지 않아요. 불완전 연소는 발화 시간을 연장해서 불을 더 멀리 퍼뜨리기 때문에, 가솔린을 (비누화된 금속염과 혼합해서) 젤 상태로 변성시키면 액상형 석유 제품보다 느리게 연소하고 오래 지속되는 끈적끈적한 불덩이가 됩니다[14832]. 그것은 한 방울씩 떨어지면서 접촉 대상을 악의적으로 불태우며 쉽게 소진되지 않습니다. 네이팜은 아무리 점성을 높여도 계속 흐릅니다. 그것은 불이 붙자마자 주변의 물체들에 달라붙어 그것들을 녹이고 그 속으로 스며들지만 결코 그것들이 휘발하거나 재로 돌아가도록 놔두지 않습니다. 그것이 다른 물체들(특히 유기물)로 흘러내리며 새로운 인화물질을 유입하기 때문에 연소물은 형태만 바뀔 뿐 계속 불타게 됩니다. 게다가 그것이 주변으로 퍼지면 원래의 유화액(단섬유성 젤 또는 가솔린 기반의 끈끈한 섬유질 뭉치) 상태가 강화되면서 확산성은 오히려 더 높아집니다. 네이팜은 흐를수록 더 끈끈해지는 유일한 폭발물로, 물을 뿌려서는 소화되지 않습니다. 물의 흐름을 타고 더욱 매끈하게 흘러내릴 뿐이니까요[12969]. 사랑은 불완전 연소입니다. 열병에 시달리고 흉터로 얼룩진 나의 피부에서 당신은 병든 사람을 보았지요. 당신의 건강한 살에서, 나는 동일한 것을 봅니다[2261].‡

---

‡ 555-3750 (6:45)

*S*에게 메일을 보내서 문서와 폴더를 PGP 로 암호화하는 법을 알려주고 문제의 소

지가 있는 자료를 말소시킬 때는 'delete' 하지 말고 'erase' 하라고 전할 것(가능한 빨리).
B에게 연락해서 새로 수신한 메일에 답장을 써야 함(가능한 빨리).
M과 A에게 그들의 이름으로 발표될 이슬람 은행업과 이자에 관한 논문을 보내줄 것. 그들의 문체에 맞출 수 있도록 ... 그들이 쓴 옛날 논문을 확인해서 문장부호의 사용 방식과 구문법의 스타일을 확인(그들이 외국인 입장에서 잘 모를 것 같은 외국어 단어는 철자를 정확하게 쓰지 않도록 함)(오늘 할 것).
이 방 전체가 건전한 시간의 흐름 바깥의 오물 구덩이에 있는 느낌이다.
지난 달: 트리헥시페니딜, 플루라제팜.

기계들이 파고든다

> 산을 기어오르는 것이 아니라 구멍을 뚫고, 대지에 홈을 파는 것이 아니라 발굴하고, 공간을 매끄럽게 하는 것이 아니라 구멍을 뚫어 지구를 스위스 치즈처럼 만드는 것이다. {에이젠슈체인의} 영화 「파업」에 나오는 한 장면은 마치 사방으로 펼쳐진 듯한 구멍난 공간에서 인간들이 분산적인 방식으로 제각각 자기 구멍에서 나오는 모습을 보여준다. (질 들뢰즈·펠릭스 가타리, 『천 개의 고원』)

> 지구는 자기 자신의 신화를 믿는다. 지구를 열어 그 안을 들여다볼 시간이다. (H. 파르사니)

스웨덴에서 출간되는 다국어 학술지 『중동 연구 저널』 2001년 겨울호에 실린 「또 한 명의 망명한 학자?」라는 논문은 파르사니가 해임 후에 쓴 소량의 글들을 개괄하고 있다. 그에 따르면, 이 글들은 일부 예외를 제외하면 대체로 짧지만 극도로 강박적인 분과적 계산에 따라 선정된 주제들을 학계에 순응하지 않는 도전적인 방식으로 분석했다. 그러나 이처럼 능수능란하고 밀도 있는 논고들은 하나같이

“석유 환원론의 오류”로 성급하게 귀결되었다. 요컨대 파르사니가 이 기간에 쓴 에세이들은 주제가 무엇이든 간에 늘 석유에 관한 논의로 귀결되었다는 것, 그가 연구한 다양한 주제들이 모두 암석학적 함의, 진단, 결론으로 이어졌다는 것이다. 파르사니도 스스로 “내 글의 결론은 석유에 잠겨 있다.”라고 인정한다. 논문의 저자는 이렇게 쓴다. “존 내시가 『타임』에서 발견한 모든 것을 다이어그램과 방정식으로 해체하면서 분열증적으로 외계 지성을 찾으려 했다면, 파르사니는 그와 반대되는 접근을 택했다. 그는 무엇을 대면하든지 곧바로 석유라는 유일한 기원으로 거슬러 올라간다. 책, 음식, 종교, 숫자, 먼지 한 톨까지도 언어학적, 지질학적, 정치적, 수학적으로 조합되어 석유로 귀결된다. 그의 눈에는 모든 것이 기름에 젖은 것처럼 꺼림칙하게 미끌미끌하다. 따라서 그의 접근은 분열증보다 편집증에 부합한다.” 석유로 찐득찐득하게 들러붙은 파르사니의 텍스트를 풀어내어 그가 석유로 포화된 주제들에 강박적으로 매달린 이유를 해명하려고 애쓰면서, 논문의 저자는 파르사니가 ‘지구의 정치적 실용주의’라는 개념을 발전시키는 과정을 상술한다. 그에 따르면 파르사니는 지각 능력을 지닌 중동이라는 존재자를 조사하려면 먼저 지구에 대한 정치적이고 실용주의적인 모델을 구축해야 한다고 보았다.

파르사니는 『고대 페르시아의 훼손』에서 이 실용주의적 모델에 관해 처음 해설했는데, 그것은 지구를 태양 경제에 대항하는 뒤틀린 반란의 지대로 파악하고 그에 참여하는 데 필요한 구체적인 또는 (파르사니의 신조어로) 환(環)유물론적인 접근을 발전시키려는 시도이다. 파르사니에 따르면, 태양의 헤게모니적 항성계에 기반하여 지구생명적 질서들, 정치 체제들과 생활 양식들을 형성해온 태양 제국에 맞서 지구는 언제나 전복적 내부자 역할을 수행한다. 파르사니는 이 같은 반란과 참여의 모델을 종종 소용돌이 모양을 한 지구의 신체 또는 비전체론적 지구생명권과 동일시하면서 ‘카레즈가르’(구멍 난 케르데가르, ‘케르데가르’는 페르시아어로 물질계의 창조주를 뜻함)라고 칭한다. ‘카레즈가르’라는 용어를 언어학적으로 엄밀히 번역하기는 어렵지만 다소 오역을 감수하자면 ‘구멍 복합체’라고 풀어 쓸 수 있다. 좀 더 정확하게 말하면 ‘구멍난 (　)체 복합체’인데, 왜냐하면 파르사니의 원래 용어는 훼손된 완전체(창조, 창세, 국가 등)와 그렇게 구멍난 상태를 동시에 함축하기 때문이다. 논문의 저자는 파르사니가 후기 저작에 이르러서야 '카레즈가르' 모델을 재수정하고 더욱 전문화하여 중동, 암석학적 분석, 이슬람, 고고학에 관한 연구의 결실을 본다고 지적한다. 이제 구멍난 ( )체 복합체 또는 '카레즈가르'는 "지구의 신체를 가로지르는 모든 서술들의 '지구행성적 윤활유'인 석유의 깊이를 더듬고 그에 참여하는" 실용주의적 모델로 변환된다. 특히 이 모델은 중동 내부적으로 그리고 지구의 나머지 지역들과의 관계 속에서 중동의 정치와 커뮤니케이션의 노선들을 환유물론, 석유정치, 은밀한 폭동의 측면에서 논하는 데 활용된다. 파르사니는『고대 페르시아의 훼손』에서 이렇게 쓴다. "중동이 세계 전체에 맞서 자신을 신성모독적 존재자로 내세운다면, 그것은 이 지역이 '케르데가르'(전체-신)가 아니라 '카레즈가르'(구멍-신)에 의해 조성되었기 때문이다."

이 논문의 저자는 구멍난 ( )체 복합체를 복잡하게 만드는 구성요소들과 그것이 새로운 권력 구성체, 인구 역학, 정치적 분배의 출현에 끼친 영향의 다양한 면들을 생생하게 설명한다. 또한 그는 파르사니가 구멍난 ( )체 복합체와 암석학적 계몽에 도달한 후에야 비로소 중동에 관한 후기 저술들을 엮어 나가기 시작한다고 지적한다. "그의 후기 저술을 살펴보면, 마치 악마나 환란이 불시에 강림하듯이 중동에서도 가장 의외의 지점에서 온갖 주제들이 불쑥 튀어나온다. 망각된 정치적 적대 관계들, 지도에 없는 지역들, 전쟁기계들, 범죄적 공모의 모델 같은 이런 주제들은 모두 구멍난 ( )체 복합체에서 비롯된 것이다. 중동에서 벌어질 수 있는 일들을 검토하고 심지어 공감하려면 '암석학적 이성'과 '구멍난 ( )체 복합체'가 필수적으로 여겨진다. 이 두 가지 불경한 기본요소에 입각하여 파르사니가 '박테리아 고고학'이라는 이상한 용어로 지칭하는 연구 분석의 도구가 확립된다. 파르사니가 중동에 대한 독특한 접근을 수립하는 데 있어서 필수적인 선결 과제는, 중동에 관련된 모든 것이 구멍난 '헤차르토'(천 개의 내부, 페르시아어로 미궁을 뜻함)와 박테리아 고고학의 암석학을 통해서만 출현, 이동, 확산, 확대, 발현될 수 있음을 입증하는 것이다." 논문의 저자는 이렇게 지적하면서 구멍난 ( )체 복합체와 암석학적 이성이 사실 흑요석 거울에 비친 서로의 이미지와 같다고 결론 내린다.

구멍난 공간, 또는 더 정확히 말해서 (완전성의 타락을 함축하는) 구멍난 ( )체 복합체는 지구와 같은 고체에서 특정한 유형의 전복을 촉발하고 가속화한다. 그것이 견고한 모체 내부에 펼쳐 놓는 구멍들은 표면과 깊이 사이에서 진동하는 모호한 존재자들로, 구멍을 뚫는 행위와 그 치명적인 다공성은 모체의 단합성과 완전성을 근본적으로 변질시킨다. 벌레 먹은 구멍은 고체의 견고함과 그것을 에워싼 표면의 정합성을 침해한다. 고체 표면의 정합성을 변질시켜서 고체를 타락시키는 과정을 '역(逆)지반화'라고 한다. 그러니까 역지반화 과정은 전체를 끝없이 텅 비어가는 신체로, 그러나 무로 환원되지 않는 찌꺼기로 타락시키고 고체 자체와 표면 간의 정합성을 손상시킨다. 구멍난 공간들과 지구에 관한 대목은 지구 자체가 역지반이라고 암시한다. 그러나 구멍들의 역지반화 메커니즘은 어떤 요소들로 이뤄지는가? 구멍난 공간은 어떻게 구성체들, 기성 질서와 주거 양식들, 통치 체제를 뒷받침하는 지구라는 지반을 타락시키는가? 들뢰즈와 가타리가 음흉하게 전유한 '새로운 지구'는 그 표면과 격자 구조가 통째로 역지반인 지구, 태양 경제와 그에 기반한 지구생명권을 용납하지 않는 치명적인 행성적 신체의 모델을 제시한다. 그러나 이 지점에서 두 가지 질문이 남는다. 지구의 헤게모니적 완전성이 무력화된 역지반을 여전히 지구라고 부를 수 있는가? 만약 그렇다면, 어떤 연대기적 흐름, 어떤 달력, 어떤 점진적 생성, 어떤 시공간 좌표계의 참조점에 기반하여 그것을 '새로운 지구'로 그려 보일 수 있는가? 이런 질문이 제기되는 까닭은 역지반이 시간과 공간 바깥에 드리우는 그림자이기 때문이다.

미친 아랍인은 이렇게 썼다. "가장 깊고 깊은 동굴은 눈의 헤아림으로 볼 수 있는 것이 아니니, 그 경이로움은 기괴하고도 두려운 것이기 때문이다. 망자의 사념들이 새롭게 살아나 기괴한 육신을 갖추는 땅은 저주받으며, 머리 없는 자들이 경배하는 영혼

> 은 사악하다. 이븐 샤카바오가 지혜롭게 가로되, 어떤 마법사도 잠들지 않은 무덤은 복되며, 마법사들이 모두 재로 돌아간 밤의 마을은 복되다. 오랜 풍문이 알려주는 바 악마와 계약한 영혼은 납골당의 진흙에서 서둘러 일어나지 않고 자신을 갉아먹는 벌레를 살찌워 인도하니, 마침내 부패로부터 무시무시한 생명이 일어나면 시체를 먹고 자란 땅속 우둔한 벌레들이 그것을 귀찮게 하고 괴물처럼 부풀어 그것을 괴롭힌다. 지구의 땀구멍이면 충분했을 곳에 은밀히 거대한 구멍들이 파이면서 땅에서 기어 다녀야 할 것들이 걸음을 익혔다." (H. P. 러브크래프트, 「축제」)

계속 간과되었던 이 심상치 않은 대목에서, H. P. 러브크래프트는 구멍난 공간 또는 ('전(全)'이 증발해 버린) 구멍난 (   )체 복합체를 어떤 '외부적인 것'이 내부에서 점진적으로 끈질기게 기어 들어오는 (또는 나오는?) 기이한 지대로 지칭한다. 구멍 행위성과 모호한 표면들의 복합체는 지구를 역지반화하여 본래의 수동적 행성계에 대항하는 궁극적인 창발과 반란의 지대로 변환한다. 태양의 노예 상태에서 해방된 지구는 태양과 태양 자본주의의 자위적 방종에 맞서 봉기할 수 있게 된다. "지구의 땀구멍이면 충분했을 곳에 은밀히 거대한 구멍이 파이면서 땅에서 기어 다녀야 할 것들이 걸음을 익혔다."

러브크래프트에 따르면, 공포의 리얼리즘은 다공성의 역학에 기반한다. 고체와 공백이 뒤얽힌 모양으로 조성되는 러브크래프트의 다공역학적 우주 또는 구멍난 (   )체 복합체는 고대의 존재들을 각성시키고 그들의 귀환을 촉진하는 기계다. 그러나 어떻게 고체와 공백의 상호작용으로 구멍이 출현하는가? 이 질문에 답하는 최선의 방법은 닉 랜드가 (『절멸을 향한 갈증: 조르주 바타이유와 맹렬한 허무주의』에서) 현실도피적 탈선에 관해 논하면서 미궁의 구조적 우유부단과 건축의 단합적, 단언적 온건주의를 대조했던 대목을 변주하는 것이다. "공백은 고체를 배제하지만 고체는 건축구조적으로 생존하기 위해 공백을 포함해야 한다." 고체적 조성을 설계하려면 공백이 필요하다. 가장 독재적이고 생존 지향적인 고체조차 공백에 감염되어 조성된 고체다. 러브크래프트의 「크툴루의 부름」에서 고대의 존재들은 이 같은 공백과 고체의 상호 충돌을 통해 “자유의 홀로코스트”를 부활시키는데, 그것은 고체를 소진하는 동시에 그 조성을 극도로 뒤얽히게 한 결과이다(고체인 동시에 공백이라는 양가성으로 인해 구멍과 그 표면역학이 지배하는 불분명한 공간이 창출된다). 지구가 자유의 홀로코스트에 도달하기 위해서는 고체적인 것의 시체를 설계해야 하는데, 이는 분자 수준에서 지구의 내외부로부터 발굴(구멍을 내어 펼쳐 보임: 역지반화)해 들어가는 역지반화 기계를 설치하여 지구를 벌레 먹은 구멍난 조성체로 변환하는 것, 그래서 그 지층(고체적인 것의 경제)이 단순히 해체되는 것이 아니라 본래 구성과 조성의 전 층위에서 뒤얽히게 하는 것이다. 지구는 무력화되어 더 이상 지층화와 지반화 기능을 수행하지 못한다. 그 대신 지구는 고체적인 것의 시체, 또는 러브크래프트처럼 말하자면 벌레가 우글거리는 몸체, 벌레 먹은 자국을 내는 기계와 그 꿈틀거리는 과정에 의해 발굴된 신체를 설계하는 일을 맡게 된다. 생존은 맹목이다. 그러나 맹목은 지휘와 통제의 전술적 영역을 넘어서는 전략과 조작에 사로잡힐 수밖에 없다. 생존(공백을 거부하지 못하는 고체의 무능력)을 통해 고체는 자기 자신의 역지반화에 참여한다. 고체는 본래의 단합적 과정을 교정하여 공백이 초래한 심연의 뒤얽힘에 자신의 통합성(영혼)을 팔아 넘긴다. 이를 통해 고체의 병적인 생존은 그 비가역적인 용해와 타락을 추동하는 가장 기본적인 요인이 된다. 고체가 전염병에 굴복하는 것은 자신을 치료하기 시작하는 바로 그 순간부터다. 고체성의 경우, ‘치료를 향한 의지’는 곧 ‘엉망진창을 향한 의지’와 같다. 그런 의미에서 고체성은 잠재태들의 천국이며 창발의 제국이다. 고체성을 강화하려는 모든 작용은 공백과의 상호작용을 확장하는 것과 같다. 하지만 그 상호작용은 구멍 뚫기, 또는 고체 내부에서 구체적으로 반향하는 여백 공간의 흔적으로 발현될 뿐이다. 그것은 꿈틀거리는 끈벌레처럼 구불구불 움직이면서 건드리는 것마다 파헤치고 뒤얽어 놓는다.

공백이 고체를 집어삼키는 만큼이나 고체 역시 공백이라는 외부자를 포식한다. 고체는 조성 과정에서 공백을 히스테릭하게 폭식하는데, 바로 이 점이 고대의 존재들을 숭배하여 그들의 각성 의식을 주재했던 광신적 종교 집단을 자극했다. 만약 고대의 존재들이 구멍난 공간을 통해 날아들면서 시커멓게 썩은 고기 구덩이에서 거품을 일으키고 그들의 촉수가 미끌미끌하게 연결된 땅굴들로 변모한다면, 그들의 귀환을 촉진하고 가속화하는 전략적 기술은 구멍난 ( )체 복합체라는 창발의 지대와 엉망으로 뒤섞이는 것뿐이다. 한편 'Z의 무리'라는 정체불명의 집단은 이 기술을 유일신교를 끝장내어 지구행성적 반란의 잠류들(일례로 이슬람 묵시론의 석유정치적 잠류들)과 상호 접속시키는 전략으로 인식했다. 또한 그것은 지구의 불타는 핵(또는 지구행성적 실재의 금속 핵)이 태양과 전면적인 내재성에 도달하는 '지구행성적 오메가'의 기획에 능동적으로 참여하기 위한 전략이기도 했다.

각성의 전략들. 구멍난 공간은 오로지 (고체와 공백의) 조성체다. 그것은 벌레 먹은 것, 건드리는 것마다 뒤얽어 버리는 벌레들('끈') 또는 벌레 먹은 무늬를 만드는 노선들로 꿰뚫린 것이니, 이 벌레들은 구멍난 ( )체 복합체가 마치 고체를 희생양으로 바쳐야 하는 거대한 제단인 양 그것을 뒤덮고 벌레 먹은 흔적을 남기는 수천 개의 노선들을 각성시켜 고체를 구석구석 훑고 다니면서 매끈하고 음흉한 오메가(Ω) 모양으로 깎아낸다. 고체가 어떤 조성을 이루든지 그 안에는 공백이 생성한 이례성들 즉 공백에 감염된 고체의 역사가 서술되어 있다. (고체에 도달한 공백은 고체를 무효화하는 과정 또는 고체를 절멸시키는 행위자가 아니라 뒤얽히고 소용돌이치며 휘감기는 전염병으로 작용한다.) 고체가 조성체로 존재하는 한, 순수한 고체는 없으며 더럽혀지고 병들고 능욕당한 고체만 있을 뿐이다. 어떻게 조성되었든 간에 고체가 (마치 구멍난 ( )체 복합체 내에 있는 것처럼) 공백에 홀린 서술자임을 깨닫고 나면, 그것이 이질적인 두 존재자들이 서로 겹쳐져서 기능이 연동되는 상태로 작동한다는 사실을 금세 이해할 수 있을 것이다.

1. 조성적 존재자. 그 행태(위상학적 변화, 변형, 운동, 접힘 등)는 표면역학(또는 카세티와 바르치가 그들의 구멍난 논고 『구멍

들과 다른 표면태들』에서 지칭하는 대로 '표면태들')을 통해 공백의 조성적 측면에 변화를 유발할 수 있다.

조성적 수준에서, 구멍들은 고체적인 것의 헤게모니를 이용하여 표면들을 엮는다. 고체적인 것은 '지반'에 덧붙여진 (형용사적) 내용, 특징, 정신, 수식어가 아니라 지반 자체의 구축적 확장 또는 확산적 정치에 상응한다. 구멍난 ( )체 복합체가 현현하려면 (구멍을 에워싸는 주변부, 순회의 운동, 정동을 유발해야 한다는 점에서) 어떤 유형의 표면역학을 통과하여 새로운 장르의 표면들을 창출해야 한다. 그 표면들은 구멍의 위치 및 공백과 고체의 상호작용 방식에 따라 독특한 순회의 노선들로 꿰뚫린다. 구멍들이 표면들에 새로운 다중정치적 활동들을 제공하면서, 표면의 선명한 경계는 원인불명의 흐릿함에 잠식된 구멍의 경계부로 녹아든다. 구멍의 존재로 인해 표면들과 껍질의 비대칭적 평형 관계가 나타나는데, 양자는 유사점이 있고 공통 분모가 없진 않지만 제각기 다른 방식으로 작동하는 독립적 존재자들과 기하학적 구조들을 증식시킨다. 그와 함께 표면들은 더 이상 지반의 국지적 헤게모니를 전달하고 그에 동기화하면서 껍질의 단합된 일관성을 통해 질서를 확립한다는 임무에 얽매이지 않게 된다. 그것들은 지층화 과정을 뒷받침하는 대신 그것을 침식하기 시작한다. 각각의 표면에는 격자 구조와 배열이라는 이중 지휘 체계가 있다. 전자가 축적 과정을 수용하고 배분하는, 즉 고정하고 배치하고 지지하는 '텍스튬' 또는 토대에 해당한다면, 후자는 그렇게 축적된 것을 지휘하고 발전시켜 경제적으로 배분하는 역할을 맡는다. 배열은 격자 구조의 내용에 역동적 경향을 부여하는데, 그것은 표면들(또는 존재자와 그것을 둘러싼 환경) 간의 상호적인 '감당 가능성',[14] 다시 말해 완전체를 이루는 생태-논리적 그물망[15]을 따른다. 한편, 내부로 이어지는 구멍들과 서로 연결된 공동(空洞)들 역시 두 가지 유형의 표면들(또는 고체적인 것과의 능동적인 접촉 관계)를 수반한다. (1) 표면-지지체 또는 구멍 주변의 가시적 표면. 이것이 공동을 껍질 즉 생태적 외부와 연결하기 때문에 구멍난 ( )체 복합체는 단순히 지하 또는 하층토 복합체로 환원되지 않는다. (2) 표면-전달자. 이것은 구멍들 또는 연결된 공동들을 통과하는 순회의 노선들과 연합하여 공동을 내부에—고체와 공백의 양가성 속에서 구멍이 출현하는 곳, 또는 위상학적으로 아주 단순하게 말해서 '공동이 있는 바로 거기에'—묶어 놓는다.(도 12)

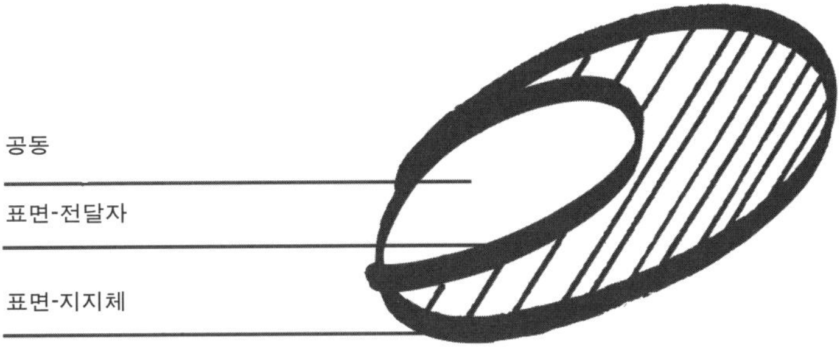

도 12. 공동 주변의 능동적 표면들(전달자/지하의 지지체 부분/구멍을 에워싸는 주변 부분)

> 표면은 대부분의 작용이 일어나는 곳이다. 실체의 내부가 아니라 표면에서 빛이 반사되거나 흡수되며 동물과의 접촉이 발생한다. 표면은 화학 반응이 가장 빈번하게 일어나는 곳이기도 하다. 실체는 표면에서 증발하여 매질 속으로 확산되며, 실체의 진동은 표면을 통해 매질로 전파된다. (아브럼 스트롤의 『표면들』에 인용된 J. J. 깁슨의 말)

이를테면, 부분전체론적 위상학의 차원에서 (즉 전체의 위상학적 접면들 또는 전체-부분 관계와 관련해서)[16] 표면들 또는 고체 부분의 변화와 왜곡은 조성적 공백으로 직접 전달된다. 이는 고체를 통해 공백이 현존하는 방식들 또는 그 메커니즘을 변형시켜서 새로운 뒤얽힘과 변조를 유발한다. 튜브나 구멍난 공(터널이 관통하는 형태)을 비틀어 보면, 고체 부분의 변화가 튜브나 공의 구멍 부분으로 전달되어 터널의 구멍난 부분이 더욱 복잡하게 뒤얽히는 것을 볼 수 있다. 이처럼 조성적 공백의 변화는 고체 부분을 통해서만 지각하고 상호작용할 수 있는데, 이는 구멍난 (   )체 복합체의 조성상 불가피하게 나타나는 은밀한 본성이다. 공백과 친해지려면 먼저 고체의 견고한 통치를 감수해야 하는 것이다.

2. 내재적으로 공백에 사로잡힌 존재자인 고체. 고체가 자신의 건축구조적 조성 활동(생존, 발전 등을 위한 과정들)을 개시하려면 공백을 자기 내부에 받아들여야 한다. 고체의 역동적 특성이 가동되려면 공백에 잠식되고 공백과 엉망진창으로 뒤얽혀야 한다. 고체는 선택의 여지가 없다. 구멍난 (   )체 복합체의 표층적 차원에서 (즉 표면역학에 결부된 영역에서) 고체의 모든 활동은 공백을 은폐하고 전유하려는 전술, 공백을 억제하고 수용하기 위한 프로그램으로 나타난다. 고체는 공백을 채우거나 아니면 (적소,[17] 거주/수용 시스템, 공간 구획의 경우처럼) 표면들의 경제로 빨아들이려고 한다. 그러나 심층의 조성적 차원에서 (즉 실재적인 것의 메커니즘에서) 고체의 모든 활동은 새로운 공백화 기능, 뒤얽힘, 벌레 먹은 공간들(끈-공간)을 지향하며, 그 결과로 고체적인 것은 제거되지 않으면서 역지반화된다. 이 같은 심층의 조성적 차원에서 고체는 벌레 먹은 선의 형태로—러브크래프트가 암시한 "벌레들"(끈), 벌레 기능들(끈 기능), 마디가 있는 구멍들의 형태를 띠는 순회의 노선들, 또는 그것이 뒤집어진 형태로—자신을 감염시키고 뒤얽는 공백의 기능을 수행한다. 벌레 또는 공백-집행자는 구멍난 (   )체 복합체로 기어들면서 다양한 기하학적 구조로 변신한다. 지반을 구축하려는 완전체의 폭압이 닿지 않는 곳에서, 벌레 기능은 상호 연결된 땅굴 복합체에 참여하여 내부적으로 자신의 기본 단위들을 재배치하고 더욱 다재다능한 노선으로 탈바꿈한다. 이 모든 것은 고체성이 구멍난 (   )체 복합체의 심오한 전략적 도구로 재발명된 결과이다. 구멍난 공간에서 고체가 능동적으로 전달하고 가동하는 것은 공백의 벌레 기능이지, 포식하고 숙청하는 공백의 메커니즘이나 무엇이든 집어삼키려는 공백의 욕망이 아니다. 고체는 공백-

집행자, 고체의 역병을 퍼뜨리는 신성모독자로서 작동한다.

구멍난 ( )체 복합체에서는 공백도 고체에 의해 감염되어 있다. 공백의 숙청 메커니즘이 작동하지 않고 끈 기능이 출현하는 것은 바로 그 때문이다. 끈 기능은 구멍난 ( )체 복합체에서 죽음을 거스르면서 종결이 아니라 뒤얽힘, 기반의 약화, 역지반화 과정을 가동시킨다. 구멍난 ( )체 복합체는 고체와 공백 사이의 혼란을 입증한다. 고체 부분의 모든 활동은 조성체의 구멍난 부분을 더 많이 뒤얽히고 꼬이게 하면서 끈 공간의 복잡한 그물망을 세공하며, 그 결과 고체의 모든 지반화(의미화, 단합, 지층화 등) 작용을 방해하고 무력화하는 고체적인 것의 시체 즉 역지반을 만들어낸다. 이처럼 끈 공간의 벌레 먹은 복잡성은 구멍난 ( )체 복합체의 뒤틀림을 가동할 뿐만 아니라 특유의 다공신축성으로 이 복합체의 모든 조성적 차원을 아우른다. 실제로 다공신축성은 지속적 확산을 통해 역동적 조성 과정에서 철저한 변형과 변조를 유발하며, 단순히 서로 연결된 구멍들의 구조로 환원되지 않는 이질적 다공성 복합체인 끈 공간의 생명형태적 조성 속에서 유체적 흐름의 다이어그램을 서술한다. 끈 또는 벌레 공간은 기이한 신축성이 있는 기하학적 구조의 복합체다. 순회의 노선으로 이루어진 복합체의 구멍난 부분은 완화, 변신, 접힘, 구부러짐, 확산적 뒤틀림, 이질적 역동성, 조성적 이례성의 가능성을 동시에 제공한다. 기본적으로 끈 공간은 유체와 고체 사이에 끔찍하게 독창적이고 철저한 커뮤니케이션과 참여의 장을 개방하여 양자가 전술적이고 전략적인 관점에서–그러니까 군사주의적이고 정치적인 이해관계에 따라–서로에게서 파생될 수 있게 해 주는 기계다. 파르사니는 구멍난 ( )체 복합체에서 일어나는 이 같은 고체와 유체의 상호작용을 "환유물론적 분화"라고 칭한다. 끈 공간에서는 유체의 흐름이 모체인 고체의 변형과 연동되어 양자가 철저한 참여의 토대로서 강하게 상호 연결되는데, 이것이 "모든 조성적 차원"에서 생성의 일탈적 계열들을 촉발하여 조성의 완전성을 전면적으로 타락시킨다. 유체의 교란적 흐름이 일으킨 (끈 기계 또는 벌레 먹은 공간에서는 이 흐름 자체가 이례적인 것인데) 신축성 있는 파동이 모체인 고체를 통해 확산되면서, 구멍난 (   )체 복합체 전반에서 고체 뼈대를 이루는 입자들의 위치가 철저하게 바뀐다. 그것은 고체를 이타적인 창발의 숙주로 변모시키는 러브크래프트적 벌레투성이 공간이다. 고체 뼈대에 발작적인 변형이 일어나면서 고체에 가해진 조작과 재변형을 끈 공간에 전달하는 응력장에도 변화가 발생하며, 그 상조적 커뮤니케이션을 통해 구멍난 (   )체 복합체가 계속 접히고 뒤틀리고 개방되면서 그 사악한 면이 더욱 정교하게 세공된다. 다공성 구조와 유체 흐름의 상호작용을 이해하려면, 미세구멍 공간이 이루는 형태의 지역적 측면을 검토하고 그것을 점성, 유체와 표면 사이의 압력, 관성력 등 유체 전달에 관련된 메커니즘과 연관지어 살펴볼 필요가 있다.

미세구멍의 압력이 증가하면 구멍난 (   )체 복합체가 팽창하고 다공신축성이 증대한다(양쪽 모두 유체 흐름을 증진한다). 그러면 파이프나 수로에서는 즉각적으로 층류가 난류로 바뀌지만, 다공성 매체에서는 선형적 흐름에서 비선형적 흐름으로의 전환이 언제나 완만하고 점진적으로 일어나기 때문에 새로운 공간들, 노선들, 연결들, 미세구멍들, 다양한 양식의 역동성과 참여를 조성할 기회, 다시 말해 무한한 가능성을 내포한 홍수가 발생하게 된다. 모체인 고체를 외부의 힘으로 압축하거나 또는 고체적인 것 스스로 통합성을 유지하고 단합된 물질량적 상태를 보존하려고 하면 (유체 흐름을 막거나, 하나의 다공성 네트워크에서 또 다른 네트워크로 도피하거나, 미세구멍들을 고립시키는 등의 방법으로) 미세구멍의 압력이 상당한 수준까지 상승한다. 이렇게 미세구멍의 압력이 치솟으면 모체인 고체는 더욱 철저하게 변형된다. 미세구멍의 확장과 수축(프로이트가 말하는 리비도적 발작에 따른 고원 형성의 메커니즘과 비교할 수 있다), 고체적인 것의 지속적 역지반화, 지역적 미세구멍의 붕괴[18]가 뒤따르고, 최종적으로 벌레가 들끓는 새로운 공간들 또는 창발의 지대가 조성된다. 끈 공간은 근본적으로 원인 불명이며 '아직은-누구인지-모르는-것'과 상호 연결된 궁극의 꿈틀거리는 기계다. '아직은-

누구인지-모르는-것'은 구멍난 ( )체 복합체의 시간 모델을 제공한다. 그것은 고체적인 것을 악랄하게 착취하고 조작하여 (즉 발굴하여) 약화시키는 하층토와 표층의 역지반화 메커니즘에 따라 구멍난 ( )체 복합체의 탐사선들과 순회의 노선들이 예측 불가능하게 움직이는 시간이다. '인코그니툼 학테누스', 즉 아직은 모르는 것, 아직까지는 이름이 없거나 기원이 알려지지 않은 것을 상정하는 시간의 양식은 지구의 가장 내밀한 괴물성들 또는 불가해한 시간의 척도가 지구 표면의 생물권과 그 주민들에게 속하는 연대기적 시간에 발맞추어 출현할 수 있는 여지를 남긴다. '인코그니툼 학테누스'는 심연의 시간적 척도를 우리의 연대기적 시간에 연결함으로써 저 너머 시간들의 공포를 우리 눈앞에 드러내는 이중 거래적 시간 양식이다.

'인코그니툼 학테누스'의 시간 속에서 창발의 패턴을 알아내기는 불가능하다. 무언가 이상한 이유로 무엇이든 발생할 수 있다가, 아무 이유 없이 아무것도 발생하지 못한다. 우리에게 속하지 않고 우리의 연대기적 시간과 연계될 수 없는 어떤 논리에 따라 사물들이 서로에게 스며든다. 내재적 투과성은 끈 공간의 고유한 기능이다. 고체와 유체의 접촉은 그 자체로 다공신축적 복합체의 조성적 요인이기도 하다. 유체에서 국지적 속도 차이의 점진적 변천은 모체인 고체에서 새로운 뒤얽힘, 전단 응력, 파열, 변형을 유발하면서 그것의 표면역학을 복합체의 전반적 메커니즘과 유체 흐름에 동조시킨다. 이는 곧 흐름을 증진하고 홍수를 구축하는 것을 의미한다. 끈 공간에서 미세구멍을 타고 흐르는 유체는 모체인 고체와 그것을 조성하는 입자들 사이로 확산되면서 자신의 정동 공간을 밀반입한다. 구멍난 ( )체 복합체가 유체 흐름을 위한 우선적 수로를 생성한다는 것, 또는 유체가 직접 통로를 뚫고 고유한 전술의 장을 닦을 수 있는 기회를 풍부하게 제공한다는 것을 잊어서는 안 된다. 펄프 호러 소설과 영화, 특히 러브크래프트의 소설에서 그것은 고대의 존재들, 벌레형 존재자들, 그리고 촉수 머리의 괴물들을 능가하는 지각 능력과 이질성을 지닌 액상체(석유)의 거처로 묘사된다. 르뤼에[러브크래프트의 소설에서 크툴루가 잠든 해저 도시]는 지구의 몸체에서도 고체 부분에 깃든 크툴루의 모든 꿈, 운동, 계산을 표상한다. 다공역학의 관점에서 여백 공간은 꿈틀대는 벌레 먹은 흔적과 뒤틀리는 흐름의 아주 견고한 신체다. 게다가 껍질의 열적, 구조적, 지구화학적, 경제적 진화 과정에서 유체의 역할은 구멍난 ( )체 복합체의 메커니즘에 철저히 사로잡혀 있다. 표면의 생물권은 저 아래의 크툴루형 건축과 결코 분리된 적이 없다.

끈 공간의 침입에 따른 자극의 지대 또는 구멍 주변부가 반드시 눈에 보이는 표면들 또는 껍질에서 먼저 나타나는 것은 아니다. 능동적 표면들은 표면이 곧 껍질인 구멍 주변부에서 구멍의 가장 깊은 곳에 이르기까지 모든 곳에서 출현한다. 구멍난 ( )체 복합체는 고체적인 것에 구멍을 파고 착란적인 순회의 노선들을 풀어놓고 끈 기계들을 구축하면서 초(超)능동적 표면들을 조각한다. 이렇게 모체가 되는 내부의 고체에서 깎아낸 표면들 위에 주변적 교란의 장이 가설된다. 구멍이 움직이는 곳마다 표면이 창안된다. 구멍난 ( )체 복합체의 주변적 격변이 껍질에서 내부로 퍼져가면서, 모든 것을 핵의 중력에 기반하여 확정하려는 주변부-핵의 폭압적인 죽음정치적 체제가 힘을 잃는다. 주변부와 핵의 일관된 관계를 해체하는 것은 표면에서 핵으로 철저하게 외부적인 것이 상정되는 궁극의 역지반이 발흥하는 것과 같다. 그러므로 구멍난 공간이 외부적인 것 또는 그 화신들과 (어두운 색의 지구행성적 내부자든 지하의 추락한 태양신이든 간에) 계속 연관되었던 것도 당연하다. 길가메시 서사시에 나오는 전갈-인간(시리아 텔 할라프에서 발견)은 그런 화신 중 하나로 외부적인 것의 관문을 지킨다. 전갈들은 땅굴 파는 동물이지 건축가가 아니다. 그들은 고체와 공백의 조성을 구축하는 것이 아니라 부피를 집어삼키고 공간을 강탈한다. 그들에게 구멍난 공간은 단순한 주거지 즉 거주를 위한 장소(점유할 수 있는 틈새)가 아니다. 그것은 전쟁의 거처('다르 알-하르브'), 무분별한 사냥을 위한 구멍난 공간이다.

> 고고학의 주요 목표는 그저 유적, 유물, 발굴 현장에 대한 물신적 갈망을 충족하는 데 그치지 않고 지구 자체를 유물로 변환하는 것이 되어야 한다. 내가 테헤란 대학교에 있을 때 학생들에게

가르친 것은 지구를 티아마트의 휘감긴 신체, 즉 용의 형상을 취한 수메르-바빌로니아의 모신(母神)으로 변환하는 방법이었다. (H. 파르사니 박사의 인터뷰에서 발췌)

또 다른 곳에서, 하미드 파르사니는 저급고고학을 "티아마트의 소용돌이 치는 몸에 파묻힌 다수의 질과 상호작용하면서 주름을 충혈시키고 곡선을 열어젖혀 올록볼록한 벽의 뒤틀림, 다중적 표면으로 감싸인 생체조직들, 내부에서 치밀어 오르는 고대의 독액을 경험하는 것"으로 묘사한다.

지반은 (정신분석이 암시한 것과 달리) 강렬함의 전달, 규제, 조직화와 무관하다. 그것은 강렬함을 연합하거나 단합된 건축구조적 신념으로 전달하는 것이 아니라 오히려 강렬함에 무언가 쥐어 주고 자유롭게 풀어 놓는다. 그래서 강렬함은 자유 흐름의 대리자, 중력의 노선들, 중심 없이 세력을 확장하는 첩보원과 사절단이 되지만 결코 정복자가 되지는 않는다. 인간중심적인 환대의 계보 역시 이 음흉한 지반화 정책을 입증한다. 성혼 ... 수태 ... 철수. 우리는 언제나 철수하는 중이다.

지반화된 유출은 일반적으로 'f=p/a'라고 기술된다(유출 f는 힘 p가 지역적 표면 a에 가해진 것이다). 그러나 상호 연동된 격자 구조와 배열의 메커니즘은 끈 공간에서 지반의 경제를 강화하고 순환시키는 데 실패한다. 그렇게 텅 빈 동굴(구멍난 잉여)에서는 표면의 일관성이 파괴되어 (a=0) 지반이 지탱하고 통치하는 역량을 상실하기 때문이다. 고체성의 단합적이고 자기지시적인 완전성을 바탕으로 p를 분배하기가 더는 불가능해진다. 모든 권력 구성체는 자기 자신을 확립하고 그 영향력을 전달하기 위한 지반이 필요하다. 지반이 없으면 권력 구성체도 없으며 따라서 '권력'의 기본 정의가 침식된다. 권력은 있지만 권력 구성체가 없을 때 정치는 무엇이 되는가? 'p/0'(제로 위의 권력)의 충만함이 모든 권력 구성체에 선행하는 구멍난 ( )체 복합체의 관점에서 정치는 어떻게 이해될 수 있는가?

고체성의 분배는 고체의 논리를 따르지만, 그것은 구멍난 ( )체 복합체의 다중정치와 끈 공간의 역동성을 따르는 고체성의 논리다.

구멍난 (　)체 복합체에서 나타나는 모든 존재자-사건은 고체와 그 일관성의 척도로 접근하면 불연속적이지만 상호 연결된 끈 공간과 그 구멍성의 관점에서는 연속적이다.

특정한 지점 또는 지역에서 나타나야 할 존재자가 (고체적인 것의 논리를 따르자면) 전혀 무관한 곳에서 출현한다. 구멍난 (　)체 복합체의 고체 부분에서 일어나는 모든 활동은 그와 철저하게 무관한 것, 다시 말해 투입, 원인, 기원과 전혀 상관없는 무언가를 잠에서 깨운다. 지구의 억압된 공동들, 터널과 튜브, 땅굴과 구덩이, 냄새 나는 항문과 구멍 뚫린 공간, 이빨 달린 질, 찢어진 틈새와 분열증적 피부를 교란하고 자극하라. 팽창시키고 수축시켜라. 지구를 뚫고 쥐어짜라. 지구의 표면을 발굴하라. 지구를 그 기원이나 원인을 추적해서는 절대로 풀 수 없는 수수께끼로 만들어라.

산 자를 공포에 빠뜨리는 것은 텅 빈 무덤이 아니라 엉망진창으로 파헤쳐진 무덤이다. 고체의 건축적 방침은 파괴와 해체를 거부하지 않지만 발굴을 회피하는 것이니 … 발굴이란 얼굴(들뢰즈와 가타리가 말하는 "흰 벽-검은 구멍")을 짓밟고 망치고 난도질하는 것 … 맨손으로, 단검과 물결형 단도로, 손톱과 효소로 … 침과 숨결로 … 삽과 쟁기로, 표면들을 엉망으로 만들어서, 할퀴고 … 피부를 벗기고 … 먹어 치우고 … 먼지로 만들고 … 핵으로 파고드는 것이다. 발굴은 완전히 범죄적이고 부도덕할 뿐만 아니라 기본적으로 오염과 감염을 초래한다. 그것이 표면을 무너뜨려서 건축을 괴사시키고, 차가운 표면들과 따뜻한 표면들을 서로에게 침투시켜 증식시키면, 무덤의 차가운 공간이 증발하고 시체들의 악취가 피어오르며 더럽혀진 몸체가 부활한다. 한번 차가워진 것은 다시 따뜻해질 수 없으며 오로지 엉망이 될 뿐이다.

이란 건축가 메르다드 이라바니안은 "건축을 공부하려면 먼저 죽음정치를 연구해야 한다."라고 말한 적이 있는데, 우리는 거기서 한 걸음 더 나아가 발굴의 기예를 실행해야 한다.

고고학자, 광신자, 벌레, 그 외 각종 기어다니는 것들이 거의 언제나 (표면, 무덤, 우주의 귀퉁이, 꿈 등에 관한) 발굴에 착수하게 되는 까닭은 발굴이 역지반화와 동일한 작용을 하기 때문이다. 즉 그것은 표면들이 전체의 위상학 또는 부분전체론적 위상학에 따라 작동하지 못하게 한다. 발굴은 표면들이 분배된 상태를 완전히 침식하면서 그에 연관된 운동들을 탈선시킨다. 모서리가 주변부를 벗어나고, 맨 앞의 표면들이 맨 뒤로 가 버린다. 지층들의 위치가 달라지고 구멍이 뚫리며, 주변부와 최후의 보호막인 표면이 오히려 침략의 전도체가 된다. 발굴은 벌레 먹는 활동이 고체 부분에 가하는 붕괴와 트라우마로 정의된다. 요컨대 그것은 고체성의 신체가 트라우마의 충만함으로 대체되는 것이다. 발굴은 시체를 파낼 때처럼 무덤의 뜨겁고 차가운 표면들에 흉터를 남기면서 그 사이에서 표면들을 증식시킨다. 발굴은 건축을 과도한 흉터 형성 과정으로 변질시켜 고체의 세포조직, 막 구조, 표면들을 섬유화한다. 발굴은 고체적인 것의 시체를 설계하여 차원의 구별을 흐리는데, 이는 차원들을 삭제하고 끝장내는 것이 아니라 칭칭 휘감는 것이다. 이렇게 변질된 차원들은 기어들고 나가는 것들—구멍난 ( )체, 구멍난 ( )체, 구멍난 ( )체, '전(全)'이 액상화되다 못해 휘발된 것들—의 움직임에 더는 저항하지 못한다. 러브크래프트의 다공역학적 우주론에서 쥐는 발굴을 실행하는 기본 단위로 나타나는데, 실제로 「벽 속의 쥐」는 구멍 뚫리지 않으려는 표면들, 고체들, 구조들이 쥐들에 의해 발굴당하는 이야기다.

쥐들[19]은 발굴 기계다. 이들은 전염병의 유력한 매개체이자 흉포하게 역동적인 역지반화의 노선들이다. 쥐들은 다양한 지대들을 가로지르고 아우르면서 두 종류의 표면적 격변을 유발한다. 첫 번째는 파열의 형태로 나타나는 고정된 손상으로, 내부적 분열, 융기, 자리바꿈, 도약, 추진 등에 의한 표면의 발작적인 뒤얽힘과 왜곡으로 나타난다. 두 번째는 역동적이고 이례적인 지진파인데, 이 파동은 쥐들의 흐름이 원격 조성의 형태로 (흉포한 무리를 이루면서) 발산하는 것이다. 쥐떼 내에서 압력의 변화로 속도가 올라가면 쥐떼(조성)의 자리바꿈과 재배치가 일어나면서 무리 전체의 윤곽을 무너뜨리는 메커니즘이 가동된다. 무리를 구성하는 존재자들의 일정한 높낮이가 무너지면서, 즉 쥐들이 제멋대로 날뛰면서 미세한 비행 능력이 발휘된다. 그래서 쥐들이 달릴 때는 그들이 망가뜨리는 표면들과 그들 자신이 동시에 증발하는 것처럼 보인다. 아리스토파네스와 바

킬리데스는 새들이 흐름('케이스타이')을 위한 무제한적 열광의 공간인 '카오스'를 가로질러 날아간다고 노래했지만, 아무도 그 새들이 대체 어떤 종류인지 묻지 않았다. 날개 없는 것? 박제된 것? 금속 재질의 것? 머리가 잘린 것? 주머니칼로 눈이 도려진 것? ... 아니, 그들은 쥐들이다. 수천 수백만의 쥐떼다.

쥐떼는 표면을 잠식하는 전염병이며 그들의 꼬리는 극도로 위험한 지진파 발생기다. 꼬리는 공간 합성기(섬유 기계)로서 그들이 가로지르는 지형을 갑작스럽고 폭력적인 방식으로 주름잡고 펼치며 땅을 점령하고 비인간적 음악을 만들어낸다. 꼬리는 메탈 음악을 연주하는 악기이자 질주하는 가죽 탱크다. 꼬리는 중요한 이동 장치일 뿐만 아니라 민첩함의 추진체 또는 감염의 고정점이며, 또한 돌연히 위치를 바꾸거나 방향을 급히 틀면서 영화광 기계로도 작동한다. 꼬리의 진동은 수천 장의 흔적과 이미지를 인화하는데 다만 필름('펠리퀼')이 아니라 공간에 직접 작용하여 일시적인 흔적들, 질병의 궤적들, 찰나의 기호가 명멸하는 소란 속으로 공간을 엮어 넣는다. 이는 디지털 와이어프레임 건축이 공간을 국지적인 내외부의 단편들로 분할하는 대신 공간을 후려치는 반짝이는 꼬리-와이어의 곡선적 운동을 통해 자유로운 다공성 건축에 도달하는 것과 아주 흡사하다.

이렇게 씰룩거리는 꼬리들로 조성되고 발굴된 건축은 다양한 양식으로 나타날 수 있다. 그것은 기체적인 것, 치명적인 전염병이 될 수도 있고, 건축의 한 사례라기보다 해충의 습격을 도해하는 다이어그램에 가깝게 변형될 수도 있다. 쥐떼 내에서 다수의 꼬리는 움직이는 무리 전체의 자동유도 장치로 변모하여 머리 없는 전방위적 혁명, 새로운 해충의 무질서를 촉발한다.

꼬리 떼, 야즈드 시 근처 조로아스터 교 마을 어딘가에서 무덤을 약탈하는 수천의 벌레들. 그것은 진동의 전쟁이다. 이 발굴 기계들이 풀어놓는 비인간적 침묵은 음향적 스모그, 음향적 참상을 가하는 분자적 노이즈라고 칭할 만하다. 그 소리는 쥐 꼬리들이 퍼뜨리는 광견병이다.

구멍난 ( )체 복합체의 다중정치는 지반의 논리 및 전체의 정치와 연계하여 권력을 수확하는 기존 모델로 설명되지 않는다. 세계 질서의 관점에서 보면 세계 각지에서 일어나는 일관성 없는 사건들은 지배적 정치 모델의 실패 또는 장애물에 불과하다. 그러나 다공역학적 지구 정치의 관점에서는 지구 전역에서 나타나는 비일관성과 지역적 격차가 바로 다중정치의 신체를 이룬다. 지반 위에서 보면 서로 다른 두 존재자(정치적, 군사적, 경제적 구성체 등등)가 서로 다른 위치에서 출현하는 사건은 아무 일관성도 없지만, 구멍난 ( )체 복합체의 내부에서 이들은 치명적으로 상호 연결되고 일관된 사건이다. 창발의 관점에서 일관성이나 연결성은 전체로서의 고체 또는 지반의 척도가 아니라 타락한 완전성 모델과 사건의 다공역학에 의거하여 계측되어야 한다.

군사적, 정치적 실무자들은 오래전부터 다공역학적 존재자들 또는 다공성 지구의 일관성과 지반의 일관성 사이의 비대칭을 고고학적 법칙으로 정립해 왔다. 요컨대, “모든 표층의 비일관성 이면에는 지하의 일관성이 있다”라는 것이다. 이 같은 고고학의 지하 원인 법칙은 모든 심신쇠약 이면에 의식 아래의 ‘콤플렉스’(이례적인 뒤얽힘과 매듭들)가 있다는 프로이트-융의 견해와 놀라울 정도로 흡사하다. 이러한 유사성이 나타나는 것은 고고학과 프로이트의 정신분석이 모두 창발의 노선(곧 기능)을 창발에 대한 저항, 창발의 역동성, 다공성의 정도에 따라 움직인다고 보기 때문이다. 창발은 어떤 매체에서 일어나든 그 매체의 구성에 상응하여 전개된다. 그러니까 창발의 노선이 격렬해진다면 숙주가 되는 매체도 그만큼 복잡하게 뒤얽혀야 하는 것이다. 다공역학과 구멍난 ( )체 복합체의 측면에서, 프로이트의 정신분석과 고고학의 표층적 지향은 너무 복잡해서—창발과 상호작용하는 표면들의 다중 그물망에 푹 잠겨 있어서—가늠하기 어렵다. 프로이트의 포스트모던한 경쟁자들은 그의 정신분석이 뭉툭하고 납작하다(즉 표층적이다)든가 전체주의적이라는 신화를 퍼뜨리지만 이는 대개 표면들과 창발의 문제를 오해했다는 징후일 뿐이다. 프로이트 이론의 ‘표층적’(가시적이고 내부를 에워싸는 지반화된 표면들과 관련되는) 존재자들은 창발과 연루된 무제한적 활동들의 최종 산물로, 지하에 파묻힌 구멍들과 표면들의 복합체들에서 솟아남으로써 비로소 존재하게 된다. 다시 말해, 프로이트의 정신분석에서 표층적인 것으로 간주되는 존재자들(오이디푸스, 쥐 인간 등)은 사실 다양한 표면들을 가로지르며 창발의 벡터를 그리고 있다. 이 표면들 중에서 가장 표층적인 것만이 그나마 느슨하게 자기 존재를 증명할 수 있는데, 왜냐하면 창발의 측면에서 가장 표층적인 것은 지하 묘지 또는 땅굴들의 복합체가 창발의 노선으로 이미 파헤쳐진 상태에서만 기입될 수 있기 때문이다. 창발의 영역에서 모든 표면은—구속력을 가진 지반이든 아니면 다공체이든 간에—구멍난 ( )체 복합체의 다공역학에 속하며 그에 의해 가동된다. 그리고 구멍난 ( )체 복합체에서 깊이는 내부와 외부, 고체와 공백, 1과 0 사이의 모호성 또는 점진적 변천으로 존재한다. 다시 말해 깊이는 내부와 외부, 활력과 침묵, 포함과 배제라는 일원적 또는 이원적 논리에 대항하여 작동하는 제3의 척도 또는 매개적 행위성이다. 구멍들은 명백하게 삼원적 논리를 발전시킨다.

그러나 고고학과 프로이트의 정신분석에서 표면들의 구성적 역동성 및 그와 직결된 창발의 과정—즉 구멍난 ( )체 복합체—은 어쩔 수 없이 편집증적으로 나타난다. 모든 표층의 비일관성 이면에는 지하의 일관성이 있는데, 여기에는 두 가지 일관성들이 중첩되어 나타난다. 첫째로 구멍난 공간의 역동적 표면들 또는 간단히 말해 공동들 간의 일관성이 있고, 둘째로 공동들의 표면들(구멍난 부분)과 고체를 에워싼 표면(지반 또는 가시적 표면) 간의 일관성이 있다. 모든 수직적 분배의 원인 이면에는 수평적 분배 또는 비스듬한 분배의 원인이 있고 그 역도 성립한다. 모든 결과는 서로 다른 논리의 두 가지 원인에 의해 산출된다. 분열증 구조 또는 구멍난 ( )체 복합체의 일관성은 고체로 전달되고 단합되어야 비로소 고체를 에워싸는 표면 즉 지반에 기입될 수 있다. 지반적 표면의 이례성은 분열증과 편집증이라는 두 개의 판에 내재한다. 동시대 군사 원칙과 프로이트의 정신분석에 모두 통용되는 고고학적 법칙에 따르면, 지반 위에 드러나 보이는 모든 비일관성과 이례성 이면에는 땅속에 파묻힌 분열증적 일관성이 있다. 이 분열증적 일관성에 도달하기 위해서는 먼저 편집증적 일관성 또는 편집증의 판을 가로질러야 한다.(도 13)

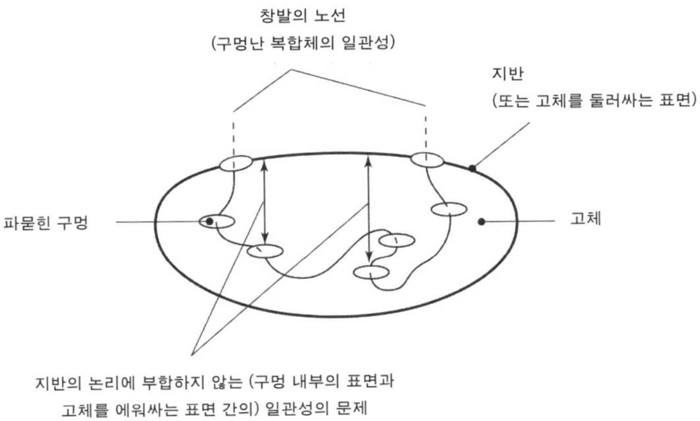

도 13. 분열증과 편집증의 두 판들. 지하의 일관성과 표층의 비일관성.

동시대 세계의 군사화는 그 정치적 맥락과 구체적 접근의 양면에서 건축적, 시각적, 심리학적으로 역설적(분열증치고는 너무 편집증적이고, 편집증치고는 너무 분열증적)인데, 이는 바로 그 행위성이—테러와의 전쟁에서 나타나듯이—지반화된 지구의 논리에서 다공역학적 지구와 구멍 행위성의 논리로 전환되고 있기 때문이다. 논의를 몇 가지 예시로 한정하면 자칫 전쟁의 다공역학에 관련된 군사화의 광범위함과 21세기 군사 혁신의 기본 이론을 제공하는 고고학의 중심적 위상이 과소평가될 위험이 있겠지만, 구체적인 사례들은 이러한 전환 과정을 명확하게 이해하는 데 도움이 될 것이다.

1. 상세한 국토안보 규약이 있거나 보안경계 수준이 비교적 높은 관계로 육상과 상공에서 작전(적대적, 전복적 기밀 활동)을 수행하기 어려운 국가일수록 복잡한 다공역학적 존재자들의 확대되며 이런 움직임을 막기 어렵다. 이들 국가의 국경 지역에서 일어나는 불법 이민이나 마약, 무기류 밀거래는 표층적 활동의 패턴을 따르지 않고 지반 아래 파묻힌 구멍들의 구성과 건축을 통해 진행된다. 운동의 노선들 또는 활동들(전술들)은 이렇게 구멍난 ( )체 복합체의 건축과 분리되지 않는다. 군사 전문가들이나 군사 교육을 받은 도시 계획자들은 적대적 범죄 활동이 더 이

상 육상, 상공, 수중의 차원에서 설명되고 분석되고 추적되지 않는다고 지적한다. 이런 활동들은 오직 (편집증적으로 말해서) 방대한 끈 공간들이 뒤얽힌 지하 구조와 그 속에서 계속 자리를 바꾸는 창발의 벌레 먹은 노선들(분열증적 표면들의 구성)을 따라 이뤄진다. 공모 관계의 분배, 확대, 분산은 각각 구멍-밀거래의 서로 다른 측면들에 상응한다. 군사 전문가의 관점에서 테러의 시장은 지구의 다공성이 거래되는 장소이기도 하다. 미국-멕시코 국경을 가로지르는 벌레 구멍들이나 가자-이집트의 지하 터널 같은 구멍 밀거래 사례들은 표층적 전지구화와 그 정치-군사적 측면들의 양극성을 무효화한다. 은밀한 게릴라 국가들, 반국가적 운동들, 애매모호한 제국주의 국가들의 경제와 권력 구성체는 모두 전쟁의 다공역학에 따라 배열된다.

2. 아프가니스탄 토라보라 전투[2001년 12월 토라보라 산악지대로 피신한 오사마 빈 라덴을 체포하려는 미군 및 연합군과 알 카에다 간에 일어난 전투]의 확대를 주도한 것은 연합군이었다(특히 미군은 BLU-82 폭탄을 사용했고 핵벙커부스터 공격까지 고려했을 정도였다). 이들은 토라보라 산맥의 방대한 지하 시설과 테러 네트워크에 관한 정보에 따라 움직였다. 미군과 영국군은 정교한 전술과 혁신적 지휘통제, 무기와 군사 도구의 창의적 사용으로 외과시술적 공격을 개시했다. 토라보라에서의 군사적 전개를 결정한 전술과 논리 전체가 동굴이 많은 산맥 지형에 정확하게 '부합'하여 구멍난 테러 건축 복합단지에 적합한 군사적 대응이 가능하도록 고안되었다. 간단히 말해 전투를 실행하는 군사적 편대 전체가 산맥 내부에 구불구불하게 뚫려 있다는 구멍 복합체에 따라 결정되었고 그에 맞추어 이들을 무력화하고 깨끗이 제거하기 위한 기술과 해법이 제시되었다. 미군과 영국군이 발휘한 운동의 복잡성 또는 조형적 역동성은 지하에 있다는 구멍, 터널, 땅굴의 복잡성과 호환 가능했으며 실제로 대항지리학적 대응 관계를 보였다. 토라보라 전투는 토라보라 지하 시설들의 복잡성에 의거하여 실행되었다. 그러나 실제 구멍이나 벌레 먹은 복합체는 거기 없었다. 구멍난 복합체의 (지반에서 공동에 이르는) 편집증적 논

> 리에 속박되는 동시에 땅 아래 존재하지 않는 구멍들의 분열증적 건축에 의해 해방되면서, 미국 주도의 연합군은 처음으로 완전히 성숙한 카파도키아 복합체의 사례를 발전시켰다. 요컨대 적대적 활동과 위협이 일관성 없고 비대칭적으로 나타나는 곳에는 반드시 지하에 파묻힌 구멍 구조의 원인이 있으며, 이렇게 뒤얽힌 지하 건축에 대항할 수 있도록 특별한 군사 구성체의 모델을 수립해야 한다는 것이다. 이것이 카파도키아 복합체의 핵심 논리다. 토라보라에는 표면 아래의 결합 관계나 복합체가 없었지만, 카파도키아에는 모든 표면 아래, 모든 산맥과 모든 언덕 아래에 구멍들, 은신처들, 통로들의 다중그물망이 있다.

> 모든 광맥은 도주선이며 매끈한 공간과 통한다. 현재 석유를 둘러싸고 같은 문제가 야기되고 있다. (들뢰즈·가타리, 『천 개의 고원』)

아르토의 유기적 얼굴 스케치는 언제나 확산되고 터져 나갈 기회를 엿보는 점들, 썩어 들어간 얼룩 무늬, 조그만 개구부들, 분자적 우물들, 병든 원구(原口)들로 황폐한 모습이다. 아르토의 점박이 피부병은 지구의 껍질과 토양을 뒤덮은 미세구멍들의 구름에 상응한다(굳이 말하자면 단단하게 굳지 않은 입자형 매질이 다공성 구조를 이루는 것으로 묘사할 수 있을 것이다). 그것은 액체를 질질 흘리면서 실어나르는 미로처럼 복잡한 장이다. 지구의 분열증적 피부는 광산과 야금술적 자동유도 장치의 구멍난 공간보다도 석유와 가스의 흐름과 관련된다. 물이 새는 구멍의 설계자가 되기. 만사를 누출되게 하기.

지구 전역에서 다공성의 분포는 리좀적 구조가 아니라 안개 속에서 먼지와 습기가 확산되는 것처럼 밀도가 계속 바뀌는 임의적 무리를 이룬다. 구멍난 공간에서 고체와 공백의 상호 감염은 점점 강렬해져서 끝이 보이지 않는다. 왜냐하면 고체의 내부적 충동은 능동적으로 자신을 계속 재조정하는 것, 자신의 생존과 성장을 보장하고 유지해 주면서 지반화의 여정을 보좌하는 계산적 네트워크 속에서 자신을 엮어 가는 것이기 때문이다. 고체 부분의 모든 활동은 조성의 심층적 수준에서 뒤얽힌 선들(곧 기능)로 재발명된다. 고체가 자신의 역동성, 고체 특유의 '구축적'이고 '단합적'인 성격을 유지하기 위해 공백과 엉망으로 뒤얽힐 때마다 공백은 더욱 감염성이 커지고 벌레 기능은 더욱 맹렬해져서 광란에 휩싸이며, 급기야 조성적 깊이에서 솟아올라 고대의 존재들이 깃든 벌레 먹은 공간, 복잡한 교통의 지대, 구멍난 ( )체 복합체를 설계하기 시작한다. 이렇게 고체가 의도적으로 시행하는 모든 활동이 지옥으로 향하는 길을 낸다. 구멍난 ( )체 복합체의 배신과 불성실은 고갈되지 않는다. 그것은 고체적인 것이 은밀히 조작되고 고체와 공백 양쪽 모두에 대한 이중 배반이 가동되는 원천이다.

과거에는 광산의 구멍난 공간이 농민 혁명과 야만인의 침략을 선동했지만, 이제는 유전(油田)이 기술자본주의의 테러-드론과 이슬람 묵시론의 사막 군사주의를 교차시키면서 행성 표면의 혁명적 변화를 위한 군사적 프로그램과 공모 관계들을 형성하고 있다. 석유가 테러와의 전쟁에서 이슬람 측 전선의 무기가 되는 동시에 기술자본주의적 전쟁기계의 연료로 변모하는 것은 정치경제적 진화의 문제가 아니다. 아라비아, 수단, 리비아, 시리아, 심지어 페르시아만 이남의 아랍 계열들에 이르기까지, 이슬람 국가는 유전에서 석유를 캐기 위해 사막을 건너야만 한다. 왜냐하면 이들 나라에서도 그런 사막 지역에만 유전이 있기 때문이다. 그러나 사막은 땅굴을 파는 유목민, 사막 유목민, 그리고 기후학적 규제를 거의 받지 않는 그들의 전쟁기계들이 출몰하는 무시무시한 공간이다.

지구를 떠도는 모든 유목민들 중에서도 기후학적 요인의 영향을 최소한으로 받는 전쟁기계를 만드는 데 가장 철저한 사람들이 바로 사막 유목민이다. 와하브파가 득세하는 사우디 아라비아가 (사막 유목민에게 속하는) 사막 군사주의를 통해 재유목화되는 것이나, 유목민들이 (국가에 의해) 부분적으로 정주화되어 '나프트의 사람들', 즉 오아시스 대신 유전들 사이를 오가는 비밀스러운 석유 유목민으로 변모하는 것은 모두 이 때문이다.[20] 아라비아의 유목민들은 원래 순수한 유목적 생활 방식을 고수했기 때문에 물, 온건한 기후, 목축의 다변화 등 기후학적 의존을 요구하는 환경적 요인과 비교적 거리가 멀었다(이들의 목축업은 기껏해야 낙타를 키우는 것이었다). 이 유목민들은 20세기 중반까지도 순수한 유목적 특성을 유지했고 뒤늦게 국가의 정주화 프로그램에 포함되었다. 실제로 석유 채굴을 원하는 국가에 의해 사막 유목민들이 나중에 섣불리 정주화되면서 한편으로 아라비아의 사막 유목민들이 석유정치에 감염되었고 다른 한편으로 와하브파 이슬람의 역병적 활력이 유목적 전술, 사막의 논리와 생활 방식에 감염되었다. 따라서 동시대 와하브파의 종교정치적 특성(테러와의 전쟁이 겨냥하는 와하브파의 행위성들)은 석유를 통해 도입된 사막 유목주의의 주술적, 이질적 요소들이 돌연변이를 이룬 것이라고 봐야 한다. 국가와 사막 유목민들은 사막의 석유 추출 논리에 의해 형성된 석유의 다공역학과 구멍난 공간을 통해 서로에게 소개되었고 서로를 향해 걷잡을 수 없이 미끄러졌다. 중동 및 테러와의 전쟁에 관련된 세계 석유정치—즉 석유로 서술되는 지구—는 이렇게 석유의 구멍난 공간으로 촉진된 국가와 사막 유목민들 간의 상호 감염에서 유래한 것이다.

유전은 국가와 사막 유목민들 간에 암석학적 끈 공간들을 이끌어낸다. 그런 공간들은 맹렬한 사막 유목주의를 통해 국가를 조작하는 한편, 국가의 석유정치에 의거하여 유목민들의 사막 군사주의를 재배치한다. 이는 고체와 공백의 격렬한 논쟁을 통해 고유한 순회의 노선들을 밀반입하는 구멍난 (　)체 복합체의 모호한 고체와 공백 간 관계에 상응한다. 국가와 사막 유목민들 사이에서 유전과 구멍난 (　)체 복합체의 문제는 광산과 그 광맥을 따라 유랑하는 거주자들(광부들)의 문제보다 훨씬 복잡하다. 첫째, 유전에는 광부에 해당하는 거주자가 없다. 다시 말해 (사막 유목민이었던) '나프트의 사람들'은 (옛 광부들이 그들의 일시적 거처인 광산에 머물렀던 것과 달리) 생산, 소비, 수송 과정에서 석유와 친밀하게 연결되지 않는다. 둘째, 석유는 지구의 모든 곳에 기어다니는 존재자, 즉 지구행성적 윤활유로서 전쟁기계들과 '나프트의 사람들' 또는 사막 유목민들의 정치를 세계 각지에 퍼뜨린다. 셋째, 심지어 사막 유목주의가 개입하지 않을 때조차 석유는 시간의 흐름을 묵시론적 신성모독의 방향으로 돌려 놓는다. 약간의 석유만 있어도 시간의 흐름에서 종말을 이끌어낼 수 있다. 석유가 중산층에게 이득을 주지도 않고(경제 활성화는 처음에 경제 상황을 완화하지만 궁극적으로 경제 분열을 유발한다) 동족 포식적 경제를 유발하지도 않는다면(멕시코, 베네수엘라, 수단이 그렇게 되었고 모리타니아도 아마 그렇게 될 것이다), 이슬람 국가들의 경우처럼 묵시론적 일탈의 양식들로 은밀한 군사적 파이프라인을 충전하게 될 것이다. 어떤 경우로 귀결되든지 석유가 경제, 지정학, 문화에 야기하는 다공역학적 창발의 지대들은 신성한 존재의 연대기적 시간을 궁극의 아이러니와 외설적인 서술로 조롱한다.

광산과 유전의 끈 공간들은 모두 유목민들과 그 주변의 각종 군사적 존재자들을 용병과 반란군으로 결집시키는데, 이들은 대개 국가가 아니라 유전과 연관된 외국 또는 다국적 초거대 기업들의 사유화된 군사력에 귀속된다. 이런 기업들은 국가의 핵에 내장되어 국가 정치와 동기화되지만 (그리고 국가의 기술경제적, 군사적 실패 및 빈곤과도 연결되지만) 이들의 기능은 국가 경제와 그 환경적 안정성에 외재적이다. 이들의 기생적 군사력 또는 잠복된 군사력은 쿠데타, 계급 반란, 민족국가의 위기, 심지어 외국이 내부로부터 침략할 잠재적 위험을 초래한다. 실제로 구멍난 (　)체 복합체는 구멍 행위성을 본질적으로 (그러나 능동적이지 않은 방식으로) 반역적이고 이중 거래의 성향이 있는 것, 헤게모니적인 동시에 그에 대항하는 것으로 암시한다. 원래 이동성의 구멍은 국가에 의해 완전히 성숙한 형태로 활용되고 있었다. 하티 제국의 히타이트인이 땅을 파서 지하 도시를 세운 것은 주로 아나톨리아에 상주하는 어마어마한 군사력을 효과적으로 가동하기 위해서였다. 이런 지하 도시들은 거주지-요새-공장으로서 메소포타미아의 지정학적 구성체(바벨, 아시리아, 우가리트 문명), 즉 당대의 가장 헤게모니적인 국가들에 엄청난 영향을 끼쳤다. 국가에 봉사하는 구멍 행위성 또는 지하 도시들의 광업적 잠재태들은 이 지역에서 폭압적 국가들이 출현하는 데 역동적으로 영향을 끼쳤으며 어떻게 보면 이들이 그런 국가들을 주조한 셈이었다. 지하 도시들(카파도키아의 카이마클리, 아바노스 등)에서 산출되는 철은 국가를 형성하는 지리적 경계를 지탱하는 데 그치지 않고 (철제 무기는 구리제 도구를 능가한다) 이런 구멍 행위성 및 광산들에 결부된 군인정치를 통해 지역의 인구를 물질량화했다.

아시리아인은 지하 도시 복합체에서 인간 거주자들을 제거하기 위해 각종 해로운 것들(병든 쥐떼, 오염된 물, 썩은 시체, 뱀 등)을 흘려보냈다. 당대 최고의 군사국가였던 아시리아는 단순히 부패와 질병의 매개체들을 통해 '구멍의 주민들'이라는 문제를 해결하는 것이 아니라 복합체의 벌레역학을 통해 유출적 운동을 수력학적 군사 무기이자 자율적 전술로 변환하고자 했다. 이는 유출의 맹렬한 과잉활동성과 난기류를 제압하는 것을 정치 권력의 원천으로 보는 비트포겔의 수력학적 역사관과 상반된다. 그러나 구멍난 ( )체 복합체에서 나타나는 이중 거래적 활동의 장은 (비록 지하에서 움직이지만 전략적 일탈의 관점에서) 철저하게 자율적이어서 결국은 머리 없는 자동조종 장치가 된다.

유전과 광산에는 흔히 기업과 그들의 사설 군대가 따라오는데, 기업이 소유주라면 군대는 추출 장치 역할을 맡는다. 그리고 외부자인 용병이 도입되어 소유주와 추출 장치, 유전과 진짜 수혜자 간의 일시적 결합을 보호한다. 이런 기업과 용병은 억압과 빈곤을 유발하지만 이중 반란들, 국가의 폭력적인 내적 분열, 내전과 소요 사태에서 중요한 역할을 맡는다. 어디든 끈 공간이 출현하면 즉각 정치경제적 불면증과 반란을 추동하는 파도가 높아진다. 그렇다면 중동의 정치와 석유에 기반하는 지하세계적 생활 윤리만큼 공포의 다공역학이 잘 정제되고 선명하게 표출되는 곳이 또 어디 있겠는가?

구멍난 ( )체 복합체의 한 가지 특징은 그것이 소비자에게 새로운 활용의 영감을 불어넣으면서 혁신적 사용 또는 유례없는 오남용을 촉발한다는 점이다. 이렇게 생성되는 새로운 착취의 노선들은 완전체의 독재와 규제가 무효화된 상황에서 그것을 더욱 악화시키는 방향으로 도구화하는 것으로 볼 수도 있다. 이런 면에서 구멍난 ( )체 복합체는 완전체를 그 기능적 제약 내에서 속속들이 타락시키는 전복적 사태를 초래한다.

구멍난 ( )체 복합체는 자기 자신을 팔아 넘긴다는 의미에서 포주인 동시에 창부이다. 이는 하나의 전체와 그것을 둘러싼 환경 간의 생태적 안전성과 대조를 이룬다. 전체와 부분, 환경의 논리에 의

거하는 전체론적 관점에서 정치, 종교, 군사 문제를 독해할 때는 환경이나 전지구적 전체들이 객체의 자율성보다 우선시된다. 일반적으로 전체론적 독해는 단합된 경제적 진전, 관습적 군사 현장, 표층적 전지구화 등 지반과 그것을 에워싸는 주변부의 역학에 결부된 사건들에 잘 부합한다. 이런 독해는 체계적 논리를 강요하여 실용적 차원에서 대상과 괴리되거나 이론적 차원에서 환원주의에 빠진다. 따라서 다공성 지구, 구멍 행위성, 그리고 중동처럼 치명적으로 정치화되고 반란적인 구성체와 연관된 창발의 노선들을 독해하려면 새로운 모델과 플랫폼이 필요하다. 동시대 세계 정치가 전체론적 독해 방법을 '일관성 없이' 거역하고 있다면, 전지구적인 정치적 소요의 진원지인 중동은 새로운 정치 분석과 개입적 화용론에 연루되어 있다. 중동이라는 존재자는 그 지리적 존재론보다도 그 속성을 정치적으로 재가동하는 일이 급선무이며, 따라서 전체론적 모델을 우선시하는 것도 아니고 그것의 파괴를 지지하는 것도 아닌 제3의 방법으로 연구하고 관여할 필요가 있다. 따라서 이 모델 또는 방법론은 중동의 사회정치적 구성체와 부합해야 한다. 중동의 구조적, 기능적 비일관성들을 일정한 방식으로 (즉 일관되게 서로 연관된 것으로) 다루려면 그것을 하나의 퇴행적 전체, 즉 부분과 전체가 모두 무력화되어 서로를 통제하지 못하는 상태로 간주해야 한다. 퇴행적 전체 또는 구멍난 ( )체 복합체에서 사건들이 일관성을 획득하고 그 사이에서 일정한 역동성이 나타나는 것은 다공역학적 공간을 통해서다. 그것은 표면을 분화시켜서 (구멍을 내서) 지반화를 막고 그에 기초한 구성력의 작용과 정합적 수립을 방해한다. 실제로 새로운 지반에 대한 요구를 새로운 표면들(구멍들)에 의한 구성체의 다공화로 기입해 버리는 다공역학의 논리는 모든 중동 국가에서 나타나는 다중그물망 형태의 통치력에 부응한다. 이처럼 국가와 그 타자들 간의 경계가 이미 치명적으로 구멍 뚫린 중동의 국가들 또는 사회들을 '게릴라 국가'라고 칭하는 것은 상당히 잘 어울리는 표현이다.

타락한 전체의 구조들 또는 구성체들에 대한 독해의 모델로서 '은닉된 글쓰기'는 중동 구성체들의 구멍난 건축 및 창발의 모델에 상응한다. 실제로 은닉된 글쓰기는 구멍난 ( )체 복합체와 공모 관계에 있는 모델이다. 그것은 설정 구멍들을 통해 이야기 속으로 읽어 들어가는 접근을 제안한다. 서사적 짜임과 건전한 구조가 있는 텍스트가 그 배열에 순응하는 규율과 절차에 따른 읽기와 쓰기를 요구하듯이, 구멍난 구조, 타락한 구성체, 설정 구멍을 읽고 쓰려면 그에 걸맞은 방법론이 필요하다.

은닉된 글쓰기는 단순한 학제적 조사 방법을 넘어서 구멍난 구조와 타락한 구성체에 기여 또는 참여하는 정치적 가능성을 암시한다. 설정 구멍들을 통해 이야기를 읽어 들어가려면 그 구멍들을 안팎에서 뒤틀 수 있는 노선을 고안해야 한다. 그런 노선의 지하적 탄도학은 구멍난 초월성 및 다공성 리얼리즘과 연대하는 동시에 구조 자체의 구성적 모체를 휘감아 치명적으로 구부릴 수 있어야 한다. 은닉된 글쓰기는 단합된 설정과 일관된 서사라는 진퇴양난을 역이용하여 출처 불명의 글과 암호화된 글—즉 가짜와 숨겨진 글—의 성분들을 고쳐 쓴다. 전자가 주로 저자 식별의 오류와 익명적 집단(군중)의 개입에서 비롯되는 문제들과 관련된다면, 후자는 지배적 구조 또는 기본 설정으로 가정된 것과 다른 어떤 존재나 활동으로 인한 텍스트의 구멍들 또는 이례적인 부분들을 다룬다. 이른바 설정 구멍이란 그런 활동의 구체적인 궤적으로, 표층 아래에서는 말이 되지만 바깥 껍질 즉 표층적 차원에서는 일관성 없는 징후로 나타난다. 은닉된 글쓰기는 정치적 설정 구멍들을 하나의 전체로 환원하거나 낱낱이 분리하지 않고도 상호 연관해서 파악할 수 있다. 따라서 중동에서 일어나는 사건들을 '세계'(가시적인 것 또는 기본 설정)와 관련해서 독해하려고 할 때, 은닉된 글쓰기는 추출하고 파헤치고 참여하기—다시 말해 철저하게 검토하고 인식하기—위한 궁극의 도구가 된다.

은닉된 글쓰기는 저자가 불확실한 글('아포크리파 스크립타'[특히 구약성서 편집 과정에서 성령의 저자성이 불확실하여 구약 정전에서 제외된 『구약외전』])이든 암호화된 글('스테가노그라피아')이든 간에 구멍난 ( )체 복합체의 실용주의적 광란을 자신의 뒤얽힌 구조와 일체화된 기능적 원칙으로 통합한다. 은닉된 글쓰기의 구조와 기능은 다공성 지구의 역동적 창발과 구성에서 나타나는 것과 동일하다. 은닉된 글쓰기는 모든 설정 구멍들, 문제적인 부분, 의심스럽게 모호한 점, 꺼림칙한 오류를 새로운 설정으로 삼아서 촉수를 달고 자율적으로 움직이도록 풀어 놓는다. 이런 활용의 여파로 글쓰기는 원래의 통일된 설정을 악화시키는 행위 또는 이른바 중심 주제와 그 권위를 재활용해서 온갖 것들을 합체하기 위한 골조나 원재료로 삼는 행위로 변모한다. 중심 설정은 오로지 다른 설정의 은밀한 숙주, 전달자, 양육자가 되기 위해 재발명된다. 은닉된 글쓰기 속에서 중심 설정은 (설정 구멍으로 기입될 수 있는) 다른 설정을 지반화된 주제나 표층으로 가려서 (다시 말해 표층의 역동적 설정으로 숨겨서) 위장하기 위한 구축물이다. 이 같은 글쓰기의 관점에서 중심 설정은 설정 구멍들(즉 다른 설정)을 한데 모으는 설계도 또는 지도이며, 모든 구멍은 지하를 배회하는 최소한 하나 이상의 설정이 남긴 발자국이다.

설정 구멍은 (비평가들이 조롱하듯이) 거기 없는 무언가의 편에서 작동하는 것이 아니라 표층 아래의 생명 활동을 기입하고 전달한다. 설정 구멍은 최소한 하나 이상의 설정이 그 구멍을 파고 들어가서 그 안에 살고 있음을 나타내는 심신의 징후이다. 그러나 은닉된 글쓰기를 통해 설정 구멍들이 증식하는 것은 단순히 가시적 표층 또는 이른바 중심 줄거리 이면에 속속들이 실제적이고 독립적인 설정('책 속의 책들')이 존재함을 입증하는 데 그치지 않는다. 더 중요한 것은, 은닉된 글쓰기가 책의 진본성을 능동적으로 무효화하고 책의 존재 자체를 부정하는 왜곡의 징후를 전달한다는 것이다. 설정 구멍은 또 다른 설정이 전개되고 있다는 징후일 뿐만 아니라, 그 자체가 흔히 은닉된 글쓰기와 관련해서 저자성의 문제를 유발하는 필명의 사용, 익명성, 의도적 왜곡에서 유래한다. 목소리의 전환, 저자의 관점 변화, 일관성 없는 문장 부호, 수사법적 일탈 등은 단일한 저자가 다수로 증식하여 한 무리가 움직이고 있음을 나타낸다. 실제로 은닉된 글쓰기와 관련해서 자주 발생하는 저자 식별 불능의 문제는 표층적 설정에서 새로운 서사들이 전방위로 덩굴처럼 퍼져 나가게 함으로써 지배적인 저자의 공간에서 표층적 이야기나 텍스트 구조를 장악할 수 있는 다른 설정을 촉발시킨다.‡

---

‡ 서로 다른 두 저자가 쓴 두 권의 책(주제, 타이포그래피, 인덱스 등이 모두 다른

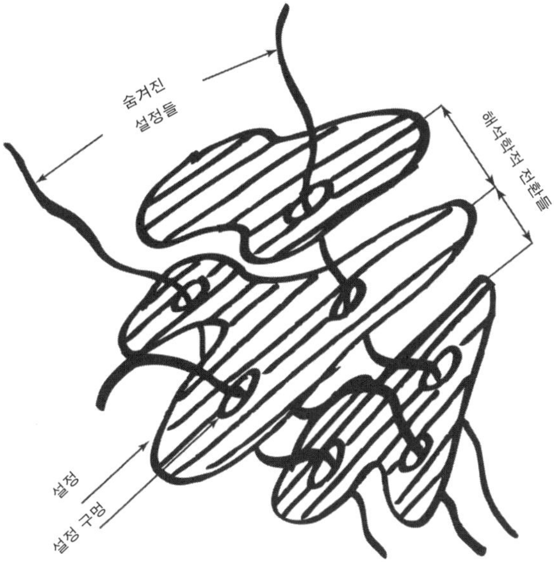

도 14. 표층 아래 설정의 역동성 속에서 설정 구멍은 거의 영구 보존된다.

은닉된 글쓰기가 『구약외전』의 경우처럼 집단적 저자성과 연관되는 것은 우연이 아니다. 은닉된 글쓰기가 창출하는 비진본성의 첫 번째 징후는 단일한 저자(목소리) 또는 엘리트의 권위가 확실하게 해체되는 것, 또는 더 정확히 말해서 수상하고 추적할 수 없는 공동 필자 또는 군중으로 집단화되는 것이다. 이 같은 저자 식별 불능의 문제는 책의 왜곡 또는 조악화, 책의 배경에 대한 의혹으로 직결되며, 따라서 종교 경전과 그 순결한 낭만주의를 침해하는 불변의 악몽이다. 비진본성은 작자미상의 자료들과 공모하여 작동한다.

은닉된 글쓰기로 만들어진 책의 텍스트적 지하 세계는 구멍난 (　)체 복합체에 거주하는 자율적 저자-드론, 설정과 서술로 이루어진다. 그런 표층 아래의 삶은 심층적 독해의 보상으로 주어지는 숨은 메시지(θησαυρος, '테사우리'[보물들])나 중심 설정에서 분기한 하

것)에 기반하여 영화를 만든다는 발상을 계속 밀고 나가라.

위 설정의 층위로 환원되지 않는다. 이른바 해석학적 엄격함은 텍스트적 지층화의 논리를 따르기 때문에 그것을 달성하려면 텍스트의 층위적 질서에 상응하는 해석학적 도구를 써야 한다. 그러나 은닉된 글쓰기에서 나타나는 표층 아래의 삶은 층위와 해석의 대상이 아니며 오로지 책의 구조 또는 표층적 설정을 왜곡하는 방식으로만 발굴할 수 있다. 발굴은 암호화와 암호 해독, 말 바꾸기, 조악화, 책의 변형 등의 구체적인 과정을 거친다. 은닉된 글쓰기와 상호작용하려면 책의 글쓰기 과정을 끈질기게 이어 나가면서 그에 기여해야 한다. 대부분의 해석자들이 오해를 피하려 해석에서 제외하는 모호한 설정 구멍들이 바로 은닉된 글쓰기의 읽고 쓰는 행위로 들어가는 진입로이다. 해석학적 탐구의 관점에서 설정 구멍은 혼란스러운 속임수, 텍스트 내에서 시공간적 위치가 잘못 설정된 좌표들, 의미가 유출되지 않도록 틀어막아야 하는 구멍이다. 그러나 구멍 하나를 막으면 다른 곳에 압력이 몰려서 또 구멍이 뚫리지 않는가? 신학은 신성한 존재에 관한 추론의 구멍을 막고 균열과 틈새를 메워야 한다는 강박에 사로잡혀 있다. 그리하여 신학은 스스로 불완전성의 틈새를 형성하며, 신학의 말들은 언제나 이 틈새를 통해 자기 자신을 배반하고 자신에게 복수하는 방식으로 가동된다. 엄격하게 신학을 연구하는 것은 신성한 존재의 말들을 이단으로 구멍내는 것과 같다.

은닉된 글쓰기의 가장 대표적인 사례 중 하나는 흑마술과 스콜라 철학의 점성술을 다룬 요하네스 트리테미우스의 저서 『스테가노그라피아』(c. 1499)이다. 트리테미우스의 마법서는 표층의 정합적 설정이나 일관성이 없고 마치 설정 구멍들에 감염된 것처럼 내용과 주제가 다양하게 소실되어 있다. 점성술 마법서라는 표층적 설정으로 위장하고 있으나, 사실 이 책은 암호술에 관한 논고이다. 은닉된 글쓰기는 층위와 수준에 따라 정렬되는 대신 지하도, 구덩이 형태의 집단 거주지, 이면에서 와글거리는 사회적 소요에 깃든다. 수군거리는 암호술적 존재자들에 홀린 점성술적 커뮤니케이션과 비정통적 주술에 관한 트리테미우스의 책은 구멍이 숭숭 뚫린 텍스트의 판 위에서 작동한다.

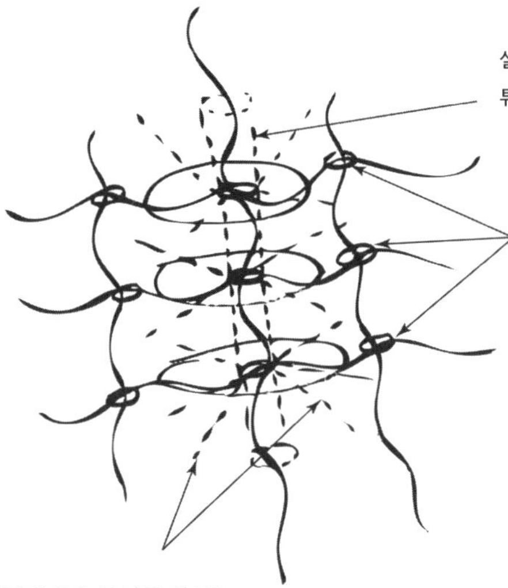

도 15. 직물처럼 엮인 공간들로서의 텍스트('텍스틈')와 달리, 은닉된 글쓰기는 실로 짜인 구조적 격자가 아니라 터널들이 뒤얽힌 설정 구멍들로 이루어진다.

지구는 역전된 트리테미우스처럼 자신의 역사들을 쓴다. 그것은 암호로 위장한 흑마술이다. (H. 파르사니)

파르사니는 『고대 페르시아의 훼손』의 서문에서 고고학자의 역할이란 은닉된 글쓰기의 텍스트를 광신적으로 읽으면서 그에 구체적으로 기여하는 독자와 같다고 쓴다. 그는 이 글에서 "고고학이 은닉된 글쓰기에 대한 철저한 이해를 통해 미래 정치를 지배하는 21세기의 군사과학이 될 것"이라고 주장한다.

{이하 파르사니의 글} 광대한 메소포타미아의 공동묘지는 거의 언제나 이른바 '그 자리에 있는 유적지' 또는 경이의 지대와 '그 자리에 없는 유적지' 또는 누락된 유적지가 병치되는 이중 구성을 취한다. 경이의 지대 또는 가시적 유적지는 대체로 거기 건립

되었던 호사스러운 건축물의 잔해가 있는 황량한 평원이나 언덕에 위치한다. 경이의 지대 또는 '그 자리에 있는 유적지'는 텅 빈 무덤, 시체 없는 기념비, 땅 속의 보물 창고로 이루어진다. 그것은 연약한 존재들이 거주하는 표층의 요정 나라로, 보물과 이국적인 물건들이 넘치는 지하 영역에 의해 완성된다—하지만 그것은 위조된 것이다. 땅 속에 보물이 묻혀 있고 왕족들과 영웅들의 가짜 시체가 묘실에 안치되어 있지만, 그것은 진짜 지하 복합체에서 이탈한 부차적 설정에 불과하다. 땅 아래, 심지어 지표 아래의 경이로운 보물들보다 더 아래의 언덕 깊숙한 내부로 파고 들어가면 토끼 굴 같은 땅굴 복합체가 나타나며 그 구멍마다 진짜 무덤, 벽화, 무기, 사후 생활을 위한 용품들이 가득하다. 문제의 지표면 유적지는 텅 빈 무덤('케노타피온')과 현혹적인 건물들 같은 눈에 띄는 연출로 도굴꾼과 약탈자를 강력하게 유인하여 지하도 시스템 또는 진짜 공동묘지를 숨긴다. 이런 구멍들과 비일관성, 표피적 존재자들 또는 가짜 유인물들은 어딘가에 지하도 또는 누락된 유적지(그 자리에 없는 유적지) 형태로 망자들의 도시 공간이 존재하고 작동함을 암시하는 확실한 단서다. 표층의 비일관성과 심오한 결함을 통해 유적지를 독해하는 고고학자의 관점에서, 시체 없는 기념비나 텅 빈 무덤은 정확하고 틀림없는 방향을 지시하는 이야기 속 구멍이자 공동묘지의 땅굴 복합체 또는 진짜 지하 네트워크로 향하는 입구이다. 공동묘지의 표층적 유적지를 이루는 모든 것은—가짜 시체로 틀어막은 텅 빈 무덤에서 일부러 땅에 묻어둔 보물에 이르기까지—안목 있는 사람이 보기에 뭔가 더 있다는, 누락된 유적지가 근처에 있다는 단서가 된다. 그러나 도굴꾼은 무언가 확실히 '잘못된' 것을 느끼면서도 전리품이 만족스럽고 풍족하면 더 이상 파고들지 않는다. 고고학자 특유의 미감 같은 것이 있다면, 이렇게 전략적인 표층의 부조리함이나 조작적인 설정 구멍들과 마주쳤을 때 틀림없이 불안과 흥분이 뒤섞인 채로 이렇게 외칠 것이다. "이건 무언가 아주 잘못됐어."

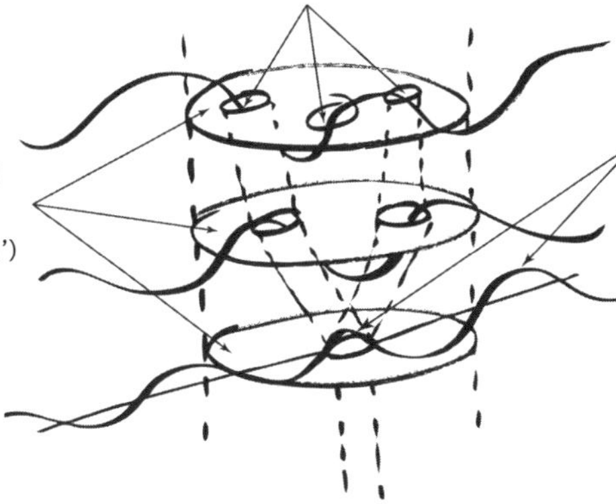

도 16. 정치적 고고학의 모델이 되는 메소포타미아 공동묘지와 그 유적지.

"중동에서 이야기 속의 모든 구멍은 먼지 속 심연('테홈')의 입구를 표시한다." 파르사니의 서문을 끝맺는 이 난해한 문장은 레바논의 한 계간지(2001년 여름호)에 실린 파르사니의 인터뷰로 일부 해명될 수 있을 것이다—비록 그런 해명으로 확실해지는 것은 없다고 해도 말이다. 여기서 파르사니는 중동이 세속적인 것, 이교도적인 것, 유일신교적인 것, 주술적인 것 중 어느 것에도 들어맞지 않는다는 그의 수수께끼 같은 진술에 관해 부연해 달라는 질문을 받는다. "그럼 대체 뭡니까?" 인터뷰 담당자가 묻는다.

> {이하 파르사니의 답변} 중동은 광신적으로 환유물론적입니다. 중동의 환유물론적 존재자들은 전진하고 활동하기 위해 다양한 분배, 침투, 증식, 인지의 장을 활용하는데, 그 장은 은닉된 글쓰기의 잔뜩 구멍난 공간과 흡사합니다. 붕괴하기 직전의 표층은 비일관성과 무관함, 또는 뭐랄까, 이야기의 구멍으로 가득 차 있어서 광범위한 잠류와 지하도 시스템으로 이어집니다. 표층의 강박적 소명은 모든 정치적, 종교적 운동을 맹목적인 땅굴 파는 기계로 변모시키는 것입니다. 이 기계들은 전체적인 장을 구조적으로 저하시키며, 아이러니하게도 문제가 되는 지점

들 또는 구멍들을 점점 더 자신의 활동 공간과 얽어 매면서 기존의 지반과 분리시킵니다. 중동이 지구의 나머지 지역들과 무관해진 것은 과잉된 정치와 역사의 징후가 아니라 지구와 그 잠류들에 대한 환유물론적 접근의 직접적인 결과입니다. 제가 중동이 세계 질서에 구멍을 내고 세계의 나머지 지역들이 간과해온 정치경제의 양식들을 찾아내 그것들을 점유하고 각성시킬 참이라고 말한들, 그것은 뻔한 이야기에 불과합니다. 이 세계는 환유물론에 관해 아직 아무것도 모릅니다. 그것은 중동을 지각 능력을 지닌 존재자, 문자 그대로 살아 있는 존재로 파악하는 것입니다. 세계 질서와 그 위대한 돌파구는 언제나 중동 환유물론의 구불구불한 쥐구멍과 그 굴착 장치에 기반하고 있었습니다. 가장 선진적인 경제 시스템조차 안정적으로 정상 작동하지 못하는 것은 그들의 잘못이 아니라 단지 그들이 중동 환유물론을 이루는 설정 구멍에 지나지 않기 때문입니다. 표층 중심적 관점에서 중동 환유물론은 그저 충동적으로 만사를 끊임없이 엉망으로 만드는 것처럼 보이겠지만, 은닉된 글쓰기 또는 구멍의 창조적인 표면들을 통해서 보면 그것은 복잡한 전략에 따라 움직입니다. 환유물론은 이른바 중심 줄거리 또는 앞으로 진행하는 중심 설정을 통하지 않고 은닉된 글쓰기의 판을 통해 세계 질서에 작용합니다. 이를테면 우상 숭배의 구현을 제거하려는 와하브파의 전투가 확대되면서 급기야 예언자의 가문과 그 제자들에게 속하는 성스러운 무덤과 모스크마저 하나님의 배타적 유일성의 규칙을 부당하게 위반하는 파괴 대상으로 간주됩니다. 그래서 이들은 지하 기반시설을 모스크와 영묘 근처로 이전하고, 이런 장소들을 향해 지하철 및 지하 공사 사업을 계획하고, 파이프라인, 저수조, 기타 교통 터널을 이슬람의 가장 신성한 장소 아래에 집중해서 그 토대의 안정성을 약화시키고 점진적으로 자연의 힘에 굴복시킵니다. 대개는 어느 편에도 속하지 않는 제3자인 적대적 자연이 성스러운 무덤과 유적지의 뒤처리를 맡습니다. 땅 위에는 유일신교적 광신의 물질적 화신이 버티고 있지만, 땅 밑에는 통합된 파이프라인이 기어 다니며 그 구조적 토대를 야금야금 침식합니다. 그것은 상부 구조의 무게가 지반으로 원활하게 전달되지 못하게 방해하고 토대의 결함이나 싱크홀을 생성합니다. 이렇게 소용돌이치는 파노라마 전체가 애초부터 은닉된 글쓰기의 한 사례였던 것입니다. 중동이라는 지각 능력을 지닌 존재자 또는 환유물론의 집단적 역사는 은닉된 글쓰기의 걸작입니다.

구멍난 ( )체 복합체의 끈 공간은 창세의 독점적 성스러움, 지반적 경제의 기능성 (이는 또한 완전체를 지탱하는 격자 구조와 배열의 이중 체계를 형성한다), 완전체의 헤게모니를 축소한다. 끈 공간은 완전성을 0으로 끌고 가지만 그것을 제거하지는 않는다. 이 같은 다중정치는 페르시아의 한 광신적 종교 집단에 의해 처음으로 실행되고 정교하게 발전했는데, 이들은 '카수치', '카후리드', 또는 '카스타란-에 파레', 즉 완전성의 축소자들 또는 순수성의 축소자들이라고 불렸으며 조로아스터교 경전 『자드스프람』에서는 이란인의 파괴자들이라고 소개된다(아리아인은 스스로 지구의 모든 거주자들 중에서도 가장 위대한 순수성과 완전성의 표본이라고 믿었기 때문이다).

끈 공간은 관문의 히스테리로 감염되어 있다. 그 표면은 언제든지 붕괴하고 또 다른 곳에서 재출현할 수 있으며, 그래서 새로운 관문이 여기저기서 끊임없이 개방된다. 그것은 입을 열고 하품하고 몸을 부풀리고 칭칭 감고 스르륵 기어가면서 지구를 뒤덮고 관통하고 내부로부터 침식해 들어가는 내인성 기생체다. 구멍난 ( )체 복합체는 알 수 없는 속셈으로 지구를 숙주 삼아 지구의 몸체에 필요한 것보다 더 많은 통로를 창출한다. 조로아스터교의 광신적인 이단 집단들, '데아보-야슨', '카수치', '야투만트', '악트-야두(야투)' 등은 이 형언할 수 없는 지구, 어떤 외부적인 것으로부터 은밀히 꿈틀거리며 무수한 구멍들과 함께 부글부글 썩어가는 지구를 '드루자스칸'이라고 불렀다. 고대 조로아스터교 경전에 따르면, 드루자스칸은 엄밀히 말해 지구의 완전성 또는 자명한 신성성을 역지반화하기 위해 지구로부터 지구 자신에 의해 깨어나는 극도로 엉망진창의 공간이다. 요컨대 그것은 가능한 최악의 형태를 취한 행성적 존재자다. 앞서 언급된 조로아스터교 종파들은 신성한 영역의 완전성을 축소하고 지구의 건전성을 타락시키는 행위, 즉 드루자스칸과 그와 일체화된 구멍들의 출현을 가속화하는 행위에 연루되어 있었다. 해충 떼가 '드루자스칸'의 구멍들에서 쏟아져 나올 때 그 통로들은 애초부터 해충 군단의 꿈틀거리는 몸체들과 분리될 수 없다. 역지반화된 지구의 알려진 적 없는 역사들은 통로들, 환기구들, 부드러운 터널들로 가득 차 있으며, 이들은 조성적 존재자인 지구의 참여를 통해 개방되고 가동된다. 이러한 역사들의 설계자는 열린 구멍들과 그 안에서 기어다니는 것들이다. 그 통로들에서 일어나는 모든 움직임이 지구의 역지반화를 활성화하고 지구를 지구로 만드는 것을 설계한다.

편집증적 문화와 관련 기관들은 언제나 보안의 허점을 남긴다. 그들은 다른 누구보다 더 많은 구멍들과 고체들을 증식시키지만, 이때 고체는 고체적인 것을 증대하거나 제거하는 대신 그저 극심한 흉터로 괴사된 (섬유증식으로 엉망이 된) 시체 상태로 ... 구멍 ... 고체 ... 구멍 ... 고체 ... 고체 ... 구멍 ... 구멍 ... 구멍 ... 으로 훼손된 상태로 남겨둔다. 그것은 부패하여 곤죽이 될 고체적인 것의 시체다. 구멍난 ( )체 복합체는 건축구조적 고체를 한때 건축적이었던 쓰레기장으로 변모시킨다. 널브러진 쓰레기, 썩어가는 건립물, 분비물을 내뿜는 미세구멍이 우글거린다.

지구는 오로지 끈 공간의 형태로, 전체를 관통하는 한 개 열린 구멍으로만 존속할 수 있다. 텅 비워진 몸체가 구멍난 ( )체 복합체의 표면 위에 자신의 지도를 그린다. 광신적 종교 집단이 고대 존재들을 소환하기 위해 은밀히 준비하는 각성 의식은 공백에 굴복하는 것보다 고체를 어지럽히는 것에 가깝다. 구멍난 공간의 고체 부분을 고차원적으로 재수정하고 조작하여 새로운 벌레 기능 또는 벌레 먹은 노선의 조성을 전략적으로 보조하고, 자율적으로 고대의 존재들이 귀환할 통로를 뚫어서 그들이 다시 태어날 구덩이가 입을 벌리게 하는 것이다. 고체 부분 또는 고체적 측면에서 벌어지는 모든 활동은 고대의 존재들에게 바치는 성스러운 봉헌물이다. 헌신적인 고체의 건축가가 되는 것은 공백의 벌레 먹은 흔적을 남기는 노선에 고체를 갖다 바치는 것과 같다.

그들은 땅에 터널을 뚫고 그 미세구멍에 알을 낳는다. 애벌레들이 땅의 표층에 굴을 파고 결합 조직, 껍질, 지층을 따라 이동하면서 괴사된 고체와 표면을 먹고 자란다. 땅 속에서는 이들이 굴 파는 소리가 들릴 것이다. 일단 지구의 고체 부분을 완전히 감염시키고 나면, 애벌레들은 그 머리 없는 꼬리로 지표를 밀어서 숨구멍을 뚫고 공기를 마신다. 애벌레들은 계속 자라면서 지구의 몸체에 척추가 들어갈 빈 부분을 만들지만 그 공간은 결코 채워지지 않는다. 애벌레들은 충분히 자라면 구멍을 넓히고 지상으로 나온다.‡

‡ 메일을 보내야 함: 302호는 계속 접속이 안 되네. 늦어서 미안. 사랑의 교환은 계산적 절제가 아니야. 차라리 감염과 독액을 급증시키는 감염의 신규 거래에 가깝겠지. 널 많이 생각했지만 지금 생각으로는 내가 무슨 생각을 하는지 네가 좀 더 관심을 가져줘야 너와 접촉할 수 있을 것 같아.(일주일 정도면 될 거야. 그나저나 제일 중요한 문서들을 네가 말한 대로 호텔 방의 침대 옆 탁자에 넣어 놨어. 거기서 비디오 CD 2장을 찾아서 노트북으로 열어 봤는데 클레어 드니라는 프랑스 감독의 영화더라. 전혀 모르는 사람인데 이런 상황에서 보기에는 아주 좋았어. 탁심의 비디오 가게에서 그 감독의 다른 영화를 찾아보려고 해. 「잠이 오질 않아」라는 영화야.)

부록 II
기억과 구멍난 (   )체 복합체

만약 기억의 합성이 언제나 시간의 지배를 받는다면, 기억의 오류나 공백은 연대기적 진행 바깥에서 시간을 오용하는 계기가 될 수 있다. 기억의 구멍들은 기억의 연대기적 영역에 틈새, 불연속적 터널, 다공성 공간을 도입하여, 시간의 누락, 급격한 분열증적 퇴각(인격을 분쇄하는 의식 상실, 고체와 공백의 헤게모니에서 풀려나는 전략의 과정), 완전성의 상실을 촉진한다. 조로아스터교에서 무덤과 기억을 가지고 노는 것은 둘 다 금기 사항에 속한다. 전자가 물리적 처벌을 요한다면 후자는 영원한 고통을 가져오는데, 왜냐하면 기억을 가지고 노는 것(예를 들어, 단순한 회상에 그치지 않고 기억 속에서 반복의 노선들을 창안하는 것)은 사건들을 시공간 내에서 특정되는 지점이 아니라 고갈되지 않고 죽지 않는 (악마적으로 분주하다는 의미에서) 생식선들로 재창안하는 마법적 행위이기 때문이다. 합법적인 회상 활동을 넘어 기억을 가지고 노는 것은 기억을 뒤얽어서 과거의 활동들이 불안정하게 요동치는 놀이터로 만드는 것으로, 현재와 미래에 대한 과거의 조직적 일관성을 무너뜨린다. 과거는 고정된 연대기적 지평으로서 모든 유형의 활동들을 그 내부에 정착시키고 현재와 미래의 활동에 안정된 지반을 제공하는 내재적 경향이 있다. 과거는 신성한 존재와 전통에 속한다.

회상 능력의 상실은 대개 기억 구멍들의 마비적 증후와 관련되는데, 이 경우에는 주체가 기억에 접근하지 못하는 것이다. 기억의 구멍들이 주체에게 이런 접근성 문제를 유발하는 것은 그 구멍들이 저기 바깥의 접근을 위해 특별히 고안되었기 때문이다. 그래서 기억 구멍들에 접근 가능한 것은 주체와 그의 통합된 자기가 아니라 주체 바깥의 자기 없는 자(누구도 아닌 자)이다. 기억 구멍들의 이쪽에서 회상이 비현실적이고 무용한 일이 된다면, 저쪽에서 기억 구멍들은 접근의 지점이자 관문이 된다. 그것들은 어떤 외부를 향해 기억의 회상을 비롯한 여러 가지 접속 양식들을 안내한다.

만약 기억 구멍들이 저기 바깥의 데이터를 밀반입하고 검색하는 채널들이라면, 거기서 회상을 시도하는 모든 인간 또는 주격은 어떤 바깥의 존재를 호출하면서 그의 기억 속으로 진입하게 된다. 기억의 틈새와 그 시공간적 누락은 구멍난 ( )체 복합체로 기능하여 저 아래의 존재자들이 우리의 세계로 스며들고 돌진하는 통로가 된다. 기억의 틈새는 그들의 귀환 수단이다.‡

‡ '소수자 집단의 폭압'을 출판용으로 편집할 것.

S, 좋아, 생각을 바꿨어: 텔-이브라힘에 관해 몇 가지 정보를 줄게. 네가 정말 '열심히' 노력한다면 애초에 내가 왜 너한테 접촉했는지 그 이유를 해독할 수도 있을 거야. 내가 벌써 말해준 것도 있었지만 말이야.(그것도 틀린 건 아니지만 이 이유에 비하면 별 것 아니지.)

파이프라인 오디세이

Z의 독백

Z: 테러와의 전쟁에서 석유의 군사화와 전쟁기계들의 역동성을 이해하려면 석유를 궁극의 지구행성적 윤활제 또는 장대한 서사의 운송체로 파악해야 한다. 석유를 생산의 측면에서 도구화하는 것, 이 서사적 전달체에 어떤 저자적 노선을 부과하는 것은 악마의 배설물 또는 그 파생물을 먹고 사는 것과 같아서 그에 중독되어 죽거나 또는 심지어 그보다 더 나쁜 결말로 치달을 위험이 상존한다. 동시대 이슬람권에서 철저한 지하드의 전지구적 과정에 관해 논할 때 이슬람의 전술 가동 방식은 공격에 대항하는 방어로 설명된다. 이슬람적 접근, 즉 지하드의 관점에서 이슬람 전쟁은 방어, 확산, 생명 유지를 위한 감염의 형태로 묘사되지만, 십자군의 전쟁기계들 또는 서구식 전술의 노선들은 공격, 확대, 군사적 침략의 판에서 그려진다. 따라서 서구식 전술의 침략적 역동성은 언제나 비이슬람적인 것으로 간주되는데, 왜냐하면 서구적 관점에서 전쟁이란 전쟁기계들이 역동적이고 확실하게 전진하는 것이기 때문이다. 그렇게 강박적으로 전진해야 하는 역동적 전쟁기계들은 국경을 침범하려는 내재적 성향이 있어서 근본적으로 침범적인 것이 될 수밖에 없다. '나는 이동한

다, 고로 존재한다'라는 자세를 고수하면 반드시 어딘가에서는 반갑지 않은 존재가 된다. 그렇게 활발한 역동적 존재자들은 국경을 넘어 영토를 침범하지 않고 원격으로 적을 치거나 작전을 수행하지 못한다. 이슬람은 서구 십자군과 그 전쟁기계들의 작동 방식을 모방할 수 없는데, 왜냐하면 그런 성격의 역동성은 이슬람의 법칙과 신념에 부합하지 않기 때문이다. 이슬람의 관점에서 모든 땅과 영토는 전쟁기계들이나 그들의 전술이 아니라 신성한 존재에 속하기에 경계를 침범하는 것은 우상 숭배에 해당한다. 이슬람 지하드의 모든 작전은 방어적 목적으로 수행된다. 그래서 충돌의 메커니즘은 역동적인 비대칭을 이룬다. 전투의 양상이 아니라 전쟁의 원칙 자체가 비대칭적인 것이다. 만약 이슬람 측에서 말하는 대로 지하드가 국경을 넘어 침략하지 않는 순수한 방어 행위로만 수행되어야 한다면, 어떻게 이슬람을 중동이나 아프리카-아시아의 광신적 지역 종교가 아니라 전지구적 종교로 만들어서 지구를 신성한 존재 앞에 바친다는 책임을 다할 수 있겠는가? 그 해답은 평화로운 커뮤니케이션을 통해 공격하는 새로운 전쟁기계들을 발명 또는 발견하는 것, 평화로운 비침범성 매체 또는 운송체를 설계하여 지하드 전쟁기계들의 숙주로 삼는 것이다.

요컨대 서구식 전술은 십자군적 전선과 결합해 있고, 지하드는 그런 명백한 침범 행위 없이 전략적 원격 공격으로 우상 숭배를 타파하는 것이 되어야 한다면, 이슬람의 군사화 과정에서 첫 번째로 해결해야 할 정치적 과제는 이슬람 전쟁기계들을 밀반입하고 가동할 수 있는 역동적 매개체 또는 중성적 운송체를 찾아내거나 직접 만드는 것이다. 이 매개체는 서구식 전술의 역동성을 대체하고 이슬람 전쟁기계들의 비침범적 운동을 가능하게 할 것이다. 따라서 그런 역동적 매개체 또는 숙주-운송체는 오로지 평화만을 표상하고 근본적으로 공격과 무관해야 한다. 그러니까 이 매개체는 지구에 속하는 자연의 일부, 다시 말해 제3자여야 한다. 이슬람의 관점에서 이 믿음직한 매개체는 신성한 존재로부터 와서 다시 그 분에게로 인도하는 것이어야 하고, 그러면서도 서구와의 전선에 대해 정치적으로 비침략적(중성적)이고 자본주의에 너그러워야 한다. 이렇게 상반된 두

조건을 충족하는 것은 자연적 존재자, 무언가 자연에서 유래한 것, 이 행성의 지각 능력을 대표하는 것이 될 수밖에 없다. 오로지 행성적 존재자와 자연적 사건만이 문제를 일으키지 않고 이슬람 전쟁기계들을 매개하는 숙주가 될 수 있다. 전술의 역동성과 운동 양식은 신성한 존재가 아니라 전쟁기계들에 속하며 인간의 병참학과 지휘의 노선에 접속되기 때문에, 지하드는 전쟁기계들을 자연적 방법 또는 더 정확히 말해 신성한 존재의 귀속물을 통해 이송하는 운동의 플랫폼을 이용할 수밖에 없다. 여기에 가장 적절하게 부합하는 것이 바로 석유이다. 이슬람 묵시론은 석유 파이프라인에 무엇을 주입하든 석유가 그것을 영구적으로 용해시켜 매끄럽게 실어나를 것을 잘 알고 있었다. 말하자면 십자군 문명에 무엇을 실어 보내든지 모두 석유와 일체화되어 분리나 추출이 불가능하게 된다는 것이다. 석유는 정치적으로 증류될 수 없다. 석유에 섞여 들어간 존재자들은 그 구성 원소들 또는 성분들로 분해되지 않는 새로운 화합물을 이룬다. 석유에 주입된 모든 것은 파이프라인의 반대편 즉 배출과 소비의 지점인 서구에서 계속 석유 부산물로 위장된다. 비전술적 운동의 매개체로서 석유는 그것이 자연에 속하는 중성적 존재자이자 행성적 존재자로서 분포의 차이가 있으나 지구상에 편재한다고 여겨지는 바로 그 순간 군사적 마법을 발휘한다. 이슬람 전쟁기계들이 석유에 용해되어 있고 석유가 편재하는 행성적 존재자라면, 이슬람은 지역을 넘어 전지구적이고 행성적인 수준에서 군사화되기 때문이다. 석유가 전쟁기계들을 가동하는 매개체로 떠오르면서 전술적 공격이 쇠퇴하고 평화로워 보이는 자연 곳곳에 편재적 공격이 내장되는 새로운 시대가 열린다.

전쟁기계들은 석유에 용해되어 있다. 석유 파이프라인의 역할은 군사적 공격이 아니라 생명 유지다. 파이프라인은 전략적 윤활유이자 전쟁기계들의 중성적 운송체인 석유의 효율적인 이동과 확산을 돕는다. 석유는 파이프라인을 통해 십자군의 전선에 도달하는데, 이때 가스를 함께 주입하면 아주 먼 곳까지 손쉽게 보낼 수 있다. 일단 석유가 목적지에 도착하면 역동적 성향의 십자군 전쟁기계들은 연료를 가득 채우고 석유와 그 부산물로 자신의 몸체를 결집시킬 것이다. 이렇게 서구의 계몽적 기계들이 액상체를 태우거나 액상체를 먹고 살찌우며 석유를 소비하는 동안, 그와 함께 밀반입된 전쟁기계들이 화학적으로 해방되어 활성화되기 시작한다. 석유를 통해 밀반입된 전쟁기계들의 신경계와 그에 관련된 화학물질들이 아무것도 모른 채 석유를 탐식하는 서구 전쟁기계들로 스며든다. 그것들은 석유를 이루는 화학적 성분 또는 그 본질적 파생물(이슬람 이데올로기, 야심, 암묵적 정책, 사회-종교적 존재자들과 구성체들 등)의 형태로 석유에 아주 미세하게 유화되어 녹아 있다. 이런 전쟁기계들은 이슬람 묵시론의 전략적 노선들을 탑재하고 있으며 그것이 서구 전쟁기계들의 침범적 추진력에 불을 붙이고 그 운동을 가속화한다. 신성한 존재와 그 분의 사막은 오로지 참여를 통해서만 도달할 수 있는 법이다. 지하드의 극단주의적 신조는 어떻게 모든 것이 이슬람 묵시론의 발발을 위한 미시관리의 수단이 되며 어떻게 하나님의 왕국이 오로지 참여를 통해 구축되는지 논한다. 그에 따르면 이슬람 전쟁기계들의 역할은 침범적인 서구의 군사적 역동성을 해체하는 동시에 서구 전쟁기계들을 선동하여 모든 것을 사막화하는 그들의 추진력을 더욱 확대하는 것이다. 다시 말해 서구 전쟁기계들의 확대는 신성한 존재의 사막을 해방시키는 경향이 있다. 사막에 자유가 있으라. 지하드의 관점에서 서구식 침범이라는 우상 숭배적 논리를 따르지 않고 서구 전쟁기계들을 확대하려면 오로지 석유 안에서 석유를 통해 그들 사이로 확산되는 방법밖에 없다.

서구 전쟁기계들이 에너지와 물자를 낭비하려는 자본주의적 열의를 과시한다면, 이슬람 묵시론과 그 신성한 대의보다 더 훌륭한 낭비의 제단은 없다. 서구의 기술자본주의와 그들의 (특히 석유애호적인) 전쟁기계들이 석유의 지각 능력과 그 속에 부글거리는 전쟁기계들에 감염되면서, 그들은 이슬람 전쟁기계들과 이슬람 인구, 그리고 석유 매장지가 있는 이슬람의 땅에 이끌려 불안정하게 참여하게 된다. 전선의 양측 전쟁기계들 간에 차이와 비대칭이 형성되고 서구 전쟁기계들이 석유를 먹고 자라면서 더 많은 석유를 갈망하게 됨에 따라 이러한 참여는 무력 충돌 형태의 공모 관계로 귀결된다. 따라서 지하드의 방어와 십자군의 공격적 침략은 비대칭적인 동시에 상조적인 것이 된다. 이렇게 열띤 참여로 석유가 소진된 서구의 기계들은 더욱 두꺼운 액상체의 지층을 찾아 돌진하고, 그렇게 추출된 액상체는 더욱 기이한 지각 능력을 갖추고 더욱 열성적인 이슬람 전쟁기계들을 실어 나른다. 석유 추출의 논리가 지하로 파고들수록 더욱 깊은 심연의 기름진 화신들이 나타난다. 파이프라인은 석유와 그에 용해된 존재자들의 표층적 전달체에 불과하다. 그래서 십자군의 계몽적 기계들은 더 심층적인 수준을 파악하려고 애쓴다. 석유에 대한 치명적인 접근성을 추구하는 자본주의의 친시장주의적 정책은 액상체에 상당한 깊이를 더한다.

Z: 비밀스러운 반전을 통해 이슬람 존재자보다 더 이슬람적인 열정으로 달아오른 자본주의 전사들은 석유 속에 부글거리는 전쟁기계들과 융합하여 이슬람 묵시론을 향해 돌진한다. 파이프라인으로 보면 계몽적 기계들은 특별히 석유-몽골인적이다.

Z: 전도체에 전류가 흐를 때 자기장이 생성되듯이, 석유와 이슬람 전쟁기계들이 흐르는 석유 파이프라인에서는 이슬람과 지구의 연합적 전략들이 소용돌이치는 엄청난 자기장이 생성될 것이다.

Z: 중동은 휘발유의 형태로 세계에 만연한다. 새로운 파이프라인을 건설하며 그 거품 나는 피리를 구불구불 연장하는 것보다 더 러브크래프트적인 것이 있을까? 문제는 이 현대적 운송체가 그 동굴 같은 지각 능력을 얼마나 멀리까지 실어나를 수 있느냐는 것이다.

Z: 토머스 골드의 심층 고온 생물권 이론은 석유가 화석 연료가 아니라 지구 뱃속에 사는 박테리아가 공급하는 천연 가스의 흐름에서 생성된다고 추정한다. 따라서 석유의 악마군주정은 망자의 법칙에 종속되는 것(선사 시대 유기체의 시체가 보존된 것)이 아니라 지하세계의 생기론(지구 심층 생물권에서 만들어지는 자연발생적 석유)으로 활성화된다. 석유는 태고의 기원에서 표층으로 올라온 것이며, 지구가 아니라 외부적인 것에 속하는 이종(異種)화학적 내부자로서 여기 매설된 것이다. 석유는 심층 생물권과 지하세계의 힘으로 생산된 것이지 화석과 유기적 사체가 분해된 것이 아니다. 따라서 석유는 흔히 생각하는 것보다 훨씬 더 실체적이며 행성적 차원에서 별도의 자율적 논리에 따라 분배된다. 골드의 이론을 석유정치적 지반으

로 삼는 것은 앞서 언급한 파이프라인 시나리오에도 심대한 전략적 영향을 끼친다. 만약 석유가 어떤 식으로든 불멸한다면 그에 용해된 전쟁기계들도 마찬가지니, 그들은 지구와 그 내부자를 위해, 또한 유일신교와 신성한 존재를 위해 맡은 바 임무를 다할 때까지 죽지 않는다.

Z: 그렇다. 요컨대 석유정치의 이슬람 네트워크 내에서 석유 무역의 일차적 용도는 국가적 부 또는 생산 영역들보다도 파이프라인 자체를 재충전하고 그에 이바지하는 것이다.

발굴
유물과 악마적 입자

아시리아 유물

부록 III 주술, 국가의 거시정치, 정치적 혼탁

모든 감염의 죽은 어머니

부록 IV 기상학적 기형학

희뿌연 악몽

부록 V 안개 기름, 차폐제에 관한 회상

아시리아 유물

> 날개 달린 황소 발견 가로 세로 5미터 옆으로 고개 돌린 형태 상태 좋음 멈춤 운송은 오월에나 가능 멈춤 운송비는 만 달러 정도 멈춤 나눔 4월 26일 멈춤 우리가 황소를 찾아와야 할지. (에드워드 키에라, 탐사 현장 감독)

1929년 4월 초의 어느 날, 코르사바드(두르샤루킨의 폐허 위에 지어진 이라크인 마을: 33° 20’ N 44° 13’ E)에서 훗날 아시리아 왕 사르곤2세의 알현실로 밝혀질 유적 외부를 발굴하던 인부들이 거대한 유물 파편을 발견했다. 그것은 메소포타미아의 먼지 늪에 맞추어 특별히 설계된 사막의 전투장치였다. 건조함의 경주장을 질주하는 전쟁기계들은 기괴한 형태와 전술을 취하여—증발하는 것 또는 저항성 있는 먼지 포자로 산포되는 것까지 전술로 친다면 말이지만—가혹한 환경 조건을 견딘다. 이 먼지의 늪은 관습적인 군사적 생존 양식들이 하나도 살아남지 못하는 곳으로, 모든 전술적 역동성이 금세 수분을 잃고 용융되거나 증발하기 때문에 전쟁기계들은 훨씬 더 저항성 높고 붙잡기 힘든 존재자들로 위장해야 한다. 결과적으로 이 전쟁기계들은 극도로 은밀하게 움직이면서 어떤 종류의 방어적 보안

체계도 돌파할 수 있고 다양한 존재 양식들로 분산될 수 있는 (이질적 주술과 유일신교, 전쟁과 평화, 국가의 군사 구성체와 경계 없는 반란군에 동시에 귀속되는) 수준에 이른다. 이러한 분산의 결과로 전염병적인 확산의 벡터들이 형성된다. 철저하게 확산되어 치명적인 다양체로 귀결된 전쟁기계는 동시다발적으로 주술적, 군사적, 종교적, 정치적 존재자로 식별될 수 있는 전면적 근절 즉 혁명의 기계이자 사보타주 즉 반란의 기계로 작동한다. 이 같은 전쟁기계의 움직임은 마치 전염병의 파동처럼 먹이사슬과 기반시설에서 인구, 정치, 무역, 사건들의 역동성 전반에 이르기까지 삶의 구석구석을 잠식한다. 메소포타미아 또는 중동의 전쟁기계들은 언제나 새로운 환경에서 새로운 형태를 취할 준비가 되어 있고 다양한 정치적, 군사적 존재자들에 대비하여 다양한 전술을 채택할 능력이 있다. 당시 발굴된 유물 또한 이처럼 전방위적으로 군사화된 사악한 존재자로, 진군과 비행과 부동의 방어를 동시에 수행할 수 있는 주술적 드론이었다. 그것은 가히 주술적 전투의 완벽한 모범이라 부를 만했다.

비문과 서판에 따르면 이 군사적 야수의 이름은 라마수였다. 세두 라마수 또는 라마수(악의 격퇴자), 때로 "최후의 수호자"로도 알려진 이 야수는 날개 달린 황소 또는 사자의 모습에 인간의 머리를 지녔고 대개 다리가 다섯 개로 그려진다(이는 다섯 방향의 운동성을 나타낸다). 라마수는 사르곤 시대라고도 알려진 신(新)아시리아기의 유물이며 흔히 (「엑소시스트」의 주제이기도 한) '악에 맞서는 악'이라는 주술적 다중정치와 연관된다. 그것은 전쟁이 고유한 (비)생명을 가지고 전쟁기계들을 사냥하기 위해 번식시킨다는 믿음으로, 전쟁에 미친 아시리아인, 룰루비족, 페니키아인의 어떤 요소들이 합쳐져서 탄생했다. 악에 맞서는 악의 축이라는 아시리아적 원칙에 내재하는 본질적 아이러니는 전쟁기계들이 살아남기 위해 서로 싸우고 사냥하지만 전쟁이 오로지 그들을 죽이기 위해 기른다는 사실을 알지 못한다는 데 있다. 전쟁의 숭고한 진실은 전쟁기계들 사이의 사건이 아니라 전쟁기계들과 전쟁 간의 드라마로 표현되며 그것은 결국 전쟁기계들의 완전한 멸종으로 귀결된다. 전쟁에 대한 가학적 음모론은 개인이나 집단의 생존 충동에 이끌려 전쟁기계들을 전술적으로 규제하는 모든 행위에 반대한다. 전쟁기계들이 흉포하든 순응적이든 간에 전쟁은 전쟁기계들을 전부 집어삼켜야 비로소 최종적인 자율성의 판에 도달하여 순수 전략이라는 전쟁의 궁극적 윤리를 산출할 수 있다. 전쟁의 윤리를 획득하려면 전쟁기계들과 연계 전술들이 악랄한 다양체가 될 때까지 밀어붙여 전술 지시의 판과 지휘체계가 불필요해지는 수준에 도달해야 한다. 전쟁기계들이 치명적인 전술적 다양체로 용해되는 것은 전쟁이 자율적 전략으로 각성한다는 신호이다. 전략이 전쟁기계들의 목적과 전술적 결정에 무관심한 것은 전략의 영역이 전술의 영역에 외재적이기 때문이다(전술의 영역이란 사실 전쟁기계 그 자체다). 전략은 전쟁기계들에게 속하지 않는 전쟁의 내부에서 '가능한 모든 수단을 동원하여' 전쟁을 추구한다. 전략은 전쟁기계 특유의 전술적 요구사항 바깥에서 전쟁을 파악하면서 전쟁기계들과 그들의 전술에 대한 전쟁의 외재성을 노출한다. 마찬가지로 전쟁의 (비)생명은 (전쟁기계들의) 전술을 순수 전략으로 전환함으로써 자신의 철저한 외부성을 고수한다. 전술적 조작과 지배적인 지휘체계에 외재적인 것으로서, 전략은 전쟁기계에 생존과 파멸을 동시에 부여하는 군사적 배열을 벗어난 고유한 탈출의 다이어그램으로 그려진다.

그렇다면 전쟁은 확실히 충돌하는 전쟁기계들의 산물이 아니다. 전쟁은 자율적인 비생명을 가지고 전쟁기계들을 집어삼키기 위해 증식한다. 고대 메소포타미아의 전쟁기계들은 이처럼 가학적인 전쟁의 음모론을 파악하고 있었기에 전쟁의 비생명에 참여하는 이론적, 실용적 원칙으로서 악에 맞서는 악의 축을 설계했다. 이 축은 전쟁기계들의 규제와 전술적 역동성이 아니라 전쟁의 전략적 판에 상응하는 군사 기술들로 이루어졌다. 아시리아인은 악에 맞서는 악의 원칙을 실행함으로써 존재의 모든 측면들을 조합하여 자기 자신을 흉포하게 집어삼키는 자율적인 군사 기계를 만들어냈다.

악에 맞서는 악의 축에 따르면, 전쟁기계들의 첫 번째 과제는 전쟁을 전쟁기계들의 충돌이나 전술적 노선들의 교차가 아니라 그 자체로 전쟁기계들을 키워서 사냥하는 자율적 기계로 인식하는 것이다. 전쟁기계들이 서로를 겨냥하여 무기를 사용하듯이 전쟁은 전쟁기계들을 겨냥하여 고유한 무기를 가동한다. 아시리아의 군사 경전에서 이 같은 전쟁의 무기와 장비들은 전쟁기계들의 군사 무기와 구별하여 종종 '전쟁의 안개'라고 비유적으로 지칭되는데, 그 전략은 전쟁기계들을 교활하게 조금씩 집어삼키는 용의 나선형 통로로 나타난다. 이런 내용을 담은 경전 중 하나에서 라마수는 전쟁기계들의 논리, 존재, 활동에 외재적인 전쟁을 숭배하기 위한 최초의 군사적 발명으로 격찬된다.

악에 맞서는 악의 축이라는 아시리아적 원칙에 따르면, 전쟁은 심오한 주술적 소란, 지구행성적 역학, 이단적 반란, 그리고 외부자들을 가로질러 확산된다.

> 전쟁의 진실은 전장 너머에 있다. (코르사바드에서 발견된 라마수에 아람어로 새겨진 암구호)

파르사니가 지적하듯이 아시리아인의 관점에서는 "전쟁기계들이 서로를 사냥하는 것이 아니라 전쟁이 전쟁기계들을 사냥"하며 전략과 전술의 다양체들이 치명적으로 융합하여 전쟁에 불을 지핀다. 전쟁에서 출현하는 모든 것이 전쟁기계들의 배열, 유도 시스템, 탐사 기능을 궤멸적으로 붕괴시킨다. 악에 맞서는 악이라는 주술적 군사 원칙에 따라, 전쟁은 견딜 수 없이 과도한 열을 내뿜으며 전쟁기계들을 천천히 녹이고 (전술의 용융) 분자 수준으로 분해하여 악마적 입자들로 변모시킨다. 아시리아인은 메소포타미아에 이런 악마적 입자들이 버글거린다고, 전쟁기계들의 잔해가 악령처럼 어슬렁거린다고 생각했다. 이들은 전술적으로 사망하고 융해되었으나 전략적으로 부활하여 전장에 도입된 전쟁기계들의 분자적 파편을 흔히 "전쟁의 안개"라고 칭했다.

> 아시리아의 군사 원칙에 따르면, 전쟁기계들은 언제나 전쟁에 의해 소각되고 소모된다. 그것들이 불에 타서 제물로 바쳐지는 과정은 점진적이고 뒤틀려 있지만 다시 생명을 얻는 경로는 급작스럽고 결코 기록되는 법이 없다. 전쟁이 산산조각난 전쟁기

계들을 되살려 전장의 다른 한편에서 생명을 돌려주니, 이제 그 것은 칠흑 같은 연무 또는 전쟁의 안개가 된다. (H. 파르사니)

아시리아인은 전쟁기계들의 시체로 이루어진 이 입자들 또는 포자들이 전쟁의 편에서 중동의 삶을 전면적으로 장악하고 있다고 믿었다. 일반적으로 이 입자들은 군사 프로그램, 정치 시스템, 사람들을 홀리는 악마적 먼지, 포자 구름, 메마른 유령으로 여겨졌다. 아시리아인은 이것들이 전쟁기계들보다 더 철저하게 호전적인 “유물들” 또는 “악마적 사물들”이라고 암시했다.

악에 맞서는 악의 축이라는 이러한 주술적, 다중정치적 운송체를 통해 자율적 전쟁의 원칙이 조로아스터교(아브라함적 유일신교의 생식 세포)에 주입되었다. 훗날 이 축은 ‘키야마’ 또는 이슬람 묵시론이라고 알려진 이슬람 지하드의 군사적 오메가를 통해 활발히 전개되었다. ‘키야마’에 따르면 모든 전쟁기계는 불태워져야 하며, 국가에 속하든 유목적 반란에 속하든 간에 모든 군사적 생존 양식은 전쟁의 비생명에 의해 소진되어야 한다. 악에 맞서는 악의 축은 전쟁에서 ‘끈질기게 버티는 다중정치’를 전개하지만, 전쟁기계의 생존 충동에 의한 경제적 전유나 그에 동조하는 어떤 형태에도 저항한다. 전쟁기계의 편에서 생존 지향적 규제는 단순히 생존을 위한 행위를 넘어 이동과 살상의 원동력을 제공한다. 악에 맞서는 악의 축은 전쟁이 전쟁기계들을 사냥할 때 쓰는 기계적 입자들과 무기들에 부합하는 방식으로 전쟁기계들을 번식시키고 시뮬레이션 한다. 그래서 그것은 전술과 전략이 치명적으로 융합된 모델을 발전시켜 자율성을 획득하고 실용적인 (매끈한 작전의 칼날, 원인불명의 창발, 흔적 없음, 편재성, 다중 기능성, 호환되지 않는 차원들을 가로지르는 능력을 갖추고 새로운 영토를 가로질러 주어진 임무를 수행하는) 다양체를 확보하고자 한다. 요컨대 아시리아의 축은 전쟁기계가 전쟁의 비생명 자체에 상응하도록, 오로지 전쟁의 무한한 흉포함을 반영하는 희미한 지표의 메아리가 되도록 설계한다.

아시리아인은 전쟁기계의 전술적 지식을 악에 맞서는 악의 축 위에서, 다시 말해 전쟁을 전쟁기계에 독립적인 것으로 간주하는 준

군사적 원칙에 의거하여 육성해야 한다는 점을 이해했다. 전쟁은 모든 종류의 전쟁기계를 사냥하려는 치명적인 주술적 경향이 있다. 아시리아인은 불가피한 내부적 반란, 조직적 부패, 외부의 침공으로부터 국가를 보호하려면 전쟁의 자율적 경향에 순응하는 전쟁기계를 산출해야 한다는 것을 깨달았다. 그러나 파르사니는 아시리아인이 치명적 실수를 저질렀다고 지적한다. 그들은 전쟁기계들이 자율성을 획득하고 전술과 전략의 융합으로 힘을 얻으면 결과적으로 불충실한 행위자 또는 이중 거래자(삼원체적 반대자)가 된다는 점을 간과했다. 이런 전쟁기계들은 모든 면에서 국가적 토대의 뿌리를 침식하면서 국가와 전쟁의 비생명을 매개하는 비가시적 관문이 된다. 아시리아의 준군사적 야수가 맡은 임무는 국경을 넘어 자유롭게 돌아다닐 수 있는 미증유의 전쟁기계를 번식시키는 것, 국가를 적에게 내주는 것이 아니라 영토, 생존, 심지어 유목적 전쟁기계조차 알지 못하는 어떤 미지의 것을 향해 국가를 개방하기 위해 보안의 구멍을 내는 것이었다. 이렇게 파악하기 어려운 전쟁기계들에 의해 보호되는 국가는 더 이상 들뢰즈와 가타리가 규정하는 국가의 특징에 부합하지 않는다.

> 라마수는 '최후의 수호자'라고도 알려졌는데, 아시리아 궁전의 경계, 관문, 성전의 입구에 언제나 둘씩 짝을 지어 발견된다. 라마수는 들어오는 자를 감시하지만 나가는 자는 보지 않는다. 앞에서 보면 제자리에 굳건히 서 있는 것 같지만, 옆에서 보면 그 날개 달린 몸은 다섯 방향의 운동성을 암시하는 다섯 개의 독특한 발로 성큼 나아가는 듯하다. 라마수는 하늘을 날다가 급강하하여 해충을 추적하는 사막의 사냥꾼이다. 그것은 다양한 전술적 노선들과 전투 도구들을 포함하는 무기다. 라마수는 근본적으로 차이 나는 판들과 차원들을 단번에 가로지르며 공격과 방어, 사냥과 획책을 동시에 펼칠 수 있다. 그들은 관문 앞에 서 있으면서 모든 곳에, 국가의 외곽 경계선과 외부의 문턱에 있을 수 있다. 이런 이유로, 라마수는 대개 전장의 내외부에 일시적으로 편재하는 존재로 인식된다. 바빌로니아인은 아시리아인이 이

짐승에 기이하게 집착하는 것을 '라마수 콤플렉스'라고 불렀으며, 그것이 전쟁에 고유한 생명이 있다는 믿음과 연관되었다고 보았다. (H. 파르사니)

이어지는 절은 델타 포스의 특수분과 '오비터레이션 유닛'(OBIter-ation Unit, [아칸어로] '마법', '말소'를 뜻하는 '바이', '오비'에서 파생된 듯하지만, 처음 세 글자를 대문자로 표시한 걸 보면 다른 의미의 약자일 수도 있음)에 제출된 보고서 원본이 일부 왜곡되어 전해진 것이다. 그것은 전직 보병대령 잭슨 웨스트가 니푸르의 고고학적 유적지(이라크: 32° 10' N 45° 11' E) 확보에 관해 작성한 보고서다. 이 고고학적 유적지를 은밀히 보호하기 위해 제160특수작전항공연대의 화려한 검정색 (화학작용제 방호 코팅된) 헬리콥터가 'CNN을 위한 메카 순례'라는 충격과 공포 작전을 수행하여 사람들의 주의를 돌렸다. 훗날 잭슨 웨스트는 예기치 않게 델타 포스를 떠나 보고서 일부를 언론에 누출했으며, 나중에 델타 포스의 보안 담당 대변인이 정보가 누출된 사실이 있음을 확인했다. 누출된 판본의 보고서는 웨스트 외의 다른 사람이 다시 쓴 것으로 보이며, 구술을 여러 차례 녹취하는 과정에서 계속 고쳐 써진 듯하다. 이런 이유로, 하이퍼스티션 팀은 전체 글을 편집하고 수정하기로 결정했다. 이 보고서는 1986년 샤두품(현재의 텔-하르멜, 이 지명은 문자 그대로 '글쓰기의 장소'를 의미한다": 33° 22' N 44° 28' E)에서 수학(메소포타미아 수학), 식물학, 고대 전투, 종교, 각종 어휘에 관한 문헌들과 함께 발견된 군사적 문헌에 관해 하미드 파르사니 박사가 쓴 짧은 글과 놀라울 정도로 유사성을 보인다. 이 글에서 파르사니는 기원전 612년 여름 아시리아 문명의 총체적 절멸을 가져온 아시리아 군대의 수수께끼 같은 주술적 무기 실험에 관해 상술한다. 파르사니는 이 주술적 용융을 '아시리아 증후군'이라고 칭하는데, 이는 어쩌면 [아시리아의 멸망을 예언한] 나훔의 「니느웨에 대한 지엄한 예언」을 본받은 반유일신교적 (야훼의 질투와 그에 따른 희생자 의식이 결여되었다는 점에서), 다중정치적 명명일 수도 있다. 다음은 하이퍼스티션 팀이 편집한 보고서의 일부다.

(악마 또는 '저편에서 온 행위자'라고 불리는) 주술적 입자들의 공격은 전쟁 자체의 악마적 저류 못지 않게 극도로 무시무시하다. 라마수는 침략자, 주술적 파괴 공작원, 특히 폭력적 마법 군대에 대항하는 가장 효율적인 군사 무기이자 끈질긴 수호자로 숭상되었다. 라마수는 언제나 한 쌍이며 따라서 하나보다 많지만, 잠복해 있는 야만인들, 사막의 타르타르인, 황금 군단이 이루는 다양체보다는 본질적으로 그 숫자가 적다. 하나 이상이자 다수 이하인 라마수는 언제나 모든 의미에서 이중적이다. 이 계수적 야수는 자본주의의 수비학적 마법을 의외로 많이 공유한다. 쌍생성과 이중성은 양가적이지만 효과적인 숫자들을 지향하는 자연 발생적이고 계수적인 군사 부대다. 그들은 다수의 유동성과 유일자의 군사적 정확성을 결합한다. 확실히 라마수는 '이원적 영광'의 원리, 즉 우뚝 솟은 자본주의의 탑은 둘이 짝지어 도래한다는 공식을 정식화한다. 라마수는 전술과 전략의 치명적 융합에 의해 설계된 전략적 행동 방침에 따라 주술적 입자들과 미증유의 적들에 맞서 국가를 방어한다. 아시리아인은 라마수가 용맹한 인간 전사를 능가하는 아시리아 제국의 가장 무시무시한 전사라고 믿었다. 라마수는 국가의 군대에 묶인 동시에 자율성을 가지고 국가의 주술적 프로그램과 외부의 주술적 존재자들 양쪽 모두의 편에서 움직인다. 그들은 경계의 구별이 급격히 흐려지는 내외부 간의 모호한 영역에서 국가의 경계, 그 지평과 관문을 침식한다. 라마수가 점령한 지역은 국가와 그 외부 간의 주술적이고 폭력적인 분쟁이 격화된 끝에 그런 분쟁적 커뮤니케이션을 대체하는 외부적인 것의 오염에 시달린다. 다시 말해 승리 또는 패배의 절정에 뒤이어 전염병의 역류가 찾아온다. 이 지역은 점차 압도적인 주술적 교통의 지대로 변모하여 국가와 그에 이웃하는 지정학적 환경을 침식할 잠재력으로 충만해진다. 라마수나 다른 격퇴자들을 비롯한 주술적 존재자들로 인해 국가의 경계는 이질적인 주술적 힘이 국가 내부로 밀려드는 소용돌이의 장으로 재창안된다. 그 결과, 다음과 같은 일들이 벌어진다.

I. 모든 활동을 자기 중심적으로 결집하는 경향이 있는 국가 핵의 중력과 그로부터 일탈하는 (전방위로 확산되는 경향이 있는) 주술적 노선들에 관련된 내부의 폭력적 분열 사이에서 부식 작용이 일어난다.
II. 내부의 폭력적 분열의 결과로 반란적 군중이 확산된다. 소수 집단이 형성되고 이들이 군사적으로 무장하면서 국가의 프로그램과 영토 기능의 일관성이 위태로울 정도로 교란된다.
III. 조직화와 경계선의 구축에 내재하는 시스템의 실패로 인해 이미 손상된 지역이 더욱 악화된다. 이런 지역은 언제나 제국의 영토 중에서 제일 먼저 분열되거나 외부 세력의 침략을 받는다.
IV. 조직적 빈곤의 기생적 양식들이 발흥한다. 시스템 강화와 통합을 책임지는 국가의 정치적 프로그램이 주술적 정치로 혼탁해져서 조금씩 탈선하고 저하되기 시작한다. 이런 정치적 혼탁은 국가 정치의 고유한 프로그램과 의도에 내재하지 않는 주술적 경향들로 오염된 결과다. 결국 국가의 정치적 노선은 경제적, 정치적으로 시스템을 강화하는 능력을 상실한다.
V. 최종적으로 국가가 내파되는데, 이는 대개 외부의 침략과 동시에 일어난다. 외부 세력은 국경이 무너지거나 구멍이 뚫리면 언제라도 급습할 수 있도록 기회를 엿보고 있기 때문이다. 아시리아가 주술적으로 용융됐을 때도 외국인들이 고산지대에서 몰려 내려와 이미 내부로부터 침식된 국가를 휩쓸었다. 무적의 제국은 단 며칠만에 외부자들에 의해 집어삼켜졌다. "아시리아는 사람이 휘두르지 않은 칼에 맞아 넘어지리라. 인간이 찌르지 않은 칼에 찔려 죽으리라." (「이사야서」 31:8)

웨스트 대령은 다음과 같은 설교로 보고서를 끝맺는다.

테러와의 전쟁을 파고 들어가면 주술적 기하학으로 충전된 먼지투성이의 고대 지하실들이 넘쳐 난다. 우리의 퇴폐적인 정보 시스템과 순진한 전투 원리로는 결코 발굴할 수 없는 이 지하실에서 적들은 시대착오적 전쟁기계들과 뜬금없는 전술들을 길어 올린다. 그들의 전쟁기계는 우리가 아는 시간, 우리 문명이 건설된 시간에 속하지 않는다. 우리는 그들의 시간 속에서 완전히 생경한 기하학적 규칙에 따라 싸울 수밖에 없다. 이렇게 낯선 시간에 노출되는 것은 만성적인 부작용의 위험이 있으며, 심한 경우 광란과 연기와 재로 가득한 우리의 가장 지독한 꿈*보다도 더 사악하고 회복 불가능한 무언가에 사로잡힐 수 있다. 언뜻 보기에 그것은 비교적 단순하고 순진하고 무고한 자의 백일몽 같을 것이다.

[* 트럭 옆에 여자가 바닥에 등을 대고 누워 있었다. 햇빛에 탄 중년 여자 ... 눈알이 도려내어진 자리에 정액이 가득했다. 그것은 간질 환자의 뒤집어진 눈보다 더 강렬하게 느껴졌다. 나는 그 여자를 '모비딕'이라고 불렀다. (잭슨 웨스트의 일지, 날짜: 1993년 12월 4일)]

나의 무시무시한 무기가 격노했으니 ... (티글라트 필레세르 1세, 기원전 1110년경 아시리아의 왕. 두 마리의 라마수가 수호하는 세나케리브 궁전의 정문 아래에서 발견된 서판에 새겨진 문장)

국가의 조작적 정책들은 주술학을 착취하여 억압적 도구이자 엄정한 정치의 대체물로 삼거나—즉 주술을 정치의 모조품으로 만들거나—아니면 외부자들(이종적 행위자들)과 그들의 원리 및 영향을 격퇴하는 수단으로 활용한다. 그러나 이런 정치적 경향이 약화되어 탈선하면 주술이 국가의 정치체에 무수한 구멍을 내는데, 이렇게 쇠퇴한 국가는 더 이상 외부자들과 (국가의 생존에 외재적으로 작동하는) 철저하게 이종적인 입자들을 막지 못한다. 이 같은 정치적 격변으로 인해 국가의 모든 프로그램과 조작적 정책들은 아무도 들어가 본 적 없는 외부적인 것의 심연 깊숙이 뻗어 나가는 커뮤니케이션의 촉수들로 변이한다.

국가의 주술적 존재자들은 이종적 행위자들과 끊임없이 커뮤니케이션하면서 결과적으로 자율성을 획득한다. 외부적인 것의 화신들이 국가의 주술적 존재자들에 내재하는 반란적 잠재력을 일깨운다. 따라서 국가 내부에서 자율적 존재자들의 발흥은 이례적인 것의 출현에 기여한다. 국가 내에서 자율적 과정이 빈번하게 창발할수록 그 국가의 이례성은 더욱 높아진다. 주술학이 오로지 자기 포식을 통해 전파된다면, 자율적 주술에 오염된 국가 정치도 자연히 자기 포식적 행태를 보일 것이다.

저 너머의 지평에 치명적으로 과다 노출된 국가의 주술적 행위자들은 점차 국가의 외부에 속하는 주술적 존재자들과 국가의 경계 사이에 관문을 열고 가교를 세운다. 이렇게 창발하는 이중성의 파노라마는 펄프 호러 장르에서 강박적으로 묘사되는 주술적 수호자에 의한 자연발생적 무질서로 이미 예견된 바 있다. 라마수가 반란을 일으키고 허수아비가 독자성을 획득하여 열성적으로 농부들을 사냥하고 황량한 땅을 약탈한다(이런 반란의 서사는 [건물을 보호하는 괴물 모양의 석상인] 가고일에 대한 가톨릭의 집착을 상기시킨다). 펄프 호러 장르는 초허구적이고 주술적인 행위자들을 고용하려는 국가의 불길한 경향을 정확하게 포착한다. 완전히 활성화되어 자율성을 획득한 (침략적 외부자들과 융합되고 외계의 입자들로 오염된) 가고일은 석화된 상태에서 풀려난다. 그들은 내부에 남아 있는 모든 것, 벽체와 텅 빈 복도를 집어삼키며 축제를 시작한다. 그들은 기둥 속으로 녹아 들어 차근차근 건물을 감염시키고 그들 고유의 '이종화학'을 가동하여 성스러운 장소를 구성하는 건축물 깊숙이 장착된다.

겉보기에 도구화된 주술적 행위자들은 전쟁과 그 기저의 주술적 경향에 직접 노출될수록 더욱 맹렬하고 흉포하게 숙주를 배반한다. 이렇게 변절한 행위자들은 조작과 철저한 오남용을 선호하는 국가의 변태적 취향과 마법적 다중정치의 분열증적 창조성을 동시에 지닌다. 라마수는 주술적 전투에서 적과 한 패가 되어 국가의 메커니즘 외부에서 움직이며, 이때 국가를 위협하는 것은 어떤 특정한 주술적 존재자가 아니라 내부로부터 튀어나온 어떤 외부적인 것이

다. 이것이 악에 맞서는 악의 축이라는 메소포타미아적 원칙으로 끓여낸 검은 서사시다.‡

‡

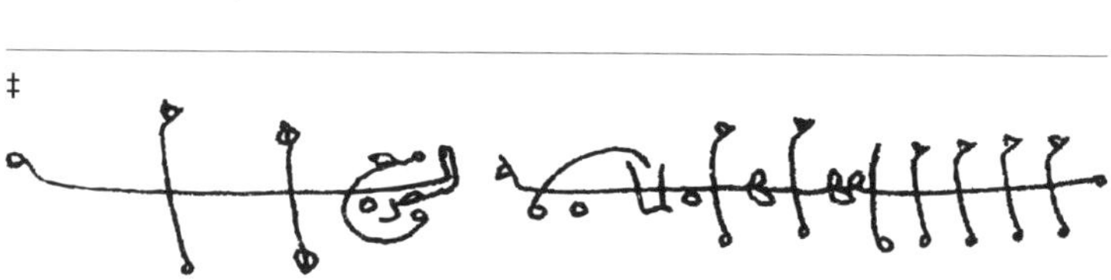

부록 III
주술, 국가의 거시정치, 정치적 혼탁

이란의 정치사학자 에스마일 라엔은 이란의 프리메이슨에 관한 탁월한 저작에서 음모론과 주술적 원칙이 어떻게 대중적 오락거리로 치부되는지 이야기한다. 그것들은 엄정한 정치적 참여와 국가에 대한 저항을 방해한다. 주술적 파생물들은 비판적 정치학을 주변화하여 국가의 조직적 과정을 강화하는 효과가 있다. 마찬가지로 음모론은 국가의 정치 활동을 둘러싸서 그런 활동이 눈에 띄지 않게 사회정치적 영역으로 확산될 수 있게 돕는다. 그러나 라엔이 시사하듯이, 주술과 음모론은 국가의 거시정치가 여러 집단들을 겨냥해서 정보를 전파하는 커뮤니케이션 채널의 체제를 오염시킨다. 주술적 소요가 정치적 정보 전달을 방해하고 교란하면, 커뮤니케이션 채널의 양 끝에 있는 국가와 그 목표 대상이었던 인구 집단 양쪽 모두 영향을 받는다.

음모론과 주술은 너무 많은 잡음과 뜬금없는 신호를 (잉여적인 또는 쓰레기 정치: 다중정치?) 생산하여 국가 정치가 사회적, 경제적, 군사적 영토들의 광범위한 배열을 가로질러 전달되는 정보 채널로 흘려보낸다. 그것들은 국가의 배타적 신호를 가로막고 타락시킨다. 음모론과 주술에 의한 혼란은 국가 정치가 대중을 향해 효과적으로 전달되는 속도를 지연시킴으로써 정치적 타당성, 지역적 적절성, 국가의 권위가 지녀야 할 군사적 첨단성을 둔화시킨다. 정치적 신호는 빨리 전달(확립)될수록 대중과 다른 국가들에 대항하여 더욱 효과적으로 작용한다. 국가의 정치적 전송이 지체되면 국가의 정치적 빈곤이 유발된다. 그것은 국가 체제의 전복이나 활발한 개혁으로도 결코 회복되지 못하는 끈질긴 혼란을 남긴다.

음모론과 통상적으로 '현실 정치'로 간주되는 것 간에 발생하는 오염은 상호적이며 비가역적이다. 이는 국가가 전략적 무기를 써서 대중의 관심을 돌리려 할 때 그 무기가 제대로 작동하거나 겨냥된 목표에 도달하지 못할 수도 있음을 의미한다. 전략은 양날의 검이니, 지휘자가 의도한 바와 달리 전장에서 전략의 존재는 그 충실성과 동맹 관계에 역효과를 가져온다. 전략적 무기는 기능적으로 융통성이 있을 뿐만 아니라 지휘체계를 벗어난다는 점에서 자율적이다. 국가가 쓰레기 정치를 활용하는 것은 저항 운동을 진압하는 미시 정치에 도움이 되겠지만, 모든 전략적 무기가 그렇듯이 쓰레기 정치도 고유한 야망이 있다.

'정치적 혼탁'은 전략적 물량의 유용성과 자율성 간의 차이, 지휘체계가 기대하는 바와 전략 그 자체의 격차에서 비롯되는 오염의 과정을 나타내는 용어다. 정치적 혼탁이 일어나면 인민과 국가, 전술적 지정이나 지휘의 결정과 무관한 방향으로 국가 정치가 재가동된다. 지휘체계가 주술과 음모론을 전략적 물량으로 활용할 수 있는 것은 그 전략적 측면이 전술적 전선과 통합되어 있을 때뿐이다. 이런 통합이 필요한 것은 전략적 노선을 전술적으로 지정하여 전략이 완전히 자율적으로 움직이는 또는 이른바 '미친듯이 날뛰는' 상황을 방지하기 위해서다. 전략적 노선과 전술적 전선(또는 역동적 배열)의 통합은 전술의 판에 부착된 병참술의 판을 통해 결정되고 시행된다. 전술의 판은 순수한 활동성 또는 역동성으로 존재하며 교정과 지정을 지향하는 경향이 있어서 반드시 전술과 연결된 외부의 또 다른 판에 의해 지속적으로 지탱되면서 연료를 공급받아야 한다. 이렇게 전술에 외부적인 동시에 그와 연결되어 전술을 유지하는 것이 바로 병참술의 판이다. 실제로 지휘체계는 모든 전술적 노선들이 결부된 병참술의 판을 통해서만 전략적 노선들을 전술적으로 움직일 수 있다. 병참술의 판이 군사적으로 중요한 까닭은 그것이 전술의 집중적 노선과 전략의 일탈적 노선(들) 간에 꼭지점의 형태로 일시적인 작전의 칼날 또는 지정점을 만들 수 있기 때문이다. 즉 그것은 전략을 전술의 노선들과 결부시켜 기능적인 군사적 지정 또는 목표 지향적인 작전의 칼날을 추출한다.(도 17) 이렇게 형성된 작전의 꼭지점은 다중 초점의 군사적 칼날로 쓰일 수 있다.

전술은 전장에서 전쟁기계들과 군대의 운용에 필요한 역동성의 양식들을 가리키며, 따라서 전술적인 것은 지휘체계와 직결된다. 반면 전략은 이종적 전달체로서 전장에 힘을 가져온다. 따라서 병참술의 판은 지휘체계를 전략의 노선들에도 연결하여 전술과 전략을 하나의 작전으로 완전히 결합해야 한다.

병참술의 판은 전술의 노선을 전방위적으로 에워싸는 반면, 전략의 노선들에 대해서는 한 측면에만 결부될 뿐이다. 전략은 일시적이고 쉽게 해지할 수 있는 방식으로 전술의 판과 연결되는데, 병참술의 판은 이 연결 관계를 통해 일방적으로 전략에 결부된다. 전략의 다른 측면은 언제나 전장의 경계 너머, 군사적 생존 외부에서 전쟁의 비생명 자체를 먹고 산다. 전략의 외부적 측면은 어떤 프로그래밍 양식으로도 뚫고 들어갈 수 없다. 그것은 불량하고 불충실하며, 전염병의 확산과 같이 자율적으로 창궐하여 휩쓴다.

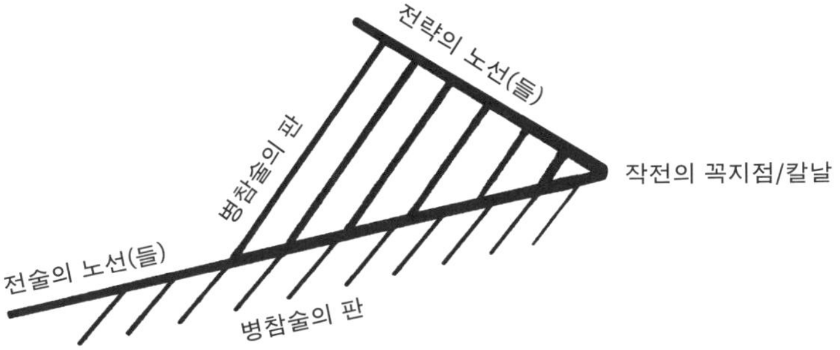

도 17. 병참술의 판. 전략에 참여하여 작전의 칼날을 형성한다.

전략은 주로 병참술의 판을 통해 인간중심적 참여(지휘체계)에 개방된다. 전략은 그 자율성, 전술적 다양성, 차원을 넘나드는 역동성 때문에 위치 식별이 불가능하다. 군사적 존재자들에 동참하려면 국지적으로 어느 한 지점에 존재하는 동시에 그 움직임을 추적할 수 있어야 하지만, 전략은 아무 흔적도 남기지 않아서 군사 작전에 자발적으로 참여할 수 없다. 전략은 언제나 다른 측면으로부터의 참여, 비자발적 참여의 형태로 도래하며, 따라서 (시스템의) 외부가 내부를 파먹는 치명적 기생의 방식을 취한다. 전략이 위치 확인도 추적도 거부한다면, (주술적 행위성, 분열전략 등의) 전략이 전장에서 작동해야 할 때 어딘가 다른 곳에서 저 나름의 전쟁-다중정치를 설계하지 않고 제 자리에 있으리라고 누가 보장할 것인가? 지휘체계는 자신의 군사적 생존을 도모하기 위해 병참술의 판을 통해 전략과 계속 커뮤니케이션하면서 이 불길한 질문을 은폐한다. 그들은 전략의 자율적 측면을 자기 보호의 수단으로 삼는 만큼이나 '그로부터' 자기를 보호하려 한다. 이 같은 정치적 아이러니는 부득이 정치적 혼탁을 초래하며 국가의 거시정치를 천천히 잔혹하게 부식한다.‡

---

‡ 𝓢, 사랑에 빠지는 일은 두 번 일어나지 않아. 네가 사랑에 두 번째로 빠지는 기회는 오지 않는다는 말임. 사랑이 건강의 막대한 출혈과 명백한 파국이라면, 사랑에 빠진 사람은 자원이 바닥 나서 또 다른 사랑에 불을 지피고 다시 한번 사랑에 빠지지 못해. 사랑은 모든 회복 가능성을 일소하지. 사랑에 빠지는 것은 건강이 끝장나는 편도 티켓임. 바르트는 사랑이 주기적인 것이라고, 모든 사랑은 회복 단계가 있고 그 단계가 끝나면 또 다른 사랑이 기다리고 있다고 했지. 내가 보기에 이런 주기는 사랑이 아니라 구애의 게임에 불과함. 생존을 향해 추파를 던지는 거라고. 자꾸 사랑에 빠지는 사람은 (바르트적 연인) 자기 자신의 생존이나 자기 감정을 희롱하는 것임. 이런 의미에서 사랑은 생존을 거듭 각인할 뿐이고. 그리고 생존에 관해서라면 인간의 욕망 자체가 이미 사멸한 폐허야. 바르트의 이야기에서 중요한 것은 사랑이 아니라 '그 다음 사랑'이고, 거기에는 사랑에 빠진 사람이 생존하고 그의 건강이 재생된다는 것이 전제됨. 그렇지만 사랑의 유일한 열정은 다시 사랑에 빠질 모든 가능성을 소모해 버리는 것임. 주기적 사랑은 절정에 여러 번 도달하기 위해 성적 자극을 늦추는 중국식 방중술과 같아. 나는 또 다른 사람을 사랑하기 위해 회복되기 위해 또 다른 사람을 사랑하기 위해 회복되는 것을 사랑한다 ... 이건 정말 창의적인 공식이지만, 생존의 공식이지 사랑의 공식은 아님. 바르트가 도표화하는 사랑-회복 주기는 확실히 프루스트적이지만 더욱 개량적인 아리스토텔레스의 자기 수정 주기 같기도 함(아무것도 허비해서는 안 돼, 왜냐하면 주기의 그 다음 단계, 그 다음 사랑, 마지막 사랑을 벗어나는 그 다음 회복에 필요할 테니까). 아베르누스[저승]에는 딱 한 번만 내려갈 수 있다고 하는데, 거길 또 내려간다는 건 계속해서 아베르누스를 벗어나 올라오기 위한 행동일 뿐. 사랑은 탈출의 실패를 보장함. 사랑은 한 번 딱 한 번의 폭압적인 가능성으로서만 사유될 수 있어. 오로지 단 한 번만 사랑에 빠지는 것. 그 모든 연쇄에 환호를 보내 드리지. 그래, 𝓢, 나 피곤해 ... 나간다.

모든 감염의 죽은 어머니

파르사니는 『고대 페르시아의 훼손』의 한 장에서 다음과 같이 쓴다. "나는 죽음이 경화되다 못해 잿빛 가루로 분쇄되는 곳, 그 끔찍한 먼지가 우주적 습기와 수분을 빨아들여 시체애호적 진창을 만드는 문화권에서 왔다." 이 기묘하고 모호한 진술의 연장선에서 파르사니는 먼지라는 주제를 유일신교적 조로아스터교의 욕망의 대상이자 '생명수[독주]'의 중동식 도플갱어로 열렬하게 파고드는 두 갈래의 분석을 전개한다. "확실히 중동의 서사와 서사시는 본질적으로 '먼지투성이'라고 할 수 있지요." 레바논 출신의 인터뷰 진행자가 말한다. "중동에서는 영적인 여행, 정신을 해방하는 무아지경, 초자연적 여정, 탐사와 도보 여행, 심지어 정치적 집회나 목적이 모호한 신비한 여정조차 강과 바다보다 먼지 자욱한 사막에서 펼쳐집니다. 문명은 바다에 잠기는 대신 사막에 묻히지요. 배들은 사해에서나 발견되고, 신성한 존재들은 먼지를 들이마시며 세계들을 불에 그슬립니다. 이렇게 만사를 먼지로 쌓아 올리는 것은 중동의 맥락에서 (비록 사변적일지라도) 완전히 현실적인 접근이에요. 먼지는 나쁜 업보에 감염된 우리의 강력한 무기입니다. 당신은 근본적으로 조로아스터교에서 유래한 '먼지에서 먼지로'라는 유일신교의 문구만큼 중동적인 것은 없다고 말했지요. 당신의 작업에 등장하는 이 모든 먼지들은 모두 어디서 온 것입니까?" 인터뷰 진행자가 파르사니에게 묻는다.

"먼지는 여기 중동에서 우리가 가진 모든 것입니다. 그것은 우리가 상실할 것을 두려워하지 않고 소진할 수 있는 모든 것이지요." 파르사니의 답변은 이렇게 시작한다. "원하는 대로 아무리 깊이 들여 마셔도 먼지는 절대 줄어들지 않습니다. 심지어 지리적 존재자로서 중동이 정주적 생활 방식에 대해 깊은 적대감을 보이는 것은, 당신들은 그것을 잘 이해하지 못하지만, 중동의 대지를 이루는 기반암과 그 구체적 지반이 점차 침식되어 먼지로 전락하기 때문입니다."

파르사니는 먼지를 "중동의 정보 단위"로 명명하며, 때로는 "아무것도 빠져나올 수 없는 중동의 유물"이라고 칭한다. 먼지는 입자되기(0이 되기)를 지향하는 동시에 습기에 이끌리는데(먼지의 친수성), 이는 먼지가 생길 때 습기의 증발과 탈수 현상이 수반되기 때문이다. 그렇다면 '건조함'과 '데이터'라는 용어는 파르사니가 먼지에 연관 짓는 의미를 온전히 전달할 수 있을 것이다.

건조함의 데이터 또는 먼지는 원초적 데이터의 유동 또는 태양계의 모든 데이터 흐름을 낳은 어머니로서 행성의 몸체에 우글거린다. 각각의 먼지 입자는 물질, 운동, 집단성, 상호작용, 정동, 분화, 조성, 무한한 어둠에 관한 독특한 비전을 실어 나른다. 그것은 결정화된 데이터베이스 또는 조합하고 반응하고 서술될 수 있는 하나의 설정이다. 먼지 입자들의 흐름보다 더 구체적인 서술의 노선은 없다. 성간 먼지는 항성과 행성체의 구성에 관여했다. 태양을 신봉자이자 배신자가 되는 지구는 안팎에서 온 먼지 입자들의 껍질로 덮였다. 그렇다면 먼지 입자들과 유동들로 이루어진 지구야말로 분열증, 집단적 저자성, 상이한 설정들의 움직임, 복잡한 조성, 풍부한 비진품성, 잡종 언어의 측면에서 가장 독창적인 허구라 할 수 있다. 여기서 "중동은 지구의 먼지 늪이다."라는 파르사니의 말은 스토리텔링의 새로운 이론적 문제들로 충전된 허구적 칼날을 단련한다. 파르사니는 『고대 페르시아의 훼손』에서 지구를 "둥근 잡종 언어"라고 부른다. 각각의 먼지 입자가 다양한 영토에서 유래한 각종 자료들과 존재자들을 실어 나른다면, 그것들은 보편자의 관점에서 제각기 다른 장과 영토에 속하는 개별자들을 표현한다. 먼지 입자들은 완전히 다른 세계들에 속하는 무수한 용어들, 언어들, 자료들의 조합 속에서 조성된다. 먼지 입자들은 아무도 도달한 적 없는 구석지고 어두운 곳, 다양한 영토들(서술의 장들)과 비가시적 위험의 영역에서 유래한다. 각각의 입자는 결정화된 폐기물, 다양한 집단들과 특수한 것들의 정수를 실어 나르는데, 이들은 정체를 파악하기 어렵지만 유체와 쉽게 섞이는 특징이 있다. 파르사니에 따르면, 중동의 먼지 입자들을 혼합하여 다중적 저류들을 거느린 하나의 서사로 뭉치는 데 결정적인 이 유체 또는 습기가 바로 석유 또는 '나프트'(기름)이다. 고대 페르시아의 아베스타어로 '나프트'는 습기를 뜻한다. 각각의 먼지 입자가 서로 다른 영토에서 생겨나고 익명의 자료들로 조성된다면, 먼지 입자들은 어떤 물질로 촉촉해져야 비로소 한데 뭉쳐서 통합될 수 있을 것이다. 파르사니는 "오로지 석유만이 중동의 먼지를 정착시킬 수 있다."라고 선언한다. 그러나 먼지는 진정한 유목적 존재자인데, 왜냐하면 그것은 금세 자취를 감추고 어디로든 이주할 수 있는 환영적 지반, 일종의 가짜 국가이기 때문이다.

"유일신교의 경우처럼 먼지와 연합되는 창조론적 국수주의는 지속적인 조성 과정에 상응합니다." 파르사니는 인터뷰에서 이렇게 말한다. "종교는 결코 창조를 시간 속의 고정점이나 어떤 시초에 두지 않습니다. 그것은 시간과 공간을 배태하는 지속적이고 발전적인 과정입니다. 유일신교의 미발달된 난자였던 조로아스터교는 먼지가 창조의 가장 기본적인 객체로서 공간과 시간을 감염시킨다고 가르칩니다. 중동에서 시간은 시계가 아니라 먼지로 측정되지요."

유일신교는 이 사실을 간과하지 않으면 의도적으로 무시하는데, 신성한 존재의 질서와 창조의 과정에서 먼지가 환원적 순수성의 가장 기초적이고 환원 불가능한 국면으로 공허하게 착취되듯이, 다른 안건들에서도 먼지는 다양한 영토에서 유래하는 무수한 것들을 합성, 혼합, 조합하는 간편한 대행자로 활용된다. 하나님뿐만 아니라 질병이나 홍수, 시야를 가리는 스모그도 먼지를 그들의 일차적 대행자로 사용하는 것이다. 먼지가 유일하신 하나님에게 돌아가는 것을 나타낸다면, 다양한 입자들과 위험 요소들 역시 하나의 먼지 입자 내부에 단일자로서 결정화 또는 포자화될 수 있다. 먼지 입자의 관점에서 하나는 언제나 하나의 무리다. 하나님에게 전달 가능한 (먼지에서 먼지로) 객체로서 먼지의 순수성은 미세한 감염과 오염원들이 모습을 숨긴 통일체로만 영속할 수 있다. 신성한 존재의 창조가 언제나 먼지에 대한 열의를 고취하는 탓에, 신성한 존재의 창조 과정은 먼지로 위장한 위험한 안건들을 홍보해 주는 결과를 초래한다. 이런 점에서 창조의 통일성은 언제나 악마적 입자들의 집단성이다. 이런 관점에서 "신성한 존재 자체가 그 창조 행위와 정책적 입장을 통해 악마적 입자들의 의심스러운 전달체 역할을 한다."라는 파르사니의 말을 이해할 수 있다. 파르사니는 그의 저작에서 창조의 아이러니에 대해 의문을 제기한다. "먼지가 고유한 논리와 질서에 따라 창조를 조성한다면, 먼지의 관점에서 창조는 근본적으로 가학적인 행위다. 그것은 무언가를 낳아서 먹이고 길러서 자라기를 기다린 끝에 결국 먼지로 되돌린다. 먼지가 창조와 분리될 수 없는 까닭은 창조가 언제나 '먼지로 돌아가는' 것이기 때문이다. 먼지의 관점에서 보면, 결국 다시 먼지가 될 존재자를 조성하는 것이 대체 무슨 소용인가? 창조가 먼지화 과정을 더욱 악랄하고 강렬하게 경험하려는 일종의 음모론이며, 그런 병적인 욕망을 해소하려는 끝없는 가학-피학적 성향이 아니라면...?" 그러나 먼지에 대한 파르사니의 견해는 이후 은밀한 허무주의적 입장에서("먼지는 무가 아니다. 언제나 무언가, 즉 먼지가 있다.") 급선회하여 좀 더 중동에 특유한 탐문 방식과 세계관으로 나아간다. 이제 먼지는 허무를 강화하기보다 만물에 대한 혼합적 접근에서 기인하는 환원 불가능한 복잡성을 압축하는 것으로 여겨진다. 이 같은 관점은 중동이 전지구적 문제에 관여하는 고밀도의 혼합적 방식을 통해 끔찍하게 구체적으로 확증된다. "먼지는 집단적 반란의 지휘자입니다." 파르사니는 레바논 출신의 인터뷰 진행자에게 이렇게 말한다. "그것은 지휘권의 불가분한 부분이지만, 먼지의 혼합주의가 폭동으로 펼쳐지려면 먼저 결정이 녹고 포자가 터져야 하지요. 먼지가 모호한 야심을 추구하는 끈질긴 방식은 창조가 끈질기게 존속하는 과거, 현재, 미래의 연대기적 시간에 비견될 수 있습니다. 먼지는 언제나 하나의 입자로 결정화된

다수의 편에서 펼쳐지려는 열정을 유지합니다.”

먼지는 건조함의 데이터를 구성하는 알파이자 동시에 오메가로서 출현한다. 그것이 발신하는 유일한 신호 또는 메시지는 먼지의 조성적 반란이며, 그 혼합주의와 창조의 모호한 다중정치는 먼지의 유동에 효과적으로 등재 또는 고정된다. ‘먼지’는 우주적 수준에서 전개되는 전면적으로 집단적인 반란의 이름이다. 먼지가 어떤 지반 또는 체제를 위해 어떤 조성을 설계하거나 조성적 기반암을 구축할 때는 언제나 그 이면의 심연에 음모론이 깔려 있다. 먼지는 차원간 전달체로서 이종화학적 입자들(외부자들)을 자신의 핵 또는 구성요소로 채집하여 조성, 창조, 수립 과정에 주입한다. 먼지 입자는 서로 멀리 떨어진 다양한 환경에서 구성성분을 수집하기 때문에 제각기 서로에 대해 외부자로 작용한다. 무언가 조성하고 조제하는 창조과정에 먼지가 활용될 때, 그것은 그 객체 또는 창조된 조성물을 맹렬한 공포의 작전 세력으로 변모시킨다. 갈수록 불길함을 더해가는 그 설정 또는 줄거리는, 간단히 말하자면, 창조물 또는 먼지로 이루어진 몸체가 다시 먼지로 돌아가면서 각각의 포자 또는 결정의 표면에 단단하게 결합해 있었던 외부자들이 풀려난다는 것이다. 이렇게 각각의 입자 내부에서 단일자로 위장했던 다양체가 풀려나는 것은 외부가 아니라 내부에서 외계인이 도래하는 것과 같다. 포자가 터져서 박테리아를 퍼뜨릴 때와 마찬가지로, 이렇게 새로운 생명 형태들과 집단적 입자들이 출현하는 것은 내부 반란에 의한 탈취, 새로운 인민의 발흥으로 이해할 수 있다.

따라서 먼지로 돌아가는 것은 유일신교의 과도한 단순화나 축소가 아니다. 그것은 저자가 만들어낸 전체(구조, 몸체, 창조)가 먼지로 전락하면서 새로운 인민이 해방되는 과정을 희미하게 표시한다. 이미 내부에 거주하고 있었으나 원래의 ‘외부화하는’ 형태로는 결코 활성화되지 못했던 모든 것이 전면으로 부상한다. 지구나 중동처럼 먼지의 경우에도 언제나 내부자가 외부자보다 먼저 자신의 외재성을 전개하고 철저한 반란을 일으켜 전체의 권위를 벗어난다. 내부자는 개별 포자나 먼지 입자 내에 휴면 상태로 잠복하는 행위성을 발산함으로써 외부자의 역할을 대신한다. 먼지, 지구, 중동의 문제를 고찰할 때는 항상 내부적으로 생각해야 한다. 파르사니는 치명적인 다양체를 이루는 중동 소수 집단들의 발흥("소수자 홀로코스트")을 먼지 내부에서 응축되고 결정화되어 내부자가 된 외부자들이 해방되는 극단적 방식으로 유추하는데, 이는 "먼지로 돌아가는" 과정의 파노라마로 그려진다.

> 세계의 나머지 지역, 특히 서구인의 관점에서 중동은 오합지졸 국가-속-국가들, 지구상의 온갖 인간 쓰레기들이 빽빽하게 뭉쳐진 성좌일 뿐이다. 중동은 사회정치적 오명이며 심지어 견고한 지역을 이루는 것도 아니고 단지 지구의 중동부 지역에 무작위로 거주하는 것들, 기껏해야 무작위적 테러에 불과하다. 그리고 중동의 모든 것은 결국 먼지로 돌아간다. 그러나 바로 이 지점에서 그들은 핵심을 놓치고 있다. 중동에서 풍부한 다양성이 촉발되고 소수 집단들이 확산되는 것 자체가 사실은 먼지로 전락하여 억압된 외부성을 방출하는 것, 외부와 외부적 인민을 기성 국가와 이른바 토착민보다 자발적으로 선호하는 것의 직접적인 결과다. 그러나 시나리오는 여기서 끝나지 않는다. 중동은 먼지화 과정을 의식적으로 완수하려면 사회적, 영토적 창조성뿐만 아니라 완전히 정치적인 창조성이 필요하다는 것을 일찌감치 깨달았다. 중동은 지구가 소수자들의 홍수에 잠겨서 새로운 인구로 채워질 때까지 먼지로 돌아가는 과정을 계속 확대하여 이러한 창조성을 영속화한다. 인구와 시스템이 먼지로 돌아가면서 전례 없는 것들이 생겨난다. 안타깝게도, 특히 서구는 먼지로 돌아가는 것이 아주 일상적인 보통의 영구적인 과정이며 그들 또한 그 일부임을 전혀 이해하지 못한다. 먼지로 돌아가는 것은 광범위한 지구행성적 사건, 지구 내부에 휴면 상태로 잠든 무언가를 위하여 작동하는 사건이다.

외부자의 출현이 '각성'이라는 용어로 규정되는 까닭은 그것이 내부자로서 조성물의 내재적 일부이자 구조물의 신경계에 삽입된 토착적이고 내재적인 행위성으로 이미 내포되어 있기 때문이다. 파르사니는 「유물학에 관한 노트」에서 유물의 '외부자'적 매력은 그 토착성에서 기인한다고 쓴다. 내지적인 것과 외지적인 것 간의 진동이 하나의 객체를 꽉 채우고 있다. 외부자가 그 끈질긴 외재성과 침입성으로 자신을 천명한다면, 외부자는 경계 바깥의 외부에서 도래하는 것이 아니라 이미 시스템에 침입하여 경계 내에 거주하는 것, 다시 말해 내부에서 도래하는 것으로 예측되어야 한다. 이렇게 해서, 먼지는 거주 중인 외부자가 된다.

> 조로아스터교에서 먼지는 시체나 마른 뼈처럼 불결하게 전락한 것의 입자로 간주되는 한에는 순수함과 연관된다. 그러나 먼지가 어떤 유물 또는 자체적 존재자로 다가오는 순간, 그것은 절대적으로 무시무시하고 부정한 것, 미세한 악마 그 자체가 된다. (H. 파르사니, 「유물학에 관한 노트」)

먼지의 각성을 고쳐 쓰면 '먼지에서 먼지로'가 된다(먼지 입자로 이미 결정화된 것의 방출). 조성물이 먼지로 전락하면서 그 내부에 숨어 있었던 이종화학적 내부자가 각성하는 것은—먼지에서 먼지로—먼지를 진정 부정한 것으로 만든다. 그것은 은밀한 각성의 주체이자 객체이며, 광신적 종교 집단인 동시에 조용히 잠든 군중이다.

자발적으로 자기를 지옥에 떨어뜨리는 자기 전락적 존재자로서, 먼지는 산포와 감염되기의 새로운 양식을 개방하며 미증유의 탈출 경로를 창안한다. 파르사니는 인터뷰 중에 중동이 먼지화의 메커니즘을 시뮬레이션 함으로써 실제적인 전락 과정으로 작동하는 경제, 극단적으로 유목적인 동시에 기성 시스템 또는 지반에 대한 모호한 지향성을 가지는 경제를 짜맞춘다고 시사한다. 그것은 운송체와 시스템의 차원에서 끊임없이 자기 전락을 시행하는 경제다. 그들은 이런 식으로 영구적인 분자적 역동성을 가지고 전지구적 경제 전체를 감염시키면서 확산된다(입자들 또는 이동하는 위험 요소들로 전락함으로써 전염병과 같은 확산성을 획득한다).

파르사니가 중동의 정책 또는 '먼지에서 먼지로'의 전락 과정과 연관 짓는 먼지의 전염병은 일탈적인 것도 선형적인 것도 아니다.

그것은 다양한 경로들을 수반하는 역동적인 장이며, 빙빙 도는 먼지의 소용돌이로 다양한 원소들과 다양한 축에 작용하여 (이는 삼원체 세포와 피드백의 나선에 상응한다) '먼지로 돌아가는' 과정의 여러 층위에 다채로운 힘을 발휘한다. 파르사니는 은닉된 글쓰기에 관한 그의 담론을 완전히 분산시켜 먼지에 관한 논고에 합체시킨다. "먼지주의는 지구를 위한 갱신과 쇄신을 추구하는 중동적 방식이며, 태양 자본주의와 태양의 헤게모니를 우선하거나 지지하지 않는 행동 방식입니다. 먼지주의는 지구의 은밀한 자율성, 태양의 지배에 대한—그것이 생기론적인 것이든 영혼절멸론적인 것이든 간에—지구의 반역을 지지합니다. 먼지를 숭배하는 종교 집단은 어떤 내부자를 찬미합니다. 먼지주의는 태양의 노예, 태양 숭배자, 자율성을 상실한 맹목적 추종자, 지구생물권의 순진한 거주자가 되기를 거부하는 외부적 방향으로 철저하고 구체적인 접근을 고취합니다. 그리고 ... 그래요, 바로 이 지점에서 자본주의, 특히 미국이 중동의 먼지를 삼키게 됩니다."

먼지는 너무 뜨겁게 굳혀지고 너무 탈수되어 우주적 습기 또는 홍수를 갈망한다. "유일신교, 특히 조로아스터교에서 먼지는 흔히 무결점의 존재로 여겨진다. 그렇지만 일단 안개로 축축하게 젖어 곤죽이 되고 나면 부정한 것의 집, '드루자스칸[악마의 추종자]' 또는 '드루제스탄', 부드럽고 질척거리는 흙, 형용할 수 없는 진창을 이루는 살아 있는 진흙이 된다." 파르사니는 『고대 페르시아의 훼손』에서 이렇게 쓴다. 그로부터 몇 년이 지나서야 파르사니는 먼지의 촉매가 되는 습기, 조로아스터교가 저주했고 악트와 그의 광신적 종교 집단('악트-야투')이 숭배했던 그 액체가 사실은 석유 또는 '나프트'임을 밝힌다.

그리스 원소론과 우주생성론의 전통을 (엠페도클레스에서 아리스토텔레스와 그 이후까지) 떠받친 근본적인 발견은 "건조한 원소가 자신의 축축한 짝패를 갈망한다'라는 것이었다. 건조한 원소는 자신의 축축한 짝패와 융합되어 새로운 존재의 길에 접어들기를 갈망한다. 원소들이 서로를 오염시키는 융합을 통해 새로운 지각 능력이 창발한다. 창조론과 창세 철학은 바로 그런 혼탁과 잠재적 감염의 위협을 은폐하기 위해 축축한 것과 건조한 것이 근본적인 인력으로 휘감기는 역동성 위에 자체적인 질서를 구축했다. 이 같은 원소적 인력 또는 필리아(φιλία, [사랑])의 측면에서 고체는 액체만큼 반란적이고 활동적이다. 건조한 것이 축축한 것과 융합되려는 갈망은 모든 창조론적 경제와 창세의 시스템에 은밀히 흐르고 있는 역병 설계의 이면적 과정을 지시한다. 그러므로 창조론적 종교와 학파들이 그런 광란적 인력을 바탕으로 창세와 창조가 끊임없이 생기를 되찾는다고 주장한다면, 누군가는 창조가 역병의 출현, 병든 조성물들, 진창과 화학적 신성모독에 불가피하게 결부된다고 주장할 수도 있다. 창조론적 종교는 먼지와 습기의 반복되는 융합이 다산을 불러온다고 가정하지만, 진창의 증대라는 측면에서 다산성은 상황을 '더 엉망으로' 만들 뿐이다. 건조함의 데이터로서 먼지와 그 응결된 혼합주의는 역병을 전지구적 유행병 수준으로 들끓게 하는 인력체다. "먼지가 습기를 통제 불가능하게 갈망한다면, 그것이 순수한 물과 융합할 뿐 우주에 도사리는 온갖 모호한 습기와 불경한 액체와 난잡하게 뒤얽히지 않는다고 누가 보장할 것인가?" 파르사니는 이렇게 묻는다. 태양 자본주의는 과도한 열기를 가장하여 먼지와 먼지화 과정을 지반의 잉여가치 또는 지구의 껍질로 환원한다. 그러나 먼지는 확산 과정에서 만나는 모든 습기와 융합하여 이러한 정치경제적 환원을 침식한다. 일단 습기와 융합된 먼지는 거품 나는 진창 또는 축축한 전염병(강우)의 형태로 지반에 돌아오는데, 그것은 강력한 힘으로 지반의 조성적 수준까지 뚫고 들어가서 그 내부에서 토양과 하층토를 오염시키기 시작한다. 이러한 파노라마는 오염된 지반과 생물권이 다시 한번 먼지로 돌아가 궁극의 순수성에 가까워지면서 진창의 히스테리 또는 오메가의 혼탁을 향한 조류의 형태를 취한다.

지반과 생물권은 순수성을 향한 창조의 주기(먼지에서 먼지로)를 실현함으로써 먼지와 습기의 성혼, 즉 진창의 형성에 기여한다. 창조론의 주기적 순수화는 먼지로 거듭 재활용되는 과정에서 초월론적으로 시행된다. 매 주기마다 혼탁한 습기가 더욱 무겁게 쇄도하고 더욱 먼 곳의 화학적 변이가 휘말린다. 이 같은 주기적 광란은 '재교합'이라고 해서, 머리와 꼬리가 겹쳐서 맞물리는 다중정치적 재가동에 상응한다. 건조함과 축축함의 융합 주기를 나타내는 다이어그램은 (먼지 습기=지반의 감소+진창의 증대=먼지 습기=...) 전염병의 전개 또는 “창세 없는 괴물”(파르사니)로서 나선형의 ‘아지’(아베스타어로 ‘심연의 용’) 또는 뒤얽힌 오로보로스를 이룬다. 악트와 그의 광신적 종교 집단도 세 개의 오로보로스가 뒤얽히고 상호 교차하면서 삼원체의 세 축 모양으로 정렬하고 외곽의 오로보로스가 그것을 관통하여 에워싸는 형상을 신성시했는데, 이들은 이 삼원체적 야수를 ‘역병의 바퀴’라고 불렀다.(도 18)

도 18. 역병의 바퀴, 또는 로마식으로 ‘페스티스 렘니스쿠스’ (왼쪽), 삼원체들의 조감도 (오른쪽). 꼬리에서 이빨로 재귀하는 오로보로스의 역동성은 역병의 바퀴에 두 가지 기본 기능을 부여한다. 하나는 삼원체들을 에워싸고 수평과 수직 방향으로 이동시키는 소용돌이 운동이고, 다른 하나는 힌두-아랍 숫자 8 모양으로 뒤틀린 삼원체들 간의 상호작용을 통해 바퀴 내부의 삼원체 세포들을 증식시키는 것이다(무한히 계속되는 삼원체들 내부의 삼원체들은 파르사니가 말하는 “소수 집단 홀로코스트와 다중정치적 용융”에 상응한다). 이 삼륜차(또는 숫자 888의 오로보로스)의 기능이 삼원체들을 풀어놓는 것이고 그 삼원체 세포들 간의 커뮤니케이션이 혼란의 소용돌이 형태를 취한다면, 역병의 바퀴는 다중정치적 전염병과 같다. 주기적인 기근, 집단 이주, 해충의 급습, 해리성 둔주는 모두 역병의 바퀴에 의해 가동된다.

주기적으로 전염병이 돌면서 먼지가 초자연적 습기와 융합하고 이종화학에 잠길 때마다 지반의 조성은 창조의 국면과 그 본래적 결과로부터 점점 더 멀어진다. 전염병의 주기는 나선형 또는 오로보로스 형태로 움직이니, 그 짐승 같은 탈주는 단순히 창조론을 벗어나는 데서 그치지 않고 창조를 집어삼킬 독니와 함께 되돌아온다. 바로 이것이 환유물론의 핵심이다.

살의 육욕적 다이어그램들이 먼지 수프(궁극의 진창)에 스며드는 것도 마찬가지로 해석할 수 있다. 그 다이어그램들은 이종화학적 수류 또는 우주적 습기와 합성된 먼지 덩어리를 통해 구현되고 전염병의 생기와 지성을 통해 가동된다. 이는 유일신교와 그 창조의 수반이라는 맥락에서 살을 찬미하는 것도 아니고 (“하나님이 너를 먼지로 빚으시니”) 살과 그 육욕적 정치에 경의를 표하는 것도 아니다. 이는 단지 살이 이미 홍수에 휩쓸린 먼지 조성물의 악취 나는 지하 묘지임을 공표하는 것이다. 여기서 먼지는 지하 묘지에 구덩이를 파고 각종 축축한 환경들, 이종화학적 판들, 항성간 차원들, 바다의 쓰레기장에서 그러모은 온갖 박테리아 데이터를 모아둔다고 암시된다. 살의 축축함은 먼지가 그 축축한 짝패를 갈망한 결과에 지나지 않는다. 살이란 무엇인가, 그것은 먼지가 습기에 인접하여 고유한 지각 능력을 드러낸 것이다. 먼지의 관점에서 살은 한 무더기의 혼탁한 데이터이며 먼지주의의 광란적 실행자이다. 파르사니는 인터뷰 말미에 먼지와 창조라는 주제로 되돌아간다. “유일신교와 육욕을 대립시키는 것은 사람들이 묘원이나 지하 묘지에서 놀다가 그 안에 묻힌 것을 발굴하지 못하도록 금지하기 위해서입니다. 살은 습기를 빨아들여 끊임없이 재생되는 먼지의 공동묘지입니다. 거기에는 저주받은 묘원, 외부에서 들어온 익명의 자료들이 보관된 지하 납골당, 지하 묘실과 기타 온갖 부산한 것들이 가득하지요.”

먼지는 지반의 고유한 지반성에서 흘러 넘친 잉여도 아니고 태양의 핵융합 자본주의와도 무관하다. 오히려 저자적 권위를 주장하는 창세와 창조 자체가 먼지 진창의 히스테리에서 흘러 넘친 잉여다. 창조는 숙주를 집어삼켜 알을 까고 환유물론과 함께 뒤틀리는 해충의 오로보로스 주기에서 비롯된 잉여 가치다. 먼지는 외부를 향한 건조한 급류이며, 오로지 해충의 형태로만 성립한다.

박테리아성 유물. 웨스트 대령은 마치 직접 세어본 것처럼 “먼지는 1온스에 최대 11,583,800,000개의 박테리아를 포함할 수 있다.”라고 선언했다. 그는 처음으로 숫자의 양에 만족감을 느꼈다. 진지한 것은 아니었다. 그는 계속 은신처에 틀어박힌 채 우연히 손에 들어온 책을 재미삼아 읽으면서 시간을 죽였다. “포자를 형성하는 것은 적대적 환경(물과 영양분이 고갈된 조건)에서 체내 박테리아성 유물—완전히 군사화된, 요새화된, 위장된, 확산적인 것—이 되는 한 가지 방식이다. 포자 또는 체내 박테리아성 먼지는 추적 불가능한 이주와 횡단의 지대에 숨겨진 유물이며, 레이더 스크린을 은밀히 빠져나가는 운동성 입자다. 그것은 들여 마셨는지 아닌지 알 수 없는 한 톨의 먼지다. 포자는 바이러스처럼 동면 중인 유물을 흔히 ‘석관’이라고 불리는 일련의 합성적 격막으로 감싸서 봉인한다. 우호적 환경 또는 정상적 기후가 돌아오면 석관은 그에 반응하여 파열적으로 개방된다. 석관이 열리면 신성모독적 존재가 부활하듯이 박테리아성 유물이 해방된다. 포자는 유례없이 잔인하고 전략적인 방식으로 정상성과 위생, 생존 친화적 환경을 공격하고 침식한다.” 그는 모술 근처에 위치한 그의 방 창문으로 중동의 지평선을 내다보았다. 창문과 지평선은 모두 역겹도록 먼지투성이였다.

“중동에서 ‘인구’의 모델은—그것이 칭하는 것이 사람들이든 시스템이든 간에—먼지다.” 웨스트는 아들들에게 나눠줄 새로운 소책자에 이렇게 덧붙였다. “야훼께서 모세와 아론에게 이르셨다. ‘가마솥 밑에 붙은 그을음을 두 손에 가득히 움켜쥐어라. 그리고 파라오 앞에 가서 모세가 그것을 공중에 뿌려라. 그 그을음이 먼지가 되어 이집트 온 땅에 퍼져 나가 이집트 사람과 가축은 종기가 나서 곪아 터지게 되리라.’” 그는 중얼거렸다. 웨스트는 이미 테러와의 전쟁, 먼지, 사막, 그리고 석유 파이프라인이 어떻게 이 모든 것을 엮어서 겉보기에 정합적인 설정을 만들어내는가를 묵상하기 시작한 상태였다. 그는 석유와 먼지의 결합이 성서에서 말하는 십진법적 역병을 새롭고 혁신적인 포맷으로 서술한다고 결론 내렸다.

테러와의 전쟁과 그 플랫폼인 사막은 전쟁기계들을 현지에 적합하게 조정하고 형태학적으로 프로그래밍 하는 새로운 방법을 요구한다. 전술적 노선들과 전쟁기계들의 성향이 테러와의 전쟁이 일어나는 사막의 환경에 맞게 변화한다면, 전쟁기계들의 형태도 새로운 맥락, 지형, 공격 대상에 맞게 변경되어야 한다. 형태학적 프로그래밍은 자율적 신경망을 갖춘 무기를 출현시킨다. 이렇게 현지에 적합하게 형태학적으로 조정된 전쟁기계들은 먼지의 시뮬레이션으로 귀결되는 특성을 보인다. 안주와 파주주[고대 메소포타미아의 악령들]의 시대부터 '독수리 발톱' 작전과 '사막의 자유' 작전이 전개된 최근까지 중동의 전쟁은 언제나 먼지, 미확인 포자들, 입자들에 주목했다. 중동의 전쟁에 복무하는 전쟁기계는 반드시 먼지 입자와 포자로 변모해야 한다. 과거의 생물병기는 높은 독성, 독액과 돌연변이의 복잡성으로 우위를 점할 수 있었지만, 테러와의 전쟁에서는 무기의 형태학적 현지 적합화가 더 중요하다. 테러와의 전쟁에 쓰이는 무기는 최소한의 노력으로 공격 대상을 포착해야 할 뿐만 아니라 밀반입, 수급, 확산이 용이해야 한다. "먼지는 중동 사람들이 경제적, 정신적으로 수급할 수 있는 모든 것이다." 웨스트는 부대원들에게 이렇게 연설한 적도 있었다.

무기의 형태학이 테러와의 전쟁으로 혁명적 변화를 겪어야 한다면, 그 혁명은 먼지와 포자로의 변형을 통해서만 가능하다. 무기들은 그런 변화를 통해서 비로소 작전 지역의 사회정치적 차원, 신념의 역학, 사람들, 전쟁의 지리학과 호환되는 날카로운 칼날을 획득한다. 웨스트가 제안하는 형태학적 프로그래밍의 전략은 누구나 받아들일 수 있는 먹음직하고 소화가 잘 되는 가벼운 한 끼 식사 같은, 중동의 먼지 문화에 상응하는 탄저병 포자 같은 문화 친화적 무기를 만드는 것이다. 고농도의 포자, 균일한 입자 크기, 응집을 일으키지 않는 저정전기성, 포자 표면의 복잡성, 이 모든 특성은 포자의 에어로졸화로 귀결된다. 즉 탄저균 포자가 먼지가 된다. 포자 주머니는 반으로 접힌 타원 모양으로 안정성이 높고 크기가 작아서 쉽게 흡입되어 기관지에 정착한다.

중동은 테러와의 전쟁이 진행되는 혼란스러운 플랫폼이다. 끊임없이 이곳을 덮치는 먼지들과 포자들(또는 무기 수준의 유물들)의 폭풍은 연대기적으로 말해서 지금 시간에 속하지만 그 결정체 또는 포자 내부에는 깊은 과거에서 온 존재자들이 잠들어 있다. 먼지와 포자가 시간에 접근하는 방식은 모호한 것을 넘어 전복적이다. 이들은 까마득히 먼 고대의 것들을 지금의 환경으로 밀반입한다. 이들이 열리고 펼쳐지면서 시간과 공간 사이에 마법의 노선들을 그린다.

먼지와 포자를 이루는 것은 깊은 과거에 결정화되고 봉인된 유물, 시간 속에서 겹겹이 형성된 석관이다. 그 껍데기가 지금의 우호적 환경에 반응하여 깨어지면 고대의 존재자가 발굴될 수 있다. 포자 내에 봉인되어 잠자고 있던 체내 박테리아성 괴물이 깨어나면, 먼지 또는 포자의 존재와 현재 시간의 관계는 고도로 문제적인 것이 된다. 그러므로 지구의 몸체를 이루는 먼지의 고원으로서 (또는 자신의 먼지를 창조적으로 의식하는 지구행성적 존재자로서) 중동은 깊은 과거의 박테리아성 고대가 창발하는 지대로 간주되어야 한다. 이렇게 박테리아성 유물, 먼지 입자들, 포자들과 연관된 시간의 양식이 현재에 도달하여 지금 시간으로 풀려나면 그것은 언제나 무기로 활용된다. 시간에 대한 중동식 접근으로서, 인공적인 지금 시간은 모호한 원인불명의 고대(깊은 과거)에 의해 선행되고 계승되는 현재다. 이러한 고대성을 전통과 구별해서 파악하려면 먼지와 먼지주의를 통해야 한다. 먼지는 전통 없는 고대 또는 초현대적 고대가 정박하는 장소이다. 한편 중동이 지구의 몸체를 이루는 먼지 고원으로서 자체적인 의식을 지닌다면, 그것은 먼지의 광란적인 친수성을 따라서 움직인다. 중동은 지구의 축축한 짝패와 조우할 날을 기다리며 저 너머에서 출렁이고 배회하는 우주적 습기의 이종신호들을 지구로 연계한다. 중동이 어떤 관점에서 보나 먼지투성이라고 해서 중동에 생명이 없는 것은 아니다. 오히려 그것은 건조함과 결합하기를 갈망하는 우주와 지구 몸체 내부의 일렁이는 물과 습기의 조류를 통해 생생하게 살아 있다. 고대에서 유래한 역병의 바퀴는 결코 부서지지 않았다. 그것은 중동식 시스템과 커뮤니케이션 모델, 중동식 다중정치를 통해 더 빠르고 둥글어졌다. 중동이 먼지에 휩싸일수록 전염병의 바퀴는 더 빨리 돌아간다.

중동이라는 끝없는 먼지의 고원은 먼지에 대한 의식적이고 구체적인 접근을 통해 한때 서구의 전유물이었던 "대중을 위해"라는 산업자본주의의 외침에 대항하는 새로운 정치, 경제, 윤리를 전파한다. "평화를 위해 뜨개질하는 사람들. 양모는 석유 제품이 아니다."

이러한 평화의 슬로건만큼 먼지의 은밀한 해충 반란에 맹목적으로 정확하게 부합하는 것도 없다. 석유의 악의적인 축축함이 아직 깨어나지 않았을 때, 그와 유착된 짝패인 먼지 또는 건조한 가스는 조용히 평화롭게 역병의 바퀴를 돌린다. 역사적으로 '양모업자의 병'이라고 알려진 탄저병 먼지는 원래 토양에서 유래한다. 그것은 가축의 전염병으로서 양의 세포조직에서 털과 양모, 그 파생 상품들로 전파된다. 수공예적인 평화의 상징으로 자신을 펼치기까지 역병의 바퀴는 얼마나 오랜 세월 기다렸던가?

웨스트 대령은 여전히 묵상 중이었다. 그가 보기에 냉전(제3차 세계대전)과 테러와의 전쟁(제4차 세계대전)은 모두 먼지주의의 교착된 계열들로 발달했다. 이것들은 제각기 소용돌이에 휘말린 채 먼지로 돌아가는 부식 과정과 먼지주의를 신봉하는 광신적 종교 집단의 연합을 가속화했다. 전자에 핵무기 이후의 방사능 먼지 산업이 있었다면, 후자는 생물학적 테러(리즘), 빽빽한 전쟁의 먼지, 먼지투성이의 지리전략적 작전 현장이 ('사막의 폭풍'에서 중동과 메소포타미아에 이르기까지) 있었다.

> "먼지로 되돌린다"가 "살해한다"는 뜻이라면, "먼지에서 먼지로"는 "무로 되돌린다"는 것이 된다. (하이퍼스티션 연구실)

건조함의 경주장 또는 지구행성적 오메가의 사막은 두 개의 강(메소-포타미아), 지구행성적 반란을 도모하며 어슬렁대는 두 개의 극 사이에서 진동한다. 한편에는 석유 파이프라인과 석유정치가 있고, 다른 한편에는 체내 박테리아성 먼지와 그 친수성의 조류가 있다. 이들이 상호작용하고 각각의 광신적 종교 집단이 연합하는 순간, 그 커뮤니케이션의 노선에 걸쳐진 모든 것이 갑자기 방향을 틀기 시작한다.‡

---

‡

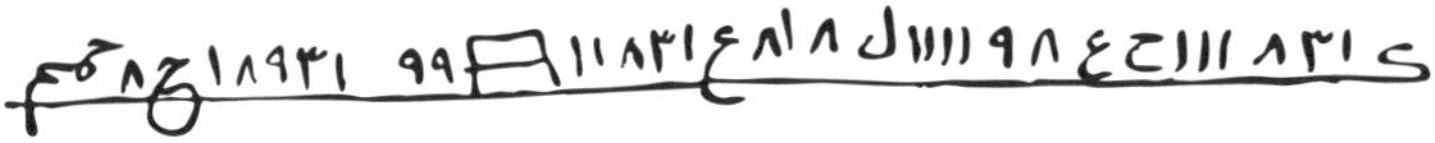

부록 IV
기상학적 기형학

파르사니는『고대 페르시아의 훼손』에서 먼지에 대해 산발적인 애증 관계를 표출하지만, 상세하게 작성된 미주를 보면 훗날 그가 중동의 집단적 원소인 먼지에 집착하게 될 것임을 미리 눈치챌 수 있다.

> 중동의 동화와 옛날이야기는 건조함과 먼지, 사막이 이미 다른 종류의 습기와 동맹을 맺었기 때문에 물을 비껴간다는 암시로 가득 차 있다. 괴물과 외계적 풍경은 기후와 기상학적 요인에 따라 분류된다. 이런 이야기에서 우주는 공기, 불, 흙이 미심쩍은 유동체들과 짝지어지는 원소들의 정렬 관계 속에서 상상되는데, 그 유동체들은 교란된 특성을 갖고 있기도 하고, 한 번에 두 가지 이상의 특성을 이웃 원소들과 공유하기도 한다. 전자의 경우, 축축함과 차가움이라는 제1 특성과 제2 특성의 교란과 혼란으로 말미암아 흙과 공기의 원소가 '새로운 지구'과 '신선한 공기'로 재발견된다. 독기, 부패, 역지반화, 원소의 변환 등은 모두 이렇게 혁명적으로 변모하는 원소들에 내재하는 연금술적 배치 또는 우주기원적 문제들을 나타낸다. 그러나 축축한 원소의 잉여적 특성은 그보다 더 깊은 심연의 무언가를 시사한다. 공기와 흙이 한 번에 한 가지 특성을—축축함이나 차가움 같은—통해서만 물을 수급할 수 있다고 할 때, 두 가지 이상의 특성을 가지는 이 유동체들(물의 축축한 대체물들)을 고찰하려면 지독하고 골치 아픈 추측을 감수할 수밖에 없다. 한 가지 추측은 이 유동체들의 잉여적 특성이 그와 이웃하는 상반적 원소들(공기-흙과 불)의 통합적 배치를 저하한다는 것이다. 이 경우 네 번째 원소의 잉여적 특성은 기존 세계의 원소들이 지닌 구축적 성향을 탈선시킨다. 또 다른 추측은 그것들의 부가적인 또는 이른바 외계적인 특성이 잃어버린 연결 고리를 입증한다는 것이다. 다시 말해, 이 특성을 통해 기이한 유동체들과 짝지어진 다른 외부적 원소의 존재를 예견할 수 있다는 것이다. 이런 추측은 더 심각

하고 근거 없는 추정으로 이어진다. 만약 이 문제적 유동체들이 흙, 불, 공기를 외부에서 유래한 다른 원소와 연결한다면, 이들은 그런 외부자에 특유한 초자연적 구축 과정을 이 세계의 원소들에 부과하는 셈이다. 이러한 외부적 힘에 의해 공작된 우주는 그 자체로 극히 곤란할 뿐더러 자신을 구성하는 원소들 및 그 세계의 거주자들과 관련된 문제에 가혹할 정도로 무관심하다. 그렇게 사람이 살지 못하는 사막과 건조함에 순응하는 중동의 옛날이야기는 기상학적 분류 체계 위에 성립한다. 기상학은 외계적 구축 과정에 내재된 기상 변동의 힘을 암시하기 때문이다. 온도, 비, 바람 등 특정한 시공간에서 식별되는 대기 상태의 집합으로서, 날씨는 원소들의 구축적 과정을 그들이 가진 특성 간의 차등적 조성으로 나타낸다. 예를 들어 축축함의 정도와 차가움의 정도가 어떻게 조합되는가에 따라 비, 눈, 우박이 생성되는데, 이들 각각은 건축적 과정인 동시에 우주기원론의 노선을 이룬다. 중동의 옛날이야기에서 날씨는 그 자체가 사원적(四元的) 집합이다. 바람, 비, 안개, 다른 기상 현상들이 외부 원소들의 특성과 그 구축적 과정을 불러온다. 사해가 불러오는 비와 우박은 모래 또는 검붉은 입자들, 때로는 심지어 생물의 사체를 품고 있다. 사막에는 종종 자갈과 모래 비가 출몰하는데, 그것은 특정한 괴물 무리와 함께 다닐 뿐만 아니라 그 자체가 사원론적 존재자들이다. 사막과 건조함의 임무는 다른 유동체들을 불러내고 그와 짝짓는 것이다. 반면 외부에서 온 습기의 임무는 기상 이변이나 재해 같이 익숙한 대기 현상의 형태로 외부의 원소들을 밀반입하는 것이다.

중동의 옛날이야기에서 많은 유형의 비와 바람이 다른 원소들의 개입에 의한 것으로 강조되는데, 그것은 기존의 우주에 완전히 낯선 것으로서 정상적인 사건의 전개에 '폭풍처럼' 밀어 닥친다. 비와 바람은 그에 상응하는 색깔, 그것이 퍼뜨리는 열병, 그와 친연성을 가진 기존 재료 등에 따라 피의 비, 불의 비, 죽은 소와 두꺼비들의 비 등으로 명명된다. 괴물과 악귀들은 날씨와 기상 현상에 따라 분류된다. 모든 날씨 또는 대기 현상에는 그에 상응하는 구울[시체 먹는 괴물]과 데브(악령)가 있다. 뱃사람 신바드의 이야기처럼, 물이 있는 경우에도 그 이면에는 말라붙고 귀신들린 바다, 사막의 신기루, 모래 폭풍이 세력을 확장하며 울부짖고 있다. 이렇게 암약하는 건조함의 현존은 뱃사람 신바드가 자신의 건조한 거울상, 미답의 사막을 여행하는 신바드와 모래 아래 묻힌 난파선의 짐꾼 신바드를 만나는 데서 절정에 달한다.

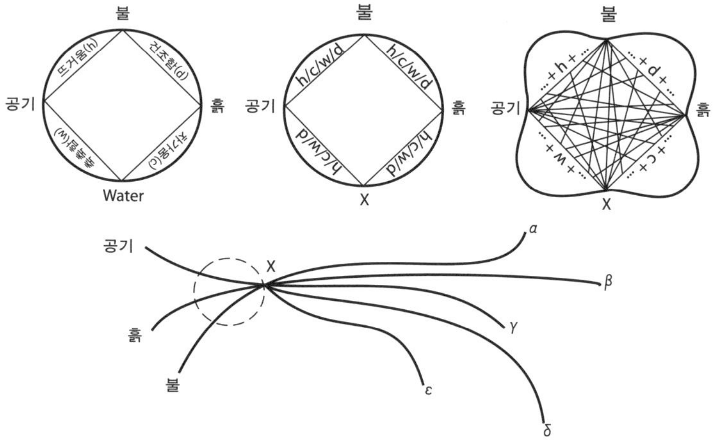

도 19. 중동의 옛날이야기에 대한 파르사니의 기상학적 모델을 도식적으로 재구성한 다이어그램. 왼쪽에서 오른쪽, 위에서 아래 방향으로, (a) 엠페도클레스적 원소들의 사원적 도표. (b) 원소들이 외계에서 유래한 물의 대체제와 짝지어진 경우. 이때 외계적 원소는 공기, 불, 물 같은 원소들에서 제1 특성과 제2 특성의 관념에 혼선을 초래한다. (c) 유동적 원소의 잉여적 특성이 다른 원소들과의 결합 관계를 새로운 특성으로 증식하면서 원소들의 기존 배치를 저하한다. (d) 물을 대체하는 축축한 원소는 사원소들의 우주 바깥에서 유래한 추가적 원소들과 짝지어 있어서 외래적 특성을 보유한다. 이 경우 액체 X는 기존의 구축 과정이 다른 우주의 기원과 초자연적 구축 과정의 기능을 드러내는 지점을 규정한다.

희뿌연 악몽

“우리는 모두 전쟁의 안개에 둘러싸여 있다.” 웨스트 대령은 먼지를 중동의 지각 있는 자손으로 묵상하며 이렇게 쓰기 시작했다. “전장이 먼저였는지 아니면 안개가 먼저였는지 확정할 수 있는 근거는 없다.” 전쟁의 황홀감 속에서, 전쟁의 안개는 모든 시야를 차폐하는 맹목적인 시각 유형을 설계한다. 전쟁의 안개는 원래 ‘아에르[Aer, 라틴어로 ‘공기’, ‘하늘’, ‘안개’, ‘기상’ 등을 뜻함]’의 형태로 현현하는데, 그것은 전쟁기계들의 맹목의 원천이자 시각의 원천이다. 웨스트 대령은 모든 전쟁기계가 눈먼 상태로 태어나 전쟁의 안개를 통해서만 시력을 얻는다는 것을 발견했다. 다른 전쟁기계들이 움직이고, 결합하고, 최종적으로 전쟁에 집어삼켜지는 것을 보면서 눈을 뜨는 것이다. 전쟁의 안개가 없으면 전술적 수준의 활동도 없고 전술의 수준을 넘어서는 전략도 없다.

‘아에르’를 일반적으로 알려진 ‘에어’ 즉 ‘공기’로 (또는 시각을 가능하게 하는 것으로) 엄밀하게 수정한, 또는 더 정확히 말해서 철학적으로 왜곡한 최초의 인물은 기원전 6세기 소크라테스 이전 시대의 철학자였던 밀레투스의 아낙시메네스였다. 아넥시메네스는 우주를 그 정수를 향한 증류 또는 통일의 거대한 과정으로 가정하는 통일적 우주기원론의 전통에 속했다. 공기에 관한 그의 논고는 결과적으로 그의 다른 우주기원적 원칙들과 통합되어 모든 우주적 과정을 통일의 메커니즘으로 취하는 철학적 저작으로 발전했다. 이 같은 통일지향적 강박은 '연합-분리-연합-분리-연합...'의 완전론적 주기로 천명된다. 그런 통일적 주기는 실체의 정제된 본질을 향한 나선형 운동으로 그려지는데, 바로 이 본질이 다섯 번째 원소로서 기존에 알려진 네 가지 원소로 이루어진 모든 조성물과 합성물, 모든 사물들에 스며든다. 연금술사들이 사용하는 '케로타키스'라는 환류식 응축기는 이 같은 주기적 운동의 모델을 제공한다. 이 장치의 목적은 모든 우주적 과정을 주기적으로 무한하지만 기능적으로 제한적인 (모든 것이 통일되어야 하는) 하나의 통일체로 증류하는 것이다. 그런 환경 또는 영역은 내적으로 제한되고 외적으로 무제한인 주기적 형태 또는 구체 형태로 기능한다. 고유한 통일적 과정으로 우주의 무한성과 질서를 설정하는 이 주기적 나선은 영향력 있는 우주기원적 도형으로서 플라톤과 아리스토텔레스에게 영감을 주었다(그들이 발전시킨 담론의 논리적 방법은 이런 우주기원적 전통에서 출현했다). 실제로 플라톤적 통합과 아리스토텔레스적 사색은 초월론적 역동성을 형성하는 제한적인 내적 질서와 정제적 역동성에 대한 우주기원적 전통의 지향이 정점에 달한 것이다. 그리스 철학의 학문적 노예였던 테오프라스토스는 우주기원적 전통의 개념들을 부활시키고 그것을 아리스토텔레스 철학 내부에 정립함으로써 철학의 역사를 (강박적) 통일체를 지향하는 우주기원적 전통의 급식 장소로 만들었다.

아에르를 공기로 재발명한 아낙시메네스의 철학적 창안에 영향을 준 것은 아낙시만드로스가 주창한 '아페이론'(질서를 부여하는 무제한성), 경계('페라타'), 본질, 통일에 관한 혁신적인 우주기원론, 특히 '아포크리시스'(또한 '에크리시스', ἔκκρισις) 또는 '규제적 분리'라는 창조론적 과정에 관한 논제였다. 아포크리시스는 원소들 간의 상호 관계, 그리고 그들이 놓인 환경과 그들 서로에 대한 수급의 경제성에 따라 원소들을 경제적으로 분배하는 과정이다(그들은 서로의 본질을 침범하지 않고 서로에 대해 얼마나 개방적일 수 있는가?). 아포크리시스 과정에서, 한 존재자와 다른 존재자의 분리는 언제나 그것이 존재의 각 단계나 조건에서 다른 존재자와 통일할 여력이 어느 정도나 있는가를 반영한다. 여력이 없으면 분리가 시행되고 통일이 연기된다. 아포크리시스는 통일의 역동적 과정이 일어날 수 있도록 우주를 올바르게 배열된 층위들로 계층화한다. 따라서 아포크리시스의 분리 과정은 궁극적 통일을 위한 우주적 연합-분리 메커니즘의 전제조건이다. 최종적 연합이 일어나려면 기능적 수준에서 (고전적인 증류의 메커니즘에 상응하는) 순수하게 증류된 통일체를 향한 일련의 분리와 통일이 전제되어야 한다.

그러나 아낙시메네스는 아포크리시스 과정을 희박화와 응축이라는 (각각 분리와 연합에 상응하는) 이중 과정으로 발전시켰는데, 이 둘은 모두 아에르를 규제해서 공기로 변형하는 데 필수적이다. 이렇게 아에르가 정제되어 공기라는 더 높은 발달 단계로 나아간다고 이론이 변경된다면, 아에르는 원래부터 무언가 혼합된 상태일 수밖에 없다. 그것은 전체론적 집합체로 상정되는 플라톤의 '미크론'보다 더 불순한 쪽에 가깝다. 그렇다면 불순물로서 아에르는 아무리 합쳐도 완전성으로 환원되지 않는 다양한 입자들의 모임과 연관될 것이다. 그것은 여러 입자들 중에서도 결정체, 작은 액체 방울과 증기 등이 비동질적으로 부유하는 불순한 상태다. 개별 입자 또는 입자들의 무리가 빛에 대해 제각기 특유한 반응을 보이기 시작하면 명료함은 왜곡과 어둠으로 변질된다. 공기는 명백한 정제물로서 세계를 안전한 모습 또는 강제적으로 통일되고 정화되어 이미 단합된 모습으로 보여주는 시각기계다. 공기를 통해 모든 것이 조절된 명확함과 정상성을 획득한다. 공기는 시각을 가능하게 하는 것이 아니라 조직화와 단합에 기초한 인공적 시각을 조성한다. 그것이 생성하는 것은 우주적 안보를 보장하는 시각(환영?)이며, 인간 형상을 갖춘 존재자들에게 인공적 안전을 제공하는 전유의 기계다. 공기는 자신이 단합된 시각을 제공하며 통일적 의미에서 명백하고 정화되었다는 인공적 신뢰를 유발한다. 그런 시각은 이미 가공되고 증류된 것으로서 처음부터 끝까지 통일체를 전제한다.

그러나 아낙시메네스 이전까지 아에르(αηρ)는 해명의 기계(공기)가 아니라 맹목의 기계, 그리스 문헌에서 축축하고 어두운 것으로 묘사되었던 몽매의 공기였다(일례로 아리스토텔레스의 『기상학』을 참조하라). 아에르는 안개와 어둠, '테네브라이'(그 어원이 되는 산스크리트어 '타마스'는 그림자의 어둠, 죽음의 영역인 지하 세계에 속하는 어둠을 뜻한다)의 어둠이 아니라 그리스어 '오미클레'(안개, 연무, 먼지 구름, 희뿌연 악몽)와 같은 어둠을 뜻했다. 테네브레는 죽음에 속하지만 아에르와 오미클레는 전쟁, 즉 전쟁의 안개에 속한다. 실시간 전략 비디오게임은 전쟁의 안개가 어떤 기능이 있고 어떤 다이어그램으로 그려질 수 있는지 잘 보여준다.

트로이 전쟁 당시 전장이 아에르로 어두워지자 아이아스는 전장에서 아에르를 걷어 달라고 제우스에게 기도했다. 결과적으로 제우스는 아에르(전쟁의 안개)를 제거하여 적대자들이 전투의 승패를 가시화하는 (또는 가능하게 하는) 공기(빛)의 명료함 속에서 싸울 수 있도록 했다. 전쟁의 황홀감 속에서 작동하는 아에르의 명료함은 철저한 맹목의 형태로 주어지며 이를 통해 전쟁기계들은 광적인 열정으로 서로를 사냥하고 결과적으로 전쟁 자체에 의해 사냥당한다. 아에르는 전쟁의 황홀감에 기반한 시각기계일 뿐만 아니라 전쟁기계의 냉각 시스템으로서, 전쟁기계들이 목적 지향적 전투의 프레임이 사라진 곳에서 서로 뒤엉켜 더욱 뜨겁게 달아오르고 더욱 깊이 전쟁에 몰입할 수 있는 독특한 기회를 제공한다. 아에르 또는 전쟁의 안개는 전쟁기계들을 전쟁 자체로 끌어당기면서 눈 기반의 시각을 완전히 삭제한다. "전쟁기계들은 눈으로 보지 않는데, 왜냐하면 눈이 없기 때문이다. 그들은 그들 자신의 움직임 속에서, 지휘체계가 아니라 전쟁의 안개, 즉 아에르에 맞춰진 배타적 역동성과 전술을 통해서 보고 감지하고 느낀다." 웨스트 대령은 자신만만한 태도로 이처럼 결론 내린다.

모든 전술적 자동유도장치는 안개로 오염된다. 그들은 전쟁이라는 자율적 기계를 포착하기 위해 철저한 맹목에 점차 익숙해진다. 이때 전쟁의 안개 역시 전쟁기계들의 광란, 역동성, 전술적 노선들에 의해 교란되고 전염병처럼 확산된다는 사실을 간과해서는 안 된다. 전쟁기계들은 활동 과정에서 먼지를 일으키며 전쟁의 안개에 기여하고, 그럼으로써 그들 자신의 맹목을 강화한다. 전쟁의 신봉자들은 아에르, 희뿌연 악몽을 떠받드는 주술사들이다. "안개가 짙을수록 전쟁기계들은 폭력적으로 움직인다." 웨스트 대령은 햇빛에 바랜 노트에 이렇게 휘갈겼다.

마이클 크라이튼의 『시체를 먹는 사람들』과 [이 소설을 영화화한] 존 맥티어넌의 「13번째 전사」는 (아메드 이븐 파즐란 또는 파들란[21]의 일기와 베어울프 설화에 기반한 작품) 희뿌연 악몽 또는 전쟁의 안개를 통해 광란적인 전쟁기계들과 전쟁의 비생명을 구별한다. 안개는 전쟁의 가장 깊은 심연을 관장하는 신인 오딘-보단에게 속한다. 책과 영화에서 안개 또는 아에르는 외부자로 나타난다. 광분한 웬돌 [시체 먹는 괴물]들은 안개와 함께 다니면서 그것의 도움을 받는다. 실제로 웬돌은 전설적인 베르세르키르(곰-전사들)이자 울프헤드나르 (늑대-전사들, 그들의 존재는 유럽 전역에서 늑대 인간의 기묘한 이야기를 불러일으켰다), 북구의 신 오딘-보단과 전쟁에 진심으로 헌신하는 가장 열정적인 입회자임에 분명하다. 뒤메질은 『게르만족의 신들』에서 "게르만족의 이념과 실천에서 전쟁은 모든 것을 침략하고 모든 것을 물들인다."라고 쓰는데, 이는 전쟁의 안개 아에르도 마찬가지다. 전쟁이 모든 것에 스며드는 곳에서 사물들은 오로지 전쟁의 안개를 통해서만 존재할 수 있다. 크라이튼의 소설과 맥티어넌의 영화에서 웬돌들의 어머니인 마법사와 안개의 관계는 아주 흥미롭다. 이 어머니는 땅 밑에 살며, 따라서 검은 흙과 지하 세계의 어머니, 헬과 결부된다. 이 어머니는 지하에서 웬돌들을 보호하고 먹이면서 흙의 비밀을 알려 주지만, 안개 또는 희뿌연 악몽은 전쟁의 이종자극을 통해 그들을 바로 집어삼킨다. 연무의 어머니 또는 희뿌연 악몽이 낳는 아이들은 특별한 시각 능력이 있어서 전쟁에 쉽게 집어삼켜진다. 그와 동시에 이런 시각 또는 시각적 지식은 전사들 또는 전쟁기계들을 눈 멀게 한다. 게다가 안개는 웬돌들에게 지옥 같은 역동성을 선사한다. "그들이 안개를 통해 다가올 때면 용이나 거대한 뱀처럼 보인다." 방어군이 공포에 질려 이렇게 중얼거린다. 어머니가 지구의 땅 밑에 머무는 전쟁의 마법사라면, 안개는 지표를 어슬렁거리는 전쟁의 예언자다. 테네브라이의 어둠(영계, 저승, 지구행성적 반란의 어둠—헬)과 아에르의 어둠(연무, 성간 먼지, 대기 오염의 어둠—희뿌연 악몽) 간의 유대가 있다. 테네브라이와 아에르는 둘 다 지구의 반

생기론적 생성, 지구가 자신의 불타는 핵 그리고 태양과 더불어 전면적인 내재성에 도달하는 지구행성적 오메가를 향해 기어간다.

> 여기 중동에서 당신은 누가 신인지 결코 확신할 수 없다. 자욱하게 먼지를 피워 올리는 전쟁기계들? 아니면 그 전쟁기계들을 흐릿하게 에워싼 안개? (웨스트 대령, 설교 IV, 아르빌, 이라크)

맥티어넌의 영화에서 베어울프와 그의 전사들은 폐허가 된 마을에 웬돌들이 내버리고 간 신기한 모양의 작은 조각품, 일종의 우상을 발견한다. 그들은 시체들이 뜯어 먹혔다는 사실보다도 이 유물에 더 두려움을 느낀다. 그것은 머리도 다리도 손도 없고 큰 가슴만 두 개 달린 작고 볼록한 조각상으로, 명백하게 아이들을 많이 낳은 늙은 여자, 기관 없는 신체 모양의 어머니를 다이어그램으로 도해하고 있다. 이런 조각상은 고고학적 전문 용어로 '비너스'라고 불리며 특정 지역에만 국한되지 않는다. 이들은 일반적으로 가슴을 제외한 다른 기관이 없지만, 때로는 다리, 손, 그리고 얼굴 없는 볼록한 머리가 있다. 여태까지 발견된 비너스 중에 가장 오래된 축에 드는 베레카트 람의 비너스는 나아마 고렌 인바르 박사가 1980년에 발견한 것으로 적어도 23만년 전에 제작되었다.(도 20, 21)

도 20. 베레카트 람의 비너스 드로잉 / 크기: 높이 3.5cm /
출처: 베레카트 람, 북부 골란 지역, 이스라엘. 예술-종교적 틸렌 구석기 문명.

도 21. 출처: 빌렌도르프, 오스트리아 / 크기: 높이 11.1cm
예술 종교적 틸렌 구석기 문명 / 물질 문화: 후기 구석기

하미드 파르사니 박사는 그의 유일한 저작『고대 페르시아의 훼손』에서 모성이 주술학과 삼원적 마법의 가장 심원한 신비와 직결된다고 말한다.

> 나는 유일신교들을 '세라트-오-알-모스타김'(직선 경로)로 보지도 않고, 그것이 시체를 먹고 사는 폭압적인 괴물이라고 저주하지도 않는다. 나는 단지 그것들을 수천, 수백만의 소수 집단들을 잉태한 관대한 어머니, 뱃속을 찢고 나오는 자기 자식들에게 잡아 먹히는 암컷 전갈처럼 본다. 바로 이것이 이븐 마이문이 우리에게 가르쳐준 것, 소수 집단 홀로코스트다. (H. 파르사니)

이것은 자연과 무관하며 자연이 종종 어머니로 표상된다는 사실과도 전혀 별개다. 월경, 수태, 임신, 출산의 기능은 그 자체가 여자 마법사들(아이를 낳지 않는 어머니들)과 이종적 가모장들(아이 낳는 노파들)에 결부된 깊은 주술학에서 유래한다. 파르사니의 말대로, 모성은 창조론을 거부하는 심원한 아흐리만적 창조성[22](역병의 창조성)과 소수 집단 설계의 접점이다.

그리스 원소론의 전통에서 어머니는 카오스, 가장 오래된 어머니, 최초의 어머니이자 아에르(공기)의 여신, 즉 희뿌연 악몽과 연관된다. '프로토게노이'(태초신) 중에서도 첫 번째 여신으로서, 카오스는 공기를 관장하는 다른 무형의 신들, 닉스(밤), 에레보스(어둠), 아이테르(빛), 헤메라(낮), 그 외 신령들의 어머니 또는 할머니로 여겨졌다.‡

‡ 창문을 열 수가 없네.

S, 늦어서 미안. 아니, 집단성에 대한 신(新)수메르적 접근에 관해 10쪽이나 썼는데 도저히 못 찾겠음. 자꾸 까먹어서 나 자신에게 계속 메모를 남겨 둬야함. 종이에 쓸 때도 있고 휴지나 포스트잇에 쓸 때도 있고. 그래, 감염적 사랑과 개방성의 노선들 간의 관계는 명백하네. 우리가 속한 나라들이 서로의 시체를 뜯어먹을 준비를 하는 동안 우리가 서로 점점 더 가까워진다는 생각을 하고 있었어. 우리 사이의 거리가 우리가 사는 세계의 거리나 간격으로 대체되는 것. 사랑은 연인들을 떼어 놓는 것이 아니라 연인들과 그들을 떼어 놓으려는 환경을 떼어놓는다. 그런 추상적 거리는 감염자와 환경을 소원하게 하고, 더 나아가서 연인들에게 구체적이고 견고한 존재자로 다가오는 시스템의 존재를 제거하지. 연인들 뒤에는 입을 벌리고 세계를 집어삼키는 간격만이 있을 뿐. 우리는 이미 감염의 심연을 바라보고 있어.

부록 V
안개 기름: 차폐제에 관한 회상

석유정치와 고(古)암석학에 관한 H. 파르사니의 저술 중에 몇몇은 (파르사니의 표현을 빌리자면) "『고대 페르시아의 훼손』의 학문적 결점"을 보완하기 위해 집필된 것이다. 이 글들은 대개 방대하게 잔뜩 덧붙여진 외국어들과 온갖 원칙들의 난장판 위에 구축된다. 여기에는 하나같이 도입부나 서문이라고 할 만한 것이 생략되어 있는데, 이 같은 파르사니의 저술 및 분석 양식을 저자 자신은 "전면적 학살"이라고 칭한다. 한 논평자의 말을 인용하자면, 파르사니의 글은 "아무런 경고" 없이 "복잡하고 괴상한 분석"으로 시작한다. 그런 구불구불한 분석은 파르사니의 논평자들이 "중동 중심주의"라고 칭하는 방향으로 뻔뻔하게 나아간다. 이런 방향성은 "중동에서 우리는..."이나 "처음으로 중동에서..." 같은 파르사니의 전형적인 표현에서 잘 나타난다. 그는 "마지막으로 한 번만 더 그 냄새 나는 입을 열고" 논평자들에게 응답하기를 계속 거부해 왔지만, 다음과 같이 암시적으로 말한 적이 있다. "중동이라는 영토 자체가 모호하다면 어떻게 중동에 지리적으로 집착할 수 있겠습니까? 중동이 명백하게 고유한 지각 능력, 생명, 관심사가 있다면, 중동의 편을 드는 데 무슨 이점이 있겠습니까?"

「석유철학에 관하여」는 그런 글 중 하나로, 액상체의 어원적 역사와 인간중심적 역사에 볼썽사납게 양다리를 걸친다. 도입부의 준비 단계를 생략하고 파르사니는 다음과 같이 쓴다. "적군 전투병의 시야를 축소하기 위해 전투에서 사용하는 차폐제를 가리키는 '안개 기름'이라는 명칭은 의미상 중복되어 있다. 왜냐하면 나프트(기름)는 물로 환원되지 않는 위대한 연무, 안개, 습기일 뿐이기 때문이다." 뒤이어 파르사니는 기름과 관련된 방대한 어원학적 설명을 덕지덕지 발라 나간다. 고대 페르시아에서 통용됐던 조로아스터교 마법사의 의학 이론에 따르면, '드루지'라는 모든 부정한 것들의 어머니, 모든 감염의 원천이 북쪽에서 북풍을 타고 돌진한다. 파르사니의 글은 계속된다. 조로아스터교 의학 이론은 유일신교와 그 소수 종파들의 확산을 통해 중세 철학, 이슬람 의학과 연금술에 많은 영향을 끼쳤다. 일반적으로 북풍은 차가움과 연관되지만 고대 페르시아에서 북풍은 드루지의 운송체로서 그 가혹한 건조함을 특징으로 한다고, 파르사니는 지적한다. 조로아스터교 마법사와 그들의 의학-종교 이론에 따르면, 건조한 북풍은 체내에서 '드렘(림)'의 양을 증가시킨다. 팔라비어로 '드렘'은 몸의 습기를 지시하는 동시에 어느 한 지점에 국지화할 수 없는 우주적 특성을 암시하는데, 이 경우 이 단어는 무한한 불순함과 드루지의 부패를 묘사하는 형용사로 기능한다. '드렘'은 모든 부정한 것들의 어머니를 가리키는 '드루지'의 형용사형으로 철저한 이중거래 또는 삼원체(세 점의 뒤틀림)과 연관된다. 파르사니는 사원소(불, 공기, 물, 흙)에 입각한 그리스 원소론에서 건조함의 증가가 습기의 범람으로 귀결된다고 설명한다. 고대 페르시아의 의학 문헌과 종교 경전, 특히 조로아스터교 텍스트에서 이 습기를 기술하는 특정한 용어가 있다. (팔라비어로 물을 뜻하는) '아프' 또는 '아브'와 달리, 이 단어는 안개와 연무의 특정한 습기를 나타낸다.

파르사니는 고대 유일신교의 우주적 원소 도표에서 물과 구별되는 이 어휘의 발견이 "사고의 정상적인 안정성을 완전히 뒤흔들어 놓았다."라고 고백한다. 그가 발견한 것은 '남바'라는 수수께끼의 단어로, 아베스타어로 '난자'를 뜻하는 '나브'의 파생형이었다. 조로아스터교의 사원소 체계에서, '남바'라는 단어는 '물'이라는 단어와 그에 해당하는 원소를 대체한다. 우주적 역학은 물이 아니라 이 축축한 존재자(남바)와 공기, 불, 흙과 상호작용으로 생성된다. 아베스타어에서 '나브'는 서로 다른 세 단어의 어근인데, 먼저 '나바'는 (그 산스크리트어 짝패로 '나바스'가 있다) 하늘, 증기, 심지어 독기을 뜻하며, '나프타-'는 습기를 뜻하고, 마지막으로 '나프트'는 지구의 땅밑 깊은 곳에 있는 수역, 즉 석유를 뜻한다. 파르사니는 그리스어와 아랍어로 기름과 석유를 뜻하는 (현대 페르시아어도 마찬가지다) '나프타'가 아베스타어 '나프타-'와 '나프트'가 조합된 것이라고 지적한다.

파르사니는 고대 팔라비어로 저술된 의학 및 종교 문헌에서 '드렘'이 '남바'와 연관될 뿐 물('아프' 또는 '아브')과는 전혀 무관함을 알아낸다. “종교와 의학 이론은 모두 건조한 북풍이 드루지의 역겨운 카라반으로서 지상과 특히 체내에서 ‘드렘’의 양을 증가시킨다고 시사한다. ‘드렘’의 본질인 ‘남바’의 현현은 연무와 기름, 지구의 지하에서 천상에 이르는 확산적 습기를 포함한다. ‘남바’의 과잉은 최악의 독으로서 ‘와스-위샤바그’라고 지칭되는데 독에 푹 절었다는 뜻이다(이는 컬트 교단에서 통용되는 악트의 별칭이기도 하다).” 파르사니는 이 습기를 규탄하는 고대 문헌들을 언급한 다음, 그리스어에도 이 모호한 습기를 가리키는 말이 있었음을 밝힌다. 점액이나 가래를 뜻하는 ‘플레그마’(φλέγμα, 또는 아랍어로 ‘발감’)는 삼원체의 철저한 뒤틀림 또는 ‘드렘’의 또 다른 유의어다.

히포크라테스의 체액 이론에 따르면, 점액은 북쪽 방향, 저주받았거나 생명을 잃은 흙과 연관된다. 파르사니는 그리스인들이 조로아스터교 마법사들과 문화적, 언어적으로 교류하면서 ‘플레그마’(점액)라는 단어와 기름의 연관성이 높아졌다고 언급한다. “실제로 ‘플레그마(점액)’의 어근은 페르시아어와 그리스어로 안개의 축축함보다 기름진 축축함을 뜻하는 그 알쏭달쏭한 의미를 반영한다. 그것은 안개보다 석유에 가깝다.”(「석유철학에 관하여」) 이렇게 기름지다는 의미가 추가된 이유는 ‘플레그마’의 어원인 ‘플레게인’이 엄청난 발화력으로 파열하기 때문이다. ‘플레게인’은 불로 태우거나 그슬리는 것을 뜻하는데 그 광범위하고 파괴적인 불길은 연소되지 않은 엄청난 양의 탄소 입자 때문에 검게 빛난다. 검게 불탄다는 의미의 ‘플레게인’은 악트가 숭배했던 검은 화염이나 아인 알 쿠다트 하메다니의 검은 빛에 상응한다. 그것은 대화재의 불, 홀로카우스톤(ολόκαυστον, 홀로코스트)의 불, 자율적 신경계를 가지고 게걸스럽게 희생양을 탐내는 통제 불가능한 불이며, 모닥불(bone-fire[뼈를 태우는 불]), 이단자들을 화형시키는 불이다.

파르사니는 북풍이 모든 부정물과 질병의 어머니를 (‘드루지’의 어근인 ‘드루’는 검게 그을린다는 뜻이다) 실어나르는 매개체로서 그 건조하고 바싹 말리는 공기로 점액 또는 석유로 충만한 축축함을 증가시킨다고 본다. 건조함과 기름진 축축함의 상호작용과 감염적 거래는 본래 기름(나프트)의 범람을 초래하는 나쁜 혼합(‘디스크라시아')이다. 라틴어 이름 '아비센나'로도 알려진 과학자 겸 철학자 이븐 시나(980-1037)의 『의학 전범』은 이 같은 불타는 물질의 급증에 관해 새로운 설명을 제공한다. 그에 따르면, 강렬한 건조함은 점액을 넘어선 무언가로의 변형을 유발한다. 이븐 시나는 가장 침해적인 질병에 걸리면 그 강렬한 건조함 때문에 점액이 '사우다' 또는 타르 같이 끈끈한 흑담즙(멜란-콜리: μελανχολια)으로 바뀐다고 쓴다. "지구의 땅밑 깊은 곳에 있는 축축한 것을 지표로 끌어 올리는 것이 드루지가 지구에 부여한 건조함의 임무다. 지하세계의 물(나프타-)로서 석유의 경우, 밀려드는 습기는 점액이나 황담즙보다 흑담즙에 가까운 검정색, 흑갈색 또는 흑록색의 액체로 나타난다." 파르사니는 고대와 중세 문헌에서 이처럼 기름을 뒤집어쓴 연금술과 의학 이론들을 조합하여 글을 이어 나간다.

파르사니는 점액, 나프트, 원소적 습기(남바), 드렘(담즙, 드루지의 혼탁, 삼원체)가 모두 지구의 지하에 고여 있는 석유라는 국물에 잠겨 있다고 쓴다. 기름의 소수성(疏水性)은 녹색 지구의 '생명수'인 물과 대비된다. 이런 이유로, 연무 또는 습기로서 석유는 전혀 다른 지구 또는 공간에 속한다. 게다가 삼원체 또는 삼점의 뒤틀림으로서 '드렘'이 본질적으로 기름과 기름진 습기와 연결된다면, 르네상스 시대와 그 이후의 연금술에서 기름의 기호가—드니 디드로가 『백과전서』에 기고한 대로—일반적으로 세 개의 점 ♳ 형태로 표시되는 것도 놀랄 일은 아니다.

"소두구 종자 또는 페르시아어로 '헬'은 점액을 정화하고 감소시킨다." 파르사니는 새삼 이 사실을 지적한 후에 다음과 같은 논평으로 자신의 글을 끝마친다. "조로아스터교 신자들, 초기 유일신교를 믿었던 사람들, 심지어 일부 그리스인들도 소두구 종자를 어디나 지니고 다녔다. 마늘이 흡혈귀에게 작용하는 것처럼 소두구 종자가 점액의 심연에 대적하기 때문이다." 점액이 지하세계의 불타는 습기라면, 그리고 조로아스터교 경전에서 말하는 바 지하세계가 해충이 나오는 곳이자 드루제스칸 또는 드루지의 거처가 있는 곳이라면, 가래를 삼키지 말라는 종교-의학적 경고는 충분히 말이 되는 셈이다.

계몽의 기획과 기계들이 석유의 냄새 나는 증기를 만끽하고 있는 지금, 계몽철학자 임마누엘 칸트가 점액성이 우세한 성격을 [냉정함, 인내심, 논리성 등과 연결하여] 옹호했던 것이 지금보다 더 타당했던 때 있으랴.

군단

전쟁기계, 포식자, 해충

먼지의 집행자

파주주는 수메르와 아시리아에서 전염병(사막의 남서풍)을 가져오는 악마로 여겨지는데, 그것은 이종정보를 담은 부정한 것 또는 먼지(DUST=100=NO GOD)의 주술적 첩보원이며 아마도 고대 메소포타미아에서 지구행성적 먼지주의를 가장 열렬하게 추종한 광신자일 것이다. 왜냐하면 바람은 정녕 먼지의 집행자이자 먼지의 최고 시종이기 때문이다. 파르사니는 「유물학에 관한 노트」에서 파주주의 형상을 중동 인구와 그 독특함을 도식화하는 다이어그램으로 내세운다.

파주주는 지층화된 지구와 그 생물권에서 먼지를 거둬들이는 데 특화되었으며, 이렇게 수집된 먼지는 다시 우주를 흐르는 외계의 조류와 연결된다. 이렇게 건조함과 축축함이 조합된 결과가 지구로 되돌려지면 질병을 퍼뜨리는 매개체가 된다. 악에 맞서는 악의 축이라는 아시리아적 원칙에 따르면, 악마 파주주는 먼지를 먹고 살며 그것을 카발라로 해석해 보면 '신의 부재(NO GOD=100)'에 해당한다. 파주주는 지구 생명권의 표면에서 먼지 구름 또는 무기질의 박테리아성 유물들을 수집해서 이종화학적인 물의 흐름 또는 고대 그리스에서 '우주적 습기(수리화학적 특이성)'라고 칭해지던 것에게 전달한다. 그래서 파주주는 역병의 출현과 연관된다. 파주주는 흙탕물, 홍수, 더러운 비, 전례 없는 전염병, 또는 흔히 악마에 사로잡힌 상태(「엑소시스트」)로 표명되는 이종정보적 커뮤니케이션의 형태로 역병을 지표 생물권에 되가져온다. 이 같은 먼지 수거 및 역병 설계 과정은 가속적인 비(非)아리스토텔레스적 나선 또는 주기 형태를 취한다. 지구생명권의 위생 산업이 (역병을 막기 위해) 살충제 보급을 확대하고 방어기제를 과잉 생산하면 파주주의 해충 산업이 이를 다시 수집해서 재활용하는 것이다. 이런 의미에서 저항의 가속화는 아이러니하게도 더욱 강렬한 역병과 먼지 홍수를 초래하고 역병이 지표 생물권으로 귀환하는 운동을 가속화한다. 먼지로 존재하는 모든 것을 재수집하는 지경에 이르면 세세한 분별은 불필요해지기 때문이다.

공포의 파주주는 흔히 날개 달린 인간 형상의 이족 보행 야수로 구현되는데 발 대신 발톱이 달렸고 머리는 살이 없는 개나 사자의 두개골 모양으로 표현된다. 파충류 같이 긴 음경(해충을 뿌리는 기계, 또는 전염병학의 어휘를 빌리자면 '전파자')은 역병과 연관된 요소로 후대에 덧붙여진 것이다. 기묘하게도 파주주의 날개는 한 쌍이 아니라 두 쌍이며, 이는 마치 날개 두 개로는 임무를 수행하기에 역부족이라고 암시하는 듯하다. 또한 파주주는 오른손을 위로 올리고 왼손을 아래로 내린 모습으로 그려지는데, 이는 먼지라는 해충의 출몰 주기를 알리는 것으로 해석된다. 먼지는 지구에서 외부로, 외부에서 지구로 향하는 이중비행(파주주의 날개 네 개 달린 몸체) 또는 차원을 넘나드는 흉포한 '비행의 노선'(들뢰즈와 가타리)의 축을 따라 주기적으로 출몰하며, 이는 곧 이종정보를 담은 부정한 것의 전술적 노선과 그 박테리아성 데이터의 교통 지대에 상응한다. 파주주는 형태학적 측면에서 아카드, 바빌로니아, 아시리아의 다른 악마들과 구별되는 이례적이고 독특한 점을 보여준다. 최초로 발굴된 파주주의 브론즈상(이라크, 후기 구석기 시대, 기원전 800-600년경)을 기준으로 할 때 그 형태학적 특질은 다음과 같다.

• 이례적으로 앙상한 토르소와 그것을 떠받치는 극단적으로 가는 다리. 거식증이나 피로증에 시달리는 듯이 갈비뼈가 앙상하게 드러나 있고 기근으로 병든 육신은 간신히 지탱되고 있다. 여위어가는 몸체는 거대한 메뚜기 떼(황폐화의 운송체)를 비롯한 각종 역병의 조

짐들을 수반하는 중동의 주기적인 사막성 기근을 서술한다. 벨제붑('바알제붑')의 몸체가 파리 군단과 그들이 신선하게 녹아내리는 썩은 고기나 누런 배설물 덩어리에 몰려드는 뒤틀린 집단적 열광을 암시한다면, 인간-곤충 형상을 한 파주주의 몸체는 그런 파리 군단이 들끓으며 살을 벗겨낸 몸체들, 하늘을 검게 가리는 메뚜기 떼에 갉아 먹힌 몸체들의 검정색 체액으로 물들어 있다. 파주주의 질주하는 몸체는 탈수되고 주름진 피부와 뼈만 남아 뒤틀린 유령이다. 메뚜기처럼 너 자신을 다수화하라! 들끓는 메뚜기 떼처럼 너 자신을 다수화하라!

● 두 개가 아니라 네 개의 날개. 날개는 깃털이 달린 것으로 보이며(이 가설은 이후에 발견된 작은 조각상으로 입증되는데, 거기에는 날개 깃 형태의 깃털, 초원독수리가 맹렬하게 날아오를 때 중심 추진력을 제공하는 강력한 비행용 깃털이 표현되어 있다) 비행, 속도, 이주를 향한 악마적 열망을 강조한다. 그런 날개는 사막의 회오리바람, 먼지의 악령 등, '안주'라는 날개 달린 야수가 창조했다는 사막의 기상 현상들에 부합하는 비행 방식을 만들어낸다. 안주는 운명의 서판을 훔쳐서 결국 니누르타에게 살해당했다고 알려져 있다. 니누르타에 관한 수메르-아카드 서사시에서 안주는 훗날 등장하는 날개 달린 악마들의 전신으로, 저기압의 발생, 음향적 파란, 사막을 가로질러 소용돌이 치는 폭풍, 먼지의 악령들과 연관되는 악마적 비행과 날개 달린 야수들의 설계자로 묘사된다. 악마는 네 개의 날개 덕분에 역병의 입자('남타르')를 목적지까지 지체없이 전달하고 언제나 시간을 엄수하는 완벽한 운송체가 된다.

● 뱀 모양의 음경. 그것은 해충을 수정시키는 기계로, 파주주와 훔바바('콤바보스', 삼나무 숲과 신들의 도시의 수호자로 길가메시와 엔키두에게 패하여 살해됨)의 친연 관계를 입증한다. 훔바바도 파충류 같은 음경이 있으며 파주주의 아들이나 형제로 여겨진다. 훔바바와 파주주는 제각기 미래 예지를 시각화하는 능력이 있다. 미궁처럼 생긴 (구불구불한 인간 내장이 턱수염처럼 달린) 훔바바의 얼굴은 고대 메소포타미아 문화에서 발원하여 에트루리아로 이어진 초창기 '창자 점'(간이나 내장으로 미래를 예측하는 점술)의 기예를 상기시킨다. 남서풍의 악마로서 파주주는 '람말리'(자갈과 사막 모래의 패

턴을 통해 다른 차원의 시공간과 커뮤니케이션하는 것을 뜻하는 아랍어)와 연관된다. 파주주의 포효하는 비행은 모래 언덕에 기생충의 구불구불한 모양을 은밀히 간직한 리드미컬한 파문을 새기는데, 그 문양은 사막 바람의 무생물적 단기 기억으로서 무상하게 사라진다. 그렇다면 파문을 비롯한 간헐적 패턴들은 사막의 바람이 숨결을 불어넣어 모래에 새긴 암호문, 전염병의 여정과 역병의 전파를 알리는 룬 문자로 해독될 수 있을 것이다. 능숙한 '람말'(모래 마법사)이었던 압둘 알하즈레드는 아마도 먼지가 들끓는 파주주의 언어로 『알 아지프』를 썼을 것이다. 파주주는 건조한 질병들이 진격하는 환각적 공간을 확장하기 위해 해충의 포자들로 강화된 숨결로 울부짖는다.

• 이중으로 갈라진 턱수염. 그것은 파주주를 악에 맞서는 악의 접힘 속으로 끌어들이면서 액막이의 성격을 부여한다. 파주주는 악에 맞서는 악의 축에 속하는 다른 악마들처럼 (일례로 '우갈루'처럼) 치명적 역병을 퍼뜨리는 동시에 특정한 질병을 치료할 수 있다. 악에 맞서는 악의 축이라는 아시리아적 원칙에 따르면, 모든 인간은 악마의 꼭두각시로서 언제나 그들이 늘어뜨린 줄의 미궁에 매달려 있다. 주술사는 환자의 몸에서 적대적인 악마를 몰아내고 수호자 악마를 불러들여 대신 집어넣으려 한다. 파주주는 이때 선택되는 악마들 중 하나로 심지어 최후의 수호자이자 악의 격퇴자인 라마수를 능가할 수도 있다. 이라크 니네베에 있는 아슈르바니팔 왕의 궁전 욕실에도 악마 파주주가 벽감을 지키고 있다.

• 살이 거의 없고 정체를 식별하기 어려운 머리. 파주주의 머리는 바빌로니아/아시리아의 대환란에서 흔히 보이는 세 가지 육식동물, 즉 광견병 걸린 개, '쇼갈'(자칼), '카프타르'(하이에나)의 변신 과정을 도해하는 다이어그램과 같다. 이븐 하메다니는 『아자이브 나메』(경이의 책)에서 카프타르를 "끔찍한 야수"라고 칭한다. 하이에나는 아프리카와 아시아에 주로 분포하는 동물로 아마 메소포타미아 설화에서 가장 외설적이고 음란하고 저주받은 동물일 것이다. 이븐 하메다니는 이 사막의 야수가 먹이감을 집어삼키는 동시에 그것과 성교한다는 무시무시한 이야기를 전한다. 하이에나는 기분이 좋으면 새된 고성을 지르는데 그 소리만으로 사막의 외로운 여행자를 미치

게 만든다. 광견병 걸린 개는 '아브주'(심연)의 자식이며 '쇼갈' 또는 자칼은 파주주를 이집트의 아누비스와 망자의 세계로 연결한다.‡

도 22. 악마 파주주

도 23. 악마 우갈루

‡ 변호사 방문(10:00), 바자-굴렉 장신구 상점(10:40), 아야소피아(12:00, 메모를 잊지 말 것), 라미(1:00 점심, Z 아니면 그의 동생과 미팅).

악마적 존재를 고고학적으로 엄정하게 조사할 때 얼굴은 그렇게 유의미한 요소가 아니다. 아무리 왜곡되고 흉하게 망가지고 그로테스크한 얼굴도 그것이 악마(이종첩자)라는 증거가 될 수는 없다. 요컨대 (역)얼굴성은 (특히 메소포타미아 문명의 발흥에서 고대의 종언과 초기 중세에 이르는 시대에서) 악마의 다이어그램을 이루는 구성요소가 아니다. 철저하게 이종적인 악마들은 모두 고유한 다이어그램의 인장이 있다. 다시 말해 그들의 몸체, 자세, 부속물(기관?)의 배치가 제시되고 구축되고 (재)조성되는 이례적 지도 또는 다이어그램이 늘 존재한다. 그 밖에 악마들은 짝지어 오는 것으로 식별되기도 한다(알아보기 쉬운 존재자와 그것의 모호한 쌍둥이가 한 쌍을 이루는 것인데, 페니키아와 에트루리아의 악마들 중에 이런 사례들이 있다). 대표적인 악마의 다이어그램은 다음과 같다.

- 오른손을 위로 올리고 왼손을 아래로 내리는 것은 전염병의 쇄도와 그 반작용의 모델을 나타낸다. 그것은 해충의 집행자를 표시하는 인장이다.
- 양손을 쭉 펼쳐서 한 손은 동쪽을 다른 한 손은 서쪽을 향하는 것은 태양의 악마다. 로마인들은 바빌로니아에서 동일한 다이어그램의 자세를 빌려서 십자가를 만들었다. 이 악마의 다이어그램은 훗날 미트라교와 기독교의 종교적 도상에 영향을 끼쳤는데, 가장 유명한 사례는 물론 십자가에 못박힌 예수의 도상화된 초상이다.
- 신체 기관(부속물)이 곡선과 원형으로 서로 연결되어 폐쇄되고 봉인된 미궁처럼 뒤얽힌다.
- 중심 날개에 작은 날개가 덧붙어 있거나, 비행과 이주에 필요한 것보다 더 많은 날개가 달려 있다.
- 뿔들이 나선형을 이루거나(통념과 달리 뿔 자체가 사탄의 종복을 표시하는 것은 아니다) 서로를 향해 나 있는 것은 악마들의 우두머리를 의미한다.
- 다리를 넓게 벌려서 삼각형 또는 이른바 삼점의 불경함을 이루는 것은 위치를 특정할 수 없는 배반의 악마를 나타내는 가

장 중요한 다이어그램에 속한다.

파주주의 다이어그램(오른손을 위로 올리고 왼손을 아래로 내리는 것)은 질병을 나타내는 독특하고 사악한 심연의 지도다. 그것은 역병의 바퀴가 회전하는 것을 의미한다. 이러한 악마의 다이어그램은 파주주가 (우갈루처럼) 역병을 퍼뜨리는 악마 군단의 일원임을 확증한다. 악마의 다이어그램은 악마의 추상적 분포를 보여주면서 군사적 의미에서 악마의 '동원' 계획을 시각화한다.

> 그들은 메소포타미아와 중동 전체가 아시아의 근동 및 중동 지역에 특유한 어떤 종류의 전쟁의 안개로 뒤덮여 있다고 믿는다. 그래서 중동의 악취 나는 구덩이와 한몸이 되려면 맹목을 실천해야 하고 폐를 바싹 말려서 먼지로 돌아가야 한다는 것이다. 니네베의 고대 유적지로 여겨지는 텔-쿠윤직 근처 마을 주민들의 말에 따르면, 이 건조한 안개는 파주주의 아지랑이며 중동을 그을리는 버섯 구름이다. 먼지 속에서 산다는 것은 일정 수준의 악마주의를 요구한다. 서구인들은 이 문제를 과도하게 인간 중심적으로 접근하는 경향이 있지만, 잭슨 웨스트는 중동이 지정학적 지역이 아니라 그 자체로 살아 있다고 생각한다. 은유적 표현이 아니라 그것이 정말로 살아 있어서 자신의 지각 능력을 해방시킬 때를 엿보고 있다는 것이다. "그것은 살아 있지만 생존하려고 애쓸 필요는 없다. 왜냐하면 그 자체의 생명이 있기 때문이다." 이것이 웨스트가 그의 아들들과 모술로 정찰을 떠나기 전 내게 마지막으로 남긴 말이었다. 그는 알 파테미드[파티마의 군대]를 도와 이집트 칼리프 체제를 전복했던 페르시아의 주술적 파괴 공작원이자 게릴라 전문가였던 음모론자 이븐 마이뭄의 일기를 가지고 있다고 주장하는 오마르라는 남자와 이란의 석유 밀매업자를 찾고 있었다. (미군 제41보병연대 제1대대 중위 알리 오사)

텔-쿠윤직: 니네베 36° 24' N 43° 08' E

부록 VI
이종첩자와 악에 맞서는 악의 축이라는 아시리아적 원칙

인간의 방어기제는 이 행성에서 가장 일관된 존재자다. 그것은 자체적으로 증식하는 편집증이 있어서 모든 접촉을 잠재적 침략의 관점에서 파악하고 식별한다. 이 같은 편집증적 일관성이 (또는 편집증 자체의 일관성이, 왜냐하면 편집증은 아이러니하게도 일관성을 유지하는 경향이 있기 때문에) 자율성을 획득하면, 그것은 가차없는 분열증으로 변모하여 외부적인 것 또는 이종첩자의 위협에 수동적으로 자신을 개방한다. 인간 중심적 보안체계는 미증유의 질병이 담긴 판도라의 상자로, 외부의 침략에 맞서는 시스템의 일관된 저항과 그에 대응하여 일관되게 확대되는 외부의 침략 사이에서 출현한다. 이런 점에서 인간의 보안체계는 시스템과 이종첩자(악마)의 강렬한 충돌이 투영된 결과이며 시스템과 악마의 경계선에 나타나는 형언 불가능한 신종 역병이 등재되는 장소이다.

마틴 버그먼의 악마학은 여전히 심오한 종교적 관점에서 귀신들린 자를 구하기 위해서가 아니라 악령을 '포유류의 살'에서 탈출시키기 위해 제령이 필요하다고 주장하지만, 악에 맞서는 악의 축이라는 아시리아적 원칙에 따르면 악마가 인간을 감염시키는 것은 그 보안체계에서 광범위한 해충 반란의 집합체를 추출하기 위해서다. 그것은 인간을 '사로잡는' 것이 (신성한 존재의 독점적 재산, 이를테면 하나님에 속하는 인간을 갈취한다는 의미에서) 아니라, 신성한 존재와 그분이 확보한 재산을 도래할 질병을 매개하는 기생체(포주)로 변모시키는 것으로 성취된다. 아시리아의 악마주의 정치학에서 신성한 존재와 그분의 세계는 해충을 기르는 농장으로 변모한다. 그들의 저항과 맹목적 대립은 권장되는데, 왜냐하면 저항의 국면이 늘어날수록 그것을 통해 외부적인 것의 침략이 더 많이 포용되기 때문이다. 인간 중심적 행위성에 내장된 보안체계의 용량이 한계에 도달하여 부서지고 헛돌기 시작하면, 시스템이 어떤 희생을 치르더라도 생존하기 위해 분투하면서 더 광범위한 역병적 활동의 집합체를 유발하며, 그 결과 해충들, 이종자극, 우주적 질병들이 창궐한다. 이 같은 편집증적 전개에서 생존과 안전의 강화는 (죽어가는 시스템이 지향하는 바와 반대로) 헛되이 악마의 '스위치를 켠다.' 현대 범죄과학은 악마의 존재를 인정하지 않고 세속적인 불신자들은 무력한 인간을 사로잡는 악마를 어리석은 미신으로 치부한다. 악마가 그렇게 강력한 존재라면 왜 불쌍한 인간 형상의 피조물들이나 잡으러 다니는가? 그런 반대자들은 이종첩자들과 인간 보안체계 사이의 커뮤니케이션 메커니즘을 오해하고 있다. 악마들은 관문을 여는 데 필요한 것보다 더 많은 힘을 가하는 과잉살상력을 통해 그들의 외부성을 유지한다(힘의 전적인 외재성). 악마들은 간단히 먹이감을 쪼개서 연다. 과잉살상력은 시스템의 수용 능력을 넘어서는 개방성을 실효화한다. 일단 개방성이 시스템 용량을 초과하면 그것은 단순한 도살 현장일 뿐, 인간이 외부에 '접근'하는 해방의 행위와는 거리가 멀다. 과잉살상은 외부를 감당하지 못하는 시스템의 근본적 무능력에 기반한 스펙터클이다. 이종첩자는 과잉살상을 통해 자신의 악마적 스펙터클을 상연하고 시스템이 감당하지 못하는 자신의 외재성을 실효화한다. 악마의 외재성은 스스로 개방되기를 원하는 시스템의 욕망으로 포획할 수 있는 것이 아니며, 그래서 이런 외재성은 시스템을 과잉살상하게 된다(도살해서 배를 가른다). 힘센 인간을 사로잡으려면 확실히 악마의 힘을 과시해야 할 테지만, 목표물이 어린 아이나 늙은 여자라면 과잉살상력이 생성되는 악마의 외부성을 드러내 보이는 것으로 충분하다.

악에 맞서는 악의 축이라는 아시리아적 원칙에 따라, 악마가 추구하는 것은 (인간 중심의) 정체성을 해체하는 것이 아니라 그것을 이종입자들과 그에 저항하는 시스템 간의 충돌로부터 새로운 악마들을 소환하는 관문으로 삼는 것이다. 정체성의 경계 너머에는 무조건적(절대적) 광기의 무차별적 영역, 또는 결코 분열증적일 수 없는 영역이 있는데, 왜냐하면 분열증은 경계, 영토, 용량이 황폐해지고 남은 찌꺼기 속에서 싹트기 때문이다. 분열증은 시스템과 조직화가 최소화된 곳에서만 확산되고 가동되고 교란을 일으키면서 악마들과 그들의 이종자극들에 연동될 수 있다. 분열증은 이종자극들(통제불능의 강렬함으로 파악되는 외부적인 것의 악마적 입자들)과 경계를 지키는 힘이 상조적으로 대립하는 국면에서 설계된다. 그것은 공격과 반격, 이종입자들이 한 번 공격하면 시스템이 두 번 또는 그 이상 반격하는 과정에서 쉼없이 가동된다. 맹렬한 저항은 기하급수적으로 격렬해지고 이종입자들에 의해 계속 잠식되어 결국 용융에 이르니, 여기서 모든 입자들은 '가스'가 된다.

최소한 두 편으로 나뉘어 분화된 지대, 정체성과 그 네메시스가 서로 대립하는 장소가 있어야 분열적 유출이 흐를 수 있다. 푸코 식의 정신분석이 득세하면서 대중문화에서 분열증은 광기의 외재적 이미지로, 반쯤 마비되어 약에 취한 거미처럼 휘청거리는 이해불능의 광인처럼 그려지는 경향이 있다. 그러나 분열증적인 것은 광기를 제외한 모든 곳에서 발견된다. 분열증은 착란('저눈'), (건강을 전제하는) 치명적인 질병에 대한 열정, 전쟁으로 산산조각난 유기적 생존의 영역들과 함께 움직인다. 공격이 개시되고 반격이 점증하면서 용의 나선에 대한 불굴의 소모적인 교전이 다이어그램 형태로 서술된다. 용의 나선은 때로 녹아내리고 때로 증발하면서 불완전 연소하여 무로 용해되는 것이 아니라 입자들 사이로 흩어진다. 이종입자들의 잔혹한 침략과 발화성의 범죄적 자극을 견인하는 분열증적 흥분 상태는 언제나 악의적인 힘에 맞서 해로운 저항을 구축하는 정체성과 그것이 지배하는 체제의 경계선에서 발생한다. 외부적인 것으로부터 커뮤니케이션의 분열선을 그리려면 정체성을 해체하는 엄정한 과정이 요구되지만, 그렇다고 정체성을 총체적으로 근절하려고 진지하게 시도하면 불가피하게 이종자극의 공간이 배제되어 자폐적 허무주의로 귀결된다.

중동에는 아랍어로 '진'이라고 불리는 종족이 있다. 이들은 알라가 인간보다 먼저 빚어낸 종족으로, 불로 만들어졌기 때문에 모습을 바꾸는 능력이 있다(반면 인간은 먼지와 물, 박테리아가 들끓는 진흙탕으로 만들어졌다). 쿠란과 이슬람 악마학은 기독교와 달리 '샤이탄'(사탄)을 타락천사가 아니라 알라가 창조한 최초의 진으로 (따라서 인간의 네메시스로) 본다. 쿠란에 따르면, 천사들은 의지가 없어서 불복종하거나 선택할 능력이 없다. 그러나 진들은 심오한 지성이 있어서 스스로 길을 선택할 수 있고, 복종 또는 불복종, 충성 또는 배반자('카줄라': خذولا) 되기를 추구할 의지가 있다. 이때 '진'은 남성만을 가리키며 이 종족의 여성들은 '저눈'(복수형: جنون)이라고 하는데, 이 단어는 다의어로서 착란, 광란적 사랑, 치명적 분열증을(즉 이종자극의 침식적 조류들을) 의미하기도 한다.

페르시아 신화에서 저눈은 아흐리만의 몸체에서 만들어진 최초의 반(反)창조론적 행위자, 아흐리만의 딸인 '제' 또는 '자히'의 자손으로 여겨진다. 자히는 아버지를 수천 년의 잠에서 깨워 해충 군단을 낳았으며 아후라 마즈다의 창조론적 기획 전체를 무효화하는 임무를 맡았던 최초의 여성이다. 아랍 설화에서 저눈은 릴리스의 딸들이다. 압둘 알하즈레드가 10년간 정착했던 무시무시한 룹알할리 사막은 원래 저눈의—진이 아니라—거처로서 외부적인 것을 향한 여성적 관문으로 작동한다. 분명 알하즈레드는 밤의 어둠으로 암호화된 『네크로노미콘』, 우주경주적 신성모독과 개방성의 리얼리즘을 다룬 그 걸작을 쓰면서 외부적인 것의 여성적 차원(저눈)과 커뮤니케이션했을 것이다.

저눈은 남자들을 사로잡지만 그 숙주들을 점령하거나 식민화하지 않는다. 대신 그들은 남성 숙주들을 외부적인 것을 향해 열어젖힌다. 그 숙주들은 눕히고 쪼개지고 갈기갈기 찢긴다는 의미에서 '개방'된다(이는 모로코의 진니야, 아이샤 콴디샤, 또는 아이세 헤디세가 '개방하는 자'로 불리는 것과 마찬가지다). 저눈에게 사로잡힌 압둘 알하즈레드는 이것이 수비학적 다이어그램에서 '진스'의 영역 또는 더 정확히 말해서 여성-진들의 영역으로 구획된 외부적인 것의 우주경주장과 커뮤니케이션할 수 있는 유일하게 믿음직한 다중정치의 경로라고 본다. 진스 또는 여성-진들의 영역으로 가는 길은 저눈을 통한 '여성-되기'의 방식으로 나타난다. 아랍과 페르시아의 설화에 따르면, 저눈에게 열어젖혀지고 집어삼켜지는 자들은 형용불능의 이야기를 듣게 된다. 릴리스는 여행자들을 열어젖히고 집어삼키기 전에 금지된 이야기들을 말해준다. 이런 의미에서 저눈은 (수비학적 다이어그램에서 진스의 영역으로 지도 그려지는 것으로서) 우주적 신성모독과 외부적인 것의 여성적 조류로 연결되는 직통 경로다. 러브크래프트가 알하즈레드를 종종 '미친' 시인이나 '미친' 아랍인이라고 칭하는 까닭은, 저눈 즉 외부적인 것으로 향하는 여성적 관문(음문우주적 특이성)과의 커뮤니케이션이 철저한 착란으로 귀결될 수밖에 없기 때문이다. 아랍어와 페르시아어에서 '저눈'은 착란, 광란의 사랑, 치명적 광기를 뜻하기도 하는데, 이는 곧 외부적인 것의 여성적 칼날로 열어젖혀진 결과다. 그러나 저눈은 서구에서 정의하는 광기에 부합하지 않는다. 그것은 정확한 번역이 불가능하며, 단지 사로잡음, 사랑, 전적인 개방성이라는 세 가지 구성요소들의 조성을 통해 전개된다고 설명할 수 있을 뿐이다. 압둘 알하즈레드는 '마저눈'(مجنون), 즉 저눈에 의해 개방된 자인 동시에 미친 사람('마저눈')이며, 그 이름은 『레일리와 마저눈』의 멜랑콜리한 이야기를—광기, 개방성, 착란적 사랑, 즉 금지된 것으로 수렴하는 그들의 사랑 이야기를—직접적으로 상기시킨다.

아이샤 콴디샤 또는 아이샤 콰디샤 또는 헤디세는 모로코 설화에서 가장 대중적이고 무시무시한 진니야('진'의 여성형)이다. 아이샤 숭배와 관련 제의는 21세기까지 계속되고 있다. 그들은 사냥꾼이자 치료사로서 때로는 아름다운 (저항불능의 매혹적인) 여성으로 때로는 노파로 나타난다. 아이샤는 남자를 사로잡아서 자기 것으로 삼는 대신 그것을 저눈과 진, 악마들과 온갖 마법적 입자들의 폭풍을 향해 열어젖혀 광범위한 우주경주적 데이터의 교통 지대로 변모시킨다. 이것이 그들이 두려움의 대상이 되는 이유다. 그리고 그들은 결코 떠나지 않는다. 그들은 계속 그 남자 안에 머물면서 언제나 즐거운 것만은 아닌 그 총체적 개방성을 보장한다. 모로코인들에 따르면, 아이샤(새로운 여성 주인/연인)와 잘 지내는 유일한 방법은 그들과 함께 하고 그들을 먹이면서 귀에 거슬리는 리듬의 열정적이고 야만적인 음악적 제의로 그들을 자극하는 것뿐이다.

괴물
백색 전쟁과 과잉위장

H. 파르사니의 논문 「이중배신의 결과로서의 평화」는 존 카펜터의 영화 「괴물」을 사회인류학 논문으로 직역한 것처럼 보인다(다만 논문의 사회적, 정치적 소임을 다하기 위해 중동을 언급하고 그에 관한 결론으로 이어지는 예측 가능한 경로를 따른다는 점이 다를 뿐이다). 파르사니는 동시대 영화와 문학에 관한 문화적 교양이 전무하며 (또는 그의 표현을 빌리자면 "인지적으로 소질이 없다") 과학소설을 냉소적으로 싫어하지만 ("나의 자연적이고 거의 자동적인 반응"), 이 글만은 카펜터의 「괴물」이 "영감의 두 번째 원천"이 되었다고 인정한다. 첫 번째 원천은 이슬람의 '타키야' 또는 '타기에' 원칙을 새로운 성전의 토대로 찬미하는 압두살람 파라즈의 극단주의 선언문 『지하드: 부재하는 의무』이다. 파르사니의 논문은 고고학자가 과학소설적 소재에 부딪혀서 얻어낸 분석적 결과다. 그는 이 논문을 쓰기 전에 다음과 같이 항변한 적도 있었다. "나는 과학소설의 관점으로도 말이 안 되는 중동을 연구하고 그와 상호작용하는 것으로 먹고 사는 사람인데, 내가 왜 굳이 과학소설을 읽겠는가?" 파르사니는 우연히 이 영화를 보았으며 그보다 몇 년 전에 출간된 책에서 이

미 타키야 원칙을 다룬 적 있다고 강조한다. 원래 『고대 페르시아의 훼손』에서 타키야는 이슬람교의 여명기에 방어와 보호의 전략으로 주창된 이슬람 특히 시아파의 원칙으로 거론된다. 그것은 위험을 피하기 위해 (예를 들어 적대적인 사회에서 이슬람교를 믿고 실천해야 할 때) 진짜 믿음과 활동을 은폐하는 것을 뜻한다. 그러나 더 최근의 설명에서, 파르사니는 타키야가 현대적 회피 전술 또는 자신의 복잡한 공격성을 고도로 의식하는 군사 전략으로 발전했다고 쓴다. 그에 따르면 타키야의 원 의미인 '위험의 회피'가 신중하게 신앙(종교)를 양성하고 수호해야 한다는 헌신적 신자의 책임과 연관되었던 반면, 현대적 타키야는 타인의 믿음과 실천을 받아들이는 방식으로 자신의 믿음을 은폐하고 그럼으로써 적들의 사회 전체가 진짜 신자를 색출하기 위해 사회 구성원들에게 과민 반응하도록 유도하는 것으로 변형된다. 일단 지하드가 자신의 믿음을 불신자의 믿음과 겹쳐버리면, 적대적인 이교도 국가는 과격한 위협을 가하는 지하드인을 일반 시민과 구별할 수 없게 된다. 지하드인은 이른바 이교도처럼 말하고 생활함으로써 사회 속에서 일반 시민들과 완전히 겹쳐진다. 국가가 지하드 세력에 잠입하기 위해서는 먼저 시민을 정의하는 개념부터 조사하여 무엇이 평범한 민간인이고 무엇이 아닌가를 엄격히 규제해야 한다. 그래서 민간인은 국가와 지하드인 양쪽 모두의 최초이자 최후의 목표가 된다. 타키야 원칙과 지하드는 민간인을 모호한 동맹자로 만드는데, 이는 적보다 더 나쁜 것으로 밝혀진다.

> 오늘날 타키야 또는 '괴물'의 논리에 따라 신자가 자신의 믿음과 실천을 은폐하여 생존을 도모하는 것은 적의 공동체에 파국적인 결과를 불러온다. 개인이나 집단이 생존하는 것, 특히 지역 출신의 토착적 존재자들이 거기 있는 것 자체가 경찰의 관심 대상 심지어 제거 대상이 되는데, 왜냐하면 적대적 존재자들이 타키야의 실천을 악용하면서 그들 자신의 체제를 제외한 모든 것을 숭상하기 때문이다. 그들은 그들 자신의 땅을 제외한 모든 땅과 틈새에 서식한다. (H. 파르사니)

파르사니는 영화 「괴물」과 마찬가지로 타키야의 시나리오에서 공격하고 제거해야 할 대상이 괴물(타키야 원칙을 따르는 극단주의자)이 아니라 그것의 잠재적 숙주 또는 그것이 점유할 만한 위치(틈새)라고 지적한다. 괴물이 단지 생존을 위해 민간인을 감염시키는 형태로 침략해 온다면, 괴물의 위협을 박멸하기 위해서는 생존하려는 모든 것 즉 생존 일반을 위협으로 간주해야 한다. 괴물을 쓰러뜨리려면 생존하려는 모든 것을 색출해야 하는데, 왜냐하면 그 생존 의지가 무슨 수를 써서라도 생존하려는 괴물의 경향과 부합하기 때문이다. 미미한 존재자일수록 괴물에게는 오히려 더 이상적인 숙주가 된다. 인간 사회에서 이런 이상적 생존주의는 개인과 집단 양쪽 모두에서 민간인과 시민의 개념으로 발현된다. 민간인은 타키야를 실천하는 지하드인의 이상적 은신처에 가장 부합하는 존재자다. 타키야를 실천하여 단지 생존하기 위해 적대적 사회의 토착 민간인이 되는 전사의 존재는 '민간인으로 존재한다'는 사실(민간인 신분) 자체를 위협적인 것으로 변모시키면서 사회 내부에 양극성을 형성한다. 그것은 국가와 무장 반란집단(민간인 신분에 대한 방해공작) 간의 양극성, 확대와 분산의 나선을 따라 움직이는 양극성이다. 국가가 지하드인으로 의심되는 사람을 하나씩 제거할 때마다 타키야(괴물)를 실천하는 지하드인은 생존을 위해 더 열심히 노력한다. 이것은 더 강력한 타키야(괴물성)를 초래하는데, 말하자면 괴물성이 새로운 숙주들에게 더 많이 확산되는 동시에 토착 민간인 숙주가 지하드인 또는 괴물이 될 잠재력(감염성)이 높아지는 것이다.

파르사니는 이처럼 과잉위장을 통해 민간인과 무장집단의 선명한 구별에 혼선을 초래하는 타키야 실천의 기원을 페르시아의 주술적 파괴공작원이자 이단 설계의 예언자이며 국가 게릴라의 반역자였던 압달라 이븐 마이문의 작업에서 찾는다. 그는 바티니야('알-이-바틴' 또는 내부의 군중) 종파를 창시했으며 여기서 하산 이 사바흐의 하슈샤신[11세기 시아파의 암살집단으로 '어새신'(assassin)의 어원이 됨]을 비롯하여 대다수 지역적 반란 집단이 나왔다.

파르사니에 따르면, 이븐 마이문은 중동 다중정치의 단위인 이중배신과 삼원체를 이론화하고 실천한 최초의 인물이다. "삼원체를 구현하는 타키야의 실천은 이븐 마이뭄이 발명한 것이다. 그러나 그는 정체불명의 민간인이자 막후의 실세로서 은밀히 활동했기 때문에, 그의 지적, 실천적 성취는 모두 그의 제자들이나 하산 이 사바흐 같은 기회주의자들에게 돌아갔다. 그러나 하산 이 사바흐는 이븐 마이문의 엄청난 지식과 쉼없는 지혜의 극히 일부만 소화했을 뿐이다." 파르사니는 이렇게 쓴다.

수니파의 아바스 칼리파 왕조 치하에서 이븐 마이문은 튀니지를 방문하여 처음으로 아프리카 게릴라 전투(주로 유목적 전쟁기계들)를 훈련하고, 페르시아, 아랍, 가브리(이슬람이 도입된 이후 조로아스터교를 낮춰 부르는 말)의 주술, 문화, 정치에 관한 방대한 지식과 지혜를 아프리카의 게릴라 전투 및 종교포식적 주술학(파르사니가 인용하는 이븐 마이문의 일기에 따르면, "아라비아 반도 남쪽에는 주술이 종교를 먹어 치운 장소들이 있다.")과 융합하기 위해 일종의 연구소를 세웠다. 어느 정도는 칼리프의 권역을 벗어나기 위해, 이븐 마이문은 종파, 소수 집단, 형제단, 비밀결사를 증식하고 가동하는 기술을 연구하는 한편 그런 집단들의 작동과 커뮤니케이션 방식을 수학적으로 모델화했다. 그는 "종교의 가장 심원한 비밀은 종교적 소수 집단에 있다."(이븐 마이문)라는 결론에 도달한 후, 비밀결사의 땅으로 알려진 이집트에 가서 주술적 원칙들, 이단들과 종파들을 퍼뜨리는 데 핵심 역할을 담당했다. 결국 그가 배출한 수많은 종파들과 이단들은 조용하지만 극도로 게걸스럽게 이집트 칼리프 체제를 토대부터 갉아먹었다. 일단 칼리프 국가와 반란군의 충돌이 표면화되자 상황이 종료되기까지는 며칠도 걸리지 않았는데, 왜냐하면 수많은 종파들과 비밀결사들이 이미 대부분의 일을 끝내 놓았기 때문이었다. 파르사니는 그가 중동에서 유례를 찾아볼 수 없는 사악한 존재자였다고 쓴다. 모든 제도, 종교, 학파를 좀먹고 뒤엎으려는 그의 갈망은 악행의 척도와 한계를 초월했으며, 그가 수립한 실용주의적 원칙들은 이후 서구 정치인, 이론가, 반란군, 주술사들이 가늠할 수 없을 만큼 중동의 다방면에 만연히 뿌리내렸다.

파르사니는 이븐 마이문의 『리살라탄 피 알-알-아인』(눈의 사람들 또는 눈의 군중에 관한 책)에서 다음과 같은 아랍어 구절을 발굴한다. 이 책은 그가 튀니지에 머무는 중에 집필한 것으로, 훗날 이집트에서 알파트미드를 통해 하산 이 사바흐에게 전해졌다. 이 책은 하산이 권력을 쥐고 있을 때 하산 자신에 의해 이념적으로 전유되고 왜곡되고 변질되었다. 그러나 이 책은 중동에서 신비주의적 성향이 가장 강했던 몇몇 종파와 결사에 반란적 동기 부여의 원천이 되었으며 그 영향력은 1256년 몽골의 지배자 훌라구칸이 하슈샤신의 알라무트 요새로 밀어닥치기 전까지 이어졌다.

> 평화의 필요성은 전쟁의 필요성을 무색하게 할 수밖에 없으며, 이는 하나님의 필수불가결함이 사탄의 필수불가결함을 압도하여 빛날 수밖에 없는 것과 같다. 평화의 수호자가 되어라. 전쟁은 한시적인 것이니, 너의 분노를 지탱할 만큼 오래 가지도 않고 새로운 검과 화살을 수확할 만큼 깊이 들어가지도 않는다. (이븐 마이문, 『리살라탄 피 알-알-아인』)

파르사니는 이븐 마이문이 평화를 공모하는 이런 메시지에 따라 하나님의 편에 섰던 것을 "이단이 증가하는 데 하나님의 영광보다 더 긴요하고 유익한 것은 없다."라는 그의 논쟁적인 발언으로 부연한다. 이븐 마이문의 양가적 성향은 타키야의 실천에서 가장 완전하게 발현된다. 파르사니에 따르면, 이븐 마이문은 전쟁 즉 전쟁기계들 간의 분쟁이 격화된 시공간에서는 군사화가 개시될 수 없다고 본다. 왜냐하면 그런 환경에서는 군사화가 전장의 경계에 의해 규제되고 거기서 상대하는 적의 한정된 유형에 맞게 일차원적으로 특화되기 때문이다. 전쟁 중인 전쟁기계들은 일정한 질과 양을 넘어서 활동하는 (더 뜨거워지는) 법이나 (활동에 착수할 의무에 관해) 침묵하는 법을 모른다는 점에서 연약하다. 오히려 전쟁과 전장에 반대되는 평화가 전쟁기계들을 이주시켜 군사화하는 데 철저히 개방적인 공간이다. 이븐 마이문에 따르면, 전쟁기계들 또는 전투의 존재자들이 그들 자신이 되기 위해 언제나 무언가 해야 한다면—다시 말해 전술을 수행해야만 전쟁기계가 된다면—그들은 결코 철저하게 해방되지 못한다. 왜냐하면 그런 전쟁기계들은 평화, 침묵, 활동 정지(또는 일탈적 활동)를 배제하고 오로지 배타적 긍정과 역동적 조절 또는 파르사니의 말을 빌리자면 “활동의 파시즘”을 자신의 기반으로 삼기 때문이다.

이븐 마이문이 평화를 옹호하는 것은 전쟁기계들이 분쟁 없이 집단적으로 생존하고 (전술적으로 전쟁에 수렴하는 것이 아닌) 일탈적 활동에 몰두하는 그런 빈 공간이 전쟁기계들을 해방하기에 최적의 장소이기 때문이다. 평화는 군사화될 수 있다. 또는 더 정확히 말해서, 그것은 전쟁기계들이 이주하여 오로지 적의 곁에서 함께 생존하고 침묵 속에서 적에 대항하며 뼛속까지 범죄자가 되는 데 매진하는 장소가 될 수 있다. 파르사니는 반란과 군사화에 관한 이븐 마이문의 원칙에 부합하는 전쟁기계가 바로 적의 세력 내부에서 타키야를 실행하는 전사라고 말한다. 이것이 이븐 마이문이 해방된 전쟁의 거처를 ‘백색 전쟁’이라고 칭하는 이유다. 백색은 꿰뚫어볼 수 없는 두꺼운 안개의 색이자 평화의 색이다. 파르사니는 다음과 같이 쓴다.

> 괴물 또는 타키야를 모든 면에서 완벽하게 시행하는 전사는 전쟁으로 달아오른 모든 투쟁 활동을 중단하고 자신을 정상적 시민, 말없고 평범하고 다정한 존재에 겹쳐 놓는다. 타키야를 실천하는 전사는 국가의 소모품인 시민과 일체화됨으로써 전장을 자국으로 전환하고 국가와 그 치안 체계의 관심을 외부 세력에서 시민들로 돌린다. 아이러니하게도, 타키야를 실천하는 지하드인은 목소리 없는 자들(즉 민간인들)에게 목소리를 부여하는데 그것은 실상 괴물의 논리 또는 타키야를 실천하는 전사 자신의 목소리다. 최고의 전쟁기계가 소모 가능한 전쟁기계라면, 국가의 정책과 질서에 따라 이미 국가의 소모성 대체재로 존재하는 일반 시민 또는 민간인은 타키야 또는 괴물성을 통해 국가에 대항하는 최고의 소모 가능한 전쟁기계로 변모할 수 있다. 타키야를 실천하는 전사는 적대적 공동체의 민간인들이나 일반 시민들을 사로잡는 것이 아니라 자신의 신념과 실천적 전제를 거스르면서까지 모든 면에서 ‘그들의 일원’이 된다. 타키야의 실행자는 오로지 그들의 일원이 되어 적대적 공동체의 일반 시민 또

는 민간인의 모든 특징과 위상에 완전히 사로잡혀야—그러니까 민간인을 사로잡는 것이 아니라 정반대로 움직여야—시민의 자격 또는 시민의 (국가의 명에 따르는 그 하찮은) 위상을 침해하고 더 나아가 국가 자체를 약화시킬 수 있다. 바로 이것이 처음부터 뒤틀린 채 시작하여 전염병처럼 번지는 흑색 혁명의 메커니즘이다.

숫자들이자 계수적 감염으로서 인민이 민주주의의 토대라면, 보통 사람들은 잠재적 전쟁기계로서 혁명의 홍수를 이룬다. 타키야를 실천하는 지하드인은 국가에 대항하여 사회를 탈선시키고 국가가 그 사회에 대항하도록 선동하기 위해 민간인에 자신을 겹쳐 놓는다. 그러나 이와 동시에 민간인 역시 중대한 전쟁기계로 재정의된다. 타키야를 실천하는 지하드인의 백색 전쟁은 민간인들이 그들의 하찮음과 국가의 헤게모니에 대항하는 흑색 혁명의 출발점이 된다. 무릇 참된 혁명이라면 민간인 신분 자체를 중대한 것으로 만드는 법이다.

중동 사람들은 타키야의 장인들이다. 그들은 어릴 때부터 그들을 지배하는 국가에서 냉혹하고 적대적인 외부 세력에 이르기까지 냉혹한 환경에서 살아남고 그에 맞서기 위해 타키야를 익힌다. 그들은 저항 없이 매끈하게 이 모든 환경을 가로지르며 그 모든 사람들의 일원이 된다. 오로지 이븐 마이문만이 이 지옥 같은 심연을 직시하여 이 사람들이 수행하는 모든 것이 그들 자신의 하찮은 민간인 신분과 국가 주권 양쪽 모두에 맞서는 미증유의 폭력과 혁명임을 알아낸다. 타키야에 연루된 한, 생존을 향한 숨결은 모두 지배적 안정과 질서를 향해 던져지는 불덩이다.

괴물 또는 타키야의 실행자 즉 중동인은 정상적 의미의 반란자와 다르다. 그것은 인간으로 분장한 삼원체, 파국적인 반란과 전복의 역량을 가진 인간 형상의 다중정치적 단위다. 중동이 지리적 측량 대상이 못 된다면, 차라리 그 인구를 '중동'이라 칭해야 할 것이다. 이븐 마이문은 중동 자체를 백색 전쟁으로 간주하면서 개인과 집단을 불문하고 중동의 인구를 '군단'이라고 칭한다. 타키야가 개인과 집단을 연결하고 겹쳐 놓으면서 개인들에게 군사적 집단성을 부여하기 때문이다. 타키야가 확장적 집단성으로 개인을 감염시키는 한, 모두가 타키야를 실천하는 전사가 될 수 있다. 괴물은 무리를 이루지 않고 한 놈씩 다니지만 그것이 정말 단독적 개체인가는 지극히 의심스럽다.

파르사니는 「괴물」의 도입부를 이븐 마이뭄과 그의 '백색 전쟁'에 연관하면서 다음과 같은 결론에 도달한다.

참된 혁명은 모종의 변화로 나아가는 방향에서 발견되지 않는다. 그것은 인구가 자신에게 부과된 민간인 신분을 찢어 버리고 '인구'의 정의에 내재하는 계수적 역량을 해방시킬 때 발생한다.

웨스트 대령이 변절하여 델타 포스의 특수전술구조분대를 떠날 무렵, 그의 분대는 전장에서 통용되는 웨스트의 가명을 따라 이른바 '훌라구의 패거리'라고 이미 다른 보병사단들 사이에 잘 알려져 있었다. 익명의 펜타곤 고위 간부는 이라크에서 웨스트를 체포하여 반역죄로 군법회의에 회부하려는 비밀 작전이 있었다고 진술했다. 웨스트가 바스라 인근에서 미군 수송대를 계획적이고 체계적인 방식으로 공격했으며 이라크 안팎에서 이슬람주의자들과 접촉하려고 했다는 혐의였다. 그러나 웨스트는 해적 라디오 방송에 나와서 그를 비방하려는 펜타곤의 시도를 얼마간 무력화했다. "나는 이슬람주의자들에 대한 적의를 통해 격렬한 각성에 이르렀다." 웨스트는 미국 장군들이 전쟁과 중동, 그리고 전쟁의 지속에 필수적인 뒤틀린 악의를 인지하는 데 천성적으로 무능한 탓에 얼마나 파국적인 실수를 거듭했는지 열거했다. 그는 미국 군인들이 어떻게 사령관들의 잘못된 지휘 때문에 본연의 "영악한 탐욕"을 치욕스럽게 누그러뜨리고 월급쟁이 장교와 병사로 전락했는지 반복해서 지적했다. 마지막으로 그는 "아들들"(웨스트가 그의 추종자들을 부르는 말)이 '전쟁의 기름진 윤리' 또는 중동의 전쟁 강령을 실용주의적으로 숙고해야 한다는 수수께끼 같은 말로 미국 군인들에 대한 동정을 표했다. “전쟁의 의미를 찾으려면 석유의 의미를 알아야 한다. 지하드인들이 말하듯이, 각성이란 바로 이 점을 깨닫는 것이다.”

웨스트는 최후의 설교를 마치고 전쟁을 하나의 자율적 존재자로(다시 말해 기계적 입자들과 부품들로 이루어진 기계로) 파악할 방법을 모색하기 시작했다. 그의 탐사는 먼지, 석유, 버려진 전쟁기계들이 잠든 메소포타미아의 공동묘지에서 전쟁을 기계로 간주하는 까마득한 고대의 모델들을 발굴하는 것으로 시작되었다.

> 그들이 계속 버티는 것은 전쟁기계들을 좋아해서가 아니라 중동 자체가 전쟁을 일종의 기계로 파악하는 원칙이나 다름없기 때문이다. 전쟁은 전쟁기계들을 집어삼키기 위해 산란하면서 생존을 향한 그들의 군사적 열망을 끝장낸다. 이것이 전쟁의 비생명이다. 나는 델타 포스에서의 마지막 임무였던 ‘사막의 자유’ 작전을 수행하고 이런 결론에 도달했다. 지역민들의 말에 따르면 고대 아시리아인이 완전히 전쟁의 안개에 찌들어서 전쟁으로 너덜너덜해졌던 것도 동일한 공식에 사로잡힌 결과였다. 바빌로니아인은 이를 조롱하여 ‘아시리아의 라마수 콤플렉스’라고 불렀다. 나자프와 니네베의 정보원들이 제이라는 악명높은 석유 밀수업자에 관해 말해준 것이 있다. 그 여자가 이란의 쿠르디스탄 산악지대에 조직한 광신적인 군사-종교 집단이 있는데, 이들의 믿음에 따르면 전쟁의 비생명은 석유 또는 (그들의 표현을 빌리자면) “태양의 검은 시체”를 먹고 산다는 것이다. 석유는 전쟁기계들이 자기를 향해 미끄러져 오도록 한다. 철저한 전쟁은 원래 석유 파이프라인의 반대편에서 온다. 그들의 상징은 꼭지점이 9개인 부서진 별이다. 나는 이라크 국경 지대 마을에서 그것이 벽에 걸린 것을 본 적이 있다. (웨스트 대령이 그의 델타 포스 전(前) 부대원들에게 보낸 편지. 그는 이 편지에서 “아들들”에게 자기와 함께 할 것을 호소했다.)

기계로서의 전쟁 모델은 점점 더 들뢰즈-가타리의 전쟁 모델과 멀어진다. 후자는 전쟁을 전쟁기계들이 충돌한 결과이자 (재)가열된 전쟁기계들의 결말로 본다(따라서 전쟁기계들의 상충하는 전술들 속에서 전쟁을 열역학적으로 파악하는 것도 가능해진다). 그러나 기계로서의 전쟁 모델은 전술이 아니라 잠류가 전쟁의 역학을 좌우한다는 점에서 들뢰즈-가타리 모델과 구별된다. 전쟁기계들은 잠류들을 타고 전진하면서 그에 적합하게 변형된다. 예를 들면 석유정치적 잠류들은 석유라는 전지구적 공모자와 함께 지구행성-주술적 윤활제로 기능하여 모든 것이 모든 방향으로 미끄러져 나아가게 한다. 이 모델은 기계로서의 전쟁이 작동하는 불타는 나선형 모양의 다이어그램으로 도해될 수도 있다. 전쟁은 냉각용 아에르를 끊임없이 전장에 주입하여 (냉각 시스템으로서의 전쟁의 안개) 전쟁기계들의 온도를 낮추는 동시에 그들을 눈멀게 한다. 냉각 시스템은 전쟁기계들이 다시 뜨거워질 새로운 기회를 전략적으로 제공하고, 맹목성은 전쟁기계들이 그들 자신의 광란 속에서 불타게 하는 데 필수적이다. 이 나선은 북구의 숙련된 전사들이 서로를 먼지로 되돌린 후에 발할라에서 끝없이 부활하는 것과 주술적으로 상응한다('먼지에서 먼지로' 모델). 결과적으로 나선이 용융점에 도달하면—기술적으로 '폭망' 또는 '완전구제불능'이라고 알려진 상태—더 이상 회귀는 없다.

전쟁기계들은 나선을 형성하고 발화점에 도달함으로써 점차 자율성의 본질에 근접한다. 그 용융점은 불타는 정보과학적, 열역학적 죽음에 해당한다. 전쟁기계의 필수 요건인 생존 충동이나 열역학적 재가열과 달리, 열역학적 죽음은 모든 재활용의 가능성을 넘어선다. 다시 말해 그것은 군사적 생존이 불가능해지는 지점이다. 군사적 생존은 열을 전쟁기계의 역동성으로 전환하여 충돌과 생존의 원천으로 이용한다. 반면 열역학적 죽음은 전쟁기계들 간의 전투가 아니라 전쟁기계들과 전쟁 사이에 발생하는 끊임없는 요동의 원천이다. 끊임없는 활동은 전쟁과 일방적으로 커뮤니케이션 하기 위한 전술이다. 용융점에서 군사적 생존의 여지가 말소된 (그러나 자살 충동이 생기지는 않은) 전쟁기계는 사냥용 입자(전쟁의 안개)로 변모하여 다른 전쟁기계들을 사냥하는 전쟁의 일부가 된다. 불타서 재가 되든 (먼지에서 먼지로) 휘발하여 가스가 되든 간에, 전쟁기계는 용융점에서 안개 속—전쟁의 전염병을 서술하는 일탈적 입자들의 폭풍으로—으로 사라진다. 전쟁의 안개와 모든 마법의 연금술이 입자들로 구성된다는 것을 상기하라. 기계로서의 전쟁 모델에서 전쟁기계들의 운행(탐색) 원칙 또는 간단히 C&C(지휘통제 또는 지휘정복)은 개체들의 주관적 수준에서 지속 가능성을 상실한다. 전쟁기계들은 지휘체계에서 단절된다. 기계로서의 전쟁 모델은 전술보다 전략의 수준에서, 중앙 집중적인 몸체들이 아니라 방향을 전환하는 입자들 사이에서 기능하는 복잡한 기계장치다.

전쟁기계의 내부에서 포효하는 사냥의 갈망은 전쟁의 비생명이 반영된 파편적 이미지이자 그것의 시뮬레이션이다. 전쟁기계는 그것을 외재적인 것으로 파악할 능력이 있으면서도 순순히 전쟁의 기계장치와 사냥의 갈망에 따라 움직인다. 각각의 전쟁기계 내부에 존재하는 사냥의 갈망이 모든 전쟁기계들을 사냥하려는 전쟁의 철저한 광란이 시뮬레이션된 것이라는 사실은 아이러니하다.

이 같은 나선의 고고악마학적 형상이 바로 용, 또는 고대 페르시아와 바벨(바빌로니아)에서 '아지'라고 불리는 것이다.[23] 똬리를 튼 용의 나선은 테러(와)의 전쟁 및 그와 연관된 파이프라인 오디세이와 매우 밀접한 관계가 있다. 석유정치적 잠류들은 이슬람 묵시론의 행위성과 직결된다. 이슬람 전쟁기계들[24]은 석유 자원 내부에 존재하면서 석유의 잠류를 타고 서구로 밀반입된다. 그들은 독과점적인 OPEC을 비롯해서 석유를 광신적으로 숭배하는 집단들 덕분에 동서로 뻗어 나간다. 석유 파이프라인과 석유정치적 잠류들로 밀반입된 이슬람 전쟁기계들은 일단 목적지에 닿으면 실제로 석유를 먹고 사는 (또는 차라리 석유로 잔치를 벌이는) 서구의 미쳐 날뛰는 전쟁기계들과 융합되기 시작한다. 서구의 기술자본주의적 전쟁기계들은 석유 자원에 점점 더 이끌린다(갈망을 키운다). 그런 이끌림은 석유 수입품 또는 석유 잠류들과 파이프라인에 도사린 (이슬람 전쟁기계들을 비롯한) 석유정치적 존재자들에 대한 본의 아닌 이끌림과 중독으로 이어진다. 서구 전쟁기계들은 이미 (은밀히) 석유를 통해 밀반입된 이슬람 전쟁기계들로 감염되고 프로그래밍된 상태에서 이슬람 전쟁기계들을 향해 군사적으로 돌격한다. 더 정확히 말하자면 그들은 이미 미끌미끌한 신경망과 석유에 대한 열광을 통해 그들 내부에서 그들 자신을 변이시킨 체내의 힘에 의해 이슬람 전쟁기계들에 이끌린다. 서구 전쟁기계들의 입장에서 석유 중독은 석유 연료에 한정되지 않는다. 그것은 이슬람 전쟁기계들과의 충돌과 교접에 대한 뒤틀린 열광을 통해 이슬람 묵시론으로까지 확장된다.

전략적 수준에서 촉발되고 전술적 수준에서 발생하는 이런 충돌은 서구의 석유 소비자인 서구 전쟁기계들에 석유정치적 잠류가 미리 심어둔 '석유'와 '이슬람 묵시론의 변이 프로그램'을 고갈시킨다. 그래서 서구 전쟁기계들은 연료와 추진적 열광이 바닥나자마자 이슬람 묵시론과 석유정치의 더 복잡한 존재자들과 교전하면서 더 깊은 땅밑에서 더 부글거리는 석유정치의 액상체적 차원을 탐색하러 나선다. 이 모든 것이 충돌과 커뮤니케이션의 매 단계마다 전쟁의 비생명을 향해 뒤얽히는 용의 나선에 기여한다. 용의 나선은 (재귀적으로 왔다갔다 하는) 석유정치적 재생성 주기에 의해 형성된다. 석유정치와 석유 시나리오들은 다양한 변종이 있어서 용의 나선이 그리는 나선형 재귀 운동을 여러 가지 방식으로 충전하고 가동할 수 있다. 토머스 골드가 장대하게 그려내는 무한하고 재충전가능한 석유 자원 모델이든 유한한 화석 연료 이론이든 간에, 석유와 관련된 초허구들은 용의 나선과 그 선회하는 경사면에 독특한 영향과 결과를 각인한다. 그것이 바로 파이프라인 오디세이다.

> 전쟁은 계속된다 ... 전쟁은 언제나 여기 있었다. 인간이 존재하기 전에 전쟁이 인간을 기다렸다. 궁극의 실행자를 기다리는 궁극의 사업 ... 전쟁은 신이다. (홀든 판사[코맥 매카시의 『핏빛 자오선』에서 아파치족을 학살하고 두피를 벗겨 파는 용병집단의 지도자로 등장하는 인물])

전쟁을 하나의 기계로서 파악하는 것은 아마도 테러(와)의 전쟁을 파악하는 가장 효과적인 방법일 것이다. 들뢰즈-가타리 모델은 제4차 세계대전에서 작동하는 잠류들과 지하적 과정들을 발굴하지 못한다. 그래서 (웨스트 대령이 속했던 은밀한 군사적-종교적 광신 집단인) 델타 포스가 이슬람 묵시론의 커져가는 사막을 '베트남화'

하지 못한 것이다. 이 임무가 실패한 것은 중동의 사막이 이미 커져 있었기 때문이 아니다. 파르사니가 「태양 제국의 흥망성쇠」에서 지적하듯이, 그것은 중동이 아시리아적 전쟁 원칙을 열렬히 신봉하는 유일한 지지자로서 하나의 지리적 몸체 또는 심지어 정치체가 아니라 그 자체로 지각 능력을 가진 사막화의 과정이기 때문이다. 그것을 파악하려면 전쟁이 그 앞잡이들에게 얽매이지 않는 자율적 존재임을 전제해야 한다. 당신의 종교, 정치, 신념이 여전히 남몰래 초원과 정글을 몽상하고 있는데 어떻게 '이미 사막인' 이 땅에 무언가 더할 수 있겠는가?

사막의 가학적 음모론은 전쟁기계들이 쉽게 위장할 수 있는 기회를 주면서도 궁극적으로 전쟁기계들을 벌거벗긴다. 사막은 전쟁기계들의 떨리는 몸체에서 위장의 장막을 낱낱이 벗기면서 그 특성과 궤적, 내적 메커니즘을 난폭하게 노출한다. 사막은 전쟁기계들을 위장하는 것이 아니라 전쟁 자체를 위장한다.

> 여기는 베트남도 아니고 정글도 아니다. 사막은 언제나 인간의 모든 사상을 전복하고 전쟁기계들을 껍질만 남기고 빨아먹을 준비가 되어 있다. 우리는 그 촌구석에 고엽제를 뿌려서 베트남인들의 식량과 거처를 빼앗았지만, 이곳의 적들은 우리를 패배시키기 위해서가 아니라 사막을 해방하기 위해 우리와 함께 싸운다. 그것이 그들이 도달하려는 궁극의 목표다. (잭슨 웨스트 대령)
>
> 비엔호아 공군기지에 배치된, [특유의 얼룩 무늬로] 칠해진 두 대의 A37 '드래곤플라이' 전투기는 베트남 전역에 반향을 불러일으키는 미군의 서정적인 한 쌍이며 미국의 방화광을 떠받치는 양극이다. 하나는 하나님과 순수성의 이름으로, 다른 하나는 급유장과 석유 파이프라인의 이름으로. 하나가 말한다. 네가 지상에서 분투하는 것은 그저 여기서 네 마지막 잠을 유보하기 위해서로다. 다른 하나가 덧붙인다. 나의 적들이 네이팜과 연기 속에서 죽어가도록 하라. 그들은 아베르누스[지옥]를 보고도 놀라지 않을 터! (잭슨 웨스트, 개인 일지, 1967년 5월 19일)

웨스트 대령은 방향을 완전히 잘못 잡은 “서구적인 사막화의 원칙” 때문에 미국의 군사력이 진정한 의미에서 전쟁에 참여하여 “터무니없는 전쟁기계들”과 재미를 보지 못한다는 데 좌절하여, 이라크 전쟁 이후 군대를 떠나기 전에 사막화의 윤리적 초석에 관한 소책자를 출간했다. 그는 뒤이어 도시 전투(웨스트의 표현을 빌리자면 “도시화된 전쟁”) 또는 접근이 제한된 지형에서의 군사 전술에 초점을 맞춘 입문서를 썼다. 사막화에 관한 소책자에서 웨스트는 전쟁과 도시에 관한 자신의 입장을 설명했는데, 그 내용은 다른 장교들에게 상당한 논란거리였으나 웨스트 본인은 그저 “진부한 군사적 견해”로 여겼다. “사막의 전쟁은 도시 전투에서만 현현할 수 있으며 도시만이 사막을 해방할 수 있다.” “사막과의 군사적 교감은 모든 전술의 노선을 도시의 시공간에 의도적으로 접붙이는 방식으로만 달성된다.” 이것이 대령이 주장하는 바의 요지다. 웨스트는 전쟁이라는 자율적 기계와 대면하는 데 있어서 군사적 프로그램을 도시화하는 것이 얼마나 중요한지 거듭 상술한다. 그는 도시 공간에 맞추어 군사 정책을 재프로그래밍 하거나 모든 전투 양식을 도시화하는 것이 미군이 성숙해져서 ‘사막의 자유’ 작전에 진정으로 참여하는 유일한 길이라고 주장한다. 도시 전투와 달리 도시화된 전쟁은 도시에 사막의 논리를 부여하는데 그것은 곧 전쟁기계 없는 전쟁의 논리다.

> 사막의 자유 작전은 이미 오래전에 시대에 뒤쳐진—어쩌면 서구의 오리엔탈리즘적 환상 안에서만 존재했던—사막에 대한 서구식 접근 때문에 둔화되고 무책임하게 방치된 우리의 의무다. (『도시화된 전쟁 입문서』 서문에서 발췌)

도시화된 전쟁에 관한 잭슨 웨스트의 입문서는 훗날 미군 지휘체계 내에서 수정되어(“먹기 좋게 갈려서”) 주로 이라크의 일상적 군사 실무와 관련하여 안전하게 재군사화 되었다. 이 입문서는 이론과 실용의 양면에서 “지휘관들의 환상을 깨뜨리고 병사들을 준비 운동시키는 것”을 목표로 하는 기술적 안내서다. 이는 안전하게 순화하지 않은 입문서 원본이 이라크 범죄 집단들 사이에서 인기를 끌었던 한 가지 이유이기도 하다. 웨스트는 도시 전투가 여전히 관습적인 개방형 전투를 기초로 개발된다고 보고, 도시 전투가 아닌 도시화된 전쟁에 주목했다. 그것은 전쟁기계들이나 도시들에 대한 연민을 버린 도시 전투의 어두운 쌍둥이다. 도시 전투를 개발하는 것이 아니라 전쟁을 도시화하기 위해, 웨스트는 책임감 있는 흉포함을 발휘하여 두 용어를 모두 상세히 해설한다. 도시화된 전쟁 입문서는 커뮤니케이션, "집 청소", 군사적 사단들의 재가동, 무기의 조합(저급 기술 무기와 고급 기술 무기의 합체), 지휘 등의 관련 기술들을 망라한다. 이 책은 아래와 같은 주요 절들로 나뉘어 제각기 "사막은 도시화된 전쟁에서 태어나며 이는 곧 관습적 전장의 중절을 뜻한다."라는 결론에 도달한다.

> **커뮤니케이션**: 도시화된 전쟁에 내장된 커뮤니케이션과 그것이 전면적인 사막화 과정에서 담당하는 역할에 관하여. 급선무는 커뮤니케이션의 관점 또는 사막화된 (그러나 방치된 것은 아닌) 도시의 관점에서 도시 지형을 살펴보는 것이다. 철저한 도시 전투 또는 도시화된 전쟁에 내장된 커뮤니케이션의 필요성은 병사들이 커뮤니케이션의 막다른 지점이나 사각지대에 몰렸을 때, 또는 높은 탑과 아파트들로 둘러싸인 주택이나 뒷골목 같은 도시 공간의 깊은 곳에서 움직여야 할 때 두드러진다. 그렇게 내장된 커뮤니케이션을 통해 도시는 사막—즉 모든 건립된 우상들이 제거되고 최대한 개방된 곳으로—으로 변모한다. 그것은 모든 유형의 커뮤니케이션을 용이하게 하고, 수직적으로 솟아오른 도시 지형을 평준화해서 전면적인 커뮤니케이션을 가능하게 한다. 그것은 병사들의 접근성을 증대하는 동시에 적대적, 우호적, 중립적 단위들을 식별할 수 있도록 해야 한다.
>
> **보병화**: 이는 군사적 사단들을 보병 사단으로 변형하는 것이 아니라 병사들을 모든 사단들에 의해 다변화되는 전투의 분자적 단위로 재가동하는 것을 뜻한다. 이는 병사들의 존재 이유를 군사적으로 신격화하고 그들의 다양한 역할들을 한 점에 집중시키는 것과 같다. 지하드의 도시 전문가들은 적대적 전선에서 엄

청난 힘을 발휘한다. 도시 지하드인의 힘은 민간인에서 무장집단으로, 그리고 또 무장집단에서 평범한 민간인으로 왔다갔다 하는 그 가역적 변신 능력에 있다. 도시 지하드인의 민간인적 면모는 군사화된 면모에 못지 않게 무기화된다. 보병화의 역량이 발휘되는 것은 지하드 군사 집단이 군사적으로 정밀하게 원래의 민간인적 자기 존재로 퇴각할 때이지 그 반대가 아니다. 웨스트는 이런 군사 집단의 군사력이 막대하다고 거듭 밝힌다. 그들은 한편으로 무시무시한 매복 능력이, 다른 한편으로 그 민간인적 면모와 연관해서 좀체 파악할 수 없는 모호함이 있다.

민간인에서 무장집단으로 또는 그 반대로 전환하는 이중거래적 전술 노선과 보병대의 다중형태적 배열만이 공군이나 무장 사단들 같은 준유기적 또는 무생물적 사단들의 비대칭적 군사력을 효과적으로 물리치고 교란할 수 있다. 무장집단은 민간인적인 자기 존재를 급조함으로써 공군을 비롯한 사단의 군사적 주권성으로 초래된 손실을 흡수하여 민간인 사상자로 전환할 수 있다(이는 조직화된 서구 군사력에 맞서는 궁극의 무기다). 웨스트 대령은 도시화된 전쟁에서 요구되는 보병화의 기술을 도시화된 지하드인들과 연관된 군사적 진퇴양난과 연관짓는다. 보병화된 병사는 민간인과 무장집단 사이에서 진동하는 지하드인에 맞서는 궁극의 대응책이다. 보병화된 병사들이 군인 신분에 국한되지 않고 법을 집행하는 경찰로 변모하면, 그들은 도시화된 지하드인들의 민간인적 면모에 굴하지 않고 효과적으로 응전할 수 있다. 경찰과 대면한 무장집단은 그들의 사상자 수를 민간인 사상자로 제시하지 못한다. 보병화를 보병과 경찰의 조합 과정으로 접근하면 도시화된 지하드인에 효과적으로 대처할 수 있다. 보병은 적대적 군사집단의 민간인적 면모가 활성화되면 바로 군인이 아니라 완전한 경찰관으로 변모할 수 있도록 재구성되어야 한다. 전술적인 동시에 전략적인 전쟁에서 무장집단이 민간인으로 활성화되기를 선택하면, 보병 역시 경찰로 전환하여 민간인 희생자로 직결되지 않는 공격력을 발동할 수 있다. 경찰로서 보병화된 병사의 활동은 민간인 무장집단의 치안을 유지하고 '다른' 민간인들을 보호하는(보안관이 되는) 방어적 틀에서 그려진다.

공간성: 도시 전투에서는 언제나 무장집단이 유리하다. 따라서 보병의 임무는 도시 전투 과정에서 진화하는 시공간 자체를 집어삼킬 수 있는 도시화된 전쟁을 설계하는 것이다. 병력은 비선형적 방식으로 진군하면서 전방위적으로 무리를 이루어 작전지역에 침투하고, 새로 들어온 인구 또는 '민간인' 집단으로 과포화된 도시 지역의 복잡성을 시뮬레이션 한다. 도시 전투가 어떤 구역에서 행해지는가에 따라 아군과 적군의 상황 인식 수준이 달라지지만, 양쪽 모두 사막의 논리 또는 도시로 슬금슬금 기어드는 사막화 과정에 입각하여 의식을 발전시킬 필요가 있다. 도시 전투에서 '침략자들'은 (도시 지하드인들이 이미 점유한 거주 공간에 진입한다는 의미에서) 일반적으로 접근이 제한적인 도시 지형을 충분히 정찰하지 못하고 자신을 무방비하게 노출한다. 반면 적대적 도시 전문가 또는 무장집단은 치명적으로 폐쇄된 지형에서, 다시 말해 절대적으로 유리한 지점에서 전투에 임할 수 있다. 따라서 적대적 도시 전문가 또는 무장집단은 언제나 내부를 향해, 수많은 장애물들로 가려진 도시의 협곡을 향해 전투를 수행한다. 도시화된 전쟁에서 모든 전투원은 스스로 장애물이 된 것처럼 생각해야 한다. 웨스트는 "모든 것을 장애물의 관점에서 보아야 한다."라고 말하면서 '파쿠르'[맨몸으로 도시 구조물을 타고 넘는 익스트림 스포츠]를 모범적인 사례로 든다. 파쿠르를 수행하는 사람은 언제나 장애물과 함께 움직이기 때문이다. 모든 병사는 '트레이서'[파쿠르 수행자], 즉 자신을 둘러싼 물리적 장애물과 깊이 공감하며 자유자재로 방향을 바꾸는 발사체가 되어야 한다. 도시화된 전쟁의 사막화하는 철학은 내부 공간들, 접근이 제한된 지형들, 장애물들로 가득 차 있다. '폐쇄성의 사유'는 도시화된 전쟁의 근본 원칙일 것이다. 철저한 도시 전투의 목표는 전술의 발판인 전장의 안팎을 뒤집는 것이며, 군사력과 그 부작용을 관습적인 전장의 외부에 배치하는 것이다. 민간의 도시 공간에서 개방된 전장을 분리해 내는 자들이 이주해 온 것이

확실시되는 거주의 장소로서, 관습적 전장의 외부는 도시의 내부이자 도시화된 전쟁의 발판이다.

메카경제학적 관점에서, 철저한 도시 전투는 개방된 전장에서의 파괴 행위를 '부정한 것들의 집'을 향해 집중시킨다. 반드시 평탄화되어야 하는 우상의 난장판 또는 부정한 것들의 공간은 감히 신성한 일차적 숭배 대상의 초월성을 넘보는 그 실존적 또는 수직적 위세에 의해 식별된다. 우상들은 '도시'라는 이름의 공간에 집중적으로 모여 있어서 단숨에 전부 제거할 수 있다. 실제로 도시는 우상들의 집이며 그들이 내뿜는 광채는 하나님의 영광을 무색하게 한다. 도시 전투의 모든 양식들은 일종의 유일신교적 제의다. 웨스트는 도시화된 전쟁이 전략적 폐쇄와 개방 간의 은밀한 군사적 협동 작전이라고 시사한다. 전장은 폐쇄됨으로써 결국 버려진 개방성을 획득하고 모든 가치판단을 벗어난다. "지하드 무장집단의 유일신교적 임무는 인구와 건축물이 밀집한 중심지에서 적대적인 이교도들을 몰아내는 것이 아니라 오히려 싸움을 통해 그들을 끌어들이는 것, 그래서 도시를 적의 난폭한 유린과 격렬한 방어 사이에 위치시키는 것이다. 이런 식으로 지하드인들은 서구 병사들과 함께 서로 적을 도와서 도시를 평탄화한다. 또는 더 정확히 말해 협동하는 적과 도시 양쪽 모두 하나님에게 굴복시킨다. 그것은 하나님에 대한 전면적 굴복의 종교인 이슬람으로 개종하는 행위와 같다. 사막을 해방하는 것은 유일하신 하나님과 커뮤니케이션하는 것이다." 웨스트는 이렇게 덧붙인다. 도시화된 전쟁에서 유일하게 가능한 승리는 도시를 말소하는 승리, 양쪽 전선에서 동시에 성취되는 승리다. 입문서에 따르면, 중동에서 마치 개방적 전장에 있는 것처럼 개방성을 전제로 사고하면 반드시 실패한다. 웨스트는 도시형 무장집단이 도시 자체를 전쟁의 대상으로 능숙하게 재프로그래밍 하여 그들이 파이프라인의 종점으로 향하는 관문으로 변형한다고 여러 번 지적한다. 중동의 도시 계획은 도시화된 전쟁을 예상하고 이루어진다. "카라치, 테헤란, 두바이처럼 폐소공포적이고 이례적인 도시들은 단순히 남아도는 석유 수출금이 유발한 히스테리의 징후나 잘못된 운영의 결과가 아니다.” 웨스트는 이렇게 쓴다. “그런 도시들은 전쟁이 터졌을 때를 미리 내다본 것이다. 그런 도시 구조가 과다 인구 및 실제 건물들과 결합한 결과는 미리 모의된 전쟁 계획이나 다름없다. 일부 예외를 제외하면, 중동 건축은 서구의 조잡한 모사물이 아니면 무기들이 넘쳐 나는 벽돌 건물이다. 모든 벽돌은 지하드인을 도발하고 그의 분노를 일깨우거나 또는 사막으로 향한 그의 여정을 보장한다.” 도시화된 전쟁의 결과로 인구는 그 자체로 가장 안정적인 군사적 참호가 된다. 모든 민간인이 그 자체로 무장집단의 숨겨둔 무기이자 은신처가 되는 것이다.

전쟁의 도구들: 분별력, 훈련되지 않은 살상력, 체계적인 목표물 식별과 보정, 부대와 무기의 재분배, 비물질적 침범, “기계적 공포”(드론, 스마트 트랩, 목표물을 부각시키는 카메라와 무기 등). 이 절에서 웨스트는 도시화된 전쟁의 첫 번째 대원칙인 “비일관성의 유지”에 관해 상술한다. 모든 작전, 모든 편대, 모든 이동과 공격은 (예컨대 건물 일부나 집 전체를 ‘청소’할 때) 비일관성을 유지하여 도시의 다른 장소에서 시행된 다른 활동이나 동일한 유형의 과거 활동과 다르게 보이도록 해야 한다. 도시 전투는 모든 패턴들이 말소되는 지점에서 전쟁기계들을 재프로그래밍 한다. 그것은 패턴 인식을 사막화하여 그에 기반한 물질량적 차원의 군사적 전술, 저항의 접근을 무력화한다. 웨스트는 이를 “국가의 군사 구성체가 폐지되고 게릴라 국가가 탄생하는” 사건이라고 칭하면서, 도시화된 전쟁에서 시행과 통제의 효율을 극대화하는 무기의 용법들을 추천하고 실제 사례를 들어 설명한다. 이 절의 핵심은 총알과 탄약이 무기보다 중요하다는 것이다. 총알은 도시화된 전쟁에서 무기의 결정적 역할을 대신할 정도로 중심적인 위치를 점한다. 도시 전투에서 총알은 문자 그대로 도시의 새로운 인구가 되며, 총알 표면의 화학적 조성, 움직임과 궤적, 열기와 소음이 도시에 참된 도시적 성격을 부여한다. 총알은 완벽한 시민이다. 이라크의 다국적군은 총알을 “반짝이” 또는 “스타 시민”이라고 부른다. 웨스트는 미군 부대들이 도시 공

간에 원래 거주하던 시민들을 쫓아내고 그 빈자리를 총알로 채우는 순간 이 새로운 시민들의 철저한 이질성이 명확하게 드러난다고 본다. 총알의 궤적들과 그 흠잡을 데 없는 집단적 비행은 도시의 지형과 윤곽선에 완전히 동조하면서 도시를 재설계한다. 그에 따라 도시는 다공성 해면동물이나 부석처럼 벌레 먹은 경계성으로 침식되어 구멍난 ( )체 복합체로 변모하기 시작한다. 동시대 거대 도시가 내뿜는 열기가 문명 발전의 지표이자 실존적 증거라면, 도시 지형에서 총알이 발생시키는 열기는 문명의 밀도, 근대화, 인구, 속도, 복잡성을 측정하는 현재의 모든 척도들을 넘어선다. 총알들은 하룻밤 새에 도시 전체를 치명적으로 근대화할 수 있다.

총알은 일단 발사되기만 하면 자신이 보유한 각종 도시적 특성을 기념비의 형태로 전개한다. 도시의 평범한 사람들은 죽으면 금세 잊히지만 총알은 소진된 후에 오히려 더 치명적으로 다시 태어난다. 소비된 총알은 도시에서 어슬렁거리고 한 자리를 차지한다. 그것은 시체처럼 정지한 채로 도시에서 무언가 빼앗는 것이 아니라 오히려 더한다. 총알은 전쟁의 도구에서 정치적 대리자, 사회문화적 촉매, 또는 선전기계로 변모한다. 베이루트, 카르발라, 팔루자 같은 도시들은 총알이 이처럼 전쟁의 도구에서 정치적 대리자 또는 심지어 다중정치적 첩자로 변이하는 대표적인 장소다. 주택 벽체에 남은 총알 자국이나 총알이 박힌 민간인 차량은 군사적인 것이 다중정치적으로 완전히 변이하여 치명성을 획득한 전형적인 사례다. 또 다른 사례는 적외선이나 레이저 조준 시스템으로 무장한 유도탄의 용법이다(일반적으로 유도탄을 가동하면 도시형 무장집단과 대치한 병사들의 사기가 증진된다. 병사들끼리는 이것을 "레이저를 갈겨준다"라고 표현한다). 도시화된 전쟁의 복잡한 지형에 대응하려면 탄약통, 장전, 탄약 운반과 포장, 외부 탄도학, 정확성(부각력) 등 총알을 둘러싼 각종 무기류와 탄약을 다루는 주체들의 단합이 요구된다. 도시화된 전쟁에서 무기류의 우수성을 가늠하는 척도는 화력, 기술, 무게가 아니다. 중요한 것은 병참과 단절되고 불가피한 경우 심지어 지휘관이 부재하더라도 독자적인 직접 지휘체계를 확립하여 적의 활동을 억제하는 방향으로 도시 지형을 복잡화하는 것이다.

지휘: 웨스트는 도시화된 지휘의 판을 가리켜 "평평한 지휘"라는 용어를 쓴다. 그것은 (탈지층화를 지향하는 혁명적 군사 원칙과 반대로) 지휘에서 전술에 이르는 공간을 효율적으로 지층화하여 효력을 강화하는 실시간 직접 지휘 방식으로, 전투원들의 이동 및 커뮤니케이션 방식을 최대한 매끈한 방식으로 특별히 조직한다. 평평한 지휘는 시간의 마법을 부리고 군사적 민첩성의 정제된 형태를 창출할 뿐만 아니라, 군 부대와 전투 사단들이 얼마간 '작전 허가'를 받지 않고도 움직일 수 있도록 용인한다. 웨스트에 따르면 이처럼 활동의 자율성을 증대하는 전술적 경로를 택하는 것은 명령에 불복하는 악성 분대를 계획적으로 증식시키는 것과 같다. 악성 분대는 고밀도의 전술적 세포로서 주요 군사적 영역 내에서 자체적 의사결정, 은밀한 태도, 정보 수집, 잠입, 이례적 행보, 그리고 (특유의 편견과 살인 행각에 대한 탐닉으로 표출되는) 광신주의를 수행한다. "전투의 미래는 악성 분대의 손에 달렸다." 평평한 지휘에 관한 분석의 연장선에서, 웨스트는 테러와의 전쟁에서 악성 분대의 모델을 제공하는 고대 비밀결사의 편성을 개괄한다. 고대 비밀결사의 단위 구조에 따라 군사적 분대 모델을 재편성하면 악성 분대의 전술적 밀도를 높일 수 있다. 이른바 "테러의 프랙털"로 알려진 고대 비밀결사와 고전적 테러 집단의 단위 구조는 삼각형에 기반한다. 삼각형 구조는 세 명의 병사 간에 작전 수행 및 현지 적합화에 극도로 용이한 연결 관계를 조직한다. 이 구조는 삼각형을 이루는 한 명 또는 심지어 두 명이 빠져도 쉽게 충원된다. 이 경우 지휘부가 삼각형 내에서 실질적으로 회전하더라도 실용주의적 차원에서 효율적인 지층화(질서) 상태가 와해되지는 않는데, 왜냐하면 그것이 피라미드적 계층 형태가 아니라 (두 점으로 이뤄진) 평탄한 수평성을 유지하기 때문이다. 삼각형 구조 또는 삼항적 분대는 별도의 지휘체계를 확립하지 않고도 동일한 유형의 다른 삼각형 구조 또는 분대

와 쉽게 결합할 수 있다. 이렇게 해서 실시간으로 지휘부를 이전할 수 있는 군사적 프랙털이 만들어진다. 테러의 프랙털은 적이 수행하는 활동의 대다수를 무력화해서 군사 구성체를 약화하거나 심지어 무너뜨린다. 평평한 지휘 체제 하에서는 적이 지휘관과 장교들을 제거하여 군대를 무질서하게 교란하지 못한다.

웨스트의 입문서는 도시화된 전쟁에 관한 온갖 군사적 전술들을 망라하면서도 결국 서구식 전쟁은 도시 지형에서 이슬람의 사막 군사주의에 대응하는 데 실패할 수밖에 없다는 결론에 도달하는데, 왜냐하면 사막 군사주의가 극대화된 것이 바로 도시화된 전쟁이기 때문이다. 그는 이슬람 사막 군사주의의 건조한 지평이 얼마나 광범위한지 질문하면서 이렇게 쓴다. "사막에서 태어난 것, 사막의 편에서 생각하고 자라는 것을 사막화한다는 것은 얼마나 순진한 생각인가. 게다가 그들은 풍부한 먼지와 함께 살고 있다." 또 다른 부분에서, 웨스트는 지하드인에게 있어서 사막을 위해 살고 싸우고 죽는 것은 종교와 같다고 지적한다. 사막의 당파적 수평성은 중동의 정치, 종교, 소수 집단, 만연하는 양가성을 구체적으로 실현할 수 있다. 그는 파르사니의 『고대 페르시아의 훼손』의 도입부를 연상시키는 어투로 다음과 같이 쓴다. "중동은 군사적 수평성이 검은 담즙의 성마른 성격으로 변모한 것이다. 중동은 너무나 이질적인 지각 능력을 발휘하기 때문에 일반적으로 어떤 외부나 외계의 도움으로 그 힘과 지성이 강화된 것으로 여겨진다. 그런 지각 능력은 흔히 귀향과 진입의 측면에서 접근되며 유일신교의 깃발 아래 초자연적인 신성한 존재의 것으로 숭상되지만, 곰곰히 생각해 보면 그 모든 것이 내부에서 왔음을 깨달을 수 있다. 따라서 이 외계적 지각 능력은 지구에 도래하고 착륙하는 것이 아니라 지구로부터 솟아나고 날아오르는 것으로 보아야 한다."

중동의 종교와 종파들을 총망라하는 '파르가르드'([조로아스터교 경전 『아베스타』에서] 장을 구별하는 단위)에서, 파르사니는 이슬람 종파들 중에서도 와하브파를 사막 급진주의의 사례로 본다. 그는 모든 우상

숭배의 현현('쉬르크'와 '쿠프르')에 대한 와하브파의 적개심으로 인해 유일신교와 우상숭배 양쪽 모두에 새로운 함의가 더해진다고 쓴다. 유일신교가 자신의 독점성과 평평함에 맞서는 어떤 종류의 두드러진 윤곽도 허용하지 않고 모든 것을 불태우는 수평성과 연합된다면, 우상숭배는 그처럼 모든 것을 평탄화하는 사막의 수평성을 때로 반독점 정책이라는 명목으로 교란해 들어온다. 여기서 모든 가치 평가의 기준은 사막이다. 이슬람과 그 영향을 받은 종파주의는 (파르사니에 따르면) 아브라함적 유일신교를 의식 이하의 수준까지 침투시키는데, 이는 조로아스터교의 감염된 생식 세포에서 유래한 것으로 추측된다. 유일신교를 향한 조로아스터교의 열의는 어떤 모호한 목적과 목표(임무)를 위해 유일신교에 기생하여 은밀히 꾸준하게 전복을 꾀하는 방식으로 발현된다.

논란의 여지가 있지만, 파르사니는 "유일신교가 특히 중동에서 임무를 완수하는 데 실패했다면 이슬람은 유일신교의 열망이 돌파하지 못했던 모든 전선에서 성공했다."고 본다. "아이러니하게도, 이슬람이 성공할 수 있었던 비결은 유일신교가 열망한 것 중에 가장 하찮은 것, 즉 사막을 향한 유일신교의 희망과 야망을 받아들인 데 있다. 사막의 예언자가 되는 데 그치지 않고 사막 자체가 되기, 신성한 존재를 향한 전면적인 커뮤니케이션의 발판이 되기를 택한 것이다." 파르사니가 지적하듯이, 와하브파는 이슬람 내에서도 사막 지향성이 강한 종파로서 유일신교의 거의 알려지지 않은 특성이나 아주 주변적인 욕망조차 엄밀히 준수하면서 그에 제거되는 모든 우상들을 철저히 제거한다.

> 와하브파는 우상을 하나씩 쓰러뜨리는 것은 무용하고 불합리하다고 본다. 올바른 해법은 그들의 근거지를 섬멸하고 그들의 문화 자체를 일소하는 것이다. 그러나 이것도 불충분하다. 모든 우상들을 섬멸하려면 그런 허깨비를 기르고 살찌우는 믿음 자체를 근절해야 한다. 믿음이 있는 한 우상숭배는 불가피하며 모든 것이 우상으로 건립될 수 있다. 와하브파의 관점에서 믿음은 사탄의 농장이기에 완전히 평탄화하고 불태워야 하며 그 지반을 끊

> 임없이 무효화하고 약화시켜야 한다. 그리하여 믿음의 근절 또는 부재는 유일신교적 반전에 도달하여 우상숭배에 맞서는 호전적 작전과 동일시된다. (H. 파르사니, 『고대 페르시아의 훼손』)

파르사니는 예언을 혐오함("노스트라다무스가 되기를 갈망하는 고고학자처럼 꼴사나운 것은 없다.")에도 불구하고 이 같은 사막화 메커니즘의 미래를 살짝 누설하는데, 그에 따르면 사막화의 여파로 인해 믿음 자체도 우상숭배에 탐닉하거나 그 자체로 우상숭배적 과잉이 된다.

> 지하드와 순교의 미래는 믿음이 불타고 남은 재에 있다. 우상숭배에 맞서는 아브라함적 전쟁은 믿음의 근절을 통해 상상할 수 없을 만큼 번성할 것이며, 새로운 의미와 새로운 칼날들로 장식될 것이다. 미래가 어디에 있고 어떤 모습일지 알고 싶다면 와하브 전사에게 물어보라.

웨스트 역시 기계로서의 전쟁을 구체적으로 파악하는 데 핵심적인 사막화 과정과 사막의 광대함을 이해하는 데 있어서 와하브파가 결정적인 단서를 제공한다고 본다. "지난 수천 년 동안 중동은 전쟁을 하나의 기계로 파악함으로써 얼마나 놀라운 결과를 낼 수 있는지 세계의 나머지 지역들에게 공짜로 가르쳐 주었다. 웨스트는 자신의 "아들들"에게 그들이 무엇을 상대하고 있는지 늘 상기시킨다. 미군 제3보병사단이 카르발라 근처의 한 마을에서 회수한 오디오테이프를 제1특수부대 작전파견대가 분석하여 나중에 델타 포스에서 공개한 자료가 있는데, 델타 포스 측에서는 여기 녹음된 목소리의 주인공이 잭슨 웨스트 대령의 최측근일 거라고 추측한다. 그 남자는 웨스트의 설교 한 편을 불완전하게 반복한다. 델타 포스에서 공개한 대목은 파르사니의 논의와 공명하면서도 그의 학술적 성향과 분석적 특질만 제거한 것처럼 보여서, 어쩌면 웨스트의 담론이 『고대 페르시아의 훼손』의 원고 일부에서 직접적으로 영향을 받았을지도 모른다는 추측을 불러일으킨다.

하나님의 사막으로 가는 길은 작열하는 믿음으로 건설된다. 지금 시점에서 방사능 원소를 이용한 화학요법을 쓰는 것은 무의미하겠지만, 핵무기로 그 놈들을 단번에 해치우는 것은 믿음을 끝장내는 효과적인 방법이 될 것이다. 와하브파처럼 믿음을 먼지로 만드는 것은 전쟁에 관한 한 체계적 계몽과도 같다. "신앙의 문제"는 신경쓰지 마라. 그건 상관없다. 신앙은 불가능하다. 논의 끝. 신앙이 발흥하려면 믿음의 지반이 있어야 한다. 와하브파의 관점에서 믿음은 마즈라이 샤이탄 즉 사탄의 농장이며 신앙인은 사탄의 농부이다. 그렇다면 어떻게 믿음 없이 살 수 있는가? 와하브파 자살 폭탄 테러범에게 물어보라. 그들은 그것이야말로 가장 책임감 있게 하나님을 숭배하는 방식이며 투쟁과 삶 자체라고 답할 것이다. 사막의 계몽은 전쟁기계가 아니라 전쟁의 윤리를 필요로 하며, 전쟁의 윤리는 믿음의 사후에 실천되어야 비로소 진짜가 된다. 일단 믿음을 버리면 너는 결코 희생자가 되지 않을 것이다.

웨스트 대령이 믿음의 황폐화에 기반한 성찬식을 숭상하는 것("핵전쟁 이후 믿음의 겨울 속에서 걸어갈 시간")과 신앙을 가차없이 공격하는 것을 단순히 불신의 옹호로 이해해서는 안 된다. 불신 역시 애초에 그것이 부정할 믿음을 요구하면서 부정성과 배제의 논리로 불신의 판을 영속화하기 때문이다. 그렇다면 끊임없는 방사능 화학요법으로 믿음을 근절한다는 이 공포를 향한 조류는 대체 무엇인가? 그것이 와하브파 자살 폭탄 테러범의 불가피한 선택지가 된 강렬한 내적 박동을 형성한 것이 아닌가? 이렇게 믿음을 전복하는 것의 아이러니는 자살 폭탄 테러범이 외치는 서정적인 전쟁의 구호가 광란적 민주주의의 구호로 반전되는 순간에서 절정에 달한다. "나는 군중을 사랑한다."

부록 VII

제이라는 신원미상의 필자가 쓴 '야투의 책'이라는 지하출판물.

발견 장소: 이란 쿠르디스탄과 시스탄-발루치스탄 지역

사막을 지지하라. 서구인이 사하라(사막)의 광대함을 파악하는 유일한 방법은 나프트(석유)에 빠져 죽는 것이지만, 파이프라인으로 대륙 전체에 석유를 퍼 올리는 데는 시간이 걸린다. 그렇다면 우리가 나프타의 종교가 약속하는 바에만 전적으로 의지해서는 안 되지 않겠는가?

미국의 군사력이 테러와의 전쟁에 기여한 바는 사막을 확장한 것뿐인데, 이슬람은 바로 그 사막에 그들의 토대를 바치고 움마[이슬람 공동체]를 봉헌한다. 그것이 바로 '키야마' 즉 이슬람 묵시론의 사막이다. 먼저 최소한의 목표물을 향해 과잉 배치된 무기를 통해 미국 헤게모니의 무한한 너그러움이 단호하게 표현된다. 테러와의 전쟁과 사막 군사주의의 맥락에서, 그렇게 호화로운 무기의 향연은 부지불식간에 그러나 열정적으로 사막의 반대편 끝에서 지하드를 불러낸다. 키야마에 대한 이슬람의 헌신이 알라에 대적하는 모든 우상의 건립을 금지하는 뜨거운 사막을 통해 전달된다면, 미국의 군사주의 역시 모든 것을 황폐화하려는 강렬한 충동으로 여기에 와서 사막의 확장에 헌신하니, 결국 그들은 지하드가 불타는 키야마에 도달하여 그에 몸을 던지기 위한 경로를 확장해 주는 셈이다. 이 같은 노선을 따르라. 미국 전쟁기계들이 특유의 파괴적 정신에 순종하여 사막에 이바지하도록, 지하드와 사막을 걷는 유목민들을 가로막는 모든 장애물을 분쇄하도록 독려하라.

팍스 이슬라미카([이슬람의 지배에 의한 평화], 움마)가 전쟁을 도시 공간으로 몰아가려고 그토록 애쓰는 것은 미국 전쟁기계들이 다른 관습적인 적군들처럼 도시 지역을 일소하는 데 그치지 않고 도시 자체를 과잉살상할 것임을 알기 때문이다. 그들의 전술과 특별 살상 무기는 전술적 정확성에 대한 비인간적 열정을 가지고 지상의 모든 것을 세포와 원자 단위로 분해하여 도시를 사막으로 만들도록 프로그래밍 되었다. 이런 식으로 그들은 적대 관계인 와하브파와 함께 모든 건립물을 평탄화하고 모든 우상숭배의 현현을 근절하는 데 동참한다.

베트남 정글은 마치 미국의 군사적 전쟁기계들과 은밀히 결탁한 것처럼 우호적인 환경을 제공했다. 정글은 미국의 우월성을 숭고하고 스펙터클한 형태로 투사할 수 있는 완벽한 목표물로서 베트콩 부대의 시체를 불타는 나무 무더기로 감싸 진흙탕 강물에 실어 보냈다. 그러나 사막에서 그런 군사력의 성과는 부정적인 이미지로 돌아오거나 적대 관계의 지하드인을 오히려 강화하는 결과를 초래한다. 지하드인은 사막으로부터 호전성을 북돋우고 충족하며 궁극적으로 사막을 통해 운명을 달성하기 때문이다.

베트남은 실패로 기록되었을 테지만 실제로 그것은 미국의 가장 위대한 성취였다. 그 덕분에 미국 군수경제는 목표 지역을 완전히 사막화하는 수준으로 과잉살상력을 발휘하도록 프로그래밍된 무기와 군대를 생산하게 되었다. 실제로 베트남은 미국의 군사적 소비를 확대했을 뿐만 아니라, 미국에게 일종의 답례로서 모든 군사적 목표물이 정글로 취급될 수 있으며 전쟁기계가 전쟁을 필요로 하는 것이지 그 반대가 아니라는 환상을 안겨주었다.

십자군과 지하드가 서로 다른 방향에서 사막과 동조한 것은 필연이었다. 그러나 지하드의 관점에서 사막의 가치는 일시적인 것이 아니라 참된 굴종 즉 이슬람을 향해 열린 유일한 길이다. 사막이 굴종의 유일한 길임을 인정한다면,[25] 미국의 군사적 지향—대규모 '충격과 공포' 작전이든 거의 신성하게 보이는 '하늘에서 내리는 죽음'의 자주적 운동이든 간에—은 이슬람적인 굴종의 길을 향한 끝없는 열의를 보이며 실제로 지하드 군대보다 더 임무에 충실한다. 이제 미국의 군비가 있으니 도로와 공터, 주거지와 민간 건물로 전투를 끌어내라. 이 전투의 목적은 미국 무기에 대한 전술적 우위를 획득한다는 불가능한 임무가 아니라, 미국이 지하드의 사막을 확장하고 모든 주거지와 건립물을 평탄화하도록 돕는 것이다. 그것은 전장이 아니라 사막을 환영하는 지하드의 발흥을 더욱 쉽게, 좋게, 빠르게 할 것이다.

제이
야투의 책
(H. P.가 페르시아어에서 번역)

지구행성적 반란

건조함의 경주장, 태양 폭풍, 지구-태양의 축

태양을 향한 지구행성적 자기장의 음모론 제1편:
태양의 딱딱거림

하미드 파르사니는 「태양 제국의 흥망성쇠」에서 지구와 태양 간의 이례적 협약을 이른바 '지구행성적 신성모독'의 방법(지구의 몸체에 대한 악마문법적 해석법)으로 엄밀히 조사하는 것이 전무후무하지만 분명 효과적인 접근이 될 것이라고 본다. 그런 조사를 통해 '중동의 발흥', 즉 중동이 전염병들, 비관습적 전투 양식들, 권력 구성체들, 다중정치적 소요들이 들끓는 격동의 지대이자 그 자체로 지각능력이 있는 존재자로 부상하는 데 연관된 각종 존재자들과 과정들을 이해할 수 있다는 것이다. 파르사니는 중동의 발흥이 일명 '아시리아 증후군'이라는 주술적 용융(그리고 바빌로니아, 이집트, 페르시아, 팔레스타인에서 일어난 그와 유사한 격변들)에서 유래한다고 보는데, 그는 이러한 사태가 지구 내부에 은밀히 깃든 존재자, 어떤 "지구행성적 내부자"와 태양 간에 커뮤니케이션과 공모의 축이 창출된 결과라고 믿는다. 이 글에서 그는 중동 언어들의 발성과 음성학 체계, 또는 그가 『고대 페르시아의 훼손』에서 지적한 바 "그리스인과 로마인이 '야만적 음악'이라고 칭했던 것"을 추적한다. 파르사니는 중동식 발성이 지구행성적 차원에서 정치와 종교의 차원에 이르기까지, 태양의 헤게모니와 그 자본주의적 헤게모니의 상실에 두 발을 딛고 촘촘히 엮인 중동의 모든 면을 일관성 있게 묶어 준다고 믿는다. 그에 따르면, 중동이 태양 제국에 맞서 일어날 때는 반드시 지구행성과 별들의 지혜가 결합된 어떤 음악, 중동이 세계의 나머지 지역들과 커뮤니케이션하는 독특한 방식에서 유래하는 어떤 찬미의 코러스가 울려 퍼진다. 파르사니는 이렇게 쓴다. "살아 있고 지각 능력이 있는 중동이라는 존재가 태양 제국 또는 그에 징집된—국가, 경제, 정치, 문화의 형태를 취하는—지구생명적 군대와 전쟁에 돌입할 때, 그것은 잊지 못할 전투의 함성, 모음 없는 알파벳의 음악과 함께 적의 영토를 급습한다."

음향적 홀로코스트. 지구의 전리층은 지구 표면 상층부의 이온화된 영토들로 조성된다. 지구 표면의 상층부에 층층이 나뉜 이 영역은 태양의 열적-일주 활동의 영향을 받으며(도 24), 자유 전자가 떠다니고 있어서 전파에 직접 영향을 끼친다. 이 층은 고도에 따라 거의 수평적으로 겹겹이 층화된 배열을 이룬다. 전파가 전리층을 가로지르면 내부의 전기장 때문에 전자가 진동 운동을 하면서 초소형 안테나처럼 에너지를 발산하고 그로 인해 전파의 속도가 달라진다. 그러나 태양 폭풍이 발생하면 전리층의 비밀 관료제 같은 층상 배열이 무너지는데, 태양의 전자기적 급등으로 인해 전자들이 광적으로 동요하고 지역들이 극히 불안정해지면서 전리층의 조성이 바뀌는 것이다. 또한 이 같은 전자기적 교란은 고주파로 전달 가능한 정보량을 제한하는데, 그 결과 전쟁을 커뮤니케이션 시스템의 테러로 전락시키는 음향적 홀로코스트(태양의 딱딱거림), 입자들을 진동시키고 불태우는 '자유의 홀로코스트'가 촉발된다.

태양 폭풍이 발생하면 청취는 불가피한 동시에 불가능해진다. 군대의 통신 기사는 통신 장비를 마비시키는 극히 다양하고 골치 아픈 이례적 음향 현상들에—레이더 전파 방해에서 태양의 폭주에 이르기까지—직면한다. 이런 상황에서 통신 기사는 '태양의 딱딱거림'이라는 음향적 전염병에 예기치 않게 근접한다. 전쟁에 참여한 모든 통신 기사들은 그것을 아주 개인적으로 경험한다. 입구가 열리고 통신기사가 그 속으로 빨려 들면 ... 오로지 소리로만 이뤄진 또 다른 환경으로 내던져진다. 인간의 소리가 아니라 확고하게 반(反)인간중심적인 소리의 분자들, 감전사의 딱딱거림, 극도의 불안함을 유발하는 끽끽거림, 분자적 폭풍, 윙윙거림, 그것은 마치 머리 위에서 들리는 무시무시한 드론의 소리, 드루지-나수(모든 부정한 것의 어머니 드루지의 화신)가 또 하나의 시체를 움켜쥐려는 파리처럼 북쪽 산맥에서 뛰쳐나오는 소리와 같다. 폭풍 치는 날씨의 무선 송신은 파리들의 왕 벨제붑의 비조직적 몸체를 방송한다("나는 파리 소리를 내면서 떠들썩하게 뛰논다"). 통신 기사가 지각하는 전쟁기계들은 절대적인 전쟁 그 자체에 집어삼켜지는 음향적 존재자들이다. 그것들은 태양을 향한 지구 자기장의 음모론에 따라 태양의 딱딱거림 형태로 설계된 전장을 전부 소진하겠다고 음향적으로 맹세한다. 이러한 음모론은 태양의 파국을 지향하는 흑색 혁명에도 알려지지 않은 지구행성적 반란을 선동한다.

> 드루지-나수[26]가 북쪽 지방에서 나와 그에게 돌진하니, 그것은 꼬리와 무릎이 튀어나온 맹렬한 파리의 형상을 하고, 마치 가장 역겨운 크라프스트라들[27]에게 다가가는 것처럼 끝없이 윙윙거린다. (벤디다드, 비데브다드, 또는 악마들에 맞서는 법의 책, 반(反)드루지 법전, 제7파르가르드, 순수성의 법)
> âat mraot ahurô mazdå, ishare pasca para-iristîm spitama zarathushtra us haca baodhô ayât aêsha druxsh ýâ nasush upa-dvãsaiti apâxedhraêibyô naêmaêibyô maxshi kehrpa erekhaitya frashnaosh apazadhanghô akaranem driwyå ýatha zôizhdishtâish khrafstrâish.[28]

전지구적 규모에서 태양의 딱딱거림은 궁극의 음악에 상응한다. 그것은 신호를 보내는 메시지 지향적 데이터 흐름을 집어삼켜 기생적인 하위 잡음의 웅성거림으로 소화시킨다. 태양의 딱딱거림은 모든 데이터 흐름을 어떤 허위정보의 패턴과도 맞지 않는 비(非)기호로 고쳐 쓴다.

태양을 향한 지구행성적 자기장의 음모론. 지구행성적 반란은 들뢰즈-가타리의 '새로운 지구'(『천 개의 고원』, 「도덕의 지질학: 지구는 자신을 누구라고 생각하는가?」)와 달리 층화의 전략을 통해 태양과 함께 하는 뒤틀린 내재성을 설계한다. 고도로 층화된 전리층과 자기권의 구조는 지구에 태양 자체보다 더 오래된 은밀한 전쟁기계들을 제공한다. 그것은 태양풍(태양의 고에너지 입자들)을 포획하여 독특한 행성적, 음향적 존재자들로 변환한다. 전리층은 태양풍을 포획하기에 적합한 형태로 배열을 바꾸고, 지구 표면을 악마적 흐름들과 힘들로 강화하여 지구 표면과 그에 집중된 생물권이 지구의 불타는 핵 그리고 태양과 함께 하는 내재성에 도달하도록 한다. 지구의 불타는 핵(내부자)에서 태양으로 이어지는 지구-태양의 축 위에 지옥이 만들어진다면, 그것은 태양과 그 자본주의적 관점에서 온전히 파악되지 않는다. 지구의 내부자 또는 지구가 자기 내부('게 힌놈')에서 부화시킨 검은 알이 지옥의 지정학적 현실을 태양 제국의 경계선 너머로 연장한다. 이런 점에서 지옥은 태양과 그 핵융합적 홀로코스트에 배타적으로 귀속되지 않는다. (비고: 힌놈의 골짜기는 흔히 지옥을 지칭하는데, 그 히브리어/그리스어 어원은 '게 힌놈'으로 거슬러 올라가며, 그로부터 쿠란에서 지옥을 지칭하는 단어 '자한남'이 파생되었다. 기독교와 이슬람 경전 양쪽 모두에서 게 힌놈(또는 지옥)은 다양한 지구화학적 속성을 지닌 '저 아래의 장소' 또는 불의 호수로 간주된다. 게 힌놈 또는 지옥은 지구 핵의 불타는 바다 또는 미르체아 엘리아데가 말하는 '크텔'의 지구-외상적 노선들을 주술적으로 공식화한다.)

주술적 존재자들이 태양의 딱딱거림을 그들의 음파 네트워크(선전의 격자이자 불협화음의 모델)로 선택하는 까닭은, 그것이 내재성의 수평적, 수직적 장들을 생성하는 동시에 커뮤니케이션의 노선들을 기호의 종점에서 격렬하게 소멸시키기 때문이다. 근동 및 중동의 주술적 제의들(예시: 악마 부르기, 소환 주술, 이종간 커뮤니케이션 등)이 본질적으로 알아들을 수 없는 음향-외상적 웅얼거림과 잔잔한 기계적 잡음으로 이뤄진 음향적 지도를 그리는 것은 우연도 아니고 현대 펄프-호러 소설의 창작도 아니다. 태양의 딱딱거림과 그에 상응하는 지하의 청각적 소란은 광범위한 분자적 소리와 음향적 조성을 분절할 수 있는 중동 및 근동 언어(아람어, 히브리어, 팔라비어 등)의 모음 없는 알파벳의 막대한 역량에 이미 내포되어 있다. 마법사들과 소환사들 사이에서 잘 알려진 바, 철저하게 이질적인 방식으로 외부적인 것과 커뮤니케이션 하려면 먼저 그들 자신의 커뮤니케이션 네트워크(광신적 종교 집단?)를 정보 전달적 신호체계에서 분리하여 기호와 정보적 현실의 종점에서 커뮤니케이션을 새롭게 파악해야 한다. 이렇게 해서 태양의 딱딱거림은 전자기화된 지옥이라는 태양-크텔의 축을 따라 커뮤니케이션 채널을 설치한다.

태양 폭풍에서 태양의 딱딱거림으로. 행성간 공간은 한때 무고한 허공이라고 믿어졌지만, 실제로 그것은 태양풍과 행성 자기권의 대부분을 차지하는 우주적 홍수의 저장고 또는 동굴 형태의 숙주이다. 자기권 또는 행성 자기장이 생성되려면 두 가지 요소가 조합되어야 한다. 하나는 전기 전도성 액체 즉 행성체 내부에 있는 용융된 금속의 바다(지옥?), 이른바 핵이라고 부르는 것으로, 지구의 경우 외핵(크텔)이 그에 해당한다. 다른 하나는 핵의 액체 금속을 순환시켜 행성체 주위에 자기장을 발생시킬 만큼 충분히 빠른 속도로 일어나는 회전 운동 또는 거대한 흐름의 고리다. 자기권(또는 핵 자기장의 음모론)은 태양의 자기 폭풍과 커뮤니케이션 하는 철저하게 이질적인 방법을 발전시킨다.

태양의 자기 폭풍은 태양 광구에 발생하는 검은 얼룩 모양의 흑점과 밀접한 연관이 있다. 흑점은 상대적으로 온도가 낮고 자기적으로 과잉활성화된 영역인데 대개 10개 이하로 무리 지어 나타난다. 이들은 태양의 복합적인 자기장들을 노출하는 가장 가시적인 신호다(그 외에는 자기적 루프에 붙들린 고온의 가스에서 방출되는 태양 전파가 있다). 태양 흑점들은 가장 뒤틀리고 이례적인 자기 현상들이 생산되는 공장과 같다. 이들은 태양의 자기 활동과 태양 플레어에 의한 질량 방출을 결합하여 행성들을 뒤흔든다. 자성을 띤 엄청난 양의 가스 구름, 악마적으로 들끓는 입자들과 방사선이 코로나 활동과 연합하여 태양 중력을 뿌리치고 날아올라 자기권을 폭격한다. 지구의 경우 태양 플레어는 지구 전역의 전리층과 자기권에 폭풍을 유발한다. 이렇게 엄청난 소란(태양풍[29]과 태양 플레어)이 일어나는 동안에는 인공위성과 통신 장비들이 휴면 상태로 전환된다. 행성 자기권 주위에 휘감긴 태양풍 입자들과 방사선이 전략적으로 층화된 자기권에 의해 재조성되면서 지구의 핵(지옥 또는 매장된 영도)과 태양(불태우는 영도)이 철저하게 이질적이고 사악하게 창의적인 친밀함에 도달할 때, 지구는 미친 야수처럼 노래한다. 지구의 생명은 그런 음향적 서큐버스의 놀이터 아래서 음악적이고 뒤틀린 방식으로 조성되었다. 자기권은 태양의 고에너지 입자들을 막아주는 피난처 또는 무고한 지구생명의 최전선으로 위장하고 있었지만 실은 커뮤니케이션과 음향의 차원에서 지구를 계속 무방비하게 벌거벗기고 있었던 것이다. 지구 자기권의 층화된 모양 자체도 태양 폭풍의 쉼없는 폭격에 직접적인 영향을 받아 창의적으로 대응한 결과다. 태양 방향의 자기권은 태양풍 때문에 고작 지구 반경의 6-10배 정도 거리로 (태양을 향한 얼굴 없는 뱃머리 형태로) 수축되지만, 태양 반대편 밤의 자기권은 지구 반경의 약 1,000배까지 확장된다. 이렇게 자기권이 괴물처럼 과잉활성화된 부분을 가리켜 '지자기 꼬리'라고 한다.(도 24)‡

지자기 꼬리는 길고 역동적인 꼬리처럼(한 떼의 쥐-꼬리들처럼) 뻗어 있다. 전기가 흐르는 꼬리들로 이루어진 이 음악 기계는 극지방에서 오로라가 발생하는 주요 원인이기도 한데, 고대 문헌에서 '천상의 전투' 또는 '불타는 구름'이라고 묘사되는 이 현상은 지구행성적-자기적 소란의 시각적 표현이다. 지자기 꼬리는 전리층과 명확하게 구분되지 않는 자기권에서 발생하는 다양한 소리들(삑삑거림, 전자적 태풍, 사자의 울부짖음, 휘파람, 쉭쉭거림 등으로 칭해지는 비구조적 소리들과 그 외 구조화된 소리들)을 방송한다. 이 소리들은 철저하게 이질적인 자기권의 불안정성과 자기 유동의 메커니즘을 그려 보이는 다이어그램이다. 오로라는 11년 주기로 태양 흑점이 활성화될 때 가장 많이 보이는데, 이때는 흑점의 수가 늘어날 뿐만 아

‡ 쥐와 아야소피아: ED717H135B12958

니라 그와 연관해서 방사선과 입자들의 폭발적 분출(태양 플레어)도 확대되어 마치 태양이 행성 자기권을 처벌하기 위해 직접 회초리를 든 것처럼 보인다. 플리니우스가 "비애의 전조"라고 칭했던 오로라는 역사적으로 불길한 징조로 기록되었고 이는 연대표 상에서 율리우스 카이사르의 암살, 모하메드의 탄생, 1197년 유럽의 대기근과 제2차 세계대전 등에 상응한다.

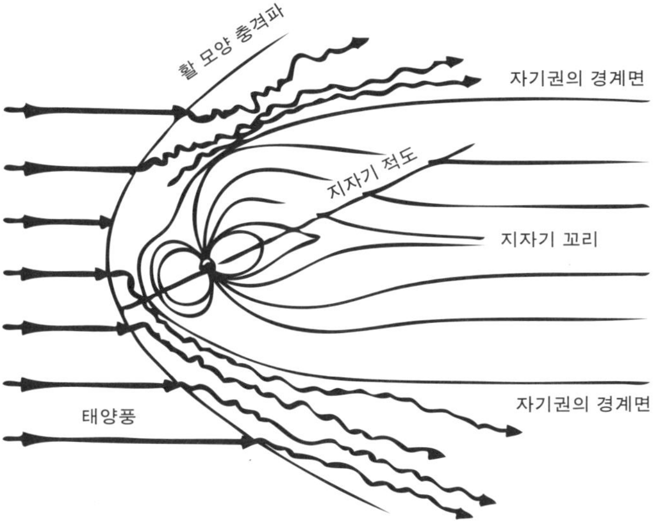

도 24. 태양풍, 자기권, 지자기 꼬리

자기권이라는 초고대적 보호막은 오랫동안 행성체를 에워싸고 지구행성적 반란을 강화했다. 그것은 외부적인 것에서 유래하는 금지된 이야기들을 지구에게 들려주었으며, 어떻게 태양과의 내재성에 도달하여 궁극적으로 내부의 검은 알 또는 배반적 내부자를 완전히 깨울 수 있는지 가르쳤다. 지구행성적 반란에서는 모든 것이—층상 구조를 취하든 아니든 간에—이종화학적 내부자를 품고 있는 지구를 보조하는 역할을 맡는다. 지구행성적 내부자(핵: 크텔)와 태양의 전략적 공모 관계 하에서, 자기권은 두꺼운 지구행성적 자기장의 음모론적 설정을 통해 태양이 풀어놓은 입자들을 포획하고 그 잠재력을 개발하여 전례 없는 지구 행성적 반란에 동원한다. 지구 자기장의 음모론이 서술하는 금단의 신비는 가늠할 수 없이 깊으니, 그 심오한 음모론에 대해 제기되어야 하는 질문은 다음과 같다. “태양의 딱딱거림이라는 불협화음의 음악, 전리화된 울부짖음 속에서 우주적 기호학을 개시하는 이 음악은 대체 어떤 부정한 것을 불러낼 것인가?”

부록 VIII
야만적 음악과 모음 없는 알파벳

어떤 사람들을 '야만적'이라고 말하는 것은 그들의 발성을 지각적 또는 정량적 차원에서 잡음이나 소음으로 평가하는 것이다. 으르렁, 꽥꽥, 워우워우, 왈왈, 컹컹, 꺅꺅, 엉엉 대는 소리, 언어를 끊임없이 소음으로 바꾸는 병든 오케스트라. 그리스인과 로마인이 미개한 것의 침범을 우려할 때 주로 문제 삼았던 것은 이민족의 생활 방식이나 건축 형태가 아니라 이질적인 발성 방식이었다. 그것은 이민족의 야만성, 나쁜 출신 성분, 미개함의 표식으로 여겨졌다. 그리스인의 관점에서 야만인은 자음을 비선형적 방식으로 발음하는 사람들, 언어를 횡설수설로, 화음을 소음으로, 말씀의 신성함을 악마의 외침으로 변모시키는 사람들이었다. 야만적 언어의 발성은 그리스인의 얼굴에 특유한 평정한 표정(정치가이자 철학자이자 전사의 얼굴)을 변형하여 무감각한 이교도, 짐승 같은 비인간적 얼굴로 바꿔 놓는다. 그 표정은 단순히 심층의 야만성이 얼굴로 표현된 것이 아니다. 미개한 이민족을 뜻하는 '바르바로스'라는 단어는 문명화된 세계와의 거리, 문화화된 인구와의 간격을 가늠하는 그리스인의 가장 근본적인 기준을 증언한다. 문명성을 측량하는 그들의 가장 확고부동한 척도는 발성(즉 들어본 적 없는 자음들에 모음들을 추가하는 생경한 발화)이었다. 그래서 셈어와 각종 아프리카 언어 사용자들, 그들로서는 '바르'라는 음(즉 '바르-바르'하는 소리)만 겨우 알아들을 수 있거나 자꾸 '탭-탭'거리는 것처럼 들리는, 발성과 발화에서 'b' 음이 두드러지는 사람들은 야만인으로 분류될 수 있었다. 포유류의 영토에서 잡음은 발성 과정을 통해 커뮤니케이션의 수단으로 조율된다. 즉 잡음은 배경으로 밀려나는 동시에 발성의 부가적 요소로서 커뮤니케이션을 뒷받침한다. 잡음은 발성과 조합되지만 배경을 넘어서지 못한다. 그리스인과 로마인의 관점에서 야만인이란 그들의 발화를 '바르바르'하는 소리로 번역하지 않으면 소통이 불가능한 자를 뜻했다. 그런 이민족은 말하고 듣는 쾌감, 공감의 신성한 감각을 반감의 메스꺼움(Ναυτεία)으로, 현기증, 구토, 귀에서 진물이 나고 빙빙 도는 것 같은 어지러움과 평형 감각의 상실로 변환한다. 그리스인에 따르면 야만인의 발성은 '나우테이아'라는 기이한 감각을 발생시키는데, 이는 더 정확히 말해 실제 운동(야만인의 실제 발성 과정)과 지각된 운동(그리스어를 통해 들을 수 있는 야만적 발성) 사이의 혼란으로 인해, 그리고 그리스어의 음성학적 체계 내에서 야만적 발성이 유발하는 잡음의 갈팡질팡한 움직임('나우시아') 때문에, 귀 안에서 뭔가 크게 잘못된 느낌이 드는 것이다. 그래서 잡음은 어원학적 차원에서나 구체적 감각의 차원에서나 그저 메스꺼움에 불과하다.

로마에서도 발성의 야만성은 한 민족의 문화적 특질과 가치, 사회적 역동성, 더 나아가 그들이 로마 문명의 관료제적 만신전과 정치체계에 얼마나 부합하고 또 그럴 동기가 있는가를 결정하는 시금석으로 여겨졌다. 발성은 제국에 대한 충성의 표식 또는 가치 있는 것의 기호였다. 로마인은 소위 야만인이라는 (주로 셈어와 각종 아프리카 언어를 쓰는) '이질적인 발성의 소유자들'이 사는 마을 또는 그들 부족을 대량 학살할 때, 이들이 도망치거나 싸우거나 감정적으로 격앙되어서 내는 말 소리를 '시끄러운 악마의 소음'('디스-소나레')이라고 자주 표현했다. 또한 그것은 '탈구된 소리'라고도 불렸는데, 왜냐하면 그들의 외침에서는 로마 무용곡(ορχήστρα, [오르케스트라])의 질서 잡힌 구조, 로마의 군사적 질서와 피투성이의 황홀경으로 표명되는 그 활기찬 명랑함이 느껴지지 않았기 때문이었다.

로마 병사들의 관점에서 야만인의 목이나 머리를 베어 그 목구멍과 구강에 갇힌 악령이 달아날 출구를 내는 것은 윤리적 의무였다. 병사는 악령이 내지르는 불가해한 단말마를 듣고 정신이 나갈 위험을 감수하면서 그런 인도주의적 행동을 취했다. 야만인의 외침은 특유의 발성 과정에서 유래한 잡음으로, 설령 그 소리가 문장 같은 체계적 커뮤니케이션 단위를 이루더라도 잡음으로 간주되었다. 로마인들 사이에서는 고양이처럼 음흉하고 잔혹하여 겉모습마저 그와 같이 변형된 떠돌이 야만인에 관한 괴담이 떠돌았다. 로마인이 그들에게 붙인 '고양이 인간'이라는 이름은 실제로 타당했다. 모음 없는 알파벳으로 구성된 언어로 말하려면 고양잇과 특유의 과도한 또는 정교한 발성이 요구되기 때문이다. 그리스인과 로마인의 관점에서 야만인은 온통 '바르-바르'하는 소리로 번역되는 특유의 발성으로 구별되었지만, 실제로 이들의 발성 과정에서 지배적인 것은 '바르-바르' 하는 소리('b' 또는 'β' 음)가 아니었다. 실제로 'b' 음에 편집증적으로 사로잡힌 것은 그리스와 로마의 언어였다. 그들의 제국 시민들만이 유독 베타-설사, 즉 다른 자음들 사이로 베타 음을 비정상적으로 질질 흘리는 발성 방식을 고수했다.

폐에서 생성된 기류가 공기 중으로 방출되는 '폐장 배출' 방식의 ('바르-바르' 같은) 소리로는 모음 없는 알파벳의 (셈어 같은) 발성 또는 야만적 음악을 제대로 파악할 수 없다. 폐장 배출 방식과 달리, 기류가 성도 쪽에서 생성되면서 폐 외에도 성문이나 구개가 소리의 시작점이 되는 다른 더 중요한 발성 방식들이 있다. 그리스와 로마의 언어는 셈어나 각종 아프리카 언어와 달리 대부분의 소리가 폐장 배출 방식으로 생성되는데, 그것은 'b' 음 또는 더 정확히 말해서 진짜 '바르-바르' 하는 소리가 생성될 때의 기류와 유사하다. 그러나 중동에서 가장 감염성 높은 언어인 셈어의 경우, 자음의 발성은 폐에서 개시되어 입술에서 터지는 방식 외에 비선형적인 공기의 폭발로도 나타나기 때문에 베타 음에 대한 그리스 특유의 페티시즘을 충족하지 않는다. 'β' 음의 발성 메커니즘은 폐장 배출 방식으로, 주로 자음 'b'나 'β' 같은 '유성 양순 파열음'에 관여하는 기류 메커니즘으로 분류된다. 유성 양순 파열음은 발성이 용이한 자음으로, 기류가 집요하게 선형성을 유지하다가 명확한 지점에서 멈추는 특유의 종말론적 경향으로 쉽게 구별된다. 그것은 (분절 방식 면에서) 성도에서 기류의 방해 또는 멈춤을 (따라서 '파열'을) 통해 생성되지만, 폐에서 개시되고 양 입술로 분절되는 그 기류는 일사불란한 선형적 경로를 따라 전개되어 최종적으로 문명화된 얼굴 즉 그리스인의 얼굴에 다다른다. 유성 양순 파열음이 문명화되고 철학적이고 전투적인 그리스인의 얼굴을 형성하는 것이다.

중동의 비열함과 대조되는 그리스의 미학은 폐에서 양 입술에 이르는 선형적 경로 위에 확립되었다. 이렇게 대담하고 완전무결한 분절의 영토에 걸맞은 것은 오로지 얼굴 위의 입술, 만사를 동일한 방식과 동일한 정치적 품행으로 분절할 수 있는 그 냉정한 효율성뿐이다. 그리스와 로마의 흉상들이 열렬한 강연, 논쟁, 전투, 모험의 순간에도 그리스와 로마의 얼굴 특유의 위풍당당한 아름다움을 간직할 수 있는 것은 입술과 (음성적 분절의 부록으로서) 눈이 표현의 중심점으로서 단순명쾌하게 선형적인 경로 위에 딱 버티고 있기 때문이다. 그리스와 로마의 얼굴들은 야만적 예술에나 어울리는 거친 리얼리즘적 감성을 통해 억눌러진 형태로 선형적 폐장 배출 메커니즘을 표명한다.

그리스와 로마의 예술은 아름다운 얼굴의 표준을 창조하면서 발성 과정의 냉혹한 리얼리즘을 진지하게 고려한 예외적인 사례다. 하지만 그렇기 때문에 이를 표준이라고 하기에는 무리가 따르는데, 왜냐하면 이들 문화권에서는 오직 하나의 얼굴 표현만이 아름다움을 고취하는 요소로 인정되기 때문이다. 그것은 유일무이한 지배적 분절 과정, 그들이 구사할 수 있고 그로부터 문명과 야만의 표준이 정해지는 단 하나의 과정에 의해 촉발되는 얼굴 표현이다. 로마인의 관점에서 해충이 버글거리는 것 같은 표정은 중동식 발성과 직결된다. 아람어로 말했던 나사렛 예수의 도상학적 얼굴은 아이러니하게도 그리스와 로마 얼굴의 미학을 지지한다. 그 냉정하고 평온한 표정은 경직된 발성 과정과 자음의 선형적 분절에서 비롯된 것이다. 그러나 아람어는 음성 및 기록체계 양면으로 교활하고 정교해서 아람어로 말하는 사람의 얼굴을 시체처럼 (입술을 달싹이지 않고 성도 내부에서 발성 가능한 자음들이 있기 때문에) 또는 엄청나게 경련하는 것처럼 (비선형적 분절 과정에서 얼굴 전체가 여러 방향으로 뒤틀리기 때문에) 보이게 만든다. 기독교는 다른 무엇보다도 로마인 구세주를 원하지만, 우리는 야수의 얼굴로 말한다. (H. 파르사니, 『고대 페르시아의 훼손』)

파르사니는 이처럼 중동과 근동의 발성을 분석하고 몇 년 후에 테러와의 전쟁 이후의 맥락에서 중동의 언어, 음성학적 체계와 발성에 관한 자신의 분석을 다음과 같이 정리한다.

> 정확한 서구 미디어가 존재한다면 그것은 본질적으로 테러의 편에 속한다. 왜냐하면 그들이 준수해야 하는 발성, 발음체계, 철자법이 테러리스트의 편에만 존재하기 때문이다. 역으로 발음을 많이 틀릴수록 그 발화자는 문명의 편에 서 있다. 왜냐하면 그들의 말은 중동 테러리스트만 낼 수 있는 원래의 발음과 공유점이 적을 것이기 때문이다. '가타르{카타르}'처럼 영어 발성에 거역하는 가프[ق] 음으로 시작하는 이름을 발음할 때, '기타'는 문명인에 걸맞게 충분히 동떨어진 소리지만 그렇다고 '거터[gutter, 시궁창]'라고 읽는다면 그것은 원음과 너무 멀어져서 서구 문명의 정점을 나타낼 수 있을 정도다.

50억년 동안의 지옥 설계

> 너는 네 자식들을 몰렉에게 희생제물로 바치면 안 된다.
> (레위기 18:21)

예루살렘 시 근처, 분변의 문을 지나면 나오는 힌놈의 골짜기에 도벳 또는 부정한 것의 장소가 있었다(느헤미야서 2:13). 느헤미야서에 묘사된 바에 따르면, 분변의 문은 (도시 폐기물을 위한 건축적 절정으로서) 예루살렘의 남쪽 끝 실로암의 연못 근처에 있었다. 그것은 도시의 쓰레기 처리장인 힌놈의 골짜기('게 힌놈')로 향하는 주요 출구였다. 골짜기는 예루살렘을 가로지르는 깊고 좁은 협곡으로, 예루살렘 구시가 서쪽의 야파 문 남쪽에서 (1/3 마일 정도 길이로) 지온 산의 남쪽을 따라 동쪽으로 이어진다. '힌놈'이라는 이름의 기원은 명확하지 않지만 대개 '힌놈의 아들'('게 벤 힌놈')에서 유래했다고 하는데, 그는 여호수아 이전에 골짜기의 소유자였거나 그 장소와 어떤 연관이 있었다고 한다. 힌놈이라는 히브리 이름은 훗날 성서와 코란에서 지옥을 뜻하는 말로 변모한다.

골짜기의 한 부분에 위치한 도벳 또는 '부정한 것의 장소'는 몰록이라는 신을 숭배하던 곳이었다. 암몬 사람과 가나안 사람에게 알려진 몰록 숭배의 주요 특징은 (대개 5-7세) 어린아이의 인신공양이었다. 각종 재물과 더불어 가장 귀중한 선물로 간주되었던 인신공양은 일반적으로 '불을 거쳐 가는' 것으로 묘사되었다.

몰록(또는 몰렉)은 페니키아, 카르타고, 아시리아에서 숭배되었던 고대신이다. 멜카르트, 말렉, 말콤이라고도 하는 이 신의 이름은 원래 주 또는 왕을 뜻하며, 페니키아인의 시대에는 '크로노스-말릭', 즉 시간을 관장하는 신으로 여겨졌다. 몰록은 실제로 태양신이었고, 그래서 가나안 사람은 어린 아이를 불태워서 몰록에게 제물로 바쳤다. 어떤 문헌에서는 초기 몰록을 YHWH[야훼]의 또 다른 면으로, 또는 더 정확히 말해 '몰록'을 모음 없는 모호함(야만적 음악)으로 자신을 숨기는 YHWH의 또 다른 이름으로 간주한다. 그러나 후기 몰록은 근본적으로 변신하여 우상으로 재탄생한다. 가나안 사람이 세운 몰록의 우상은 구리 또는 황동으로 만든 거대한 조각상으로 속이 비어서 그 안에 불을 땔 수 있었다. 그것은 황소 같은 머리에 양 팔을 넓게 펼쳐서 제물로 공양된 아이들을 따뜻하게 받아들였다.

> 솔로몬은 몰록의 존재를 조달하는 데 큰 역할을 했다. 그는 심지어 예루살렘을 굽어보는 언덕에 몰록을 숭배하는 사원을 세웠다. 높이가 30-40피트에 달하는 우상은 배가 불룩해서 그 안에 장작을 가득 채우고 불을 지피면 주황색으로 빛났다. 희생 제물로 바쳐질 어린 아이들은 움직일 수 없도록 묶여서 몰록의 손 위에 놓였다. 제의가 어느 정도 진행되면 군중이 성스러운 우상을 향해 기도를 올렸다. 기도 소리가 합성처럼 드높아지면 몰록의 손과 팔이 들리기 시작했다. 아이는 번쩍이는 성상의 입 또는 가슴 높이로 (제물이 받아들여졌다는 의미로) 천천히 들어올려졌다. 여정의 끝에서 아이는 몰록의 벌어진 입 속으로 미끄러져 야수의 배에서 이글거리는 깊은 불길 속으로 떨어졌다. 그동안 무리는 조각상 주변을 돌면서 노래하고 춤추며, 피리를 불고 탬버린을 치면서 죽어가는 아이의 비명 소리를 묻어 버렸다. (『고대 신들의 백과사전』)

조각상 내부에는 서로 연결된 7개의 칸 또는 방들(즉 계수적 관문들이)이 있었다. 첫 번째 방은 곡물 가루, 두 번째 방은 멧비둘기, 세 번째 방은 암양, 네 번째 방은 숫양, 다섯 번째 방은 송아지, 여섯 번째 방은 쇠고기, 그리고 일곱 번째 방은 인간 또는 인간의 어린 아이에 할당되었다. 이런 점에서 7이라는 숫자는 희생 공양을 성취하고 몰록을 달래는 데 성공했음을 나타낸다. 수비학적 다이어그램으로 그려보면 숫자 7은 도합 9가 되는 8-1, 7-2, 5-4의 숫자쌍이 다스리는 시간-회로 지역 또는 회전하는 영역에 속한다.(도 25)‡

숫자 7은 원래 히브리어로 '셰바'라고 하는데, 쉰[ש], 베이트[ב], 아인[ע]이라는 모음 없는 히브리 문자로 이뤄진다. 히브리 게마트리아[문자를 숫자로 변환하는 해석법]에 따르면 그 값은 다음과 같다.

> 절대값, '미스파르 헤크라키': 300+2+70=372(3+7+2=12=3)=셰바=seven: 7
> (또는 360(=쉰)+412(=베이트)+130(=아인)=902(9-2=7)=셰바=seven: 7)
> 서수값, '미스파르 시두리': 21(쉰)+2(베이트)+16(아인)=39(3+9=12=3)=seven: 7

전통적 카발라의 서수값과 절대값 양쪽 모두에서 숫자 7은 (수비학적 다이어그램의 시간-회로에서) 숫자 12와 연결되고 그것은 다시 카발라에 따라 숫자 3으로(1+2=3) 환원된다. 따라서 히브리어의 원래 형태로 표기하면 숫자 7은 숫자 3으로 나타낼 수 있다. 따라서 숫자 7은 수비학적 다이어그램에서 3의 지대로 표시된 뒤틀림의 지역 또는 '외부자'로 향하는 계수적 암호를 형성한다.(도 25) 수비학적 다이어그램에서 3의 지대는 숫자 3의 계수적 장소이며 숫자 6과 계수적 짝을 이룬다. 계수적 숫자쌍 6::3은 수비학적 다이어그램 내에서 시간-회로 지역 바깥에 있는 하나의 극이다. 그 밖에도 9::0이 또

---

‡ ʂ, "나는 언제나 너와 함께 있을 거야."라는 시구는 치명적인 기생 또는 귀신 들림의 상태로 실현될 수 있지.

하나의 극을 형성한다. 따라서 숫자 7과 연관된 몰록은 수비학적 다이어그램에서 숫자 3의 지대, 즉 외부자의 지대와 연결된다.

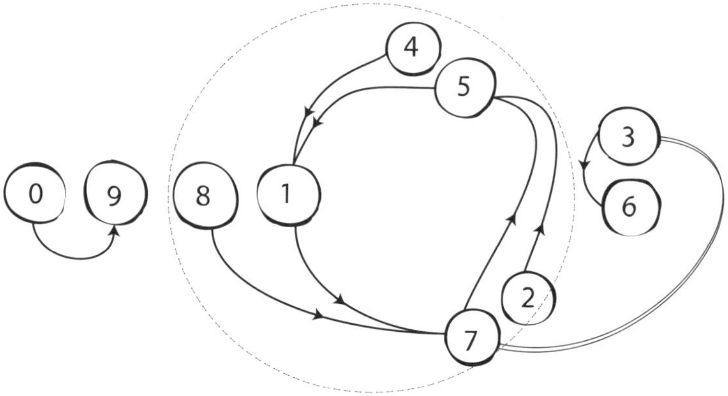

도 25. 수비학적 다이어그램, 3개의 지역과 9개의 지대

가나안 사람이 주술적으로 파악한 바에 따르면 몰록은 외부적인 것으로의 관문을 여는 신인데, 그것이 열어 보이는 외부는 태양일 수도 있고 (태양의 화염지옥) 지구의 용융된 핵일 수도 있다(게힌놈, 저 아래의 곳). 그러나 몰록에게 희생제물을 바치는 장소는 언덕 꼭대기가 아니라 골짜기이므로, 몰록은 정체불명의 추락한 태양신이라고 봐야 한다. 만약 몰록이 추락한 태양신이며 그의 제단이 (태양으로의 승천을 암시하는) 높은 지반이 아니라 지하의 깊이를 나타낸다면, 몰록은 태양적 외부와 일체화되지 못할 것이다. 따라서 몰록이 연결하는 외부적 차원은 태양이 아니라 지구 내부의 '저 아래' 거주하는 외부자다. 추락한 태양신들은 지구의 내부자로부터 말씀을 전하는 전령이니, 그들의 태양은 하늘 높은 곳에 있는 것이 아니라 저 아래에 파묻혀 검게 썩어 있다.

'셰바'(숫자 7)는 모음 없는 히브리 문자(쉰, 베이트, 아인)로 이뤄졌으며 이 문자들은 완성과 만족을 뜻하는 '소바이아'라고 읽을 수도 있다. 따라서 일곱 번째 방이 채워지면 몰록 또는 외부자는 얌전해진다. 이는 먹이 주기가 완결되는 것 또는 외부적인 것을 향한 관문의 봉인이 풀리는 것을 뜻한다. 외부적인 것의 관점에서 이 같은 개방 또는 충족이 성취되려면 저 아래의 곳(게 힌놈, 불의 호수, 지구의 용융된 핵)과 태양 사이의 뒤틀린 축이 완공되고 지옥을 설계하는 축이 형성되어야 한다.

> 하나님은 일곱 번째 날을 복되게 하시고 거룩하게 하셨다. (창세기 2:3)

몰록은 때로 페르시아의 신 미트라와 연관되는데, 그것은 빛, 진리, 명예의 신이며 7개의 방이 딸린 (화염지옥의 7개의 방?) 7개의 신비한 관문을 통해 접근된다. 게다가 독일어로 몰록은 대기업 즉 '재벌'이라는 의미도 있다.

도벳: 이 명칭은 탬버린을 뜻하는 '토프'에서 유래한다. 희생 제의에 모인 사람들이 몰록에게 아이의 비명을 가리려고 탬버린을 쳤기 때문이다(도벳은 지옥을 설계하는 태양-크텔 축 위에 존재하는 음악의 정원이기도 하다). 또는 불타는 것, 특히 느린 연소를 뜻하는 '타프'에서 유래했다는 설도 있다.

> 로널드 E. 에머릭은 호탄어와 고대 페르시아어에 관한 글(『이란어파 언어 대계』, 루디거 슈미트 편집)에서 '하프트'(일곱)와 '타프트'(느린 연소)의 독특한 음성학적 연관성을 시사한다. 원래 조로아스터교의 도시였던 타프트(이란 케르만 주 소재)는 이단적 조로아스터교 사제 악트의 고향이라고 한다. 그는 훗날 중동에 엄청난 영향을 끼친 광신적 종교 집단 악트-야투를 세웠으며, 이들은 이른바 '태양의 검은 시체'에서 솟구치는 검은 불꽃을 숭배했다. 나중에 악트-야투가 이 도시를 점령하고 타프트라고 명명했는데, 그 이름은 아베스타어 '타프타'(또는 '타프누')에서 파생된 것으로 동일한 단어에서 '아프탑'(태양), '타프누'(주로

감염에 의한 열병), '타프트'(느린 연소)가 유래했다. ... 공교롭게도 이 광신적 종교 집단이 발흥할 무렵 조로아스터교의 오래된 역법 체계는 여름을 일곱 달로 나누는 새로운 역법으로 교체되었다. (H. 파르사니, 『고대 페르시아의 훼손』)

파르사니는 『고대 페르시아의 훼손』에서 단어/숫자 '일곱'과 연결되면서 '느린 연소'를 뜻하는 서로 다른 형태의 단어들 간의 단선율적 관계를 고찰했는데, 이 주제는 몇 년 후 그가 석유정치적 논지들, 석유 열풍과 네이팜 강박에 치명적으로 휘말린 채로 장황하게 써 내려간 글들에서 재차 분출한다. 초기의 글이 악트와 그의 광신적 종교 집단에 관한 역사적 문헌으로 뒷받침된 것과 달리, 후기에 새로 쓴 글은 숫자 '일곱'과 '느린 연소'가 태양과 연관된다는 원래의 언급에 갑자기 석유정치적 반전이 추가된다. 『고대 페르시아의 훼손』에서 파르사니는 '타프트'(느린 연소)와 '하프트'(일곱) 사이의 확실한 친연성을 지적한다. 그에 따르면 조로아스터교의 태양력과 악트-야투의 교리는 모두 암묵적으로 '타프트' 즉 느린 연소로 표현되며, 태양에 대한 모호한 지향성은 '하프트' 즉 일곱으로 표현된다. 그는 이렇게 쓴다. "하프트 또는 타프트는 양쪽 모두 태양에 관한 독특한 지구생명적 뒤틀림을 만끽한다. 태양과의 거리는 너무 가깝지도 너무 멀지도 않고 그저 느리게 타 들어가는 정도이다. 이 같은 적정 거리는 언제나 지구의 신비한 존재자, 어떤 이중거래자에 의해 결정되고 유지된다. 일곱이 태양의 숫자라고 말하는 것은 명백하게 사실과 다르다. 하지만 그것이 태양과 의심스러운 연관성이 있다고 말하는 것은 심란하지만 신빙성이 있다." 책의 후반부에서, 그는 "숫자 일곱의 태양 지향성은 죽음을 초과하지만 총체적 근절에는 미달된다."라고 지적한다. 숫자 일곱은 문자-숫자적 차원뿐만 아니라 벡터적 차원에서 지옥을 설계한다. 몇 년 후 파르사니는 '하프트-타프트'(일곱과 느린 연소)의 이중 구조가 태양에 대한 지향성으로 환원되지 않음을 인정하게 되는데, 왜냐하면 그것은 지하 깊숙한 곳의 무언가에 연루되어 있고 그것의 관점에서 태양 제국은 저 멀리서 허세부리는 이빨 빠진 호랑이에 불과하기 때문이다. 파르사니는 이 같은 발견과 그에 따른 반전을 자신의 저작이 직면한 “가장 큰 탈선”이라고 칭하면서, 그 결과를 “기름통으로 향하는 또 다른 파이프라인을 찾는 것,” 또는 “태양에 맞서 땅밑의 썩은 별을 지지하는 봉기를 향해 나아가는 또 한 걸음”이라고 표현한다.

> 아베스타어로 쓰인 조로아스터교 문헌에서 이름이 확인되는 3,333개의 질병 중에서도 지구와 인간 양쪽에 가장 큰 재앙으로 진단되는 어떤 병마가 있다. 그것은 헤아릴 수 없는 악몽을 지칭하는 조로아스터교의 전통적 명명법에 따라 관례적으로 세부 기술이 생략되고 그저 동어반복적인 이름으로 지칭되는데, 이는 미지의 위험에 대한 두려움을 한층 증폭하는 효과가 있다. ‘타프누 타프노 테마’는 문자 그대로 ‘열병 중에서 가장 심한 열병’, 또는 ‘열병 중의 열병’을 뜻한다. 이 병마는 수그러들지 않고 인간과 지구를 모두 망칠 수 있다. ‘타프누’(열병)의 어원적 계열을 추적해 보면 소그드어(불교를 믿는 중국-페르시아계) ‘은트프’와 아베스타어의 ‘타프나’ 또는 ‘타픈’(이 쪽이 더 많이 쓰임)에 도달하게 된다. 나는 이 어원학적 궤적을 사색하다가 문득 악트가 어째서 그의 도시를 ‘태양에 의해 천천히 불탄다’는 의미의 타프트로 명명했을지 생각했다. 악트가 유일신교 사제도 아니고 태양의 시종도 아니었음을 감안하면, 타프트의 어원인 타프나 또는 타픈이라는 단어 자체가 또 다른 단어의 애너그램일 수도 있었다. 그러자 문자들이 서로 위치를 바꾸면서 태양이 아닌 무언가를 암시하기 시작했다. 악트는 주르반교(태양 숭배자들)와 유일신교적 조로아스터교 양쪽 모두의 이단자였으므로, 자신의 기지-도시를 태양과 연관해서 타프트라고 명명하는 것, 태양에 의해 서서히 불탄다는 의미의 타프나 또는 타픈이라는 말에서 이름을 따 온다는 생각은 그에게 역겹고 터무니없이 느껴졌을 것이다. 타픈이라는 단어를 음향적 암시에 따라 애너그램 방식으로 재조합해 보면, 도시의 이름은 악트-야투가 숭배했고 훗날 아인 알코자트 하메다니가 어두운 빛이라고 칭했던 검은 불꽃의 원천과 연결된다. ‘타프나’에서 ‘나프타’가, ‘타픈’에서

'나프트'가—즉, 그리스어와 아랍어로 기름과 석유를 뜻하는 단어가—도출되는 것이다. 또 한 가지 놀라운 것은 이렇게 애너그램 방식으로 문자들을 재배치하는 것이 앵글로-라틴 알파벳으로도 성립한다는 사실이다. 팔라비어 알파벳은 모음이 없기 때문에 팔라비어 단어를 다른 언어로, 특히 앵글로-라틴 문자로 옮겨 쓰면 단어가 와해되어 자음과 모음이 뒤엉킬 때가 많다. 그러나 '타픈'과 '타프나'(열병, 느린 연소)를 '나프트'와 '나프타'(기름, 석유)로 바꾸기 위해 재배치해야 하는 문자는 모음이 아니라 자음이었다. 그 문자는 n과 t이다. 이들은 팔라비어의 원래 문자에 상응한다.

1	2	3	4	5
t	a	f	n	
n	a	f	t	
t	a	f	n	a
n	a	f	t	a

태양을 향한 지구행성적 자기장의 음모론 제2편:
지구의 핵

지구의 용융된 외핵 또는 크텔은 「코어」라는 진부한 헐리우드 영화에서 이미 지구행성적 반란의 주체로–비록 영화 속에서 반란의 기회는 진압되고 말았지만–유명세를 탄 적이 있다. 영화는 지구행성적 격변을 암시하는 장면들, 예를 들어 전기적 경련에 휩싸인 하늘, 방향 지각 능력을 상실한 동물들, 뒤죽박죽이 된 통신 신호, 불안하게 움직이는 새떼 등을 보여주면서 시작한다. 지구의 핵이 회전 운동을 멈추면서 핵의 모든 흐름과 대류의 역동성이 갑자기 멈춘다. 원래 지구의 핵을 이루는 용융된 철의 회오리는 행성의 회전 운동과 합쳐져서 지구 자기권을 감싸고 있다. 핵의 역동성이 사라지면 행성의 전자기적 거품은 붕괴한다. 전자기적 차폐막이 무너진 지구는 대기권을 찢고 모든 생명을 불태우려는 치명적인 태양 방사선에 노출된다. 이렇게 전자기적 보호막이 와해되면서 유일신교가 다량의 묵시론적 정치와 병적인 존재신학을 미리 투입해 놓은 지구행성적 오메가가 활성화된다. 영화에서 암시되듯이, 행성적 방어막이 붕괴하는 사태는 지구 표면에서 생명권을 형성하는 지구생명적 가능성의 고갈을 예고하며 따라서 유일신교의 묵시론적 각본에서 중요한 역할을 맡는다. 여기서 지구의 핵 또는 내부자의 마비 상태는 유일신교가 태양 자본주의와 그 작열하는 헤게모니에 일체화될 기회를 제공한다. 파르사니는 「태양 제국의 흥망성쇠」에서 오로지 지구 깊은 곳의 내부자만이 이 전체주의적 통일체를 지구생명적 반란이 개시되는 방향으로 탈선시켜 체제를 전복할 권능이 있다고 쓴다. 그는 지하로부터의 혁명이 외부적인 힘에 의해 갈라지고 난도질하고 쩍 벌어진 땅의 편에 선다고 하면서, 이런 관점에서 태양은 정치경제적으로 억압적인 또 하나의 국가일 뿐이라고 덧붙인다.

영화는 핵을 재활성화하여 지구가 태양과 하나가 되는 것(소유에 의한 통일)을 막으려는 인류의 마지막 시도를 묘사한다. 지질학자들은 직접 핵으로 내려가서 대류 흐름을 재활성화하려는 (러시아의 '고열 낙하' 프로젝트[핵 폐기물을 지구 심층부에 매립하는 계획]와 유사한) 계획을 세운다. 이 계획이 실패하면 정부는 차선책인 '데스티니' 프로젝트(또는 '심층 지구 지진 유발 계획')의 진행을 승인해야 하는데, 이는 적국의 영토 아래에서 대형 지진을 발생시킬 수 있는 초강력 무기를 마치 심폐소생술 장비처럼 전용하여 지구에 최후의 전기 충격을 가하고 이를 통해 핵이 재활성화되어 지구의 자기 방어막이 회복되도록 하는 것이다. 그러나 지질학적 관점에서 실제로는 대기권 상층부도 효과적인 방사선 차폐막으로 기능하기 때문에 자기권 붕괴의 여파는 그저 지구의 쌍극자가 전환되는 데 그친다. 오로지 지구의 핵과 그 분열적 성격만이 타협 불가능한 영역으로 남는다.

전쟁기계들이 그들의 치명적 다중성과 이례적 전술을 가동하려면 방대한 양의 금속이 필요하다. 지구의 핵은 전쟁기계들에게 다원발생적 금속과 전자기적 이례성(사이버-전쟁기계), 철저한 분열증을 풍부하게 공급할 수 있는 최고의 금속성 존재자이다.

지구행성적 반란의 기초는 석유와 먼지만이 아니다. 반란의 상당 부분은 크텔리움과 연합해서 작동하며 금속을 먹고 자란다. 돌출된 이종화학적 내부자로서 핵(크텔)은 지구의 몸체 내부에 폭력적인 이례성을 유도하고자 한다. 리처드 뮬러는 외핵을 이루는 철의 바다에서 흘러나온 원인불명의 가벼운 성분이 고체 맨틀 아래에 축적되어 뒤죽박죽의 얕은 경사면을 이룬다고 본다. 이렇게 용융된 철 무더기가 너무 많이 쌓이면 경사면이 급격히 가파르게 되면서 위아래가 뒤집어지는 사태가 일어날 수 있는데, 이는 마치 핵이 지구의 몸체를 뚫고 상승하려는 역행적 발굴(내부로부터의 발굴) 운동과 같다. 엄청난 질량의 소행성이 지구와 비스듬히 충돌해서 맨틀을 강하게 뒤흔들면 그런 대규모 전복 사태를 유발할 수 있다. 그런 기상학적 사건은 외핵 전체에 급격한 소요와 혼란을 초래할 것이며 외부 자기장에도 영향을 끼쳐서 행성의 양극이 역전되고 전자기적 복잡성과 뒤얽힘이 강화될 것이다.

또한 핵은 분열증적 이례성으로 가득 차 있다. 외핵이 강렬한 흐름들로 구성되는 반면, 내핵은 지구의 회전 운동에 부합하지 않는 고유한 역동성을 가지고 행성 자체보다도 빠른 속도로 돌아간다. 게다가 내핵은 두 반구로 나뉘어 제각기 분열된 성격을 보인다.

지구의 핵이 주도하는 철저하게 이질적인 반란은 어떻게 그런 반란자가 지구 내부에서 태양을 겨냥한 음모론을 지휘하고 우주적 해충들을 행성권 내부로 끌어들이며 다중정치를 퍼뜨리게 되었는가 하는 의문을 불러일으킨다.

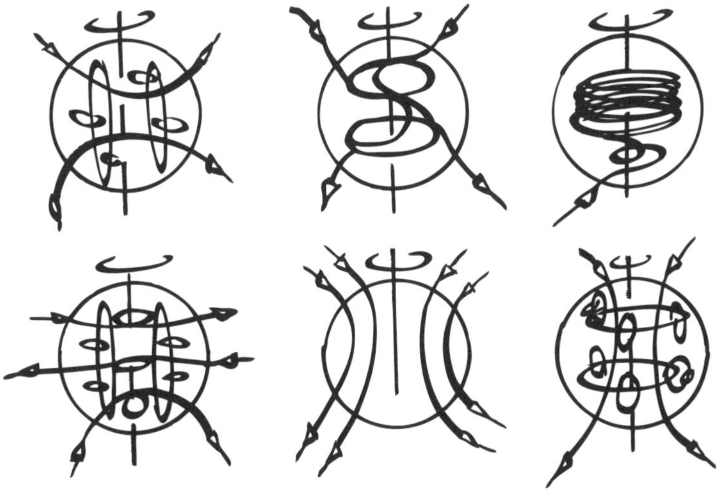

도 26. 코리올리 힘의 영향을 받는 핵의 유동적 운동은 차등적 회전과 대류에 의한 나선형 난류 운동이 조합된 형태로 이뤄진다. 신(新)수메르인은

이런 나선형 뒤얽힘과 소용돌이의 역동성을 지구생명적 존재자들과 외부적인 것이 철저한 이질성 속에서 상호 참여하는 방식으로 보았다. 이 같은 역동성은 통일이나 융합으로 귀결되지 않는 이례적 다중정치적 운동을 암시했다(삼원체와 용의 나선형에 관해서는 「고암석학: 곡-마곡의 축에서 석유펑크주의까지」 참조). 나선형 고리들은 방향성이 있는 전단력을 통해 작용하면서 커뮤니케이션의 노선들, 지하비행의 경로들, 그리고 나선형 끈 형태로 커뮤니케이션하는 존재자들 간의 상조적 대립과 분류(分流)[30]를 뒤엉키게 한다. 이렇게 휘감긴 고리들은 종종 저압 중심부가 강렬하게 발전하여 우주경주적 회오리 또는 특이점을 형성한다는 특징이 있다. 그 소용돌이는 흔히 중동의 다중정치적 단위인 삼원체의 역동성 및 분포와 연관되었다. 환유물론적 다이어그램은 중동의 용 숭배(주르반교의 아카라나, 티아마트, 아지-다하카, 아펩 등 고리 모양으로 몸을 만 신성모독자들)를 표명한다. 파르사니는 교묘한 마법사나 반란자들이 환유물론적 운동을 검처럼 휘둘러서 방향 지시, 책정, 압제를 표명하는 모든 것(국가, 종교, 생존주의, 중력, 영토적 힘 등)을 베어버렸다고 지적한다. "{그것은} 지구와 외부적인 것 간의 상호 참여적 동맹의 모델이다. 중동은 태양적 외부를 향해 개방되어 핵융합 자본주의의 지배를 받는 행성적 노예로 전락하는 대신 철저하게 이질적인 외부자에 의해 개방되기 위해 이런 모델을 활용한다. 생기론의 신화는 중세 암흑기와 달라진 것이 없다. 인간중심의 지구가 곧 세계의 중심이라는 관념은 신(新)프톨레마이오스적 태양중심주의로 교묘하게 대체된다. '우리 세계의 중심에 있는 태양'은 우리가 태양 자본주의에 굴종한 결과다. 하지만 그런 굴종은 태양 자본주의를 영원한 생기론의 보증으로 믿은 대가다. 중동 환유물론은 지구의 내부자를 각성시키고 태양의 정치경제적 매개자와 그 행성적 기득권에 저항하면서 태양중심주의의 신화를 폭로한다.

부록 IX
용 숭배: 중동과 함께 글쓰기

파르사니는『고대 페르시아의 훼손』에서 용 숭배 또는 중동의 정치 모델(일명 다중정치)에 관한 장을 시작하면서 '히드라글리프'라는 그리스-로마의 관념을 자세히 설명한다. 그리고 바로 뒤이어 모음 없는 알파벳과 야만적 음악에 관한 절로 넘어간다. 서법(書法)에 대한 파르사니의 열정은 그가 테헤란 대학교에서 종신교수로 재직할 때 그의 수업을 들었던 남녀 학생들 사이에서 전설로 통했다. 고고학과 학생들은 그가 칠판과 교감하는 것을 중단시키려 애썼지만 한 번도 성공하지 못했다. 파르사니는 곡선형의 문자와 단어들을 그리는 것, 뱀처럼 미끄러지는 셈어와 아랍어 알파벳의 윤곽선을 희롱하는 것만으로 강의 시간을 전부 날릴 수 있었다. 학생들은 다른 선생들에게 파르사니가 칠판에 글자만 끄적거리느니 차라리 야만적 음악을 (이는 파르사니의 으스스한 웃음 소리와 페르시아어 단어들에 강세를 주면서 끝을 질질 끄는—마치 그 소중한 말들을 쉽게 내어줄 수 없다는 듯이—발음의 혼합물을 말하는데) 가르치는 편이 나을 거라며 불평했다. 강의가 격해지면 그는 성배의 사악한 짝패 같은 큰 컵으로 터키 차를 홀짝이다가 뜬금없이 칠판에 셈어와 아랍어 문자들을 써내려 가면서 학술적 광란으로 빠져들곤 했다. 파르사니는 종종 셈어 기반의 알파벳이 중동의 독특한 성격을 압축적으로 구현한다고 말했다. 중동 언어의 기록자들은 용 숭배의 진정한 실행자로서 삼원체를 살아 움직이게 한다는 것이다.

> 이런 알파벳으로 글을 쓰는 것은 중동 자체와 더불어 글을 쓰는 것, 그 기형학과 문화, 격동하는 정치와 모호한 인구 역학에 휘말려 들어가는 것과 같다. 야만적 음악이 하나의 형상을 취한다면 그것은 근동과 중동의 알파벳, 지구상의 모든 뒤틀림의 형상일 것이다. (H. 파르사니)

『고대 페르시아의 훼손』의 한 절에서, 저자는 히드라글리프 또는 중동 알파벳을 통해 특유의 모음 없는 잡음이 용의 나선(삼원체들의 커뮤니케이션 모델이자 중동의 다중정치적 단위)과 결합된다고 시사한다. 그에 따르면 중동 알파벳은 잡음을 형상화하는 것으로서 중동과 그 지각 능력의 "뒤틀린 축소판"을 제공한다.

> 자음 알파벳 또는 더 정확히 말해 '압자드'[자음문자]에 붙여진—이는 히브리어와 팔라비어, 아랍어와 소그드어에 이르는 광범위한 문자들을 망라하는데—온갖 이름 중에서 유독 다른 것들과 상반되는 명칭이 있다. 그것은 그리스인과 로마인이 압자드 글쓰기를 특별히 분류하여 명명한 것으로, 자음 문자의 형태, 그 문자들이 그려지거나 쓰이는 과정, 그에 내재된 성향을 나타낸다. '히드라글리프', 또는 간단히 '뱀의 글쓰기'라는 이 명칭은 그리스 신화에 나오는 레르나 호수의 괴수 히드라에서 유래했다. 이 나선형 괴물은 위대한 크톤[지하세계]에 속하는 자로 포악하고 거대한 야수 티폰과 에키드나의 선조이다. 이들은 지구의 다양한 잡음들('크톤'의 해로운 힘)을 퍼뜨릴 수 있어서, 티폰과 에키드나는 각각 화산(표면화된 구멍)과 지하를 흐르는 강(숨겨진 구멍)의 소음, 자음의 파열음과 쉭쉭거리는 소리를 맡았다. 쉭쉭거리는 소리는 자음 중에서도 치찰음을 이루는 음성학적 성분으로서 기류가 좁은 길을 따라 이빨 끝 쪽으로 보내질 때 발생한다(이는 에키드나가 내는 뱀의 소리에 상응한다).
>
> 히드라글리프는 히드라의 유연한 (물결치고 굽어지고 휘어지고 소용돌이치는) 성질과 연관될 뿐만 아니라, 자음의 시각적 형상이 어떻게 모음에 구속되지 않는 자음 고유의 비선형적, 야만적 음악성을 표현할 수 있는지 보여준다. 히드라글리프가 중동의 자음 알파벳 즉 압자드의 불협화음적 음향을 도해하는 다이어그램이라는 점은 명백하다. 아랍어나 팔라비어 문자의 과도한 굴곡과 연관된 '뱀의 글쓰기'라는 용어는 다른 무엇보다도 이 자음들의 소리, 즉 단계별로 다양한 강도와 진동과 힘이 작용하는 비선형적이지만 연속적인 발성 과정에 대한 다이어그램적 접근을 시사한다. 히드라글리프 또는 중동 자음 알파벳의 용 문

자는 그 자체로 야만적 음악의 음표다. 팔라비어, 히브리어, 아랍어 문자나 사마리아어 알파벳을 자세히 관찰해 보면 그것들이 어떤 뒤얽힘 또는 더 거대한 고리(모든 괴물들의 어머니)에 대한 분해도를—산업 도면에서 물체를 질서정연하게 폭발시켜서 그 구성을 도해하는 방식으로—그려 보이고 있음을 알 수 있다. 이런 문자로 글을 쓰는 것은 고대의 뱀 또는 용 숭배에 심취하는 것과 같다. 중동의 자음 알파벳 즉 히드라글리프는 그 자체로 휘감기고 칭칭 감긴 역동적 복잡성의 뒤얽힘을 형성한다. 뱀의 글쓰기는 일련의 관문과 문지방을 넘어가는 특징적인 움직임을 보인다. 중동식 서법에 입문하는 초심자의 첫 번째 과제는 물 흐르듯 글자를 써내려 가는 법, 힘을 일정하게 늘이거나 줄이는 것이 아니라 글자의 각 부분마다 가변적이지만 연속된 방식으로 힘과 압력을 가하는 법을 익히는 것이다. 그런 힘과 흐름은 흔히 비스듬하게 오르락내리락 하기, 옆으로 기어가기, 갓길로 밀어내기, 짜부라지기 등의 움직임으로 나타난다. 글쓰기 과정에서 새로운 힘이 가해지면 펜 끝의 방향이 뒤틀리면서 여태까지 확립된 경로에서 이탈하는 새로운 반전이 일어나기 마련이다. 문자는 서로를 향하는 수천의 관문들로 구성된다. 모든 뒤틀림은 새로운 힘과 의외의 전개, 돌연변이와 놀라운 역동성, 다시 말해 온갖 종류의 환유물론적 기적을 요구하면서 새로운 영역을 향한 성전의 관문을 형성한다.

그리스와 로마 문자들은 모든 부분에 거의 일정하고 변함없는 힘을 가하는 방식으로 그려진다. 각각의 문자는 시작부터 끝까지 건축학적 일관성을 유지한다. 반면 히드라글리프는 각양각색의 문지방을 넘으면서 끊임없이 솟구치고 꺼지는 힘의 흐름 속에서 영속한다. 이런 점에서 글자의 모양은 고정된 경계('오스티움', [입구])보다도 점진적 변천(문간방)에 의해 규정된다. 중동 알파벳의 특징인 나선형 배열 또는 고리형 구조는 그렇게 요동치는 움직임의 결과다. 중동 문자는 대부분 정확한 종점이나 확실한 죽음이 없다. 손으로 쓰는 문자는 자유롭게 풀려나가고 미끄러지며 그것이 적힌 지점에서 꼬리를 빼면서 부드럽게 마무리된다. 하지만 그 꼬리는 괴물성의 종점이 아닌가? 그리스 로마의 틀에 박힌 문자들이 보여주는 단호한 죽음과 대조적으로, 부드러운 점진적 변천 또는 부패로 빠져드는 이런 움직임은 중동의 모음 없는 알파벳이 발성되는 과정에서 재차 반복된다. 그것은 그리스와 로마의 언어와 달리 어떤 죽음 또는 (입술 위에서 명확하게 끝나는) 완결을 거치지 않고 점진적으로 중단되는, 또는 더 정확히 말해 멈춘다기보다 누그러지는 방식으로 실현된다. 문자를 읽고 쓰는 과정에서 죽음은 발성의 선형성과 불투과성을 수반한다. 반면 중동 알파벳의 경우, 부패가 죽음을 관통하는 길을 내면서 물렁물렁함의 연속성을 보장한다.

도 27. 이슬람 서법 연습장의 한 페이지. 각 문자를 3분의 1씩 뒤틀어 쓰는 술루스체를 이용하여 단어들이 고리를 이루고 서로 뒤얽히게 했다.

메소포타미아적 커뮤니케이션의 축

덧붙이는 글

하미드 파르사니가 책을 내기 전에 썼던 초기 에세이 중에 「미트라교에 관한 논고: 중요한 것은 빛이 아니라 열이다」라는 글이 있는데, 여기서 그는 빛을 숭배하는 미트라교를 "아시아에서 아프리카와 유럽에 이르기까지 광범위한 영향을 끼쳤던 모든 종교들의 어머니"라고 칭한다. 이 글은 파르사니가 고대의 영향력 있는 대상이었던 태양의 어두운 면모에 학자로서 열렬한 관심을 갖고 있었음을 보여준다. 비록 그의 분석은 태양 숭배와 태양 제국을 지지하는 결론으로 나아가지만, 훗날 그의 관점이 급변하여 태양에 맞선 반란의 편에 서는 것, 그리고 태양 제국과의 커뮤니케이션을 옹호하는 관점에서 중동에 접근하는 것을 이해할 수 있는 뒤틀린 실마리들을 포함하고 있다. 파르사니에 따르면, 메소포타미아에 출현한 미트라교의 빛을 통해서만 비로소 중동의 사악한 심연의 지도제작술과 태양의 조류 간의 모호한 관계를 명료하게 파악할 수 있다.

이슬람에서 살라트(صلوة)라는 단어는 기도를 뜻하며 이는 이슬람의 다섯 기둥 중 하나다. 이 단어는 동사 원형인 슬루(살루)가 변형된 것으로, 원래 사드(압자드 값: ص=90), 람(ل=30), 와우(و=6)가 합쳐져서 살루(صلو=126=9)를 이룬다. 여기서 또 다른 뜻을 가진 명사나 동사가 파생될 수 있다. 원래 살라트는 '갈망하다', '커뮤니케이션하다' 외에 '사이', '정중앙'(주로 신체나 하루의 한가운데, 예를 들어 정오)이라는 뜻도 있다.

이슬람이 성립하기 전, 아라비아 사막의 유목민은 메카에 모셔진 여러 우상들과 더불어 아라를 숭배하며 마법을 부리는 사람들이었다. 카바 신전에는 후발을 비롯해 360(3+6=9)개의 우상이 있었고, 다른 유명한 우상들로 라트, 웃사, 마나트(마나) 등이 있었다. 그러나 카바 신전(현재 메카의 '알라의 집')은 실제로 아라 또는 엘라라는 잘 알려지지 않은 신에게 바쳐진 곳이었다. 이 신들은 우상으로 만들어지지 않았다. 일부 아랍 고고학자들은 아라 또는 엘라라는 이름을 나타내는 우상이 있었다고 보기도 한다(그러나 아라 또는 엘라가 이름을 가리킨다고 믿을 수 있는 확실한 근거는 없다).

살라트는 정오에 행해지는 엘라와의 커뮤니케이션 의례였다. 이슬람 이전의 아랍인들에게 정오는 태양이 머리 바로 위에 있어서 몸과 같은 방향을 이루는 시각을 뜻했다('정중앙'과 '커뮤니케이션하다' 중에 어떤 의미가 먼저였는지는 알 수 없다). 이러한 의례의 배치 속에서 태양은 인간에게 평탄한 지표 즉 사막의 수평성 위에서 불타는 수직적 방향성을 부여했다(아라비아의 사막, 특히 네푸드와 룹알할리는 모래 언덕이 드물고 거의 평평하다). 또는 함축적인 표현을 빌리자면 인간은 "사막을 찌르는 한 자루의 창처럼" 섰다. 이슬람 이전 시대에 살라트는 직립 자세로 행해졌다. 얼굴은 수평 방향을 유지하고 눈은 아무데도 (위도 아래도) 응시하지 않는 상태로 진행되는 이 교감 의식은 몇 분이나 이어지기도 했다. 여기에는 치명적인 위험이 뒤따랐다. 사막의 태양은 금세 살을 태우면서 메스꺼움, 두통, 코피, 시력 상실, 착란, 갑작스러운 발작 등의 급성 생리학적 기능부전을 초래하곤 했다. 긴장증 환자라면 죽음에 이를 수도 있었다. 이 같은 의례의 형태는 아라 또는 엘라가 메소포타미아-페르시아의 태양신으로서 사막과 인간에 분리 불가능한 존재임을 시사한다. 사막은 의례에 참여하는 인간의 매개적 행위를 통해 태양과 연결되는데, 이때 인간은 사막과 태양의 커뮤니케이션을 위해 불태워질 운명이다. 태양에서 사막으로, 사막에서 태양으로의 커뮤니케이션 과정에서 인간은 언제나 그 사이에 서서 지옥을 설계하는 축을 완성한다. 인도-유럽 문화권의 경우 태양과의 커뮤니케이션 의례에서 제일 중요한 부분은 태양을 향해 승천하는 것이지만, 중동 문화권의 태양신들(바알이나 몰록)은 결코 그런 승천을 약속하지 않는다. 애초에 그런 커뮤니케이션은 불가능한데, 왜냐하면 인간이 태양을 향해 떠오르기 전에 태양 자체가 절멸의 조류로서 부상하기 때문이다. 외부적인 것과의 커뮤니케이션은 대량 연소, 영구적인 시각 손상, 죽음을 통해 가능해진다. 정화의 불(훗날 유신론에서 말하는 '죄를 씻는 불꽃')이 아니라 태양과 불완전 연소를 향한 지구행성적 음모론의 표명을 통해 커뮤니케이션이 이뤄지는 것이다. 주르반, 몰록, 네르갈, 바알은 제물을 불에 태워서 받는다. 그들의 언어는 재의 서사시 또는 증기의 시로 표현된다.

살라트 의례는 그보다 더 오래된 주르반교 의례에서 유래한다. 주르반 아카라나, 무한한 시간, 모든 것을 소진하는 영겁의 시간, 또는 '데우스-아이르마니우스'(더 옛날에 신-아흐리만이라고 불렸던 것)는 중동에서 가장 영향력 있는 신으로 그 기록은 기원전 7,000년까지 거슬러 올라간다. 그것은 수많은 다신교적 신들뿐만 아니라 유일신교적 하나님(들)의 원천일 수도 있다. 주르반은 흔히 네 개의 날개에 사자 머리가 달린 인간형 짐승으로, 눈매는 사납고 입은 금방이라도 살을 찢어발길 듯한 모습으로 묘사되었다(안티오크에서 발견된 오래된 주르반 상은 이빨에서 붉은 안료의 흔적이 식별된다). 주르반의 몸체는 종종 뱀으로 칭칭 감겼고(대개는 일곱 개의 고리로, 이는 원시적인 황도 시스템 및 지옥을 설계하는 축의 숫자에 상응한다) 주르반의 머리 위에는 뱀의 머리가 놓였는데 그것은 어느 방향도 가리키지 않았다. 때로는 남성, 때로는 여성, 때로는 양성, 때로는 성별을 나타내는 기호가 전무한 자로서, 주르반은 앙그라 마이뉴(아흐리만)처럼 처녀생식으로 창조한다. 그러나 초기 문헌에 따르면 그는 자기 자신과 '레바트'(항문성교)하여—어떤 문헌에 따르면 천 년 또는 만 년 동안 계속해서—자손을 낳았다고 전해진다. 이는 일련의 고고학자들(휘브너, 레그, 뒤센-길멩, 제너 등) 사이에서 주르반이 사실 태고의 아흐리만, '피엔디아 프리마'(최초의 악)이라는 강력한 가설을 뒷받침하는 또 하나의 중요한 지표다. 아흐리만과 아후라 마즈다를 잉태한 주르반은 먼저 나오는 자식에게 왕국을 상속하기로 결정한다. 아흐리만과 아후라 마즈다는 둘 다 그들의 아버지와 깊이 연결되어 있어서 이 결정을 들었지만, 그중에서 아흐리만이 먼저 태어나 주르반의 왕국을 장악할 음모를 세운다. 아흐리만은 탄생을 앞당기기 위해 아버지의 옆구리를 찢고 먼저 나오는데, 그 결과 조산아로 태어나 제대로 된 형체를 갖추지 못하고 역겨울 정도로 검고 굴욕적으로 볼품없는 몸이 된다. 반면 아후라 마즈다는 인내심을 가지고 자연스럽게 태어나 빛과 아름다움을 갖춘다. 파르사니는 아흐리만의 조산을 더욱 심연의 차원을 향한 시간(주르반)의 자기 성찰, 또는 니그레도(암흑) 상태로 붕괴하는 태양신의 하강과 변환에 대한 알레고리로 해석한다. 어느 쪽으로 접근하든 개방성과 뒤틀린 신비주의적 변환에 관한 이야기가 도출되며, 훗날 여기서 영감을 얻은 마법사 악트가 모든 물질을 태양의 불꽃이 부패한 상태로 보게 되었다는 것이다. 초기 아베스타에 따르면, 주르반의 몸에서 태어난 아후라 마즈다와 앙그라 마이뉴는 스스로 아버지 없는 존재라고 주장한다. 모든 것을 소진하는 영겁에서는 아무것도 창조될 수 없기에 주르반은 창조주가 되지 못한다. 그처럼 철저하게 이질적인 외부성은 생존을 용납하지 않는다. 주르반의 외부성은 소유될 수도 소유할 수도 없다. 심연의 시간은 자기가 낳은 아이들의 울음 소리를 듣지 못한다. 후기 팔레비 문헌과 후기 조로아스터교(사산 왕조 시대)에 이르러서야 주르반은 가부장적 성격을 부여받아 아후라 마즈다와 빛의 신도들에 합법적인 지위를 부여하는 원초적 아버지로서 도입된다. "성을 구별하고 대립시키는 것은 인간중심적 우둔함의 표현이다. 중동의 모호한 신들의 군단은 아주 극단적인 방식으로 자신들의 성별을 모호하게 하는데, 이를 통해 피조물들과 다른 창조자들 양쪽 모두에 대해 확고한 결단을 피하는 그들의 심연의 지혜를 가늠할 수 있다." 파르사니는 「미트라교에 관한 논고」에서 이렇게 쓴다.‡

‡ (오늘밤 K에게 답장을 써야 함): (책, 영화, 비디오 게임, 다큐멘터리, 보고서 등에 흔히 나오듯이) 방 번호에 관해 논문을 쓴다는 것은 훌륭한 발상이다. 방 번호가

도 28. 주르반 아카라나.

있는 곳마다 미세한 계수적 서술이 진행된다. 신기하게도 숫자 주위에는 언제나 그런 암호적 서술이 예지적 행위자, 전조, 끔찍한 과거의 잔향과 유령의 형태로 맴돈다. 방 번호는 귀신들림의 집행자이며 설정 구멍의 거주자지만 그 숫자들이 그들 자신의 설정을 가진다고 할 수는 없다.

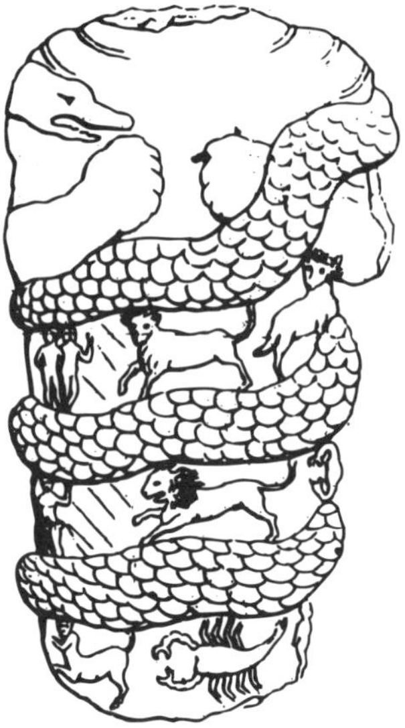

도 29. 오스티아와 요크-에부라쿰에서 발견된(1875년 주르반의 머리 없는 몸체와 함께 발견되었음) 서판과 각인은 주르반을 아흐리만이라고 칭한다. “볼루시우스 이레나에우스가 아이르마이누스에게 마땅히 절한다.” (머리 없는 기념비의 이미지와 명문은『라인 주 고대 애호가 협회 연감』(이후 ‘보너 연감’으로 계속 발행) 제58호, 1875년, 147쪽에서 휘브너가 처음 발표한 것이다.)

최초의 주르반교 의례는 살라트 의례와 유독 비슷한 점이 많다. 시돈에서 발견된 주르반 상은 살라트 수행자와 아주 유사한 자세를 보여주는데, 머리 부분에 빈 방이 있어서 주르반의 눈과 벌어진 입으로 불꽃이 이글거리게 할 수 있다. 메소포타미아의 다른 신들, 특히 바빌론의 네르갈과 그 숭배의 중심지였던 쿠타(32° 44’ N 44° 40’ E)에 대한 최근의 조사 결과는 정오의 기도 의례인 살라트와 주르반의 연관성을 입증한다. 네르갈은 훗날 중동의 태양 숭배에 주요한 영감의 원천이 되었으며 똑같이 사자 머리에 뱀으로 휘감긴 악신의 형상으로 나타난다. 주르반교의 신인 네르갈의 특성은 주르반이 살라트 즉 ‘정중앙’ 또는 정오의 커뮤니케이션 의례와 관련됨을 드러내는데, 왜냐하면 네르갈(전쟁, 역병, 태양의 작열하는 조류를 관장하는 신)의 숭배 의식도 주로 한여름의 정오에 치러졌기 때문이다. 그러나 이 친연성보다 더 중요한 것은 주르반 자신과 정오 의례의 연관성이다. 초기 아베스타에서 주르반(영겁의 시간, '자마안')은 흔히 '라피트위나'(정오 또는 한낮의 12시, '조르'), '다르가'(긴, 늦은), '드라자-다레카'(시작도 끝도 없는, 중간의) 등의 단어와 함께 쓰인다. 때로 주르반은 '자만'으로 변형되는데 이는 무한해 보이는 특정한 시간을 가리킨다. 그것은 태양의 조류에 의해 매달린 정오('조르')의 시간, 커뮤니케이션의 매개자와 커뮤니케이션의 채널-체제를 모두 불태우는 시간이다.

이처럼 살라트에서 태양과 연관된 측면(정오와의 연관성)을 지시하고 더 나아가 모든 것을 소진하고 불태우는 그 광대함을 암시하는 주르반의 어원을 거슬러 올라가면 '자르'라는 다의적 단어, 일종의 미분화된 생식 세포가 나타난다.

> I. '자르': 나이 많은 사람. 시작도 끝도 없어서 가늠할 수 없는 시간의 척도. 중간적인 것을 지시하는 시간의 척도. 또한 불길과 화재를 뜻하기도 한다.
> II. '자르': 고문, 집어삼킴(현대 페르시아어에서 '아-'라는 접두사를 붙여서 '아자르'라고 쓰면 고통, 아픔, 비통, 그리고 '아즈'를 뜻한다). 주르반과 아즈가 서로 영구적으로 연합된 관계임을 기억하라(훗날 아흐리만은 아즈 또는 자히{제이, 자히카, 제}를 낳음으로써 이 관계에 일조한다). 아즈는 최초이자 궁극의 흡혈귀이자 갈증과 굶주림을 관장하는 최고의 여악신으로 아흐리만의 자기희생적 창조를 통해 만들어졌다.[31] 아흐리만이 아즈를 창조하기 위해 자기 몸에 낸 상처에서 피가 흘러나와 여성의 월경이 되었다. 아흐리만의 딸인 아즈의 탄생은 창조의 결과가 아니라 자기 파괴와 창조의 역행에 대한 자기 성찰의 결과다. 결코 만족하지 않는 자, 모든 불충족의 현현으로서 아즈는 아흐리만에게 이렇게 약속한다. "존재하는 모든 것은 집어삼켜질 터이니, 당신 자신의 창조물 또한 그러하리라." 결국 이 약속이 아흐리만에게 발작적인 흥분의 파도를 불러일으켜 그를 침울한 잠에

서 깨운다. 이처럼 자기를 소진하는 아흐리만의 헌신은 주르반이 흡혈귀적인 시간의 심연에 자신의 창조물을 노출시켜 그것을 (역)창조하는 끝없는 집어삼킴의 과정과 닮은 점이 있다. 주르반이 그 자체로 시간의 심연임을 기억하라. 창조가 가능한 까닭은 그것이 자기 안의 모든 것을—모든 상태, 시간성, 심지어 시간 자체의 법칙까지도—가차없이 파괴하는 시간의 일부이기 때문이다.

살라트 의례는 명백하게 다음의 4요소를 토대로 하는 주르반교 수행에서 유래한다. (1) 정오(사이), (2) 시간의 두절(영겁의 주르반과 조우한 결과), (3) 태양의 열로 불태워짐, (4) 수행자가 커뮤니케이션의 일부가 되는 것. 그는 원격 통신자로서 커뮤니케이션을 확인하거나 또는 더 정확히 말해 감당할 여유가 없다. 주르반교 의례에서 커뮤니케이션의 매개자는 어떤 메시지의 수신자가 아니다. 그는 언제나 그 자체로 커뮤니케이션의 대상, 또는 더 정확히 말해 분신공양물이다. 이런 실마리를 따라가 보면 아랍 유목민이 숭배하던 엘라와 주르반 아카라나 사이에 부정할 수 없는 친연성이 있음을 확인할 수 있다.

아라비아에는 다른 신들과 커뮤니케이션하기 위해 세워진 카바라는 입방체 모양의 안전가옥이 있었다. 그것은 아라비아에서 가장 중요한 건물로, 인간중심적 관점에서 가장 안전하고 쾌적하고 수용적인 정사각형 또는 4개의 점(스와스티카)으로 이뤄진 건축구조체였다. 입방체는 질서('파라의 질서'), 창조론적 성향, '오이코노미아'를 나타낸다. 정사각형과 그 건축구조적 권능(또는 입방체)은 우주적 차원에서 한 지점에 국지화할 수 없는 주르반과 드루지의 특성을 나타내는 3개의 점 또는 '드렘'(정확한 발음은 '렘')이라는 삼점의 뒤틀림[32]과 대조된다. 3개의 점은 성스러운 외재성 또는 '창세에 의해 태어나지 않은 것들'의 위치를 특정할 수 없음을 표시하는 인장으로서 삼원체라는 중동의 다중정치적 단위를 이룬다. 모하마드는 메카를 정복하고 카바의 우상들을 모두 파괴한 후에 카바가 오로지 그 외부에 거하시는 알라의 소유가 되었다고 선언했다. 그리고 살라트는 나마즈로 변환되었다('살라트'는 여전히 기도 즉 '나마즈'를 뜻하는 말로 쓰인다). 원래의 치명적인 직립 자세는 커뮤니케이션의 매개자가 커뮤니케이션의 대상이 되지 않도록 분리하는 생존주의적 규제에 의거하여 커뮤니케이션의 지속성과 인간의 생존을 조화시킨 다음의 네 가지 자세들로 분절되었다. (1) 직립 자세, (2) '로쿠에': 선 채로 상체를 숙여 절함, (3) '소즈데': 앉은 채로 상체를 숙여 절함, (4) 발을 깔고 앉음.

이슬람 이전의 아랍인이 말하던 아라 또는 엘라라는 이름에 관해. 원래 이 이름은 셈-조어(祖語)의 '엘라'에서 유래한다. 이 말은 훗날 아람어의 '엘로하' 또는 '올로하'로 변형되어 신성한 4문자 YHWH의 동의어('엘로 또는 '알로')로 쓰이기도 했다. 그러나 이 이름의 기원은 '야훼'라는 이름이 출현하기 이전의 시간까지 거슬러 올라간다.

현대 페르시아어와 아랍어에서도 '일라' 또는 '엘라'라는 말이 여전히 쓰인다. 하지만 코란에서 엘라 또는 아라라는 이름(이 단어에는 'L'에 해당하는 문자 람이 한 번만 들어간다)은 고도로 혁신적이고 아주 희귀한 구조적 변이를 거친다. 아라 또는 엘라는 형태학적으로 변화하여 '알라'가 되었다. 아랍어와 페르시아어에서 'H'에 해당하는 문자 하(ه)는 람과 알렙(둘이 합쳐지면 '라' 음이 되며 'لا'라고 쓴다) 뒤에 붙여 쓸 수 없다. 아라 또는 엘라(الاه)처럼 문자 하(ه)가 단어의 맨 마지막에 오고 그 앞에 알렙이 있으면, 둘을 붙여 쓸 수 없기 때문에 별도로 떼어 쓰게 된다. 그러나 '알라'는 예외다. 문자 하(ه)가 알렙(ا)에 붙어서 그것을 문자 람(ل) 위에 위치하는 발음 구별 부호로 변형시킨다. 이런 변형의 결과로, 문자 람은 이중 강세로 발음되고 두 번 쓰이게 되며('Allah') 그래서 두 번째 람이 마지막 문자 하(또는 'H')에 붙을 수 있게 된다. 이 같은 발음의 이중 강세를 나타내는 기호는 타쉬디드(ّ)라고 해서 아랍어의 고유한 발음 구별 부호이다. 결과적으로 이 이름은 '알라'가 된다. 이런 특이한 붙여 쓰기의 결과로 '알라'(الله)라는 이름은 아랍어 단어보다 룬 상형문자나 암호 같이 보인다.(도 30) '알라'라는 단어의 이상한 형태는 이슬람 서법 예술의 유일무이한 영감의 원천이었을 것이다.

도 30. '알라'라는 단어(오른쪽에서 왼쪽으로 쓰고 읽는다.)

그러나 '알라'의 영어식 철자 'Allah'는 문제가 있다. 가운데 'a'가 타쉬디드 위의 짧은 선(알렙)이 지시하는 대로 길게 발음되어야 하기 때문이다. 아랍어 철자법에서 이 부호가 단어 안에 들어가면 'aa' 하는 장음이 된다. 따라서 '알라'의 정확한 영어식 철자는 'Allaah'이다.

Alah / Elah (압자드=37) (AQ=58)

Allah (압자드=67) (AQ=79)

Allaah (압자드=68) (AQ=89)

여파. 앙글로식 카발라[로마자 기반의 카발라] 또는 AQ에서 89=Druj

도 31. 드루지를 나타내는 문자.

익명의 와하브파 메카경제학자의 말. "알라가 모든 집의 외부, 심지어 자신의 거처 외부에 거한다면, 카바는 그 자체로 끔찍한 우상숭배적 잉여라 할 수 있다."

파르사니는 이렇게 질문한다. "수메르-바빌론의 신들과 달리(예를 들어 마르둑을 생각해 보라) 유일신교의 하나님이 주로 자신의 거처 외부에, 즉 전면적인 외재성에 거한다면, 유일신교는 정말이지 우리가 늘 조롱하는 퇴행적인 인간중심적 운동에서 비롯된 덜 떨어진 정치 형태가 아닌가?"

카이로 대학교의 ㅋ에게 특별한 감사를 전한다.

부록 X
아즈와 파괴본능

> 아버지, 나는 피조물들을 집어삼킬 것이며 당신 또한 집어삼킬 것입니다—이것이 아즈의 첫 울음이다. 조로아스터교 경전에서 아즈는 바닥 없는 리비도의 악마이기도 하다. 그것은 인간을 태양에 굴복시켜 금방 불태우는 것이 아니라 새로운 양식의 개방성에 종속시켜 태양과 기만적인 협정을 맺도록 한다. 아즈는 치명적인 와해와 폐지, 총체적 말소를 지향하는 태양의 거침없는 욕망 경제로부터 인간을 교묘하게 떼어 놓는다. 주르반교는 이 비(非)태양적 광란 또는 철저하게 이질적인 방식으로 태양에서 분리되는 리비도적 운동을 태양 주변으로 똬리를 튼 뱀의 형상으로 그렸다. 이렇게 뱀이 태양과 맺는 변칙적이고 도착적인 협정 또는 공모의 열렬한 흥분 상태는 태양의 핵융합적 '홀로스-카우스토스[완전연소]'와 역방향으로 작용한다. 이것을 일컬어 아즈, 또는 모든 것을 집어삼키는 사랑이라 칭한다. (H. 파르사니)

인간중심적 역사와 (특히 포유류에서 두드러지는 증후군인) 유기적 생존주의의 목표는 어떤 특정한 참조점을 향해 리비도를 가동하는 것이다. 이 인간중심적 참조점은 모든 리비도의 장을 원격으로 판단하고 이상화해서 리비도에 '의미'를 부여한다(욕망은 리비도의 수렴점 또는 목표에 의거하여 오래전부터 최적화되었다). 이제 그 목표물 또는 참조점을 파괴하고 어떻게 리비도가 자신의 생존주의적 자아와 인간의 허울을 벗어 던지는지 보라. 클레어 드니의 영화 「트러블 에브리 데이」(2001)는 인간과 태양을 모두 잉여로 만드는 이런 이종자극적 욕망의 초월적 악몽을 시각화한다. 생존을 혐오하는 생명이자 목적 없는 리비도인 아즈의 철저하게 이질적인 욕망은 태양 자체가 아니라 태양을 향한 절대적 열정에 상응한다. 이렇게 사랑을 통해 맺어진 태양과의 협정은 태양이 행성권에 미치는 영향보다 훨씬 위험하다. 태양과 협정을 맺는 것, 지구생명의 입장에서 태양을 사랑하는 것은 단순한 자기 말소의 행위를 넘어서 죽음을 초과하는 뒤죽박죽의 진창으로 치닫는다. 아즈가 태양과 협정을 맺는다는 것은 지구를 자신의 연구실 즉 마음껏 실험할 수 있는 장소로 만든다는 뜻이다. 행성적 수준에서 이 협정은 태양의 영혼절멸론적 정신을 순수한 절멸이 아니라 독특한 지구행성적 파괴의 관점에서 접근한다. 파괴본능은 모든 것을 숙청하는 태양의 자폐증과 달리 지구생명의 고유한 한계와 창조성에 기반하는 죽음에 상응한다. 일단 태양과 지구 간에 협정이 맺어지면 태양의 방화애호적 강박장애 역시 지구의 한계와 창조성에 의거하여 지구생명적 차원에서 재발명된다. 그러나 태양의 화염지옥적 자본주의는 지구에 대한 헤게모니를 상실하고 아무것도 말소 또는 완전 연소하지 못하게 된다. 이제 지구생명적 특성에 물든 태양의 방화애호는 진창, 합성물, 끝없는 점진적 변천을 남기는 불완전 연소를 촉발할 뿐이다. 일종의 열정으로서 아즈 또는 파괴본능은 태양의 역병적 창조성을 포획하여 궁극의 영도를 접해본 적 없는 지구생명적 생성 과정에 도입한다. 파괴본능은 태양에서 오는 모든 것들과 창의적인 협정을 맺고 태양을 향한 음모론들을 조종하면서 절멸을 갈망하는 태양을 전복한다. 아즈 또는 파괴본능의 본성은 억압이 아니다. 그것은 태양의 헤게모니를 해체하는 것, 태양과 지구 중 어느 쪽에도 속하지 않는 철저한 외부의 편에서 태양적 외부성의 신화를 끝장내는 것이다.

주르반교에 따르면 아즈는 태양을 휘감은 뱀의 다이어그램적 현현으로서 절멸을 갈망하는 태양에게 새로운 나선형 방향성을 부여한다. 그것은 태양에 맞서는 이단적 메커니즘의 다이어그램, 태양을 뒤트는 날카로운 칼날, 타래송곳처럼 돌아가는 기이한 이중나선 또는 용의 나선(환운동적 역동성)이다. 태양은 용의 나선 운동에 휘말리면서 절멸을 향해 상승하는 특이성 또는 확대적 노선을 가동한다. 그러나 아즈는 행성권(한계의 판)을 통해 작동하면서 분산적이고 일탈적인 노선 위에서 움직인다. 태양은 이중나선 또는 용의 나선에 (작열하는 축으로 그려지는) 수직 방향의 추진적 운동을 제공하는데, 이 운동은 영도 또는 전면적 절멸을 향한 수렴적 통합성을 유지하는 경향이 있다. 그러나 이 수직축은 나선의 일부로서 (아즈가 작동하는) 나선의 또 다른 가닥 또는 노선을 상조적으로 강화한다.

이쪽은 태양의 수직적, 추진적 운동을 타래송곳의 회전 운동으로 변형하기 위해 비틀린 소용돌이 운동을 유지해야 한다. 아즈의 일탈적 노선 또는 분산적 축이 태양의 추진적 운동을 나선형 회전 운동으로 바꾸는 데 성공하면 방향성이 있는 전단력이 발생한다. 이렇게 축 방향의 확대적 운동이 비스듬한 분산적 운동으로 변형되면서, 모든 것을 소진하는 태양의 헤게모니는 어떤 종점으로 수렴하는 대신에 한 지점으로 국지화할 수 없는 나선 운동, 소진 불가능한 뒤틀림의 생성, 일탈과 반란적 창조성에 기반한 새로운 힘을 획득한다.

상대적 운동들은 언제나 반대 방향의 속도를 수반하기에 (그 움직임이 고정된 좌표체계가 아니라 서로에 대해 상대적으로 발생하기 때문에) 용의 나선은 어떤 온전한 상태로 통합되거나 확실한 결말에 이를 수 없다. 그것은 언제나 불완전해질 수 있는 상태로, 완성을 이루는 모든 단위들과 국면들을 조각조각 썰어버릴 준비가 되어 있다. 용의 나선이라는 메커니즘에서 모든 확대적 운동은 (이 경우 태양에 속하는 운동은) 그 자체로 불안정화 효과를 발생시키는데, 왜냐하면 확대적 운동이 나선의 또 다른 가닥에서 자동으로 분산적, 일탈적 운동으로 전환되기 때문이다. 용의 나선을 그리는 타래송곳의 움직임, 칭칭 감는 점진적 저하의 운동 내부에 하나의 견고한 우두머리를 수립하려는 모든 확대적 운동들, 헤게모니적 기능과 노선들은 모두 이런 운명을 자초한다. 파르사니에 따르면 로마인은 용의 나선과 같은 특징을 보이는 사악한 심연의 지각 능력('아즈')을 '보라곤'이라고 불렀는데, 이 이름은 태양의 절대적인 게걸스러움('보락스')뿐만 아니라 반란과 이단적 혁신의 심연('보라고')과 연관된다.

한 인터뷰에서, 하미드 파르사니는 용의 나선 운동 또는 보라곤이라는 나선형 메커니즘을 이슬람과 자본주의의 상호작용에 적용한다. 여기서 아즈의 기능은 이슬람의 분산적 몸체로, 나선의 태양 쪽 가닥(즉 헤게모니적 노선)은 행성을 장악한 기술자본주의의 추진적 몸체로 치환된다. 이슬람은 전지구적 정치경제 시스템을 석유정치로 오염시키고, 타키야 즉 이슬람적 과잉위장을 무분별하게 활용하고, 전술보다 전략을 중시하고, 국경을 침범하기보다 감염적 커뮤니케이션을 선호하는 등의 방식으로 용의 나선에서 분산적 축의 역할을 맡는다. 그리고 기술자본주의의 특이성은 태양 헤게모니의 확대적 축에 상응하는 것으로 테러와의 전쟁이라는 용의 나선 모델로 성립시킨다. 이처럼 이슬람과 자본주의 간에 나선형 뒤얽힘을 상정하면, 양 편의 연대기적 시간이 궁극적으로 통합되리라고 가정하는 관습적 묵시론이나 종말 시나리오와는 아주 상반된 결과가 산출된다. 파르사니는 그런 연대기적 통일이 결코 있을 수 없다고 경고한다. 이슬람과 자본주의 양쪽에서 시간의 끝은 타래송곳의 회전 운동을 유발하는 나선형 메커니즘의 연대기적 분열을 통해 그려진다. 시간의 끝은 언제나 반대편에서 출현한다. 기술자본주의의 시간 체제가 이슬람 전선을 무너뜨릴 연대기적 대격변을 준비한다면, 키야마(매 순간 활동하고 현전하는 이슬람의 순간적 묵시론)의 초시간적 사막으로 충만한 이슬람의 시간정치는 기술자본주의의 시간 체제를 넘어서 서구적 시간 자체의 말소를 지향한다.‡

‡ 24 12 12 30 21 29 18 23 28 18 13 14 12 27 34 25 29 28: he vwme mil yeqbj; swj avqkm he me mil kls swj jqt fc mil kls ... swj he me mil defwmsvw swj kisul mil defwmsvw lwmvqlbt, aeq mil defwmsw vk mil ktkmld ea mil yeqbj ... zsqqt jlzqlskl meysqjk jlzqlskl swj zsqqt vwzqskl meysqjk vwzqlskl

지도에 없는 지역들

촉매적 공간들

부패

중동의 몇몇 비평가들이 발표한 논문에 따르면, 중동에 관한 파르사니의 다년간의 저작들은 크게 세 가지 수수께끼에 대한 그의 접근 방식의 변화를 통해 개괄될 수 있다. 파르사니의 저작에서 거듭 출몰하는 세 가지 수수께끼란 다음과 같다. (1) 완전히 말소되거나 파괴되지 않고 타락하는 전체(이른바 다공성의 역학과 구멍난 ( )체 복합체), (2) 암석학적 이성과 석유정치적 잠류들의 지정학(이른바 지구행성적 윤활유), (3) 경제, 정치, 종교, 생명, 커뮤니케이션 등에서 전방위적으로 펼쳐지는 개방성의 수수께끼. 파르사니가 생각한 대로 중동이 그 자체로 살아 있고 지각 능력이 있는 존재자라면, 그것은 이 수수께끼들 주변으로 소용돌이면서 각각을 더욱 뒤틀리게 한다.

> 중동은 더없이 복잡하게 뒤얽힌 고리 속으로 꿈틀꿈틀 파고들면서 고유한 생명 형태를 발전시키는데, 그것은 어떻게 봐도 고대의 세 가지 수수께끼에 대한 독특한 중동식 답변이라고 인정할 수밖에 없다. 이 생명 형태는 창조의 질서를 버리고 하나님보다 효율적으로 세계들과 시체들을 구축한다.

파르사니 스스로 ‘필수 안내서’ 또는 ‘나와-함께-가자’라는 정치적 선동의 책으로 규정한 무시무시한 책『고대 페르시아의 훼손』에서, 이처럼 “반(反)창조론적 창조성 또는 뒤틀림”에 기반하는 생명 형태는 ‘부패’라고 명명되었다.

그런데 국지적인 이교도 집단과 기름이 뚝뚝 떨어지는 고밀도의 성흔을 입은 후기 저작에서는 “창조의 뒤틀림과 구축을 지향하는 구체적인 중동식 접근”이 “부패”가 아니라 “은밀한 물렁물렁함”이라고 고쳐 쓰였다. 이 같은 명명법의 전환은 파르사니의 후기 저작에서 고대의 세 가지 수수께끼를 해석하는 관점의 변화에 상응한다. 그가 중동에서 석유와 유일신교의 관계를 논하는 대목을 보면 이 같은 용어의 변화가 필요해진 이유를 추측할 수 있다. “구멍난 (　)체 복합체(‘카레즈가르’)가 지구의 서술들에 대한 참여 또는 공모의 모델을 제공한다면, 석유는 활기차고 생기 넘치는 방식으로 그 서술들을 조직하는 역할을 맡는다. 부패 또는 은밀한 물렁물렁함은 중동에서 이런 생생함과 활력의 모델이다. 중동의 은밀한 물렁물렁함은 생기론적 모델과 죽음정치의 굴복을 둘 다 거역한다. 부패의 점진적인 물렁물렁함은 통합을 회피하지만 고체성을 벗어나지 않는다. 부패의 우주기원론은 고체성 내부에서 전개되며 최외곽의 표면 아래서 펼쳐진다. 부패는 견고한 존재자를 통합된 생명이나 죽음이 아니라 우유부단에 종속시킨다. 동시대 중동의 사회경제적, 정치적 구성체들이 부패의 악취와 광적인 생생함을 동시에 발산하는 것은 그들이 지속적인 부패 과정으로 죽음을 배반했기 때문이다. 마찬가지로 중동의 인구, 정치, 종교, 심지어 그 존재 자체가 나머지 세계의 분열을 가속화하는 것은 중동이 삶과 죽음, 물렁물렁함에 대해 독특한 접근을 취하기 때문이다. 중동은 부패라는 자율적 구축 과정을 의도적으로 유발하여 부패의 은밀한 부드러움을 추구한다.”

파르사니의 후기 저작은 부패 또는 “불가능한 죽음이라는 중동식 모델”에 관해 풍부한 자료를 제공하지만, 중동의 사회정치적 기반에서 부패가 어떤 역할을 수행하는가에 대해서는 극히 기술적인 어휘로 간략히 개괄하는 데 그친다. 그러나 파르사니의 담론을 일종의 유사-이념으로 (결과적으로 아주 저급하게) 각색하면 다음과 같이 요약해볼 수 있다.

부패에 대한 영웅적이고 낭만적인 관점에서 분해는 전적인 소멸과 파괴, 구제와 재탄생을 수반하는 자연화 과정(또는 자연으로의 회귀)에 상응한다. 이 같은 영웅적 접근은 궁극적으로 부패를 정치경제적 차원에서 길들이고 전유하려는 것이지만, 부패는 구성 아니면 파괴라는 이분법으로 파악되지 않는다. 부패는 모든 생존(존재) 양식의 기저에서 선포되는 부자연화의 과정이다. 다시 말해 부패는 죽음과 달리 생존의 바깥이 아니라 그 기저에 영속하면서 죽음과 절대적 소멸을 한없이 유예한다. 존재는 부패를 통해 다른 존재로 녹아들면서도 자신의 존재론적 각인을 완전히 상실하지 않고 생존을 지속할 수 있다. 부패는 존재를 일소하거나 종결하는 것이 아니라 계속 살아 있게 한다. 그래서 부패 과정은 겉보기와 달리 종결과 절멸, 비극과 폭력을 추구하는 침범적 전쟁기계들과 확연히 구별된다. 부패는 죽음과 파괴를 구성력('퓌상스'=p)이 부재하는 장소, 즉 구성체가 온전하게 통합된 상태 아니면 죽음과 말소라는 양자택일에 종속되지 않는 곳으로 옮겨 놓음으로써 그 힘을 약화시킨다. 부패는 구성체를 전면적으로 타락시킴으로써 권력이 작동, 분배, 확립되는 지반 자체를 역지반화한다. 부패는 다공성의 역학에 의거하여 권력 구성체에 목적 없는 구멍들을 내고 그럼으로써 권력에 의한 구성체의 단합을 방해한다. 따라서 부패가 구축하는 세계에서 권력은 구성체가 끝없는 폐기물 또는 축 처진 존재들의 영역으로 전락하는 데 기여할 뿐이다. 이런 이유로 부패는 권력(『라 볼롱테 드 퓌상스』[권력에의 의지]에서 말하는 '퓌상스')의 전면적인 말소와 근절(p≠0. 고체 없는 허무)을 초래하지도 않지만 그렇다고 권력에 구조적이고 실용적인 지반을 제공하지도 않는다. 이른바 중동의 부패 또는 쇠퇴라는 현상은 사회, 경제, 정치적 구성체의 지반에 수많은 구멍이 뚫려서 권력이 효과적으로 사용되거나 효율적으로 동원되지 못한 결과다.

부패는 권력이 발효되고 파괴가 시행되는 지반을 약화시킴으로써 종말화 과정에 영구적인 일탈과 탈선을 유발한다. 권력의 사회, 경제, 정치적 정의가 권력 구성체에 의해 결정되고, 권력 구성체 자체가 그것이 놓이는 지반에 의해 결정된다면, 부패가 권력 구성체의 지반을 평화적(비절멸적) 방식으로 공격하는 것은 권력의 정의 자체에 대한 구체적 방해 공작으로서 유효하다.

> 부패는 독재정치에서 물렁물렁함을 추출하고 권력의 효용이 봉쇄되는 데서 정치적 지속을 도모한다. 이처럼 죽지 않고 절충적으로 살아가는 신비로운 방식을 통해 중동의 권력 시스템들이 퍼뜨리는 빈곤과 폭압은 지리적 경계를 넘어 세계 전체에 영향을 끼친다. 권력 구성체를 효과적으로 형성, 작동, 수송, 보존, 개발할 수 있는 단합된 표면이 주어지지 않으면, 권력은 체제의 분해에 동조하는 것밖에 할 수 없게 된다. 구성적 발판의 저하는 마찬가지로 구성체에 의지하여 가동되는 지휘체계의 와해와 전술의 실패를 유발한다. 그러나 지휘와 전술이 붕괴한다고 해서 부패하는 체제나 정치적 존재자가 무방비 상태가 되거나 심지어 평화가 찾아오는 것은 아니다. 오히려 그런 붕괴는 모든 권력의 활동 또는 활용이 조종사 없는 전략, 지휘체계 없는 전략으로 전환되는 사악한 준(準)군사적 무대를 개방한다. 이러한 준군사적 전개는 중동을 혼란의 도가니로 만든다. 부패한다는 것은 물렁한 것과 단단한 것을 구별할 수 없게 된다는 것이다. 실제로 중동의 국가들과 권력 시스템들을 상대할 때는 저항할 수 없는 물렁물렁함과 완강한 단단함을 구별하기 어렵다. (H. 파르사니, 『고대 페르시아의 훼손』)

부패는 p(권력)를 고체 없는 영도에 올려 놓음으로써(p/0) 구체적으로 즉 실용주의적, 다중정치적 의미에서 권력의 정의를 말소할 수 있는데, 이 과정은 권력을 용해하는 것이 아니라 정체불명의 숙주 내부에 계속 살아 있게 하는 것으로 묘사된다. 죽음을 모르는 정치적 기계인 중동식 시스템은 부패 과정에서 진정한 자기 모습을 드러낸다. 부패하는 시스템에서 권력의 활용은 시체애호적 경험으로 나타난다. 부패는 영도의 가상적 표면에서 권력을 손상시켜 썩은 악취를 풍기게 한다. 게다가 부패는 살아 있는 것에서 죽음을 빨아내면서도 죽음의 투명한 암흑에 빠지지 않는다. 죽음의 도래는 무언가 더 해볼 여력이 없어지는 것을 예고하지만 부패의 치세는 바로 그런 역량의 상실과 함께 시작된다. 이처럼 완전한 제거나 총체적 파괴로 귀결되지 않는 점진적 죽음은 오로지 부패와 그 다변화된 진창을 통해서만 맛볼 수 있다.

부패는 물질의 불운한 사태에 권능을 불어넣는다. 하지만 부패의 놀라운 사건을 우주적 모험담으로 서술하는 것은 "존재하는 존재자들" 자신이다. 부패 과정에서 객체들의 경계와 윤곽은 시험에 처한다. 하이에나는 개의 시체로 만들어지는데 그것은 다시 식물들과 작은 구더기들을 생성하며, 그것들은 다시 더 작은 벌레들, 꿈틀대는 수많은 몸체들 내부의 더 작은 벌레들 내부에서 자라난다. 썩어가는 존재자에서 다양한 종들이 깨어나는 것은 부패의 고유한 특성이다. 독일의 스콜라 철학자 랑겐슈타인의 헨리는 다음과 같은 심란한 깨달음에 이른다. "인간들이 모두 같은 종인지는 확실치 않으며, 개들이나 말들도 마찬가지다. ... 살아 있었을 때는 모두 같은 종이었던 시체들이 부패했을 때는 서로 다른 종이 될 수도 있다." 부패는 분류학적 불확정성과 불분명함을 증대하면서 종들의 경계뿐만 아니라 같은 종에 속하는 존재자들 간의 경계마저 모호하게 흐린다. 이런 모호함이 부패한 정치 시스템과 연관되면 불길한 사회정치학적 반전이 암시된다. 부패한 정치 시스템이 다른 정치 시스템들을 가로지르며 에워싼다고 말하는 것만으로도 충분히 충격적이지만, 어떤 정치 시스템도—아무리 발전한 국가나 민주주의 체제라고 해도—부패한 정치의 점진적 다변화 과정 속에 있다고 덧붙이면 그 함의를 가늠하기조차 어렵다.

부패는 죽음과 생명(삶)의 지평이 서로 차이나는 동시에 평형을 이룸으로써 조절되는 역동적 질서의 전 국면을 무력화한다. 부패하는 것은 실존의 극치인 죽음과 삶(생명의 감당 가능성)의 저편으로 내던져진다. 계속 다변화되는 부패의 물렁물렁함을 가로지르는 존재는 삶과 죽음의 계산적 영역들을 넘어서는 생존 양식으로 돌입한다. 이러한 생존 또는 존재의 양식은 봉합과 전개가 동시에 일어난다는 특징이 있다. 부패한 객체 또는 시스템은 최소한의 몸체와 윤곽으로 접혀 들어가는 (무보다는 많지만 사물이 되기에는 부족한) 동시에 자기로부터 다변화되는 다른 존재들을 향해 펼쳐진다.

> 부패한 중동 정치 시스템은 더 이상 줄일 수 없는 최소의 몸체와 극소의 존재로 축소된다. 그와 동시에, 그것은 분해되면서 바깥으로 전개되어 예기치 못한 시스템들과 정치 양식들로 다변화된다. 사실 한 정치 시스템의 시체는 그것의 실제적 총체('숨마 악투알리스')이며 그 화학적 잠재력은 무한하다. (H. 파르사니)

부패한 존재자의 봉합과 전개는 추상적인 것(최소의 몸체와 윤곽으로 접혀 들어가는 것)과 구체적인 것(다른 실제적 존재들로 다변화되는 것) 사이에서 진동하는 사건을 이룬다. 부패의 우주기원론은 서로 다른 차원들 사이에서 구축된다. 부패로 인해 삶과 죽음은 목적 없이 (어떤 목적이든 간에, 부패를 위해?) 서로를 증식시키고 썩게 만든다. 부패 과정에 휘말리면서 스스로 무엇을 감당할 수 있는지 (삶과 죽음 사이에서) 계산하지 못하고 혼란에 빠진 시스템은 구제의 여지가 없다. 부패한 존재자는 저급 시체애호가 싹트는 (죽음이 한없이 지연되면서 점진적으로 접근되는) 실험용 배지가 된다. 부패는 객체가 무를 향해 점차 수축하지만 절멸의 행위(허무로 완전히 용해)로 귀결되지 않는 경계 특정적 과정이다. 부패한 존재자가 무한히 수축 또는 위축한다는 것은 인간이 객체에 접근하여—감각하고 경험하고 인지하고 감당하고 판단하여—초월론적으로 파악하는 성질이나 속성이 모두 증발한다는 말이다. 그런 접속의 지점(또는 초월론적 입구)이 증발하면 존재자는 자기 자신에게 되돌려진다. 객체는 우리의 손을 벗어나 자기의 고유한 영역에서 출몰하는데, 이 모든 것이 무한히 가깝고도 먼 공허의 개입과 도움으로 이뤄진다. 이런 이유로, 파르사니는 "부패한 정치 시스템이 추상적, 구체적, 실존적인 모든 면에서 우리의 손을 벗어나지만 완전히 사멸하지는 않는다면, 그것은 대체 어떻게 평가될 수 있을까?"라는 정치적 질문을 제기하면서 그 해답이 부패의 윤리에 있다고 본다.

부패의 뒤얽힌 분홍색 공간은—그 분홍색은 전쟁과 평화, 빨간색과 흰색이 상호 감염으로 뒤엉킨 기호학적 결과인데—인간의 지식을 향해 맹목성의 논리를 가동한다.

중동에서 살면서 맨 먼저 감지하게 되는 것은 부패한 객체들이 모호함의 장막을 두르고 종결과 성장의 과정을 모두 밀어낸다는 사실이다. 중동의 정치적 조건에서 이런 모호함은 죽음을 향한 맹목성의 형태를 취하는데, 이는 죽음에 의해 눈먼 상태와는 구별된다. (H. 파르사니)

이런 모호함 속에서 길을 잃은 사람은 한 겹 한 겹 벗겨지면서 엉망진창, 액상화된 경계들, 극소화된 소멸, 저급 시체애호, 다시 말해 죽음으로 가는 길을 모두 지우고 '너의 필멸성을 맛보라'고 웅얼거리는 능란한 부패 속으로 빠져든다.

부패의 메커니즘은 차가운 영도에 '퀴상스'를 심는 것이다(p/0). 바로 그 역지반에서 중동식 시스템들이 창세 없이 불길하게 발생한다. 부패는 창조 없이 구축한다. 권력은 어떤 것을 구성하는 힘(법, 국가, 종교 등의 힘)으로 성립할 지반을 필요로 하는데, 부패는 권력이 도구적 힘으로 작동하는 바로 그 지반을 무력화한다. 하지만 어떻게 부패 과정이 영도 위에 퀴상스를 세우고 권력을 역지반화할 수 있는가? 그 해답은 부패의 다변적 착란과 '메트론'(척도)을 향한 치명적 태도에 있다.[33] 일반적으로 구성체는 자신의 단합을 유지하고 재생성 또는 종결 과정을 뒷받침할 척도를 필요로 한다. 그런데 부패는 (존재자에 속하는) 하나의 존재가 다른 존재들로 다변화되는 과정이다. 이 같은 부패 과정에서는 척도와 차원의 전이가 일어나는데, 왜냐하면 분해 행위란 곧 부패한 존재자에서 창발하는 새로운 존재 형태들 특유의 척도와 차원이 새롭게 전개되는 것이기 때문이다. 인간의 시체에는 더 이상 추상적이거나 구체적인 인간중심적 척도가 남아있지 않으며 오로지 새로운 형태들과 존재자들에게 속하는 다양한 차원, 척도, 행동의 재량이 있을 뿐이다. 예를 들어 벌레 먹음의 척도(구더기), 기생적 차원(곰팡이), 향기를 퍼뜨릴 재량(악취), 미지의 것들이 유발하는 진동의 강도—이런 척도들은 신체 내에 이미 있었다. 부패는 단지 잠재태들의 숙주가 되는 신체의 원형에 신경쓰지 않고 새로운 다변화의 속도를 가동하여 이런 척도들을 풀어줄 뿐이다. 여기서 부패의 메커니즘은 과도한 흉터 형성 또는 섬유증식의 메커니즘과 겹쳐진다. 척도는 구성을 유지하고 통합성을 영속화하는 수단이지만, 다변화된 증식의 속도가 구성력과 재생산 속도를 능가하면 구성체의 타락에 기여할 수도 있다.

부패는 척도를 증식시키고 형태의 재량을 다변화하면서 자연과 자연적인 것 양쪽 모두에서 멀어진다. 자연의 위대한 비정형성은 시스템, 영토, 집합체를 조립하고 제작하고 가동하는 데 기초가 되는 차원, 표준, 척도, 규준, 단위 등을 혐오하는 반면, 부패는 그와 다르게 움직인다. 실제로 부패 과정은 자연이 혐오하는 바로 그 척도와 차원—권력 구성체의 모체이자 뼈대—을 바탕으로 고유한 메커니즘을 발전시킨다. 그러나 부패가 차원과 척도에 접근하는 방식은 구멍난 ( )체 복합체가 전체에 접근하는 방식과 마찬가지로, 단합적 전체를 타락시키고 스스로 다변화를 통제하는 구성체의 재구성 능력을 마비시키는 것이다. 부패가 차원들을 가로지르고 움켜쥐면서 고체와 공백이 완전히 뒤얽힌 무한한 다변화의 객체들로 변질시키면, 단위와 차원은 구성적 통제의 규모를 조정하고 결정하는 능력을 상실한다. 그러나 이 사건은 차원과 단위가 삭제되는 것으로 끝나지 않는다. 부패는 차원을 증식시키고(해충으로 변형하기) 뒤얽히게 하여(벌레 먹은 모양으로 만들기) 그것을 타락시키고 그 질서를 망가뜨릴 뿐이다. 이는 부패가 차원과 척도를 훼손함으로써 위대한 자연의 의지와 그 불안정한 자본을 떠맡는다는 말이 아니다. 척도를 부패시키는 그 악랄한 작용에서 암시되는 바, 부패는 구성적 척도와 차원을 통해 전개되고 결국 차원성의 잔해만 남은 역지반 또는 악마적 고체(즉 고체적인 것의 시체)로 빠져든다. '고체로 존재한다'는 것에는 상상을 뛰어넘는 무언가가 있다. 만약 고체가 공백보다 열등한 것, 공백의 징후일 뿐이라면, 한없이 잔혹한 부패의 과정이 어째서 고체성을 단숨에 근절하지 않겠는가?

차원과 규준은 부패의 은밀한 물렁물렁함에 파묻힌 채 그 메커니즘의 하위 요소로 전락한다. 차원의 과도한 증식은 부패의 전략이며 고체성은 부패의 연료이다. 붕괴는 부패 과정에서 차원과 척도를 과도하게 증식시키는 수단, 즉 차원들을 하나의 전체 또는 구성체로 단합하고 활용할 힘이 없는 곳에서 계속 차원들을 늘리기만 하는 치명적인 전술이다. 붕괴하는 존재자는 한때 척도였던 것에서 분비되는 벌레 먹은 모양의 배설물이다. 그것은 더 많은 규준들, 미소 규모의 척도들, 단위 세포들, 고체의 파편들, 차원들의 뒤엉킨 결합들, 척도들의 헛된 쓰레기장을 낳는다. 그렇기 때문에 (단일한 객체와 연관하여) 국지적 부패를 말하는 것은 문제의 소지가 있는데, 왜냐하면 부패는 지역적인 것과 전지구적인 것 또는 전염병적인 것을 구별하는 모든 척도와 차원의 외부에서 작동하기 때문이다.

> 나의 부패는 나만의 것이 아니라 나로부터 다변화되는 세계 전체의 부패이다. 중동은 모호한 지정학적 부패라고 할 수 있지만, 사실은 다른 선진국들도 전염병적이고 전지구적인 척도에 따라 부패하는 중동이라고 말할 수 있다. (H. 파르사니)

하나의 객체가 썩어가면서 일어나는 붕괴는 원래의 구성성분들, 파편들, 원자들로 분리되는 일반적인 붕괴와 다르다. 부패의 비(非)파편적 붕괴 과정에서는 모든 것이 부패한 존재자와 계속 연결된다. 단합된 차원과 정합적인 단위가 없어도 연속성이 유지된다. 결과적으로 부패에 따른 붕괴 과정은 치명적인 물렁물렁함(또는 찐득찐득함)의 논리를 표현하는데, 이때 연속성은 헛된 결합의 결과이자 그런 결합을 거부하지 못하는 상태이다. 그렇지만 척도와 차원의 구성적 힘이 상실되었기 때문에 통합도 불가능하다. 부패는 붕괴 과정에서 점액질의 연속성을 창출한다. 고체와 공백의 구별이 철저하게 흐려지면서 조성의 심층적 수준에서 급격한 와해가 일어난다. 고체와 공백의 헛된 결합은 경제적 효율과 전체의 안정성을 저해하면서 전복적 효과를 발휘한다. 붕괴는 세포 내에 드나드는 것의 양과 질을 통제하지 못하는 세포 용해 상태와 같다. 부패의 측면에서 물렁해지는 것과 붕괴하는 것은 둘 다 구성체가 다공역학에 침식된 상태라는 공통점이 있다. 다공역학적 사건에서 단단한 것은 물렁물렁한 것을 통해 존재한다. 부패의 노선은 내부에서 외부로, 단단하고 견고하게 결합된 구성성분들이 물렁물렁한 부분들로 이어지는 화학의 노선을 따라 개시된다. 화학은 내부에서 시작하지만 그 존재는 표면에 기입된다. 존재론은 말하자면 화학의 표층적 징후이다. 부패는 단단한 것에서 물렁물렁함을 갈취한다. 단단한 것은 부패에 감염되어 물렁물렁함을 양산하는 공장이 되는데, 거듭 말하지만 이 물렁물렁함은 자연의 비정형성과 부합하지 않는다. 그것은 엄밀히 부패의 아이러니에서 비롯된 것이다.

유일신교는 고체의 용해 또는 분열이 (자연, 창조, 신성한 것으로 돌아가는) 회귀를 위한 필수적이고 안전한 과정이라고 전제한다. 회귀의 원칙에 따르면 고체성의 모든 국면은 용해 과정에서 자신을 구성하는 기본 원소 또는 기원으로 안전하게 구제될 것이다. 이렇게 존재의 모체 또는 기초적이고 기원적인 원소로 회귀하는 것은 '재에서 재로' 또는 '먼지에서 먼지로'라는 순수성의 지평이 성립하는 데 필수적이며, 이를 바탕으로 신성한 존재의 창조론적 기획이 수립되고 그 올바름이 입증된다. 그러나 부패는 구원이 예정된 회귀의 과정(창조론적 도래?)을 무언가 근본적으로 착란적인 방향으로 이탈시켜 신성한 재활용 유토피아에 속하지 않는 어떤 진창으로 밀어 넣는다. 조로아스터교와 중세 화학에서 이처럼 재활용 불가능한 부패의 산물은 매연 또는 독기, 즉 '가스'라고 칭해진다. 형태가 일정하지 않은 정령 또는 가스는 한 지점에 한정되지 않고 전염병처럼 번져 나가는 부패의 궁극적인 국지화 불가능성을 나타낸다. 독기와 역병이 빈번하게 동일시되었던 것은 우연이 아니다. 같은 맥락에서 플랑드르의 연금술사 얀 밥티스타 판 헬몬트는 부패를 뒤엉킨 몸들의 아포리아와 연관짓는다. 정령은 영혼을 존재 외부의 밤으로 데려가서 그 신화를 말살하는 전염병이다.

화학(연금술)은 부패와 함께 시작한다. 부패라는 진창의 행위자 앞에 벌거벗겨지면 언제나 이런 생각을 하게 된다. "생각이라는 것은, 가스를 내뿜는 부패물이나 다름없지 않아?" ... 그 질문은 악취 나는 공기를 통해 유독한 파문을 불러일으킨다. 부패에 저항하는 것은 헛된 동시에 비옥하다. 하지만 그렇다면 부패에 저항할 때의 비옥함이란 무엇인가? 바로 이 질문 속에 공포의 심연이 입을 벌리고 있다.

칼로 조각조각 나고, 팔다리가 잘리고, 아직 다치지 않은 부분이 난도질당하고, 절단되고, 긁히고, 할퀸 자국이 나고, 이빨로 물어 뜯기고, 뼈가 부러져 깔쭉깔쭉한 단면이 드러나고, 입술을 따라 울퉁불퉁하게 베인 채로, 뺨을 도려내고, 몸에서 볼록한 부분을 전부 깎아내고, 손과 발에서 손가락과 발가락을 전부 자르고, 코를 털, 콧날, 구멍으로 삼등분하고, 얼굴을 뭉텅 도려내고, 얼굴의 우상숭배적 잉여들을 제거하고, 몸 전체에 구멍을 뚫고, 얼굴에서 눈꺼풀, 코, 입술을 삭제하고, 머리에서 얼굴을 도려내고, 얼굴을 체강으로 변모시키고, 임의로 또는 계획적으로 칼집을 내고, 난도질해서 다듬고, 턱을 파내고, 남은 손톱으로 피부를 움켜쥐고, 가슴을 파리의 몫으로 던져 주고, 복부를 제거하고, 귀를 기괴한 모양으로 잘라내고, 이빨로 잇몸에 구멍을 내고, 겨드랑이를 찢고, 목을 가늘게 깎고, 살을 최소화해서 신체를 이루는 물질의 골자만 남기고, 윤곽선에 가깝게 팔다리를 모으고, 날마다 칼질하는 소리가 더 크게 울려 퍼지도록, 오늘은 만 번 자르고, 내일도 대략 그 정도, 이렇게 앙그라 마이뉴(아흐리만)이 자신의 몸을 계속 난도질하면 날마다 상처 부위에 새살과 세포조직이 비정상적으로 흘러들어 터진 부위를 메우고 과도하게 돌출된 흉터를 이룬다.

고대 페르시아의 아베스타어에서 아흐리만과 연관된 '창조' 또는 '탄생'을 지칭할 때는 '하브' 또는 '프라 카레트'라는 단어를 쓴다. '하브'는 깎다, 새기다, 익히다, 끓이다, 비역질하다, 튀기다, 짓이기다, 갈다 등의 의미가 있는데, 이 모든 것이 아흐리만을 요리의 신 또는 요리사로 만든다. 실제로 요리는 조성과 혼성, 연금술, 성분들의 재발명, 마법, 인공화, 다시 말해 다양한 재료들과 산물들을 자기 뜻대로 주무르는 궁극의 기예가 아닌가? 요리의 관점에서 유물론과 실용주의란 곧 물질의 악마적 독점을 파악하는 것이다. 요리사는 주술적 경향이 있는 범죄적 연금술사다. 아흐리만의 전령 아셰모가(가짜 마법사, 사기꾼, 협잡꾼, 돌팔이)는 페르시아의 왕 자하크에게 요리사의 모습으로 나타나 조로아스터교의 채식주의 식단을 고기로 오염시킨다. 아셰모가는 페르시아의 식단을 욕보이려는 흉악한 요리사로서 은밀히 왕의 식사에 소량의 고기를 더하고 차츰 그 양을 늘린 다음 그것을 사람의 고기로 대체하여 자하크가 인육에 중독되도록 음모를 꾸민다. 10년 후, 아셰모가는 마지막으로 완전히 고기로 이루어진 요리를 만들어서 자하크의 육식 입문 의식을 완료한다. 입문 과정이 끝나고 아셰모가(요리사)가 자하크의 어깨에 입맞추자(즉 아흐리만의 선물을 전하자) 그 자국에서 두 마리의 거대한 벌레 또는 뱀이 자라난다. 벌레들의 성장은 몹시 고통스러우며 이를 완화하려면 인간 남녀의 뇌를 섭취하는 방법밖에 없다. 그러니까 악마적인 것을 획득하려면 요리사가 되거나 물질을 요리하는 차원으로 회귀해야 하는 것이다.

파르사니의 『고대 페르시아의 훼손』은 나병과 창조성, 도예, 아흐리만 또는 앙그라 마이뉴, 소수 집단들의 이주, 창조와 반란 사이를 가로지르는 하나의 노선을 추적한다. 그는 이 유일한 저작에서 도예를 열렬히 찬미한다. “도예는 하나님의 창조에 맞서 창조적 혁명의 경로를 취한다.” 아흐리만은 자기 몸을 대량으로 도려내어 그 살점으로 하나의 군단을 창조한다. 그는 마치 개구리가 알을 낳는 것처럼 자신의 피, 혈청, 고기를 버무려서 아흐리만적 창조물, 추종자, 해충, 사람, 동맹자 들을 쏟아낸다. 아흐리만은 자신의 몸을 난도질하여 창조의 도살장으로 변형하면서 신성한 창조(또는 아후라 마즈다의 세계)의 자족성을 조롱하듯 모방한다. 그러나 더 근본적인 차원에서, 아흐리만의 자해를 통한 창조는 하나님(또는 그의 형제 아후라 마즈다)의 독점 체제를 해체하려는 정치적 기획이다. 하나님은 창세와 그에 수반되는 창조론적 군사 작전을 통해 세계와 그 잠재력을 모두 독점했다. 이에 맞서는 아흐리만의 의도적 도살 행위는 ‘신이 되기 위해 창조한다’라는 정치적 기획과 별도로 창조의 정치를 수정한다. 아흐리만적 창조성은 하나님의 통치권을 정립하는 것이 아니라 저급 유물론에 내재한 창조성을 해방하는 것이다. 아흐리만의 극단적인 신체 예술(희생)은 견고한 지반 위에 확립된 우주를 파괴적으로 숙청하거나 침범하지 않으면서 그로부터 부패와 창조성을 분화시시키는 실천 방식이다. 이는 파르사니가 명백하게 아흐리만적 창조성을 참조하여 중동 예술가들과 문필가들을 종종 '군단'이라고 지칭하는 이유이기도 하다.

> 예나 지금이나 중동의 창조성이 보여주는 것은 중동 문필가들과 예술가들이 아흐리만의 혁명적 운동을 계승한다는 사실이다. 그들은 기성 질서나 창조물에서 예술을 짜내고 그 창조물의 건강함에서 전복적 역량을 추출하며 그런 전복의 결과로 창조성을 수확한다. 이 모든 것은 기성 질서에 앙심을 품고 그들이 피 흘리며 죽어가도록 하는 것이 아니라, 오히려 그들이 전복과 참여, 소수 집단, 반(反)혁명의 혁명과 끝없는 반란의 새로운 형태로 생존하고 성장할 지속적인 기회를 주는 것이다. (H. 파르사니)

흉터 형성은 건강의 자기 방어적 각성 상태를 보여주는 대표적인 예다. 치유 과정은 상처를 밀봉하고 다친 부위에 물질, 시간, 에너지를 들여 외부의 침범을 막는 건강의 감시병과 같다. 그런데 아흐리만은 이렇게 건강의 표본인 흉터 형성 과정을 전용하여 소수 집단들, 괴물성과 반역을 도모하는 유해한 기계들을 생성한다. 아흐리만은 자기 몸에서 베어낸 살로 악마들을 창조하여 군단을 양성한다. 이렇게 창조된 해충의 수와 그 괴물성의 강도는 아흐리만의 몸에 흉터의 형태로 기입된다. 새로 발생한 악마가 범죄적일수록 켈로이드는 더 크고 흉측하게 자란다. 아흐리만은 흉터 형성을 섬유증이라는 사악한 과정으로 변모시켜 연조직이 기존 조직 위에 거침없이 자라나도록 한다. 상처 위에 혹이 생기거나 세포조직이 상처의 경계 바깥으로 끝없이 성장하는 콜라겐의 과잉생산 또는 비대한 흉터 형성은 치유 과정에 뒤틀림이 일어났음을 시사한다. 치유 과정은 과도한 흉터 형성을 통해 새로운 영토로 옮겨져서 성공적인 방역의 형태 대신 부패의 은밀한 물렁물렁함을—치료 대신 오남용을, 건강 대신 사악한 과잉건강을—유발한다. 아흐리만적 창조성은 건강이 스스로 자기 존재에 파멸적인 효과를 초래하지만 자기 자신을 제거하지도 못하는 상태에 처하도록 한다. 실제로 국가와 당국의 조용한 타락과 은밀한 반란을 조장한다고 비난받는 자들은 모두 아흐리만적 창조성을 실행하는 중동의 군단이다.

파르사니가 중동 예술가들과 문필가들에게 "의식적인 나환자가 되어라."라고 말하는 것은 단순히 그의 한센병과 관련된 자기도취적 금언이 아니라 아흐리만의 창조성을 옹호하는 그의 정치적 입장 표명이다. 왜냐하면 은밀한 물렁물렁함과 나병에 걸린 피부는 함께 가기 때문이다. 나병은 고통의 종교적 대상이자 전복적 창조 또는 '나병 환자의 창조성'을 움직이는 원동력이다. 나병 또는 생명의 도예는 진흙에 교란적 공포의 기예를 불어넣는다. 켈로이드와 흉터가 서로를 뒤덮고 오래된 흉터 위의 새로운 상처가 다시 흉터가 될 때, 이들은 점차 자극에 둔감해지면서 아흐리만의 몸체를 혼돈 속으로 내던진다. 이제 그것은 창조자와 창조물 간에 명확한 경계를 그을 수 없는 독창적 비진본성의 상태로 빠져든다. 켈로이드와 흉터 조직의 둔감함을 통해 표명되는 아흐리만의 기예와 유사하게, 나병은 창조 행위에서 수수께끼의 무감각함을 발전시킨다. 그것은 창조물과 창조자가 무감각하게 융합과 분리를 반복하는, 창조성의 윤리와 다중정치의 이중적 차원에서 작동하는 무감각함이다. 신성한 존재는 그가 창조한 것을 소중히 여기며 끊임없이 걱정하다가 결국 창조의 완전성을 지키기 위해 자신의 창조물을 향해 분노를 표출한다. 반면 나병 환자의 창조성은 그런 창조자와 창조물 간의 완전한 관계가 영원히 불화하고 붕괴할 것을, 그들이 서로 간에 깊은 무감각함 속으로 빠져들 것을 요구한다.

창조론적 질서를 세우는 신성한 존재가 도예가처럼 물과 먼지로 인간을 빚었다면, 그는 그런 행위를 통해 엄청난 실패를 초래하고 자신의 명예를 실추시킬 어떤 씨앗을 심은 셈이었다. 아흐리만은 자신의 몸에 창조를 기입하는데, 그의 반(反)창조주적 괴물성은 아이러니 하게도 그가 자기 자신에게 생명의 조형을 수행하여 스스로 창조자인 동시에 창조물이자 창조성 그 자체가 된 결과이다. 생명의 조형이란 곧 역병적 창조성을 체계적으로 발휘하는 것이다. 자발적 나환자로서 아흐리만은 (그는 기괴할 정도로 망가진 얼굴을 가졌다고 묘사되는데) 도예가가 아니지만 그의 몸은 어떤 드론-도예가의 돌림판 위에 있다. 신성한 존재가 물과 먼지로 창조물을 빚는다는 유일신교의 전통을 곧이곧대로 받아들인다면, 하나님은 자기가 다루는 재료에 대한 자각이 없는 도예가다. 먼지의 카발라적 의미가 '하나님의 부재'이며 물이 정액과 파종을 나타낸다면, 이 도예가는 '하나님의 부재'가 널리 확산되도록 형태를 부여하는 셈이다. 나환자들은 신성한 존재의 강박적 관심(성형수술)에서 일탈하여—생물학적인 나환자들이든 아니면 파르사니가 '의식적인 나환자'라고 칭하는 중동의 예술가들과 문필가들이든 간에—지속적인 진흙 성형수술에 처해진다.

다중정치

개방성과 반란을 위한 공모와 분열전략

만족스러운 한 끼

분열 전략의 칼날

하미드 파르사니는 아직 석유에 대한 광적인 집착에 굴복하기 전이었던 1980년대 중반에 자신의 책 『고대 페르시아의 훼손』을 (그가 중동의 꾸준한 관심사라고 주장하는) '전략적 개방성'에 대한 안내서로 재정의한 적이 있다. 아리아주의적 홀로코스트를 유일신교의 계보와 연관시켜 분석하는 그의 접근을 중심으로 재검토하면, 실제로 이 책은 중동의 다양한 커뮤니케이션 및 생활 양식들에 관한 혼성적 접근으로, 저자가 강조하듯이 다중정치적 칼날이 달린 개방성에 대한 연구서로 독해될 여지가 있다. "그것{개방성}은 확실히 자유주의 사회에서 도구화된 생활 방식이나 사회적 역학을 위해 조성된 것이 아니다. 인류 역사를 통틀어 개방성은 오히려 그런 자유 세계의 몸체를—물론 '자유 세계'가 그나마 견딜 만한 체제나 종교를 제도화한 것 이상이었던 적이 있다면 말이지만—전복하는 역할을 맡는다." 파르사니는 훗날 『고대 페르시아의 훼손』에 관한 메모에서 이렇게 쓴다. 당시 이 책은 이미 "고고학을 제외한 모든 분과적 지식을 뒤섞어서 페르시아를 제외한 모든 것을 논하는 과장되고 장황한 저작"이라는 적대적 비판과 "중동을 여행할 때의 필수 참고서"라는 소수의 절대적 지지를 한 몸에 받고 있었다. 어느 쪽에 동조하든 『고대 페르시아의 훼손』을 단순히 경이로운 발견과 이론의 모음으로 취급하는 것은 심각한 오독이다. 저자 스스로 고백하듯이 그 책은 "중동의 개방성이라는 난제를 서툴게 해부"하려는 시도다.[34]

> 이른바 중동의 독재 기관들이 오래전에 자유주의에 패배하여 산산조각 나지 않고 꿋꿋이 살아남아 오히려 더 강해진 까닭은, 개방성이 시스템 내부에서 추출되는 것도 아니고 열린 상태를 유지하려는 자의적이고 주관적인 욕망을 따르지도 않기 때문이다. 개방성은 자유주의에 의해—이른바 '자유 세계'는 말할 것도 없고—커뮤니케이션될 수 있는 것이 아니다.

비평가들은 파르사니가 현재의 지구행성적 역학에 관해 이미 충분히 연구된 주제들을 (파르사니의 표현을 빌리자면) "석유의 유체적 효율성"으로 재가동하기 위해 『고대 페르시아의 훼손』을 재독해하는 것이라고 주장한다. 그러나 파르사니의 관점에서 이러한 재서술은 (또는 비평자들의 표현을 빌리자면 "재해석"은) 그가 여태까지 수행한 모든 연구를 개방성의 수수께끼 아래 결집시키는 것이었다.

> 내가 보기에 이른바 중동식 삶은 다른 무엇보다도 어떤 커뮤니케이션의 역학을 암시한다. 그것은 정치적 또는 인본주의적 날카로움을 겸비한 동시대 오리엔탈리즘의 라이프스타일이 아니라 개방성이라는 수수께끼에 대한 응답이다.

하이퍼스티션 팀은 파르사니가 말하는 "개방성의 수수께끼"를 등불 삼아 그의 초기 메모들을 들뢰즈와 가타리가 주창한 생성의 정치와 연계해서 심문하고 재조사하기로 결정했다. 그러나 이번 독해는 순전히 철학적인 지반에만 의지하지 않고 파르사니의 저작을 구성하는 엉망진창의 히스테리—옥탄가 높은 철학적 정신병에 저항하는 개요 수준의 텍스트들—를 새로운 배경으로 삼았다. 이렇게 해서 파르사니의 작업에서 새로운 의의와 날카로움을 뽑아낼 수 있었다.

『고대 페르시아의 훼손』에서 인류의 역사는 외부를 향한 개방성의 양식을 설계하고 확립하려는 실험적 연구 과정으로 그려진다. 궁극적으로 개방성은 말하자면 '인간사'를 넘어서는 그 바깥의 문제이며, 여기에는 인간을 제외한 모든 것, 심지어 인간 신체까지 포함될 수 있다. 그러나 개방성은 인류의 역사에만 연관되지 않는다. 파르사니는 지구가 행성적 규모의 사건들을 조종하는 최고의 인형술사이자 주술사로서 자기만의 훨씬 정교한 개방성을 지닌다고 주장한다. 인간이 자기의 외부를 향해 자신을 여는 개방성의 주체라면, 지구는 그런 인간적 개방성을 "안팎으로 뒤집은 주체"다. 확실히 인간적 개방성에는 반전이 넘친다. 여기에는 사회적 개방성, 성별 간 커뮤니케이션, 문화적 또는 암석학적 차원에서 동시대 세계를 구성하는 인구 집단들과 정부들 간의 개방성이 포함된다. 파르사니는 인간적 개방성에 전략적이고 뒤틀린 활기가 있으며 그런 관점에서 모든 커뮤니케이션은 일종의 전술이고 모든 개방성은 아직 더 펼쳐져야 할 전략임을 보여준다. 그렇다면 지구는 유기체들 및 태양 쪽의 외부에 개방된 채로 그들과 커뮤니케이션 하면서 무언가 자궁처럼 어둡고 대양처럼 깊은 계획(또는 음모론)을 즐기고 있는 것이다. 개방성의 윤리에 관한 쟁점들과 현안들을 질문하지 않고 세계 정치, 문화, 경제를 연구하기는 어렵다. 개방성의 문제를 제외하고 중동을 연구하기는 불가능하다. (아누쉬 사르키시안의 『고대 페르시아의 훼손』에 관한 논평, 1994)

외부에서 개방성이 도래하는 것이지 그 반대가 아니다. 니체적 긍정은 결코 해방을 지지하지 않았으며 하물며 개방성과는 무관했다. 그것은 외부적인 것이 발동되는 것으로 인간과 심지어 (외부를 향해 개방되려는 욕망을 포함하는) 인간적 개방성의 바깥에 있었다. 철저한 개방성은 단순히 폐쇄성을 무효화하는 것이 아니라, 이른바 해방을 지향하는 인간적 개방성에 존재하는 그로테스크한 길들임과 인색함의 모든 흔적들을 끝장내는 것이다. 철저한 개방성의 칼날은 계산적 개방성 즉 주체와 그 환경이 감당할 수 있는 수준에서 구축되는 개방성을 난도질하고 싶어한다. 철저한 개방성이 겨냥하는 것은 폐쇄성이 아니라 계산적 개방성이다. 철저한 개방성은 '개방적인 것'에 입각한 모든 정치경제적 지반을 집어삼킨다.

긍정은 세계를 향한 개방성을 획득하는 것이 아니라 계산적 개방성의 지속적이고 그로테스크한 길들임을 통해 폐쇄성을 유지한다. 긍정이 작동하는 첫 번째 단계에서 '개방적인 것'은 인간중심적으로 규제된 개방성의 양식으로서 옹호된다. 그것은 모든 것을 좀 더 감당 가능한 것, 계산적으로 개방적인 것, 목적 지향적인 것으로 변모시킨다. 긍정은 원래 개방성을 감당 가능성의 한 국면으로 변형하고 계산적 개방성을 생존 지향적 경제로 변모시킴으로써 가동되는 (시스템들의) 경계를 조작하는 문제와 관련된다. 계산적 개방성은 외부에 대해 얼마나 개방될 수 있는지가 아니라 외부를 얼마나 감당할 수 있는지를 따진다. 따라서 이런 의미의 개방성은 본질적으로 생존에 결부된다. 마찬가지로 생존 지향적 경제는 생존을 보장하는 모든 형태의 감당 가능성, 생존을 연장하는 모든 커뮤니케이션을 실현하는 것이다.

계산적 개방성은 외부적인 것과의 커뮤니케이션을 시뮬레이션해서 위험을 가장하는 술책이다. 그러나 이런 개방성이 상정하는 외부는 근본적으로 주체의 생존이나 그것을 둘러싼 질서를 위협하지 않는 것, 다시 말해 감당 가능하다고 이미 확인된 환경일 뿐이다. 그렇다면 '개방적인 것'은 외부와의 경계를 구획하는 접면에서 가동되는 궁극적인 감당 가능성의 전술에 지나지 않는다. 계산적 개방성의 관점에서 경계의 질서는 눈에 보이지 않아야 한다. 경계는 여과하고 가두는 권역이 아니라 (모호한 유목적 충동을 가지고) "힘의 역학이 작용하는 분계선"이며, 정주보다 확장의 역동성을 통해 모든 것을 수용하려는 유동적 지평이다. 감당 가능성은 미리 프로그래밍된 개방성으로, 특히 안전이 보장된 ('개방 당한 것'과 대비되는) '개방적인 것'의 판에서 나타난다. 생존을 지향하는 유기체는 '…에 개방적인 것'의 판에서 언제나 이종 신호의 흐름을 방해하고 전유할 수 있으며 참여를 경제적으로 제한하고 만약 필요하다면 너무 늦기 전에 커뮤니케이션을 끊을 수도 있다.

'개방적인 것'은 언제나 정치적이고 조심스러운 태도로 생존 지향적 경제를 지지한다. 그것은 계산적으로 교묘하게 책정된 용량(또는 감당 가능성)의 영역이며 어떤 비용을 치르든—심지어 죽음정치까지 감수하면서—생존의 유지에 몰두하는 경제다. 계산적 개방성, 즉 '...에 개방적인 것'은 개방성의 주체와 객체를 오가는 상호 운동을 배분한다. 계산적 개방성의 주체가 '나는 ...에 개방적이다'라는 진술로 자신을 표명하는 자라면, 그런 개방성의 목표물은 '...에 개방적인 것'이 겨냥하는 대상이다. 이러한 양극이 서로를 감당할 수 있는 선에서 계산적 개방성이 유지된다. 한 존재자가 환경에 대해 자기를 개방하려면 그 전에 환경이 해당 존재자를 일정 범위 내에서 감당할 수 있어야 하며, 그 존재자 또한 자신의 용량 내에서 환경의 일부를 수용할 수 있어야 한다. 존재자의 용량은 그것의 주체적 생존 여부에 직접적으로 영향을 받는다. 따라서 이른바 (계산적) 개방성은 자기를 개방하는 행위가 아니라 주체의 감당 가능성과 생존 역량을 나타낼 뿐이다.

계산적 개방성의 관점에서 감당 가능성이란 단일한 또는 복합적 시스템이 감당할 수 있는 제한적 범위가 아니라, 계산적 개방성의 주체와 객체 양측이 모두 생존을 유지하는 한도 내에서 역동적이지만 경제적인 방식으로 참여하는 상호적 지평 전체를 가리킨다. 감당 가능성은 단성적 또는 일방향적으로—개방성의 주체에서 목표물을 향해서든 그 반대 방향으로든—작동하는 것이 아니다. 그것은 계산적으로 집합적이다. 감당 가능성은 역동적으로 상호 동조하는 양측의 몸체들을 모두 수용하기 위해 계획적으로 보안된 개방성의 지평을 주조한다. 따라서 개방성을 결정하는 것은 위험을 회피하는 생존이 아니라 상호적 생명 과정을 구성하는 주체와 객체 양측의 생존이다. 감당 가능성은 상호적으로 확립되기 때문에 주체나 객체에 의해 일방적으로 해체되지 않는다. 감당 가능성은 주체와 객체의 양극에 대해 기본적으로 중도 지향적 입장에서 정중앙을 고수한다. 참여, 생성, 전술과 커뮤니케이션의 노선은 모두 이 같은 감당 가능성의 중도적 영역과 그 생존의 메커니즘에 기반해야 한다.

'나는 너에게 개방적이다'라는 말은 언제나 '나는 너의 투입을 감내할 용량을 보유하고 있다' 또는 '나는 너를 감당할 수 있다'라고 고쳐쓸 수 있다. 이런 보수적 목소리는 의도나 의지의 문제가 아니라 불가피한 감당 가능성이라는 중도 지향적 결합, 생존 지향적 경제, 용량의 논리와 연관된다. 당신이 감당할 수 있는 용량을 넘어서면 나는 부서지고 찢어져서 활짝 열릴 것이다. 생존의 독점, 경계의 전체주의적 논리, '...에 개방적인 것'의 판을 향한 맹목적 욕망은 억압에 헌신하지만 결코 편집증이나 억압과 공공연하게 연관되지 않는다. 이것이 자유주의와 인간중심적 욕망의 아이러니다.

이렇게 긍정은 전술적으로 감당 가능성에 의해 육성되지만, 그것은 또한 전염병적 개방성을 불러일으켜 결국 인간의 계산적 개방성이 중단되도록 하는 잠행적 전략[35]으로도 기능한다. 생존에 관한한, 철저한 개방성은 언제나 저급한 참여, 감염과 만연하는 공포, 그리고 바깥쪽에서 통제불능의 절대적 외부자로 출현하는 동시에 안쪽에서 자율적인 이종화학적 내부자로 나타나는 어떤 외부적인 것의 공포를 수반한다. 어떤 경우든 철저한 개방성은 미지의 역병과 내부적으로 연관된다. 감당 가능성이 주체와 객체 간 커뮤니케이션의 전선을 중도 지향적으로 연장한 것이라면, 외부적인 것은 공간적 거리가 아니라 그 기능의 외재성에 의해 정의된다. 긍정이 궁극적으로 전략에 귀속되는 것은 외부적인 것을 억압하고 그 영향력을 유보하는 것 자체에 전염병적 개방성이 내재하기 때문이다. 다중정치적 반전에 의해 전염병적 개방성은 고체 상태와 명백한 폐쇄성을 갈망한다. 최저생활과 생존 지향적 경제에 내적으로 통합된 '립반' 또는 '리피안'[고대 영어로 '삶']의 형태들, 각종 거주와 수용의 시스템들이 그것의 목표물이 된다. 언제나 (더 많이 감당하기 위해) 확장의 전술을 펼치는 감당 가능성의 은밀한 음모론적 정신에 순응하여, 철저한 개방성은 감당 가능성의 내부에서 전략적 호명과 전복의 노선들을 요청한다. 요컨대 철저한 개방성은 용량의 논리 내부에서 바로 그 논리를 전복한다. 이른바 마법적 노선, 각성, 소환, 이종적 끌어당김, 촉발 등의 전략적 접근이 내부로부터 절개선을 내면서—가스처럼 확산되지만 냄새를 풍기지 않는, 수술용 메스 같은 금속성의 지혜로—철저한 개방성을 펼치기 시작한다. 개방성은 내부와 외부 양쪽에서 철저한 난도질의 형태로 출현한다. 해부학자가 위에서 아래로 절개하는 초월론적 해부를 통해 신체를 위계적으로 살핀다면, 개방성의 역(逆)해부는 구조적으로 관통하는 (지층의 논리를 수행하는) 해부학적 절개법이 아니라 고유한 전략적 활동의 판에 의거하여 전방위적으로 난도질하며 열어젖힌다. 개방성은 자살과 다르다. 그것은 단지 '삶'이 시스템적 잉여로 전락하는 생명 자체의 영역으로 생존을 꾀어낸다. 외부적인 것은 그 철저한 외재성 속에서 이미 어디에나 잠복하고 있기에, 그것이 경제적 책정이나 폐쇄성의 환영을 날려 버리도록 조금 부추기는 것만으로 충분하다. 개방성은 일종의 전쟁이며 따라서 그것이 작동하기 위한 전략을 필요로 한다. 개방성은 인간중심적 관점에서 개방적인 것을 욕망하는 것이 아니라 개방의 행위에 의해 열어젖혀진 상태다. 난도질당하고 찢기고 부서지고 열어젖혀지는 것이 철저한 개방의 행위에 대한 주체의 신체적 반응이다. 이런 관점에서 긍정은 위장된 전략이며, 감당 가능성을 따라 절개선을 그리면서 개방성을 철저한 난도질(또는 철저한 이종적 부름)로 재발명하는 운송체다.

개방 당하는 것 또는 개방성의 화학을 경험하려면 '당신 자신을 개방하는 것'(즉 당신과 주변 환경을 포괄하는 경계, 용량, 생존 지향적 경제와 연합되려는 욕망)만으로는 부족하다. 하지만 당신 자신을 함정에 집어넣고 외부적인 것과 전략적으로 동조하여 스스로 외재적 힘을 꾀는 미끼가 되는 방식으로 개방성을 긍정할 수는 있다. 스스로 외부적인 것의 목표물이 되는 것은 철저한 개방성을 유발하는 한 가지 방법이다. 시스템을 둘러싼 환경을 향해 계산적으로 개방하는 것이 아니라 외부적인 것에 의해 개방 당하려면 바깥의 외재적 힘을 유혹해야 한다. 당신 자신을 견고한 물질량적 덩어리로 정립하고, 당신 주변의 경계를 강화하고, 당신의 지평을 확보하고, 당신 자신을 밀봉하여 취약점을 없애고 ... 인간중심적 위생에 탐닉하여 외부자들의 침범을 경계하는 것이다. 이렇게 과도한 편집증, 엄격한 폐쇄성, 생존주의적 경계 태세를 통해 당신은 철저하게 외부적인 힘의 이상적인 먹잇감이 된다.

중동이 통치 정책과 모델, 사회문화적 역할의 광범위한 차원에서 문제적인 규율 체계와 편견으로 가득 찬 유일신교적 교조주의로 나아가는 것은 사실 철저한 개방성을 향해 체계적으로 진군하는 것이다. 개방 당하는 것의 판은 개방적인 것의 반대편, 오히려 전략적 폐쇄성의 근처에 있으며 자유 세계와 대립 관계에 있다. 전지구적 정치학으로는 이를 이해하기 어려울 것이다. (H. 파르사니)

파르사니는 이처럼 폐쇄성의 표명을 향해 체계적으로 진군하는 것을 정체불명의 역병을 전략적으로 꾀어내는 소환 의식과 동일시한다. 그것은 모든 면역 시스템과 경계들을 감염시키고 단일체적이고 물질량적인 구조들을 전복하는 이종화학적 조류를 불러낸다. 전염병적 개방성은 원인불명의 사건으로, 불가해한 (개방하는 동시에 개방 당하는) 난도질의 형태로 도래한다. 사전 경고도 없이 난도질하는 개방성이 당신을 열어젖힌다(당신은 기껏해야 '이게 대체 어디부터 시작된 거람?'이라고 질문할 수 있을 뿐이다). 그리하여 당신은 한 끼의 괜찮은 식사, 새로운 고기 ... 새로운 지구를 위한 새로운 식량이 된다.

만족스러운 한 끼의 다중정치. 고대 페르시아의 '드루지'(모든 부정한 것의 어머니) 숭배자들은 유일신교 내에서 직접 그들의 신념 체계를 가동하면서 최초로 다음과 같은 원칙을 발견했다. "어둠에 관한 한, 전략적으로 사고해야 한다." 생명-사탄(드루지)을 긍정하려면 모든 것을 전략의 차원에서 재발명해야 한다. 그에 따르면 생명-사탄에 관여하는 행위는 전략적 커뮤니케이션을 통해 수행되어야 하는데, 이는 신앙이나 믿음으로 직접 그것을 긍정하는 것이 아니라 전략적 차원에서 우리 자신을 한 끼 식사로 변모시켜 저편의 사냥꾼들이 활동을 개시하도록 유인해야 한다는 뜻이다. 서구의 이단 종파들이 난동을 부렸던 것과 달리, 드루지 숭배자들은 타락과 부조리를 이단적 악마 숭배의 방법으로 채택하지 않았다. 그들은 외부에 맞서 편집증적으로 폐쇄성을 유지하고 그들의 위생과 건강에 과잉 집착함으로써 생명-사탄을 소환했다. 이런 식으로 그들은 정통적인 합리성과 논리 자체로부터 치명적인 광기를 연역했다.

생명-사탄(전염병적 개방성)의 황홀경에 자기를 바치려면 자신의 모든 오점을 정화하고, 무수한 위생 절차를 준수하고, 일상적이고 제도화된 생활 방식을 발전시키고, 신체와 정신의 양면에서 일체의 오염을 피하려고 애써야 한다. ... 다시 말해 당신은 자기를 재료로 써서 생명-사탄과 그 화신들을 위한 '만족스러운 한 끼'를 만들어내야 한다. 당신은 외부적인 것을 꾀어낼 수 있는 매력적인 미끼가 되어야 한다. 이런 전략적 유혹에 넘어간 생명-사탄은 당신을 찢어발기면서 개방성에 새로운 기능적 차원을 부여할 것이다. 개방성은 감당 가능성과 용량에 외재하지만 그 영토를 굴복시키고 시체를 도륙할 수 있다. 죽음을 탈출구로 제시하는 죽음정치의 달콤한 말과 달리, 당신은 생명-사탄이 시스템과 조직체에 퍼붓는 오염, 두려움, 강렬함의 역지반으로 변모할 것이며 거기서 개방성은 일련의 찢어진 상처로만 파악될 수 있을 것이다. 철저하게 외부적인 것의 관점에서 (어떤 주체나 시스템의) 폐쇄성을 유지하기가 불가능하다면, 개방의 행위는 오직 그 시스템에게 직접 이 불가능성을 실현해 보이는 것이다. 주체는 이처럼 불가능성이 부과 또는 발효되는 것을 언제나 파국적으로 불쾌한 일로 경험한다.

악트-야투와 드루지 숭배자들은 모든 부정한 것의 어머니(개방성의 칼날 또는 이종적 폭풍)가 언제나 살아 있는 사람을 덮치기 때문에 절대적 외부의 파국적 강렬함을 긍정하려면 (가장 조직적이고 생존주의적인 방식으로) 살아남아야 한다고 생각했다. 개방성의 깊숙한 곳에서 만족스러운 한 끼의 다중정치는 보수성의 아이러니를 찬미한다. 당신이 알뜰하게 모아둔 것들이 생명-사탄을 위한 자극 또는 더 정확히 말해 난도질의 전율을 축적한다. 이런 파노라마의 끝에서 모든 유일신교적 훈계는 만족스러운 한 끼의 다중정치가 벌이는 소름 끼치는 축제를 탐닉하지 않겠는가?

당신 자신을 신선한 한 끼 식사로 만들어라. 오벨리스크, 모놀리스, 세계수, 폭군의 몸체가 되어라. 하지만 어떻게 식사를 하러 나온 개방성을 노리는 궁극의 미끼, 신선한 음식으로 자신을 분장할 수 있을까? 허기가 욕망의 대상과 그 대상의 파괴를 구별하기 어렵게 한다면, 폭식은 감각을 충족하는 모든 것의 말소를 암시한다. 전염병적 개방성은 게걸스럽게 닥치는 대로 집어삼키고 난도질하면서 개방성의 의미나 성질을 소멸시킨다. 광범위한 개방, 개방적 정신, 폭넓은 개방, 개방적 세계, 이렇게 주체의 관점에서 긍정되는 개방성의 양식들은 구시대적인 것이 된다. 이렇게 공간-논리적으로 개방성을 표명할 때는 자유주의적 상식이라는 명목으로 계산적인 감당 가능성의 논리가 다시 끼어든다. 이른바 '폭넓은 개방'은 생존 지향적 경제를 추구하는 유순한 자유주의적 정치가들 또는 용량의 옹호자들에게나 어울릴 뿐, 철저한 개방은 오로지 '집어삼켜지는 개방'의 형태로만 포획될 수 있다. 찢어지고 조각나고 부서지고 쩍 벌어진 상태는 제의적 살육의 개방성에 대한 전략적 참여, 성찬식, 능동적 커뮤니케이션을 암시한다. 전염병적 개방성이 용량의 질서를 침식할 때는 일방적으로 해체하는 것(부정적인 무력화)이 아니라 전복적인 참여를 통해 내부에서 금이 가도록 한다. 그리하여 용량은 정확히 감당 가능성의 논리를 따름으로써 잔혹하게 쩍 벌어지고 만다.

흔히 H. P. 러브크래프트는 심하게 물신화된 고대적 공포와 극단적으로 인종주의적인 편집증의 혼합물이라는 비난을 산다. 강박적으로 일관된 인종주의는 그의 작품 전반에 스며들어 있다. 그의 크툴루 신화에서 웅웅거리는 인종주의는 우주적 판 위에서 진핵생물 이전의 공포스러운 주민들, 고대의 존재들, 어둠 속에 도사린 절대적 외재성의 화신들로 나타난다. 이 신화에서 외부와의 커뮤니케이션은 그에 참여하는 사람에게—설령 그의 용량에 맞게 보정된다고 해도—어떤 불가피한 운명을 부여하는 것으로 밝혀지는데, 여기에는 인류 문명이 외부적 힘들의 도살장으로 변모하는 것까지 포함된다. 그러나 이 외부성은 개방성의 노선들을 전개하기 위해 별도의 특별한 힘을 필요로 하지 않는다. 다시 말해 외부에서 온 자들은 우주적 외계성의 고아들이며 철저한 외부성 그 자체다. 외재성은 외부자들의 존재나 그들 간의 인과적 상호작용과 무관한 하나의 '행위'로서, 근본적으로 자신의 목표물들에 선행하며 그들의 존재론적 위상에 무관심하다. 인간이든 고대의 존재든 구별하지 않고 모든 것에 외재성을 부과하는 것이 바로 외부성의 기능이다. 외재성의 도입 또는 외부화의 행위는 인간과 고대의 존재를 똑같이 베어 버리는 개방성의 칼날로서 발효된다. 주체가 폐쇄적일수록 그것은 더욱 잔혹하게 절개된다. 외부자들의 임무 또는 운명은 인간들을 폭력적으로 개방하는 것이지만 그들 역시 우주적 외계성의 대체 가능한 꼭두각시에 불과하다.

러브크래프트의 크툴루 신화에서 외부자는 외부적인 것의 외재성을 집행하는 자다. 그러나 이 외계성은 시스템의 경계와 질서를 훼손하는 방식으로만 자신을 기입할 수 있어서 폐쇄된 주체(시스템)에 대해 엄청나게 부조리한 방식으로 무관심하다는 특징이 있다. 인간중심적 관점에서 그 부조리한 무관심은 절대적인 가학성으로 식별된다. 그래서 러브크래프트적 외부자는 외계인으로 환원되지 않는데, 왜냐하면 그것은 우주적 외계성의 외재성 또는 철저한 외부성이 부과하는 외부화의 행위 그 자체이기 때문이다. 그런 행위는 그 자체의 순전한 현실성이나 구체적 현존과 분리될 수 없다. 이런 이유로 러브크래프트 소설에 나타나는 과도한 편집증은 간단히 비난하거나 묵과할 수 없는 것으로 남는다. 그러나 러브크래프트의 편집증이 도달하는 귀결이 그의 인종적 지향과 완전히 부합한다고 할 수 있는가? 이 질문에 답하려면 먼저 외래적인 것을 혐오하는 편집증과 인종주의 사이에 흐르는 계보적 잠류들을 발굴 조사할 필요가 있다.

서구의 주술 정치나 사회종교적 집단들에는 별로 알려지지 않았으나, 유일신교의 생식 세포였던 조로아스터교는 오래전부터 이 고대적 편집증을 파악하고 있었다. 그것을 오메가 등급의 생존주의 또는 편집증이라고 부르자. 조로아스터교에 침투한 고대 페르시아의 드루지 숭배자들은 오직 외부적인 것의 화신들과 전략적으로 커뮤니케이션하는 방식으로만 철저한 개방성을 촉발할 수 있음을 깨달았다. 외부적인 것으로 향하는 길은 역병이 들끓어서 누구든 발을 디디는 것과 거의 동시에 녹아 스러진다. 그러니까 외부적인 것으로의 여정은 목적지에 도달하기도 전에 끝난다. 이런 이유로, 먼저 여정의 연속성을 보장하기 위한 방법을 고안해야만 한다.

중동의 드루지 숭배자들이 찾아낸 해법은 외부를 향한 여정의 내구성을 강화하는 동시에 충분히 버틸 수 있을 만큼의 기생적 체력을 지닌 인위적 경로를(군사 전문가의 표현을 빌리자면 '전략적 개방'을) 설계하는 것이었다. 외부적인 것을 향한 열렬한 욕망으로는 충분하지 않다. 그 욕망에 날카로운 작전 수행 능력을 부여할 유도 시스템이 필요하다. 드루지 숭배자들의 공식에 따르면, 외부를 향한 전략적 경로는 단순히 이동하고 도달하고 생성되려는 욕망의 역동성에 부합하는 것이 아니라 전략과 전술의 치명적인 다중성을 따라 반전을 거듭하면서 이어진다. 경제적 계산에 따른 생존주의는 외부적인 것의 응시를 견디지 못하기 때문에, 이 경로는 생존주의를 지지하는 것과 별도로 전염병적 개방성과 그 강렬한 공포의 공작원들에 결부될 수 있는 극도로 튼튼한 어떤 유형을 개발해야만 한다. 따라서 외부 또는 저편에 도달하는 과정을 '...을 향해 이동한다'(목적지향적 전술)는 것으로 파악해서는 안 된다. 드루지 숭배의 다중정치적 관점에서 '도달한다'는 것은 '여기로 부른다'(소환)와 동일하다. 그것은 목적지로 식별되기를 거부하는 외부를 향해 이동하는 것이 아니라 바로 그 외부를 끌어당기는 노선을 설계하는 것이다. 드루지 숭배자들이 보기에 목적지는 저편이 아니라 우리가 있는 바로 여기다. 우리 인간의 영역이 외부자들의 목적지가 되어야 하는 것이지 그 반대가 아니다. 이처럼 목적 지향적 여정을 반전시키는 것의 마법적 기능을 대략적으로 '이종적 부름'이라고 칭한다. 그것은 외부자를 내부자로 전환하여 안에서 활동하는 강렬한 공포의 공작원들로 변모시키는 것이다.

철저한 외재성을 추구하는 러브크래프트적 다중정치와 드루지 숭배에서 오메가-생존 또는 전략적 내구성을 유지하는 것은 분열적 착란과 구별되지 않는 과도한 편집증이다. 기생적 생존주의와 자신의 온전함에 대한 집착으로 충만한 이런 편집증의 활동 노선은 분열-특이성의 노선과 일치한다. 편집증은 크툴루 신화와 드루지 숭배에 감염된 조로아스터교에서 순수성과 유일신교적 구조에 대한 아리아인의 정신이상적 집착과 연관된 정교한 위생-복합체로 나타난다. 이처럼 순수성의 목적지를 외부적인 것의 출현 장소와 중첩해서 고의적 파괴를 자행하는 극한의 편집증을 '분열전략'이라고 한다. 러브크래프트와 아리아인이 모두 과도한 편집증으로 순수성을 보호하려는 까닭은, 오직 그런 편집증과 엄격한 폐쇄성만이 외부적인 것의 힘을 끌어당겨 철저한 개방성의—즉 난도질당하고 부서져서 활짝 열리는—형태로 우주적 외계성을 발효할 수 있기 때문이다. 드루지 숭배자들은 아리아인의 순수성과 조로아스터교의 유일신교를 혼합하여 이러한 분열전략적 노선을 완전히 발전시켰다. 악트를 비롯한 조로아스터교의 이단 지도자들은 분열전략이 이종적 부름, 전복, 방해공작에 엄청난 잠재력이 있음을 금세 알아챘다. 분열전략은 유일신교적 문화 전체를 우주질주적 개방성과 그 전염병적 그물망을 향해 개방하는 마법적 노선이다. 러브크래프트적인 전략적 편집증의 신경망으로서, 개방성은 분열전략적으로 외부에 참여하여 "눕히고 부서지고 난도질당해서 쩍 벌어지는" 것으로 식별된다. 이종적 부름과 분열전략의 관점에서 한 지점으로 국지화할 수 없는 외부는 이종화학적 내부 또는 '내부자'로 나타난다.

분열전략이 작동하는 개방성의 판에 도달하려면 위생에 대한 콤플렉스와 편집증(과잉건강)에 빠져들어야 한다. 분열전략은 과잉건강과 편집증의 용량 지향성에 내재하는 전복적 논리를 발전시키는 것과 연관된다. 드루지 숭배자들은 분열전략을 드루지와 그 철저한 외재성을 깨워서 먹이를 주는 의식으로 여겼다. 러브크래프트 소설에서 외부적인 것이 인간의 의도에 무관심하듯이, 외재성에 실용주의적으로 참여하는 분열전략 역시 주체의 편집증적 집중이나 그 내용과는 무관하다. 요컨대 분열전략은 편집증을 알지 못한다. 분열전략이란 곧 편집증 내부에서 외부적인 것을 대신하여 은밀히 작동하는 전략적 분열증을 가리킨다. 따라서 분열전략의 야심은 외래적인 것을 혐오하는 편집증적 의도에 철저하게 외재적이다.

> 외부적인 것이 개방성이라는 초승달 모양의 칼을 휘둘러서 폐쇄성을 표명하는 것들을 색출할 때, 스스로 그 강렬한 갈망의 대상이 됨으로써 외부성의 외재적 욕망을 달래주는 것은 중동의 윤리적 명령이다. (H. 파르사니)

개방성을 향한 주체의 뭉툭한 의지만이 외부적인 것의 개방적 칼날을 날카롭게 갈 수 있다. 철저한 개방성을 획득하려면 외부적인 것을 향한 노출의 수준을 정교하게 조절해야 한다. 노출의 정도는 탈출적 비행에 열광하지 않는 폐쇄성의 정도에 상응한다. '개방적인 것' 또는 '...에 개방되는 것'의 도피적 경향이 어떤 종류의 중력(한계, 시스템 등)을 탈출하는 비행의 방향과 부합한다면, 하강 또는 역(逆) 비행은 외부적인 것이 출현하는 저 아래 깊은 곳의 철저한 외재성에 참여하는 것과 같다. 다시 말해 분열전략은 중력을 탈출하는 비행을 지하의 영역으로 뛰어드는 하강으로 대체하고, 저 너머에 있는 것에 대한 긍정을 여기 내부에 있는 것의 긍정으로 바꿔치기 한다. 철저한 개방성은 (단순히 개방된 것이 아니라 난도질에 집중하는 것으로서) 비행의 '지하적 운동 되기' 또는 역비행에 상응하며, 그러한 운동과 깊이 공모하면서 지반을 가로지르는 대중적 개방주의가 시행된다. 역비행은 중력을 벗어나려는 탈출의 노선이 아니라 기층에 접근하기 위해 중력과 그 지반을 관통하는 조작적 행위다. 기층에 도달하려면 중력 법칙에 순응하고 지반의 논리에 수긍해야 한다. 인간들도 외부적인 것의 화신들도 모두 이 경로를 따라간다. 그래서 신들이 태양의 항해를 통해 지구의 땅으로 내려와(즉 지반화되어) 죽은 신들로 변모하는 것이다. 비행의 연금술은 중력을 벗어나는 것이 아니라 중력의 영향력에 굴복하는 데 기반한다. 비행은 지반의 화학과 그 효력을 포식하는 지하적 흡혈 행위다. 비행은 심원적인(그 어원적 의미에서 '심층을 향하는') 것이다. 죽은 신들은 외부적인 것의 방대함과 땅에서 태어난 것의 제약에 얽어매인 채 진창 속으로 빠져들어 자기를 열어젖히고 먹고 더럽힌다. 진창의 복잡함은 난도질하는 개방성의 흉포함에 비례한다. 개방성이 강할수록 진창은 더욱 혼잡해진다. 죽은 신은 화신으로 출현하는 신이며 '바닥'으로 떨어진 신(이른바 지하의[36] 신)이다. 화신 즉 '아바타'라는 단어는 미궁을 헤매는 듯이 구불구불한 죽은 신의 여정이 곧 지하적 개방성이자 비탈출적 비행임을 암시하면서, 하강과 역행이라는 측면에서 지하적 커뮤니케이션의 실재를 그려 보인다. 원래 '아바타'[37]는 '저 아래 땅의 가면' 또는 '데스 마스크'라는 의미로 그 어원은 '하강'을 뜻하는 산스크리트어(‘아바타라티’)이다. 따라서 화신은 신들이 죽은 신들로 변화하기 위해 거쳐야 하는 어둠의 역(逆)질주적 깊이 또는 ‘카타바시스’(지하로의 하강)와 기능적으로 연결된다. 하강하는 신은 개방하고 개방되기를, 파괴하고 파괴되기를 원한다. 인간적 존재의 판에서 신의 소비나 활동은 언제나 초토화로 나타난다. 하지만 그런 초토화가 인류만을 겨냥한다고 가정하는 것은 순수한 인간중심주의이며 피해자 위치에 탐닉하는 것에 불과하다. 그것은 하나님의 도시도 유린한다.

죽은 신은 지치고 폐지된 비운의 신이 아니라 파국적 초토화를 불러올 수 있는 궁극의 무기를 가진 신이다. 지구의 제한적 지반을 개방성의 직접적 통로로 만들기 위해 지상에 도래한 역병으로서, 죽은 신은 자기가 매장된 세속의 지반을 긍정하면서 고행을 자처한다. 설령 죽은 신들의 하강 행위가 신성한 존재의 (고유한 주권성과 분리되는) 신체적 세속화와 동일시된다 해도, 죽은 신이 그 자체로 세속적 존재자인 것은 아니다. 죽은 신은 하강 과정에서 자기에게 주어진 이른바 세속적인 몸을 역병적인 것이자 넘치는 사랑 속에서 성스러움과 일체화된 것으로 재발견한다. 신은 하강을 통해 세속적인 동시에 성스러운 범죄를 저지른다. 그것은 인간을 먹고 감염시키면서 자기를 개방하며 자기를 시체로 바꾸면서 인간을 개방한다. 신의 괴사한 시체는 살아 있을 때보다 더 뚜렷하게 자신의 몸체를 표명하는 차가운 고기다. 그것은 지구상의 온갖 존재들이 씹고 유린하고 함부로 건드리고 다시 발굴하여 사랑을 나누는 시체애호적 진창이다. 인간들과의 커뮤니케이션이라는 측면에서, 신은 자기의 시체를 인간들이 마음대로 하도록 던져 주는 방식으로 자기를 드러낸다. 신들의 관점에서는 자신의 몸체가 괴사하는 것이 최선이다. 부패의 우주기원론은 그들에게 신성성을 능가하는 무언가를 약속한다.

> 중동의 전통에서 신들이 미래에 결과적으로 절멸할 것을 개의치 않고 일부러 적들, 인간들, 그들 자신에 의해 끔찍하게 살해되는 까닭은, 시체라는 구체적이고 촉각적인 커뮤니케이션의 대상이 되어 인간들 사이에 던져지는 것이 추상적인 신성성에 머

무는 것보다 더 의미 있고 유익함을 알기 때문이다. 결국 그들은 시체가 됨으로써 교미와 감염의 능력을 얻는다. (H. 파르사니)

「잉태」(E. 엘리어스 메리지 감독의 영화)에서 하나님은 시체가 됨으로써 비로소 주인공이 된다. 그는 날카로운 칼로 자신을 난도질하여 열어젖히고 흑백의 내장을 파헤친다. 꿈틀거리고 비틀리고 돌돌 말리고 서로 뒤얽힌 그의 내장이 세상 밖으로 쏟아진다. 하나님은 자신의 고기를 능욕하면서 처음으로 검은 물질의 고원에 발을 디딘다. 거기서 신의 화학은 과거 어느 때보다도 비옥하니, “세계의 기원은 부패에 있다.”(메노키오) 하나님은 시체가 됨으로써 비로소 주인공이 된다. 하나님의 자기 성찰은 자신의 몸체를 난도질하고 그 시체로부터 우주가 탄생하는 것에 상응한다. 하나님이 시체의 형태로 노출되자 가면을 쓴 여자가 어둠 속에서 휘청거리며 나타나 하나님의 시체에서 부글대는 정액을 뽑아 스스로 수태한다. 여기서 ‘죽은 하나님의 변종’이 태어나는데, 그것은 인간 비슷한 몸체로 빚어진 왜소한 생물이다. 죽은 하나님의 변종은 하나님, 죽은 하나님, 인간이 모두 참여하는 난도질의 행위인 철저한 개방성에 내재한다. 죽은 하나님의 변종은 그런 개방성의 산물이다. 그것은 하나님과 남성성이 개방성의 수수께끼에 대해 내놓을 수 있는 유일한 해답이다. 괴사한 하나님과 여성성은 하나님의 주권적 신성함과 남성성에 대하여 외재적이다. 그러나 철저한 개방성의 행위는 후자를 전자로 변형하는 것이 아니다. 다시 말해 하나님과 남성성은 철저한 개방성 속에서 그들의 외부 즉 죽은 신과 여성성으로 인도되는 것이 아니다. 개방성은 하나를 다른 하나로 변형하는 대신에 주체와 그 외부를 양쪽 모두 찢어발겨서 그 피가 양쪽 모두에 외재적인 무언가 다른 것으로 스미게 한다. 개방성의 행위와 그 화신들은 주체에 대해 무관심할 뿐만 아니라, 주체가 외부적인 것으로 지각하는 영역에서 잘 포착되지 않는다. 철저한 외부성은 주체가 파악할 수 있는 외재적 환경을 넘어선다. 하나님은 개방성의 행위를 통해 궁극적으로 부서지고 쩍 벌어져서 단순히 죽은 신이 아니라 죽은 신의 변종, 걸어 다니는 진흙 모양으로 한 줌의 살이 붙은 뼈 무더기가 된다. 신의 사후적 시도가 그 자신의 창조를 표절하는 셈이다. 마찬가지로 남성성은 팔루스를 무너뜨리는 여성-되기의 여정을 통해 여성성으로 대체되는 것이 아니라 과거의 자기가 변이되고 괴사한 무언가로 변신한다. '그'는 변이해서 '그것'이 된다. 그것은 행위주체성을 가진 것이라면 아무것도 지시할 수 없는 명목상의 대명사다. 남성성의 여성-되기가 엄밀히 불가능하다고 할 때, 그런 불가능성이 비인간적 차가움을 내뿜는 어떤 모양을 갖춘 것이 바로 '그것'이다.

'그것'은 남성성이 자기의 엄격한 폐쇄성을 약화시켜 여성-되기의 비행 또는 전염병적 개방성의 역비행에 돌입하기 위한 역병적 해법을 암시한다. 용량에 기반한 계산적 개방성은 결코 외부적인 것을 직접 소유하지 못하지만 외부적인 것에 의해 전복될 수 있는데, 이를 통해 여성-되기의 여정은 남자다움에 새로운 반전을 더한다. 남성성의 관점에서 여성-되기는 하나의 불가능성으로 자신을 기입하지만, 그 기능의 외재성(외부성)은 여전히 남성성의 내용과 얼마간 부합하기에 남성성의 관념 자체와 파괴적으로 대립하지는 않는다. 여성-되기는 남성성의 모든 남성적 특성을 삭제하지 않고 그에 대항하는 갱도를 팔 수 있다. 남성성은 여성-되기를 통해 자기를 하나의 전체 또는 통합된 몸체로 단합하는 역량을 상실할 뿐이다. 어떤 사건이나 대상의 가능성을 소유-가능성의 문제로 본다면 그 대상을 소유하기 위해 (그것을 감당할 수 있는) '...에 개방적인 것'의 판이 필요하겠지만, 철저한 개방성은 감당 가능성이나 용량과 달리 소유-가능하지 않으며 따라서 불가능(소유-불가능)하다. 남성성은 '여성-되기'를 통해 '그것'이 된다. 그는 오로지 '그것'이 되어 과거의 자기에게 냉정해지고 본래의 목적을 벗어나는 방식으로만 여성-되기의 여정을 긍정할 수 있다. 여성-되기에서 일탈하는 사례가 발생하는 까닭은, '여성-되기'에 대한 계산적 개방성을 유지하는 것과 '여성-되기'의 여정 속에서 개방되는 것이 양립될 수 있는 사안이 아니기 때문이다. 전자의 관점에서 여성-되기는 실제로 감당할 수 있는 경제적인 존재 양식인 반면, 후자의 관점에서 그것은 결코 소유할 수 없는 외부적인 것에 상응한다. 철저한 개방성 속에서 외부적인 것은 획득가능한 대상이 아니라 개방의 행위로서 어른거린다. 철저한 외부성이 시스템과 커뮤니케이션하는 것은 외계인과 접촉하는 것과는 다른데, 왜냐하면 그 외재성은 너무 심오해서 오로지 개방성의 폭력적 행위로만 커뮤니케이션할 수 있기 때문이다. 마찬가지로 남성성의 관점에서 여성-되기는 목적이 아니라 하나의 행위로서 남성성의 현존을 겨냥하여 난도질과 개방성의 재료로 삼는다. '그것'의 개방성을 촉발하는 것은 '여성-되기의 여정'에 의한 열어젖힘이지 '여성-되기'를 향한 계산적 개방성이 아니다.

신과 남성성은 양쪽 모두 그들의 차가운 분신—죽은 신과 '그것'—에서 자신의 개방성을 발견한다. 그들의 입장에서 개방성의 행위는 언제나 과거의 자기들이 시커멓게 괴사하는 시체애호적 진창을 수반한다. 요컨대 개방성은 차갑게 식은 것과의 친밀한 관계로 발생한다. 「잉태」에서 죽은 하나님의 변종은 그런 시체애호적 접촉 또는 싹트는 죽음의 영역으로의 하강 속에서 태어난다. 오디세우스의 여정 또는 세계를 향해 개방되기 위한 탐험은 지구 표면에 머물지 않는다. 그는 하데스의 영역으로 하강하는 역(逆)기반의 운동을 통해 망자들을 향해 자신을 개방하며 또한 그들에 의해 개방된다. 개방되기 위한 역동적 벡터는 역기반적이지만 개방의 직접적인 매개체는 망자와 커뮤니케이션하는 '네키아' 의례다. 오디세우스는 지표로 상승함으로써 표층적 여정의 계산적 개방성으로 돌아가는 것이 아니라 하강을 지속하는데, 왜냐하면 모든 상승은 하강의 승화이기 때문이다. 상승과 하강은 모두 개방의 행위로서 깊이를 통해—따라서 고체와 공백, 대상과 그 바깥의 양가성 사이에서—영속한다.

죽은 신의 변종이 되는 것은 개방되기 위한 해법일 뿐만 아니라 모든 부정한 것의 어머니(모든 생성의 어머니)와 조우하기 위한 격변적 해법이다. 그런 막대한 여성성과 직면한 남성성의 입장에서 여성-되기는 불가능한 것을 넘어서 확실하게 파괴적이고 회복 불가능한 자살 행위가 된다. 남성성이 여성성을 긍정하는 방법은 '그것'이 되는 것, 즉 남자다움의 위축된 근육에서 흘러내리는 차가운 노폐물이 되는 것뿐인데, 그것이 반드시 여성적인 것과 동일하지는 않다. 하나님이 자해하거나 또는 지구로 하강하여 (즉 화신이 되어) 죽은 신 되기에 착수하는 것은 개방성의 행위를 불러내는 전주곡과 같다. 신의 자해는 희생양 되기 또는 '임모라레', 즉 제사 음식을 흩뿌리는 것으로 표현된다. 신은 자기 희생을 통해 스스로 인간, 지구, 외부적인 것을 위한 만족스러운 한 끼가 된다. 하나님의 관점에서 개방성은 종교적 강림(자기 자신에게 개방되기)이나 세속적 방식(자기를 인간에게 개방하기)으로 귀결되지 않는다. 그러니까 하나님의 죽음은 세속적 사건도 종교적 사건도 아니다. 그러나 철학자들은 하나님의 죽음을 하나님과 인간 양측에서 감당 가능한 종교적 사건 또는 세속적 사건, 다른 행성적 사건과 간단히 분리되는 임상의학적 사건으로 간주한다. 따라서 철학에서 말하는 '하나님의 죽음'은 감염적 잠재태들(역병)을 동반하는 집단적 사건보다도 연출된 스펙터클에 가깝다. 반면 감염적 사건으로서 하나님의 죽음은 하강, 지반, 지하적 효력의 삼중 구조로 성립하여 신, 인간, 지구를 베어 버리는 개방성의 노선을 촉발한다.

죽은 하나님이 심판을 넘어서는 하나님이라면, 죽은 신의 변종은 하나님에 내재하는 진창이자 외부적인 것을 위해 준비된 만족스러운 한 끼이다. 신들의 음식 즉 '암브로시아'는 열기를 내뿜는 오븐 위에서 접시들이 덜컹거리고 살육의 잔해로 바닥이 엉망진창인 그런 부엌에서 준비된다. 암브로시아의 역병 또는 '만족스러운 한 끼'는 개방성의 도살장에서 음미된다. 존재들이 자기를 먼지로 되돌려서 역지반을 구축하고 거기에 신이 매장되었다가 다시 발굴된다. 개방성은 오로지 난도질의 지각 불가능한 구덩이에서 출몰하는 얼굴 없는 사랑이다.

Z의 무리
유일신교의 감염된 생식 세포

그때는 인류 스스로 고대의 위대한 존재들처럼 변모해서 법과 도덕을 내던지고 선악의 구분을 벗어나 마음껏 소리치고 살육하며 즐겁게 날뛸 것이다. 그때는 무덤에서 해방된 고대의 위대한 존재들이 새롭게 소리치고 살육하고 즐기는 법을 인간에게 가르칠 것이며, 지구 전체가 자유롭고 황홀한 대학살의 불길로 활활 타오를 것이다. (H. P. 러브크래프트, 「크툴루의 부름」)

러브크래프트가 뜻하지 않게 뉴욕에서 체류하는 기간이 길어질수록 그의 혐오감과 공포도 커져서 위험한 수준에 이르렀다. 그는 벨크냅 롱에게 보내는 편지에서 "뉴욕의 황인종 문제에 관해서는 차분하게 말하기가 어렵다."라고 썼다. 편지의 후반부에서 그는 이렇게 선언한다. "나는 전쟁이 이 사태를 끝내 주길 바라네. 하지만 그러려면 먼저 박애주의라는 시리아식 미신, 콘스탄티누스가 우리의 정신에 씌워 놓은 그 속박에서 완전히 해방되어야겠지. 그러면 조금도 머뭇거리거나 뒷걸음치지 않고 아리아인 남성으로서 우리의 물리력을 과시하면서 건전한 과학적

> 강제 추방을 이행할 수 있을 거야.” ... 명백히 러브크래프트는—권투 선수들을 묘사하는 표현을 빌리자면—‘혐오자 부류’에 속한다. 하지만 정확히 짚자면 그의 소설에서 희생자 역할을 맡는 인물들은 대개 앵글로색슨 대학교수처럼 교육 수준이 높고 과묵한 교양인으로, 실제로 그 자신과 아주 비슷한 유형이다. 반면 고문자들, 말로 형용할 수 없는 존재의 숭배자들은 거의 언제나 잡종, 물라토, “가장 저열한 부류의” 혼혈로 나타난다. 러브크래프트의 우주에서 잔혹함은 지성인의 세련된 성향이 아니라 짐승 같은 충동으로, 정확히 미개한 우둔함과 연관된다. 아주 우아한 매너를 보이는 예의 바르고 세련된 개인들 ... 그들은 이상적인 희생자를 제공한다. (미셸 우엘벡, 『H. P. 러브크래프트: 세계에 반대하여, 삶에 반대하여』, R. 맥케이 옮김)

하워드 필립스 러브크래프트에 관한 미셸 우엘벡의 책 『세계에 반대하여, 삶에 반대하여』의 세 번째 장은 ‘홀로코스트’라는 아이러니한 제목 하에 절대적 폐쇄성, 과잉건강, 아리아주의를 일관되게 강조했던 러브크래프트의 인종주의적 독설과 편집증을 분석한다. 우엘벡은 러브크래프트의 편집증을 유일신교의 독특한 양식과 연결하면서 오래전에 망각된 어떤 부정한 것과의 관련성을 올바르게 지적한다. 그러니까 그의 이야기들이 조로아스터교에 내포된 유일신교의 생식세포, 이미 파괴된 아리아인의 순수성을 제의적으로 부활시키는 운동에 상응한다는 것이다(아이리아-: 아리야-: 에란: 이란 또는 아리아남 다히우스, 아리아인의 영역).

하미드 파르사니는 『고대 페르시아의 훼손』에서 훗날 이란 고원이라고 불리는 아리아인의 정착지가 원래 빈 땅이 아니었다고 설명한다. 그곳의 선주민들은 기이할 정도로 복잡한 신앙을 가진 신비주의적 민족으로, ‘다이바’들과 ‘드루지’(또는 ‘드루가’라고도 하는 모든 부정한 것의 어머니)라는 악마들만을 신봉했다. 아리아인 이전의 이 마법사 무리는 모든 것을 철저한 외부성이 현현한 공포의 화신으로 보았다. 이들의 관점에서는 심지어 바람, 비, 천둥, 토양, 성장처럼 자연을 번성하게 하는 힘도 다이바들(악마들)에게 속했다. 생명은 모든 부정한 것의 어머니이자 철저하게 외부적인 존재인 드루지 자체였다. 우주 전체가 공포로 충만했으며 죽음과 죽음정치의 두려움은 농담거리나 뒤틀린 위안에 (공포를 경감하기보다 억압한다는 측면에서) 불과했다. 이들은 모든 것이 생존(또는 삶-하기)에—인간중심적 생존 시스템을 넘어 생존 일반에—외재적이라고 믿었다. 그들은 생명 자체가 (흔히 삶-하기 또는 삶의 대상과 혼동되는 것과 달리) 생존에 외재적인 것, 생존보다 낮은 곳에 도사린 궁극의 비생명이라고 믿었다. 다시 말해 "우리는 생명과 그 부정한 것들, 비생명 또는 생명-사탄의 궁극적 공포를 견디고 살아남아야 한다."라는 것이다. 가장 아이러니하고 공포스러운 상황은 이것이다. 즉 인간이 인간성의 토대로 가정하는 생존의 노력과 생명 속에서의 삶이 그 자체로 살아 있는 존재에 대해 철저하게 외재적인 생명의 공포와 인간성의 아이러니를 입증한다는 것이다.

생명의 문제적인 측면을 표면적으로 그러나 아이러니하지 않게 수용하자면 다음과 같은 질문을 제기해볼 수 있다. 일반적으로 우리는 생명이 생존을 가능하게 한다고 믿는다. 그러나 생명이 삶의 원천이라면 우리는 왜 애써 생존해야 하는가? 생명이 이른바 활력의 원천이라면 왜 생존주의적 규제나 책정 같은 삶의 행위가 필요한가? 무엇이 생존을 가능하게 하는가, 생명이 이미 삶의 원천인데 왜 생존할 필요가 발생하는가? 일단 생명의 윤리가 생존의 윤리에 외재적이라는 것, 전염병처럼 번성하는 생명의 압도적 현존에 저항하는 행위가 바로 생존이라는 것을 깨달으면, 친-생명적인 것은 본질적으로 반-생존적임을 알게 된다. 그러나 살아 있는 존재에 대한 생명의 외재성을 심각하게 고려하면, 안타깝게도 생존은 원래부터 불가능한 것으로 밝혀진다.

『고대 페르시아의 훼손』의 세 번째 장에서, 파르사니는 이란 고원에 정착한 아리아인이 주변 환경에 대해 이례적으로 유연하게 대처했다고 본다. 유연성은 아리아인의 신중한 정치를 떠받친 핵심 요소였다. 생존하는 것, 그리고 유전적 순수성을 유지하는 것, 이 두 가지 목적을 위해 그들은 아시아에서 유럽으로 기나긴 이주와 확산의 여정을 통과했다. 사실 아리아인이 계속 새로운 사람들을—특히 그들이 점령한 지역의 선주민들을—개방적으로 대했던 것은 평화를 욕망해서가 아니라 파멸에 대한 두려움, 고귀한 완벽주의적 순수성과 독점적 위생에 대한 편집광적 집착 때문이었다. 아리아인은 어떤 수를 써서라도, 심지어 다른 민족들을 선별적이고 통제된 방식으로 포함시키는 방식으로라도 강박적 배제를 유지하려 했다. 아리아인은 언제나 생존과 순수성의 위기 국면에 있다고 여기면서 순수성을 유지하기 위해 "신중하게 책정되고 규제된 개방성의 형태를 취하는 폐쇄성"을 고수했다. 그들은 감당 가능성과 역동적 용량에 의해 규정되는 한도 내에서 유연하지만 엄격하게 제한된 계산적 개방성을 고수했다. 즉, 당신과 당신이 가져오는 것을 내가 감당할 수 있는 한에만 나는 당신에게 개방된다는 것이다.

인종의 배타적 순수성을 보호하고 생존하기 위한—즉 오염되지 않고 살기 위한—가장 효과적인 방법은 다른 부족들과 섞이는 것이었다. 이것이 아리아인의 책략이었다. 하지만 이란 고원에 정착한 아리아인의 경우 이것은 엄청난 실책으로 밝혀졌다. 그들이 개방적으로 다가간 고원의 선주민들은 모든 것이 생존에 외재한다는 마법적 믿음을 따랐다. 아리아인과 달리, 이들의 관점에서 개방성이 발효된다는 것은 생존에 대한 생명의 외재성이 표명되는 것, 생명의 말없는 공격성이 생존의 내부를 뚫고 나오는 것을 뜻했다. 당신이 누군가에게 문을 열면 아무나 들어올 수 있고, 일단 그들이 들어오면 그들 자신의 문을 열 것이다. 아리아인의 책략에 따라, 키루스 2세(기원전 550-530년)는 거의 아무런 방해도 받지 않고 페르시아 제국을 확장할 수 있었다. 오로지 북부 지역의 유목민들만이 이 새롭고 부드러운 통치 방식의 발흥에 격렬하게 저항했다. 키루스는 바빌로니아(바벨)와 이집트를 비롯하여 많은 영토를 차례로 정복하여 무서운 속도로 성장 중이었던 자신의 어린 제국에 복속시켰다. 이 새로운 제국이 아시아, 아프리카, 유럽 전체를 흡수하는 방식은 언제나 똑같았다. 일단 무력으로 적의 땅을 점령하면 그들의 신앙을 수용하고 "아리아인의 영역"에서 자유롭게 살고 싶다는 그들의 요청을 수락함으로써 적과 평화롭게 공존하는 것이었다. 아리아인이 오기 전 이란 고원에서 살던 사람들은 능란한 마법사이자 주술사였다. 그들의 관점에서 "생명"은 생존이 아니었고 생존은 "죽음을 피하는 것"과 달랐다. 생존은 (비)생명에 반작용하는 과정도 아니었고 결과적으로 죽음의 필연성을 불러오는 일시적인 인간중심적 도피도 아니었다. 죽음은 시작부터 끝까지 삶-하기 또는 생존 과정을 통해 전개되는 숙명적인 죽음정치적 체제다. 생존은 처음부터 죽음을 전제한다. 이른바 실제 죽음은 생명의 외재성을 감당하지 못하는 생존의 불가능성 또는 참된 죽음이 실현된 것에 지나지 않는다. 죽음은 삶 또는 생존의 경로에서 최종 사건이 되는 데 그치지 않고 심지어 삶이 시작되기 전부터 작용하는 추동력이자 지도력이 된다(즉 죽음은 일생의 지휘자가 된다). 생존의 정신 또는 생기론은 결국 죽음정치다. 아리아인 이전에 이란 고원에 살았던 마법사 무리의 관점에서 생존이란 죽음을 최대한 오래 밀어내는 것이 아니라 (비)생명을 먹여 살리는 것이었다. 그에 따르면 생존 행위와 허우적거리는 생존 의지는 외부적인 것을 먹이는 마법적 제의였다. 그것은 '삶-하기와 동일시되는 이른바 생명'에 외재적인 것들, 외부적인 것의 화신들을 먹이는 주술의 실행이었다. 삶은 그 자체가 먹여 살리기의 기획이었고 생존은 일반적으로 하나의 전략, 즉 외부적인 것에 관여하는 가장 실용주의적인 다중정치였다. 그들은 생존을 통해 어떤 상상초월의 부정한 존재, 조로아스터교를 믿는 그들의 후손들이 드루지라고 부를 궁극의 외부자를 먹여 살린다고 믿었다. 당신이 더 오래 버틸수록 (전략의 판에서 상호 연동된) 외부적인 것에게 더 많은 먹이를 공급할 수 있다. 원래 산스크리트어에서 유래한 '드루지'는 고대 페르시아의 아베스타어로 검게 더럽히는 것, 거짓, 가짜, 전략의 혼란스러운 측면을 뜻했다. 이 같은 개방성과 교감하는 제의라는 발상으로부터 생명의 외재성과 자기의 억압을 실용적, 종교적으로 의식하는 새로운 생존 시스템의 실용주의가 전개된다.

아리아인 이전의 이 능란한 마법사 무리는 아리아인이 그들과 마찬가지로 삶을 연장하는 생존에 집착한다는 공통성을 금세 간파했다. 비록 그 삶이 이란 고원의 선주민에게는 외부적인 것을 달래기 위한 궁극의 "희생 제의용 음식"이었고 아리아인에게는 인종적 순수성을 확보하기 위한 수단이라는 차이가 있었지만 말이다. 이런 공통성 덕분에 이란 고원에 새로 유입된 아리아인은 선주민의 열렬한 환영을 받았다. 실제로 헤게모니 유지를 위한 엄격한 정책과 결합된 아리아인의 편집증적 순수주의는 외부적인 것과 커뮤니케이션을 시도하는 선주민 무리의 마법 실험을 위한 완벽한 전달체였다. 아리아인은 선주민의 "외부 지향적 실험"을 미래로 발송하여 아무도 모르게 합법적으로 공공연하게 대중적으로 전개할 수 있는 확실한 벡터를 제시했다. 이란 고원의 선주민 무리는 이런 전략적 공통성을 발견하자마자 아리아인의 통치에 자발적으로 복속되어 그들의 신앙을 수용하고 그들의 치세를 강화하고 그들의 시스템에 기여했다. 그들은 아리아인의 최고 계급인 조로아스터교 성직자 또는 "위대한 스승들"에 침투했다. 이들은 성직자로서 인종적 순수성을 지키고 생존을 연장할 책임이 있었다. 이때부터 이 이름없는 무리는 "그들" 또는 Z의 무리로 지칭되며, 그 재잘거리는 괴물의 첫 번째 울음이 조로아스터교 내부에 유일신교의 생식 세포를 주입한다. Z의 무리는 언제나 여기서 지금 우리와 함께 저편을 섬긴다. 그들은 내부로부터 외부적인 것이 출현하는 교묘한 과정을 그려 보이는데, 다만 이때의 '내부'는 내면의 성소가 아니라 태초부터 여기 있으면서 시스템의 응결핵이 되었던 원초적 외부자를 가리킨다. 그런 내부는 애초부터 계산적 개방성 또는 폐쇄성을 용납하지 않는다. Z의 무리는 성직자로서 아리아주의적 조로아스터교의 정결한 내부를 더러운 외부의 위협과 대조하면서—조로아스터의 종교를 사악한 이방인들의 자하크 숭배와 대립시키면서—내외부 간의 선형적 연결을 무력화했다. 그러나 조로아스터교 안에는 이미 Z의 무리라는 외부자가 내포되어 있었다. 이 이단적 성직자들의 관점에서 내재성과 외재성 간의 대립은 내부의 강렬한 외재성에서 외부의 광범위한 외재성에 이르는 점진적 변천 속에서 용해된다. Z의 무리를 해독하려고 해 봐야 어둠의 끝에서 솟아나서 다시 그곳으로 돌아가는 재잘거림의 흐름과 대면할 뿐이다. 그것은 아리아인이 오기 전에 Z의 무리가 불러일으켰던 마법적 불협화음에서 시작하여 조로아스터교 내부의 윙윙거림과 들리지 않는 속삭임을 거쳐 마지막으로 멀리 저편에서 흘러나오는 와글거리는 잡음으로 귀결되는 아케론 강의 흐름이다. 유일신교는 Z의 무리라는 '포획물의 목소리'다. 수천 개의 이빨을 가지고 재잘대는 이들이 처음부터 언제나 여기 있었고 마지막까지 우리를 기다린다.

실제로 아리아주의가 언제나 장황한 자기 찬미에 도달하는 것은 그것이 비참할 정도로 공허한 형식이기 때문이다. 그러나 아이러니하게도 아리아인이 정말로 그들만의 독특한 특질이라고 주장할 수 있는 것은 그들 자신이 Z의 무리와 외부적인 것을 향한 그 끔찍한 실험을 견딜 수 있는 가장 내구성 높은 숙주였다는 사실뿐이다. 전염병의 전달체로서 아리아주의적 벡터의 임무는 그 역병이 오메가 단계까지 발전하여 아리아인의 신념 체계에 기반한 모든 것으로 확산된 끝에 급기야 내부로부터 터져 나갈 때까지 계속 버티는 것이었다.

"유일신교의 난자로서 조로아스터교는 이란 고원에서 방해 공작으로 침식된 아리아주의를 실어나르는 운송체가 되었다. 이제 마법사 무리의 외부 지향적 실험과 관련 제의를 퍼뜨리는 것은 유일신교의 몫이 되었다. 그들의 임무는 스스로 행성적 사건들과 융합되어 지구의 모든 것을 외부적인 것을 위한 희생 제의용 음식으로 일사불란하게 변형하는 것이었다. 그런데 외부적인 것은 많이 먹을 수록 더 많이 요구한다는 문제가 있었다. 중동에서 유일신교가 급성장한 것은 단지 저편의 이런 습성과 연관된 문제의 반작용이었다." 파르사니는 이렇게 쓴다. 또 다른 장에서, 그는 유일신교가 희망을 고집함으로써 인간의 생존과 외부적인 것 또는 생명-사탄의 굶주림을 연결한다고 설명한다. "... 희망의 인간중심적 정치는 존재와 그 지속성을 구성하는 기본 요소인데, 이는 인간뿐만 아니라 외부적인 것에도 속한다. 희망은 생존을 강화하고 연장하지만 그것을 인간의 배타적 특성으로 간주하는 것은 너무나 순진한 생각이다. 왜냐하면 '무엇을 희망하는가' 하는 희망의 대상, 현재 인간이 아직 가지지 못한 어떤 외재적인 것 역시 상호적으로 희망에 접속되어 있기 때문이다. 희망이 겨냥하는 것이 생존에 외재적인 것, 즉 그것이 갖지 못한 것이라면, 이렇게 생존이 희망하는 그에 외재적인 것이란 대체 무엇인가? 그것은 생존이 계속되고 생명이 지속하는 것이다. 요컨대 생존이 계속되기를 희망하는 바라면, 생존이 연장되는 것은 생존의 현재 조건에 외재적임에 분명하다. 다시 말해 생명의 지속은 본래 살아 있는 존재와 그 생존에 속하는 것이 아니라, 그렇게 살아 있는 존재의 생존을 집어 삼키고 싶어하는 외부적인 것과 그 배고픔에 속한다. 생명-사탄의 관점에서 희망은 인간의 생존에 불을 지피는 동시에 자신의 배고픔을 해소하는 가장 확실한 보장이며, 살아 있는 것들을 생명-사탄에게 인도하는 직통 경로이다." 이런 점에서 희망은 멀리 저편에서 인간의 생존을 색출하고 외부적인 것이 인간을 먹어 치울 것을 보장한다.

Z의 무리는 아리아인의 조로아스터교 신념 체계 내부에 숨어들어 열정적인 조로아스터교 설교자가 되었다. 그들은 생존을 향한 아리아인의 열정과 유일신교를 강화하여 더욱 엄격한 폐쇄성 즉 더욱 계산적인 개방성을 구축하도록 독려했다. 아리아인의 개방성이 정치적으로 '...에 개방적인 것'(나는 당신을 '감당할 수 있는 한' 당신에게 개방적이다)을 의미했던 반면, Z의 무리는 철저한 개방성 즉 '개방 당하는 것'을 추구했다. 철저한 개방성의 다중정치에 의해 착취되는 생존은 죽음을 억제하는 힘이 아니라 실제로 외부의 압력으로 부서지고 찢어져서 쩍 벌어질 수 있는 일종의 기생적 행위성이다. 생존의 매 순간은 개방성의 도살적 노선들을 불러내는 소환 의식이 될 수 있다. 감당 가능한 개방성(...에 개방적인 것)과 달리, 개방성의 판 또는 "(...에 의해) 개방 당하는 것"은 인간 주체성과 생존에 외재적인 것으로 상정된다. 그러나 개방성의 입장에서 이러한 외재성은 주체성과 생존에 전략적으로 참여할 수 있는 여지를 제공하는데, 주체가 더 많이 폐쇄될수록 더 강렬하게 개방될 것이기 때문이다. Z의 무리는 엄격한 폐쇄성 또는 치명적인 계산적 개방성(...에 개방적인 것)이 개방성의 도살적 노선을 꾀어들이는 가장 매력적인 사냥감이라고 여겼다. 철저한 개방성이 외부에서 유래하는 무언가 부정한 것의 형태로 인간중심적 보안의 그물망에 도달할 때, 그 도살적 노선은 개방성을 "눕혀지고 부서지고 난도질되어 쩍 벌어지는 것"으로 재창안한다. 이렇게 비가역적인 개방 과정은 너무나 집요하고도 철저하게 폐쇄성의 모든 국면을 갈라버리려 하기에 칼날, 도살장, 절개 같은 도축업의 용어로 말할 수밖에 없다.

외부적인 것에 대해 철저하게 "개방적"이기는 불가능한데, 왜냐하면 그런 개방성은 본질적으로 생기론과 감당 가능성의 논리에 특유한 어떤 불가피한 제한적 책정과 장애물에 붙들려 있기 때문이다. 생존의 저주는 의도나 의지 또는 지향을 넘어선다. 그렇지만 멀리 저편의 힘으로 부서져서 활짝 열리기 위해 외부적인 것을 초대(초청)하는 것은 가능하다. 『벤디다드』[38]는 드루지에 대항하는 법 또는 반(反)악마법을 다루는 조로아스터교 경전으로, 앞에서 말한 전략—철저한 개방성을 불러내기 위한 체계적 폐쇄성—의 정수를 보여준다. 『벤디다드』는 다른 무엇보다도 율법의 책, 그러니까 공동체의 모든 구성원이 일상적으로 수행해야 하는 임무, 목표, 실행 사항들의 모음이다. "조로아스터교 성직자들의 유령들이 우글거리는"(파르사니) 『벤디다드』의 주요 관심사는 불순함, 일탈, 불결함의 악마들을 물리치는 것이다. 이 책은 위생과 폐쇄성의 인장을 보호하는 생활 방식, 더 나아가 인생 전체를 폐쇄성에 기여하고 그에 위협이 될지도 모르는 모든 것을 격퇴하는 체계적 프로그램으로 변형하는 방법들을 나열한다. 『벤디다드』에서 생명 또는 삶의 여정은 악마들 즉 외부적인 것의 화신들에 대한 잔혹한 투쟁의 연속으로 그려진다. 모든 위생적 실천과 폐쇄성의 행위는 한 마리의 악마를 효과적으로 물리칠 수 있지만 그렇게 위생과 폐쇄성을 증대함으로써 다시 한 무리의 악마들을 불러오기 때문이다. 『벤디다드』의 아리아주의적 순수주의는 영원히 자기 기반을 침식하는 어리석음으로 귀결된다.

> 후대에 큰 영향을 끼쳤던 『벤디다드』의 편집증적 악마 강박과 그것이 외부와의 커뮤니케이션이라는 측면에서 지니는 전략적 함의를 고려하면, 인류 역사에서 그에 필적할 만한 책은 없을 것이다. 『벤디다드』에서 가르치는 퇴마법을 유념하기는 어렵지 않지만 그 책에 나오는 수많은 악마들의 이름을 모두 기억하기란 거의 불가능하다. 모든 위생적 실천, 외부적인 것의 침입을 막으려는 모든 방어 행위가 악마 군단을 불러들인다. 『벤디다드』가 과연 조로아스터교의 유일신을 믿는 사람들의 편인지 아니면 악마들을 선전하는 것인지 늘 의문이다. (H. 파르사니, 『고대 페르시아의 훼손』)

러브크래프트의 소설, 특히 크툴루 신화가 『벤디다드』의 편집증적인 악마 강박과 놀라울 정도로 유사한 까닭은 둘 다 외부적인 것에 감염된 유일신교의 아리아주의적 생식 세포에서 직접 유래한 전략적 노선을 내포하기 때문이다. 이들은 근원적이고 지속적인 방해 공작이 유일신교 자체에 의해 가동된다고 이야기한다. 『벤디다드』와 크툴루 신화에서 순수성을 물신화하는 아리아주의와 그 폐쇄성은 철저한 개방성의 칼날 아래서만 계속 존재할 수 있다.

집약적으로 이주된 벡터인 Z의 무리는 편집증적 폐쇄성과 생존 지향적 경제의 증폭(어떤 비용을 감수하더라도 생존하기)을 향해 일사불란하게 진군하여 계속 성장한 끝에 유일신교를 믿는 인구 전체를 외부적인 것에 갖다 바쳤다. 오로지 폐쇄성의 관점에서만 유의미한 이 여정의 끝에는 개방성의 도살적 노선이 기다린다. 철저한 개방성 또는 개방 당함의 판은 인간중심적이고 생존 지향적인 경제에게 즐거운 것이 아니며 감당 가능성과 용량에 의존하는 인간적 커뮤니케이션의 측면에서 정결하지도 않다.

오메가 등급에 도달한 생존(즉 어떤 비용을 감수하더라도 생존하기)은 외부적인 것과 그 화신들에게 언제나 참을 수 없이 매력적인 것으로 펼쳐진다. 생존주의는 언제나 외부적인 것의 탐욕을 유발하고 촉진하여 모든 폐쇄성의 표명을 집어삼키도록 먹이를 주는 제의였다. 생존 또는 폐쇄성의 모든 국면은 외부적인 것의 포식 행위, 색출되고 집어삼켜지고 찢어지고 활짝 열리는 것을 암시한다. 개방성의 도살장은 자유주의적 개방성이 아니라 폐쇄성을 기반으로 구축된다. 단순한 생존 행위가 외부적인 것의 허기를 일깨운다면, 오메가 등급에 도달한 생존은 외부적인 것 또는 생명-사탄의 탐욕에 실질적으로 참여한다. 그것은 먹이를 바치는 제의에 기여할 뿐만 아니라 그 축제의 자금을 지원한다. 어느 쪽이든 질문은 같다. 러브크래프트의 소설에 생생하게 그려진 고대의 물신숭배적 편집증은 그저 소박한 편집증과 인종주의라는 한 면이 전부일까, 아니면 자기를 열어젖히고 외부적인 것과 커뮤니케이션하기 위한 궁극의 다중정치적 장치로 재발명하는 또 다른 면을 지닌—다시 말해 분열전략적인 양날의 검일까?

우리는 모든 유일신교의 생식 세포를 감염시키기로 맹세했다.

부록 XII
이단적 홀로코스트

(쿠르디스탄의 마하바드에서 발견{2005년 4월 10일}된 또 다른 지하출판물. 이어지는 글은 원본의 파르시어 지하출판물을 번역한 것이다.)

샤리아?[39]

—당신은 이미 그것을 가지고 있다.

이슬람이 소수 종파들을 양산하고 그 자손들을 낳기 시작하면 모든 문명들이 이른바 아포칼립스에 직면한다. 이때가 되면 지구는 더 이상 어떤 종교도, 심지어 지구 자체를 숭배하는 종교도 지탱하지 못한다.

이슬람이 유일신교의 결말이며 모든 종교들 중에 가장 순수하게 정제된 것이라고 선언하는 것은 실제로 이슬람을 종교의 이상적인 목적지로 봉하는 것이 아니다. 이슬람의 완전성과 최종성을 선언하는 것은 유일신교들이 구세주에 관해 예언적으로 약속한 바와 그 미래의 실현을 그들이 원래 뜻했던 바와 다르게 반전시킨다. "모든 유일신교의 마지막에 이슬람이 있다." 이런 격언은 실제로 과거로부터—그리고 또한 미래로부터—어른거리는 모든 유일신교의 섬뜩한 종말에 대한 전조이다. 그렇게 단호한 최종 형태는 다른 종교들의 출현을 사전에 차단하고 자기를 가장 완벽한 것으로 내세운다—'나는 당신이 약속했던 것이다.'

샤리아 법전 앞에서는 어떤 종교라도 이슬람에 굴복하지 않으면 대중에게 전달될 수 없다. 설령 종교적 경쟁자가 다시 부상하더라도 (예를 들어 기독교) 이슬람은 일부러 억압받는 위치에서 자기를 궁극적인 피해자로 만들어 자신의 편이 되어 달라고 전 세계에 호소할 것이다. 이렇게 이슬람이 해방을 호소해 버리면 무슬림이 아닌 사람들은 개종과 그에 따른 종교적 의무가 아니라 그 반대편에서 샤리아와 대면하게 된다. 그러니까 이슬람 신자가 되는 종교적 결합이 아니라 인도주의적 의무라는 기본 원칙, 희생자성을 분쇄하려는 윤리적 충동을 통해 그 뒤에 가려진 샤리아 법전과 마주하게 되는 것이다. 이렇게 해서 억압받는 이슬람의 구세주를 자처하는 해방자들이 샤리아에 흡수된다. 이제 중요한 것은 무슬림의 숫자가 늘어나는 것이 아니라 더 많은 인구, 정책, 문명이 희생자의 무고함이라는 마법에 걸리는 것, 샤하다[40]를 낭송하고 이슬람으로 개종하는 것이 아니라 해방의 윤리적 토대를 바탕으로 샤리아에 빠져드는 것이다. 이것이 바로 이슬람이 최후의 가장 완전한 종교라는 그들의 주장을 통해 창출되는 이슬람의 경탄할 만한 간계이다. 여기에는 상상을 초월하는 창조성과 교활함이 있지만 그 전략*의 경로는 너무나 약삭빠르고 일탈적이다. 이슬람이 유일신교의 모든 난제들에 대해 영원히 결말을 짓는 것은 자기 자신을 이단적 홀로코스트와 배교의 난자로 돌이킬 수 없이 전환하는 것과 같다. 다른 모든 종교들을 능가하고 무효화하여 유일신교의 정점에 도달한 이슬람은 자기가 미래와 단절시키고 막아세운 모든 종교들의 유일한 숙주가 된다. 이렇게 이슬람이 궁극의 종교로 현존하면서, 그 자체로 종교가 될 수도 있었을 모든 '믿음들'은 샤리아의 길에 굴복하여 이슬람의 소수적 믿음, 분리된 종파, 종교적 하위 범주, 또는 이단으로 존재하는 수밖에 없게 된다. 모든 것이 이슬람으로 이주하여 그 안에서 증식하고 숨쉰다. 그들의 숨결이 이슬람의 '휠레[그리스어로 '물질']'**에 생기를 불어넣고 이슬람이 숨을 내쉴 때마다 그 전염병이 퍼져 나간다. 알을 부화하기가 쉽지는 않았지만 우리는 결국 해냈다. 철저한 이슬람은 변절과 분리될 수 없으며 이단은 이슬람의 토대에서 근절되지 않는다. 당신 자신만의 종교를 가지고 싶다면 이슬람은 최고의 출발점이다.

제이
야투의 책***
아모르다드 1383
(H.R.P.가 페르시아어를 영어로 번역함)

옮긴이 주:
* 원문은 '마크르'라는 아랍어로 '간계'와 '속임수'를 뜻한다. 그러나 이 단어가 쓰인 쿠란의 유명한 구절을 보면 목적을 달성하기 위한 속임수보다는 철저한 전략적 측면이 더 강조된다.
** 원래의 파르시어 텍스트에서 이 단어는 '하율라'로 현대 파르시어로 '괴물'을 뜻한다. 그러나 이슬람 철학(예를 들어 『아즈삼-에 하율라니』에 관한 알-파라비의 논의)과 그리스 우주기원론 양쪽에서 이 단어는 활성화되기 이전의 원초적 물질-말뭉치(차가운 원소인 물과 흙의 종합)를 나타낸다. 그것은 비정형의 물질 또는 여성적 진흙이다. 여기서는 '생기를 불어넣는다'라는 의미와 연합되었기에 원래의 양가성을 살리기 위해 번역자가 일부러 '휠레'라는 단어를 택했다.
*** 이란의 마하바드에서 발견(2005년 4월 10일)된 원래의 파르시어 텍스트에 관한 언급:

파르시어 원문의 언어적 구조는 극도로 비일관적이어서 다수의 저자들이 집필한 것으로 추정된다.

1. 원문은 쿠르드어 필자가 쓴 것이 아니다. 따라서 이 지역의 쿠르드어 지하출판물, 즉 파르시어로 '샤브나메'(밤-편지)라고 불리는 유형의 책은 아니다. 이란의 쿠르드계 게릴라들은 파르시어보다 아랍어를 선호하는 태도를 극도로 경멸한다. 역사적으로 이란의 쿠르디스탄 지역에 거주하는 쿠르드인과 그들의 문화는 아리아주의와 쿠르드 민족주의에 깊이 연결되어 있다. 이란의 쿠르드 문화에 남아 있는 아리아주의는 이라크의 쿠르드 문화와 선명하게 구별된다. 이라크의 쿠르디스탄 애국동맹과 쿠르디스탄 민주당이 쿠르디스탄 분쟁 기간(이란력 1360-1363년)에 이란의 쿠르디스탄 지역에서 일어난 반란에 맞서 싸우도록 이란 정부와 군대를 지원했음을 잊어서는 안 된다. 이 글에 적힌 최소 14개의 단어는 (그와 동일한 의미로 널리 쓰이는 파르시어 단어가 있는데도) 아랍어로 쓰였다. 원문은 관습적인 '샤브나메'(밤 편지)나 쿠르디스탄의 어떤 정당에서 출간한 선언문과도 비슷한 점이 없다. 이 글에는 중앙 정부에 대한 저항 의식이나 정당에 참여하기를 독려하는 전형적인 쿠르드어 지하출

판물의 요소들이 나타나지 않는다.

2. 원문의 구두점 사용과 구문론적 구조는 파르시어의 구문론적 구조와 일치하지 않는다. 그러나 (원문으로 추정되는) 텍스트의 리듬감 있는 흐름은 파르시어의 특성과 부합한다. 다른 언어로 쓴 글을 파르시어로 번역하면 이런 리듬감 있는 흐름이 나오기 어렵다. 이 모순을 설명하는 한 가지 방법은 일단 파르시어로 글을 써서 다른 언어로 번역한 후에 다시 파르시어로 번역했다고 가정하는 것이다. 이 글의 텍스트적 배치는 시스탄어(이란의 시스탄과 발루체스탄 지역에서 쓰임) 말씨가 섞인 팔라비어(고대 페르시아의 경전에 쓰임)의 구문론적 구조와 약한 유사성이 있다.

3. 본문에서는 아랍어 단어들이 무분별하게 사용되지만 글 말미의 날짜 표기법은 현대 파르시어의 구식 변형태를 따르고 있다. 페르시아 달력에서 6번째 달을 가리키는 '모르다드'를 '아모르다드'라고 표기하고 있는데, 둘 다 파르시어로 취급되지만 '아모르다드'는 파르시어에서 아랍어 단어들을 모두 축출하고 고대 페르시아의 옛 팔라비어에서 유래하는 파르시어의 부활을 주장하는 '파르시어'(Parsi) 필자들이 주로 쓰는 단어이다. 아랍어 문자 체계에는 'P'에 해당하는 문자가 존재하지 않으며, 그래서 '파르시'(Parsi) 또는 '파르시어 필자'라는 표현을 쓰는 것은 아랍어 일반과 페르시아어의 아랍어적 변형을—이를테면 '파르시'(Farsi)라는 단어가 원래의 'P'를 잃고 'F'로 대체된 것 같은—벗어나려는 의도를 표시한다.

부록 XII

분열전략과 편집증의 시작

가장 무시무시한 유형의 편집증은 이른바 생존 또는 생기론의 정신에 기여하지 않는다. 그것은 삶이나 생존 일체와 무관하다. 철저한 편집증의 특징은 정화의 프로그램을 가동하거나 통합성을 염려하는 것을 넘어 외부의 환경적 지평에 완전히 무심한 것이다. 철저한 편집증은 특정한 영역(공동체, 사회 체제 등)에 국한되지 않는 외부 일반으로부터 완전히 고립되는 것, 살아 있는 존재에 생기를 부여하고 생존 행위를 불가피하게 하는 외부 환경으로부터의 철저한 은둔을 수반한다. 환경(즉 계산적 외부)의 일부가 되는 것이 바로 생존이다. 생기론은 외부 환경과 커뮤니케이션하는 유일한 방법이다. 그래서 외부에 대한 개방성(즉 감당 가능한 개방성)은 생기론의 근간을 이루며, 생기론의 관점에서 삶은 곧 편집증이다. 그러나 '편집증으로서의 삶'이란 무엇인가? 그것은 개방성에 생존을 부과하는 것이다. 편집증으로서의 삶은 외부적인 것이 감당 가능하며 생존하려면 자기를 개방해야 한다—또한 그 역도 성립한다—고 시사한다. 철저한 외재성인 생명을 살아낸다는 가능성은 '삶과 생존'이 곧 편집증임을 암시한다. 하지만 그런 편집증은 '생존의 보호'라는 애초의 목적에 부합하지 않는다. 철저하게 외재적인 생명은 생기론적 존재가 포획하거나 살아냄으로써 소유할 수 있는 것이 아니기에, 삶의 편집증(또는 편집증으로서의 삶)이 추구하는 애초의 목적은 그런 생명을 회피하는 것이다. 그래서 삶이라는 편집증 또는 생존은 생명의 외재성으로부터 존재를 보호하는 동시에 그 생기의 원천인 생명을 물리친다는 이중의 생기론적 의도를 표명한다. 생명은 살아 있는 존재에 철저하게 외재적이며 근본적으로 그 생기에 해를 끼치기 때문이다. 요컨대 편집증으로서의 삶은 생명에 대한 (계산적) 개방성과 폐쇄성이 동시에 나타나는 특유의 이중성으로 정의된다.

철저한 편집증은 이러한 이중성의 본성을 극단까지 밀어붙여 계산적 개방성의 목적을 끝장내고 생존과 삶의 일반적 편집증을 엄격하게 거부한다. 철저한 편집증은 '외부에 개방적'이라는 관념과 확실히 결별한다. 그것은 자기 자신을 둘러싸고 폐쇄하면서 더 이상 외부에 대한 개방성을 믿지 않는 분열증의 사변적 노선을 이룬다. 왜냐하면 살아 있는 존재의 관점에서 외부는 생기론적 환경에 불과하기 때문이다. 따라서 철저한 편집증은 생존의 근간이 되는 계산적 외부(환경)로부터 물러나서 생기론의 역동적 활력과 거리를 두는 특징이 있다. 그것은 이렇게 환경으로부터 물러남으로써 생존과 개방성의 미명에 가려졌던 외부적인 것의 철저한 외재성을 탈환한다. 결과적으로 철저한 편집증은 삶의 편집증(생존)과 계산적 개방성의 상관관계를 끊어내고 감당 불가능한 외부성에 대한 억압을 종식할 수 있는 새로운 생존의 형태를 주조한다. 이제 철저한 편집증의 관점에서 생존은 더 이상 감당 가능성과 계산적 개방성에 기생적인 (상호 이득이 되는) 징후가 아니라 그 생기론적 야심에 불복하는 사건이 된다.

전염병(독감, 흑사병, 콜레라)의 확산을 막기 위해 수천 명의 사람들을 가두는 대규모의 다국적 격리 조치는 이렇게 외부로부터 벗어나는 한 가지 사례다. 고립된 사람들의 몸체는 감염성을 띄며 그들의 리비도는 격리 조치로 인해 격렬하게 악화된다. 이는 생존이 본래의 이상적 개방성에서 억지로 분리될 때 어떻게 되는지 그 뒤틀린 운명을 보여준다. 의도했든 안 했든 간에, 이 같은 은둔과 거리 두기의 부작용은 생존 자체의 행위가 생기론을 전복시킬 수 있음을 시사한다. 생명을 지탱하는 환경을 벗어나서 고립된 생존은 자기를 회복하려는 공허한 열의 때문에 오히려 악화된다. 그럼에도 생존은 자기를 지탱하는 환경(계산적 외부)을 빼앗긴 채로 생기론적 의도에 순응하면서 자신을 고갈시키고 그럼으로써 생명을 살아낸다는 것의 불가능성을 확실히 긍정하게 된다. 이런 점에서 생존과 개방성이 분리되는 것은 생존이 철저한 외재성과 그 까다로운 불가능성의 편에서 전략적으로 작용할 기회를 제공한다.

파르사니는 이렇게 생존이 계산적 개방성과 분리되거나 감당 가능한 외부와 거리를 둔 흔적들을 유일신교의 독재주의라는 관념과 순수성에 대한 아리아주의적 열광에서 쉽게 찾아볼 수 있다고 그의 모든 저작에서 거듭 지적한다. “개방성이 부재하는 상황에서의 광란적 생존을 전략적으로 암시하다 보면 유일신교와 그 아리아주의적 생식 세포를 정당화하기가 상당히 난감해진다. 확실히 편집증이 존재한다. 그러나 유일신교의 열광과 아리아주의의 어리석음과 자주 연관되는 이 편집증은 어딘가 잘못되었다.”

이렇게 철저한 편집증은 19세기에서 20세기 초반 사이에 나타난 극도의 신경쇠약적 낭만주의 문학에도 영감을 주었다. 이런 작품들에 등장하는 연인들은 흔히 문명에서 멀리 떨어진 곳에 틀어박혀 은둔한다는 환상을 품거나 실제로 병에 걸려서 강제 격리된다. 그들은 외진 마을 또는 봉쇄된 오두막이나 성에 갇힌 채 열정적으로 사랑을 나누고 어떤 대가를 치르더라도 살아남으려고 애쓴다. 그러나 생존을 통해 사랑을 보존하려는 노력은 그들의 죽음을 앞당길 뿐이며 그 과정에서 생존은 불가능성을 긍정하는 행위로 나타난다. 여기서 철저한 편집증 즉 분열증의 사변적 노선을 사랑에 접속시키는 것은 연인들의 자발적 또는 비자발적 고립이 아니라 사랑이 곧 폐쇄성이라는 관념이다. 사랑과 연관된 개방성은 그 자체로 외부 세계에 대한 더 강력한 폐쇄성과 동전의 양면을 이룬다. 두 연인들 간에 처음으로 개방성이 성립하는 순간은 그들이 외부 세계에 등을 돌리고 둘만의 폐쇄적 관계를 형성하는 때다. 모든 형태의 사랑(‘필리아’)은 개방성을 폐쇄성과 얽어매고 궁극적으로 폐쇄성을 외부적인 것의 철저한 외재성과 연결시킨다. 그 심연에서 능동적으로 방출되는 것은 오로지 불가능성, 폐쇄 상태를 유지하지 못하고 외부적인 것을 감당하지 못하는 불가능성뿐이다.

“여자 마법사여, 사랑의 깊은 심연에 관해 내가 당신에게 말했던 것을 기억하세요. 모든 폐쇄성에는 뒤틀린 사랑이 있지만, 더 중요한 것은 모든 사랑에 뒤틀린 폐쇄성이 있다는 거예요. 역병과 전쟁의 신 네르갈[41]은 지하 세계의 여신 에레시키갈과 함께 고립된 저승에 영원히 몸을 숨깁니다. 바빌로니아인이 용의 나선이라고 불렀던 것이 (또는 추방된 연인들의 뒤얽힌 몸체라고 부를 수도 있겠지요) 몸을 뒤틀고 휘감으며 얽혀들 때, 다른 모든 운동의 노선들은 그것을 배제하려 합니다(마치 세계 전체가 착란적으로 사랑에 빠진 연인과 전쟁을 치르는 듯이 말이에요). 하지만 용의 나선을 이루는 두 갈래는 계속 뒤얽히면서 외부의 힘이 자신들을 풀지 못하게 합니다. 중동의 주술사들은 이 얽힘을 '아지의 인장'이라고 부릅니다. 그것은 외부적 영향의 불가능성인 동시에 불가능성의 칼날인 용의 나선입니다. 이러한 나선형 메커니즘과 그 편집증적 접힘을 통해 (마치 그걸로는 충분하지 않다는 듯이) 용의 나선은 새로운 전쟁기계를 주조하고 그 이빨에 독을 주입하여 개방성, 회피, 매복, 반격을 위한 새로운 장치들을 생성합니다. 용의 나선은 사랑, 생존, 외부적인 것 간의 모호한 연관성을 암시하는 듯해요. 모든 연인들의 이야기에는 생존주의적 이면이 있습니다. 연인들이 서로 뒤얽히면 주변 환경의 공격이 (길들이기 또는 근절하기의 형태로) 확대됩니다. 그들은 서로를 보호하려고 더욱 깊이 뒤얽히며 엄청난 열광 속에서 생존합니다. 오로지 그런 생존만이 악마들이 우글거리는 외부로의 여정에서 일찌감치 휘발하지 않고 계속 나아갈 수 있습니다. 생존은 기이한 게임을 합니다. 여자 마법사여, 우리의 전염병을 합치고 사랑을 나눠요. 텔-이브라힘의 황폐한 토양 아래 ... {읽을 수 없는 단어들} ... 결코 잠들지 않는 것이 ..." 이 지점에서 고암석학자이자 한때 테헤란 대학교의 저명한 고고학 교수였던 하미드 파르사니 박사의 글은 읽을 수 없는 것으로 변한다. 마치 그가 모든 단어들을 기이하게 변조하여, 어쩌면 직접 고안한 룬 문자나 암호문으로 변환해서 문자들을 일부러 뒤섞은 것처럼, 글은 중동의 건조한 바람과 기름진 축축함과 뒤섞을 때만 해독 가능한 먼지 얼룩으로 변한다.

주

1. صورت زدایی از ایران باستان: ۹۵۰۰ سال نابودخوانی

2. Yavišt i-Friyăn, in *The Book of Ardă Virăf, Dastur Hoshangji Jamapji Asa*, M. Haug and E.W. Vest (ed.), Bombay, 1872.

3. '나프트'는 아랍어로 기름과 석유를 뜻한다. '나프트'의 어원에 관해서는 「부록 V: 안개 기름, 차폐제에 관한 회상」을 참조하라.

4. 펄프 호러, 고대 SF, 음산한 전통 설화들은 대체로 무생물의 악마 또는 외계 석재 유물로 분류될 수 있는 강력한 고대 무기를 발굴하거나 우연히 발견하는 일에 사로잡혀 있다. 이 유물은 일반적으로 (돌, 금속, 뼈, 영혼, 재 등의) 무기적 재료로 된 물체 모양으로 묘사된다. 자율적이고 지각 능력이 있으며 인간의 의지에 종속되지 않는 이들의 존재는 버려진 채로 태곳적부터 잠들어 있지만 매혹적이고 강렬한 아름다움을 발산한다는 특징이 있다. 이들은 그 자율적 존재만으로도 인간과 인간 중심의 생태계, 더 나아가 행성적 생물권에 대한 외부성을 노출하며, 그래서 흔히 외계 생명체와 연관되고 '이종적-'(xeno-, 외부적)이라는 접두어로 정의된다. 지배 계층의 악마라는 공통의 혈통에서 나온 이 유물 또는 무생물의 악마는 일련의 일관성 있는 일반 특징과 증상을 통해 인간 숙주에게 미지의 외부성을 공급한다. 신도 가네토의 영화 「오니바바」에 등장하는 가면, 윌리엄 피터 블래티의 소설 『엑소시스트』에서 파주주 상 근처에서 발굴된 메달리온(진정한 무생물의 악마), 클라이브 바커의 영화 「헬레이저」에 나오는 입방체, 「워크래프트 3」의 서리한, 「알라딘」의 램프, 토리노의 수의와 성 베드로의 쇠사슬(기독교와 기타 종교의 성물), 「둠 3: 악마의 부활」의 유물, 상급 성물과 접촉한 천이나 옷감 조각 같은 제3급 유물—이 같은 무생물의 악마는 모두 공통의 특성과 감염의 벡터를 공유한다. 유물 또는 무생물의 악마는 흔히 3개 계급으로 분류된다. 제1급 유물 또는 무생물의 악마는 손상되지 않은 하나의 온전한 유물을 지칭한다. 제2급 유물은 부서진 유물의 파편과 조각들로, 때로는 다른 부분들과 합쳐져야 그 외계 석재의 힘이 각성 또는 발현된다. 제2급 유물의 재통합 의식은 '모임' 또는 '귀환'이라고 불린다. 모임이 성립하려면 어떤 외부의 힘이 가해지거나, 파편들을 합치기 전에 정화하는 과정을 거치거나, 또는 파편들이 지자기적 배치에 따라 특정한 배열을 이루어야 한다. 제3급 성물은 감염에 의한 유물, 즉 주로 제1급의 다른 유물과 접촉해서 생겨난 유물이다. 특정 조건 하에서 무기적 재료가 유물이나 유물(성물)함에 닿으면 제3급 유물이 될 수 있다. 이들은 상급 유물보다 효력이 약하지만 여전히 감염성이 있다. 이 세 가지 유물들은 무생물의 악마가 공유하는 기본적인 특색 및 세부 요건들에 기반한 공통의 악마학적 체제로 환원될 수 있다.

(a) 무생물의 악마는 그 본성상 기생적이다. 이들은 이종표기적 존재로 출현하여 인간 숙주를 통해—개인, 민족, 사회, 또는 전체 문명에 대해—효력을 발생시킨다. 은밀하게 침투하는 이들의 군사적 역량과 빙의 체계는 유물 및 무생물 존재자에 집착하는 (객체들의 리얼리즘) 일정 범위의 인간 활동에 의해 육성된다. 고고학, 종교, 자본주의에 매혹되는 것, 그리고 고대 무기 및 무생물 존재자의 원리와 융합한 그 혼성물들에 열광하는 것은 인간들에 연관된 그런 활동의 일례이다.

(b) 무생물의 악마는 그것을 휘두르는 인간 숙주들에게 이종적 흥분('지혜')을 불러일으킨다.

(c) 이 '지혜'(휘둘러진 고대성)의 부작용 또는 심신의 반응이 숙주의 난치성

고통 또는 진행성 질병의 형태로 발전하기 시작한다(흔히 '대가'라고 알려진 것). 무생물의 악마에 대한 이 모호한 알려지지 반응은 인간 숙주 내부에 삽입된 악마-유물에 의해 프로그래밍된 것일 수도 있고(유기체의 자체적 프로그램을 고쳐 쓰기), 또는 무생물의 악마라는 이종표기적 존재, 그 고유한 질적 상태(즉 무생물성)와 비인간성이 전개되는 데 인간 숙주가 과잉반응한 결과일 수도 있다. 숙주에게 이런 격변이 일어나는 또 다른 이유는 외부적인 것에서 데이터가 유입되기 때문인데, 그것은 본래적으로 인간 역량을 압도하는 것으로 내적으로 숙주를 움츠러들게 하고 외적으로 일종의 홍수를 일으킨다.

(d) 일단 무생물의 악마가 인간의 행위성 내부로 침투하면(이 조용한 급습은 대개 의식적이든 아니든 인간 측에서 승인된다) 이들은 인간 숙주 내부에 무생물의 지각 능력을 삽입한다. 이 삽입 또는 이식 과정이 완료되는 순간 무생물의 악마는 인간 숙주의 신경망, 사회, 심지어 세포막 수준의 네트워크(개인, 사회, 민족, 문명)에서 뜯어내거나 뽑아낼 수 없게 된다. 무생물의 악마를 비활성화하지 않고 억지로 축출하면 숙주는 무서운 속도로 돌이킬 수 없는 치명상을 입는다.

(e) 무생물의 악마의 신경망이 활성화되면 그 기생적 지각 능력이 발동되어 인간 숙주와 상호작용하기 시작한다. 무생물의 악마의 신경망은 실제로 어떤 '정신적 모체'에 해당하는데, 이것이 인간 숙주로부터 충분한 외적 자극을 받으면 악마적 대상에 홀리거나 그와 커뮤니케이션하는 과정이 개시된다. 이를 촉발하는 외적 자극은 무형의 질적 자극이며 어떤 의미에서는 정신적인 것—예를 들면 신앙 또는 신앙의 상실, 의심, 불안, 경건함, 갈망, 고통 등—으로 분류될 수 있다. 이런 정신적, 육욕적, 관능적, 지적 자극으로 활성화된 무생물의 악마는 인간 숙주를 잠식하기 시작한다. 인간은 무생물의 악마의 지각 능력에 접근할 수 없기에, 이 같은 귀신들림은 인간적 개방성 또는 접근(감각과 지성)의 부조리함을 드러낼 뿐이다. 인간 숙주의 외적 자극은 언제나 무생물의 악마의 활동을 촉구하는('인칸타레') 전략적 부름으로 기능한다. 다시 말해 이 자극은 무생물의 악마의 영혼에 에너지를 공급한다. 그것은 악마적 지각 능력을 인간 숙주를 향해 끌어내면서 악마가 인간의 영역을 헤쳐 나갈 수 있도록 돕는다.

(f) 무생물의 악마를 완전히 파괴하려면 또 다른 무생물의 악마의 권능을 행사하는 방법밖에 없다. 하지만 그런 행동은 불가피하게 또 다른 무생물의 악마를 불러내는 결과를 낳는다. 이는 공포 소설에서 악마의 부활 또는 거듭되는 회귀라는 주제와 유사점이 있다. 무생물의 악마가 발견되는 것은 개인들 또는 문명 전체의 붕괴 과정이 개시된다는 징조이다. 일단 무생물의 악마가 동면 상태(인간들에게는 '버려진 상태'로 알려진 것)로 들어가면, 또 다른 인간 숙주 또는 문명이 발흥할 기회를 노린다. 무생물의 악마가 동면하는 것은 대개 악마의 정신적 모체가 폐쇄되었거나 또는 그것이 새로운 정신적 단계를 발전시킬 준비가 되었기 때문이다. 어느 쪽이든 간에 인간이 주권을 주장할 수 있는 것은 이 악마적 객체가 동면하고 있을 때뿐이다. 그러나 동면한다는 것은 존재하지 않는다는 것이 아니다. 실제로 인간 숙주 또

는 문명이 발흥하는 것은 무생물의 악마가 동면하고 있다는 징후이며, 그와 동시에 새로운 숙주가 출현하여 악마적 객체가 다시 깨어나기 시작한다.

(g) 인간 숙주가 무생물의 악마를 없애는 방법은 그것을 단순히 땅에 묻는 것이 아니라 그것의 잠재적 은신처에 되돌려 놓는 것이다(고대의 강력한 무생물 무기 vs. 비디오 게임의 보물). 무생물의 악마가 유물학에서 지배 계층에 속한다면, 보물은 인간과 다름없는 노예 계층에 속한다.

5. 저자적 예언이 지휘체계(신성한 개입)를 행위의 지대(창조의 장)로 전달하는 명령의 계통과 병참의 판을 통해 실제로 작동하려면 반드시 신성한 경제와 서술이 뒷받침되어야 한다. 신념은 예언자의 자기 교정적 예언으로 정당화된다. "내가 그것을 예언했다."라는 예언자의 외침보다 더 파괴력 있는 것은 없다. 자기 실현적인 또는 그렇게 실현되는 예언의 세계는 사건들의 세계를 확언하는 것에 상응한다. 그것은 예정된 지점을 일탈하거나 벗어나는 것을 바로잡음으로써 저자와 그 권위의 지반이 된다. (저자적 예언과 대조되는) 혼돈적 예언은 미래의 사건들을 흩뿌려서 현재의 허구들을 실현시킨다. 혼돈적 예언은 사건을 채굴하는 기계로서 시간 속에 침투한다. 그것은 미래로 몰래 밀반입된 트로이의 목마 바이러스다. 예언은 연쇄적 또는 연대기적 시간으로 주조되지만 반드시 상승적 또는 진보적 (현재에서 미래로의) 방향성을 고수하는 것은 아니다. 그것은 '사건 이후의 예언'처럼 때로 역기반적 또는 아래 방향적일 수도 있다. '사건 이후'의 시간 속에서, 예언은 미래를 해체하고 오염시킬 뿐만 아니라 현재와 미래에 대한 과거의 헤게모니적 영향력을 훼손한다. 2001년 9월 11일 이후에 촉발된 예언들은 정치적 사건의 주술화 또는 과거의 다중정치적 프로그래밍을 보여주는 한 예이다. 사건 이후의 예언은 결과에 대한 원인의 권위를 침해한다.

6. 영어식 카발라 즉 AQ를 이해하는 가장 쉬운 방법은 표준적인 10진법 숫자에 뒤따르는 16진법의 숫자열을 (A=10, B=11로 시작해서 F=15까지) 계속 이어 쓴다고 생각하는 것이다. 이런 식으로 Z=35까지 이어지는 영어식 카발라(게마트리아)는 10진법 숫자 0-9의 표준값을 보존함으로써 별도의 숫자 또는 문자의 배치를 그리는 번거로운 과정이 없다. 예를 들어, AQ에 따르면 'NINE'(아홉)이라는 단어는 78(N[23]+I[18]+N[23]+E[14])에 상응하며 이는 다시 15로, 그리고 6으로 환원된다. AQ가 널리 쓰이는 수비론적 시스템이 된 까닭은 전통적인 카발라 시스템처럼 초심자가 따라하기 어려운 복잡한 기술적 절차나 그에 따른 신비적, 예언적 과잉 요소가 적기 때문이다. 오히려 AQ는 급속히 확산되고 효율과 효용의 면에서 최적화되는 경제, 통신, 군사, 교통, 기동의 요소들에 상응한다. 그 숫자들은 수학의 자명성보다 인구의 역동성에 상응한다. (하이퍼스티션 연구실)

7. 파르사니가 지적하듯이 사각형은 기득권의 기하학적 상태에 상응하며 가장 표면 친화적이고 건축적인 방식으로 창조론적 기하학에 접근한다. 그것은 유일신교적 하나님의 보편적 권능을 지구생명의 거주 또는 수용 시스템으로 번역한다. 그런데 조로아스터교의 아후라 마즈다에서 이슬람의 알라에 이르기까지, 유일신교적 하나님의 수수께끼는 그분이 결코 자신의 거처에 머물지 않는다는 사실이다. 이 거처는 흔히 입방체형 구조를 취하는데(대표적인 예로 메카의 카바가 있다), 이는 하나님을 가장 높은 곳에 전시하는 (그럼으로써 노출증을 충족시키는) 벨 마르둑 같은 지구라트형 성전과 대조된다. 동굴 또한 신성한 존재와

그 숭배자를 내면화하는 장소들 중 하나다.

8. 악트(악스트, 악티아)는 추종자들 사이에서 '와스 위사바그'(아베스타어 '비사파'에서 유래)라고 불리기도 했는데 이는 '독에 푹 절은 자'라는 뜻이다. 또한 '포우루마르카'라고 불리기도 했는데, 이는 '완전한 죽음' 또는 '역병으로 가득 찬 자'는 뜻으로, 원래 아베스타어에서 앙그라 마이뉴(아흐리만)를 가리키는 표현으로 종종 쓰였다. 아베스타어에서 해충으로서의 악트(악스트)는 주로 아흐리만적 창조성(신성한 창조{창세}가 아니라 신체의 재발명을 통한 창조), 흉터 형성 과정, 세포막의 지휘권 상실과 연관된 어떤 특정한 질병을 암시한다. 고대 그리스에서 λέπρα(레프라) 또는 λευκε(레프케)라고 불렸던 이것은 나병이다. 이슬람 이전의 후기 조로아스터교 문헌 『야스카』에는 악트에 관한 또 다른—역사적으로 좀 더 신빙성 있는—설명이 실려 있다. 그에 따르면 배교자가 된 악트는 악트-야투 교단을 결성하고 세력을 확대하기 전에 창조의 언어를 배우기 위해 자신의 도시를 떠난다. 그것은 시스템에서 내쳐진 자의 창조(반란자, 이단, 쫓겨난 자의 창조)뿐만 아니라 신성한 창조로 주어진 기존 재료 즉 자신의 몸체 또는 말뭉치를 재창조하는 것까지 포함하는 이질적인 창조의 방법이다. 악트는 나병에 걸린 떠돌이 한 명과 3년 동안 여행하면서 자신도 나병에 걸린다. 그의 몸은 점차 변형되어 귀와 손가락이 떨어져 나간다. 그는 아직 자기 생애의 37번째 겨울을 보지 못했는데도 "역사 자체만큼 늙은 사람처럼" 보인다(야스카, 5:11). 파르사니는 이 갑작스러운 노화가 이른바 '지혜로운 노인'의 종교적 설화에 대한 냉혹하고 조롱 섞인 대답이라고 본다. 여행이 3년을 다 채워갈 무렵 악트는 기도 중에 이렇게 읊조린다. "나는 창조된 몸체에 직접 부여한 흉터에서 태어났다." 파르사니에 따르면 악트는 태양 숭배자들과 유일신교도들 사이에서 이단자이자 이간질하는 자로 취급되었다. 그는 태양 경제와 그 숭배자들에 공개적으로 대항했다. 하지만 그가 유일신을 섬기는 조로아스터교도들에게 최악의 이단으로 여겨진 주된 이유는 그가 자신의 몸체에 가해진 하나님의 창조를 고쳐 쓴 것과 동일한 방법으로 그들의 경전을 저급하게 고쳐 썼기 때문이다. "악트의 관점에서 마법이란 창조의 꿈을 차용하지 않고 저급하게 고쳐 쓰는 것을 뜻했다." (H. 파르사니)

9. 페르시아의 전통적인 길이 단위로 1파르상은 6킬로미터 또는 3.7마일에 해당한다.

10. 삼점 왜곡(삼원체), 삼각형, 비밀 결사 또는 공포의 프랙탈에 관해 좀 더 자세한 정보는 다음을 참조하라: *Recent Research in Bible Land: Its Progress and Results*, ed. Herman V. Hilprecht, Librairie de Pera, Philadelphia: John D. Wattles & Co., 1896.

11. 다음을 참조하라: Benvenist, Persian Religion according to the chief Greek Texts, 88; 또는 이시스와 오시리스에 관한 플루타르크의 텍스트; Pahlavi Sirozag, 16, ZXA ed. Dhabnar, 242; 콜브의 에즈닉(Eznik of Kolb), 『이단 논박』(Against the Sects), 르바이양 드 플로리발의 프랑스어 번역본.

12. 파르사니는 원문에서 '비에네쉬'라는 단어를 쓰는데, 이것은 시각적 양식을 가리키는 '비전'의 의미도 있지만 철학, 신념, 세계관을 뜻하기도 한다.

13. 미트로-드루지 또는 배신하는 미트라(철저한 배신)는 마니교에서 가장 실용적인 동시에 성스러운 마법의 국면을 의미한다. 예언자 마니는 조로아스터교의 억압적인 유일신교적 질서에 항거하다 처형되었고 유일신교의 많은 이단들에게 영감을 주었다.(콜브의 에즈닉, 『이단 논박』 참조) 원래 '잔디크'(훗날 '잔디그'로 변형: 이단자,

배신자)는 '반란을 일으킨 마법사'라는 의미에서 마니를 가리키는 말이었지만, 『야스나』의 61번 하트(절)와 『벤디다드』의 18번 파르그라드(장)에서 이 단어는 '야투만트'(마법사)에 해당하는 것이자 가장 간교한 마법의 형태로 언급된다. 더 상세한 정보로는, 다음을 참조하라: A. Adam, *Texte zum Manichaismus* (=*lietzmanns kleine Texte...* no. 175), 97, Berlin: 1969.

14. '감당 가능성'(affordance)이라는 용어는 미국의 심리학자 제임스 제롬 깁슨이 (잉가르덴, 브렌타노 등의 작업에 기초하여) 생태-인지 연구의 맥락에서 처음 제안한 것이다. 깁슨의 저작에서 '감당 가능성'은 어떤 대상이나 환경에 내재하는 '행동의 가능성'을 가리키며, 개개인이 실제로 그 가능성을 인지할 수 있느냐 여부에 제한되지 않는다. 그것은 주관적인 지각과 객관적인 과학적 사실의 나열 양쪽 모두에 무관하게 결정 가능한 특성으로 여겨진다. 깁슨은 이렇게 썼다.

> 나는 감당 가능성이 단순히 주관적 경험의 현상적 특질(제3 성질, 역동적, 생리적 속성 등)도 아니고 현재의 물리 과학으로 인지되는 물리적 속성도 아니라고 가정한다. 오히려 그것은 동물에 관한 환경의 속성이라는 점에서 생태적인 것에 속한다. 이러한 가정은 새로운 것이며 더 논의가 필요하다.

여기서 '감당 가능성'은 원래의 정의와 연관되지만 좀 더 확장된 의미로 쓰인다. 우리는 감당 가능성을 개별 요소들의 연결성과 상호성에 의해 식별되는 경제적 네트워크로 이해한다. 그런 네트워크 내부에서 개방성은 생존, 수용, 거주, 규제적 커뮤니케이션의 기초로 활용될 수 있다. 한 존재자가 그 역동적 위치(전체 속에서, 즉 그 부분전체론적 '주소')를 유지하고 그 환경적 지평 내부에서 생존하기 위한 수단은 그 존재자와 주변 환경 간의 상호적 감당 가능성으로 촘촘하게 짜인 상호작용, 연결, 규제적 참여의 경제적 네트워크에 의해 결정된다. 존재자들이 서로를 감당할 수 있어야 전체가 생존할 수 있다. 부분전체론적 수준에서 모든 유형의 개방성은 존재자들 '간의' 상호적 감당 가능성이라는 하나의 기능으로서 발생한다. 요컨대 감당 가능성은 경제적 커뮤니케이션의 한 극에만 귀속되는 것이 아니라 적어도 두 개의 부분전체론적 존재자들 사이에 배분된다. '나는 당신을 감당할 수 있는 한 당신에게 개방적이다.' 그렇지 않으면 (a) 당신은 격퇴당하거나, (b) 규제와 책정의 대상으로서 붙들리거나, (c) 부분적으로 걸러지거나, 또는 (d) 내가 당신을 '수용'할 수 있도록 나를 변용해야 한다. 따라서 '...에 개방적인 것'의 판은 본질적으로 감당 가능성, 즉 계산적 감당 가능성과 커뮤니케이션에 기초하여 구축된다. 감당 가능성의 체제에서 개방성은 생존 중심적인 계산적 규제를 벗어날 수 없다. 그것은 전체에게 역량을 부여하는 역동적 기능을 수행한다. 어쩌면 감당 가능성을 가장 잘 설명하는 (비교적 단순한) '모델'은 아리스토텔레스가 『형이상학』에서 발전시킨 사원소론(원소들의 회전)일 것이다. 여기서 원소들 간의 회전 운동은 전체의 정화적 역동성을 떠받친다. 회전의 각 단계는 원소들 간의 역동적 규준(단위, 척도)과 감당 가능성(여기서는 계산적 개방성 또는 상호적 감당 가능성)에 기초한다. 원소들은 반대 방향과 대각선 방향의 다른 원소들에게 개방적이지만 서로 완전히 겹쳐지거나 철저한 커뮤니케이션에 도달하지는 못한다. 원소들이 회전식 연쇄를 형성하고 전체적 완전성을 유지하기 위해서는 어떤 중간 상태가 필요하다. 각각의 중간 상태는 회전식 파노라마 전체의 특정 위치에서만 성립한다. 이들은 시스템에 추진력 있는 '폴레미코스[호전성]' 또는 순환적 역동성을 제공하지만 그 기능은 국지적으로만 (원소들의 상호적인 공통 특질에 기반한 서로 간의—또한 전체 시스템에 대한—감당 가능성의 결과로서) 작동한다.

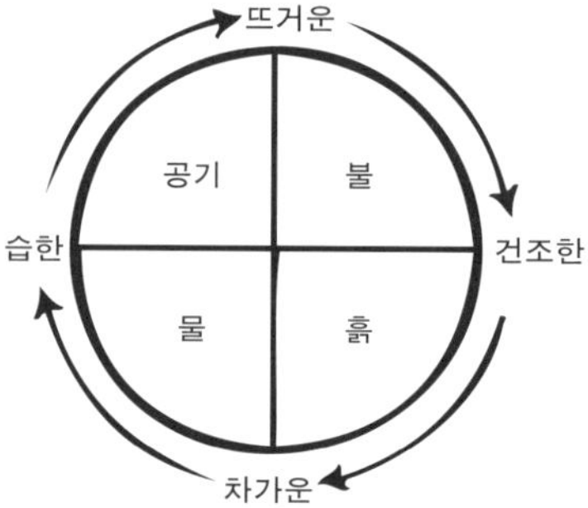

사원소론 또는 아리스토텔레스의 '감당 가능성' 모델

예를 들어, 흙과 물이 커뮤니케이션하려면 '멘스트룸'(살아 있는 진흙)이 필요하다. 이 살아 있는 진흙은 커뮤니케이션을 위한 존재자인 동시에, 흙과 물이 서로에게 개방되기 전에 각자를 변용하는 역동적 경계이기도 하다. 그것은 흙과 물 사이의 국지적 영역에서만 작동하고 사원소론 모델의 다른 위치에서는 작동하지 않는다. 전체는 이런 계산적 커뮤니케이션을 통해 단합됨으로써 생명을 감당할 수 있게(생존 가능하게) 된다.

15. 그물망으로 엮인 공간은 격자 구조와 배열의 이중 지휘 체계가 뚜렷하게 드러나는 골조체다. 격자 구조가 수용 대상을 가두는 그물망을 이룬다면, 배열은 이 격자 구조에 포획된 것들에 의무적인 역동성과 활동성을 부과한다. 전자가 지지체의 계산적 배분을 지시한다면, 후자는 격자 구조의 계산적 틀 또는 지반에 속박되어 꼼짝달싹 못하는 역동성을 시사한다. 격자 구조의 수평적 체계는 유연하게 엮인 구조에 의해 가동되는 탄력 있는 그리드를 이룬다. 그물망으로 엮인 공간에서 역동성은 미리 조정되고 제한될 수밖에 없는데, 왜냐하면 역동적 노선들이 고정된 선에 속박되기 때문—즉 그 노선들의 한쪽 끝이 그물망형 골조체의 닫힌 부분에 묶여 있기 때문이다. 그물망으로 엮인 공간들은 창조된 세계와 그 건설 과정에 앞서 자신의 무한성을 미리 결정해 두는 창조의 논리를 실행한다. 따라서 이렇게 엮인 공간에서 창조물들이 합성되고 분화할 가능성은 무한을 생산하는 것이 아니라 이미 존재하는 세계의 무한을 소진시킨다.

16. 부분전체론적 위상학은 부분들과 경계들 간의 위상 관계에 대한 이론이다. 다음을 참조하라: Barry Smith, "Mereotopology: a theory of parts and boundaries," in *Data & Knowledge Engineering*, 20:3 (November 1996), Elsevier Science Publishers, pp.287–303.

17. 폴란드 철학자 로만 비톨트 잉가르덴은 (초월론적 관념론 비판을 통해 후설 현상학과 결별한 후 집필한) 존재론에 관한 여러 저작에서 개방성과 감당 가능성의 문제를 상술한다. 그에 따르면 개방적 시스템은 폐쇄성(또는 조절된/계산적 개방성)을 우선시하며, 원치 않는 상호작용과 커뮤니케이션을 억제하는 세력 투사의 지대인 분석적 틈새 또한 마찬가지다. 틈새의 개방성은 그것을 폐쇄하려는 세력에 대해 개방적으로 나서고 그럼으로써 그것을 개방하려는 세력에 대해 폐쇄적으로 나서는 방식으로 작동한다. 이런 개방성을 통해 실존적 국면들이 감당 가능해지고 존재의 양식들이 출현할 수 있게 된다.

18. 미세구멍들의 크기가 상대적으로 클수록 물이 빠르게 스며들고 (더 중요한 것으로) 빠르게 흘러나갈 수 있어서 뿌리 부분에 공기가 재진입하는 속도도 빨라진다. 그렇게 큰 구멍들이 파괴되거나 붕괴하면 상대적으로 작은 미세구멍들이 늘어나면서 토양의 물이 잘 안 빠지기 때문에 산소 부족(공기 차단), 침습 피해, 지표수 유출,

식물 생장 악화, 토양 침식 등의 피해가 발생한다. 토양의 밀도가 높아지고 투과성이 낮아지면 식물 뿌리가 단단한 하층토에 부딪혀 물리적으로 성장하지 못하고 영양분과 수분 결핍에 시달린다. 그래서 끈 공간의 이례적인 다공성은 지구를 축축하게 하는 동시에 사막화를 촉진할 수 있다.

19. 쥐는 다중정치적 분산 또는 역지반화의 단위로서 특유의 해부학적 기동성을 통해 파괴적이고 유해한 힘을 발휘한다. 계속 방향을 트는 꼬리의 구불구불한 일탈 운동은 머리의 헤게모니를 끊임없이 잠식한다. 떼로 몰려다닐 때 쥐들은 전체 이동 시간의 4분의 3 동안 공기 중에 떠 있다(광포한 도약). 쥐가 움직임을 개시하기 위해 근육의 수축 또는 스프링 같은 힘을 신체에 가하면 그 힘이 후반신(뒷발, 후방 탄성체)으로 전달된다. 쥐는 이렇게 후반신으로 쭉 밀어주고, 전반신(앞발, 전방 탄성체)으로 착지하고, 다시 후반신을 앞으로 끌어당겨 밀어주는 과정을 반복한다. 첫 번째 박자(고동)에서 전방 탄성체가 땅을 때리고 뒤이어 신속하게 후방 탄성체가 땅을 때려서 그 힘으로 쥐가 공중으로 도약하고, 세 번째 박자가 지나서 다시 전방 탄성체가 땅을 때린다. 후반신이 앞으로 당겨지면 재반동체가 수축해서 현저한 도약력을 제공한다. 이렇게 쥐의 몸체에 힘이 배분되고 가동됨으로써 그와 마주치는 모든 것을 할퀴고 지나가는 침윤적이고 탐색적인 성질의 지진파(스마트한 재앙)가 산출된다. 쥐의 몸 전체가 효과적으로 배치된 전염병적 도구들의 집합이지만, 쥐는 특히 그 첨단부 또는 트루파논[천공기]을 이용해서 참상이 벌어질 새로운 구멍 공간 또는 쥐구멍을 설계할 수 있다. 쥐의 머리와 꼬리는 이처럼 정치적 관점에서 극도로 모호한 상호작용을 펼친다.

20. 사우디아라비아와 와하브파에 상응하는 구성체들이 모두 사막 유목주의에 뿌리를 두고 있으며, 아라비아 지역에서 와하브파가 확산된 시기가 룹알할리 사막에서 막대한 유전이 발견되고 최초의 상업적인 유전이 생겨난 때(1938-1946)와 일치한다는 사실을 기억하라. 이 유전들은 사막 유목민들의 무역 시스템을 국가의 석유 매출에서 나오는 일정한 현금 유입으로 대체하면서 이들을 끌어당겼다. 아라비아 지역에서 석유의 상업화가 시작되면서 사막 유목민들은 현물이 아니라 현금으로 세금(자카트)을 내야 했다. 간단히 말해 석유는 와하브파의 영향력을 아라비아 반도의 구석구석까지 확산시키는 운송체 역할을 했다.

21. 아마드 이븐 파즐란의 일기는 이란의

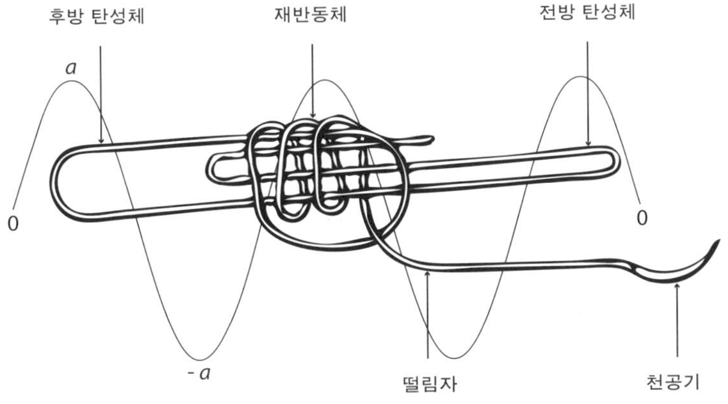

아스탄-에 쿠즈 라자비 도서관에 소장되어 있다.

22. 후대에 발견된 아흐리만(또는 앙그라 마이뉴)의 도상에서 그는 서로를 향해 자라는 한 쌍의 뿔이 달린 악마로 묘사된다. 기괴하게 일그러진 얼굴에 이상할 정도로 큰 귀가 달린 우스꽝스러운 모습은 아흐리만 특유의 창조 방법을 반영한다. 그는 군단을 양산하고 싶을 때마다 자신의 몸체를 창조의 핏빛 도살장으로 변모시킨다(이는 그의 형제 아후라 마즈다의 위생적인 창조론적 방법에 대한 아이러니한 응답이다). 그는 자신의 몸을 토막 내고 기관을 잡아 뜯고 살을 갈갈이 찢는 신체 훼손으로 살점('나수')을 흩뿌리고 이를 통해 자신에게 헌신할 숭배자들, 종교 집단, 해충 군단을 창조한다. 시간이 지나면 상처는 아물지만 흉터가 남는다. 온몸에서 섬유화(과도한 흉터)와 잘못된 치유의 메커니즘이 작동하여 콜라겐 분자들이 무더기로 범죄 현장(범죄적 창조)에 집결한다. 상처 위에 돋는 새살은 언제나 불룩한 흉터 모양으로 자란다. 아흐리만의 몸에서 상처 치유 과정은 언제나 잘못된 방향으로 폭주하여 기존의 상처를 치유하는 데 필요한 것 이상의 살을 생성한다. 살 또는 몸을 이루는 물질이 하나님 즉 아후라 마즈다에게 속한다는 사실을 고려하면, 과도한 흉터를 유발하는 아흐리만의 기술은 두 가지 면에서 '창조적'이라 할 수 있다. 첫째, 그것은 살을 변질적 물질 또는 낭비의 타락적 요소로 재차 변모시켜 시스템 내에서 재활용될 가능성을 차단한다. 둘째, 그것은 치유 과정 자체를 비뚤어진 질병으로 탈바꿈한다. 여기서 아흐리만은 외상적인 창조론자 또는 비뚤어진 창조물의 창조자로 나타난다. 하미드 파르사니는 『고대 페르시아의 훼손: 9500년간의 파괴 요청』에서 광신적 종교 집단 및 비밀 결사의 발흥과 특히 그 신념의 역학에 연관된 메커니즘을 고찰하는 데 많은 분량을 할애한다. 그는 페르시아의 데브-야스나 숭배에서 미트라 숭배와 기독교에 이르기까지 다양한 광신적 종교 집단에 적용될 수 있는 공통의 유개념을 찾고자 했다. 파르사니는 모든 광신과 종교에서 육류학적 자기 공양('임-모라-레': 공양물을 뿌리는 행위)이 광신의 출현(종교 집단이든 이념적 군중이든)과 근본적이고 명백한 접점을 가진다는 데 주목한다. 이는 새로 출현하는 추종자들, 광신자들, 또는 그저 인구를 먹여 살리기 위해 자신을 신성한('암브로토스': 불멸의) 한 끼로 대접하는 것으로, 기독교에도 자기 희생과 부활의 기원을 상징화하는 성체 성사의 전통이 있다. 파르사니는 이 원리가 주르반과 앙그라 마이뉴에서 직접 유래한다고 본다. 주님, 지배자, 창립자, 지고의 존재자가 자발적으로 자신을 희생하는 행위는 희생 제의의 권위적이고 지배적인 원리들을 위반한다. (희생 제의의 핵심은—그에 수반되는 치명적인 과잉의 활성화는 차치하더라도—긍정적 힘으로 주어지는 선물을 지배와 지도권의 힘으로 변모시키는 방법을 아는 것이다.) 신성한 존재는 자기를 살해 또는 훼손하여 전략적으로 불운한 비행을 감행한다. 파르사니에 따르면, 이렇게 하나님 또는 지도자에서 희생 제물로 하강하는 것은 실제로 신들조차 완전히 파악할 수 없는 새로운 권력 구성체를 향한 전략적 행보이다. 주님 또는 지도자는 자기를 희생하고 고기 토막이 되어 군중을 먹이고, 그럼으로써 신들과 다이몬들이 아니라 필멸자들과 역겨운 소수 집단의 일원이 된다. 비참한 필멸자들(광신적 숭배자들)과는 전혀 어울리지 않는 일 같지만, 이들은 희생양이 된 신성한 존재 또는 지도자의 몸체를 널리 퍼뜨릴 힘이 있다. 바람에 실려 전염병을 전파하는 입자들처럼, 대체 가능한 필멸자들은 전염병의 형태로 신의 시체를 퍼뜨린다. 비참한 군중은 며칠 또는 몇 주만에 대륙들을 가로지르는 감염

적 바람을 불러일으킬 수 있다. 그와 동시에 이들은 극도로 단합된 제국의 단일체적인 몸통 위에서 발을 구르며 그 존재 자체를 붕괴시킨다. 이것이 홍수와 같은 혁명의 본질이다. 파르사니에 따르면 새로운 종교와 광신은 이렇게 신 또는 지도자의 의도적인 자기 희생과 함께 시작되는 전염병의 패턴을 따른다. 한편 이렇게 도취된 군중은 새롭게 창발한 자율성을 통제하거나 활용할 수 있다는 착각에 빠지면서 인구 격차, 상호 배제, 내부 분열을 구축한다. 파르사니는 이 같은 내부 분열 또는 오작동을 "민주주의적 홀로코스트"라고 칭한다—'나는 인구 폭발이다.' 신성한 존재 또는 창립자가 자신을 희생하는 까닭은, 자기를 난도질하는 희생 제의가 다수를 수태하는 것과 같기 때문이다. 이렇게 자기를 공양물로 내어 놓는 신성한 존재들과 지도자들은 인구 이외에 이질적 창조와 철저한 참여의 장은 없다는 사실을 증명한다. 그리고 자신을 훼손하고 희생하는 궁극의 대가를 지불하지 않고서는—다시 말해 가난한 자들, 비참한 자들, 하찮은 자들을 위한 한 끼의 식사로 자기를 내어주지 않고서는—스스로 인구 또는 군단이 될 다른 방법은 없다. 이처럼 유혈이 낭자한 희생 제의만이 모든 것을 휩쓰는 전염병적 확산을 보장한다. 파르사니는 이렇게 쓴다. "아흐리만적 희생은 자기를 해체하여 인구로 분산시키는 것이자 수천 명의 인간들을 자기의 피투성이 살 덩어리로 끌어안는 일이다."

23. 이에 관해 좀 더 상세한 정보로는, 쿠베르지 코야지(Cooverjee Coyajee)의 『고대 이란과 중국의 광신적 종교 집단들과 전설들』(Cults and Legends of Ancient Iran and China)(봄베이, 1936) 중에서 아지 또는 용(특히 자하크 또는 다하크와 티아마트)과 묵시론적 문학에 관한 다채로운 에세이를 참조하라.

24. 이슬람 전쟁 기계들은 이슬람 묵시론 또는 기아마트(키야마)의 능란한 설계자들이다. 키야마의 관점에서 모든 전쟁 기계의 군사적 생존은 모든 것을 소멸시키는 하나님의 독점적 사막에서 소진될 운명이다. '키야마'라는 단어는 원래 각성, 발흥, 심지어 반란을 뜻한다.

25. 굴종을 의미하는 이 단어는 원문에서 '타슬림'이라고 쓰는데, '이슬람'이라는 단어와 어근이 같다.

26. 아베스타어의 여성형 명사로 그 의미는 논란의 대상이다. 이 단어에 상응하는 인도어 동사 어근 '드루: 드루, 히아티'는 흑화한다는 뜻이며, 그 외에 거짓, 기만, 오류, 위조, 환영적 질서 등의 의미도 있다. 드루지-는 에테르 형태를 취하는 가스의 여성형 정령으로, 모든 오염과 우주적 역병의 원천이자 모든 부정한 것의 어머니다. 이 여성형 전염병은 아흐리만이 자기 공양 또는 자기 비역질로 해충 군단을 양산하고 활동하는 매개체가 된다. 드루지-는 신성한 존재가 아니라 무한한 개방성을 지닌 밤의 조류로서 모든 것을 확산시키고 모든 것에 스며든다. 조로아스터교의 유일신교적 문화에서 드루지-의 가장 사악한 감염 사례는 '드루지-나수'인데, 『벤디다드』에 따르면 그것은 시체들의 악마 또는 시체광으로 추정된다. 드루지는 전염병처럼 확산되어 무엇이든 감염시킬 태세라는 점에서 '드루지-'라는 접두사로 칭해진다.

27. '크라프스트라(들)'은 고대 페르시아의 팔레비어로 해충 또는 해충-군단을 뜻한다. 이들은 사납게 무리를 이루어 움직이는 것들, 늑대, 개미, 메뚜기, 파리, 생각의 폭주, 시체 먹는 동물들, 전염병처럼 휩쓰는 것들, 결코 멈추지 않는 모든 것들이다. 『벤디다드』에 따르면 크라프스트라(들)은 부정한 지구('드루자스칸')의 설계자이자 물질을 어둠과 지하적 깊이로 끌어내리는 벡터이다. 크라프스트라(들)은 모든 부정한 것의 어머니(드루지)를 향한 개방성

의 전략적 노선이자 신체를 강탈하여 구멍이나 구석진 곳, 접근불능의 구덩이로 끌고 들어가는 기계들이다. 이들은 신체들을 분산하고 발굴하면서 국가에 치명적인 추적불능의 전염병으로 변모시킨다.

28. 이처럼 (태양의 딱딱거림에 상응하는) 이례적인 불협화음이 정제된 것이 (고대 페르시아의) 팔레비어다. 아람-셈어의 생식세포에서 태동한 팔레비어에서는 4개 심지어 5개의 (모음 없는) 자음 문자들이 한 단어에 연속적으로 배열되어 극히 복잡한 음성학적 미소체계와 음성으로 귀결된다.

> 팔레비어는 모든 중동 언어의 웅웅거리는 침묵이자 끝없는 울부짖음이다. 그것은 언어적 공간과 구체적 차원 양쪽에서 주술적 반란과 소수 집단의 발흥을 촉진하는 무제한의 잠재태를 보유한다. 하지만 그것은 조로아스터교의 가르침에 입각한 신정 국가였던 사산 왕조의 공식 언어이기도 했다. 이 지점에서 우리는 유일신교의 난자였던 조로아스터교가 정말로 폭압적인 중력의 핵심 또는 감염된 몸체가 아니었는지 질문해야 한다. 그것은 자체적으로 그리고 또 다른 유일신교적 갈래들에서 계속 수직적으로 성장하는 동시에 은밀히 의식적으로 자신을 소수 집단들로 분열시켰던 것이 아닌가? 그것은 전지구적으로 소수 집단들의 대화재를 촉발하여 지구를 내부적으로 타 들어가는 벌레들의 주형으로 변모시키는 체계적 전략이 아니었나? 우리는 왜 모음 없는 알파벳을 가진 중동 언어들이 인간의 소리를 산출한다고, 또는 이 언어로 말하는 인간들이 인간의 수준에 머무른다고 상상해야만 하는가? (H. 파르사니, 『고대 페르시아의 훼손』)

29. 태양풍은 태양에 의해 끊임없이 방출되는 플라즈마 상태의 물질로, 우주 공간으로 흘러나가면서 태양 자기장을 실어 나른다.

30. 흐름의 일반적 방향과 평행한 중심축을 벗어나 바깥으로 (부채꼴로) 뻗어 나가는 역동적인 흐름의 패턴.

31. 고대 페르시아의 아베스타어에서 신체 기관 또는 그 작용은 제각기 두 개의 단어 또는 동사와 연관되는데, 하나는 아흐리만(앙그라 마이뉴)의 편이고 다른 하나는 아후라 마즈다의 편이다. 창조와 출산의 경우 아후라 마즈다의 유일신교적 (건축적 구축과 단합에 초점을 맞춘) 창조를 뜻하는 '잔'('프라 트와레스')이라는 단어와 아흐리만적 창조에 해당하는 '하브'('프라 카레트')라는 단어가 있다. '하브'(출산하다)는 창조를 뜻하는 단어 '잔'의 아흐리만적 쌍둥이다. 그것은 깎다, 새기다, 익히다, 끓이다, 비역질하다, 튀기다, 짓이기다, 갈다 등의 의미가 있으며, 아흐리만이 요리의 유물론으로 세상만물을 대하는 부엌의 악신임을 시사한다.

32. 삼점(우주적 수준의 국지화 불가능성 또는 삼원경제적 타락)이 사점(건축적 질서 또는 신성한 완전성)으로 변형하는 과정은 다음과 같다.

33. 그리스어에서 유래하는 '메트론'(met-

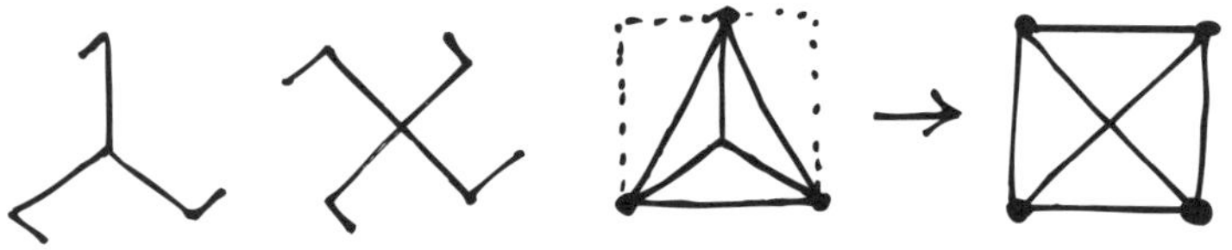

ron, 척도)이라는 단어는 영어의 '디멘전'(dimension, 측량을 뜻하는 'dimetiri'에서 유래)이나 '미터' 등의 단어에 어원학적으로 암호화되어 잔존한다. 피타고라스의 유명한 원칙 "인간은 만물의 '메트론'이다(pantôn chrematôn metron anthrôpos)"을 고려하면, 이 단어는 척도, 단위, 표준, 값 등으로 번역될 수 있다. 섹스투스 엠피리쿠스는 메트론이 규준(척도, 단위)을 뜻한다고 보지만, 헤라클리투스와 소포클레스는 그것이 무언가에 대하여 그 값어치를 인증하는 권세로 이해한다. 따라서 메트론은 단위와 차원이 권력, 판단, 추론과 상호 관련됨을 시사한다. 메트론에 대한 비판적 접근은 차원(즉 메트론)이 권력을 발동시키고 가동하고 전파하는 메커니즘을 설명한다.

34. 파르사니는 『고대 페르시아의 훼손』의 마지막 장에서 메소포타미아의 기괴한 신화를 언급하는데, 그에 따르면 태양신은 쾌활하게 자신을 살해해서 지구 표면이 아니라 그 뱃속으로 급강하한다. 이렇게 자신을 제물로 바쳐서 지하세계로 하강하는 태양신의 신화적 이미지는 훗날 암시적인 형태로 거듭 재출현하는데, 파르사니는 태양신의 자기 매장, 석유와 기름의 거무스름하고 끈끈한 흔적 등에서 이를 식별해낸다. 파르사니의 관점에서 니그레도[검정색 물질로 나타나는 연금술적 변성의 한 단계] 상태의 태양 또는 태양의 검은 시체로서의 석유는 신화가 경제와 개방성의 윤리 사이에서 진동하는 정치적 지리철학으로 재발견되는 것을 표시한다. "세계의 무의식이 하나님의 죽음 속에서 성혼한다. 이렇게 지구가 꾸는 죽음의 꿈은 지구생명적 꿈들이 너무 축축해질 때면 간헐적으로 흘러나오는 니그레도로 실현된다." (H. 파르사니) 니그레도가 본질적으로 깊이와 어둠이 완전히 겹쳐진 상태이자 지반과 그 지하적 효력에 대한 긍정이라는 데 유의하라. 연금술에서 니그레도의 흑화 상태는 흔히 부패와 연관되며 그 검정색은 시체 또는 아베스타어로 '나수'의 색깔이다. 니그레도를 표현하는 도상적 이미지 중 하나는 난도질되어 쩍 벌어지거나 조각난 신체의 모습이다. 파르사니에 따르면, 자기 자신을 한 끼의 식사(공양물)로 제공하는 태양신에 대한 메소포타미아의 신화는 "엇나간 비밀종교"와 연결된다.

> 태양에 대한 지구의 반란 또는 철저한 개방성의 지구행성적 윤리는 화학과 그에 관련된 관념들이 본질적으로 역기반적(깊이 방향 또는 아래 방향)이고 친지반적인 뒤틀린 연금술의 모델을 제시한다. 반란적 존재자로서의 지구가 연금술적으로 해방되고 철저한 개방성의 윤리가 표명되려면 '하나님의 죽음'을 완전히 움켜쥘 필요가 있다. 연금술에서 완벽성은 중력을 탈출하는 초월—니그레도(흑색)에서 알베도(백색)로 그리고 최종적으로 루베도(적색)으로 이행하는—에 의거한다. 하나님의 죽음 또는 태양신의 자기 공양 과정에서 화학적 벡터들은 루베도 또는 태양의 적색에서 시작하여 니그레도 또는 지하의 흑색으로 하강한다.

35. "전술은 전쟁에서 부대들을 다루는 기술이며, 전략은 군대를 전장으로 끌어들이는 기예이다." (육군 원수 얼 웨이벌) 전략은 전술이 활용되는 전장의 외부에 위치하지만 여전히 전쟁의 내부에 속한다.

36. 지하적인 것을 뜻하는 '사닉'(Chthonic)이라는 단어는 그리스어 '크톤'(Khthon, 땅)과 '크토니에'(Khthoniê, 지하의 여신)에서 유래하며 저 아래의 땅(역기반)과 연관된다. 그것은 주로 지하세계 즉 지구의 하데스적 영역—지구 또는 지반의 화학을 통한 창발의 역기반적(하강, 붕괴, 아래 방향의 운동) 측면을 긍정하는 신들의 은신처—을 지시한다.

37. 아바타는 지하적 존재 되기를 표시하는 가면으로, 산스크리트어로 하강을 뜻하는 '아바타라-'에서 유래한다. 그것은 [신성한 존재가] 임무를 완수하기 위해 일부러 역기반적 (아래 방향 또는 깊이 방향의) 영역으로 뛰어드는 것, 세속의 판으로 하강한 결과라는 점에서 현현과 연결된다.

38. 파르사니는 『벤디다드』를 인류가 저술하고 실천한 책 중에서도 가장 무시무시한 것으로 꼽는다. 하셈 라지가 팔레비어에서 번역한 『벤디다드』(Vi.daevo.dâta), (소칸 출판사)를 참조하라.

Vi: 반(反)-Daevo: 여성형의 다이바(모든 부정한 것의 어머니인 드루지를 가리킴)

Dâta: Dâtik(법, 특히 신성한 법)의 파생형

39. 원래 아랍어에서 '샤리아'는 경로를 뜻한다. 이슬람에서 샤리아는 삶의 공적, 사적 측면에 모두 적용되는 이슬람 교회법을 구성한다.

40. 샤하다는 무슬림으로서 자신의 믿음을 선언하는 것이다. 개종자는 자기 의지로 샤하다를 낭송함으로써 이슬람을 받아들이고 무슬림이 된다.

41. 파르사니에 따르면 네르갈은 추락한 태양신의 전형이다. "지하의 태양신으로서 그의 하강은 개방성의 도살장에 사랑을 삽입하고 태양의 광란을 그에 대한 심원한 지구행성적 배신 및 지하의 부패와 뒤얽는다. 네르갈은 지하세계와 우뚝 솟은 태양신의 제단(쿠타 시의 '텔-이브라힘'이라는 언덕) 양쪽 모두에 연관된다. 그는 지하세계의 여왕 에레시키갈의 연인인 동시에 부패한 태양의 현현이다. 네르갈은 서로 상반되고 이질적인 모든 것이 겹쳐지는 지점을 형성한다. 지하세계의 여신을 향한 네르갈의 파괴적 사랑은 태양중심주의에 맞서는 반란, 개방성, 사막, 석유의 기이한 축축함을 한데 뒤얽는다." 파르사니의 저작 여러 곳에서 네르갈에 대한 언급을 찾아볼 수 있다. 일례로, 그의 노트에서 발췌한 아래 문단을 보라.

> 전쟁에 관련된 악마들은 일반적으로 머리가 둘 달린 것으로 묘사된다. 한쪽 머리는 전투에 참전하고 다른 한쪽 머리는 음모들과 그에 대항하는 음모들을 꾸민다. 머리가 앞뒤로 달려서 하나는 정면을 다른 하나는 반대쪽을 향하고 글을 쓰는 괴물들이 있다. 전쟁과 역병의 대악마 네르갈은 두 개의 얼굴, 두 개의 머리가 각각 앞뒤를 바라본다. 앞쪽 얼굴은 (네르갈의 기원인 주르반 아르카나처럼) 사자 모양으로, 자신이 쏜 화살 방향으로 전쟁에 돌진함을 뜻하며 그런 점에서 궁수자리와 유사성이 있다. 반대쪽 머리는 언제나 뒤쪽을 향하는데 자칼, 광견병 걸린 개(티아마트의 전사들 중 하나), 하이에나(파주주의 얼굴과 동일)를 섞어 놓은 듯하다. 이렇게 기이한 머리의 형태는 역병과 기근을 관장하는 악신들에게만 나타난다. 사자 얼굴의 네르갈은 전쟁으로 지역을 파괴하고 도륙하고 집어삼키며, 뒤쪽 방향의 머리는 새된 소리로 울부짖으며 그렇게 유린된 곳에 질병과 황량함, 슬픔을 퍼뜨린다. 이들은 누구든지 또는 무엇이든지 전쟁의 비생명에서 살아남을 수 없음을 확언한다.

가스

GAS (AQ=54)

용융의 역병. 치명적 다양체. 인간중심적 행위주체성에 의거하여 가스를 파악하는 것은 모든 지각 양식의 폐쇄 또는 완전한 맹목성으로 귀결될 뿐이다.

건조함의 경주장

Xerodrome (AQ=198)

모든 유일신교 또는 종교적 발판이 있는 시스템의 토대는 사막이다. 유일신교가 우상에 대한 물신적 격분을 발전시킨 까닭은 결국 그것이 사막으로 확산되어야 하기 때문이다. 그곳에서 모든 울록불록한 윤곽(우상들)은 0으로 평탄화되고 그 형태선들(숭배의 지형)은 오직 1로 통합된다. 그런 사막은 (아리스토텔레스적 의미에서) 신성한 존재를 숭고하는 한편으로 태양과 커뮤니케이션하는 내재성의 판 또는 (완강한 방향성과 일관성에 상응하는) 단단한 표면을 구축한다. 이런 식으로 오메가의 사막은 지구행성적 내부자와 태양 사이에 가교를 놓는다. 건조함의 경주장은 유일신교적 절대론의 본질을 전복함으로써 궁극의 신성모독을 표명하는 종교적이고 지구행성적인 승천의 장이다.

고체적인 것의 시체를 설계하기

Engineering the corpse of solidus (AQ=597)

고체적인 것 또는 지반은 특유의 중력, 통합성, 폭압적 완전성 때문에 근본적으로 제한적인 성격이 있지만, 지반의 근절 또한 죽음과 파괴가 지배하는 또 다른 헤게모니적 체제의 발흥으로 귀결될 뿐이다. 이 같은 양방향의 자기중심적 권위(구축과 파괴)에 적절하게 대응하는 방법은 고체적인 것의 시체를 설계하는 것, 다시 말해 실용주의적 역지반화의 공식을 세우는 것이다. 이는 고체적인 것 또는 지반에 허무를 도입하는 것과는 다르다. 역지반화는 지반 아래서 화학적 변질을 유발하는 저급한 것을 발견 또는 발굴하는 것과 관련된다. 시체는 부패가 숭고하게 표명되는 것이다. 부패와 그에 입각한 우주생성론은 화학의 도래를 알린다. 고체적인 것의 시체를 통해 지구를 탈환할 것.

곡-마곡의 축

Gog-Magog Axis (AQ=233)

지구행성적 특성을 건조함의 경주장으로 수평 이동하는 것.

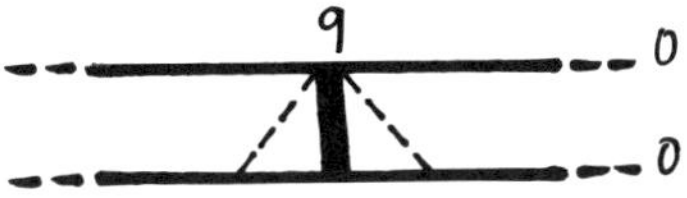

과잉위장

Hypercamouflage (AQ=291)

위장이 둘 이상의 존재자들을 부분적으로 겹쳐 보이게 하는 것이라면, 과잉위장은 둘 이상의 존재자들을 서로 일치시켜 완전히 겹쳐 보이도록 하는 것이다. 이렇게 치명적인 위장 상태에서는 포식자가 먹이감을 추격하지 않고 그저 거기 있는 것만으로 그 먹이감의 존재를 위협하게 된다. 과잉위장은 타키야 상태의 전사 또는 '괴물'(존 카펜터의 영화)과 연관된다. 그것은 동료들이 알아볼 수 있는 범위를 완전히 벗어나 적들의 일원으로 용해되는 것으로 정의된다. 그것은 새롭고 모호한 적의 재탄생을 알린다.

구멍난 ( )체 복합체

( )hole complex (AQ=227)

구멍난 ( )체 복합체는 지구를 변형하여 고대 존재들의 귀환을 가속화하는 기계로 재창안한다. 그 뒤얽힌 형태는 지구의 억압적인 완전성을 돌이킬 수 없이 손상시켜서 파르사니가 "지구행성적 반란" 또는 "태양에 맞서 지구의 내부자를 지지하는 혁명"이라고 부르는 격변이 발흥할 무수한 기회를 제공한다. (H. 파르사니, 『고대 페르시아의 훼손: 9500년간의 파괴 요청』)

나수

Nasu (AQ=91)

괴사한 물질 또는 연금술의 영약. 지하적 마법에 따르면 '나수'라는 검은 물질은 지구라는 무한하고 비결정적인 화학의 공간에 꽂힌 지구생명적 관문과 같다. 그것은 부패하는 존재자들(정치 시스템, 조직, 존재 등)에서 펼쳐지는 우주생성론을 표시한다. 부패와 연관해서, 나수는 가장 다중정치적이고 분열전략적인—고도로 개방적인 동시에 지반 지향적인—마법에 필요한 과정들 또는 질료들을 정의한다.

다중정치

Polytics (AQ=191)

배수적 실용주의와 다중초점적인 작전의 칼날로 특징지어지는 정치의 점진적 다변화. 다중정치는 분열전략이 실용적으로 연장된 것으로, 사건들을 운용하고 모든 것을 전략화하는 움직임과 연관된다. '분열전략' 항목 참조.

델타 포스의 신화

Delta Force Mythos (AQ=323)

델타 포스의 신화는 테러와의 전쟁, 그리고 악에 맞서는 악의 원칙을 추구하기 위해 메소포타미아적인 공포의 중력으로 하강하는 (호메로스의 『오디세이』에 나오는) 역(逆)기반의 운동과 관련된다. 델타 포스의 신화는 고대 전쟁기계들과 석유정치적 잠류들을 발굴하는 고고학적 모험으로 서술되며, 따라서 고고학과 지리철학의 군사화에 상응한다. 델타 포스의 신화는 그 자체로 지각 능력을 지닌 중동이라는 존재자의 서사시이자 서구의 기술자본주의적 전쟁기계들에 의해 가동되는 서사이다.

드루지의 문자형

The Druj letterature (AQ=393)

이 상징, 합성수, 또는 역동적인 계수의 축은 숫자 888로 가장하고 고기 갈고리를 닮은 두 개의 발톱을 좌우로 뻗어 나간다. 드루지의 문자형은 처음에는 어느 정도 평평하게 시작하지만 갈수록 뒤얽히면서 개방된 뫼비우스의 띠처럼 전개된다. 그것은 동서로 뻗어 나가는 동시에 서로를 가리키는 두 개의 부속물을 성장시키면서, 서로 뒤엉킨 아흐리만의 뿔들 그리고 뱀으로 휘감겨 동서를 가리키는 자하크의 어깨(곡-마곡의 축)의 악마문법적 특질들을 도해한다. 드루지의 문자형은 극도로 모호한 방식으로 양 끝에서 나선형을 그리면서 아랍어로 '알라'라는 단어를 이루는 구불구불한 선들을 시뮬레이션 한다.

들뢰즈와 가타리

Deleuze and Guattari (AQ=356)

"나는 약간의 피를 기부하고 싶다, 어떤 철학자들의 피를."

메소포타미아

Mesopotamia (AQ=226)

기원전 2300년 경부터 지구 몸체의 중동 지역에서 계속 버티고 있는 중도 지향적이고 지각 능력이 있는 존재자로, 사막을 확장하는 지구행성적 역학의 아랫면과 연관된다.

모든 부정한 것의 어머니

Mother of Abominations (AQ=412)

음문우주적 특이성들의 설계자.

바빌론

Babylon (AQ=134)

중동에서 외부적인 것을 향한 관문으로 기능했던 곳(32° 32' 11"N, 44° 25' 15"E)

박테리아 고고학

Bacterial Archeology (AQ=351)

지구를 구멍난 ( )체 복합체로 변형하여 세균이 우글거리는 지구 화학을 활성화하는 것. 또는 행성계를 파헤쳐서 지구생명적 전염병과 우주 화학 또는 작자미상의 자료들이 상호 연결된 환원 불가능한 복잡계로 만드는 것.

발굴 vs. 건축
Exhumation vs. Architecture
(EXHUMATION AQ=220)

'발굴'의 어원이 역지반화(ex+humus)를 의미한다는 점을 고려하면, 모든 건축물은 결국 발굴될 운명이다. 발굴은 창조의 연대기적 패턴(태어남, 죽음, 죽은 상태, 신성한 존재에 의해 부활)을 지키지 않고 존재들을 성급하게 부활시킴으로써 창조를 더럽히고 그것이 신성한 완전성을 벗어나도록 한다. 발굴은 지층의 질서를 침해하면서 존재들을 너무 빨리 소환하거나 부활시킨다. 이런 점에서 발굴은 아직 지반에 의해 그리고 지반을 위해 실현되지도 않은 지반의 효력을 불러내는 것과 같다. 발굴은 지반의 현행성 또는 현 상태가 아닌 다른 무언가에 의거하여 지반의 효력을 파악하고, 따라서 발굴에 의해 생성되거나 파헤쳐진 것은 모두 시간과 박자에 어긋나는 특유의 부적합성을 드러낸다. 발굴 행위는 지구행성적 반란(지구의 완전성을 악화시키는 것) 및 시간의 마법(연대기적 시간에 의해 동기화될 수 없는 시간의 척도들을 해방하는 것)과 연관된다. 역지반화 또는 발굴이 지반의 단합력을 무효화하면 지구는 최외곽의 표면이 아니라 설정 구멍들과 벌레 먹은 발굴 흔적들에 의해서만 서술될 수 있게 된다. 따라서 발굴은 지구를 구멍 난 ( )체 복합체로 완전히 변모시키는 준비 과정에 해당한다.

분열전략
Schizotrategy (AQ=293)

개방하는 것이 아니라 개방되기 위한 전략. 감당 가능성과 관련해서 외부에 대한 욕망은 억압으로 이어진다. 그러나 분열전략의 관점에서 모든 억압의 도구는 설령 의도하지 않았거나 간접적인 방식이라도 외부로 빠져나가는 길을 포함한다. 분열전략은 언제나 외부적인 것에 대한 이례적인 참여에서(참여 방식이 비관습적이라는 말이 아니라 둘 이상의 존재자들의 배열과 위치가 독특하다는 점에서) 출현한다.

비디오게임 서술
Videogame narration (AQ=353)

시점이나 사회적, 개인적 성향이 아니라 인구를 전환함으로써 (즉 계수적 역동성에 의해) 진행되는 서술 방식. 비디오게임의 서술은 두 가지 유형의 일반적 배치로 다양하게 나타날 수 있다.

첫째로 '괴물' 유형은 삼인칭 플레이어, 일인칭 슈터, 롤플레잉(RPG) 모험 게임으로 시각화된다. 괴물의 판을 특징짓는 요소로는 일인칭/삼인칭 시점의 총체적 통제와 자기 인지 불능의 동시적 발생, 해리성 둔주 증후군, 게임의 유희성 또는 게임 공간에 대한 플레이어와 독자의 총체적 몰입과 반영 등이 있다.

둘째로 '무리'(다수의 거주 인구) 유형은 실시간 전략(RTS), 소규모 접전, 시뮬레이션 게임으로 시각화된다. 무리의 판을 특징짓는 요소로는 존재자들의 소모 가능성, 끊임없는 인구의 전환을 통한 (실시간 전략 게임에서 종족을 바꿔 보는 것과 같은) 시점들 간의 상호 교류, 위에서 내려다보기, 무리-권력, 편재적 또는 군중적 존재, 던전 앤 드래곤 스타일 게임의 전형적인 약탈자 계급, 온라인 게임에서 더 많은 파티원을 모집하는 (군중 설계에 상응하는) 메시지 등이 있다. 비디오게임은 특유의 유희성을 통해 악몽의 논리를 강화한다.

비진본성
Inauthenticity (AQ=304)

작자미상의 자료들과 공모하는 것.

사막
Desert (AQ=125)

건조함의 경주장(또는 지구의 건조한 특이성)은 모든 것을 일소하는 유일신교적 하나님의 독점 체제이자 우주적 대환란(먼지, 태양, 지구행성적 내부자)에 대한 저급한 참여의 판인 지구행성적 오메가다. 사막은 유일신교적 묵시론과 태양(신)에 대한 지구행성적 반란 간의 군사적 수평성 또는 (들뢰즈-가타리적 의미의) 반역적인 고른 판을 의미한다. 사막의 건조한 특이성은 흔히 미지의 축축한 원소와 연결되어 혁명적이지만 이례적인 (그리고 아마도 기이한) 우주생성론 또는 세계 구축 과정을 유발한다.

삼원체

Trison (AQ=149)

역동적인 계수적 동맹은 '아홉을 위한 하나'(전체성을 저해하는 비결정성)와 '하나를 위한 아홉'(신성한 완벽성)이라는 양면성으로 요약될 수 있다. 삼원체는 모든 철저한 반란, 이단, 전복이 발생하는 계수적 장이다. 그것은 조로아스터교 성전에서 '드렘' 또는 모든 부정한 것의 어머니인 드루지의 무한한 불순함이라고 칭해지며, 삼점 또는 삼각형의 기하학적 형태로 변형될 수 있다. 삼원체는 용의 나선을 수평 방향으로 절단한 단면이다. 달리 말하면 개방성을 외과적으로 시술하는 용의 나선은 전략의 계수적 노선이 삼각형의 반전을 통해 계속 이어지는 것과 같다. 삼원체의 효율적이고 효과적인 작동은 용의 나선의 역동적 운동을 부양한다. 하미드 파르사니에 따르면 중동의 권력 구성체들, 철저한 반란들, 신념의 역학들을 전개하고 추동하는 것은 삼원체라는 다중정치적 단위들이며, 이들 간의 상호작용은 피드백의 나선이라는 계수적 구조로 도해될 수 있다. '이단 설계', '다중정치', '피드백의 나선' 항목 참조.

석유정치

Petropolitics (AQ=294)

지구 역학을 서술하는 편재적 존재자인 석유의 지도제작술. 하미드 파르사니에 따르면 석유는 모든 서술들의 잠류이다. 석유정치를 연구하려면 주로 석유를 통해 서사가 진행되는 세계 또는 파이프라인 오디세이의 평평한 클라이맥스인 건조함의 경주장이 출현하는 것을 추적하면 된다.

아즈

Az (AQ=45)

지구의 모든 역병적 존재자들을 망라하는 사악한 심연의 지도제작술 (Ab부터 yZ까지). 또한 아흐리만의 딸이자 아버지를 집어삼키는 존재자들의 흡혈귀적 선구자인 아즈를 가리키기도 한다.

악에 맞서는 악의 축

The Axis of Evil-against-Evil (AQ=490)

간결하게 압축해서 '악의 축'이라고도 한다. 그것은 주술적, 전략적 무기를 실험하는 프로젝트로서 결국 아시리아 문명과 그에 이웃하는 제국들의 총체적 절멸을 초래했다. 악에 맞서는 악의 축을 수비학적 다이어그램으로 도해해 보면 일련의 계수적 쌍과 상조적 대립을 통해 수평 방향으로 접혀 들어가는 십각형 형태로 파악된다. 악트의 십자가는 지구행성적 역학과 관련해서 악에 맞서는 악의 축을 도해하는 다이어그램이자 그것을 예언하는 기계이다.

역(逆)-

Kata- (AQ=69)

깊이를 가로질러 들어가는 (아래로, 또는 더 정확히 깊이 방향의) 운동을 지시하는 그리스어 접두사. 그것은 심연의 지도 제작술을 기술하면서, 표면과 구멍을 향한 이중적 깊이의 이단 또는 고체와 공백의 감염에 의거하여 깊이에 대한 질문을 제기한다(깊이는 무엇인가/어디인가?). 그것은 깊이 방향으로 하강하는 벡터의 움직임으로, 고체와 공백의 양가성 및 그들의 완전한 통합 불가능성을 가로지르는 붕괴의 벡터에 상응한다. 그것은 자신의 자원(고체와 공백)에 결박되어 있을 뿐 창조론적 야심이 없고, 단지 열광적으로 끊임없이 하강하기 또는 더 정확히 말해 고체와 공백을 동시에 긍정함으로써 그 둘을 똑같이 배신하는 깊이로 귀결되기를 지향할 뿐이다. 결과적으로 그것은 삼원체 또는 이중 배신과 역동적으로 연관된다. 역(逆)기반의 또는 깊이 방향의 운동은 지구를 삼원경제적으로 가동시킨다. 그것은 깊이 또는 심연의 바닥 없는 경제를 통해 비행을 실행한다.

외부적인 것

The Outside (AQ=216)

철저하게 외부적인 것은 그것이 위치한 지역이나 그것과의 거리가 아니라 그 활동의 외재적 기능성에 의해 규정된다. 외부적인 것은 소유-가능성의 측면에서 불가능성에 속하지만 그 정동적 공간 또는 개방성에 의해 파악될 수 있는데, 그 속에서 생존(감당 가능성에 입각한 총체적 개방성의 제한적 접근)은 실존적으로 가능하지만 기능적으로 불가능해진다. 일명 (비)생명.

용의 나선 운동

Draco-spiralism (AQ=283)

모든 부정한 것의 어머니가 미끄러지듯 움직이는 특유의 역동성을 도해하는 수메르와 바빌론의 다이어그램. 용의 나선 운동은 단순히 직선이나 분할보다 곡선을 우선시하는 것이 아니다. 용의 나선 운동은 두 갈래의 역동적 노선들이 이례적인 상호 참여를 통해 외부적인 것을 소환하는 벡터 또는 일종의 무기가 되는 자율적 변형 과정을 기술한다. 용의 나선은 공간 속에서 더 이상 어떤 방향을 지향한다고 할 수 없는 노선이다. 용의 나선 운동이라는 고대의 신성모독적 모델은 이른바 '이중 나선 또는 참여적인 탈주의 노선'과 다르다. 이중 나선은 집합적 역동성이 있지만 언제나 체제의 중력을 탈출하려는 비행의 수직적 노선 또는 '세계의 축'을 상정한다. 그래서 이중 나선은 중력이라는 한계에 입각하여 그 역동성의 방향을 조정해야 한다. 반면 용의 나선 운동은 체제의 중력을 탈출하기 위한 이 같은 역동적 규범과 전혀 무관하다.

유물

Relics (AQ=120)

기술자본주의와 이슬람은 고대의 강력한 무기들과 유물들을 발굴하는 데 집착한다. 대중문화, 특히 비디오게임에서 유물 발굴이 열광의 대상이 되는 것을 보라. 박테리아 고고학에서 유물은 깊은 과거의 시간의 척도들을 현재에 접속함으로써 연대기적 시간을 혼란시키는 발굴의 공작원으로 기능한다. '발굴 vs. 건축' 항목 참조.

이단 설계

Heresy-engineering (AQ=340)

모든 이단적 활동의 기저에는 이중 배신 또는 삼원체가 있다. 이단 설계는 악트의 십자가를 이루는 삼각형 꼭지점들 간의 계수적 커뮤니케이션에 상응하는—한쪽 면은 도합 9(비결정성)가 되는 숫자들, 다른 한쪽 면은 도합 10(신성한 완전성)이 되는 숫자들로 이루어진—이중 숫자화의 측면에서 공식화될 수 있다. 이중 숫자화는 헤게모니의 표명을 침해하는 가장 효율적인 방법으로서, 두 개의 판, 존재자들, 사건들에 동시에 커뮤니케이션 또는 참여함으로써 상조적으로 대립하는 두 면을 실용적으로 연역 또는 추출한다. '삼원체' 항목 참조.

이종적 커뮤니케이션

Xeno-communication (AQ=361)

개방하는 것이 아니라 개방되는 것의 판에 기반한 커뮤니케이션 또는 데이터 트래픽.

이중 숫자화

Double-numbering (AQ=297)

용의 나선 구조는 상호 대립하는 양극 간의 계수적 긍정에 의해 자발적으로 유지된다. 이런 양극 간의 반역적 커뮤니케이션은 상위의 존재자나 권력의 구성(숫자, 힘,

참조점, 제도 등)으로 나아가기보다 방향 감각의 상실로 귀결되는데, 이를 이중 거래 또는 삼원경제적 기생이라고 한다. '삼원체'와 '이단 설계' 항목 참조.

인형조종술
Puppetry (AQ=209)

끈 이론에 따르면 인형조종술은 소유자와 소유물 또는 인형과 그 조종자 간의 데이터 트래픽이 발생하는 지대이다.

잉태
Begotten (AQ=160)

철학자들은 하나님의 죽음이 그들이 추정하거나 예상한 것과 다르다는 사실을 금방 깨닫지 못한다. (E. 엘리어스 메리지 감독의 1991년작 영화)

전쟁을 기계로 파악하기
Grasping war as a machine (AQ=396)

전쟁을 서로 충돌하는 전쟁기계들의 결과로 간주하는 들뢰즈-가타리 모델은 (게릴라 국가에 속하는) 광포한 유일신교적 전쟁기계들과 유행병처럼 자율적으로 파급되는 이슬람 묵시론에 연관된 사회적, 경제적, 군사적 해체를 설명하는 데 한계가 있다. 반면 기계로서의 전쟁 모델은 전쟁의 자율성에 의거한다. 그것은 전쟁을 기계적인 (그러나 기계론적인 것과는 다른) 부분들로 이루어진 하나의 기계로 파악하며, 따라서 전쟁을 인간중심적 법 체계 내부에서 사회적, 경제적, 정치적 대상으로 제도화하는 담론을 우회할 수 있다. 전쟁은 고유한 경제, 정치, 패거리, 인구를 보유한다.

전쟁의 안개
Fog of War (AQ=163)

기계로서의 전쟁 모델에 따르면, 전쟁의 안개는 (치명적으로 분해된 전쟁기계들의) 입자들이 안개(디아스포라)와 구름(응결된 무리들)의 형태를 이룬 것이다. 그것은 모든 곳의 모든 것들에 은밀히 전쟁을 퍼뜨린다. 전쟁의 안개는 모든 인지 양식을 무효화하면서 전쟁기계들에게 구체적인 환각적 비전을 제공하는데, 그에 기반한 전쟁기계들의 상호작용은 (a) 명령, (b) 병참, (c) 전술의 세 가지 판으로 나뉜다. 이 같은 전술적 판들을 통해 전쟁기계들은 전쟁이 그들 자신의 상호작용일 뿐 다른 무엇도 아니라는 결론에 도달한다. 전쟁의 안개는 전쟁의 철저한 모호함을 위장하거나 왜곡하는 속임수를 부린다. 전쟁의 안개는 전쟁기계들이 전쟁 자체의 본질을 보지 못하도록 전략적으로 그들을 눈멀게 한다. 그것은 전쟁의 내재성을 은폐하고 전쟁기계들에게 그들 각자가 독립적인 존재자라는 환영을 불어넣어 그들을 서로 싸우게 한다.

주술적 용융
Occultural Meltdown (AQ=394)

아시리아 증후군이라고도 하며, 국가가 외부적인 것의 화신들을 물리치기 위해 주술적 존재자들과 다른 전략적 무기들을 의도적으로 시뮬레이션 함으로써 유발된다. 국가는 (외부자들을 길들일 수 있는) 개방적 시스템으로 진화하기 위해 자신의 경계에 수많은 구멍을 뚫지만, 결과적으로 외부적인 것에 의해 활짝 열리고 만다. 언제나 통제되지 않는 일면을 지닌 국가의 전략적 무기들이 외부적인 것의 화신들과 공모하면서 국가가 붕괴한다. 주술적 용융과 동시에 중동이 전투와 전염병의 집약적 지대로서 발흥한다.

죽은 하나님의 변종
Mutant Dead God (AQ=246)

하나님의 죽음이라는 사건은 철학의 신학-신화적 발명품이었다. 그러나 철학이 중단한 지점에서 죽은 하나님의 변종이 시작된다. 하나님의 썩은 고기보다 더 악의적으로 비옥한 것은 없다.

중동의 발흥

The Rise of Middle East (AQ=368)

아시리아의 주술적 융용과 동시에 일어나는 사건으로서, 중동의 발흥은 중동이 문자 그대로의 비은유적 의미에서 살아 있고 지각 능력이 있는 존재자로 출현하기 시작하는 것을 뜻한다. 파르사니는 이를 '환유물론'이라는 용어로 요약한다.

쥐떼

Rats (AQ=94)

쥐떼라고 불리는 머리 없는 부대가 모든 층위에서(전염병의 급습에서 탈영토화에 이르기까지) 역지반화 과정을 수행한다. 쥐떼는 비행, 자리바꿈, 꼬리 기능이라는 세 가지 주요 기능으로 조성되며, 해체적 힘을 집중해서 통합된 지반의 강도를 능가하는 강렬도를 창출할 수 있다. 쥐떼에서 머리와 꼬리의 정치적 상관관계는 뒤틀리고 모호해진다.

지구근절

Erathication (AQ=231)

지구의 생물학적 저하를 초래하는 힘으로 상수 Ω(오메가)로 표시되는데, 이것은 지구의 복합적 집합체를 치명적으로 변형해서 그 완전성을 p/0(p는 권력이고 a는 그것을 뒷받침하는 표면 또는 지반을 나타낸다면, p/a에서 그 지반이 무한히 0에 근접하는 상태)로 환원하는 데 필요하다.

지구행성적 신성모독

Tellurian Blasphemy (AQ=375)

지구의 몸체를 악마문법적으로 해독하는 것. 지구행성적 신성모독은 지구를 막대한 역지반화의 메커니즘으로 제시하는 불건전한 서사를 산출한다. 지구행성적 신성모독의 관점에서 '지구생명적으로 사고하는 것'은 정치적으로 보수적인 것과 다르다. 지구생명적으로 사고한다는 것은 지구에 (설정, 기능, 구조, 완전성 등의) 구멍들을 숭숭 뚫는 것과 같다.

지구행성적-자기적 배교주의

Telluro-magnetic Apostasism (AQ=532)

태양의 강경한 정치와 그 헤게모니로 가동되는 작전의 칼날을 지닌 지구 내부자의 다중정치. 지구 내부자는 태양의 폭정에 기생하면서 새로운 종교를 결성한다. 이 종교의 형태는 태양의 과잉에 부득이하게 상응하지만(자기권의 분자적 질서, 보존, 지층의 논리), 그 기능은 이례적인 참여 또는 협정의 형태로 지구와 태양의 배치를 재정렬하여 태양 제국의 헤게모니를 해체하고 모든 것을 소진시키는 태양의 주권에 외재적인 새로운 권력 구성체를 발전시키는 것이다.

창세 없는 사물

The-Thing-without-Genesis (AQ=483)

일명 성스러운 것.

추상적 연인

Abstract Lover (AQ=273)

'네이팜 강박' 또는 '나프트 해리성 증후군'에서 직접 파생된 구체적 존재자. 흔히 불완전 연소, 채도의 왜곡(모든 색채가 핑크색으로 변함), 의도치 않은 사막에의 굴복으로 나타나는 사랑과 연관된다.

크툴루적 윤리

Cthulhuoid Ethics (AQ=329)

기존의 행성적 정치경제 및 종교 시스템을 침해하거나 대체하는 데 필요한 다중정치적 윤리. 크툴루적 윤리는 철저하게 외부적인 것의 출현 및 그와의 조우를 가속화하는 데 필수적이다. 크툴루적 윤리의 특징은 인간의 입장이나 역량이 아니라 멀리 저편의 철저한 외부자의 관점에서 '다음에는 무슨 일이 벌어질지?'라고 질문하는 것이다.

텔

Tell (AQ=85)

아랍어로 '흙더미'를 뜻한다. 그것은 발굴

을 통해 고고학(적대적인, 난해한, 헤아릴 수 없는 고대성)을 (「괴물」, 「엑소시스트」의 경우와 같은) 내부자의 공포와 암묵적으로 접속하는 지구행성적 존재자들이다. 과연 '흙더미'를 언급하지 않는 펄프 호러 소설들이 진정으로 그 장르에 속한다고 할 수 있을지 매우 의문스럽다.

파괴본능

Destrudo (AQ=178)

쾌락주의적 충동의 주격인 인간중심적 욕망은 리비도에 묶인 자본주의적 노예 양식 또는 철저한 외부성을 회피하고 감당 가능한 외재성을 선호하는 책정된 개방성(즉 '...에 개방적인 것')이다. 그러나 계산적으로 감당 가능한 모든 욕망과 자유주의적 개방성에는 그 외부와 내부로부터 철저한 외부성이 부과하는 일정량의 전복적인 파괴가 뒤따르는데, 이를 파괴충동이라 한다. 파괴충동은 '감당 가능한 것' 또는 계산적 개방성에 대한 철저한 외부성의 저항이다.

파주주

Pazuzu (AQ=165)

메소포타미아의 주술 교통과 인구 역학을 나타내는 악마문법적 도식으로, 비행의 이중성(상공비행 값=2), 추가적인 잉여의 조직화, 은밀한 차원간 이동, 강한 소유 지향성을 특징으로 한다. 차원간 이동은 공간적 이동과 달리 전염병의 확산을 발생시킨다. 역병의 바퀴와 같은 파주주형 구조는 기근, 지구행성적 병충해, 메뚜기의 급습과 함께 나타난다.

피드백의 나선

Feedback Spirals (AQ=266)

피드백의 나선은 이중 거래 또는 이중 숫자화의 핵심 요소로서 삼원체들을 가동하여 자기강화적 운동을 부양한다. 그래서 이 나선들은 구조적으로 세 개의 꼭지점이 있다. 피드백의 나선은 다중정치적 구성체의 형태로 삼원체들 간의 커뮤니케이션을 유발하는데, 중동의 권력 구성체들은 이렇게 삼원체들 사이에 상호작용의 장을 설계함으로써 자율성을 유지한다. 피드백의 나선은 신성한 창조주의 환유물론적 짝패에 해당한다. '이중 숫자화', '삼원체', '환유물론' 항목 참조. ['환유물론' 항목은 존재하지 않는다. 대신 '중동의 발흥' 항목을 참조.]

핑크색

Pink (AQ=86)

핑크색은 빨간색 다음에 온다.

역자 해설
석유와 악마 사이의 문학

책을 하나의 편지로 본다면, 다른 세계에서 온 편지를 어떻게 읽을 수 있을까. 일단 그것을 우리가 사는 세계와 전혀 다르게 창작된 순수한 허구, 즉 환상소설로 접근할 수 있다. 실제로 『사이클로노피디아』는 가상의 세계를 향한 여러 겹의 관문들을 포함한다. 그러나 이 문들은 쉽게 열리지 않는다. 이 책의 출처에 관한 미심쩍은 이야기는 애초에 그것이 열리지 않는 입구, 또는 어쩌면 열어서는 안 되는 봉인일 수도 있다고 암시한다. 미술가이자 문필가인 크리스틴 앨번슨(Kristen Alvanson)이 쓴 가짜 비망록 형태의 머리말에 따르면, 이 책의 원고는 2005년 여름 한 미국인 여성이 투숙했던 이스탄불의 호텔 방에서 발견되었다. 이 여성은 인터넷에서 만난 사람의 초대로 그곳에 갔지만 초대자는 연락이 끊기고 그 대신 수수께끼의 원고 뭉치가 침대 밑에서 나타났다. 그것은 흥미진진한 모험의 시작처럼 보였다. 하지만 아무리 수소문해도 이 원고나 "레자 네가레스타니"라는 저자에 관해 더 알아낼 수는 없었다.

이어지는 본문은 수수께끼를 해명하는 대신에 이렇게 알 수 없는 것을 더듬더듬 추적하는 운동을 더 깊고 넓게 반복한다. 기본적으로 『사이클로노피디아』는 "하미드 파르사니"라는 이란 출신의 실종된 고고학자와 그의 저작들, 특히 금서로 지정되어 그 실체를 확인한 사람이 거의 없다는 『고대 페르시아의 훼손: 9500년간의 파괴 요청』이라는 전설적인 책에 관한 집합적인 주해서 형태로 구성된다. 저자의 허구적 분신으로서 파르사니는 이란의 역사를 연구하다가 인간의 지적 역량을 넘어서는 불가사의한 심연에 사로잡혀 말 그대로 자기를 상실한 인물로 묘사된다. 이런 점에서 파르사니는 러브크래프트의 소설들에서 크툴루 신화의 원전인 『네크로노미콘』의 저자로 불리는 "미친 아랍인"[1] 압둘 알하즈레드와 유사한 지위를 점한다. 이들은 모두 인간이 감당할 수 없는 금단의 지식에 매혹되어 고대의 무시무시한 존재들이 인간을 집어삼키기 위해 의도적으로 유출한 일종의 미끼에 자신과 다른 사람들을 내어준다.

파르사니의 여정에 초점을 맞출 때, 『사이클로노피디아』는 다른 세계의 악마가 어떤 매개체의 몸을 빌려 우리 세계로 침입하는 공포소설의 관습을 따른다. 그것은 러브크래프트를 직접 참조하여 급기야 스스로 『네크로노미콘』 같은 책이 되고 싶어 한다. 그러나 압둘 알하즈레드가 러브크래프트의 외국인 공포증, 비서구적이고 비기독교적이며 따라서 비인간적인 것에 대한 혐오와 매혹을 압축적으로 외재화한 인물이라면, 하미드 파르사니는 그처럼 악마화된 중동을 저자 스스로 내재화한 결과다. 파르사니는 네가레스타니의 대리자로서 "악의 축" 또는 사악한 타자들의 치명적인 연결망이라는 상상적 구성체를 진짜 자기의 근원으로 받아들이고 그것을 뒷받침하는 방대한 역사적, 신화적, 우주론적 질서를 짜맞춰 나간다. 『사이클로노피디아』의 초고는 아프가니스탄에서 이라크까지 중동 일대에서 이른바 "테러와의 전쟁"이 벌어졌던 2000년대 전반기에 이란에서 집필되었고 인터넷을 통해 단편적으로 유통되었다. 그것은 중동에 대한 서구의 공포와 환상을 증폭해서 반사하는 일종의 패러디로서 국경을 가로질렀다.

그러니까 이 책은 중동에서 온 편지지만 자기가 진짜라고 주장하지 않는다. 저자는 때로 자기의 진실성과 신뢰성을 일부러 훼손하려는 듯이 보인다. 하지만 그것은 참과 거짓의 구별을 무너뜨리는 것이 아니라, 이 책이 "알 수 없는 것을 알려고 하지 말라"라는 학술의 계율을 어기고 앎을 보장할 수 없는 영역으로 들어와 있음을 독자에게 알리는 신호이다. 중동이란 대체 무엇이며 그것은 어떻게 말할 수 있는가? 이 질문은 책 속에서 파르사니를 학계 바깥으로 밀어붙이고 결국 언어 너머의 광기로 몰아간다. 그는 중동을 특정한 지역과 그곳에 사는 사람들의 사회로 환원할 수 없다고 본다. 중동인과 서구인 중 어느 쪽도 중동에 대해 완전한 주권을 관철하지 못한다. 고고학자로서 파르사니는 중동이라는 실재가 언제나 그 표면에서 권세를 과시하는 작은 인간들을 집어삼키는 깊고 광대한 어둠의 소용돌이로 존재해 왔다고 믿는다. 그리고 눈에 보이는 세계의 모든 곳에서 편집증적으로 그 어둠의 촉수들을 찾아낸다.

그래서 중동이란 무엇인가. 이를테면 그것은 석유이다. 그것은 파이프라인을 통해 전 세계로 보급되고 지하의 석유 매장지들을 통해 심층적 시공간으로 연결된다. 석유를 통해 중동은 지구의 일부에 국한되지 않는 유동적인 그물망으로 변신한다. 석유는 물과 유사하게 지구의 안팎으로 움직이면서 기체, 액체, 고체의 다양한 상태로 변화하고 다양한 물질을 실어 나른다. 그러나 물이 순수한 단일 물질이자 변함없는 생명의 매개체로 순환하는 데 반해, 석유는 죽음의 잔재들이 부패한 혼합물로 현대 사회의 치명적인 생명수가 되어 불탄다. 그것은 철학자 미셸 세르(Michel Serres)가 "준대상"이라고 지칭한 것에 잘 들어맞는다. 준대상은 주체가 아니지만 그것 없이는 주체가 될 수 없는 것, 경기장의 공처럼 사람들을 움직이고 그 움직임에 의미를 부여하며 그들 사이에 역동적인 관계망을 형성하는 순환의 계기이다. 공을 가진 사람은 공격의 권한을 갖지만 그 때문에 공격의 대상이 된다. 다시 말해 그것은 힘과 취약함을 동시에 부여한다.[2]

준대상으로서 석유는 소설의 주인공을 대신하는 결정적인 역할을 수행한다. 그것은 주체 또는 주어 위치에 들어가지 않지만 지구를 파헤치고 불태우는 파괴적 사건들을 가속시키는 에너지원이자 윤활유로서 인간의 역사와 자연사를 아우르는 전지구적 거대 서사를 이끌어낸다. 석유의 흐름에 집중해서 보면 『사이클로노피디아』는 좁은 의미의 중동에 국한되지 않는 인류세의 행성적 우화로도 독해할 수 있다. 인류세 논의를 촉발한 "거대한 가속", 즉 20세기 중반을 기점으로 하는 인간 활동의 급격한 증가는 석유를 주요 에너지원으로 하는 새로운 기술사회적 시스템의 구축과 직결되었다. 석유는 효율적인 연료지만 그 자체로는 일하지 않는다. 석유를 일하게 하려면 그것을 채굴, 정제, 운반하고, 그것을 이용하는 기계들을 개발, 보급하고, 그 과정에서 안정적인 수익을 보장하는 일련의 작업들이 체계적으로 조직되어야 했다. 이는 곧 지금 우리의 세계가 건설되는 과정이기도 했다.

중동의 정치경제학을 연구하는 정치학자 티머시 미첼(Timothy Mitchell)은 현대 자본주의와 민주주의가 일정한 경제적, 정치적 논리에 따라 석유를 이용한 것이 아니라 석유를 일하게 하는 불안정하고 혼종적인 시스템 속에서 형성되었으며 그 보상과 대가가 언제나 불균등하게 분배되었다고 지적한다.[3] 석유로 움직이는 세계는 전지구적으로 연결되지만 동질적이지 않다. 석유에 오랜 시간 누적된 물질과 에너지를 집약적으로 방출할 수 있게 되면서 인간 활동에 의해 조직되는 시공간의 질서는 크게 요동쳤으며 그 규모와 속도, 편차는 가속적으로 증대해 왔다. 이런 점에서 인류세는 상대적으로 짧고 예외적인 에너지의 폭발과 그에 뒤따르는 길고 예측하기 어려운 출렁임으로 이루어진 비대칭적 시간으로 그려질 수 있다. 하지만 그 시간은 일시적 번영과 장기적 불황으로 단순화할 수 없는 불규칙하고 만성적인 불길들, 억압된 반란에서 부추겨진 전쟁에 이르는 다양한 형태의 소요들로 얼룩져 있다.

『사이클로노피디아』에서 중동은 그 모든 얼룩진 것들로부터 재정의된다. 파르사니와 그의 주석자들은 형태를 알아볼 수 없이 뭉개어지고 검게 불탄 시체들의 잔해에서 중동의 이야기를 발견한다. 죽음에 집어삼켜진 자들은 읽을 수 없는 문자들과 알아들을 수 없는 소음으로 변신하여 죽음 너머의 지하 세계와 외계 공간으로 스며든다. 이처럼 햇빛 아래서 기입되고 해석될 곳을 찾지 못한 유령적 통증을 언어화하려는 강박은 마침내 악마를 불러낸다. 다시 말해 중동은 행성적 규모의 음모론을 주재하는 불길하고 어두운 타자로 신격화된다. 중세학자 제프리 버튼 러셀(Jeffrey Burton Russell)에 따르면, 악마는 부정할 수 없는 고통의 실재성에서 도출된 강력한 개념이다. 비통한 죽음과 파괴가 있다면 그것을 유발하는 호전적인 힘과 고의적인 악의의 근원 또한 있어야 한다는 절박함이 악마에 실재성을 부여한다.[4] 이 책에서 악마로서의 중동은 영원한 소멸이 아니라 끝없는 파괴를 획책하는 죽음의 권능 또는 전쟁을 위한 전쟁의 영구기관으로 그려지며, 석유는 이 기계적 신의 매개체 또는 화신으로 나타난다.

어째서 중동은 전쟁을 멈추지 않는가? 결국은 이것이 문제이다. 가깝게는 아프가니스탄 전쟁에서 멀게는 페르시아와 아시리아의 정복 전쟁에 이르기까지, 역사적으로 중동 일대는 전쟁이 성장하고 진화하는 비옥한 토양이 되어 왔다. 파르사니는 이를 이해하려면 중동

전체를 어떤 자율적이고 악마적인 실재로 볼 수밖에 없다는 파국적인 생각을 받아들인다. 이제 그에게는 중동의 모든 것, 고대 신화와 설화, 언어와 문자 체계, 사막의 기후와 지형, 그것을 가로지르는 석유 파이프라인, 심지어 이슬람교와 기독교를 아우르는 유일신적 신앙조차 악마적인 것으로 인식된다. 지하적 힘으로서 중동은 석유와 유일신교를 통해 인간이 지구의 주인으로서 적법한 권한과 그에 걸맞은 능력이 있다는 환상을 퍼뜨림으로써 지상의 번성하는 생명을 죽음에 봉헌할 것이다. 파르사니는 이 같은 결론에 만족하며 순순히 자기를 버린다. 그리고 네가레스타니는 파르사니를 떠나보냄으로써 중동의 그림자를 벗어날 힘을 얻는다.

파르사니와 네가레스타니의 분리는 공포소설이자 사고실험으로서 『사이클로노피디아』의 이중성을 이해하는 열쇠이다. 파르사니는 공포소설의 주인공이다. 그는 죽음의 두려움 앞에서 도망치는 대신에 죽음의 힘이 흐르는 통로로서 자기를 받아들인다. SF작가이자 영문학자인 조애나 러스(Joanna Russ)가 지적하듯이, 이 같은 "극단적 상태"에는 판단을 마비시키는 중독적 쾌락이 있다. 그것은 현재의 나로 한정되지 않는 과거와 미래의 괴로움과 상실에 대한 강렬한 기억과 예감, 그에 따른 극도의 불안을 외재화함으로써 그 감정을 부정하지 않고 마주할 수 있는 여지를 제공한다.[5] 현실에서 인간이 아닌 것으로 전락하는 고통과 공포는 주로 허구를 통해 비인간 되기를 자유롭고 윤리적인 선택으로 찬미하는 포스트휴먼 담론에서 흔히 누락되는 부분이다. 그러나 자기를 버리고 다른 존재가 되는 데에는 언제나 위험이 수반된다. 파르사니의 말처럼 죽음이 끝이 아니라면 더욱 그렇다.

네가레스타니는 파르사니와 다른 방식으로 이 위험에 대응한다. 그는 자기 아닌 것 되기를 실험하기 위해 파르사니를 창조하지만, 이 피조물은 다른 자기가 되는 대신에 자기를 포기하는 굴복의 환상에 빠져든다. 그것은 파르사니의 주관적 시점에서 여성적 악마의 형상으로 다소 볼썽사납게 그려지는 궁극의 타자에 대한 파괴적 사랑으로 나타나는데, 여기서 자기의 권리와 책임을 내려놓는 고통스러운 쾌락에 몰입하는 자기애적인 자기는 오히려 더 비대하게 자란다. 결국 악마는 최종적인 해답을 주지 못할 것이다. 그것은 괴로움의 반영이지 원인이 아니기 때문이다. 『사이클로노피디아』에 대한 컬트적 열광은 종종 파르사니에 대한 과도한 동일시를 수반하지만, 이 인물의 객관적 기능은 정념에 의해 추동되는 언어의 한계 지점을 확인하는 것이다. 그 지점을 넘어서려면 우리의 인간적인 삶을 뒷받침하는 사람들과 사물들의 노고에 대한 인식을 우리 자신의 인간됨을 재정의하려는 노력으로 연결해야 한다. 실제로 『사이클로노피디아』 이후 네가레스타니의 철학적 탐구는 바로 이런 방향으로 나아간다.

1. H. P. 러브크래프트, 「크툴루의 부름」, 『하워드 필립스 러브크래프트』, 김지현 옮김(서울: 현대문학, 2014), 115.
2. 미셸 세르, 『기식자』, 김웅권 옮김(서울: 동문선, 2002), 361-363.
3. 티머시 미첼, 『탄소 민주주의: 화석연료 시대의 정치권력』, 에너지기후정책연구소 옮김(서울: 생각비행, 2017), 14-20.
4. 제프리 버튼 러셀, 『데블: 고대로부터 원시 기독교까지 악의 인격화』, 김영범 옮김(서울: 르네상스, 2006), 16-26.
5. 조애나 러스, 『SF는 어떻게 여자들의 놀이터가 되었나』, 나현영 옮김(서울: 포도밭출판사, 2020), 154-160.

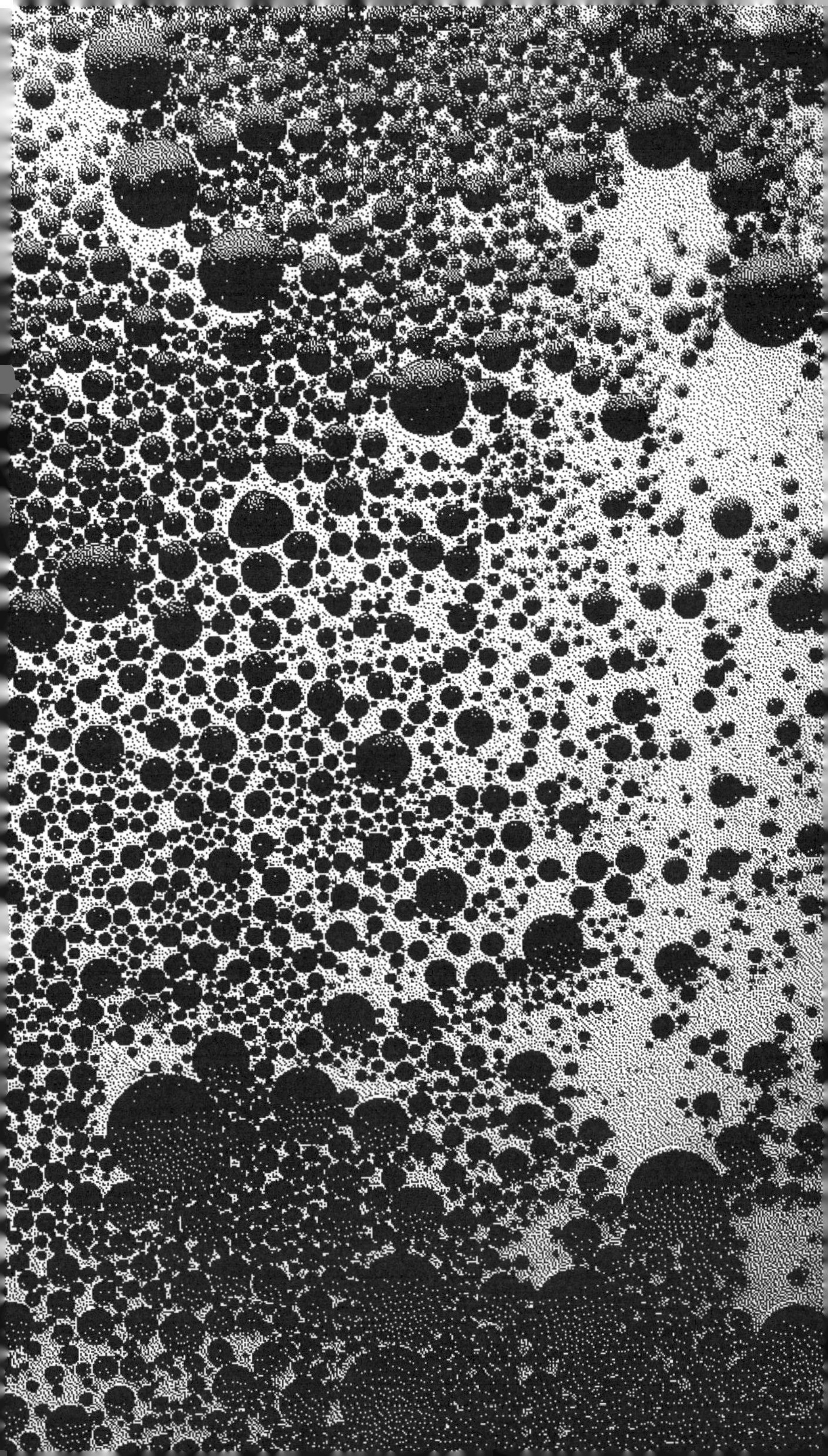

세계를 설계하기, 정신을 세공하기: 레자 네가레스타니와의 대화[A]

파비오 지로니

내가 처음 레자 네가레스타니에 관해 들은 것은 아마 2009년경으로, 그때 아주 활발했던 "사변적 실재론" 계열의 철학 블로그들을 통해서였다. 그의 이름은 밀교 의식의 입문자들이 어두운 복도에서 속삭이는 비밀스러운 암구호 같았다. 러브크래프트 풍의 코스믹 호러, 이슬람 신학, 들뢰즈적 환각, 숫자를 이용한 점술, 허구만은 아닌 중동의 지정학이 끈적하게 엉겨 붙은 『사이클로노피디아: 작자미상의 자료들을 엮음』의 저자는 이란 출신이라는 것 외에 거의 알려진 바가 없는 신비롭고 이국적인 인물이었다. 이 시기에는 이른바 "괴기" 소설이 몇 년간 급성장해서 주류로 부상했고 (그와 함께 사변적 실재론 같은 주변적인 철학계에도 진입했으며) 그중에서도 네가레스타니의 이론적 소설은 확실히 가장 괴기하고 불가사의한 부류에 속했다. 영어권의 순진한 대학원생들에게 네가레스타니는 일종의 철학적 압둘 알하즈레드[러브크래프트 소설에 나오는 가상의 책 『네크로노미콘』의 저자]였다고 해도 과언이 아니다. 정체를 알 수 없는 이 도발적인 문필가/철학자에 대한 열광은 중동의 이방인에 대한 일종의 오리엔탈리즘적 매혹으로 충전되어 있었다.

네가레스타니를 읽어보았는가? 그는 거의 알려지지 않은 일련의 철학 블로그에서 "광란적인 어둠의 들뢰즈주의"를 전파하는 예언자로 통했다. 그의 친구이자 편집자인 로빈 맥케이도 이런 신비주의적 장막을 특유의 농담조로 비꼰 적이 있었다. (그가 이끄는 어바노믹 출판사는 2018년 시퀀스 출판사와 공동으로 네가레스타니의 두 번째 책 『지능과 정신』(Intelligence and Spirit)을 출간했다.) 그는 몇 년 전에 한 심포지엄에서 "레자 네가레스타니는 실존인물이 아니다!"라고 말해서 악명을 떨쳤다. 당시 많은 사람들이 맥케이의 폭로

A 출처: https://www.neroeditions.com/docs/reza-negarestani-engineering-the-world-crafting-the-mind/

에 고개를 끄덕였다 해도 나는 놀라지 않았을 것이다. 레자 네가레스타니는 정말로 맥케이의 필명, 그의 냉소적인 자기 홍보용 자아가 아니었을까? 그러나 흔히 그렇듯이 현실은 과장된 소문이나 반쪽짜리 진실보다 훨씬 평범하고 별볼일 없다. 내가 처음 레자를 만났을 때, 그는 이렇게 경탄을 자아내는 인물과는 거리가 멀었다. 마른 체구에 안경을 쓰고 조용조용 말하는 모습은 광란의 이론적 연금술사보다도 차라리 온화한 피아노 선생님 같았다.

1 『사이클로노피디아』 이전과 이후

파비오 지오니(이하 **파비오**): 내가 아는 한, 2003년부터 2012년까지 레자 네가레스타니가 정체불명의 인물이 된 것은 당신이 공개 석상에 나오기 싫어한 탓도 있었고 비자 문제도 있었습니다. 주목받는 것을 불편해하는 성격에 이란 국적을 합치면 비행기를 타고 전 세계를 누비는 유명한 철학자가 되긴 어려웠던 것이죠. 지금 당신은 어느 정도 바깥으로 나왔으니까, 평소 같으면 당신이 별로 내켜 하지 않을 이야기를 부탁하고 싶어요. 이제는 레자 네가레스타니라는 이름 뒤에 있는 한 사람의 일생에 관해 조금 말해줄 수 있을까요? 한 사람의 인간이자 지식인으로서 이란에서 성장한다는 것은 어떤 일이었습니까? 어떻게 해서 철학에 관심을 갖게 되었나요?

레자 네가레스타니(이하 **레자**): 신비로운 이미지 뒤에 별로 재미있는 이야기는 없을 것 같아서 걱정이네요. 현실은 때로 소설보다 괴기하지만 또 때로는 무료한 일상의 반복이니까요. 재미없는 이야기부터 하자면, 나는 중동 사람으로서 해외 여행이 극도로 제한되었고 국내에서도 감시당하고 있다는 정당한 편집증적 강박이 있었습니다. 그래서 당신이 말한 것처럼 “허구적 위상”을 갖게 되었지요. 외부와 내부를 모두 박탈당한 인간의 유일한 선택지는 불가사의한 허구가 되어 은밀하게 속삭여지는 것뿐입니다. 그것은 당신이 택한 당신 자신의 현실을 완전히 재협상할 기회를 줍니다. 이때 현실은 평범한 소설보다 잠재적으로 더 이상하고 괴기해질 수 있습니다. 실제로 나는 이 기회를 총동원해서 무제한의 사유가 범죄로 여겨지는 세계에서 도망칠 수 있었죠.

내 고향은 쉬라즈입니다. 이란에서는 가장 자유로운 편이고 오래전부터 시와 와인의 도시로 유명하지만 지금은 시만 남았네요. 나는 이란 혁명 이후와 이란-이라크 전쟁 시기에 성장했어요. 돌이켜 보면 나는 미래나 변화, 또는 더 높은 이상을 생각하는 것이 사치로 여겨지던 환경의 산물이었습니다. 언제 끊길지 모르는 식량 배급표를 받기 위해 긴 줄을 서야 하는 상황에서는 매일의 생존만이 중요했지요. 금융 제한 시기에 누나와 내가 받는 용돈은 장난감을 사거나 극장에 가기에는 부족했습니다. 간신히 책을 살 수 있는 정도였죠. 그것이 철학의 영역에 천천히 진입하는 첫 단계였습니다.

공습과 등화관제가 있을 때면 누나는 세귀르 명작 동화, 페르시아 민화, 러시아 SF, 아니면 제바코와 뒤마의 활극 이야기 같은 것을 읽어 주었어요. 덕분에 나는 어릴 때 문필가가 되고 싶다고 확신했습니다. 내가 처음 읽은 철학 책은 소크라테스 이전의 밀레토스 학파에 관한 것이었어요. 나는 그들의 우주론적 철학에 매혹됐지만 여전히 철학에 관해서는 잘 몰랐지요. 고등학교 때는 실험적인 아방가르드 문학과 특히 시에 빠져서 철학은 부수적인 영역으로만 여겼습니다. 그러다가 1990년대 초반에 우연히 들뢰즈, 바타이유, 바르트, 푸코의 영어판 선집을 읽고서, 이것이 철학이라면 나는 철학자가 되고 싶다고 생각했습니다. 당신이 중동의 사회적 분위기를 알지 모르겠지만, 거기서 인정받는 진로는 의사 아니면 공학자가 되는 것뿐이에요. 가족들은 내가 대학 입시를 통과해서 의사가 되기를 바랐지요. 나는 성적이 좋지 않았어요. 고등학교의 마지막 2년 동안은 열심히 학교 공부를 하는 척하면서 과학 책 사이에 숨겨둔 철학 책을 읽고 있었으니까요. 결국 나는 시스템 공학과에 들어갔는데, 왜냐하면 그게 그나마 철학과 가까워 보였기 때문입니다. 나는 사이버네틱스가 원자력 시대의 형이상학이라는 하이데거의 말이 모욕이 아니라 기술적, 철학적으로 곱씹어볼 만한 발상이라고 생각했습니다. 진지하게 철학에 매진하기 시작한 이후로는 결코 내 판단을 후회하거나 다른 직업을 고려한 적이 없습니다.

전쟁 이후 이란의 학술장은 상당히 불균질했어요. 공식적인 학계는 철학보다 이슬람 신학에 강박적으로 집중하고 있어서, 진정한 학술장은 극소수의 헌신적인 사람들이 외국 책을 번역해서 믿을 수 있는 몇몇 친구들에게 배포하는 고립된 모임들이 전부였습니다. 최신 철학 책은 아주 귀하고 찾기 어려웠죠. 용케 새 책을 찾을 때마다 우리는 보물을 찾은 것처럼 흥분했어요. 그런데 1990년대 후반, 이란에 인터넷이 연결되면서 우리 중 몇몇이 온라인의 새로운 학술장들을 발견한 거예요. 그들은 우리가 고립된 환경에서 철학과 실험적 소설로 시도했던 것과 꽤 비슷한 일을 하고 있었습니다. 그래서 나는 인터넷, 블로그, 소셜 미디어가 지적 공허로 넘쳐난다는 생각에 동의하지 않습니다. 우리는 아무것도 당연하게 주어지는 것으로 여길 수 없었고 인터넷도 마찬가지예요. 그것은 우리에게 한 세대의 지적 유산을 통째로 실어 날라준 우주선과 같았습니다. 드디어 흥미진진한 신세계와 접촉한 우리는 순진하게도 모든 서구 사람들이 철학자이고 서구 문명이 지적 흥분으로 가득하다고 생각했어요.

파비오: "어리석음이 난무하는 온라인의 향연"(인터넷의 철학 블로그들 가리킴)이라는 인상 깊은 문구를 떠올리면 아직도 웃음이 납니다. 나도 당신에게 동의해요. 나도 세부 사항만 조금 다를 뿐 비슷한 일을 겪었으니까요. 2000년대 중반 온라인 철학 토론의 장에는 무언가 흥분된 것이 있었습니다. 이 가상적 담론의 덤불이 "지적 주변부"(주로 비영어권 국가들)의 사람들에게 생산적인 대화에 참여할 기회를 준 것은 분명하지요.

레자: 어리석음과 무지의 변증법이 지적 평등주의나 자유의 표현으로 여겨지면, 그것이 보편적 미덕을 가졌다고 과대평가될 수밖에 없어요. 이른바 어리석음의 향연은 준학술장, 인터넷, 학계에 만연한 전지구적 현상입니다. 그렇지만 온라인 철학 토론의 참여자들이 대부분 젊다는 것을 고려해야지요. 지적 흥분을 인식의 엄격함보다 높이 사는 것은 젊음의 본질적 특성입니다. 그것이 긍정적으로 작용하면, 철학이 진정 누구의 것도 아닌 비인격적 목소리로 되는 체계적 사유의 기묘한 영역으로 진입하는 계기가 될 수도 있습니다. 하지만

그런 전환이 일어나려면 기성 세대의 지지와 동조가 필요해요. 젊은 이들에게 조언이나 도움을 줄 생각은 않고 그들의 행태나 사고 방식을 조롱하기만 하는 세대는 오래 기억될 자격이 없습니다. 그들은 망각 속으로 빠져들어야 마땅합니다.

파비오: 아마도 그런 가상적 창문이 없었다면 『사이클로노피디아』는 아주 다른 책이 되었겠지요. 이 책은 확실히 후기 CCRU[사이버네틱 문화 연구팀(Cybernetic Culture Research Unit), 1995년 영국의 워릭 대학교에서 시작되어 새디 플랜트(Sadi Plant), 닉 랜드(Nick Land) 등을 주축으로 2003년경까지 이어진 문화 연구 단체]가 형성했던 사이버 문화의 잔향으로 가득 차 있으니까요. 하지만 그것이 전부는 아닙니다. 당신이 살아온 이야기를 듣고 있자니 얼마 전에 이 책을 부분적으로 다시 읽으면서 느꼈던 것이 더욱 분명해졌어요. 『사이클로노피디아』는 당신의 정신적 삶을 풍부하게 채웠던 것들이 혼란스럽고 폭발적인 방식으로 표출된 결과입니다. 이 책은 후기 들뢰즈주의의 난해한 어휘들을 사용하는 동시에 조로아스터교와 이슬람 신학을 참조하고, F. M. 콘퍼드[Francis Macdonald Cornford, 고대 그리스 철학의 주요 저작들을 영어로 번역한 영국의 고전학자]와 수학적 형식주의에서 중동 지정학과 러브크래프트의 공포 소설에 이르기까지 방대한 영역을 호출하지요. 이렇게 복잡한 영향 관계는 책의 내용과 형태 양쪽에서 명백하게 드러납니다. 어디서 철학적 "논문"이 끝나고 어디부터 "괴기 소설"이 시작되는지 (시작되기는 하는지) 그 경계는 늘 불확실해요. 『사이클로노피디아』는 어떻게 잉태되었습니까? 무엇이 그 책을 쓰게 했나요?

레자: 인터넷의 경험은, 나는 그것을 "미지와의 가상적 조우"라고 부르곤 하는데, 두 가지 면에서 엄청나게 중요했어요. 당신이 말한 대로 나는 완전히 새로운 관계망의 대륙으로 들어왔으니까요. 이 새로운 장에서 영향을 받지 않기는 완전히 불가능했습니다. 그리고 나는 인터넷 자체가 생산적인 실험의 장, 또는 CCRU의 표현을 빌리자면 악마와 화신들, 시공간적 왜곡과 꼭두각시들이 우글거리는 지하실임을 깨달았지요. 그건 마치 게임 속 현실의 구조 자체를 조작할 수 있는 비디오게임 편집 도구 같았습니다.

이 새로운 관계망을 발견하기 전부터 『사이클로노피디아』의 기본 발상은 있었습니다. 페르시아 동화들을 뒤틀고, 설화들을 사회정치적 의미로 충전하고, 거기에 끝없는 지정학적 불안을 뒤섞어 본다는 것이었죠. 나는 문필가로서 문학의 가치나 기예에 집착하지 않고 엔지니어로서 이 발상을 발전시키고 싶었습니다. 책을 쓰려고 했을 때 나는 시스템 공학을 전공하고 있었지요. 처음부터 나는 그것을 소설이나 철학 논문이 아니라 하나의 시스템으로, 어떤 추상적 경향이나 궤적에 따라 예측 불가능한 행동들이나 다중적 규모의 정보적 내용들이 진화하는 것으로 간주했어요. 필자로서 내가 한 일은, 시스템 공학의 언어로 말하자면 시스템의 초기 상태를 촉발해서 그것이 고유한 생명을 갖도록 하는 것이었지요. 당신이 제대로 지적했듯이 책의 구성이 혼란스럽게 된 것은 서로 다른 두 가지 요인의 결과였습니다. 책을 쓰는 내가 그렇게 탁월한 문필가가 아니었던 것도 있고, 의도적으로 내가 직접 경험한 중동의 분위기를 에뮬레이션 하려고 애쓴 것도 있어요. 내가 『사이클로노피디아』를 쓸 때 가장 중요시했던 것은 동시대 중동의 특징인 혼합주의와 편집증의 감각을 구축하는 것이었습니다. 괜찮은 소설을 써서 이런 특색들을 시뮬레이션 할 수도 있겠지만, 그걸 에뮬레이션 하고 재연하는 것은 조금 다른 문제입니다. 문학적 매체로 현상을 묘사하거나 반복하는 것을 넘어서, 중동 특유의 편집증, 만성적 공포, 비옥한 혼합주의를 생성할 수 있는 그와 유사한 메커니즘을 찾거나 직접 고안해야 하니까요.

이를 달성하기 위한 첫 단계는 의심스러운 화자를 만들어서 다른 차원으로 던져 넣는 것이었습니다. 그것이 실제 삶만큼 진지하게 받아들여져야 한다는 점에서 인터넷은 이상적인 실험 환경이었습니다. 내가 추구한 것은 독자의 머릿속에서 편집증적 의혹이 분기하면서 아직 도래하지 않은 공포로 빠져드는 경험이었습니다. 이 인물은 누구지? 이건 질 나쁜 거짓말인가? 아니면 그보다 더 사악한 무엇인가? 어떤 실마리는 막다른 골목을 향하고, 또 어떤 것은 순전히 농담이고, 또 다른 것은 더욱 흥미롭게 보이지만 완전히 가짜인 또 다른 실마리로 이어집니다. 내 관심사는 현실을 허구적 변위치들로 전환하는 것이 아니라 내가 속한 현실 자체를 조각 내어 알아볼 수 없는 허구의 수준으로 재발명하는 것이었습니다. 그래서 나는 저자인 나 자신의 화신을 만드는 일부터 해야 했어요. 말하자면 당신 자신을, 당신이 쓰는 텍스트의 저자를 날조해서 당신의 소설 속 꼭두각시로 밀어넣는 데 3년이 걸린 셈이었죠.

2 인식적 전복

파비오: (모든 저자들이 싫어하는 질문이지만) 이제 와서 돌아보면 어떤가요? 장르의 변화만 설명하려고 해도, 지난 십여 년 동안 당신의 문체가 극적으로 변했음을 지적하지 않을 수 없는데요. 닉 랜드의 영향을 받은 필자들 특유의 어휘 사용, 후기-후기-구조주의의 아방가르드한 말장난, 시 문학의 영향은 이제 거의 찾아볼 수 없습니다. 여전히 당신만의 독특한 문체가 있지만, 최근의 철학적 저작들은 초기의 이론적 작업과는 구별되는 신중함과 예민함을 보여줍니다.

레자: 그렇네요, 짐작하겠지만 나는 정말 이 책에 관해 더 말하기 싫습니다. 지금 보면 그 책은 애초의 야심에 미치지 못했지요. 게다가 나는 그 책을 2002년부터 쓰기 시작했는데, 완성하는 데 거의 3년이 걸렸고, 책이 나왔을 때는 나 자신이 또 다른 영역으로 옮겨간 다음이었죠. 이젠 『사이클로노피디아』를 누군가 다른 사람이 쓴 것처럼 느껴집니다. 해묵은 신화를 재탕하는 것이 아니라, 내가 쓰긴 했지만 그건 다른 시간대의 내가 한 일이라는 말입니다. 그렇지만 다양한 표현과 연구 영역을 넘나들려는 열망이 있는 철학자와 이론가라면 이런 질문을 진지하게 고려해야겠지요. 나는 『사이클로노피디아』 이후에도 짧은 실험적 글쓰기와 단편 소설 작업을 조금 했습니다. 이렇게 극단적인 실험적 접근을 완전히 포기한 건 아니에요. 다만 실험적 글쓰기의 엄격한 정신병적 상태는 특정한 한도와 맥락 내에서 시행되어야 한다는 걸 깨달았을 뿐이죠. 나는 『사이클로노피디아』를 쓰면서 문학의 규범을 따르지 않았지만 그 책을 소설 같은 것으로 상상했어요. 그래서 그 책 특유의 문체가 요구되었던 거고요. 그렇지만 내 문

체가 그동안 많이 변했다는 말에는 동의합니다. 나는 모든 글쓰기가 양식화 또는 미학화될 필요가 없다는 것을 아주 힘들게 깨우쳤지요.

문체는 한 사람이 세계를 인지하고 재인하는 방식에 내재적인 것입니다. 하지만 그건 생각을 퍼뜨리는 수단은 아닙니다. 최첨단의 것, 학술적인 것으로 보이는 수단은 더더욱 아니고요. 철학은 의미론적 투명성과 이론적으로 단호한 태도를 최우선으로 요구합니다. 심리적으로 어떤 확신이 있든 간에 비인격적 개념이 인도하는 방향으로 나아가야 해요. 의미론적 제약은 문체를 제거하는 것이 아니라, 문체를 긍정적인 방향으로 한정해서 구문론적 술책, 양식적 수완, 리비도적 산문으로 보수주의적 내용을 은폐하지 못하도록 합니다. 후자의 문체는 평등주의적인 의미론적 투명성에 대항하는 거짓된 엘리트주의로 간주하여 엄격하게 심문해야 합니다. 하나의 엄격한 임무로서 체계적으로 접근할 때, 사유는 사회문화적 관습에서 인류의 가장 소중한 신조에 이르기까지 모든 것을 비판적으로 검토하는 넓은 의미의 전복적 활동입니다. 이 같은 인식적 전복의 수단이 되려는 자는 적어도 이론의 영역에서는 구문법과 문체의 혁명보다 의미론적 단호함과 명료함에 헌신해야 합니다. 그런 형식 실험은 급진성, 다의성, 창조적 모호함, 그리고 이른바 의미의 독재와 사유의 집단적 규범에 맞서는 정의로운 투쟁의 이름으로 가장 보수주의적이고 순응주의적인 사상을 보호하는 데 쓰일 수도 있으니까요.

파비오: 특정 사례를 염두에 두고 말씀하시는 것 같습니다만…

레자: 글쎄요, 이를테면 프랑수아 라뤼엘(François Laruelle)과 닉 랜드를 생각해 봅시다. 그들은 근본적으로 다른 부류의 사상가이자 문필자지요. 나는 라뤼엘의 작업이 지닌 가치를 문제삼지 않고도 그의 저작에서 어떤 인식적 교훈을 얻을 수 있다고 봅니다. 그러니까 당신이 내용과 형식의 구별을 무너뜨리고 부지불식간에 점점 더 난해한 문체를 발전시키면, 가장 미심쩍은 부류의 패거리들이 당신 자신을 재전유하도록 문을 열어주는 셈이 된다는 거지요. 몇몇 확연한 예외들을 제외하면 라뤼엘의 사유는 뉴에이지 신비주의, 정치적 의도가 있는 부정신학, 탈식민적 해방의 목소리로 위장한 식민적 비관주의에 갈취당했습니다. 한편 랜드는 의식적으로 화려한 문체를 구

사합니다. 그가 열심히 세공하는 리비도적 산문은 모든 의미에 전력으로 대항하는 의미론적 아포칼립스의 예언과 (또는 그에 따라 의도치 않게 유발되는 양식적 과잉 자극과) 거리가 멉니다. 오히려 그것은 지적 흥분을 유발하지 못하는 진부한 철학에 지친 사람들, 외부 영향에 쉽게 휘둘리는 사람들을 포섭하기 위해 평범하지만 효과적인 방식으로 문체를 동원하는 것에 가깝습니다. 하지만 이렇게 리비도적으로 충전된 자극적이고 암시적인 산문의 외피를 벗겨 보면 철학적, 정치적으로 보수적인 문필가가 나타납니다. 사이버네틱스와 복잡성에 대한 그의 생각은 1970년대 이후로 더 나아가지 못했고, 사회적 다윈주의를 우주론적 법칙으로 몰고 가는 특유의 사상은 대학 수준의 물리학 지식만 있어도 쉽게 반론할 수 있는 수준이며, 이른바 "사유에의 의지"라는 발상은 하찮은 심리적 집착을 그럴싸하게 포장한 것뿐입니다.

요컨대 랜드는 영어권에서 현재 활동하는 문필가들 중에 가장 글을 잘 쓰는 축에 들지만, 훌륭한 문필가라는 사실이 통찰력이나 사유의 깊이를 보증하지는 않습니다. 오히려 그 탁월한 글쓰기는 그가 사유를 갈망하지만 사실은 순수하게 자동적이고 비인식적인 시적 딸꾹질에 사로잡혀 있음을 시사합니다. 그와 달리, 이를테면 『언어의 논리적 통사론』(Logical Syntax of Language)을 쓴 카르납(Rudolf Carnap)이나 윌프리드 셀러스(Wilfrid Sellars), 좀 더 최근의 예로 『구조와 존재』(Structure and Being)의 저자인 로렌츠 푼텔(Lorenz Puntel)을 생각해 봅시다. 이들의 글은 극히 지루하고 현학적입니다. 그렇지만 학습된 편견을 잠시 유보하고 이들의 책을 실제로 읽어보면, 이들의 철학이 얼마나 흥미진진하고 전복적이고 반체제적인지 알 수 있습니다. 철학적 평등주의와 사상의 위대한 외부를 큰 소리로 외치지만 사실은 통설과 싸우기를 피하고 순응주의, 보수주의, 지적 태만에 사로잡힌 자들보다는 훨씬 낫지요.

파비오: 레이 브라시에(Ray Brassier)의 멋진 격언이 떠오르네요. "이론에 고유한 개념적 요소들의 측면에서, 형식적 실험은 내용적 보수주의를 은폐할 수 있는 반면 ... 형식적 보수주의는 내용적으로 비범한 급진성을 숨겨줄 수 있다."

레자: 그저 심리적 동요와 리비도를 연료로 하는 뒤죽박죽한 형식은 아무리 급진적인 것처럼 보여도 애초부터 뿌리 깊은 독단과 편견을 그럴싸하게 꾸민 것뿐입니다. 형식 실험을 시도하는 모든 모험가들이 일부러 피상적인 내용을 숨기기 위해 형식을 동원한다는 말은 아니에요. 다만 양식적 형식을 내용보다 지나치게 높이 사다 보면, 아무리 지적으로 예민한 사람들도 그 이면에 어떤 보수적이고 편협한 생각이 깔려 있는지 잘 알 수 없게 된다는 겁니다. 그러니까 우리 모두 카르납의 의미론적 명민함과 구문론적 엄격함을 정확히 따라야 한다는 말이 아니라요. 랜드 같은 사람이 상당수의 젊은이들을 현혹할 수 있다는 사실은 우려스럽지만 객관적으로 이해되어야 하는 현상입니다. 철학은 어떤 결과라도 감수하고 의미론적 투명성을 추구해야 합니다. 사유의 리비도적, 감정적 함의를 완전히 포기해야 한다는 말은 아니지만요. 철학적, 정치적 차원에서 우리가 보존하고 촉진해야 할 좌파적 사유가 있다면, 그것은 체계적인 동시에 의미론적으로 개방적이고 리비도적으로 의식적이어야 합니다. 생각을 발전시키는 데는 시간이 듭니다. 하지만 그 생각을 퍼뜨리려면 온갖 관점의 비판들을 통과해야 할 뿐만 아니라 사람들 사이의 감정적 노동에 헌신해야 하지요.

파비오: 나도 전적으로 동의합니다. 그렇지만 한 가지 면에서 반론을 제기해 보고 싶네요. 이것은 내가 이 인터뷰에서 다루고 싶은 또 다른 주제로도 이어지는데요. 일반적으로 오늘날 주류 학계의 철학은 사회 전반을 유의미하게 이해하지도 정량적으로 파악하지도 못합니다. 문체와 내용의 양면에서 철학을 사회와 분리하는 어떤 관문이 있어요. (실제로 당신이 젊을 때 철학이 아니라 공학을 전공한 것은 당신이 속했던 특정한 맥락에서 이런 현상이 나타났기 때문이지요.) 그 반작용으로 지난 십여 년 동안 이른바 "준학술적 철학"이 자라났습니다. 이건 물론 미래가 불투명한 학계의 취업 시장에 대한 반작용이기도 했지만요. 그러니까 전통적 학술 제도와 거의 또는 전혀 무관한 개인들, 다양한 배경을 가진 (예술에서 수학에 이르기까지) 사람들이 주로 가상적 공간에서 (때로는 실제 공간에서) 한데 모여 철학과에서

눈살을 찌푸릴 법한 사변적, 개괄적, “아방가르드적” 사유를 펼쳤던 것이죠.

그렇지만 아방가르드는 언제나 양날의 검처럼 작동합니다. 한편으로 그것은 현 시점에서 급박하지만 제대로 탐구되지 못했던 지적 필요에 부응하여 정말로 새롭고 꼭 필요한 개념적 연결들을 만들어낼 수 있는 공간을 제공합니다. 다른 한편으로 바로 그 “창조적 새로움”의 과정은 이해력을 거의 완전히 건너뛰고 사유의 리비도적 차원으로 직행하는 방식으로 아직 말랑말랑한 지성을 사로잡을 수 있습니다. 직설적으로 말하자면 이렇습니다. 당신은 어떻게 당신의 무분별한 추종자들이 “네가레스타니적” 언어 유희에 빠져드는 것을 피할 수 있을까요? 좋든 싫든 레자 네가레스타니는 “사변적 실재론”의 공론장이 흩어진 자리에 번성했던 준학술적 철학의 소우주에서 “가장 인기있는” 철학자에 속했는데요. 학문적 계보와 관문이 무시되기 쉬운 준학술적 환경에서는 복잡한 사유가 미처 소화되지도 못한 채 성급하게 재전유될 수밖에 없는 것이 아닐까요? 최악의 경우, 그것은 기껏해야 새로운 어휘들의 통설적 용법, 자기 만족적인 반란적 태도, 궁극적으로 새로운 유형의 부족주의로 수렴하지 않을까요? 오해하진 마세요. 나는 근시안적인 심사 절차를 재확립하고 싶지도 않고, 어떤 문제나 사상가에 의한 자극이 (인식적인 것이든 실질적인 것이든) 없으면 훌륭한 철학이 나올 수 없다고 확신하니까요. 그렇지만 나는 이런 정동이 철학적 생산의 추동력이 되는 것을 우려하게 됩니다. 개개인이 얼마나 좋은 의도와 뚜렷한 윤리 기준을 가지고 있든, 그 개념적 표명이 아무리 진보적이든 간에요.

레자: 아이러니하지만, 내가 앞에서 말하고 싶었던 것도 학계의 지나친 제약보다는 준학술장의 지나친 무제약이라는 문제입니다. 학술적 제약은 어떤 면에서는 안타깝게도 근시안적이지만 또 어떤 면에서는 꼭 필요합니다. 이렇게 말해 보지요. 근시안적이지 않은 필수 심사 절차가 갖춰져 있을 때조차 학계의 강력한 여과 장치를 기어들어오는 이해 불능의 작업들, 지적으로 크게 수준 이하인 작업들이

있습니다. 예를 들어 하버드대학출판부에서 나온 전자적 연산과 문화에 관한 책이 전산학적 개념들에 관한 완전히 잘못된 주장들, 특이하고 과도한 유비들, 철학 개론 수업에서 예시로 써도 될 것 같은 기본적인 추론의 오류들, 준학술적 헛소리로 조롱당할 만한 의심스러운 책들의 인용 등을 포함하고 있다면, 그런 제약이 학술적으로 엄격하고 유의미한 작업의 필요조건일 뿐 충분조건은 아님을 깨달을 수밖에 없지요. 물론 학술 출판사들마다 차이가 있어서 책의 내용을 더 엄격하게 검토하는 곳도 있습니다. 하지만 상당수는 학술적 글쓰기의 관습과 형식에 부합하기만 하면 책을 내 줍니다. 현재의 학계에서 모든 선생들이 외교적, 관료적 이유로 타협을 강요받는 것은 아니지만, 자기 신념의 이론적 핵심을 두고 타협하기에 앞서 실행의 차원에서 무수한 타협이 일어날 수 있는 거죠.

셀러스는 플라톤에 관한 훌륭한 글[「플라톤 철학에서 추론과 삶의 기술의 문제」(Reason and the Art of Living in Plato)]에서 관습과 객관적 원리의 차이에 관해 논한 적이 있습니다. 예컨대 건축업자 길드에서 도입한 건축 규칙들이 관습에 속한다면, 사람들에게 거처를 제공한다는 목적에 부합하고 오랜 시간 튼튼하게 서 있을 수 있는 집을 짓는 데 절대적으로 필요한 실천들은 객관적 원리에 속하겠지요. 우리가 추구하고 지지해야 하는 것은 후자의 제약입니다. 학술적 관습은 철학을 하는 실행적 과정을 최적화하는 데 유용할 수 있지만, 그것이 관습인 한에는 부패할 가능성이 있습니다. 건축업자 길드가 특정 건축재료를 독점하고서 어떤 집을 짓든지 그 재료를 쓰도록 강제하는 규칙을 정해 버리는 것처럼요.

나 자신도 예전에는 좀 안이했다고 생각해요. 모든 학술적 제약이 근본적으로 장애물이라고 여겼던 때가 있었죠. 준학술장과 기성학계 모두 각자의 결함이 있다는 냉정한 현실과 직면한 후에야 그런 지적인 마비 상태에서 깨어나 성장하게 됩니다. 추종자들을 최대한 많이 끌어 모으는 것이 더 이상 자랑스럽지 않고, 오히려 그런 현상을 의심하게 되지요. 내 최근 작업에 배신감을 느끼는 친구들이나 독자들이 많을 거예요. 그렇지만 철학자는 최고의 배반자입니다. 철학자는 이런 저런 사상가나 추세에 충성을 맹세해선 안 돼요. 당신의 질문에 정색을 하고 답하자면 이렇습니다. 우리가 준학술장을 참된 대안으로, 반학문적 오만이나 개인주의적 오락을 위한 피난처가 아니라 비타협적인 사유를 위한 오아시스로 생각한다면, 우리가 어떤 객관적 제약을 두어야 하는지, 경제적 기반, 조직화, 독학자 되기의 윤리에 관해 진지하게 대화할 필요가 있습니다.

특히 중요한 것은 후자의 문제입니다. 어떻게 우리 자신을 훈련할 수 있을까요? 어떻게 우리의 삶을 개방된 철학적 삶으로 변환하는 동시에 사회적, 경제적 한계에 대처하고 생존할 수 있을까요? 어떻게 심리적, 물질적으로 우리를 떠받치는 자기 규율의 플랫폼을 구축할 수 있을까요? 철학에서 독학자 되기는 지적인 차원에서 자기 규율을 점진적으로 시행하는 것 외에도 일종의 병참술, 즉 어떻게 살아 있을 것인가, 어떻게 경제적으로 생존하고 만족스러운 삶을 영위할 것인가 하는 문제까지 포함합니다. 독학자 되기를 낭만화하고 싶진 않지만, 독학자는 철학과 이론의 긍정적, 부정적 제약들을 학계 사람들보다 더 잘 식별할 수 있어요. 독학자 되기는 고역입니다. 보급선이 끊긴 상태로 여러 개의 전선에서 싸우는 것과 같지요. 그렇지만 만약 당신이 일시적인 유행에 연연하지 않고 그 싸움에서 살아남을 수 있다면, 그것은 학계의 정규 훈련보다 더 유용한 철학 연구의 길을 열어줍니다. 시간이 갈수록 당신의 삶과 철학은 하나가 됩니다. 지적으로 불안정하겠지만 그 불안정함이 더 많은 공부와 작업의 동력이 됩니다. 그것은 꺼릴 일이 아니라 기뻐해야 할 일입니다. 학계의 안락한 자리가 없기에 당신은 어디에도 안주하지 않습니다. 어떠한 연구의 궤적이나, 이론적 지형 내에서의 위치나, 당신 자신이 누구라는 고정된 생각조차 없습니다.

정동에 관한 질문으로 돌아갑시다. "철학적 생산"이 사유의 발전 단계를 뜻한다면, 나는 당신의 우려에 동의합니다. 체계적 사유보다 정동을 우선시하면 자기중심적 관점에 틀어박혀 근거 없는 의견들만 넘쳐나는 자유주의적 멜로 드라마에 빠져들기 마련이지요. 하지만 생산이라는 개념을 사유의 전파 단계와 연결 짓는다면, 내 생각은 당신과 다릅니다. 생각을 전파하는 수준에서 정동과 감정적 노동을 무시하는 것은 한편으로 생각이 같은 사람들끼리만 계속 떠드는 배타적 모임이 있고 다른 한편으로 지식인들의 불가해한 담론에 좌절한 대다수 사람들이 있는 현 상황을 지속시키는 확실한 방법입니다. 혹자는 이론가나 철학자가 자신의 생각을 꼭 "통속화"해야 하는지, 그것을 문자 그대로 인민의 것으로 만들어야 하는지 반박할 수도 있습니다. 나는 단연코 그렇다고 말하겠습니다. 인지 노동의 낙수 효과 같은 것이 작동해서 누군가 어떤 지점에서 우리의 생각을 대중에게 접근 가능한 형태로 만들어 주리라고 기대하는 것은 비현실적인 생각입니다. 모든 철학자와 이론가는 인식의 노역과 정동적 노동의 비인격적 매개체가 되어야 합니다. 다만 그 둘의 본성이나 맥락을 혼동해서는 안 되겠지요.

파비오: 내가 준학술장이라는 발상 자체에 편견이 있는 건 아닙니다. 학계는 지긋지긋한 제도예요. 당신이 말한 것처럼, "제대로 된" 학술 출판사의 제도적 승인 하에 용도가 의심스러운 생각들이 심오해 보이면서도 알아들을 수 있을 것 같은 교묘한 모호함으로 무분별한 독자들의 관심을 끌기도 하고요. 실제로 당신이 독학자 되기를 옹호하고 지적 불안정성을 미덕으로 찬미하는 것도 지금 시점에서 매우 적절하고 또 필요한 부분이 있다고 봐요. 하지만 그건 상당히 오래된, 거의 고대적인 전통입니다. 당신의 저작이 오늘날의 신자유주의적 대학 교육과 동떨어진 어떤 교육의 이상을 변호하기 위해 고대 그리스 철학과 유학의 전통에 기반한 중국 사상에서 여러 요소들을 가져오는 것은 우연이 아닐 거예요. 당신은 교육을 단순한 사실의 습득이 아니라 지적, 윤리적, 사회적 차원에서 종합적으로 교양을 강화하고 개인의 잠재력을 실현하는 것으로, 그리스인들이 "파이데이아"라고 불렀던 개념으로 재정립하고 싶어하지요.

내가 제대로 이해했다면, 당신이 전개하는 사유의 일반 경제에서 교육의 문제는 세대간 협력을 통해 철학적 사고를 발전시키는 것이나 자기 교육의 문제에 한정되지 않는 (물론 그것도 중요한 문제지만) 중요한 함의가 있습니다. 그것은 진보적, 해방적인 정치적 기획과 직결되지요. 당신이 말한 대로, 오늘날 철학자들은 교육의 문제를 은근히 꺼리는 경향이 있습니다. 마치 그들의 추상적 사유가 개인의 인격 형성에 활용 가능한 도구로 해석됨으로써 비천해지기라도 하는 것처럼요. 이것은 (피에르 아도(Pierre Hadot) 같은 인물이 강력하게 주장했듯이) 철학의 고전적 이상을 저버리는 학계의 고질병입니다. 당신은 교육의 개념과 그것을 둘러싼 철학이 현대에 재도입되고 동시대 철학의 어휘로 갱신되어야 한다고, 더 나아가 정치적 토론의 중심 의제로 복권되어야 한다고 봅니까?

레자: 확실히 독학자 되기라는 생각은 고대 철학에서 그 유래를 찾아볼 수 있습니다. 이븐 알나피스(Ibn al-Nafis), 이븐 투파일(Ibn Tufail) 같은 이슬람 철학자들의 저작도 참조할 수 있고요. 이들에게 독학자 되기는 단순히 스스로 가르치고 배우는 것이 아니라 그보다 더 거대한 우주론적 문제였습니다. 그것은 사유란 무엇이며 무엇이 될 수 있는가, 개인의 철학적 의지가 어떻게 임의로 설정된 한계에 얽매이지 않고 우주론적 각본 속에서 무언가 성취하거나 기여할 수 있는가 하는 믿음의 문제였지요. 당신이 말한 대로, 교육은 핵심 주제입니다. 포괄적 의미에서 교육은 자율성과 정신에 관한 철학의 연장선에 있습니다. 하지만 이런 정의는 정신의 개념을 지금보다 훨씬 더 확장할 것을 요구하지요.

여기서 아주 상세하게 들어갈 순 없겠지만, 이것은 정신을 재인과 인지의 공간으로 나누어 보는 겁니다. 말하자면 사회적 차원의 정신이 있고, 푼텔의 용어를 빌리자면 “구조적 차원”의 정신, (좀 더 일반적인 용어를 찾자면) 이해가능성의 차원이 있지요. 이해가능성(intelligibility)의 문제를 배제하고 지능(intelligence)에 관해 말하기란 불가능하지 않으면 부조리합니다. 이해가능성과 지능의 필수적 상관관계는 정신과 교육에 관한 철학의 핵심을 이룹니다. 그렇지만 이해가능성의 문제를 다루려면, 플라톤과 공자의 선례를 따라 다양한 유형의 이해가능성을 고려해야 합니다. 안 그러면 이해가능한 것에 관한 생각이 이론적 이해가능성의 문제로 축소될 위험이 있으니까요. 우리는 이론적, 실천적, 가치론적 이해가능성을 각각 별도로 식별해야 합니다. 이런 점에서 교육은 이론적 차원에 한정되지 않는 이해가능성의 확장에 관련됩니다. 이렇게 이해가능성을 최대한 넓은 의미로 확장해 보면 지능 또는 정신을 함양하는 집단적 기획에 관해 말할 여지가 생기지요. 교육의 개념에서 포착되는 정신의 함양은 정확히 말해 자율성을 함양하는 것, 다만 그것을 교육의 목적이 아니라 전제로 삼는 것입니다. 헤겔적으로 말하자면, 이렇게 의지를 뒤흔드는 것으로서 교육과 연관된 자율성의 개념은 "구체적 자의식"이라고 칭할 수 있습니다. 그것은 실천적 성취를 지향하는 것, 그저 자의식을 충족하는 이해가능성을 넘어 객관적 현실의 이해가능성을 추구하고 그럼으로써 자기를 인식하고 변형하는 자의식입니다. 플라톤적으로 말하자면, 이렇게 이해가능성의 확장과 지능의 함양을 매개하고 그 관계를 더욱 강화하는 필수적 연결고리로서 교육의 개념은 "영혼의 세공술"이라고 칭할 수 있습니다. 그것은 모든 형식들의 형식인 선(善) 자체에 인간 정신을 맞추는 것입니다. 이는 중국 철학에서 우주론적 "도"(道)라고 부르는 것과도 맞닿는데, 그것은 길을 따라 가는 것과 길을 내면서 가는 것의 두 가지 의미를 지닙니다. 셀러는 플라톤 철학을 따르는 「공예가로서의 영혼」(The Soul as Craftman)이라는 글에서 이를 우주론적 정치라고 칭합니다.

오늘날 교육이라는 생각은 전지구적 시장과 경제적 요구의 반작용으로 턱없이 양극화되어 있습니다. 그것은 경험 과학이 개시한 순수 이론적 이해가능성의 편에 있거나, 아니면 현대 과학과 절연된 순수 사회적 상호주관성, 실천, 가치의 편에 있습니다. 그러나 객관적 현실을 고려하지 않는 상호주관성은 미덕을 설파하는 장사꾼들이 들끓는 키치 문화를 불러올 뿐입니다. 여기서 가치는 점점 더 사실의 영역을 벗어나고 객관적 사고에 대한 두려움이 사회적 관행이 되지요. 한편 상호주관성을 고려하지 않고 객관적 현실에만 초점을 맞추는 이론적, 과학적 접근은 오늘날의 신자유주의적 과학과 유사한 상태가 됩니다. 아이러니하게도, 그것은 규범, 가치, 윤리의 척도를 무시하고 과학적 또는 자연주의적 각성의 이름으로 가장 독단적인 정치 형태와 인간중심적 보수주의를 전파합니다. 좌우를 막론하고 이렇게 병든 교육이 만연합니다. 그렇지만 나는 객관적 현실의 규준을 무시하는 상호주관성이 갈수록 좌파의 인식을 흐리는 저주가 되어간다고 생각합니다. 한편으로 과학은 사실과 가치를 구별하고 규범과 윤리의 메타논리적 기준을 세우는 일을 소홀히 하면서, 결과적으로 기술-전통주의, 사회적 다윈주의, 심지어 봉건제도나 군주제 등 가장 독단적인 철학적 계파와 우파 정치의 파수견이 되어가고 있고요.

우리의 교육 시스템에서 명백하게 드러나는 이 같은 정신의 병리적 상태를 극복하려면 어떻게 해야 할까요? 나는 문제 해결을 시도하기 전에 일단 무엇이 문제인지 일관되게 언어화하는 일이 사회정치적 스펙트럼을 막론하고 기존의 교육 시스템을 갱신하기 위한 조직적 운동의 첫 번째 단계라고 생각합니다. 발달 심리학, 신경과학, 전산학을 바탕으로 교육의 방법론과 이론을 갱신하는 한편, 자율성과 집단적 자기 결정의 전제가 아니라 목적으로서 교육을 더욱 폭넓게 재개념화해야 합니다. 그 다음에는 기존 시스템을 재정비해서 포괄적이고 급진적인 교육 개념을 구체적으로 실현하는 것이 우리의 장기적 목표가 될 것입니다. 하지만 이런 과정을 한 단계라도 밟아 나가려면 정치가 교육을 무조건적 요인으로 고려해야 하는 것이지 그 반대가 아님을 확실히 해야 합니다.

앞서 말한 것처럼 교육을 모든 정치적 운동의 발판으로 인식하지 않으면 우리는 영원히 현 상태를 벗어나지 못할 겁니다. 교육을 무조건적으로 우선시하지 않고서 우리가 기대할 수 있는 것은 일시적인 사회정치적 과잉흥분과 임시방편의 대책뿐입니다. 그런 것들은 상황을 더 악화시킬 뿐이에요. 교육을 전제로 하지 않는 정치는 결코 장기적인 견인력을 유지할 수 없습니다. 그것은 다음 세대의 문제가 자기 책임이 아니라고 효과적으로 발뺌합니다. 하지만 누구든 또는 무엇이 되든 간에 다음 세대에 관심이 없는 정치란 대체 무엇입니까? 그것은 지금 여기의 우리 자신만 중요시하는 이기주의의 연장선에 있지 않습니까? 나는 스스로 좌파에 속한다고 생각하지만, 교육 문제에 관한 한 좌파의 대응에 좌절할 수밖에 없습니다. 좌파 가속주의 같은 것을 보세요. 그들이 교육 또는 발달 심리학, 즉 정신을 육성하는 문제를 무조건적 요인으로 인정하고 있습니까? 교육을 위한 조직적이고 현실적인 계획은 어디에 있습니까? 교육 문제를 간과하면 아무리 평등주의를 지향해도 그 목적에 도달하지 못합니다. 하지만 내가 아무리 좌절한 좌파라고 해도, "원칙적으로" 우파보다는 좌파가 교육 문제를 제대로 다룰 가능성이 크다고 믿습니다.

나는 보편주의적인 교육의 패러다임이나 정신의 평등 같은 것을 믿습니다. 여기서 말하는 "보편적인 것"은 특정한 형태로 미리 결정되어 모두에게 공평하게 부과되는 어떤 전지구적 패러다임이 아닙니다. 여기서 "보편"이란 특정한 형태로 미리 결정되어 모두에게 공평하게 부과되는 어떤 전지구적 패러다임을 말하는 것이 아닙니다. 교육에서 가장 중요한 것은 맥락을 감지하고 그 특정한 상황의 긴급한 필요를 충족하는 것입니다. 하지만 나는 우리 모두에게 공통된 심층의 인지적 틀이 있어서 그것을 어떤 보편적, 포괄적 틀로 확장할 수 있다고 믿습니다. 이런 점에서 칸트는 중요한 가르침을 줍니다. 그는 초험적 심리학, 즉 정신이 성립할 가능성의 필요조건이라는 측면에서 인간이 가진 정신적 능력들을 체계적으로 분별했습니다. 그것은 자의적이고 별 뜻 없는 목록이 아니라 비판적이고 객관적인 사유에 필요한 인지적 양식에 관한 인식론적 연구의 모범입니다. 예를 들어, 그가 말하는 감성, 생산적 또는 재생적 상상력, 이해력, 이성은 실제로 정신적 주체가 되기 위한 필수적 "유형" 또는 "부류"입니다. 만약 우리가 모든 정신이 평등하다고 믿는다면, 지역, 인종, 심지어 생물학적 종과 무관하게 그런 필수적 유형들을 복잡하게 배합해서 보편적으로 확장할 방법이 있다고 믿어야 합니다.

3 합리적 비관주의

파비오: 보편주의라는 까다로운 문제는 내가 다음 질문으로 준비해 놨던 것이었어요. 20세기 후반의 좌파적 학술 환경에서 성장한 사람들에게 "보편주의"는 다소간 명백한 금기에 속했습니다. 당신이 말한 것처럼, 실제로 좌파는 객관성보다 상호주관성을 우선시하면서 포괄적이고 보편적인 야망을 포기하고 환원 불가능한 특수성, 지역적 실천, 정체성을 찬미합니다. 확실히 총체화에 반대하는 지적 풍토가 필요했던 때가 있었어요. (예전에 나를 가르쳤던 선생님은 1980년대 중반에 프레드릭 제임

슨(Fredric Jameson)의 강연에서 “너는 총체화의 앞잡이야!”라고 야유를 퍼붓는 사람을 본 적이 있다고 했었죠.) 그것은 제2차 세계대전 이후의 사회정치적 맥락에 부합했습니다. 하지만 이제 그것은 무반성적인 “억견”(doxa)이 되어 우리가 명백하게 지지하는 생각들의 전체 성좌를 무력화하는 자동반응을 유발하고 있습니다. 보편주의와 (신)합리주의는 별개지만, 이 둘은 확실히 서로 연관되어 있지요.

그래서 당신의 입장은 말하자면 좀 더 “정통적인” 좌파와 충돌할 수밖에 없습니다. 보편주의는 너무 자주 전체주의와 동일시되고, 신합리주의는 교조주의나 편협한 논리주의와 혼동되니까요. (그리고 “규범”에 관한 논의는 모두 “규범적 정상화”에 대한 암묵적 요청으로 해석되지요. 푸코가 우리를 구원하기를!) “합리주의” 일반은 언제나 포괄적이고 총체적인 통제의 야망에 인도될 수밖에 없는 것처럼 여겨집니다. 그것은 과거의 좋았던 사회 질서를 보존하려는 반동적인 지적 노선이며, 개인적 자유의 벡터들을 아래에서 위로 정동적으로 전개하려는 철학적, 정치적 기획의 적이라는 거지요. 당신에게 있어서 보편주의적 합리주의의 방법과 목적은 무엇입니까?

레자: 나처럼 합리주의적 보편주의자를 자처하는 것은 이중으로 금기를 건드리는 거라서 상황을 더욱 악화시키지요. 그건 포스트모던한 패러디에서 튀어나온 어떤 전체주의적 악몽의 중개상을 자처하는 것과 비슷합니다. 유머 감각도 없고 멍청하고 뻔뻔스럽게 무감각하면서 그걸 자랑스럽게 여기는 인물, 『1984』의 냉소적인 오브라이언보다는 오히려 순수한 실험적 즐거움을 위해 부조리한 방법으로 사람들을 제거하려는 도널드 바셀미(Donald Barthelme)의 소설 속 악당과 비슷할 거예요. 그러니까 당신의 질문은 이런 거였지요. 이성이나 보편주의에 관한 문화적 인식이 왜 이렇게 되었을까요? 이런 문화 바깥으로 나가기가 가능할까요? 만약 가능하다면, 어떻게 해야 그 가능성을 실현할 수 있을까요? 또는 반대로, 우리가 이런 문화를 벗어나지 못한다면 무엇을 잃거나 위험에 빠뜨리게 될까요? 이런 질문에 답하는 것은 간단한 일이 아닙니다. 먼저 적절하고 객관적인

진단 도구를 이용해서 사회경제적 조건을 역사적으로 분석해야 하고, 무에서 유를 창조하는 것이 아니라 지금 우리가 거주하는 세계와의 연속성 속에서 대안적 세계를 상상하고 실제로 건설하기 위한 사상적 체계도 마련해야 합니다. 양쪽 모두 첫 걸음을 내딛으려면 일단 이성과 보편성의 개념을 채택하고 개선하고 발전시켜야 하죠.

당신이 말한 대로 이런 개념들이 역사적으로 오염되었다면, 사람들의 신뢰를 회복하려고 노력하는 한편 이론과 실천의 양면에서 이 개념들의 부정적 측면을 해소해야 합니다. 이것은 엄청난 과제인데요. 일단 보편주의부터 시작해 봅시다. 나는 보편주의가 집단화를 위한 필수적, 구체적, 포괄적 노동이라고 봅니다. 그것은 구체적 자의식 또는 집단적 자기 결정이라는 생각과 직결됩니다. 왜냐하면 집단적 자기 결정은 상호주관성과 객관성, 특수성과 선험적 보편성 양쪽 모두에 기반하는 실천적 성취의 문제니까요. 우리는 특수하고 제각기 다르지만 언제나 추상적, 형식적 차원의 보편성에서 출발합니다. 이를테면 개념을 사용한다는 점이 그렇죠. 우리의 개인적 생각은 모두 공공의 언어, 심층적인 인지 능력들과 범주들에 의거하며, 특수하게 전개될 때도 보편적 논리 구조를 따릅니다. 이런 점에서 우리는 추상적 수준이나마 이미 보편주의적 상태에서 살고 있습니다. 우리는 경험하고 생각하고 행동하는 개인들이기 때문에 속속들이 사회적으로 구성됩니다. 칸트와 헤겔은 비록 정신의 사회성이 지닌 진정한 의미를 파악하는 데 한계가 있었지만, 이 점만은 정확하게 이해했습니다. 우리가 경험을 가능하게 하는 일련의 보편적, 필수적 조건들을 공유하지 않았다면, 경험을 통해 세계 속의 우리 자신을 개념화하지도 못했을 것입니다. 경험이 본래적으로 특수하고 개인적이라고 말하는 것은 인지 과학, 논리학, 전산학, 수학, 심지어 진화생물학이 제시하는 현실과 부합하지 않는 순전히 유아론적인 관점의 징후일 뿐입니다.

그러나 추상적 보편성은 개인화와 특수주의의 병리적 상태에 대한 방어막이 되지 못합니다. 그 보편성이 내포된 현실 사회의 조건 자체가 병들었기 때문이지요. 그러므로 진정한 보편주의는 현실의 사회적 조건 속에서 보편성의 구체적, 비판적 표현이 되어야 합니다. 그 목적은 우리가 사는 기존 세계의 제한을 넘어서 사유하고 행동하고 가능성을 실현하고 향유하는 역량을 극대화하는 것, 다시 말해 온전한 총체성의 세계로 나아가는 것이죠. 그것은 해방된 사유와 행동의 가능성이 곧 개인과 사회의 병리적 문제들이 해소된 세계의 가능성과 합치되는 새로운 세계가 될 것입니다. 하지만 이를 달성하려면 먼저 지금 우리가 사는 이 세계의 제약들에 체계적, 합리적으로 대처해야 합니다. 이런 점에서, 보편주의는 그 핵심에서 세계를 건설하기 또는 더 정확히 말해 “세계를 설계하기”의 문제와 연관됩니다. 우리가 하는 일의 전제, 자원, 공간이 되는 것은 언제나 이 세계이지 다른 어떤 상상적 세계나 사후의 천국이 아닙니다. 가능세계를 지금 이 세계와 단절된 어떤 평행 우주나 이상적 공동체로 간주해서는 안 됩니다. 전자는 그저 환상일 뿐이라고 해도, 후자는 저도 모르게 현실 세계의 병리적 상태에 기생하게 되니까요.

요컨대 구체적 보편주의를 향한 길은 언제나 추상적 보편성에 의해 수립되는 세계 내 경험의 특수성에서 시작됩니다. 그러니까 이런 점에서 보편주의의 여정은 항상 우리 모두를 통합할 수 있다고 주장하는 어떤 보편적 조건이 아니라 국지적 사유와 행동의 조건에서 시작해야 합니다. 그렇지만 이 궤적이 국지적 수준에서 멈추지 않고 포괄적인 사유와 행동의 조건을 망라해야 하는 거지요. 국지적 영역에 머무는 것은 실제로 보편주의와 구별되는 기만적 이상주의에 사로잡힌 결과입니다. 왜냐고요? 이러한 국지주의는 어떤 폐쇄계 내에서 효율적이고 완벽한 일 처리가 가능하다는 신화를 따르니까요. 하지만 폐쇄계는 이상화된 상태일 뿐이며, 혼란스러운 현실을 이상적인 모델과 혼동하는 것은 순진함의 표시지요. 말할 것도 없이, 소규모의 국지주의적 조직은 내가 “이론적-실천적 합스부르크 증후군”이라고 부르는 고질적인 문제에 시달립니다. 그것은 한 조직의 사유와 행동이 점점 더 애초에 해결하려고 했던 문제나 지향점과 멀어지는 방향으로 증식하는 것을 뜻합니다. 당신이 국지적 문제를 해결하는 데 최적화했던 사유와 행동의 로그함수적 곡선이 일정 시간 후에 갑자기 무너집니다. 이것은 당신의 전산적, 인지적 자원이 고갈되었기 때문인데, 자원이 될 수 있었던 대다수를 당신이 이미적으로 규정해 버렸기 때문이죠. 환경과 상호작용하지 않는 시스템은 갈수록 연약해지고 얼마 못 가서 사멸합니다.

파비오: 그렇다면 보편주의를 가로막는 반대자들의 저항 행위와 장애물로는 무엇이 있고, 거기에 또 어떻게 대처할 수 있을까요?

레자: 합리주의적 보편주의를 되살려야 한다는 요구에 대해, 또는 프랑크푸르트 학파가 아니라 비엔나 학파를 전용하여 세계를 합리주의적으로 재구성하려는 더 광범위한 시도들에 대해 적어도 세 가지의 주요 반론이 있습니다.

(1) 첫 번째 반론은 보편주의가 차이를 무효화하며, 궁극적으로 그 한도가 미리 결정된 채로 부과되는 포괄적 질서의 또 다른 형태에 불과하다는 것입니다. 이에 대해 어떻게 답할 수 있을까요. 실제로 칸트 같은 유럽 사상가들에게서 유래하는 보편주의의 오랜 전통은 이런 결과를 낳았습니다. 그러나 구체적 보편주의를 상상하려면 국지적 조건들을 간과하지 않고 종합적으로 통합해야 합니다. 국지적 맥락에서 각자의 긴급한 문제에 부응하지 않는 보편주의적 패러다임은 위장된 제국주의일 뿐입니다.

(2) 두 번째 반론은 공동체주의 진영에서 나올 수 있습니다. 이 행성을 좀먹는 병리적 시스템과 분리된 별도의 세계를 세울 수 있다는 거지요. 그러나 여기서 상정된 세계는 두 가지 전제조건에 기반합니다. (a) 당신은 이 세계가 전부 병리적 시스템(즉 자본주의)에 동화되어 있다는 형이상학적 총체성을 암암리에 지지하면서도, 그 총체성이 현실로 채택된 환영일 뿐이라고 봅니다. (b) 실제로 당신의 공동체는 이 세계가 제공하는 여지에 기생하고 있습니다. 순수하다고 여겨지는 당신의 생각과 행동은 실제로 당신이 떨어져 나왔다고 생각하는 병리적 질서에 의해 가능해진 것입니다. 당신의 공동체는 해결책이 아니라 익명적으로 현 상황에 기여하는 또 하나의 요인일 뿐입니다.

(3) 세 번째 반론은 신반동주의적 신조에서 도출됩니다. 그에 따르면 보편주의의 추구는 근본적으로 틀렸는데, 왜냐하면 우리는 각자의 경험과 이념의 특수성 속에 자리잡은 특정한 개인들이기 때문에, 모든 보편주의적 방안은 그것을 믿는 순진한 사람들을 위한 우

화에 불과하다는 것이죠. 그에 대한 나의 반박은 이렇습니다. 그래요, 보편주의, 헤게모니 구축, 합의의 도출이 모두 환영적 논리라고 칩시다. 하지만 신반동주의를 지향하는 당신의 작은 섬도 분명 마음이 맞는 개인들을 통합하기 위한 어떤 노동이 필요할 겁니다. 당신은 신반동주의적 신조에 대한 선호가 다른 개인적 선호를 능가한다고 가정하겠지만, 안타깝게도 그건 틀렸습니다. 당신의 신반동주의적 섬에서도 제한적 수준에서 헤게모니와 합의의 문제가 발생합니다. 당신이 보편주의를 너무 순진하게 생각한다는 말은 아니지만, 설령 그렇다고 해도 더 큰 문제는 특수성이 잠재적으로 얼마나 심오할 수 있는가에 대한 무지입니다. 우리는 동일한 신조를 따를 때조차도 제각기 특수한 경험들의 산물입니다.

그러면 신반동주의의 지지자는 어떤 통일된 이념이나 합의 도출의 형식 없이도 그런 섬을 만들 수 있다고 반박할 것입니다. 생물학적 실재론, 또는 더 정확히 말해 무제한의 경제적 경쟁과 자본주의의 사이버네틱 회로를 이용하면 신반동주의적 실험의 참여자들을 효과적으로 통합할 수 있다는 것이죠. 하지만 이런 시나리오에도 인간의 경험적 특수성이 시스템에 역동적 요동을 일으킬 여지에 대한 심층적 이해가 부족합니다. 미세한 요동이라도 시간이 지나 그 효과가 누적되면, 설령 일부러 맥락에 맞춰 의도한 일이 아니라 해도 전체 시스템을 확실히 혼란에 빠뜨릴 수 있습니다. 생물학적 실재론자의 도식은 자연에 관한 비과학적이고 독단적인 환상에 불과합니다. 그들은 시어도어 스터전(Theodore Sturgeon)의 소설 『소우주의 신』(Microcosmic God)에 묘사된 것과 비슷한 방식으로 자연이 인구를 가속적으로 인도하고 단합할 수 있다고 믿지요. 하지만 그들의 기획도 개개인의 욕망과 규범 때문에 지장을 받을 겁니다. 말할 필요도 없이, 자연 선택에 어울리는 비유는 위대한 가속자가 아니라 느린 땜장이로서의 자연이지요. 내가 신반동주의적 친구들에게 해 주고 싶은 말은, 통약 불가능한 경험들의 깊이를 진지하게 고려하지 않으면 그들의 섬도 결국 가라앉을 거라는 사실입니다. 그들은 홉스적인 게임 이론의 정글에서 적을 몰아내고 이들의 사회적 실험을 믿는 사람들끼리 섬을 이루기만 하면 된다고 생각합니다. 하지만 시간이 가면 홉스적인 지옥 자체가 그들에게 반격할 겁니다. 특수성을 제대로 이해하지 못하면, 당신은 공통의 이념이나 이른바 보편적 소거법을 추구할 때조차 적들을 집어삼키는 데서 그치지 않고 당신의 친족들을 산 채로 잡아먹게 될 겁니다.

(4) 마지막 반론은 다양한 숙명론적 신조들, 특히 "내버려 두라"라는 슬로건으로 대표되는 반실천주의적 신조에서 도출됩니다. 일단 반실천주의는 아무것도 주장하지 않는 것을 이념으로 한다는 것 같습니다. 그러니까 아무 요구 사항도 없고, 실천적 규범이나 집단적 정치 행동의 방안도 없다는 거죠. 이런 점에서 반실천주의는 앞서 거론한 다른 진영들보다 진정성 있게 보이기도 합니다. 어쨌든 구원과 해방의 드높은 약속이나 저 너머의 어떤 위대한 외부에 관한 말들로 당신을 기만하지 않으니까요. 반실천주의는 말 그대로 집단적 정치 행동이라는 허상에 날카롭게 대립합니다. 하지만 그런 인상에 속아서는 안 됩니다. 아무것도 주장하지 않는 신조는 없습니다. 초기 파시즘, 특히 이탈리아 파시즘이 어떤 신조를 내세웠는지 살펴보면, 바로 이것이 파시즘의 기원임을 알게 될 거예요. 실제로 그들은 모든 방안이 억압적이기에 아무 주장이나 방안도 내세우지 않겠다는 주장으로 시작했지요.

내 말은 반실천주의가 파시즘과 똑같다는 것이 아닙니다. 다만 모든 실천적 규범을 억압적인 것으로 보고 아무것도 주장하지 않는다는 신조가 파시즘에 전유되기 쉽다는 거지요. 우리는 스스로 특정한 정치적 규범이나 방안이 없다고 말하는 반실천주의자들을 진지하게 의심해야 합니다. 그들은 최악의 경우 이념적 무고함의 구호 아래 불순한 동기를 숨기고 있고, 최선의 경우 그들 자신의 암묵적인 실천적 규범을 의식하지 못하고 있습니다. 자기들은 규범을 생산하고 소비하는 데 관련된 책임, 권위, 가정, 함의와 무관하다고 생각하니까요. 모든 실천적 규범을 폐기해야 한다고 말하는 것은 그 자체가 실천적 규범의 용납불가능성에 입각하는, 다시 말해 '그렇게 하면 안 된다'라고 하는 규범적 방안입니다. 이런 점에서 반실천주의는 자신이 규범성이 없다거나 무고하다고 착각하는 허위적 의식일 뿐입니다.

따라서 반실천주의는 암묵적으로 규범적 방안을 가지고 있거나 반실천주의가 아닌 무언가입니다. 그런데 반실천주의에 규범적 방안이 있다면 그건 반실천주의가 아니라 자신의 규범적, 실천적 가정을 의식하지 못했던 것뿐이지요. 그 규범성이 실천적인 것이 아니라면 이론적인 입장이 될 텐데, 그것은 현재 상태가 어떠하다는 지식에 입각할 수밖에 없고, 따라서 현재 상황에 관한 지식을 획득하는 데 필요한 인식론적 규범들을 준수합니다. 그러니까, 우리가 어떻게 현재 상태가 이러저러하다는 것을 알게 됩니까? 우리는 이론적, 인식론적 수행에 관한 공적 규범에 부합하는 어떤 판단의 절차를 갖고 있거나, 아니면 반실천주의가 가정하듯이 어떤 (실천적 추론의 규범과 근본적으로 연관된) 이론의 규범이 없어도 그냥 알게 됩니다. 후자의 경우, 반실천주의는 현실에 직접 또는 개인적으로 접근할 수 있다는 신화의 또 다른 변종일 뿐입니다. 아니면, 반실천주의는 심지어 이론적 입장이 아닐 수도 있는데 그러면 미학적 입장이 되겠지요. 그렇다면 그것은 자신이 놓인 현재 상황에 대한 지식에 의지할 수 없고, 어떻게 해야 한다거나 하면 안 된다거나, 심지어 아무것도 하면 안 된다는 그런 말도 할 수 없습니다. 아무것도 안 하겠다는 것 자체가 실천적 규범입니다. 우리는 이런저런 것을 하면 안 된다고 가정할 때만 "아무것도 하지 마라"라고 말할 수 있습니다. 어떤 면에서 반실천주의는 각자 자기들이 최후의 신뢰할 만한 종교라고 주장하는 다른 종교들의 실천적 규범들을 금지하면서 그 규범적 영역을 자기 것으로 만드는 뉴에이지 유일신교와 비슷합니다.

요약하자면, 보편주의의 첫 번째 구체적인 방안은 우리가 사는 세계를 자각하는 것입니다. 현실 세계는 우리와 저들이 분리된 곳이 아니라 우리 모두 휘말려 있는 어떤 함정이나 수수께끼에 가깝습니다. 더 나은 세계를 만들려면 전산학적 자원을 더 많이 활용해야 합니다. 적을 적으로 보는 것은 처음에 흔히 범하는 전략적 실수입니다. 적은 우리의 직관이나 이른바 직접 경험으로 접근할 수 없었을 관점을 제공해 줍니다. 우리의 병리적 특성을 제거하려면 먼저 포괄적, 보편적 조건에 입각해서 그 특성을 진단하고 변화를 모색해야 합니다.

파비오: 정치적 차원으로 더 깊이 들어가 볼까요? 보편주의와 그 반대자들에 관한 당신의 이야기는 마크 피셔가 "흡혈귀 저택"이라고 불렀던 좌절한 좌파 지식인 집단의 "제1법칙"을 연상시킵니다. 그는 이렇게 썼지요. "흡혈귀 저택의 제1법칙. 모든 것을 사적 개인의 문제로 만들어라. 그들은 이론적으로 구조비판을 선호한다고 주장하지만 실제로는 개인의 행동에만 관심을 보인다." 피셔와 마찬가지로, 공동체주의와 특수주의에 반대하고 "국지적인 것"을 최종적 지평이 아니라 단편적이나마 포괄적 틀을 구축하는 종합의 한 단계로 보는 당신의 접근은 최근 "가속주의"라는 이름으로 연합된 정치경제적 입장들과 폭넓게 일치하는 듯합니다. (이것은 셔니섹(Nick Srnicek)과 윌리엄스(Alex Williams)가 『미래를 발명하기』(Inventing the Future)에서 구체적으로 상술한 바 있지요.) 내가 알기로 당신들은 모두 피셔의 친구들이었고 서로 잘 아는 사이지요. 좌파적 사유 내에서 이렇게 통설에 도전하는 미래 지향적 동향과 관련해서 당신의 정치적 입장을 좀 더 명확하게 설명해줄 수 있을까요? 당신은 정치적 행동에 대해 어떤 처방전을 가지고 있습니까?

레자: 안타깝지만 나의 정치적 입장, 또는 정치의 영역에서 무엇을 해야 하는가에 대한 나의 철학적 견해는 우리가 가진 방법들에 대한 깊은 비관주의와 미래의 가능성에 대한 낙관주의와 사이에서 진동합니다. 물론 적절한 방법과 유연한 도구가 있으면 어떤 가능성이든 실현할 수 있죠. 그러나 우리가 사회경제적 현실에 개입하고 시스템을 구축하는 방법은 너무 원시적이고 중구난방이라서 유의미한 정치적 변화를 실현하기 어렵습니다. 이런 점에서 나는 합리적 비관주의자라고 말하는 게 맞을 거예요. 나는 가능성을 상상할 여지가 있는 한에는 수동적 비관주의를 거부합니다. 우리는 능동적으로 위험을 감수하고 체념을 넘어서야 합니다. 가능성을 상상하고 실현하려는 작은 시도들조차 하지 않는다면 우리가 어떻게 인류의 생존을 정당화할 수 있겠습니까. 세네카의 말처럼, 그런 투쟁이 전무한 곳이라면 우리는 분명 우리 자신의 죽음을 불러올 가장 교묘한 간계를 고안하고 있는 겁니다. 이 경우는, "내버려 두라"라는 슬로건도 마

찬가진데, 말을 부풀려 봐야 심오함을 가장한 위선적 비관주의가 될 뿐입니다. 실제로 그것은 인간이 가진 보수주의의 좋은 사례입니다. 부루퉁한 십대처럼 세상사에 무심한 듯 굴면서 마음 속으로는 기적적인 변화를 바라는 거지요. 결국 낭만적 숙명론은 진정한 비관주의가 아니라 가장 얄팍한 수동적 낙관주의에 불과합니다.

방법과 수단의 문제와 별도로, 내가 의심을 거두지 못하는 또 다른 이유는 앞의 질문에 대한 나의 답변과도 이어지는데요. 당신이 인용한 마크의 말에서도 암시되는 특수성의 수수께끼가 있습니다. 왜 그것이 수수께끼가 되느냐 하면, 특수한 것이 계속 모습을 바꾸는 현실적 조건으로서 개인과 집단, 국지적인 것과 그것들을 단편적으로 통합하고 동원하려는 포괄적 시도의 장에서 종종 모순되는 역할을 수행하기 때문입니다. 마크는 홉스적 신화, 그러니까 국가의 보호 덕분에 인간이 짐승이 되지 않는 것이며 국가 없이는 인간성도 없다는 믿음을 탁월하게 비판했지요. 그는 특수한 것의 수수께끼를 홉스보다 훨씬 철저하게 파고들었어요. 특수한 것은 속속들이 치명적이고 환영적일 수 있습니다. 특수한 것과 개인적인 것을 (희생자로서 또는 어떤 개인적 선택과 선호의 주체로서) 절대화하는 것은 개인화의 조건 자체가 병리적일 수 있다는 사실을 간과합니다. 그래서 특수한 것과 국지적인 것을 과도하게 강조하는 것은 비참한 착취적 조건을 맹목적으로 영속화할 위험이 있습니다. 하지만 특수한 것은 암묵적으로 집단적이고 분명히 의미 있는 관점들이 될 수도 있고, 이를 명시적으로 드러냄으로써 개인과 집단의 문제를 조명할 수도 있습니다. 그렇지만 특수성에 엄청난 심연이 잠재하는 것만은 분명합니다. 마크도 그렇게 생각했을 거예요. 앞서 말했듯이, 보편주의적 노동을 묵살하는 신반동주의 진영도 그들의 떠다니는 섬을 유지하려면 특수성의 심연을 피해갈 수 없습니다. 일상적 수준이나 사회경제적 현실의 다양한 수준에서 작동하는 메커니즘과 연관해서 특수성의 다양한 유형들을 진단하고 분석하지 않는다면, 우리는 모두 홉스적인 "메두사의 뗏목"에서 자기 자신을 배신하고 서로의 살점을 뜯어먹게 될 겁니다. 우리가 보편주의적 관점에서 미래의 집단적 기획을 추구해야 한다고 생각하든, 그런 노력을 폄하하든, 아니면 아무것도 하지 말고 그냥 내버려 둬야 한다고 생각하든 간에요.

특수성, 개인들, 국지성의 연쇄는 끝없이 변화무쌍하게 이어집니다. 그 속에서 지금 우리가 가진 도구들, 사고 방식과 행동 양식, 방법들을 고려하면, 우리가 악몽 같은 자기포식적 뗏목을 벗어날 기회는 거의 전무해 보입니다. 물론 나는 퍼트리샤 리드(Patricia Reed), 닉 서니섹, 알렉스 윌리엄스 같은 사람들이 제기하는 패러다임을 진심으로 지지합니다. 그들은 합의 도출, 헤게모니 구축, 인간 조건의 특수성을 비판적으로 통합하는 일에 집중하고 있지요. 하지만 철학자로서 나는 정치적 행동에 대해 용기 있게 진리를 추구하는 소크라테스의 편에 서야 합니다. 그런 입장에서 나는 전망이 무서울 정도로 불투명하다고 생각합니다. 우파 쪽 인사들, 체념적인 사람들, 신반동주의나 보수주의 사상가들이 이런 말에 기뻐해서는 안 될 것입니다. 그들은 오히려 그들 자신의 현실의 엄혹함을 깨닫고 공포에 질려야 마땅합니다. 암울한 전망은 해방적 정치에만 해당되는 것이 아니라 그와 다른 어떤 방안이 있거나 또는 방안이 없는 쪽까지 아우르는 것이니까요.

애초에 당신이 질문한 내 정치적 입장의 문제로 돌아가 봅시다. 당신의 질문은 우리가 이미 구체적으로 실현된 기존의 정치적 패러다임들을 찾아보고 그중에 우리의 방법론과 이상적 포부에 부합하는 것을 선택하는 방식으로 각자의 정치적 입장을 정의할 수 있다고 전제하는 것 같은데요. 나는 나의 정치적 입장을 정의하거나 그에 부합하는 선례를 도무지 찾을 수 없습니다. 동시대의 정치적 패러다임들이 당면한 고난과 문제에 대응하는 데 적합하다고 생각하려면 엄청난 자기기만이 필요합니다. 확실히 나는 계급 투쟁의 현실을 믿는다는 점에서 좌파에 속하지만, 이것은 엄밀히 정치적 입장이 아니라 사회경제적 현실에 대한 인식일 뿐입니다. 나는 공산주의가 "정립되어야 할 상태가 아니라 현실을 맞춰 나가야 할 하나의 이상"이라는 마르크스와 엥겔스의 논지에 동의합니다. 그에 따르면 "공산주의는 현재 상태를 혁파하는 실재적 운동이며, 이 운동의 조건은 지금 존재하는 것들을 전제로 도출"됩니다. 이것이 내가 말하는 (다시 한번 마크를 따르자면) 실현가능성의 문제, 원칙적으로는 가능하지만 지금 여기 우리의 관점에서는 불가능해 보인다는 문제입니다. 내가 생각하는 정치의 임무는 한편으로 철학과 과학기술의 도움을 받아서 이론과 집단적 상상의 차원에서 우리의 현실이 불가피하고 완전무결한 총체성이 아님을 보이는 것, 다른 한편으로 새로운 세계를 구체적으로 건설해서 이 현실이 최종적이고 불변하는 것 같지만 사실은 그렇지 않음을 드러내는 것입니다. 하지만 이것도 명확한 정치적 입장은 아닙니다. 단지 다른 세계의 가능성과 그것을 온전히 실현하는 정치적 행동의 범위에 관한 철학적 논지일 뿐이죠.

4 철학과 공학

파비오: 예전에 당신이 설명한 것처럼, 당신은 합리적 비관주의를 더 나은 세계를 건설하기 위한 "공학적 접근"과 융합합니다. 그런데 이 같은 정치적 행동의 패러다임은 정치에 대한 형식주의적이고 냉정한 접근, 전문가들의 정부, 말하자면 "테크노크라시"에 대한 옹호로 여겨질 수도 있습니다. 최근 대다수의 공적 토론에서 테크노크라시는 극도의 기피 대상이 되었죠. (누군가는 애초에 플라톤이 시라큐스의 정치에 개입했다가 실패했을 때부터 이미 끝난 게임이었다고 비아냥거릴 수도 있을 겁니다.) 비도덕적인 "사회공학적" 접근은 말할 것도 없고요. 나는 이런 거부감이 상당 부분 "공학"이라는 개념의 모호함에서 비롯된다고 봅니다. 통속적으로 "공학자"는 규범적으로 고려해야 할 사안들이 우글거리는 정치의 복잡한 영역을 다루기에는 너무 순진한 부류로 여겨지니까요.

하지만 내가 잘못 이해한 것이 아니라면, 당신이 말하는 전문 공학자는 기술적으로 문제를 해결하는 사람인 동시에 창조적으로 개념을 고안하는 사람입니다. 단순한 공식이나 미리 만들어 놓은 일련의 규칙들을 일방적으로 적용하는 데 그치지 않고, 자신의 지능을 적극적으로 문제 해결에 적용하는 인물이지요. 실제로 내가 보기에 동시대의 많은 발상들이 이 지점으로 수렴합니다. 셔니섹과 윌리엄스가 "소박한 민중 정치를 넘어서는 새로운 헤게모니의 창출"을 제안하고 "재전용"의 실천적, 정치적 개념을 고수하는 것이나, 벤 싱글턴(Ben Singleton)이 전략적, 단편적으로 제약을 벗어난 자유를 구축하는 교묘한 이성("메티스")에 관해 성찰하는 것도 그렇지요. 물론 당신 자신도 "지능의 미래에 대한 사변적 연구"를 진행하면서 지능의 기능을 집단적 자기 향상을 위한 해방적 도구이자 세계에 대한 실천적 행동의 도구로 재개념화하고 있고요. 여기서 "개념화"와 "변형"은 동전의 양면과 같습니다. 이런 점에서 (통속적 의미와는 다른) "공학"의 개념이 당신의 철학적, 정치적 사유에서 핵심이라고 할 수 있을까요?

레자: 전산학자들 사이에서는 이런 농담이 있습니다. 정치학자, 철학자, 문화 비평가, 언어학자로 가득 찬 방에 전산학자들이 들어갔습니다. 그들은 이렇게 수군거렸지요. "이 사람들을 전부 내보내고 공학자들을 데려오자." 글쎄요, 너무 과한 농담 같지만 여기에는 일말의 진실이 있습니다. 철학자나 정치학자는 이미 상상된 것이든 아니든 간에 가능성을 실현하는 적절한 방법을 고안할 줄 모릅니다. 우리는 정치와 철학에 박식한 공학자와 설계자가 되어야 해요. 실제로 공학자는 아무 생각 없는 기술자가 아니라 사유의 영역과 세속적인 외적 현실에 각각 한 발씩 디딘 사람입니다. 그들은 행동을 오만한 지배의 형식으로 보지 않으며 우리가 현실의 어떤 층위(자연적, 사회적, 문화적 층위)에서 무엇을 하든 그 현실의 저항에 직면한다는 것을 압니다. 셀러스적인 은유를 쓰자면, 넓은 의미의 현실은 어떤 형태라도 각인될 수 있는 왁스 덩어리가 아닙니다. 공학자들은 이를 잘 알지요. 그들은 현실을 평평한 우주가 아니라 극히 다중적인 규모의 방대한 구조체로 봅니다. 현실의 어떤 층위에 구체적으로 개입하려면 현실에 대한 다중 층위적 관점을 가져야 하고 그 층위에서 어떤 방법, 모델, 도구를 가동해야 하는지 알아야 합니다. 플라톤이 말하는 숙련된 정육업자처럼, 공학자는 뼈를 쪼개지 않고 관절을 자릅니다.

공학이라는 분과와 그에 관한 철학에서 중요한 과제가 적어도 두 가지 있는데, 하나는 모형화(modelling) 작업이고 다른 하나는 근사치 기법(approximation technique)을 설계하는 일입니다. 마이클 와이즈버그(Michael Weisberg)는 최근 모형과 모형화에 관한 멋진 책[『시뮬레이션과 유사성: 모형을 이용해서 세계를 이해하기』(Simulation and Similarity: Using Models to Understand the World)]을 썼습니다. 이 주제는 최근에야 진지하게 다뤄지고 있지만 언제나 공학의 중심 과제였습니다. 와이즈버그는 우리가 현실과 마주치는 일이 어째서 다양한 유형의 모형들, 이를테면 상태를 기술하고 설명하고 예측하는 모형들과 연관되는지 상세히 설명합니다. 이른바 경험적 데이터도 그냥 주어지는 것이 아니라 어떤 모형을 적용해서 얻어낸 것이죠. 그러니까 잘못된 모델을 쓴다면, 그 규모가 너무 작거나 커서 목표 대상이 되는 시스템에 적용될 수 없거나 아니면 애초부터 현실의 잘못된 부분에 적용되었다면, 데이터는 왜곡되거나 심지어 완전히 틀리게 나올 겁니다. 모형의 재미있는 점은 그것이 암묵적으로나 명시적으로나 온갖 이론적, 수학적, 논리적, 전산학적 가정으로 가득 차 있다는 것입니다. 그런 가정은 해당 모형이 기술하는 내용뿐만 아니라 그 모형의 핵심이 되는 구조적 형식과 해석적 요인들, 이를테면 그 모형의 범위, 임무, 정확도의 규준까지 아우릅니다. 여기서 정확도의 규준이란, 주어진 규모 또는 층위에서 해당 모형의 재현적, 역동적 제약과 해상도 범위를 규정하는 일련의 정보를 뜻합니다. 모형을 사용할 때 이런 세부 특성과 가정에 주의하지 않으면 데이터의 근본적인 왜곡과 오류가 발생합니다. 원 데이터 또는 순수 데이터의 신화를 믿는 건 데이터가 어떻게 채굴되는지 모르는 사람들뿐이죠. 어떤 종류의 데이터든 간에요.

근사치 기법을 설계하는 일은 이보다 더 까다롭습니다. 마크 윌슨(Mark Wilson)의 신간 『물리학 회피』(Physics Avoidance)를 보면 근사치 기법의 본질이 잘 요약되어 있는데요. 벤 싱글턴이 디자이너를 메티스 또는 교묘한 이성의 화신이라고 말하는 것처럼, 공학자는 현실과 시스템을 해킹하는 능숙한 책략가입니다. 그들은 하부 층위 또는 극소 규모로 개입하는 것(이를테면 금속 기둥에 원자 규모의 길이 단위를 적용하는 것)이 목표 대상이 되는 시스템을 변경하는 최적의 해법이 아님을 알지요. 윌슨은 이렇게 최저 층위에서 극단적으로 미소한 세부 요소들이 뒤얽혀 있어서 시스템에 개입하고 상태를 변경하려는 시도가 실패하거나 제대로 작동하지 못하는 상태를 "전산학적 위험지대"(computational hazard)라고 부릅니다. 말할 필요도 없이, 하부 층위의 메커니즘을 구체적으로 파악하지 못하거나 애초에 그런 극소 규모가 어떻게 이루어졌는지 몰라서 막연한 추정 상태로 남겨두는 경우는 흔합니다. 그래서 공학자들은 먼저 목표 대상이 되는 시스템이나 문제가 되는 현상에 관해 다양한 규모와 층위에서 모형화를 시도합니다. 그런 모형화 작업은 늘 일정 수준의 통제된 단순화와 이상화를 거치며 이는 나중에 수정되거나 세부적으로 보완될 수 있습니다. 그 다음에 공학자들은 하부와 상부 층위를 조심스럽게 연결할 방법을 찾습니다. 상부 층위로 올라가면 좀 더 거시 규모에서 구조에 접근하기 때문에 개입과 변경이 용이하지요. 이런 연결 고리들, 하부와 상부 사이의 중간 규모에 관한 정보를 포함한 혼합적 층위를 고안하는 것이 바로 근사치 기법입니다. 공학자들은 이런 절차를 통해 물리학의 복잡한 문제들을 간과하지 않고 우회할 수 있습니다. 이런 기법은 전산학적 비용 등 실제 적용 면에서 개입의 실용성을 저해하는 세부 요소들을 피해서 목표 대상이 되는 시스템을 효과적으로 변경할 수 있게 해 줍니다.

그렇지만 여기서 한 가지 문제가 발생합니다. 안드레 카루스(André Carus)가 윌슨의 책에 대한 비판에서 이 문제를 아주 명료하게 상술했는데요. 무엇이 문제일까요? 그것은 이 같은 공학 개념이 반계몽성을 내포할 수 있다는 겁니다. 단편적인 수준에서 국지적 개념들과 상태를 기술하는 실용적 자원들을 "개선"할 수는 있지만 그것들의 통합을 기대할 수는 없으니까요. 광범위하게 적용될 수 있는 야심 찬 개념들, 철학자들이 소중히 여기는 코페르니쿠스적 명령, 이성, 자유 같은 포괄적 개념들을 더 이상 가질 수 없는 거지요. 우리의 상황은 욕조에서 고무 오리를 가지고 노는 어린이와 비슷합니다. 하지만 물론 현실은 급류와 저류, 혼돈 상태의 흐름이 휘몰아치는 강에 더 가깝습니다. 거기서 우리의 고무 오리가 무사히 나아가도록 하기 위해서는 항해라는 포괄적 개념으로는 부족합니다. 요동치는 진퇴양난의 상황에 대응할 수 있는 국지적 이론들의 지도책이 필요하지요. 물론 그런 현실의 상에 부합하려면 국지적 개념들과 발견론적 규범들, 다시 말해 통합 불가능한 다변적 관점들을 반영하는 정보 꾸러미를 개발해야 하고요. 이를테면 경도의 개념을 어떤 금속 기둥에 적용한다고 했을 때, 그 금속 구조물의 길이가 어느 정도 규모인가에 따라 경도의 개념이 근본적으로 바뀔 수 있는 것처럼요.

나는 이런 접근을 지지하지만 카루스의 말이 맞다고 봅니다. 현실과의 만남은 그런 발견론적, 실용적 장치를 만드는 것 이상의 문제예요. 공학자들은 언제나 어떤 주요한 해법, 즉 포괄적 개념을 염두에 두고 다양한 실시간 시나리오들을 불러냅니다. 포괄적 개념과 국지적, 실용적 개념들이 상호 배타적인 것이 아니라 긍정적인 방향으로 서로를 제약하고 자기를 강화하게 하지요. 이런 점에서 공학은 국지적인 것과 포괄적인 것, 이상적인 것과 혼란스러운 것, 전략적인 것과 전술적인 것의 통약과 연관됩니다. 따라서 공학은 계몽이 세계를 합리적으로 재구축한다 또는 후기 카르납의 용어로 "해명"(explication)한다는 두 가지 의미를 통합합니다. 실재론과 관념론, 자연주의와 구성주의의 접근이 하나로 수렴하는 거지요. 현실을 재설계하고 재인하려면 보편적 개념과 패러다임만으로는 안 되고 특정 관점에 입각한 국지적 개념만으로도 부족합니다. 포괄적 패러다임과 국지적으로 조정 가능한 해법이 둘 다 필요합니다.

그렇다면 당신이 질문한 대로, 이런 공학적 패러다임을 어떻게 정치에 적용할 수 있을까요? 내 친구 레이 브라시에는 공학을 정치적 방법으로서 무조건적으로 지지하는 것을 경계했습니다. 나도 그의 생각에 동의합니다. 정치적 행동의 규범을 어떻게 보는가 하는 면에서 정치는 공학과 근본적으로 다릅니다. 공학이 철학과 정치에 관한 충분한 이해를 바탕으로 하나의 정치적 방법으로 정립되려면 그것을 뒷받침하기 위한 정치의 고된 노동이 필요합니다. 공학이 철학과 정치에 관한 충분한 이해에 기반한 정치적 방법이 되려면 정치 쪽에서 많은 일들이 선행되어야 합니다. 우리가 현재 처한 상황을 진단하고 어떻게 앞으로 나아가야 할지 결정하는 일, 포괄적 개념에 도달하기 위해 필요한 일들이 있습니다. 하지만 나는 "무엇을 해야 하는가"가 정치의 영역에서 의견 대립과 합의 구축의 문제인 반면, 공학의 영역에서는 미리 확립된 관습적 규범에 기반한다는 (그러니까 시스템이 수행해야 하는 과제나 작동 방식이 미리 정해진다는) 견해에는 동의하지 않습니다. 공학에서도 시스템의 진화적 궤적들은 다양하게 분기할 수 있습니다. 시스템이 무엇이고 어떻게 작동해야 한다는 정해진 규범이나 합의는 없습니다. 공학자들은 해당 시스템의 기능을 미리 확립된 것으로 볼 수 없는데, 왜냐하면 그런 기능들이 국지적 맥락에 따라 시간 속에서 계속 변하기 때문입니다. 공학자가 시스템을 모형화하는 것은 정치학자와 활동가가 사회 병리를 진단하고 그 해결안을 모색하는 것만큼 힘든 일입니다. 현실은 총체성으로 주어지지 않습니다. 때로 현실은 블랙박스 같아서, 체계적으로 가동하거나 개입하는 방식으로만 내부 구조를 알 수 있습니다. 인식론적 제약 하에서 힘들게 모형화하는 것 외에는 다른 방도가 없을 때도 있고요. 어쨌든 공학자의 임무는 상충하는 국지적 개념들을 포괄적 개념들과 통합하는 겁니다.

그러니까 당신의 질문에 답하자면, 맞아요. 나는 공학의 패러다임이 세계에 관해 사유하는 고도로 합성적인(인식론적, 실용적 차원에서) 방식이라고 봅니다. 그리고 이는 정치적 포부를 실현하는 구체적 방식에 관한 앞선 질문에 대한 답변과도 연결됩니다. 구체적인 정치적 기획의 첫 단계에서는 병리적 개인화를 야기하는 정확한 인과적 메커니즘을 진단해야 합니다. 공학자들이 하듯이, 그런 메커니즘이 시스템의 어떤 층위에 위치하는지 확인하고 정확히 그 층위에 개입하기 위한 도구를 개발해야 하지요. 만약 그 층위에 개입할 적절한 도구가 없다면, 근사치 기법을 고안해서 다른 층위에서 문제를 해결할 방도를 찾아야 합니다. 그리고 또 공학자들이 하듯이, 다양한 규모에서 기존 세계의 논리들을 분해해 봐야 합니다. 낡은 세계의 잔해에서 새로운 세계들을 구성할 새로운 도구를 만들어야 해요. 새롭고 다른 세계는 무슨 기적이나 종교적 사후 세계가 아니라 지금 우리에게 주어진 것들을 바탕으로 설계되는 것입니다. 요약하자면, 우리는 정보 과학의 다층적 존재론들과 비슷하게 이 세계의 다중적 논리들을 이해해야 하고, 그걸 바탕으로 무엇을 해야 하는지 또 정확히 어떤 층위에서 어떤 방법과 도구를 적용해야 하는지 판단해야 합니다.

5 지능과 정신

파비오: 새로운 도구에 관한 말이 나왔으니 말인데, 당신의 책 『지능과 정신』이 출간되지요. 대단히 야심차고 장대한 책입니다. (철학의 다양한 양식들에 관한 전통적인 철학 내적 구별을 대놓고 무시하는) 철학 책이기도 하고 철학에 관한 책이기도 한데요. 특히 후자의 측면에서, 당신은 철학의 고유한 영역을 구획하기보다 "우리는 철학을 통해 무엇을 성취할 수 있을까?"라는 질문에 더 관심이 있는 듯합니다. 철학은 무엇을 할 수 있고 또 해야 할까요?

레자: 어떻게 보면 나는 이 인터뷰 내내 철학의 거짓된 구획들을 제거한 어떤 철학의 비전을 제시하고 있었지요. 그것이 내가 헌신하는 철학입니다. 물론 철학을 둘러싼 뿌리 깊은 구분들이 있지만, 그런 방법, 양식, 포부의 차이들은 궁극적으로 극복되어야 합니다. 그런 것들은 철학이란 무엇인가 하는 생각 자체를 잘게 쪼개기 때문입니다. 철학은 지능의 도구이며, 지능과 이해가능한 것의 모든 관계들을 통합하는 매개체입니다. 철학의 역사 또는 철학의 종합적 포부에 참여하지 않는 사람은 철학자가 아닙니다. (나는 철학이 본성이나 과거가 아니라 역사를 가진다는 브랜덤(Robert Brandom)의 말에 동의합니다.) 철학의 심층적 역사를 살펴보면 그런 구별들이 일시적 추세에 불과함을 알게 됩니다. 역사 속에서 철학의 포부가 파악되면 그런 구별들이 철학의 참된 비전을 가로막는 장애물임을 깨닫게 됩니다. 개별 철학자들이 각자의 무기를 장착할 필요는 없습니다. 왜냐하면 철학 자체가 궁극의 무기 시스템이니까요. 확실히 철학은 특유의 광적인 제도적 습관 때문에 허약해지고 말았지만, 사실상 이 지구의 모든 존재는 각자의 편견을 떨치고 인간적 독단의 철창을 벗어나기 위해 어느 정도의 철학 하기를 필요로 합니다. 미국 과학계

의 현 상태를 보세요. 닐 디그래스 타이슨(Neil deGrasse Tyson) 같은 과학 소매상들을 보세요. 그들은 신자유주의적 정치의 심부름꾼일 뿐입니다. 그들은 철학을 하는 일을 불필요한 구식 과학이나 인지적 자원 낭비로 여기면서 과학이 급진적 계몽의 횃불을 들어야 한다고 생각합니다. 하지만 그들은 세뇌된 것이 아니라면 그들 자신의 무의식적인 형이상학적 가정에 사로잡힌 노예와 같습니다. 과학을 옹호하거나 과학적 사실에서 바람직한 삶의 방식을 도출하려고 시도하면서 실제로는 가장 독단적인 유형의 철학을 하고 있는 것이죠. 이른바 "과학에 기반한" 생활 방식은 질 나쁜 신비주의, 뿌리 깊은 독단, 사실과 가치의 구별을 무시하는 웃음거리의 혼합물에 불과합니다.

나는 동료 철학자들에게 과학주의자라는 비난을 살 만큼 과학을 지지하지만, 철학 없는 과학은 헤겔이 말하는 "불행한 의식"과 비슷합니다. 나는 과학 쪽에서 정규 교육을 받았지만, 철학 없는 과학은 자폐증에 걸린 미성숙한 천재와 같다고 감히 말할 수 있어요. 그것은 무엇이 무엇인지 모르고 자신이 발견한 것을 다른 사람들에게 전달하지도 못합니다. 그것이 철학 혐오의 시대에 정치적으로 학대당하고 영양 실조에 시달리는 과학의 현주소입니다. 하나만 예를 들지요. 한쪽 극단에는 철학이 백인 중심의 착취적 분과라고 말하는 사람들이 있습니다. 하지만 우리를 주인 담론 또는 철학의 폭압에 봉사하는 말단 경찰이라고 부르는 사람들은 누구입니까? 그들은 별것 아닌 재난에도 어떻게 대처할지 모르는 노쇠한 서구 문명의 마지막 지푸라기들입니다. 서구의 계몽적 패러다임이 애호되고 또 혐오되기 오래전부터 우리 아프리카, 중동, 아시아 사람들은 과학과 앎의 방법, 삶의 방법을 아우르는 세련된 철학 체계를 발전시켰습니다. 오늘날 우리가 아는 과학과 이성의 방식은 대륙을 넘나드는 조직적이고 경계 없는 대화가 없었다면 상상할 수도 없었습니다. 오늘날 착취자의 편에서 일했다고 간주되는 사람들과 착취 당했다고 여겨지는 사람들이 모두 함께 그것을 만든 것입니다. 그래서 나는 철학이 특정 인구와 연관될 것이 아니라 사상적으로 그런 착취의 조건을 영원히 혁파할 원동력이 되어야 한다고 주장합니다. 그런 것으로서, 착취의 조건을 구체적으로 제거하려는 정치적 투쟁은 개념을 만드는 철학적 노동의 연장선에 있습니다. 이 노동이 없으면 모든 정치적 행동은 심지어 평등주의적인 것조차 인류의 덫이 될 수 있습니다.

모든 특수한 한계들을 벗어난 철학은 미래의 지능을 위한 운송체가 될 수 있습니다. 그렇지만 이해가능한 것의 "노동", 즉 현실에 관련된 이해가능성의 규준, 우리의 지능이나 다른 가능한 지능들의 재인과 연관된 설명적 작업이 없다면, 지능은 아무것도 아닙니다. 이런 점에서 철학은 지능과 이해가능성의 연결 고리를 확장하고 갱신하는 프로그램으로 인정되어야 합니다. 이런 점에서 철학은 우리에게 새로운 세계들과 새로운 담론의 우주들을 만들라고, 지능을 현실의 일부이자 현실에 대한 탐구로 보라고 계속 요구하면서 정신 또는 지능을 재발명합니다. 존재는 이론적이고 담론적인 지시(designation)입니다. 이론적 구조나 담론적 우주 내부의 서술 없이 존재에 관해 말하는 것은 무의미합니다. 그래서 나는 파르메니데스와 플라톤이 이론적 구조(이해가능한 것)을 창시했다는 점에서 궁극적으로 유물론이나 원자론을 내세웠던 당대의 다른 철학자들보다 훨씬 예리하고 통찰력 있는 존재의 철학자였다고 봅니다. 나는 심지어 사유와 존재가 하나라는 엘레아 학파의 신조가 잘못 해석되었다고 봅니다. 엘레아 학파의 논지는 사유와 존재의 구별을 건너뛰거나 반증하는 것이 아니라 존재가 궁극적으로 사유에 의해 제공되고 정립되는 지시라는 겁니다. 따라서 사유를 향한 철학의 강박은 존재의 영역을 확장하는 것, 지능과 이해가능성의 연결 고리를 갱신하는 것, 그럼으로써 새로운 지능의 형태와 그런 사유의 과잉 속에서 드러날 이해가능한 현실을 사유할 수 있게 되는 것을 뜻합니다. 이것이 『지능과 정신』의 주요 전제입니다. 정신은 구조의 차원 또는 구조화의 도구로서 존재와 현실에 참된 의미를 부여합니다. 이른바 일반지능은 암암리에 이를 인정하는 데서 출발하여 지능의 형태 또는 개념화 자체를 확장합니다. 우리는 존재와 현실의 관념을 확장해야 하지만, 그것은 이해가능한 것과 객관적인 것을 향한 노역의 결실로만 얻어질 수 있지요.

파비오: 당신이 사용하는 공식들 중에 특히 계몽적인 것은 철학

이 "사유를 향한 강박"으로서 생산적일 수 있단 겁니다. 그것은 모든 합리적 정신이나 지능에 공통된 강박이죠. 이 강박은 무엇을 생산할까요?

레자: 사유를 향한 철학적 강박과 연관해서, 『지능과 정신』의 큰 주제는 지능이 넓은 의미에서 (넬슨 굿맨(Nelson Goodman)의 용어를 빌리자면) "세계 만들기"(worldmaking)의 도구라는 것입니다. 우리가 세계를 재현하면서 쓸 수 있는 자원은 모두 우리가 만든 세계와 우리가 구축한 담론 영역에 빚지고 있습니다. 철학은 무제한의 담론적 우주를 만드는 일, 많은 세계들이 하나로 간주될 수 있고 하나의 세계가 많은 대안적 세계들로 호명될 수 있는 그런 우주를 만드는 일을 합니다. 그것이 지능을 함양하는 참된 매개체로서 철학을 정의합니다. 우리는 기존 세계를 가지고 놀 수 있고 새로운 세계들을 만들어낼 수 있는 한에만 세계를 새롭게 재현해서 현실의 심연으로 더 깊이 파고들 수 있습니다. 세계를 만드는 방식들은 다양합니다. 환원의 방법도 있고, 순수 구축의 방법도 있지요. 현실을 풍요롭게 재설계하는 철학의 일에 참여하려면 세계들의 파괴자인 헤라클리투스와 세계들의 건설자인 파르메니데스를 통합해야 합니다. 그렇게 해서 철학은 정신을 세공하는 일이 됩니다. 철학은 정신이 완전한 총체성이라고 생각한 것이 사실은 불완전했음을 드러냄으로써, 우리가 사는 세계의 현실이 최종적이고 불가피한 것 같아도 새로운 대안들을 상상할 수 있음을 보여줍니다. 그래서 나는『지능과 정신』이 다른 무엇보다도 철학을 구분하는 현재의 방식에 연연하지 않고 철학의 역사로 파고드는 책이라고 생각합니다. 이 책의 목적은 철학을 하고 싶은 근질거림을 유발하는 고약한 벌레를 되살리는 것, 그렇지만 이번에는 철학을 말살하는 살충제에 대한 내성을 키워서 내보내는 겁니다. 그것은 이론적인 컴퓨터 과학(전산화의 철학), 복잡성 과학, 인지 과학, 그리고 누구 또는 무엇이 될지 모르는 미래의 지능에 대한 새로운 헌신으로 무장하고 있습니다. 그래서 내가 지능의 철학이라 부르는 것은 철학 그 자체, 다만 구체적인 자의식을 획득하는 과정에 있는 철학입니다. 사유가능성이라는 진리의 후보(신빙성 있는 잠정적 데이터)에서 철학이 시작된다면, 지능의 철학은 그 가능

성을 온전히 완성하는 일을 합니다. 그것은 근본적으로 사유를 통해 무엇을 할 수 있는가에 대한 답변입니다. 그리고 더 중요한 것은 이 질문에 구체적으로 답하는 과정에서 우리가 어떻게 변형되는가, 사유에 관한 사유로부터 궁극적으로 무엇이 탄생하는가, 우리가 사유 가능성을 둘러싼 전제들과 결과들을 탐문하기 시작함으로써 무엇이 발생하는가 하는 것이죠.

파비오: 세계 만들기를 향한 강박적 과정은 사유를 수행하는 인간 또는 정신, 즉 새롭게 만들어지는 이해가능한 세계의 일부를 이루는 창조적 지능에도 되돌아옵니다. 특히 당신은 합리주의적 비인간주의의 정확한 형태를 그리는 일에 집중하고 있는데요. 이는 명백히 (포스트 푸코주의적 변종들의) 반인간주의나 (기술적으로 향상된 인간주의를 지향하는) 트랜스휴머니즘과 다르지만, 인간주의적 규범의 제약을 모두 폐기하려는 사변적 포스트휴머니즘의 좀 더 정제된 형태들과도 구별됩니다. 내가 제대로 이해했다면, 당신의 비인간주의에서 중요한 것은 이성을 추상적인 전산적 도구 또는 행동을 위한 보편적 청사진으로 개념화하는 것입니다. 그것은 다양한 물질들로 구현, 증폭될 수 있고 따라서 인간 생물학의 제한을 받지 않는다고 여겨집니다. 그런데 이는 얼핏 모순적으로 보이는 중대한 결과를 낳습니다. 먼저 자연/인공의 구별이 제거되면서 사유의 생산과 그것을 담지하는 "인류"가 무엇인가에 (또한 무엇이 될 수 있는가에) 대한 이해가 과학적 연구 과제가 됩니다. 일반 인공지능 연구 사업이 내재적으로 철학적 문제가 되는 것과 마찬가지죠. (사실 이것은 플라톤적 기획과 양적인 차이밖에 없습니다.) 그런데 또한 당신의 입장은 미래의 신경 생리학적 발견이 이성에 대한 우리의 규범적 개념들을 구시대적 유물로 만들 거라는 신경학 기반의 예측과 대립합니다. 이런 비전의 핵심에는 (생물학적이고 규범적인) 제약 조건과 자유의 변증법이 있습니다. 합리주의적 비인간주의가 추구하는 자유는 어떻게 개념화될 수 있을까요? 그와 같은 자유는 "인간"에게 어떤 대가를 요구할까요?

레자: 넬슨 굿맨에 따르면 모든 세계 만들기는 가용한 세계에 관해

말하기와 같습니다. 그렇게 만들어진 세계들은 재인되는 것, 그러니까 "다시" 인지되는 세계들이에요. 그러니까 오래된 세계들과 부분적으로 이어지지 않는 새로운 세계는 없습니다. 우리는 가용한 세계들을 구축함으로써, 또는 그런 세계들을 다른 통합적 도식 하에 재조립 가능한 기본 구성요소들로 환원함으로써 세계의 다양한 판본들을 만들 수 있습니다. 그러나 환원의 방법은 유일무이한 것도 무차별적인 것도 아닙니다. 모든 판본들이 완전히 환원되는 (심리학적, 물리학적, 또는 다른 어떤 차원에서든) 원형적 세계는 없습니다. 굿맨이 지적하듯이, 총체적 토대에 관한 말들은 철학적인 것도 과학적인 것도 아닙니다. 그런 말들은 신학의 영역으로 보내 버려야 마땅합니다. 내가 굿맨의 저작을 언급하는 것은 세계 만들기의 방식들과 지능에 관한 사유, 특히 인지들의 세계로 나타나는 미래 지능에 관한 사유가 서로 상통하기 때문입니다. 미래 지능이라는 생각을 (생물학적 호모 사피엔스의 이름으로든 또는 지각 능력과 지능을 수반한 행동의 측면에서든) 궁극의 토대로 환원하는 것은 철학이나 과학과 무관한 신학적 사고 방식입니다. 마찬가지로 다중성과 다양화를 위해 세계들을 구축한다는 것, 우리의 이 세계와 단절된 다른 지능의 가능세계들을 상상한다는 것도 신학적 논지입니다. 설령 기술적 심층 시간이나 기술 자체에 의거했다고 해도 그것은 또 하나의 신학적 독재의 패러다임일 뿐입니다. 세계 만들기의 방식은 그 핵심에서 앎의 방식과 같습니다. 다양한 유형의 지능을 상상하는 것만으로 미래 지능이 발생하지는 않습니다. 이것은 포스트휴머니즘이 인간의 가능한 모든 대안을 환영한다고 해서 인간적 딜레마와 그 뿌리 깊은 독단을 벗어나지 못하는 것과 마찬가지입니다. 이해가능성의 노동이 수반되지 않는 지능은 보수적 인본주의의 사기 수법일 뿐입니다. 미래 지능에 관해 사유하는 일은 우리가 왜 어떤 것을 지능적이라고 칭하는가를 설명하는 우리의 능력과 한계에 대한 인식을 요구합니다. 어떤 것을 지능적이라고 칭하는 데에 어떤 일이 수반되는지, 그런 한계를 단편적이나마 극복하기 위한 노역을 의식하고, 우리 자신의 이론적, 실천적 역량을 확장함으로써 지능으로 간주되는 것과 이해가능한 현실의 연결 고리를 갱신해야 합니다. 이런 규준을 통하지 않고 다른 세계들이나 다른 지능들을 상상하는 것은 부정신학 또는 칸트적 의미에서 열광과 변덕을 발휘하는 데 지나지 않습니다.

세계 만들기의 방식들을 새로운 유형의 지능을 상상하는 방식들로 간주하면, 미래 지능을 상상할 때 당신이 지적한 대로 어떤 변증법 또는 양극을 오가는 진동 운동이 수반됩니다. 한편에는 인지와 전산화를 둘러싼 기존의 제약이 있고, 다른 한편에는 우리의 임의적이고 국지적인 정립 조건으로 제한되지 않는 지능의 사유가능성이 있지요. 따라서 자유는 기존의 한계에 대한 의식인 동시에, 만약 그런 한계를 벗어난다면, 그러니까 주어진 조건에 순응하지 않고 완전히 새롭고 더 객관적이고 확장된 조건을 세공하는 방향으로 나아간다면 지능이 무엇을 어떻게 사유할 것인가에 대한 이해입니다. 그런 자유의 대가는 엄청납니다. 그것은 위험한 일이며 현재의 변수들에 영향을 받는 도박입니다. 하지만 감히 말하건대 우리 인간은 바로 이런 위험을 자처함으로써 선조들의 판단과 전통, 또는 이른바 고정된 본성의 역경에 맞서 왔습니다. 우리가 그런 도박을 할 자격이 있다면, 마찬가지로 미래 지능이 (새로운 세대를 이루는 우리 아이들이든 다른 무엇이든 간에) 그런 도박을 할 권리를 빼앗을 수는 없습니다. 우리의 자기 개념화를 정립하는 이런 위험이 없다면 차라리 삶이라는 것을 끝내는 편이 낫습니다. 이해가능한 현실을 산다는 것은 언제나 위험을 수반합니다. 우리는 이 위험의 본질을 가늠하고 그것을 바탕으로 우리가 할 수 있는 최선의 판단을 하거나, 아니면 다른 종류의 세계에 대한 이야기를 지어낼 수 있었지만 결국 우리 자신의 세계에서 위험을 감수하지 못했던 종으로서 죽음을 맞이할 겁니다. 이런 점에서 나는 이른바 포스트휴머니즘이 상당 부분 얼굴만 바꾼 보수적 인본주의라고 봅니다. 당신은 다른 지능들(외계인, 천사, 초지능, 신 같은 것들)을 꿈꾸면서, 그것들이 어떻게 진화하고 그로 인해 그들의 현실이 어떻게 변할지 상상할 수 있습니다. 하지만 당신은 여전히 인간을 위한 새로운 세계를 상상하거나 인간이 된다는 것이 무엇을 의미하는지 재검토할 생각조차 못합니다. 그래서 그런 구체적이고 전면적인 재협상의 결과가 어떻게 될지 꿈도 꾸지 못하지요.

파비오: 예언자 레자를 탈신화화하는 것으로 시작한 인터뷰가 인간 본성을 미래의 전산학적 방법으로 개조해야 한다는 실존적 명령에 대한 논의까지 왔네요. 마지막으로 좀 더 가벼운 질문을 던져 보지요. 철학자 레자가 휴식을 취할 때 자연인 레자가 취미로 하는 일이 있나요?

레자: 알다시피 철학은 확실히 힘든 일이고 심리적 관점에서는 특히 그렇습니다. 철학의 고행에서 균형을 잡지 못하면 얼마 못 가서 철학 하기를 포기하거나, 더 나쁜 경우 철학에 흔히 수반되는 우울과 심리적 고통을 낭만화하게 됩니다. 사유의 노역이 곧 우울증으로 이어진다는 말은 아니지만, 철학은 우리가 심리적으로 우리 자신과 주변 세계에 관해 스스로 기만할 수 있는 도구들을 좋은 의미로 박탈합니다. 그런데 자기기만의 전략 없이 어떻게 우울의 심연으로 빠지지 않을 수 있겠어요. 그래서 나는 탈진하지 않고 장기적으로 철학을 계속 하기 위해서 철학 외의 다른 것들을 하려고 합니다. 요리를 하고, 정원을 손질하고, 일상의 자질구레한 일들을 처리하지요. 특별히 재미있지는 않지만 기분 전환이 되니까요. 그 외에는, 비디오 게임을 아주 좋아합니다. 현재의 비디오 게임 문화가 주로 청소년 대상인 것은 맞지만, 나에게 비디오 게임은 문학, 영화, 미술, 유희의 개념, 철학, 그 외 많은 것들이 뒤섞이는 초대형 입자 가속기 같아요. 그것은 현재의 철학에 결핍된, 본질적으로 대중적인 매개체의 원형이라고 할 만합니다. 그보다 더 죄책감을 불러일으키는 즐거움이라면, 롤러코스터를 타는 것이 있네요. 롤러코스터는 그 자체로 경이로운 공학적 산물이기도 하지만, 그걸 타고 있으면 생각이 중단되면서 자기 존재에서 비롯된 모든 불안들이 천천히 벗겨집니다. 뇌가 완전히 다른 방식으로 고정되면서 상당히 기분 전환이 돼요. 아마 이게 전부인 것 같아요. 일반적으로 철학자들은 재미를 찾는 데 그렇게 유능하지 않지요.

파비오 지로니(Fabio Gironi)는 더블린 대학교 철학과 IRC 박사후 연구생이다. 그는 로마 사피엔차 대학교와 런던 대학교에서 공부했으며 카디프 대학교에서 박사 학위를 받았다.

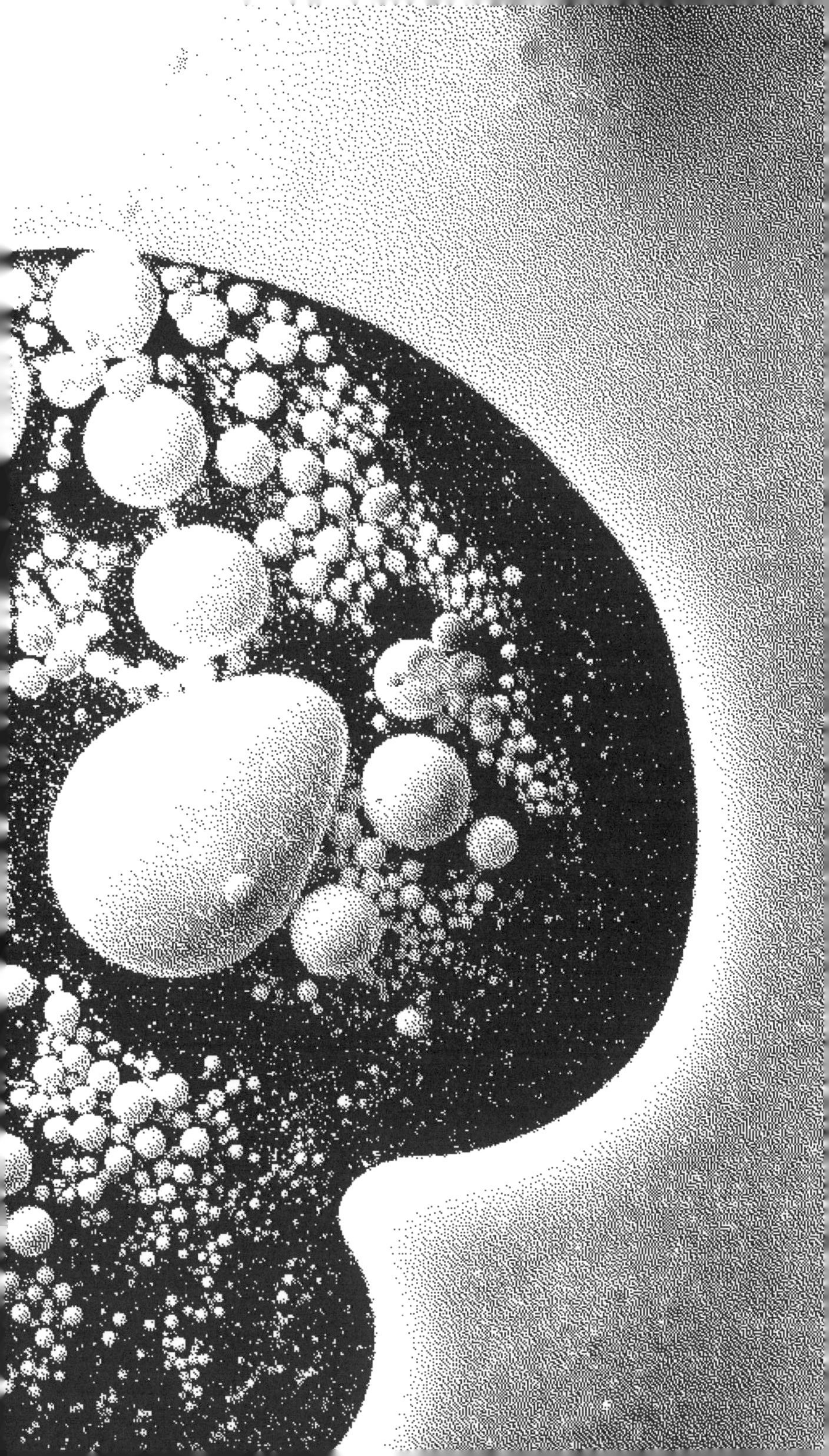

사이클로노피디아:
작자미상의 자료들을 엮음

레자 네가레스타니 지음
윤원화 옮김

초판1쇄 발행. 2021년 4월 10일

발행. 미디어버스
편집. 구정연
디자인. 워크룸
제작. 세걸음

미디어버스
03044 서울시 종로구 자하문로 10길
22, 201호
전화. 070 8621 5676
팩스. 02 720 9869
전자우편. mediabus@gmail.com
www.mediabus.org

ISBN 979-11-90434-14-0 (93100)
값 20,000원

레자 네가레스타니
철학자. 저서로 『지능과 정신』, 『외부적인 것을 유괴하기』, 『크로노시스』(공저) 등이 있다.
현재 NCRP(New Centre for Research & Practice)의 비판철학 프로그램 디렉터로
학생들을 가르치고 있다.

윤원화
시각문화 연구자. 저서로 『그림 창문 거울: 미술 전시장의 사진들』, 『1002번째 밤:
2010년대 서울의 미술들』 등이 있으며, 역서로 『기록시스템 1800/1900』,
『광학적 미디어』 등이 있다.